TONI MCGEE CAUSEY

Bobbie Faye

Halb so wild

Toni McGee Causey

BOBBIE FAYE
Halb so wild

Roman

Ins Deutsche übertragen von
Isabell Bauer

LYX EGMONT

Die Originalausgabe erschien 2009 unter dem Titel
Girls Just Wanna Have Guns. A Bobbie Faye Novel
bei St. Martin's Press, New York.

Deutschsprachige Erstausgabe April 2012 bei LYX,
verlegt durch EGMONT Verlagsgesellschaften mbH,
Gertrudenstraße 30–36, 50667 Köln

1. Auflage
Redaktion: Christiane Wirtz
Satz: Greiner & Reichel, Köln
Druck: CPI – Clausen & Bosse, Leck
ISBN 978-3-8025-8479-4

www.egmont-lyx.de

Für Mom und Dad

Jedes Genie hat seine Grenzen.
Der Wahnsinn … nicht so sehr.

Gesehen auf einem Autoaufkleber
in Lake Charles, Louisiana

1

Bobbie Faye Sumrall war stinksauer, denn die Bank hatte ihren Kreditantrag für ein neues (gebrauchtes) Auto mit dem kleinkarierten Hinweis darauf abgelehnt, dass sie Leuten, auf die regelmäßig geschossen wird, kein Geld leihen würde. Immerhin war sie ja auch niemals von einem dieser Schüsse getroffen worden, Himmelherrgott noch mal! Dazu kam noch, dass sie keine einzige Versicherungsgesellschaft dazu bewegen konnte, ihr ein Angebot zu machen, das sie bei ihrem Antrag für den Existenzgründungszuschuss unbedingt mit einreichen musste. (Die Vertreter von drei großen Konzernen hatten sofort mit einstweiligen Verfügungen gewunken, sobald klar wurde, wer am Apparat war. Weicheier!) Und zu schlechter Letzt war auch noch der FBI-Typ, auf den sie wirklich richtig heiß war, seit zwei Wochen wie vom Erdboden verschluckt.

Verflucht, wie viel Ablehnung konnte eine Frau ertragen? Sie brauchte einfach mal eine ganze Nacht, eine einzige lumpige Nacht, um sich endlich vernünftig auszuschlafen. Und das war doch wohl nicht zu viel verlangt, oder?

Das Universum war offenbar anderer Meinung.

Bobbie Faye und das Universum waren wie ein zerstrittenes Ehepaar, gefangen in einer ewigen Schlacht und ständig damit beschäftigt, sich gegenseitig in die Luft zu jagen, anstatt sich einzugestehen, dass der andere der Klügere war. (Das Universum war, nebenbei gesagt, ein hinterlistiger Betrüger.)

Trotzdem gab Bobbie Faye mal wieder ihr Bestes. Sie spulte ihre abendlichen Rituale ab: Sie quetschte sich in das winzige Badezimmer ihres kleinen, ziemlich schäbigen Trailers, und während sie sich lauwarm abduschte, dachte sie voller Sehnsucht daran, wie es wäre, wenn sie heißes Wasser hätte, das diese Bezeichnung auch verdiente. Um ein bisschen ruhiger zu werden, goss sie sich einen Saft ein und knabberte ein paar Cracker. (Natürlich blieb ihr das Pech treu: Der Saft war nämlich schon schlecht geworden und schmeckte so richtig schön vergoren.) Zum Glück war ihre fünfjährige Nichte Stacey über Nacht zu Freunden eingeladen worden. Sosehr sie den kleinen Hosenscheißer auch liebte, war sie doch ausgesprochen erleichtert, dass sie an diesem Abend nicht vierzehn Milliarden Mal den Versuch starten musste, die Kleine ans Bett zu fesseln, damit sie selbst wenigstens für fünf Minuten die Augen zumachen konnte, bevor Stacey wieder angehüpft kam, um ihr auch den allerletzten Rest ihrer noch verbliebenen Nerven zu rauben.

Als Bobbie Faye sich auf ihrer durchgelegenen Doppelmatratze ausstreckte, versank sie sofort in verstörenden Träumen mit völlig aus dem Zusammenhang gerissenen kaleidoskopartigen Bildern in verwirrenden Farben. Einmal sah sie sich selbst von außen. Verdammt, sie kam ziemlich seltsam rüber! Sie hätte schwören können, dass ihr Busen nicht an der richtigen Stelle saß, als würde eine Brust höher hängen als die andere. Aber vielleicht lag das auch nur an dem gestreiften, unterirdisch hässlichen Shirt, das sie trug. Sie hatte es auf der Highschool bei diesem dämlichen Wettbewerb während der »Motivationswoche« gewonnen. Inzwischen war sie verfluchte achtundzwanzig Jahre alt. Warum konnte ihr Unterbewusstsein sich nicht mal als echter Kumpel erweisen und ihr irgendwas anziehen, das unglaublich cool und sexy wirkte? Und warum sah ihr langes braunes Haar, das sie normalerweise offen trug, so … komisch aus. Es war steif, als hätte sie mindestens eine komplette Dose Haarspray benutzt, um daraus eine Art glänzenden Helm zu formen.

Na toll! Ein mieser Traum, und nicht mal ihr Haar saß. Einfach wunderbar. Aber zumindest war sie nicht kahl wie der zerzauste kleine Kerl, mit dem sie redete.

Oh! Moment mal! Besser gesagt, der zerzauste kleine Kerl mit dem Kugelbauch, den sie gerade erschoss.

Warum zum Teufel schoss sie denn auf ihn? Fünfmal! Verdammt, aber es ergab wenigstens ein hübsches Muster! Zumindest das hatte ihr Traum hingekriegt. Sie beugte sich über den Mann, während er auf ihre verrutschten Brüste starrte und behauptete, dass die ja wohl nicht echt seien. Der Idiot.

Er erinnerte sie an niemanden, den sie kannte. Dämliches Unterbewusstsein. Warum ließ es nicht zu, dass sie wenigstens so *tat*, als würde sie einen der Affen umnieten, die sie ständig in den Wahnsinn trieben? Der Typ vom Finanzamt, der ihr auch nur die kleinste Stundung ihrer ausstehenden Steuern verweigert hatte, würde da ganz oben auf ihrer Liste stehen. Oder vielleicht Nick Lejeune, der örtliche Buchmacher, der auf jedes Detail ihres täglichen Lebens Wetten annahm. (Wird sie heute am Vormittag oder erst nachmittags einen Nervenzusammenbruch erleiden? Wird sie aus Versehen irgendetwas in die Luft jagen oder mit Absicht? Wird sie an ihrem Geburtstag im Gefängnis sitzen?) Er verdiente damit ein Vermögen und gab ihr noch nicht einmal was davon ab.

Aber nein … der Tote in diesem Traum kam ihr nicht im Geringsten bekannt vor. Bobbie Faye beobachtete sich selbst, wie sie alle verschossenen Patronen aufhob, bei der Leiche nach einem Puls suchte und sich danach die Finger an ihrem scheußlichen Shirt abwischte. Dann verwirbelte das Bild, ein Windstoß fegte auf sie zu und zerzauste ihr Haar. Dann breitete sie die Arme aus, und plötzlich flog sie unter den Straßenlaternen dahin durch das Geschäftsviertel der eher nüchtern wirkenden kleinen Industriestadt Lake Charles in Louisiana, wo sie zu Hause war.

Als sie aufwachte, hatte sie rasende Kopfschmerzen, und ihr Mund war staubtrocken. Mühsam öffnete sie die Augen und … *verdammte Scheiße!*

Da war irgendwas in ihrem Haar, das tatsächlich nach … Blut aussah. Als Kind war sie ein paarmal schlafgewandelt, meistens ziellos durchs Haus. Und irgendwie hatte sie das vage Gefühl, es letzte Nacht wieder getan zu haben. Fast meinte sie, sich daran zu erinnern, dass sie im Schlaf etwas gehört hatte. War sie aufgestanden, um nachzusehen? Und dann irgendwo gegen gelaufen? Ihre Schranktür stand offen, also war es möglich. Sie sah an sich hinab und fürchtete sich schon vor dem, was sie vielleicht zu sehen bekommen würde, aber nein, sie trug immer noch dasselbe T-Shirt, das sie am Abend angezogen hatte, aber an ihrem linken Arm entdeckte sie ein paar blaue Flecken und einen Schnitt an ihrem rechten, den sie am Vortag noch nicht gehabt hatte.

Also war es tatsächlich ein Traum gewesen. Ein entscheidend zu realistischer Albtraum. Wahrscheinlich war es am besten, nach dem Abendessen ein bisschen öfter die Finger von dem mörderisch leckeren Schokoladenkuchen zu lassen.

Erschrocken fuhr sie hoch, als sie das kalte, schwere Metall in ihrer rechten Hand spürte, ein Gewicht, das sie leider sofort erkannte. Es war ihre Glock. Sie erstarrte und fröstelte am ganzen Körper. Eigentlich hätte die Waffe weggeschlossen sein müssen. Sie war immer sicher verstaut, allein schon, weil Stacey jetzt bei ihr lebte. Behutsam überprüfte Bobbie Faye das Magazin. Fünf Patronen fehlten.

Offensichtlich war das Universum der Meinung, seine Zeit der Rache sei gekommen.

2

Auch vier Tage später war die Erinnerung an den bescheuerten Traum noch nicht verblasst, aber zumindest gelang es Bobbie Faye inzwischen, nicht mehr jede Minute daran zu denken. Ihr zeitweiliger Gedächtnisverlust wäre ihr außerordentlich gelegen gekommen, während sie sich mit den Firmen Crazy und Co. auseinandersetzen musste, die alle glaubten, sie müssten bereits morgens um zehn Uhr die Waffen durchladen.

Bobbie Faye war sich nicht sicher, ob es an den fünfunddreißig Grad im Schatten lag, die an diesem Junimorgen herrschten, oder daran, dass Ce Ces Klimaanlage für heute entnervt den Dienst eingestellt hatte. Jedenfalls schien es ihr, als würde die drückende Hitze deutlich mehr Spinner hervorlocken. Bobbie Faye war noch nicht einmal fünfzehn Minuten bei der Arbeit, und sie hatte bereits verdammte Lust, ihren Kopf durch die nächste Wand zu rammen. Oder sich auszuziehen und nackt in Bundick's Lake zu hüpfen. Bei ihrem Glück würde sie damit allerdings so wie letztes Jahr in den Fünf-Uhr-Nachrichten landen, als der kleine Aubrey Ardoin aus der Abschlussklasse der Highschool sie dabei erwischt hatte, wie sie vollkommen nackt im See baden war, und er gleich mal seine brandneue Videokamera ausprobiert hatte, diese halbstarke Ratte. (Seine Technikleidenschaft hatte er finanziert, indem er »Original Bobbie-Faye-Trümmer« auf eBay verkauft hatte.) Dass sie – mal wieder – in den landesweiten Nachrichten aufgetaucht war, lag natürlich nur daran, dass er sich während des Footballspiels der *Purple and Gold* der Louisiana State University in das Computersystem des Stadions gehackt und ihre nackten Kurven über die Großbildleinwand hatte laufen lassen.

Bobbie Faye würde Ce Ce niemals im Stich lassen, egal, wie gern sie der drückenden Schwüle und den hartnäckigen Kunden entkommen wäre. Sie mochte ihre Chefin viel zu sehr, also hielt sie durch, obwohl ihr wirklich der Schweiß ausbrach, während sie versuchte, der uralten Maimee Parsons, einer Baptistin und echten Stütze der Gemeinde, *keine* handliche Glock zu verkaufen. Und das erwies sich als gar nicht so einfach. Als Verantwortliche für den Tresen, an dem es in *Ce Ce's Cajun-Ausstatter & Feng-Shui-Warenhaus* Pistolen, Gewehre und Messer gab, musste sie jedem, der den vom Staat geforderten Sicherheitscheck bestand, auch eine Waffe verkaufen. Maimee hatte den Check trotz ihrer fünfundachtzig Jahre gerade mit Bravour bestanden. Nicht gerade ein Freudentag für die allgemeine zivile Sicherheit.

Schon als Maimee in ausgebeulten Hosen, einem nicht dazu passenden gestreiften Hemd und einer Baseballmütze auf ihren kecken weißen Locken aufgetaucht war – anstatt wie sonst immer in ihrem Kirchenkleid und mit sorgfältig frisierten Haaren –, hätte Bobbie Faye ahnen müssen, dass irgendetwas nicht stimmte. Die alte Frau runzelte die Stirn über dem Rand ihrer silbernen Brille, und das Funkeln in ihren Augen passte so gar nicht zu ihrem sonst sehr niedlichen runden Gesicht.

Das Leuchten in Maimees Augen kam normalerweise daher, dass sie lange für das Abendmahl in der Baptistenkirche der Stadt verantwortlich gewesen war und deswegen glaubte, sie wüsste genau, wer beizeiten in die Hölle kommen würde. Und sie genoss dieses Wissen. Aber heute schien in dem Glitzern ein Hauch von Wahnsinn mitzufunkeln, und Bobbie Faye fragte sich, ob Maimee den Entschluss gefasst haben könnte, dass ihr Ehemann, mit dem sie seit fünfzig Jahren verheiratet war und der ihre gemeinsame Altersversorgung am Spieltisch gelassen hatte, es nicht länger verdiente, auf dieser Erde zu wandeln. Es war durchaus bekannt, dass Ce Ce sich nebenbei auch ein wenig Geld als Voodoohexe verdient, daher machte allein Maimees Anwesenheit als Baptistin in Ce Ces Laden mehr als deutlich, dass bei ihr irgendeine Sicherung durchgebrannt sein musste. Sie hielt nichts von zweiten Chancen, es sei denn, der Herr persönlich gestand sie jemandem zu. Somit schien Edgar Parsons' letztes Stündchen geschlagen zu haben, da er in letzter Zeit ausschließlich als Verlierer den Spieltisch verlassen hatte.

Maimees Fähigkeit, auch die kleinste Sünde sofort zu durchschauen, schüchterte selbst den ruchlosesten Menschen ein (inklusive ihres Neffen, des Gouverneurs). Trotzdem mochte Bobbie Faye die kleine Frau. Maimee war einer der wenigen Menschen, der Bobbie Fayes Mutter immer geholfen hatte, etwas zu essen auf den Tisch zu bekommen – damals, als die meisten Leute glaubten, ihre Mom sei unzurechnungsfähig, bevor sie erfuhren, dass sie Schmerzmittel wegen ihres Krebses nahm.

Während Maimee in den Lauf einer ungeladenen Glock spähte, stellte sie sich so breitbeinig auf ihre spindeldürren Beine, dass Dirty Harry stolz auf sie gewesen wäre. Bobbie Faye ließ ihren Blick durch den alten, verwinkelten Laden schweifen, der ziemlich verstaubt war und vollgestopft mit allem nur erdenklichen Krempel. Vielleicht konnte Maimee ja auch einfach für jemanden beten, statt eine Waffe zu kaufen, doch als Bobbie Faye sich nach einem möglichen Opfer umsah, schienen alle Kunden auf geradezu unheimliche Weise verschwunden zu sein. Scheinbar hatten sich sämtliche Sünder schnell aus dem Teil des Ladens verdrückt, in dem die Waffen verkauft wurden, denn Maimee eilte der Ruf voraus, dass sie jemandem wirklich … *begeistert* die Hand auflegte, während sie für ihn betete.

»Mrs Maimee, Sie wollen doch gar keine Glock kaufen. Eigentlich möchten Sie nach Hause gehen und mit Mr Edgar reden und ein paar Dinge wieder geradebiegen.«

»Red keinen Quatsch, Mädchen! Es geht nicht um Edgar. Ich möchte mich gern schützen.« Sie knallte die Glock auf die Glasfläche des Tresens. »Ich habe das Recht, mir eine Waffe zu besorgen, und du musst sie mir verkaufen.«

Bobbie Faye wurmte es, als *Mädchen* bezeichnet zu werden, aber sie ging darüber hinweg. Es war wahrscheinlich das Beste, Kunden, die bald bewaffnet sein würden, nicht unnötig zu verärgern. »Sie können doch gar nicht schießen.«

»Ich habe gehört, dass du eine erstklassige Schützin bist und hier Unterricht gibst. Also bring es mir bei!«

»Die Waffen sind ziemlich teuer.«

»Kein Problem. Wie viele Stunden muss ich nehmen, bis ich so weit bin, dass ich nachts einen Einbrecher umnieten kann?«

»Kommt Mr Edgar nicht manchmal abends spät nach Hause?«

»Hier ist meine Kreditkarte. Zieh sie einfach durch! Und gib mir auch ein paar Schachteln Munition! Ich weiß nicht genau, wie viel man davon braucht, um sich seiner Haut zu wehren. Eine ganze Menge, denke ich. Das Zeug kannst du auch gleich mit auf die Rechnung setzen.«

Langsam wurde die Sache echt unangenehm. Bobbie Faye wusste genau, dass man ihr die ganze Sache anhängen würde, wenn Mr Edgar plötzlich doch ein vorzeitiges Ende finden würde. Sie wusste es so genau, wie sie vor ein paar Monaten gewusst hatte, dass sie einen Pick-up entführen musste, um ihren Bruder zu retten, der sie wegen des winzig kleinen Problems angerufen hatte, dass er entführt worden war. Es tat ihr wirklich leid, dass sie bei dem Versuch, ihren Bruder zu retten, das halbe Land in Schutt und Asche gelegt hatte. Ehrlich!

Trotzdem hatte sie irgendwie das Gefühl, dass nicht alle ihr glaubten, und da musste sie kurz an ihren Ex denken. Detective

Cameron Moreau. Klar, er war sexy, und er konnte, wenn er wollte, charmant sein wie der Teufel selbst (als Quarterback für die LSU hatte er auch ein bisschen was über gute PR gelernt), aber jedes Gramm seiner männlichen Herrlichkeit machte er dadurch zunichte, dass er das dominanteste menschliche Wesen auf diesem Planeten war. (Okay, das war vielleicht etwas übertrieben. Es gab sicher noch ein paar Leute, denen sie nur noch nicht über den Weg gelaufen war, und rein statistisch bestand natürlich die Möglichkeit, dass von denen jemand – aber höchstens *einer* – noch dominanter war.)

Cam meinte es gut. Er besaß ein weiches Herz. Sie wusste, dass er als ihr Freund aus Jugendzeiten nur das Beste für sie wollte, auch wenn sie sich über ihre Entscheidungen immer wieder in die Haare gerieten. Und am Ende der letzten großen Jagd hatte es einen Moment gegeben, da war er hin- und hergerissen gewesen, ob er sie erschießen oder ihr helfen sollte. Ungefähr zwei Sekunden lang hatte sie geglaubt, dass es vielleicht doch eine Chance für sie gäbe, wieder Freunde zu werden, als er sich nämlich dazu entschlossen hatte, ihr zu helfen. Doch kaum war die Situation ausgestanden gewesen, war er sofort wieder in sein typisches Verhalten zurückgefallen und hatte sich aufgeregt, dass sie ihn nicht angerufen und um Rat gefragt hatte, damit er jeden einzelnen ihrer Schritte hätte überwachen können.

Ja, sie begann langsam ein gewisses Verständnis für Maimee zu entwickeln.

Bobbie Faye griff nach der Pistole, die Maimee auf den Tresen gelegt hatte, und wog sie in der Hand. Wenn nur nicht dieses dumme Gefühl in ihrem Magen wäre, als ihr erneut der verrückte Traum in den Sinn kam, in dem sie auf den zerzausten Typen geschossen hatte. Sie spürte buchstäblich noch, wie der Boden gebebt hatte, als der Mann der Länge nach hingeschlagen war.

»Bobbie Faye«, schnaubte Maimee und riss sie aus ihren Gedanken. Mit der Kreditkarte klopfte die alte Frau auf das Glas des Tresens. *Es war nur ein Traum. Nichts als ein Traum.* »Jetzt mach schon, rechne endlich ab! Ich muss zu einem Gebetstreffen.«

Das Wort *Treffen* hing noch in der Luft, als die Eingangstür des alten Gebäudes im akadianischen Stil aufgerissen wurde und die klingenden Glocken den Auftritt Ihrer königlichen Hoheit, der Nervensäge Francesca Despré, ankündigten. Sie war stattliche eins siebenundsechzig groß und damit zwei Zentimeter kleiner als Bobbie Faye und etwas flachbrüstiger (was Francesca nicht akzeptieren konnte und deswegen auch niemals ohne Push-up das Haus verließ). Francescas kurzes braunes Haar umrahmte ihr perfekt gebräuntes Gesicht, und ihre modische Kleidung kreischte geradezu: *Ich wäre so gern eine Diva!* Sie stakste auf Zehn-Zentimeter-Stilettos heran. In der einen Hand hielt sie eine flauschige, mit Federn besetzte Handtasche in einem entsetzlich grellen Pink und in der anderen einen mit Krokoleder bezogenen Make-up-Probenkoffer. Der etwas zerfetzt wirkende und praktisch nicht existente schwarze Mikro-Minirock war die eigentliche Krönung des Ganzen – ein Rock, der aus so dünnen Fäden bestand, dass Bobbie Faye davon ausging, irgendeine völlig verdutzte Spinne musste am Morgen aufgewacht sein und sich gefragt haben, wo zum Teufel ihr Netz abgeblieben war.

Francesca steuerte direkt auf den Waffentresen zu, und es bestand keinerlei Hoffnung, dass ihr bedrohlicher Auftritt in irgendeiner Weise unbeabsichtigt war. Sie schlängelte sich durch den Laden, vorbei an den Tarnanzügen, der Angelabteilung, den Zelten und den groben Laternen, und machte im letzten Moment einen großen Bogen um die durchsichtigen Boxen mit den lebenden Grillen und die überladenen Regale mit den Feng-Shui-Kristallen, die Ce Ce noch nicht alle ausgepackt hatte.

»Scheiße«, murmelte Bobbie Faye, während sie beobachtete,

wie die geradezu schwindelerregend selbstbewusste Francesca den Laden durchquerte.

»Bobbie Faye!«, meldete sich Maimee vorwurfsvoll zu Wort. »Achte auf deine Ausdrucksweise!«

»Mrs Maimee, Sie kaufen sich eine Waffe. Ich wette darauf, dass Sie gerade Mr Edgars Lebensversicherung erhöht haben, und damit befinden Sie sich heute auch nicht gerade auf dem rechten Weg.«

»Hi, Bobbie Faye«, plapperte Francesca einfach drauflos, sobald sie den Tresen erreichte. »Wir haben ein Problem.«

```
Verschlüsselungscode in: ***********
Von: Simone
An: JT

Bestätigung: BF ist im Objekt. F ist hineingegangen.
```

```
Verschlüsselungscode in: ***********
Von: JT
An: Simone

Alles wie geplant.
```

Bobbie Faye bemerkte mit einem Blick an Francesca vorbei, dass sämtliche männlichen Kunden, die älter als zwei Jahre waren, noch unbedingt etwas aus dem Gang holen mussten, der zum Waffentresen führte. Francesca dagegen schien absolut nichts von all der Aufmerksamkeit mitzubekommen, die sie auf sich zog. (In der Phase, als sie verrückt nach Jungs gewesen war – oh,

Moment mal, sie befand sich ja immer noch in der Phase –, hatte sie sich von einem vorpubertären Wildfang, mit dem man Pferde stehlen und in Clubhäuser nur für Männer einbrechen konnte, in ein aufmerksamkeitsgeiles Geschoss verwandelt, das an Schönheitswettbewerben teilnahm und ihr Make-up mit der gleichen Sorgfalt auftrug, mit der andere Leute lebensrettende Maßnahmen ausführen würden.) Francesca legte ihre Handtasche und ihren Musterkoffer auf den Tresen und sah Bobbie Faye mit todernstem Blick an.

»Ooooooohhh *nein!*«, sagte Bobbie Faye, denn sie hatte diesen aufgesetzt unsicheren und hilflosen Ausdruck in ihren großen Augen, der immer *Bitte, oh bitte hilf mir bei meinen Hausaufgaben!* hieß, einfach schon zu oft gesehen. »Wir …« – Bobbie Faye beugte sich über den Tresen und deutete mit dem Zeigefinger zwischen Francesca und sich hin und her – »… haben *kein* Problem.«

»Bobbie Faye, du musst einfach helfen. Ich habe ihnen gesagt, dass du es tun würdest.« Mit Bambi-Augen und Schmollmund sah Francesca sie flehend an.

»Netter Versuch. Daraus wird aber nichts.«

»Warten Sie mal«, wandte sich Maimee an Francesca und blickte sie aus schmalen Augen unter dem Schirm ihrer Baseballmütze ziemlich durchtrieben an. »Sie sind doch die Vertreterin von *Lady Marmalade*, oder?«

»Ja, genau«, strahlte Francesca und drehte den Make-up-Musterkoffer so herum, dass das Logo von *Lady Marmalade* auf der Vorderseite gut zu sehen war.

Maimee wühlte in ihrer riesigen Handtasche herum. »Sie verkaufen Ihre Produkte an Huren und Stripperinnen und großbrüstige Frauen, die sich regelmäßig in Spielsalons herumtreiben, ist es nicht so?«

Noch bevor Francesca irgendetwas darauf antworten konnte,

hatte Bobbie Faye bereits eine Hand auf Maimees Arm gelegt, die gerade eine Bibel in der Größe einer kleinen Panzerhaubitze aus ihrer Tasche ziehen wollte. »Ich glaube, wir haben im Moment keine Zeit, um für sie zu beten. Das würde nämlich Stunden dauern.«

Die alte Frau wedelte mit der Bibel. »Ich hatte eigentlich mehr daran gedacht, ihr damit eine zu scheuern.«

Bobbie Faye wäre so gern … oh, wirklich fürchterlich gern … einen Schritt zurückgetreten und hätte Maimee freie Bahn gelassen, aber stattdessen drückte sie die Bibel sanft auf den Glastresen und sagte: »Mrs Maimee, haben Sie mal darüber nachgedacht, an einem Anti-Aggressionstraining teilzunehmen?«

»Sie weiß, wovon sie redet«, sagte Francesca zu Maimee. »Sie musste schon dreimal bei so was mitmachen. Inzwischen kriegt sie Rabatt.«

»Du tust dir gerade keinen besonders großen Gefallen, Frannie. Ich denke, du solltest jetzt gehen.«

»Das kann ich nicht, Bobbie Faye. Sie kommen!« Francesca machte eine Kopfbewegung in Richtung Tür, als wäre damit alles gesagt. »Und wenn du dich nicht beeilst, dann steckst du echt in der Klemme.«

»Und warum genau sollte ich in der Klemme stecken?«

»Weil ich ihnen gesagt habe, dass du wüsstest, wo sie sind. Oder wie man sie findet. Und jetzt glauben sie, dass du das auch tust oder dass du es zumindest kannst, und deswegen musst du es auch tun, oder sie werden Menschen töten.«

3

Aiden Stewart warf den Rest der durchgeweichten Pommes – die in diesem dämlichen Amerika *Fries* genannt wurden – zurück in die Tüte und verfluchte den verdammten Fast-Food-Laden. Von einem Land mit der Größe der USA hätte er eigentlich erwartet, dass es dort jemanden gab, der die Kunst beherrschte, ein paar Kartoffelstäbchen vernünftig zu frittieren.

Eigentlich hätte er gern einen Whiskey getrunken, aber Sean MacGreggor, der als Chef ein ziemlich mieser Bastard sein konnte, hielt nichts davon, wenn bei der Arbeit getrunken wurde, und hatte bereits ein oder zwei Leute für immer in Pension geschickt, nachdem er sie dabei erwischt hatte. Insgeheim sagte sich Aiden, dass es der schottische Teil von MacGreggors schottisch-irischer DNA seiner presbyterianischen Mutter war, der ihn so verdorben hatte, denn kein normaler Ire würde sich über den einen oder anderen kleinen Drink aufregen.

Sie parkten jetzt schon seit fast einer Stunde auf einem verlassenen Bauplatz schräg gegenüber von dem Laden mit dem seltsamen Namen, wo diese Bobbie Faye arbeitete. Aiden ließ seinen Blick durch den Kastenwagen streifen, den sie für diesen Job angemietet hatten. Sean saß mit ausgestreckten Beinen da und wirkte ungefähr so entspannt und freundlich wie eine Rolle NATO-Draht. Die Stacheldrahtnarben, die sich über die linke Seite seines Gesichts zogen, hätten ihn eigentlich abstoßend machen müssen, aber Aiden wollte verdammt sein, wenn sie nicht genau das Gegenteil bewirkten, besonders bei Frauen. Aiden kannte Sean seit ihrer gemeinsamen Kindheit in Tallaght westlich von Dublin, wo sie beide ums Überleben gekämpft hatten. Er konnte sich nicht mehr daran erinnern, wann Sean den ersten Menschen getötet hatte, aber er vergaß nie, wie er ihnen immer geholfen hatte, etwas in den Magen zu bekommen, und seitdem waren sie ihm gefolgt.

Mollie, Seans elfengleiche Cousine, hing über dem Steuer und trommelte mit den Fingern aufs Armaturenbrett, womit sie (völlig absichtlich) Robbie, den kleinen, rattengesichtigen Computerfreak, in den Wahnsinn trieb, der sich bereits als unverzichtbar erwiesen hatte. Am Morgen hatte Robbie eine Wanze an der Seite des Tresens platziert, hinter dem Bobbie Faye Dienst tat, und während die Frauen jetzt redeten, grinste er. (Scheiße, sie mussten ihn unbedingt mal zu einem Zahnarzt bringen, damit der ihm endlich ein vernünftiges Esszimmer ins Gesicht baute.)

»Glaubst du wirklich, die Frau spielt mit?«, fragte Aiden. Er hatte einiges über diese Bobbie Faye gelesen und sie dazu zu bewegen, das zu tun, was man wollte, erschien ihm wie der Versuch, einen Sack Flöhe zu hüten.

»Sie hat keine verdammte Wahl«, erwiderte Sean, und er wirkte dabei ganz ruhig und zuversichtlich, wobei Aiden genau wusste, dass er gerade dann meistens kurz davor war auszurasten. Aiden fragte sich – und das nicht zum ersten Mal bei diesem Job –, ob das Zusammentreffen von Sean und Bobbie Faye auf demselben Kontinent nicht das Gleiche war, als würde man Nitroglyzerin gegen eine Wagenladung C4 schleudern.

»*Was* soll ich finden?«, wollte Bobbie Faye von Francesca wissen, dann ließ sie den Kopf hängen und seufzte. Genauso gut hätte sie in diesem Moment die Tür zur Hölle öffnen und rufen können: »Hallo, Schatz, ich bin zu Hause!«

Francesca strahlte, als hätte Bobbie Faye stillschweigend ihr

Einverständnis erklärt. Dann sah sie sich um, wandte sich von Maimee ab und wisperte: »Die *Diamanten*, Dummchen. Und du hast nicht viel Zeit.«

»Bobbie Faye«, fuhr Maimee dazwischen, »wird das heute noch was? Ich muss zu einem Gebetstreffen, und ich brauche diese Waffe.«

Irgendwie klang dieser Satz heute vollkommen normal.

Am liebsten hätte sich Bobbie Faye über den Tresen gelegt, ihre Schläfe gegen das kühle Glas gepresst, die Augen geschlossen und tief durchgeatmet, damit sie nicht dieser fast übermächtigen Versuchung nachgab, allen Anwesenden das Hirn aus dem Schädel zu prügeln. Später dann, vielleicht in zehn Jahren oder so, wenn sie ihre Augen wieder öffnete, würden alle verschwunden sein, und es konnte doch noch ein guter Tag werden. Nur leider würde es so nicht laufen, und an Francescas entschlossenem Schmollmund sah Bobbie Faye deutlich, dass sie sich genauso gut der Wahrheit stellen konnte. Je eher sie es tat, desto schneller würde sie diesen Albtraum hinter sich haben.

»Frannie, wovon *zum Teufel* redest du?«

»Mom und Dad hatten eine … unbedeutende … Meinungsverschiedenheit«, fuhr Francesca flüsternd fort.

An der Art, wie Francesca angespannt die Schultern hochzog und sich immer wieder umschaute, erkannte Bobbie Faye, dass es sich nicht nur um eine *unbedeutende* Meinungsverschiedenheit gehandelt haben konnte. Nichts war jemals unbedeutend, wenn es um ihre Mom und ihren Dad ging – selbst den Beginn ihrer Beziehung konnte man nur als *episch* bezeichnen: ein Paar im Stil von Romeo und Julia, deren cajunische (Maries) und kreolische (Emiles) Familien sich bekriegten. Die beiden hatten sich auf den ersten Blick ineinander verliebt und erklärt, wenn man ihnen nicht erlaube zu heiraten, würden sie etwas tun, was ihre Familien weitaus mehr fürchteten als den klassischen Doppelselbstmord. Sie würden die LSU verlassen und sich an der Universität von Alabama einschreiben. (Noch wochenlang nach dieser Drohung wankte Emiles Dad mit ständigen Angina-Pectoris-Anfällen durchs Leben.) Ihre Heirat hatte dann einen unsicheren Waffenstillstand zwischen den beiden nun zwangsweise verbundenen Familien herbeigeführt. Maries Cajun-Clan, der Reis anbaute und eine Getreidemühle besaß, war jetzt in der Lage, sich ein wenig Luxus zu leisten, wie zum Beispiel Marie zum Kunststudium aufs College zu schicken. Emiles Familie, die angeblich im Perlengeschäft für Mardi Gras tätig war, verdiente ihr Geld auf altmodische Weise: mit organisiertem Verbrechen. Bobbie Faye wusste, dass es eine Blutfehde zwischen den beiden Familien gab, die Generationen zurückreichte, aber bei allen, die alt genug waren, um noch zu wissen, wie es damals überhaupt dazu gekommen war, taten sich unglaubliche Erinnerungslücken auf, wenn sie danach gefragt wurden.

»Sie wollen sich scheiden lassen.«

»Soll das ein Witz sein?«

»Nein, das ist kein Witz«, erwiderte Francesca, und ihre Stimme wurde leicht schrill. »Und es ist so gemein von ihnen, denn ich habe schon Albträume deswegen, und man sollte doch meinen, dass sie das interessiert. Aber nein, sie haben sich einfach getrennt und sind ihrer Wege gegangen. Daddy mit seiner kleinen Schlampe und Mama mit den Diamanten. Da hat er ihr einen Killer auf den Hals gehetzt, damit sie sie wieder zurückbringt. Aber das wird Mama nicht tun, und man wird sie töten, und du weißt, dass dann Mamas Familie Daddy jagen wird. Diese dämlichen Diamanten löschen noch meine ganze Familie aus, Bobbie Faye, und …«

Maimee unterbrach sie. »Können wir die Sache mal zu Ende bringen? Wenn ich es nicht rechtzeitig zu meinem Gebetstreffen schaffe, werden noch heute Menschen zur Hölle fahren. Ich brauche diese Waffe, und zwar *jetzt*!«

»Sie brauchen sie nicht *jetzt*. Ich glaube jedenfalls kaum, dass es eine neue Methode der Erlösung gibt, bei der man nervtötende Sünder schleunigst ihrem Schöpfer überstellt, während sie um Vergebung bitten.«

»Das könnte durchaus sein.«

»Klar, es gibt ja das wenig bekannte Gebot: *Du sollst deine Waffe verdeckt tragen*. Haben Sie nicht irgendwelche Familienangehörigen, die ich für Sie anrufen könnte? Freunde? Die Aufsicht der geschlossenen Abteilung?« Francesca tippte Bobbie Faye auf den Arm, und sie wandte sich ihr zu. »Was ist?«, fragte sie, während sie im gleichen Moment zwei Männer auf sich zuschlendern sah. Beide hielten eine Pistole in der Hand.

Leider hatte sie nichts griffbereit, womit man schießen konnte und was zudem auch geladen war. Absolut gar nichts. *Ach verdammt!*, quiekte die kleine Stimme in ihrem Hinterkopf alarmiert. Sie blickte zu einem großen, untersetzten Mann auf, dessen gesamter Körperbau wirkte, als hätte ihn ein Ingenieur mit einer Vorliebe für rechte Winkel zusammengesetzt. Alles an ihm war quadratisch, bis hin zu seinen schaufelartigen Händen, mit denen er auch als Gabelstapler hätte arbeiten können. In der Nähe seiner einen Achsel zeichnete sich unter dem Mantel eine Beule ab. Dort störte offenbar ein Pistolenholster die ansonsten so perfekten geraden Linien seiner Erscheinung.

»Ich glaube, ich soll heute jemanden erschießen«, verkündete er und sah Bobbie Faye direkt in die Augen. »Sind *Sie* das?«

Bobbie Faye blinzelte. »Hat er gerade gefragt, was ich glaube, dass er gefragt hat?«

»Das ist Mitch Guillory«, erklärte Francesca, als Bobbie Faye sie fragend ansah.

»Der kleine *Mitchell*?« Bobbie Faye konnte es nicht fassen, denn sie sah keinerlei Ähnlichkeit zwischen diesem Schrank auf zwei Beinen und dem Kind, das ihre Mutter immer einen Zahnstocher mit Augen genannt hatte. Doch dann fiel ihr ein, dass sie sein Polizeifoto in den Nachrichten gesehen hatte. Er war bei einem Raubzug in New Orleans, der auf das Konto des organisierten Verbrechens ging, verwundet worden.

»Du sollst sie noch nicht sofort erschießen«, warnte der andere Mann Mitch, und Mitch schien sich etwas zu entspannen, doch Bobbie Faye ließ seine Waffe nicht aus den Augen.

»Aber erschieße ich nicht immer Leute?«, erkundigte sich Mitch.

»Er hat ein kleines Problem mit seinem Kurzzeitgedächtnis«, erklärte Francesca. »Seit er angeschossen worden ist.«

»Ich bin angeschossen worden?«, fragte Mitch und runzelte unsicher die Stirn.

»Ja«, seufzte der andere Mann. Offenbar hatte er ihm das schon einige Male erklärt – und Bobbie Faye erkannte diesen Seufzer. Sofort zog sich in ihr alles zusammen, denn sie erinnerte sich gut an Donny, der mit dreißig immer noch so jungenhaft langweilig aussah, dass man ihn fast für fünfzehn halten konnte. Sie hatte Donny nicht mehr gesehen, seit er nach L. A. gegangen war, um Schauspieler zu werden. Der Höhepunkt seiner Karriere war bisher allerdings ein Werbespot für eine Hämorrhoidensalbe gewesen. Donny und Mitch waren Francescas Cousins, und sie verbrachten früher jeden Sommer gemeinsam, wenn Francescas Mom sie zu ihrer Großmutter nach Lake Charles schickte.

»Du hast eine Kugel in den Kopf bekommen«, fuhr Don an Mitch gewandt fort. »Deswegen vergisst du immer alles Mögliche.« Aus Erzählungen wusste Bobbie Faye, dass er sich auch an sein eigenes Alibi oder die Anweisungen seines Verteidigers nicht erinnern konnte, sodass er nicht in der Lage war, einen

Prozess durchzustehen. Und wo Francesca, Mitch und Donny waren, konnte Kit …

»Sieh in deinen Anweisungen nach«, sagte eine Frau mit einer rauen, erotischen Raucherstimme.

… nicht weit sein.

Kit, klein und mit stachelig gegeltem Haar, hatte sich hinter Mitchs breitem Kreuz versteckt. Sie sah umwerfend gut aus, und Bobbie Faye erkannte in ihr sofort die freche kleine Cousine, die grundsätzlich überall dabei war. Sie war schon immer etwas gestört gewesen, ein Kind, das lieber Käse über sein Eis streute als Schokoflocken. »Ich habe alles für ihn aufgeschrieben«, sagte sie zu Bobbie Faye. »Ich glaube, er hat eine echt große Zukunft als Auftragskiller vor sich. Er ist total willensstark, wir müssen nur noch dieses Problem mit *Ups, das war jetzt der Falsche!* in den Griff kriegen.«

»Bist du nicht … Berufsberaterin? Für den Justizvollzug?«, erkundigte sich Bobbie Faye, während sie Maimee die Glock wegnahm und erst dann bemerkte, dass die alte Frau eine Schachtel Munition aus dem Regal genommen hatte und mit gerunzelter Stirn herauszufinden versuchte, wie man die Waffe lädt.

»Ich habe ein Händchen dafür, Leute in Berufen unterzubringen, für die sie besonders geeignet sind.«

»Klar, und warum solltest du dabei irgendeinen Gedanken daran verschwenden, ob der Job auch legal ist?«

»Dich würde ich zum Beispiel bei einer Abrissfirma unterbringen. Du hast ein ungewöhnliches Talent, Dinge in ihre Einzelteile zu zerlegen.«

»Hey, toll, das muss ich gleich in meinen Lebenslauf schreiben.«

»Ich werde mal sehen, was ich für dich finden kann«, versprach Kit, ohne auch nur einen Hauch von Bobbie Fayes Sarkasmus mitzubekommen. »Falls du überlebst.«

»Sch!«, sagte Francesca zu Kit, dann drehte sie sich wieder zu Bobbie Faye um. »Siehst du? Du bist perfekt für den Job.«

»Ja, sicher, nachdem ich mir »dämlich« auf die Stirn habe tätowieren lassen.«

»Die Leute meinen, dass du schon wüsstest, wie man die Diamanten findet«, erklärte Kit. »*Wir* helfen Francesca dabei, dass ihre Eltern am Leben bleiben. Und das bedeutet, du wirst *uns* helfen müssen.«

»Ihr könnt doch nicht ernsthaft glauben, dass Emile einen Killer auf Marie ansetzen würde«, sagte Bobbie Faye. Alle nickten, nur Mitch warf den anderen erst einen fragenden Blick zu, bevor er einstimmte. »Auf keinen Fall. Außerdem habe ich zu tun. Ich muss meinen Antrag für ein Existenzgründerdarlehen fertig machen und einreichen. Ich werde mich nicht auf die Jagd nach irgendwas begeben, nur weil ihr hier mit einer irren Geschichte auftaucht.«

Bobbie Faye musste die Vitrine zuklappen und abschließen, damit Maimee nicht nach einer SIG Sauer griff.

»Aber du bist unsere letzte Hoffnung! Du hast deinem Bruder das Leben gerettet! Obwohl die Chancen wirklich schlecht standen! Ich habe das alles genau in den Nachrichten verfolgt. Und ich habe gehört, dass Daddy einen seiner … nun ja, Mitarbeiter losgeschickt hat … und Mamas Leute auch. Es wird alles nur noch schlimmer werden, und es werden Menschen sterben. Alle sind davon überzeugt, dass nur du sie retten kannst, weil du die Piratenkönigin bist.«

Bobbie Faye riss ihren Blick von Donny los, der sich gerade für die Überwachungskamera in Positur stellte. Francesca war nie besonders glücklich darüber gewesen, dass Bobbie Faye die inoffizielle Königin des örtlichen Piratenfestivals war, obwohl es sich dabei um einen Titel handelte, der nur vererbt werden konnte. »Was um alles in der Welt hat das damit zu tun?«

»Du bist eine Cajun. Du kannst etwas über Mama herausfinden, weil alle ihre Freunde Cajuns sind, deswegen werden sie dir Dinge erzählen, die sie mir niemals sagen würden, obwohl wir verwandt sind.«

Und nun war es ausgesprochen. Sie hatte es sich verkniffen, auch nur darüber nachzudenken: Hier ging es um die Familie. Insbesondere um die Familie väterlicherseits. Das Leben von Marie, der Schwester ihres Vaters, war in Gefahr. Als Tante war sie immer nett zu ihr gewesen trotz der Tatsache, dass ihr Bruder, Bobbie Fayes Vater, sie niemals als seine Tochter anerkannt hatte oder sie ihn als ihren Dad. Als sie noch sehr klein gewesen war, hatte es mal eine Zeit gegeben, in der sie sich gewünscht hatte, es wäre anders. Aber heute? Auf keinen Fall. Der einzige Mensch, mit dem sie über ihre Familie gesprochen hatte, war Nina, ihre beste Freundin, die eine Modelagentur besaß, bei der es eigentlich … nun ja, quasi ausschließlich um SM ging. Aber Nina tolerierte auch Bobbie Fayes weniger freundliche Seiten – selbst dann, wenn sie gemeingefährlich wurde.

Francescas Cousins – also technisch gesehen waren zwei von ihnen auch ihre Cousins – sahen sie voller Hoffnung an.

»Vielleicht hast du ja einfach eine Idee, wo Mama sie versteckt haben könnte«, meinte Francesca. »Du bist ja nun mal ziemlich durchgeknallt, und Mama ist das auch, deswegen seid ihr euch ganz schön ähnlich. Du kannst dich wahrscheinlich gut in sie hineinversetzen.«

»Es macht mir echt Angst, wenn ich darüber nachdenke, dass du im Verkauf tätig bist.«

In dem Moment zersplitterte laut klirrend das Schaufenster, und eine Kugel sirrte direkt über Bobbie Fayes Kopf hinweg.

»Runter!«, brüllte sie und packte die Glock samt Munition, bevor sie sich auf den Boden warf.

Allison und Alicia, die Zwillinge, die am vorderen Tresen arbeiteten, brachten den Rest der Kunden in einen hinteren Raum, wo ihnen keine Glassplitter oder Gefährlicheres um die Ohren fliegen konnten. Die Cousins sprangen sofort auseinander, und Mitch schoss zurück, obwohl er ganz offensichtlich nicht genau wusste, auf wen er zielen sollte, denn es gelang ihm mit Bravour, sämtliche Schaufensterpuppen, die vorn in der Abteilung für Tarnkleidung aufgereiht standen, umzulegen.

»Mitch!«, schrie Bobbie Faye, aber er konnte sie nicht hören, weil er gerade einen der Plastikköpfe wegknallte. Eine weitere Kugel von draußen zischte vorbei und zerstörte die Dosen mit Schießpulver über Bobbie Fayes Kopf, und der schwarze Inhalt ergoss sich über sie und den Fußboden.

Na toll! Ihre Frisur war im Eimer, und außerdem konnte sie auch noch jeden Moment in die Luft fliegen. *Großartig!* Sie lud die Glock und rief Francesca zu, dass sie die Polizei rufen solle. Als sie um den Tresen herumspähte, sah sie, dass Maimee nicht wie alle anderen auf dem Boden lag. Während Mitch unaufhörlich zurückschoss, schlugen weitere Kugeln von draußen in die Grubenlaternen in der Auslage ein, und Glassplitter flogen durch die Gegend.

»Mrs Maimee, gehen Sie in Deckung!«

»Ich rufe nur eben die anderen aus dem Gebetskreis an«, erklärte Maimee, während sie schon auf ihrem Handy herumtippte. »Wir treffen uns einfach hier. Ich denke, Gott will mir sagen, dass wir Waffen brauchen, die zusammenpassen.«

Bobbie Faye fragte sich, ob Mr Edgar wohl lange genug leben würde, um Maimee noch in der hübschen gepolsterten Zelle zu besuchen, auf die sie geradewegs zusteuerte.

»Der Zug wird die Polizei aufhalten«, rief Kit, die neben der Tür in Deckung gegangen war und hinausspähte. Ein langer Güterzug näherte sich langsam dem Bahnübergang, der einen Block von Ce Ces Laden entfernt lag. Die Cops würden einen

Umweg von zwanzig Minuten in Kauf nehmen müssen, wenn das verdammte Ding nicht schneller fuhr.

»Frannie!« Bobbie Faye packte die Frau am Arm, um sie aufzurütteln und zur Vernunft zu bringen. »Schaff deine Cousins hier weg und geh zur Polizei!«

»Auf keinen Fall. Daddy schmiert viel zu viele von denen. Die sperren uns ein, bevor wir Mama helfen können. Zuerst müssen wir die Diamanten finden.«

»Das FBI ...« Aber Bobbie Faye hielt inne, als Francesca die Augen verdrehte. Ihr Dad hatte während seiner Laufbahn auch schon Senatoren und Gott weiß wen noch bestochen.

»Sie haben Mama befragt, aber sie hatte die Diamanten nicht bei sich, also muss sie sie irgendwo versteckt haben. Angeblich versucht sie, sie zu verkaufen, aber wenn sie das tut, wird Daddy wirklich sehr wütend werden, deswegen haben wir nur ein paar Tage Zeit, und ausgerechnet jetzt können wir sie nicht finden.«

Weitere Kugeln pfiffen herein, zerschlugen Vitrinen, blieben in Wänden stecken oder fegten alles Mögliche aus den Regalen, und Bobbie Faye konnte nicht sagen, ob gerade der Scharfschütze von draußen schoss oder Mitch. Oder Donny, der inzwischen ebenfalls ins Geschehen eingegriffen hatte. Wenn Ce Ce von ihren Besorgungen zurückkam, würde Bobbie Faye sich noch wünschen, dass eine der Kugeln ihr Ziel getroffen hätte. »Wer zum Teufel schießt eigentlich von da draußen auf uns?«

»Vielleicht jemand, der nicht will, dass wir die Diamanten finden«, vermutete Francesca.

»Ihr alle zusammen verursacht mehr Schaden, als diese dämlichen Diamanten überhaupt wert sind.«

»Es sind mehr als dreißig, und sie sind mindestens eine Million wert.«

Heilige Scheiße, das war eine ganze Menge, selbst für Diamanten! Bobbie Faye begriff, dass jemand für eine solche Summe durchaus bereit sein könnte, sie zu erschießen. Es gab nämlich sogar ein paar Leute, die sie umsonst umlegen würden. Wenn dann noch so viel Geld dazukam, würden diese Leute reihenweise mit gezückten Waffen bereitstehen.

»Es tut mir wirklich leid, dass ich dich in diese Sache reinziehen muss.« Francesca schaffte es, ihrem Bambi-Blick einen Ausdruck tiefer Zerknirschung hinzuzufügen.

Die Scheiben des Aquariums mit den kleinen Köderfischen zerbarsten unter einem Volltreffer, und Wasser und Fische ergossen sich in einem Schwall in sämtliche Richtungen. Vom anderen Ende des Ladens hörte Bobbie Faye ein unterdrücktes »Ups!«.

Dann sagte Kit: »Schon okay, Mitch, Schätzchen. Das war ein wirklich guter Treffer. Nicht ein einziger der Fische hat zurückgeschossen.«

Verflixt noch mal, das war doch der pure Wahnsinn hier. Sie zerschossen Ce Ces Laden, was schon schlimm genug war, aber leider begriff Bobbie Faye auch, dass sie ihnen helfen musste. Auch wenn es ihr schwerfiel dies einzugestehen, aber diese Leute waren ihre Familie. Und da konnte sie doch nicht einfach zusehen, wie einer von ihnen getötet wurde, während sie nur danebenstand und nichts tat.

Sie hasste ihr verdammtes Mitgefühl.

Von Jessica Tyler (JT) Ellis

Assistentin vom Untersekretär des Untersekretärs des Verwaltungsassistenten des Verteidigungsministeriums
Heimatschutzbehörde
New Orleans, LA

Betreff: Arbeitsbericht
(abzulegen unter Einsatzkommentare, **nur persönlich**)

Textilien, die von Marie Despré stammen und sich zum Schmuggeln von Diamanten eignen, müssen konfisziert werden. Derartige Textilien schließen ein, sind aber nicht beschränkt auf: Handtaschen, Gürtel, Schuhe und Accessoires. Unbedingt daran denken, dass zu den Hobbys der Zielperson auch bildende Kunst gehört – alle bekannten Werke müssen durchsucht werden, in Galerien und privaten Sammlungen. Alle Behörden im Land, einschließlich FBI, müssen zur Amtshilfe herangezogen werden.

Fall # 198733BFS / *Diamantensuche*
Einsatzbemerkungen: ***persönlich***

16 Gegenstände durchsucht
2 Filmstars drohten mit Anzeige
5 Politiker wurden gestört (mit einer anderen als Ehefrau)
3 Paparazzi verhaftet, Kameras konfisziert (mit Rechtsabteilung sprechen)

1 Agent im Einsatz in Lake Charles
1 verrückte Frau cajunischer Abstammung in den Fall verwickelt
(siehe letzter Fall – völlig durchgeknallt)

4

Von: Simone
An: JT

Bestätigt: Schießerei im Laden. Über Telefon die Überwachungskamera angezapft. BF lebt. Wie steht es bei dir?

Von: JT
An: Simone

Durchsuchung der Kleidungsstücke läuft weiter. Drei Politiker, zwei nicht mit Ehefrau, befragt. Häuser von mehreren Filmstars durchsucht. Ein Agent von Hund gebissen.

Überrede BF, für uns zu arbeiten. Mit allen notwendigen Mitteln.

In dem kleinen, verklinkerten Polizeigebäude lehnte sich Detective Cameron Moreau in seinem engen Büro im Schreibtischstuhl zurück. Er streckte seinen schlaksigen, einen Meter fünfundneunzig langen Körper aus, legte die Füße in den Cowboystiefeln auf den Schreibtisch, verschränkte die Arme vor der Brust und betrachtete die Akte, die vor ihm lag. Darin ging es um den Mord an einem Juwelier aus Lake Charles, der dafür bekannt war, äußerst wertvollen Schmuck an sehr reiche Kunden zu verkaufen. Das Schussbild und das völlige Fehlen kriminaltechnisch verwertbarer Spuren machten deutlich, dass dies nicht die Tat eines Laien war. Die Polizei besaß praktisch nicht den kleinsten Hinweis, lediglich ein paar Informationen, die sie bisher vor der Öffentlichkeit hatten geheim halten können. Irgendetwas an dem Schussbild störte Cam, aber er starrte jetzt schon seit mehreren Tagen immer wieder darauf, sooft er neben seinem normalen Job, der schon chaotisch genug war, etwas Zeit dafür aufbringen konnte, aber er kam einfach nicht darauf, was ihn irritierte.

Dass sich das FBI wie ein Schwarm Fliegen auf den Fall gestürzt, sofort alle Spuren verfolgt und jede einzelne seiner Maßnahmen infrage gestellt hatte, ohne im Gegenzug irgendwelche gewonnenen Erkenntnisse mit ihm zu teilen, war auch keine besonders große Hilfe gewesen. Zum Teufel mit diesen Idioten, ihm hing der Fall schon jetzt zum Hals raus! Das FBI wollte ihm einfach nicht verraten, warum dieser Juwelier so wichtig für sie war, und normalerweise hätte er den Fall einfach zu den Akten gelegt und lediglich bei Rückfragen der Feds kooperiert … Nur dieses Mal kam er einfach nicht an dem seltsamen Schussbild vorbei.

Schon den ganzen Morgen war er extrem wachsam gewesen. Einige Menschen konnten voraussagen, wann es regnen würde, weil ihnen die Knochen wehtaten. Cam dagegen spürte, wenn eine Katastrophe im Anzug war. Vielleicht kam es daher, dass er zu lange mit Bobbie Faye ausgegangen war. Oder vielleicht lag es auch an all den Jahren davor, in denen sie nur befreundet gewesen waren. Er hatte mit ihr ausreichend Desaster durchgestanden, und diese Erfahrung hatte ihn für jedes auch noch so kleine Zeichen sensibilisiert, das die nächste am Horizont aufziehende Katastrophe ankündigte. Er versuchte, einen Schützen zu finden, ohne die geringsten Indizien in Händen zu haben, das verdammte FBI rückte ihm so dicht auf die Pelle, dass er die Jungs ständig zu riechen meinte, und seine Kopfschmerzen wurden auch immer schlimmer.

Plötzlich kam Leben in das Revier. Er hörte aufgeregte Stimmen. Jason, einer der Leute am Funk, lief den Gang entlang, steckte seinen Kopf in Cams Büro und sagte: »Hast du schon gehört, dass drüben in Ce Ces Laden geschossen wird?«

Schlagartig wurde er von einer Welle Adrenalin überschwemmt. *Herr im Himmel!*

Ist Bobbie Faye okay?, schoss es ihm durch den Kopf, doch er verkniff sich die Frage schnell. Das ging ihn nichts mehr an. Sie hatten sich getrennt. Schon vor einem Jahr. Und sie hatte ihm verdammt deutlich gemacht, dass ihr Interesse an ihm mittlerweile gleich null war. Sie brauchte ihn nicht, wollte seine Hilfe nicht, wurde jedes Mal sofort wütend, wenn er versuchte, ihr zu erklären, wie sie mit einer Situation umgehen sollte, auch wenn er es einfach nur gut meinte. Er traf sich jetzt mit Winna, einer sehr süßen und hübschen Lehrerin. Sie war einfach ein netter Mensch, der nicht das halbe Land in die Luft jagte. Eine Frau, die ihn auch mal anrief und um Rat bat, egal, ob es um Autos oder um eine berufliche Entscheidung ging. Sie hatte eine ruhige Art, war eben einfach ganz normal. Dem Herrn sei Dank!

Als Cam nicht antwortete, lief Jason weiter den Gang hinunter, und Cam atmete langsam aus. Bobbie Faye gehörte für ihn der Vergangenheit an – sollte sich doch jemand anders um ihre Katastrophen kümmern.

Sein Telefon klingelte, und er griff danach. Eine seiner Quellen hatte ihm einen Hinweis im Fall des ermordeten Juweliers versprochen.

Aber anstatt seiner Quelle hörte Cam Schüsse im Hintergrund und Glas splittern. Und dann sagte Bobbie Faye so ruhig, als würde sie eine Pizza bestellen: »Äh … Cam? Könntest du vielleicht Stacey abholen und sie zu deiner Mutter bringen? Ich hab da ein kleines Problem, um das ich mich kümmern muss. Ich glaube nicht, dass ich es rechtzeitig schaffe.«

»Was zum Teufel ist bei dir los?«

»Oh, nur eine kleine Meinungsverschiedenheit. Ich habe im Moment keine Zeit, dir das näher zu erklären. Hör zu, letztes Mal hast du gesagt, ich hätte dich um Hilfe bitten sollen. Das tue ich jetzt, und es ist wirklich wichtig, weil es um Stacey geht, und … Hey!«, rief sie plötzlich irgendjemandem im Laden zu, während der Lärm der Schießerei und die Schreie im Hintergrund immer lauter aus seinem Hörer drangen.

»Bobbie Faye!«, brüllte er.

»Es ist wirklich nicht meine Schuld«, fuhr sie ihn an, bevor er seinen Gedanken zu Ende führen konnte. »Pass auf, du kannst mir deswegen ja später eine Standpauke halten, okay?«

»Ich komme zu dir.«

»Nein, verdammt noch mal! Hol nur einfach Stacey ab!«

Sie legte auf, aber er hörte trotzdem noch mehrere schnelle Schüsse, die verdammt nah klangen, und er war sicher, dass sie von Bobbie Faye stammten, die gerade zurückfeuerte. Und im Bruchteil dieser Sekunde war er auch schon in die ganze Sache verwickelt.

Warum zum Teufel konnte sie nicht einfach eine SMS schicken wie jeder andere vernünftige Mensch?

Von: Simone
An: JT

Scheiße. Scharfschütze! NICHT VON UNS. Scheint es auf BF abgesehen zu haben.

Von: JT
An: Simone

Verstanden. Fordere Verstärkung an. Brauche Koordinaten.

»Hört mit der verdammten Schießerei auf!«, schrie Bobbie Faye gegen den Kugelhagel an. Sie wollte Cam erklären, was los war, aber er würde ihr sowieso nicht glauben, dass es nicht alles ihre Schuld war. Und offen gesagt wollte sie auch nicht, dass ihre halbe Familie im Gefängnis landete, während sie versuchte, das Problem irgendwie zu lösen, und wie sie Cam kannte, würde genau das geschehen. Leider hatte er die unangenehme Angewohnheit, sich immer in erster Linie als Polizist zu fühlen. Sie brauchte Zeit, um die Diamanten zu finden. Sie hatte keine Ahnung, wo zum Teufel Marie die verdammten Dinger hingeschafft hatte. Sie wusste jedoch, dass Marie es gern bequem hatte und dass es ein paar Verwandte gab, die ihr ein Dach über dem Kopf bieten würden. Maries Geschäftsräume mussten durchsucht werden, und sie würde auch mit ihren Freunden sprechen, und selbst wenn Bobbie Faye das ganze verfluchte Land auf den Kopf stellen musste, sie würde diese verdammten Diamanten finden und sie dann ihrer gesamten Familie um die Ohren hauen.

Aus der Ferne näherten sich Sirenen, und Bobbie Faye kroch hinüber zu einem Seitenfenster in der Nähe der Campingabteilung. Der Güterzug stand immer noch da wie festgewachsen und versperrte der Polizei den Weg.

Eine weitere Kugel zischte herein.

Bobbie Faye würde sich über die Veranda an der Seite hinausschleichen müssen, um ungesehen zu ihrem Wagen zu kommen. Sie griff nach ihrer Handtasche und schob die geladene Glock hinein. Dann steckte sie auch noch die Schlüssel zu der Vitrine mit den Waffen ein, falls Maimee auf die Idee käme, dass Gott ihr einfach alles verzeihen würde und sie das Recht hätte, sich eine der anderen Waffen zu nehmen.

»Kommt mit«, sagte Bobbie Faye zu den Cousins und führte sie zum Seitenausgang, während Francesca Mitch noch einmal erklärte, dass er niemanden zu erschießen bräuchte. Im Moment.

Von: Simone
An: JT

Sie kommen raus. SEITENTÜR. Ergreife alle notwendigen Maßnahmen.

Cam rief Befehle, während er durch das Revier rannte. Selbst wenn er nicht der Detective Sergeant vom Dienst gewesen wäre, hätte sein Vorgesetzter ihn ausrücken lassen. Er machte sich etwas vor, wenn er glaubte, dass er Bobbie Fayes Schneise der Verwüstung entkommen könnte, die sie diesmal wieder schlagen würde. Wenn sie nicht schon tot war, würde er sie vielleicht einfach selbst töten.

Auf dem Weg zu seinem Wagen zog Cam die Visitenkarte von

Trevor Cormier aus seiner Brieftasche – dem FBI-Agenten, der in Bobbie Fayes letztes Katastrophenszenario verwickelt gewesen war. Dieser Bastard hatte sich zwar ziemlich besitzergreifend verhalten, was Bobbie Faye anging, als Cam die beiden endlich gestellt hatte, aber was interessierte es ihn, ob Trevor sich zu Bobbie Faye hingezogen fühlte. Der Mann war, wie Cam inzwischen erfahren hatte, bei einer Spezialeinheit gewesen, bevor er zum FBI gekommen war, und seine Akte unterlag zum größten Teil der Geheimhaltung. Sicher, er hatte sich als ausgesprochen fähig erwiesen, als Bobbie Fayes Bruder gekidnappt worden war, aber trotzdem … Spezialeinsätze in Afghanistan und Syrien und Gott weiß wo noch bedeuteten mit großer Wahrscheinlichkeit, dass Trevor einige Leute auf dem Gewissen hatte. Mehrere gezielte strategische Tötungen – auch wenn sie der Verteidigung dienten – mussten einen Menschen einfach verändern. Ihn hart machen. Gerüchte besagten, dass Trevor keinerlei Skrupel hatte, jeden zu manipulieren, der ihm für seine Zwecke nützlich sein konnte, wenn er verdeckt ermittelte. Es gehörte zu seinem Job. Und laut dem öffentlichen Teil seiner Akte machte er diesen Job außergewöhnlich gut.

Trevor hatte Cam gebeten, ihn zu informieren, falls Bobbie Faye wieder in irgendwelche Schwierigkeiten geriet, bevor er aus Quantico zurück sein würde, wo er sich mit den Folgen von Roys Entführung beschäftigte. Cam zögerte einen Moment, bevor er Trevor anrief, wusste jedoch nicht, warum. Dann steckte er dessen Karte wieder in seine Brieftasche und sprang ins Auto.

Bobbie Faye trat hinaus in die strahlende Sommersonne und spürte im selben Moment, wie sich der erste Schweiß in ihrem Nacken unter der dichten Mähne sammelte. Sie war kaum einen Meter weit gekommen, als sie auch schon mit einem Kerl zusammenprallte, der allem Anschein nach um die Ecke vom

Coffeeshop kam, der direkt neben Ce Ces Laden lag. Bobbie Fayes erster Gedanke war, dass sie feststellen musste, ob er vielleicht der Idiot war, der in den Laden geschossen hatte, aber er schien nicht bewaffnet zu sein, und außerdem hörte sie hinter sich immer noch Schüsse. Der Mann schien auf seine blank polierte schwarze Harley zuzusteuern, die in einiger Entfernung auf dem Parkplatz stand. Ihr zweiter Eindruck war jedoch, dass er irgendwie ... einen Umweg gemacht hatte, um mit ihr zusammenzustoßen.

Gott im Himmel, wie gut, dass du nicht paranoid bist!

In seinen abgewetzten Motorradstiefeln war er ein wenig größer als eins achtzig. Er trug sein etwas längeres Haar zu einem Pferdeschwanz gebunden und eine Baseballkappe. Ihr fielen sein Schnurrbart und ein Ziegenbärtchen am Kinn auf, aber auf ihrer Augenhöhe bemerkte sie als Erstes, dass seine unglaublich braunen und muskulösen Oberarme mit Tattoos und Narben bedeckt waren. Ihr entging auch nicht, dass er ziemlich sexy war und einen flachen Bauch und einen knackigen Hintern besaß, als sie einen Schritt zur Seite machte und sich abwenden wollte. Irgendetwas nicht Greifbares, ein Duft, erweckte ihre Hormone zum Leben und ließ sie auf der Stelle erstarren, während Hitze sie durchflutete. Das war alles schon ziemlich seltsam, denn das letzte Mal war es ihr so ergangen, als Trevor ... *heilige Scheiße!*

Trevor war da. *Undercover.*

Sie stolperte, als sie seinem Blick begegnete, mit dem er sie warnte, sich nicht anmerken zu lassen, wer er war. Im selben Moment hatte er seine Hände um ihre Taille gelegt, damit sie nicht der Länge nach auf dem Beton des Parkplatzes hinschlug.

Und diese Hände fühlten sich so *guuuuuut* an. *Danke, lieber Gott, dass du mich noch ein bisschen gernhast!* Trevor ließ seine rechte Hand ein kleines Stück unter den Saum ihres Shirts gleiten, und Bobbie Faye war schon drauf und dran, ihr den Weg weiter nach oben zu zeigen, als sie spürte, dass er ihr eine Art Pflaster knapp über dem Bund ihrer Jeans auf die Haut klebte. Für eine Sekunde schossen ihr all die heißen Gespräche durch den Kopf, die man eigentlich schon als Telefonsex bezeichnen konnte und die sie mit ihm geführt hatte, als er nach Roys Entführung in Quantico gewesen war. Sie musste den Reflex unterdrücken, ihn einfach anzuspringen und ihm die Beine um die Hüften zu schlingen. Das allerdings wäre wohl ziemlich verräterisch gewesen. Sie war wirklich ein echter Profi.

»Verdammte Scheiße noch mal, du Affenarsch, fass mich gefälligst nicht an!«, stieß sie für Francescas Ohren hervor, da sie und die Cousins inzwischen kurz hinter ihr waren. Bobbie Faye drückte sich von Trevor weg, indem sie eine Hand auf seinen Bizeps legte. (Und sie wollte verflucht noch mal einen Oscar dafür haben, dass sie ihrem übermächtigen Verlangen widerstand hineinzubeißen. Herzlichen Dank!)

»Hey, du Zicke! Du hast mich angerempelt. *Pass auf, wo du hinläufst!*« Er drängte sich an ihr vorbei, stieg auf sein Motorrad und ließ donnernd den Motor an … Doch dann schien er sich Zeit zu lassen und seine Armaturen zu überprüfen.

Ihr dämmerte, dass er mit den Worten »Pass auf, wo du hinläufst!« gemeint hatte, dass sie die Augen offen halten sollte. Schnell sah sie sich um, ob Trevor sie auf irgendeine unmittelbar drohende Gefahr hinweisen wollte. Das dröhnende Horn des Zuges durchschnitt den normalen morgendlichen Verkehrslärm, während sie auf ihren Honda Civic zuging – eine armselige und verbeulte kleine Rostlaube, die es kürzlich geschafft hatte, die Zweihunderttausend-Kilometer-Marke zu durchbrechen.

Bobbie Faye warf einen Blick über die Schulter und sah, wie Trevor eine Flasche hervorzog und sich betont lässig in eine Karte vertiefte. Doch sie hätte schwören können, dass er eigentlich sie beobachtete. Außer dem bedrohlich wirkenden Biker, den er spielte, schien in der kleinen Seitenstraße mit den Bäumen am Rand aber alles ruhig zu sein.

Na ja, abgesehen von dem weißen Van, der direkt auf sie zukam.

Er bremste direkt neben ihr, die Seitentür wurde aufgeschoben, Hände packten sie und rissen sie ins Innere des Wagens, während ihr irgendjemand einen Sack über den Kopf stülpte.

5

Von: Simone
An: JT

Oh Scheiße. BF mitten auf Straße entführt.
Noch ein Beteiligter. Kein Ton. Van im Blick.
Sende Zulassung … jetzt.

Von: JT
An: Simone

Wo ist Trevor?

Von: Simone
An: JT

Er folgt.

Von: JT
An: Simone

Weiß er, dass du da bist?

Von: Simone
An: JT

Nicht bekannt.

Heiliges Kanonenrohr! Irgendjemand hatte sie tatsächlich gekidnappt. Konnte man von Schokolade Halluzinationen bekommen? Jetzt mal im Ernst, was zum Teufel sollte das? Einer der Entführer drehte ihr die Arme auf den Rücken und drückte sie zu Boden, während die Schiebetür des Vans zuglitt und einrastete. Dann beschleunigte der Wagen … langsam.

»Deine *famiglia*, Bobbie Faye, sie wird dich töten lassen, sì?«, fragte eine schroffe männliche Stimme mit italienischem Akzent.

»Hört mal, wenn Roy euch Geld schuldet, bin ich nicht …«

»Hier geht es nicht um deinen Bruder«, erwiderte eine unheimliche, krächzende Stimme überraschend auf ihrer linken Seite.

Nach Roys Entführung und der darauf folgenden Presseberichterstattung darüber, wie sie ihn gerettet hatte, waren einige Typen aufgetaucht, die sie zwingen wollten, seine Schulden zu bezahlen. (Ganz zu schweigen von den Ehemännern und Freunden der Frauen, mit denen er etwas gehabt hatte, die gern mal seine Visage polieren wollten.) An solche Überraschungsbesuche hatte sich Bobbie Faye mittlerweile gewöhnt, und ihre diesbezügliche Furcht hatte sich inzwischen zu einem Nickerchen in das stille Kämmerlein irgendwo in ihrem Hinterkopf zurückgezogen.

Der Krächzer stieß ihr eine Revolvermündung in die Seite. Schlagartig war ihre Furcht wieder erwacht und versetzte den beiden Kollegen namens Lauf und Schrei einen Tritt, damit sie reagierten, doch die beiden versagten kläglich.

Der Van fuhr rechts um die Ecke. *Wie jetzt?* Aus ihrer Erinnerung wusste Bobbie Faye, dass die Straße, in die sie gerade eingebogen waren, sie nicht aus der Stadt herausbringen würde. Die Typen schienen … einfach nur um den Block zu fahren.

»*Non*, nicht um … äh … deine Bruder, *non*. Es geht um die *diamante*«, erklärte der Italiener.

»Die Diamanten?«, fragte sie und kämpfte mit dem Trottel, der ihre Arme festhielt, während der Van erneut rechts abbog. »Ihr wollt mich wohl verarschen.« Sie hatte Francesca nicht mal fünfzehn Minuten geholfen und nur kurz über die Konsequenzen nachgedacht, wenn sie ihrer Familie half, und schon sollte sie umgebracht werden?

»Wir wissen«, erklärte der Krächzer, »dass deine dämliche Cousine dich darum gebeten hat, die Diamanten zu finden. Und wir sagen dir, du willst sie gar nicht finden.«

»Na prima, wenn ihr mich so gut kennt, dann wisst ihr doch auch, wie sehr ich es liebe, wenn mich irgendein kräftiger Kerl herumschubst.« Sie versuchte, um sich zu treten, doch irgendjemand setzte sich auf ihre Beine, während der Kerl auf ihrem Rücken ihr die Arme noch heftiger verdrehte. Verdammt, davon würde sie länger etwas haben!

»*Magnifico*«, sagte der Italiener, dem langsam die Worte auszugehen schienen. »Sag ihr, dass du bist … fertig … *sì*! Dass du ihr nicht wollen helfen!«

Er war offensichtlich hocherfreut. Idiot. »Das erzähle ich ihr schon seit der siebten Klasse. In unserer Familie gibt es nun mal Sturköpfe, so wie in anderen Familien Leistungssportler.«

»Wir arbeiten für die Käufer«, erklärte der Krächzer. »Die Diamanten gehören uns und Schluss. Wenn du dich einmischst, bist du tot. Krieg die Grippe oder was weiß ich. Mach ihr jedenfalls klar, dass du nicht mehr mit von der Partie bist.«

»Himmel, ich merke schon, dass mir ganz übel wird.«

»Braves Mädchen«, lobte der Krächzer. Für das »Mädchen« hätte sie ihm am liebsten eine gescheuert. Was war bloß los mit den Leuten? Sie war doch keine zwölf mehr.

»Und da es sich hier wohl kaum um ein kleines Brainstorming handelt, warum kidnappt ihr mich dann überhaupt, um mir zu sagen, dass ich die Diamanten *nicht* finden soll, wenn ihr längst einen Scharfschützen auf mich angesetzt habt, der mich umnieten soll?«

Der Italiener zögerte kurz, aber vielsagend, dann meinte er: »Ah, *sì*, der … Scharfschütze. Er ist gut, *non*?«

»Nein«, erwiderte sie und begriff in dem Moment, was sie die ganze Zeit im Unterbewusstsein an den Schüssen gestört hatte, die auf Ce Ces Laden abgefeuert worden waren. Mal abgesehen davon, dass auf sie geschossen wurde. »Er ist ein Stümper.«

Sie bogen schon wieder rechts ab, was nach ihren Berechnungen bedeuten musste … offensichtlich rutschte ihr bereits das Hirn aus den Ohren, denn … *heilige Scheiße!* Waren sie wirklich einmal um den Block gefahren?

»Die Käufer«, fuhr der Italiener fort, »sie dich nicht wollen gleich töten.«

»Nur warnen«, erklärte der Krächzer. »*Eine* Warnung bekommst du. So kaltblütig sind sie nicht.«

»Ja, klar, es wäre nur fair, sie für den Friedensnobelpreis zu nominieren.«

»Die sind vielleicht nicht kaltblütig«, lachte der Krächzer, »aber ich bin es schon. Wenn du nicht spurst, töten wir deine Familie, einen nach dem anderen.«

Der Van hielt abrupt, und sie wurde hinausgestoßen, ohne dass ihr jemand den Sack vom Kopf zog. Einen Moment lang kämpfte sie damit, bis sie ihn loswurde, und als sie wieder etwas sehen konnte, fand sie sich genau an derselben Stelle wieder, wo sie gekidnappt worden war. In dem Moment kamen ihre hochintelligenten Cousins in einem Hummer angefahren, dessen strahlendes Gelb sie für einen Moment geradezu blendete. Keine besonders gute Wahl, um sich unauffällig auf die Suche nach irgendwelchen Diamanten zu machen oder Entführer zu verfolgen.

Wahrscheinlich konnte sie noch von Glück sagen, dass Francesca den Wagen nicht zusätzlich mit kleinen Diamanten dekoriert hatte.

Bobbie Faye sah sich nach Trevor um, aber der war verschwunden, und sie versuchte, sich nicht anmerken zu lassen, wie enttäuscht sie war oder dass sie auf dem Weg zu ihrem Auto nach ihm suchte … Dabei wich sie einem heranfahrenden schwarzen Geländewagen aus … und kapierte erst dann – leider zu spät –, dass er direkt auf sie zuhielt. Die Tür wurde geöffnet, aber im dunklen Innern waren keine Gesichter zu erkennen. Sie drehte sich auf dem Absatz um und rannte los, denn *verdammt* … zweimal an einem Tag, das konnte doch wohl nicht sein.

Schon wurde ihr etwas Weiches und ziemlich Leichtes über den Kopf gestülpt, und jemand riss sie zurück. Sie schlug hart gegen den Rahmen des Autos, als sie auf den Rücksitz gezerrt wurde. Noch bevor sie wusste, wie ihr geschah, waren ihre Hände mit einer Plastikfessel auf dem Rücken zusammengeschnürt.

Irgendwie wurde das schon zur Gewohnheit.

> Von: Simone
> An: JT
>
> Hab sie.

»Bobbie Faye«, ertönte die seidige Stimme einer Frau, fast so weich wie der Stoff, der Bobbie Fayes Kopf verhüllte, »wir wissen, dass deine Cousine dich bitten wollte, ihr dabei zu helfen, die Diamanten zu finden.«

»Herrgott noch mal! Hat Francesca vielleicht eine Anzeige in die Zeitung gesetzt?« Sie spürte, dass der Wagen langsam fuhr und dann nach rechts abbog.

»Fast. Sie hat verbreitet, dass sie der Meinung sei, du seist die Lösung für ihre Probleme.«

Na klasse! Einfach superklasse! »Lass mich raten … Ihr wollt auch nicht, dass ich die Diamanten finde.«

Es trat eine winzig kleine Pause ein, und dann lachte die Frau leise. »Ah, das wollten die anderen also. Interessant, dass sie dich am Leben gelassen haben.«

»Ja, das hat mir auch am besten gefallen.«

»Gut, dann wirst du jetzt die Diamanten suchen und sie uns bringen. Und zwar nur *uns*, sonst wird dein Leben nie wieder so sein, wie du es kanntest.«

»Wer zum Teufel seid ihr überhaupt?« Wieder ging es rechts um die Ecke. Scheiße! Fuhren die noch mal um den gleichen Block? Wer hätte gedacht, dass man durch den Seitenausgang des Ladens direkt im Bermudadreieck der Entführungen landete?

»Wir«, erwiderte die seidige Stimme äußerst sachlich, »sind jene Leute, die dir alles wegnehmen können, was du jemals besessen, jemals geliebt oder dir jemals gewünscht hast.«

»Kann ich die Lavalampe behalten? An der Lavalampe hänge ich wirklich sehr.« Bobbie Faye spürte, wie ihr die Mündung einer Waffe gegen die Wange gedrückt wurde. »Gut, herrje! Du kannst die Lavalampe nehmen.« Offenbar wollten die sie ebenfalls nicht umbringen. Das war gut.

Irgendjemand schlug ihr seitlich gegen den Kopf. Als sie zurückgerissen wurde, hätte Bobbie Faye schwören können, dass an der Stelle gerade eine Beule wuchs. Irgendetwas Klebriges rann an ihrem Kinn entlang, und sie war sich ziemlich sicher, dass der Hieb ihr zu einer Platzwunde an der Stirn verholfen hatte. Vielleicht sollte sie sich merken, dass es nicht klug war, all die Durchgeknallten dieser Welt zu verarschen, solange sie bewaffnet waren.

»Wir werden es folgendermaßen machen«, sagte die seidige Stimme. »Du wirst die Diamanten finden und sie uns geben. Wenn du dann ein sehr braves Mädchen gewesen bist und mich nicht verärgert hast, kriegst du einen Finderlohn von uns. Einen sehr hohen Finderlohn, der dir helfen dürfte, mit den anderen Kretins, die deine Familie bedrohen, fertig zu werden.«

»Aber klar. Und ich wette, dass ich auch noch ein hochwertiges Steakmesserset umsonst dazukriege.« Sie war einfach großartig darin, zur falschen Zeit die Klappe aufzureißen. Sie musste unbedingt üben, einfach mal den Mund zu halten, dachte sie, als ihr erneut jemand gegen den Schädel schlug. Und immer auf dieselbe Stelle. »Lass das!«

»Du hast keine andere Wahl«, meinte die Frau mit einem Lachen. »Du willst mich doch sicher nicht verärgern. Wir werden dich im Auge behalten, Bobbie Faye.«

Jemand schnitt die Plastikfessel durch, mit der man ihr die Hände auf dem Rücken zusammengebunden hatte, und der Geländewagen bremste genauso abrupt wie zuvor schon der Van. Die Tür wurde geöffnet, und man warf Bobbie Faye hinaus auf die Straße. Sie riss sich die seltsame Kopfbedeckung herunter, die sich als weicher Kissenbezug entpuppte (mit engen Stichen genäht, sehr gute Qualität), und starrte dem Wagen nach, während er davonraste, und zwar in dieselbe Richtung, die auch der Van eingeschlagen hatte. Sie sah sich um und entdeckte auf der anderen Straßenseite Trevor mit seinem Motorrad, der offensichtlich dem Van um den Block gefolgt war. Irgendwie strahlte er eine unglaubliche … Wut aus, obwohl er ein perfektes Pokerface aufgesetzt hatte.

Bobbie Faye schob eine Hand unter ihr Shirt und tastete nach dem pflastergroßen Patch, den Trevor ihr auf den Bauch geklebt hatte. Trotz der unwahrscheinlichen Möglichkeit, dass das kleine Ding auch Stimmen übertrug, wandte sie sich von Francesca und den Cousins ab, die sie mit offenem Mund aus dem Hummer heraus anstarrten, und sagte: »Willkommen in Bobbie Fayes Welt, wo sie zum Sonderpreis so viel Irrsinn erleben werden, wie sie nur ertragen können!«

Ein Lächeln huschte über Trevors Gesicht und bestätigte damit, dass er sie hören konnte. Mit überwältigender Erleichterung wandte sie sich ihrem eigenen schäbigen Auto zu. Er war *da*. Und er half ihr. Sie wusste nicht, wieso oder was das bedeutete. Sie hatte ihn vermisst, hatte die gegenseitigen Sticheleien vermisst. Seine Stimme, bei der sie sich so wohlgefühlt hatte während ihrer abendlichen Gespräche, erklang wieder in ihrer Erinnerung.

Und deswegen beachtete sie den großen Truck überhaupt nicht, bis er langsamer wurde und sie dachte: *Wie jetzt? Nicht schon wieder … nie im Leben!* Doch da ratterte schon das hintere Rolltor nach oben. Sie versuchte, den Leuten zu entwischen, die nach ihr griffen, aber alles geschah viel zu schnell. Sie stolperte, verlor ihre Handtasche und fiel ihnen im wahrsten Sinne des Wortes direkt in die Hände.

Bobbie Fayes Timing war schon immer große Klasse gewesen.

Als Bobbie Faye im Laderaum des Trucks verschwand, spürte Trevor, wie er vor Wut im Rhythmus des Harley-Motors vibrierte. Das alles hätte einfach nicht passieren dürfen. Man hätte ihn viel eher alarmieren müssen. Wenn ihr Name nicht auf dem

Radar seiner persönlichen Kontakte aufgetaucht wäre, hätte er von der Sache überhaupt nichts mitbekommen. Als er dann eintraf, war es ihm unmöglich gewesen, den Lauf der Dinge noch zu stoppen, und dadurch blieb ihm nur die Alternative, sich einzuschleusen. Er musste es weiterhin zulassen, dass sie als Köder benutzt wurde, und konnte nur dafür sorgen, dass sie durch das Missmanagement der Zentrale nicht getötet wurde.

Er schluckte seinen Ärger hinunter. Wut war ein Luxus, den man sich während eines Einsatzes nicht leisten konnte, auch wenn das FBI die Leute in dem Van überhaupt nicht auf dem Schirm gehabt hatte. Die ersten Kidnapper ja. Sie waren das Ziel: Halt die Käufer auf! Über den zweiten Trupp gab es nur Gerüchte, und jetzt hatte er da seine eigenen Vermutungen, aber die dritte Gruppe war vorher überhaupt noch nirgends aufgetaucht. Zumindest nicht in den Informationen, die man ihm zur Verfügung gestellt hatte, und seine Freigabe für geheime Informationen war verdammt hoch. Trevor wusste nicht, was schlimmer war: dass Bobbie Faye sich in einer ausgesprochen miesen Lage befand oder dass sie noch nicht einmal ahnte, wie mies sie war.

Er kannte unzählige Arten, Menschen zu töten, und bei dem Tempo, in dem Bobbie Fayes Leben bedroht wurde, würde er vielleicht jede einzelne davon einsetzen müssen. Ihm sollte das recht sein, solange er sie dadurch retten konnte. Aber vielleicht war es noch viel besser, all diese Arschlöcher in einen Raum zu sperren und dann Bobbie Faye auf sie loszulassen. Das würde den Typen mit Sicherheit eine echte Lehre sein.

Er drehte die Lautstärke seines Ohrhörers auf und hörte Bobbie Faye … Es klang wie ein gleichmäßiges … Knurren. Sie wusste, dass er sie mit einem Mikro versehen hatte. Jetzt ließ sie ihn wissen, dass sie im Moment nicht reden konnte.

»Wir sehen nur nach, ob du verkabelt bist«, ertönte eine Stimme mit irischem Akzent.

Verdammte Scheiße! Er fuhr dichter an den Truck heran. Dann holte er tief Luft, ging seine Optionen durch und rang seine Emotionen nieder. Zwei seiner Männer waren auf der anderen Seite des leeren Parkplatzes postiert, wo sie ein altes Auto »reparierten«. Ihre »iPods« waren direkt mit seinem Mikro verbunden, sodass er sie sofort als Unterstützung anfordern konnte. Er beschloss, dem Van entgegenzufahren und wendete das Motorrad. Er wollte einen Blick auf den Fahrer werfen.

Man hatte sie *geknebelt*. Hatte sie irgendeine verdammte Vorhersage verpasst? Heute liegt die Kidnapping-Wahrscheinlichkeit bei hundert Prozent, dazu mögliche Verletzungen am Morgen und gefesselte Hände?

Es reichte jetzt. Wenn die Sache vorbei war und vorausgesetzt, sie hatte überlebt (sie genoss es, einen Moment in diese herrliche Fantasiewelt einzutauchen), würde sie wieder mit Karate anfangen und endlich den Schwarzen Gürtel machen, wie sie es schon lange geplant hatte. (Natürlich gab es da noch dieses winzige Problem, dass der Karatelehrer sie nicht wieder in sein Dojo lassen wollte, nachdem sie ihm letztes Jahr aus Versehen die Nase zertrümmert hatte, und der Judolehrer hatte angefangen zu hyperventilieren, als sie versucht hatte, sich in seinem Studio einzuschreiben. Vielleicht gab es ja irgendwo einen Jiu-Jitsu-Lehrer, der noch nicht von ihr gehört hatte. Aber, bei Gott, irgendeinen Kurs würde sie belegen!)

Sie spürte die Hand des Arschlochs, das ihren Arm festhielt – ihm fehlten zwei Finger. Der Kerl, der hier der Boss zu sein schien, kniete vor ihr und drückte sie zu Boden. Er trug eine SIG in einem Schulterholster, eine kleinere Waffe an die Wade geschnallt, eine dritte an der Hüfte und ein Ka-Bar-Messer am Gürtel. Eigentlich fehlte nur noch eine Bazooka auf seinen Rücken geschnallt. (Waschlappen!) Er hatte den entspannten

Gesichtsausdruck eines Mannes, der sich seiner Macht bewusst ist, jederzeit und im Handumdrehen ein Leben auslöschen zu können. Sie kannte diese Ausstrahlung von ihrem Exfreund Alex, bei dem sich herausgestellt hatte, dass er nicht nur ein bisschen rebellisch war, sondern schwerkriminell, ein Waffenhändler.

Verdammt, es musste doch irgendeine Pille gegen dieses Syndrom geben, dass sie immer bei den allerschlimmsten Typen landete! Und wo sie schon dabei war, vielleicht gab es ja auch ein Mittel dagegen, immer zur falschen Zeit am falschen Ort zu sein. Zum Teufel, sie brauchte wahrscheinlich mindestens eine doppelte Dosis! Von beidem.

»Sie ist sauber«, meinte der irische Boss, und sie funkelte ihn an, um nicht vor Erleichterung zu seufzen, dass er das kleine Pflaster mit dem Mikrofon übersehen hatte. Er beobachtete sie mit einer Intensität, die an ihren blanken Nerven zerrte. »Du bist heute eine sehr begehrte Frau. Aber jetzt wirst du meine Anweisungen befolgen, oder du stirbst. Hast du das verstanden? Du brauchst nur zu nicken.«

Sie nickte, während sie spürte, wie der Truck wieder rechts abbog. Vielleicht gab es bei der Entführergewerkschaft so eine Art Kilometertarif.

»Ich denke, der Zug fährt gleich weiter, Boss«, meldete sich ein Typ mit hängenden Schultern vom Beifahrersitz. »Die Cops stehen schon auf der anderen Seite.«

Doch der Boss fuhr unbeeindruckt fort: »Wir haben die beiden anderen Gruppen gesehen. Eigentlich hatten wir vorgehabt, deine Bekanntschaft als Erste zu machen, aber es hat immer auch Vorteile, den Amateuren den Vortritt zu lassen. Ich kann mir vorstellen, sie haben dir ziemlich eindringlich erklärt, dass du die Diamanten finden und sie ausschließlich ihnen übergeben musst.«

Bobbie Faye nickte.

»Ja, das war zu erwarten. Ich bin mir sicher, dass sie dir oder deiner Familie sehr detaillierte Konsequenzen angedroht haben, solltest du nicht mitspielen.«

Sie nickte wieder, während der Truck erneut rechts abbog. Das Dröhnen eines Motorrads wurde lauter. Trevor kam ihnen entgegen. Einen kurzen Moment lang glaubte sie, er würde es vielleicht auf eine Konfrontation mit dem Fahrer ankommen lassen, doch dann bog er in eine Einfahrt ein, als wäre die ohnehin sein Ziel gewesen.

»Gut, das ist gut«, fuhr der Boss fort. »Trotzdem solltest du wissen, dass sie nur … Freiberufler aus der Gegend sind. Beide Gruppen haben keine große Bedeutung und können leicht bestochen werden, wenn du die Bedrohung durch sie loswerden willst.« Okay, das klang gar nicht so schlecht! »Ich dagegen bin in keiner Weise käuflich. Ich werde diese Diamanten bekommen, *álainn*, oder es werden viele Leute sterben.« Er beugte sich näher zu ihr. »Und ich werde dafür sorgen, dass die Welt erfährt, dass ihr Tod eine direkte Folge deiner Entscheidungen ist. Hast du das verstanden? Du kannst nicken.« Seine Stimme war rau und tief, doch sein singender irischer Akzent und eine gewisse Jungenhaftigkeit verrieten, dass er trotz seines gemeingefährlichen Vorhabens eine gewisse Prise Humor besaß. Ach du lieber Himmel, ein *glücklicher* Killer! Immer noch besser als ein durchgeknallter.

Bobbie Faye nickte und spürte, wie sie schon wieder abbogen.

»Gut. Du suchst also die Diamanten, und dann wartest du auf mich. Du solltest dir dessen bewusst sein, dass ich genau weiß, wie sie aussehen, wie hoch ihr Wert ist und wie viele es sind. Es wird dir nicht gelingen, mich reinzulegen, also versuch es gar nicht erst! Dafür bist du einfach nicht clever genug.«

Sie kochte innerlich, und diesmal nickte sie nicht. *Nicht clever genug. Du Bastard! Dir werd ich's zeigen, von wegen nicht clever genug*. Dann zog er sein Messer und begann ihr Shirt vorne aufzuschlitzen.

»Du kannst mir nicht entkommen, *álainn*. Niemals. Hast du das verstanden?«

6

Mit einem Auge verfolgte Trevor die Geschehnisse auf seinem Hightech-Monitor, den jeder normale Mensch für nichts anderes als eins dieser modernen Handys gehalten hätte. Glücklicherweise konnte das Ding aber mehr, als selbst die Kollegen vom FBI je begreifen würden. In einer Ecke des Displays blinkte eine Zahl, die Bobbie Fayes Herzschlag anzeigte. Verdammt, er wollte sie da raushaben! Sie hatte nicht gewimmert, hatte ihm kein Zeichen gegeben, dass er kommen und sie befreien solle. Nein, dieses Arschloch, das sie in seiner Gewalt hatte, wollte überhaupt nicht, dass sie starb. Jedenfalls jetzt noch nicht. Er wollte ihr schlicht und ergreifend nur Angst einjagen.

Allmählich wurde ihr Herzschlag gleichmäßiger, beruhigte sich aber immer noch nicht völlig.

Sein Handy vibrierte. Trevor warf einen Blick auf das Display, um zu sehen, wer anrief, und klappte das Telefon wieder zu, obwohl das seinen sogenannten Boss ziemlich sauer machen würde. Er wusste bereits, was er wollte. Oder vielmehr, *wen* er wollte.

Und diese Person befand sich leider gerade mit pochendem Herzen in einem Truck und war zurzeit nicht in der Lage, etwas Verständliches von sich zu geben.

Von: Simone
An: JT

Dritter Mitspieler. Soll ich sie rausholen?

Von: JT
An: Simone

Nein. Sie ist entbehrlich. Folg dem Mitspieler.

Im Funk hörte Cam die frustrierten Cops schimpfen, die sich aufregten, weil sie warten mussten, bis der Güterzug weitergefahren war, bevor sie endlich Ce Ces Laden erreichen konnten. Zwei Streifenwagen hatten sich abgesetzt und versuchten, um den ungewöhnlich langen Zug herumzufahren. Niemand konnte ihm sagen, was da drüben eigentlich abging. Anrufe bei Ce Ce wurden von einem ständigen Besetztzeichen abgeschmettert. Entweder war das Telefon zerstört worden, oder jemand telefonierte. Auf jeden Fall machte es ihn völlig verrückt, nicht zu wissen, was mit Bobbie Faye war.

Er warf einen Blick in den Rückspiegel zu Stacey, die angeschnallt auf dem Rücksitz saß, das Gesicht mit Eiscreme verschmiert. Ihre Mutter würde ihn dafür umbringen, dass er es ihr gekauft hatte, denn sie musste ja später mit der vom vielen Zucker völlig überdrehten Stacey fertigwerden.

»Onkel Cam, schießen wieder böse Leute auf Tante Bobbie Faye?«

Herr im Himmel, wo lernte dieses Kind bloß, aus ein paar Wortfetzen derartige Schlüsse zu ziehen? Fünfjährige durften einfach noch nicht so intelligent sein.

»Oh, ihr geht's gut, Schätzchen. Sie hat nur viel zu tun, und da hat sie sich gedacht, dass du vielleicht Lust hast, ein bisschen bei Oma schwimmen zu gehen.« Stacey nannte seine Mutter bei dem gleichen liebevollen Kosenamen wie ihre »eigentlichen« Enkel. Seine Mutter hatte es immer noch nicht akzeptiert, dass er nicht mehr mit Bobbie Faye zusammen war, und sie würde Stacey auch weiterhin zu ihren Enkeln zählen.

Cam bemühte sich, im Funk irgendwelche Einzelheiten mitzubekommen. Er wollte den Empfang nicht lauter drehen, falls es schlechte Nachrichten gab, und bei der jetzigen Einstellung konnte er ihn schnell völlig abstellen, bevor die Kleine noch etwas zu hören bekam, was sie vielleicht traumatisieren könnte.

»Wenn ich mal groß bin, erschieße ich die Leute, bevor sie mich erschießen können«, verkündete Stacey, und Cams Kopfschmerzen wurden noch einen Tick schlimmer.

»Nein, Schätzchen, du wirst niemanden erschießen. Es wird auch niemand auf dich schießen, sondern du wirst einfach nur groß werden und ein ganz normales Leben führen.«

Lieber Gott, zumindest hoffte er das.

Der irische Bastard schlitzte ihr vorn fast das ganze Shirt auf, wobei das Messer ihre Haut gerade so tief ritzte, dass sich ein Striemen bildete. Es tat so weh wie der Schnitt einer Rasierklinge, und das Arschloch begleitete jeden Zentimeter mit einem genießerischen Lächeln. Er wartete nur darauf, dass sie nickte, dass sie nicht klug genug war, um ihn auszutricksen. Er würde ihr wahrscheinlich gern auch noch ein paar andere Kleidungsstücke aufschlitzen, wenn sie nichts dagegen hätte.

Wütend funkelte sie ihn an. Ihr gesunder Menschenverstand appellierte, die »verängstigte Gefangene« zu spielen, aber dieses wütende Funkeln in ihren Augen besaß irgendwie seinen ganz eigenen Willen. Denn, verflucht noch mal, was glaubte dieser Kerl eigentlich, wer er war?

Äh … wahrscheinlich ein psychopathischer Mörder, schlug ihr gesunder Menschenverstand vor. Und trotzdem, das Funkeln in ihren Augen konnte sie einfach nicht ausknipsen.

Und dann *lachte* der Bastard auch noch. »Sehr schön. Bei

uns herrscht *tuiscint dá chéle*, gegenseitiges Verständnis, nicht wahr?« Er flüsterte ihr direkt ins Ohr, und sein warmer Atem strich über ihren Hals. »Ich mag dich, *álainn*, und ich würde dich gern bei mir behalten, ohne dir wehtun zu müssen.«

Behalten? Ach, du *Scheiße!* Sie durchlebte die komplette Gefühlspalette: Panik, Angst, Ekel, Abscheu … Doch da meldete sich die Faszination zu Wort und sagte: *Oh … so sehen Psychopathen also aus.*

Während es sie noch schauderte, hielt der Truck, und sie wurde einfach hinausgestoßen. Sie stolperte auf den Asphalt und sah gerade noch die durchdrehenden Räder, als der Wagen davonraste. Sie riss sich den Knebel aus dem Mund und spuckte diesen widerlichen Geschmack von eingespeichelter Baumwolle aus. Dann fuhr sie auf dem Absatz herum, falls sich noch weitere Ganoven in der Nähe aufhielten, die ebenfalls eine kleine Probefahrt mit ihr unternehmen wollten. Doch die Straße war leer, abgesehen von Trevor, der auf seinem Motorrad auf sie zufuhr, und den Cousins, die den Hummer so geparkt hatten, dass er die »Fluchtroute« des Trucks blockierte … allerdings erst, nachdem der längst über alle Berge war. Nun ja, sie bekamen wenigstens zwei Punkte dafür, dass sie nach drei Entführungen überhaupt auf diese geniale Idee gekommen waren. Gott möge ihr helfen, wenn sie jemals in Flammen stehen würde. Die würden wahrscheinlich erst die Feuerwehr rufen, wenn von ihr nichts mehr außer einem Häufchen Asche übrig war.

Sie warf einen Blick auf ihr zerschnittenes und vorn aufklaffendes Shirt. Es war eines ihrer Lieblingsstücke, und natürlich hatte sie ausgerechnet heute einen fast durchsichtigen BH daruntergezogen. Mit zitternden Händen knotete sie sich die Reste des Shirts vor dem Busen zusammen. Es war so heiß, dass sie sich schon in der Morgensonne wie im Backofen fühlte, und ihr Puls pochte heftig bis in die Fingerspitzen. Außerdem spürte sie jeden einzelnen Tropfen Schweiß, der ihr über die Haut lief. Sie würde jeden Moment mit einem Kreislaufkollaps zusammenbrechen.

Doch plötzlich stand das Motorrad wie aus dem Nichts direkt neben ihr, und Trevor schloss seine Hand um ihre Finger. Es kostete sie all ihre Selbstbeherrschung, sich nicht einfach in seine Arme zu werfen. Trevors Blick fiel auf ihr aufgeschlitztes Shirt und den immer noch sichtbaren roten Striemen. Er drückte ihre Hand, und sein Daumen fuhr in kleinen Kreisen über ihre Finger, um sie zu beruhigen, doch die Wut, die in seinen Augen brannte, war nicht zu übersehen.

»Spiel mit«, sagte er eindringlich, während er sie an sich riss, sodass sie das Gleichgewicht verlor, gegen ihn fiel und sich an seinem Arm festhalten musste, um nicht auf den Bürgersteig zu fallen. »Lass unsere Zuschauer merken, dass du wütend bist! Geh direkt zum Haus deiner Tante Marie, und wenn du mich dort siehst, zeige, dass du Angst hast!«

Wenn er weiter so dreinschaute, als freute er sich auf einen kleinen Amoklauf, würde es ihr nicht sonderlich schwerfallen, ängstlich auszusehen. Er schubste sie von sich und zeigte auf ihren Wagen, als würde er ihr eine Anweisung erteilen. Sie ging unsicher auf ihren Civic zu und hob unterwegs ihre Handtasche auf, die sie hatte fallen lassen.

»Bobbie Faye, juuuhuuuuuh, Bobbie Faye!«, rief Francesca und versuchte, ihr den Weg zu ihrem Auto abzuschneiden. »Wir haben beschlossen, dass es sicherer für dich ist, wenn du bei uns mitfährst! Dann kann ich dich beschützen, wenn diese widerlichen Kerle noch einmal zurückkommen!«

Bobbie Faye warf einen Blick gen Himmel. *Jetzt mal im Ernst, Gott, hast du keinen Bock mehr auf irgendwelche Seuchen, Plagen oder einen dieser netten kleinen Heuschreckenschwärme?*

BEHÖRDE FÜR HEIMATSCHUTZ

Von Jessica Tyler (JT) Ellis

Assistentin vom Untersekretär des Untersekretärs des
Verwaltungsassistenten des Verteidigungsministeriums
Heimatschutzbehörde
New Orleans, LA

Betreff: Arbeitsbericht
(abzulegen unter Einsatzkommentare, **nur persönlich**)

Textilien, die von Marie Despré stammen und sich zum Schmuggeln von Diamanten eignen, müssen konfisziert werden. Derartige Textilien schließen ein, sind aber nicht beschränkt auf: Handtaschen, Gürtel, Schuhe und Accessoires. Unbedingt daran denken, dass zu den Hobbys der Zielperson auch bildende Kunst gehört – alle bekannten Werke müssen durchsucht werden, in Galerien und privaten Sammlungen. Alle Behörden im Land, einschließlich FBI, müssen zur Amtshilfe herangezogen werden.

Fall # 198733BFS / *Diamantensuche*
Einsatzbemerkungen: ***persönlich***

27 ~~16~~ Gegenstände durchsucht
9 ~~2~~ Filmstars drohten mit Anzeige
7 ~~5~~ Politiker gestört (mit einer anderen als Ehefrau)
3 Paparazzi verhaftet, Kameras konfisziert (mit Rechtsabteilung sprechen)
2 Ansprüche wegen Körperverletzung (Schnitte & Prellungen) (siehe oben)
1 Agent wegen Menschenbiss behandelt (Hundebesitzer) (s.o.)
6 Anwälte reichen Klage wegen Belästigung ein

1 Agent im Einsatz in Lake Charles
1 verrückte Frau cajunischer Abstammung ~~in den Fall verwickelt~~. Verschwunden? Kann man so viel Glück haben? (siehe letzter Fall – völlig durchgeknallt)

Cam fuhr von dem Haus seiner Mutter weg, wo Stacey es innerhalb der ersten Minute ihrer Anwesenheit geschafft hatte, sich zwei Schokoladenkekse gleichzeitig in ihren winzigen Mund zu stopfen. Sie war so ein zielstrebiges kleines Mädchen, und er konnte nur beten, dass sie als Erwachsene einen legalen Beruf finden würde. Der Gedanke, welches Ausmaß an Schäden jemand mit Bobbie Fayes Genen anrichten konnte, wenn derjenige das alles dann auch noch wollte, gefiel ihm überhaupt nicht.

Im Funk herrschte aufgeregtes Stimmengewirr, als es den ersten Polizisten endlich gelang, Ce Ces Laden zu erreichen. Die Killer, wer auch immer sie waren, hatten angefangen zu feuern, nachdem Francesca das Geschäft betreten hatte. Wenn man die Verbindungen von Francescas Dad zur Mafia bedachte, ließ das nichts Gutes erahnen, obwohl Bobbie Faye offenbar freiwillig den Schauplatz verlassen hatte. Einer der Beamten meldete, wo sie zuletzt gesehen worden war und in welche Richtung sie laut Zeugenaussagen davongefahren war. Cam wendete seinen Wagen und trat aufs Gas. Es bestand die Chance – zumindest eine ganz geringe Chance –, dass er Bobbie Faye noch abfangen und endlich herausfinden konnte, was zum Teufel da eigentlich los war.

Wenn Bobbie Fayes Auto beim ersten Versuch angesprungen wäre – oder wenigstens beim dritten –, wäre Plüschköpfchen nichts anderes übrig geblieben, als bei den Cousins mitzufahren, und Bobbie Faye hätte Gelegenheit gehabt, während der kurzen Fahrt zu Maries Haus die Ereignisse des Tages noch einmal in Ruhe Revue passieren zu lassen. Stattdessen hatte Francesca den Civic leider rechtzeitig erreicht. Jetzt versuchte sie praktisch die ganze Zeit irgendwie über dem zerrissenen und mit Klebeband geflickten Beifahrersitz voller Eiscremeflecken zu schweben, um ihn nur ja nirgends zu berühren.

»Bobbie Faye, du musst dir wirklich mal ein neues Auto besorgen. Und zwar mit Ledersitzen. An solchen Tagen wie heute, wo man sich geschnitten hat und blutet, ist Leder einfach besser. Das lässt sich viel leichter abwischen.«

»Klar, weil ich mir ja auch in erster Linie um meine Sitze Gedanken mache, wenn ich blute.«

»Lass da bloß niemanden mit Luminol ran. Leder ist hinterher einfach nicht mehr das, was es mal war. Was die Leute von der Spurensicherung immer erzählen, ist mir völlig egal.«

»Du hast nie wirklich die Chance gehabt, ganz normal aufzuwachsen, oder?«

»Aber wir sind völlig normal«, erwiderte Francesca verletzt und ziemlich bockig.

»Frannie, niemand, dessen Dad routinemäßig mit einer Uzi in der einen und einer Pistole in der anderen Hand raus zu seiner Garage geht, führt ein normales Leben.«

»Da waren immer Waschbären, die unseren Müll auseinandergepflückt haben. Daddy hat sie nur verjagt. Wir *sind* normal.«

»Ja, klar. Drei der Referenzen, die du bei der Bewerbung für deinen ersten Job nach dem College angegeben hast, saßen damals gerade wegen Verbindungen zum organisierten Verbrechen im Gefängnis.«

»Ach, das war der Job bei *Cosmetic's Heaven*! Die haben mich geliebt. Ich habe die absolut besten Typveränderungen hingekriegt. Nachher war ich so gut, dass sie alle schwierigen Fälle zu mir geschickt haben.«

Bobbie Faye gab Gas und raste durch die Nebenstraßen, wobei sie gekonnt den Streifenwagen auswich, die alle in Richtung Ce Ces Laden unterwegs waren. Es gehörte zu den traurigen Errungenschaften ihres bisherigen Lebens, dass sie genau wusste, welche Straßen sie in solch einem Fall nehmen musste. An der Lautstärke der Sirene von Benoits Dienstwagen, dem besten Freund von Cam, erkannte sie, dass er gerade vier Blocks entfernt vor *Rosie's Diner* startete, in ihre Richtung fuhr und wahrscheinlich gerade noch in ein Shrimps-Sandwich biss, wobei ihm die Soße aufs Kinn tropfte und er deswegen vergaß, nach links zu gucken, wo sie nur einen Block entfernt an ihm vorbeifuhr. Sie verkniff es sich, zumindest seinem Profil zuzuwinken, als er genau das tat.

»Du brauchst echt mal eine Komplettüberholung«, meinte Francesca und bohrte einen Finger in Bobbie Fayes Wange. »Gegen diese Poren musst du unbedingt etwas unternehmen. Da könnte man ja einen Truck drin parken.«

Bobbie Faye hatte auf einmal den gleichen Impuls wie wahrscheinlich jedes Tier, das in eine Falle geraten war: alles durchbeißen, nur um zu entkommen.

Während Francesca jedes einzelne Gesichtspflegeprodukt aufzählte, von dem sie glaubte, Bobbie Faye könnte es gebrauchen (und das waren eine ganze Menge), fuhr Bobbie Faye auf dem Highway 171 Richtung Norden, vorbei am Rangierbahnhof und Industriegelände und danach durch das waldreiche Viertel, das an den Highway grenzte. Ihr kleines Auto hustete dicke schwarze Wolken aus. Weit und breit gab es keine Tankstelle, wo man nach ihrem Motor hätte sehen können, erst ein ganzes Stück hinter der Brücke würde eine kommen. Jedes Mal, wenn wieder eine Qualmwolke aus ihrem Auspuff schoss, fiel der Hummer ein Stück zurück, als wollte er den widerlich öligen Rauch nicht einatmen. Bobbie Faye und Francesca dagegen hatten dieses Glück nicht. Als die rußigen Dämpfe langsam ins Innere des Wagens vordrangen, kurbelte Bobbie Faye ein Fenster herunter, und Francesca bekam einen Hustenanfall.

»Wo fahren wir überhaupt hin?«

»Zu deiner Mutter.«

»Als sie verschwand, haben wir da als Erstes nachgesehen. Denk dir was anderes aus.«

»Du musst nicht glauben, dass ich ein spezielles Diamantensuchgerät in der Tasche hätte, Frannie. Vielleicht hat sie in ihrem Haus irgendeinen Hinweis hinterlassen, damit wir wenigstens einen kleinen Anhaltspunkt haben, wo wir ansetzen können.« Bobbie Faye konnte ja schlecht erzählen, dass sie als Erstes zu dem Haus fuhr, weil der geile Typ vom FBI, auf den sie so scharf war, ihr gesagt hatte, dass sie das tun solle.

Rußiger Nebel quoll aus dem Armaturenbrett. »Ich denke, wir sollten lieber bei unseren Cousins mitfahren«, keuchte Francesca. Sie wedelte mit den Händen, um den Rauch zu vertreiben. »Der Hummer ist neu und sauber und riecht gut, und er tickt auch nicht so komisch.«

»Netter Versuch, aber mein Auto tickt nicht.«

»Tut es wohl.«

Bobbie Faye näherte sich einer Brücke, unter der ein Fluss hindurchfloss, der mächtig viel Wasser führte.

»Ich bin mir aber sicher, dass ich irgendwas ticken höre«, beharrte Francesca.

Bobbie Fayes Handy klingelte, und sie kramte es aus ihrer Handtasche. Auf dem Display sah sie, das es Cam war. »Ich habe im Moment ein bisschen viel um die Ohren«, meldete sie sich.

»Wo zum Teufel steckst du? Meine Männer sagen, bei Ce Ce sehe es aus wie auf einem Schlachtfeld.«

»Bobbie Faye!« Francesca zerrte an ihrem Arm. »Ich höre wirklich was ticken.«

»Ich muss nur eben eine Kleinigkeit erledigen«, sagte Bobbie Faye zu Cam. »Hast du mir den Gefallen getan?«

»Wer ist da bei dir? Und was tickt?«, wollte er wissen.

»Niemand und nichts. Hast du …?«

»Ja. Sie ist in Sicherheit bei meiner Mutter. Was ist …?«

»Nur weil ich hübsch bin, heißt das noch lange nicht, dass ich schlecht höre«, maulte Francesca. »Und hier tickt was.«

»Es tickt nichts, Francesca, also lass mich damit in Ruhe!«

»Da tickt was?«, fragte Cam, und Bobbie Faye ärgerte sich mal wieder über diesen typisch fordernden Ton des Kontrollfreaks in seiner Stimme, den er gerade in Situationen wie dieser gern einsetzte. »Was tickt da?«

»Nichts, Cam. Alles ist bestens.«

»Hier tickt es wohl!«, rief Francesca laut, um sich zu rechtfertigen. »Siehst du!« Sie deutete hektisch unter den Rücksitz. Dann zog sich ihr Gesicht irgendwie in die Länge, als ihre Augenbrauen in die Höhe schossen und ihr Kinn nach unten fiel. »Oh, oh! Ist das eine Bombe?«

Ach du heilige Scheiße!

Von: Simone
An: JT

Mikro in BFs Wagen. Höre irgendwas über eine Bombe.

Von: JT
An: Simone

Du willst mich wohl verarschen?

»Eine Bombe?«, fragte Cam, und sein Entsetzen war ihm deutlich anzuhören.

»Äh ... ja ... ich hab im Moment wirklich viel zu tun. Ich muss jetzt aufhören.«

Er brüllte los, aber da hatte sie schon aufgelegt. Jetzt war wirklich nicht die Zeit für Erklärungen. Nicht, dass sie überhaupt irgendetwas hätte erklären können, denn wann hatte in ihrem Leben schon jemals etwas auch nur den geringsten Sinn ergeben? Und ganz besonders jetzt. Sie befand sich mitten auf einer Brücke in einem Auto, das so viel Qualm ausstieß, dass sie jeden Moment damit rechnete, ein Gefahrgutteam würde in voller Schutzmontur mit Fallschirmen vor ihr landen, ganz zu schweigen von dem klitzekleinen Problem, dass sich irgendetwas unter ihrem Rücksitz befand, was eine gewisse Ähnlichkeit mit einer Bombe hatte. Besaß das Ding einen Zeitzünder? Auf der anderen Seite: Warum sollte ein Mensch, der versuchte, sie in die Luft zu jagen, sie auch noch darüber informieren wollen, wie lange sie noch zu leben hatte? Sie fuhr rechts ran, und dann sprang sie zusammen mit Francesca aus dem Wagen.

Verdammter Mist! Der Gegenverkehr! Wild fuchtelte sie mit den Armen herum, damit niemand mehr auf die Brücke fuhr. Francesca packte ihren Arm und versuchte, sie in Richtung des Hummers zu zerren.

»Ich habe keine Lust, das ganze Stück bis zum Ende der Brücke zu Fuß zu laufen. Lass uns bei den Cousins mitfahren.«

»Ich kann es doch nicht einfach zulassen, dass andere Leute in die Luft fliegen, Frannie«, erwiderte Bobbie Faye, fischte ihr Handy wieder aus der Tasche und wählte 911. Wie gut, dass sie gewarnt worden war …

Moment mal! Wie oft kam es eigentlich noch vor, dass Bomben tatsächlich *tickten*? Im Zeitalter von C4-Plastiksprengstoff tickten Bomben nicht mehr, oder? Wie praktisch, dass das Ding gerade noch lange genug getickt hatte, bis sie sicher das Auto verlassen hatte. Sie dachte an ihre ersten Entführer und deren Warnung, erst mit der Suche nach den Diamanten aufzuhören, wenn sie die Klunker gefunden hatte, und sie begriff: Es war ein Trick. Man wollte ihr Angst einjagen. Und sie war natürlich mal wieder voll darauf reingefallen. Himmelherrgott, eigentlich müsste sie ein paar Punkte von ihrem IQ zurückgeben.

Sie fuhr auf dem Absatz herum und marschierte zurück zu

ihrem Wagen. Vielleicht konnte sie ihn dazu bewegen, noch ein kleines Stückchen weiterzufahren, wenigstens bis zur nächsten Tankstelle.

»Bobbie Faye! Du bist ja noch verrückter als deine Mama, und die war schon wahnsinnig!«

Und genau in diesem Augenblick – wahrscheinlich um Francescas Aussage zu untermauern – explodierte das Auto.

7

Die Druckwelle schleuderte Bobbie Faye gegen Francesca, und gemeinsam landeten sie unsanft auf der Straße. Autotrümmer und Splitter jeder Größe flogen in alle Richtungen, während ein mächtiger Feuerball in den Himmel stieg. Nach einer gefühlten Ewigkeit, die aber wahrscheinlich höchstens eine halbe Sekunde umfasste, regneten die Trümmer auf jenen Teil der Brücke, der gerade begann, sich in Richtung Wasser zu neigen. *Ah! Bomben können doch ticken. Gut zu wissen.*

»Oooooooh«, gab Francesca in dem gleichen Singsang von sich, wie sie es in der fünften Klasse immer getan hatte, wenn sie Bobbie Faye verpetzte, weil die aus dem Weihwasser in der Kirche Eis am Stiel gemacht hatte. »Der Bürgermeister wird einen Herzinfarkt kriegen.«

»Mal wieder«, stimmte Bobbie Faye ihr zu.

»Vielleicht kannst du ihm ein Entschuldigungsschreiben schicken.«

»Ja, es gibt bestimmt eine witzige vorgedruckte Karte, die genau zu so einem Anlass passt: *Tut mir echt leid wegen der Brücke, bitte nicht sterben.*« Ein Teil der Brücke neigte sich noch weiter und stürzte dann in den Fluss. »Ich frage mich, ob man im Gefängnis eigentlich Briefmarken kaufen kann.«

Bobbie Faye hatte dieses fürchterliche Klingeln in den Ohren, und der Rest des Brückenbogens schwankte, während Francesca und sie sich aufrappelten. Das Loch in der Nähe ihres brennenden Autos hinderte den Hummer daran weiterzufahren. Ihr Telefon zwitscherte, während sie noch überlegte, in welche

Richtung sie jetzt gehen sollte – zurück über die wackelige Brücke, wo ihre Cousins geduldig im Hummer warteten, oder weiter zum gegenüberliegenden Ufer?

Nina stand auf dem Display. Ihre beste Freundin war gerade in Italien, um ein Fotoshooting zu machen (da sie ihre geschäftlichen Tätigkeiten im Bereich Quasi-S-&-M-Modelagentur um ein Quasi-S-&-M-Magazin erweitert hatte).

»Hey«, sagte Nina zur Begrüßung, »du wirst nicht glauben, wo ich gerade bin.«

»Ich wette, ich kann dich überbieten.«

»Ich sitze in einer italienischen Villa, wo man mir Tagliolini mit Krebsfleisch und Auberginensoße serviert.«

»Ich stehe auf einer Brücke, auf der eben mein Auto explodiert ist, und ein Teil dieser Brücke fällt gerade ins Wasser. Aber he! Die gute Nachricht ist, ich glaube, dem Scharfschützen sind wir entkommen!«

»Okay, ich spiele dieses Spiel nicht mehr mit dir. Du gewinnst ja doch immer.«

Erschrocken beugte sich Nina auf dem seidenen Diwan vor, der in dem üppig ausgestatteten Salon aus dem 16. Jahrhundert stand, während der Assistent des Fotografen die Ausleuchtung leicht veränderte. »Bist du okay?« Mit einer Handbewegung verscheuchte sie die Kellner, die sie mit Tabletts voller Essen umschwirrten und die Models nicht aus den Augen ließen. Der Service in der Villa war wirklich erstklassig.

»Klar. Ein paar Schnittwunden hier, ein paar Prellungen da, mein Haar ist eine Katastrophe, mehrere Leute versuchen, mich umzubringen. Also ein ganz normaler Tag.«

»Erzähl mir, was passiert ist«, sagte Nina und klappte ihren Laptop auf. »Ich kann morgen mit dem Firmenflugzeug nach Hause kommen.«

»Nein, du bleibst schön da, wo du bist. Hier werden sich die Wogen schon wieder glätten. Ich muss nur eine bestimmte Sache finden. Bevor du überhaupt hier sein kannst, ist ohnehin längst alles gelaufen.«

»Ich möchte gern helfen. Was kann ich tun?«

»Beten. Und das mit aller Kraft.«

»Erinnerst du dich noch daran, wie du ein Aufnahmegerät in Pater Patricks Beichtstuhl versteckt hast und damit mindestens elf Ehen beendet hast? Und das waren nur die, von denen wir wissen.«

»Was kann ich dafür, dass Pater Patrick weitaus mehr zu tun hatte, als wir alle dachten?«

»Ich glaube ja, dass Gott deswegen immer noch sauer auf dich ist. Ich weiß nicht, ob beten allein reichen wird.«

Trevor sah, wie eine Kugel an Bobbie Faye vorbeizischte. Verflucht noch mal! Das war so knapp gewesen, der Schuss hätte den Stoff ihres Shirts an der Schulter aufreißen können. Sie warf sich flach auf die Brücke, die Handflächen nach unten und war bereit, in jede Richtung zu kriechen, die ihr nur einigermaßen sicher erschien. Während Trevor die Ufer des Flusses mit den Augen absuchte, funkte er seine Männer an, ihm den verdammten Hummer aus dem Weg zu schaffen. Er konnte einfach nicht erkennen, wo sich der Scharfschütze in dem wild wuchernden Schilfgras und dem dichten grünen Gestrüpp verbarg.

»Das war's dann«, sagte John und warf noch einmal einen prüfenden Blick durch das Zielfernrohr seines Gewehrs.

Dieses verrückte Weib war hinter dem Brückengeländer in Deckung gegangen. Und das, nachdem sie gerade noch rechtzeitig aus ihrer Schrottlaube herausgesprungen war. Er hatte einfach nicht die Teile zur Verfügung, um einen schicken Fernzünder zu bauen. Er hasste diesen verfluchten Job. Der wäre nämlich längst erledigt, wenn man ihm erlaubt hätte, sie gleich abzuknallen. Ein gezielter Kopfschuss heute Morgen auf dem Weg zur Arbeit, und – *Bumm!* – schon hätte er sich seinen Scheck abholen können. Stattdessen lag er hier an diesem gottverlassenen Fluss zwischen Käfern und Moskitos und wahrscheinlich auch noch jeder Menge Schlangen im Dreck. Wenigstens wuchs das Gestrüpp hier so hoch, dass er eine Party hätte feiern können, ohne entdeckt zu werden.

»Aber du sie haben verfehlt«, sagte Otto, sein italienischer Partner, leise und verärgert. »Genau wie andere Scharfschütze.«

Der verdammte andere Scharfschütze – wer zum Teufel auch immer das war – konnte nicht einmal einen Besoffenen in einer Kneipe vom Hocker schießen. Er feuerte viel zu wild durch die Gegend. Dämlicher Anfänger.

John sah noch einmal durch sein Zielfernrohr. »Da sind zu viele Leute. Ich hab ja gesagt, wir hätten sie gleich am Anfang umlegen sollen.«

»Das unsere Kunde hat nicht wollen«, erwiderte Otto, und John freute sich diebisch, dass der Mann gezwungen war, in seinen teuren Designersachen durch den Morast zu kriechen. Warum zum Teufel trug so ein Arschloch hier im Süden mitten im Sommer auch Lederhosen? »Er hat nur wollen sagen«, fuhr Otto fort, *»geh weg!«*

»Ja, mag sein, aber ich glaube nicht, dass Zuhören zu ihren großen Stärken zählt.«

John hatte ja auch versucht, das ihrem Auftraggeber zu erklären. Jetzt jedenfalls würde er dafür sorgen, dass sie sich wünschte, sie hätte den Wink verstanden.

Von: JT
An: Simone

Die Brücke? Ihr Auto hat die Brücke in die Luft gejagt? Und da ist schon wieder ein Scharfschütze? Wie viele Menschen hassen diese Frauen denn?

Von: Simone
An: JT

Offensichtlich eine *Menge*.

Erleichterung durchströmte Bobbie Faye, als sie das Motorrad hörte. Sie drückte sich etwas hoch, ihr Gesicht befand sich nur Zentimeter vom heißen Asphalt entfernt, der ihr die Hände verbrannte. Winzige Schottersteinchen bohrten sich in ihre Handflächen, und sie sah, wie zwei Männer die Cousins mit Waffen bedrohten. Verdammt noch mal, das hatte sie schon den ganzen Morgen gern selbst tun wollen! Trevor umfuhr den Hummer und dann das Loch und die verstreuten Trümmer mit eleganten Schlenkern und hielt dann zwischen ihr und der Stelle, wo sich der Scharfschütze ungefähr befinden musste, der eben noch auf sie geschossen hatte. Der Schuss hatte sie viel zu knapp verfehlt, um die ganze Sache noch locker zu sehen. Sie zitterte am ganzen Körper.

»Steh auf!«, schnauzte er sie an. Er spielte seine Rolle für Francesca, begriff Bobbie Faye. Zumindest hoffte sie das – schon wegen dieses Ausdrucks in seinem Gesicht. Er machte ihr mehr Angst als die Tatsache, dass der Scharfschütze ihr immer noch das Licht auspusten wollte. Und seltsamerweise war er diesmal entscheidend treffsicherer, als er es beim Laden gewesen war. Es sei denn, es gab zwei Scharfschützen. Nein ... das konnte einfach nicht ... *verdammt!* Wem wollte sie etwas vormachen? Es würde sie nicht mal mehr überraschen, wenn sie mitten in einen Scharfschützenwettbewerb hineingeraten wäre.

»Steig auf!«, befahl Trevor. Als sie nicht sofort aufstand (Gehirn: *Beweg dich!* Beine: *Leck mich!*), zog Trevor seine SIG und legte auf sie an, während sich seine Miene in einen Ausdruck verwandelte, den man nur noch als mörderisch bezeichnen konnte. »Steig auf das Motorrad! *Sofort!*«

»Wo bringen Sie sie hin?«, wollte Francesca wissen, während sie, die Hände in die Hüften gestemmt, mit der Spitze ihres einen Stiletto fordernd auf den Asphalt tippte, als würde Trevor nicht derart gefährlich wirken, dass sogar Satan persönlich bei diesem Anblick seine Jobbeschreibung vergäße.

Es überraschte Bobbie Faye, dass Trevor sich die Zeit nahm, ihr zu antworten.

»Ich habe eine Nachricht von Ihrem Dad für Sie«, sagte er, während er die Waffe auf sie richtete und Francesca ihn aus zusammengekniffenen Augen anblitzte. »Halten Sie sich ab sofort aus der Sache raus! Sie« – er deutete mit dem Kopf in Richtung Bobbie Faye – »arbeitet jetzt für ihn.«

Natürlich tat sie das. Denn vier abgedrehte Cousins und Cousinen, drei verrückte Entführerbanden, ein Scharfschütze *und* ein hinterlistiger Kerl vom FBI waren für einen Tag ja auch noch nicht genug.

Cam wartete am Fuß der Brücke und sah zu, wie die Feuerwehr Vorkehrungen traf, um die Überreste von Bobbie Fayes Auto abzulöschen. Der größte Teil des Wagens war in die Luft geschleudert worden und dann nach vorn geflogen, wo er auf einem Teil der noch intakten Fahrbahn gelandet war. Direkt hinter den brennenden Resten des Wagens befand sich ein riesiges Loch. Trümmer waren über die gesamte Brücke verstreut, und tote Fische trieben an der Oberfläche des langsam dahinfließenden Flusses, während Cops und Schaulustige gleichermaßen vergeblich gegen die heulenden Sirenen anbrüllten. Cam stand da mit seiner Sonnenbrille, die Ärmel bis zu den Ellbogen hochgekrempelt, und ignorierte die Gluthitze, während ihm der Schweiß in den Kragen rann. Ein Vorteil seiner Körpergröße lag darin, dass er über die Köpfe der meisten Officer, die vor ihm durcheinanderwuselten, hinwegsehen konnte. Er ließ seinen Blick über die Straße schweifen, die hinter der immer noch rauchenden Brücke weiterführte, um sich davon zu überzeugen, dass sie okay war.

Streifenbeamte vernahmen Zeugen und warfen ihm hin und wieder mit einem kurzen Kopfschütteln einen Blick zu, um ihm zu signalisieren, dass niemandem etwas Spezielles aufgefallen war. Der Wagen selbst war wahrscheinlich viel zu verkohlt, als dass die Spurensicherung noch herausfinden könnte, ob sich menschliche Überreste darin befanden. Bitter schmeckender Rauch hing schwer am ansonsten kristallblauen Himmel und legte einen hässlichen Schleier über die verwahrlosten Ufergrundstücke. Nicht einmal das satte Grün der Zypressen und Birken konnte die Wolke aus purem Smog, die über dem Anglerparadies lag, wettmachen.

Cam versuchte an dem Rauch vorbei Richtung Süden zur Stadt zu blicken. Er wollte deren Rhythmus spüren, das Summen und Brummen von Lake Charles' Industrieanlagen, die man zwischen Ackerland auf der einen und Sumpfgebieten mit reichhaltigen Fischfanggründen auf der anderen Seite platziert hatte. Manchmal gelang es ihm, sich von der harten Realität des Verbrechens zu lösen und nur die Hitze der kleinen Stadt zu spüren, ihrem Herzschlag zu lauschen und die gute Seele zu fühlen, die all die schlimmen Dinge wieder aufwog, die ständig in ihrem Umfeld passierten, Und genau das war es, was ihm half durchzuhalten.

Und dann gab es solche Tage wie diesen, die ihn schier umbrachten. Er wusste nicht, ob Bobbie Faye da drüben tot im Wagen lag oder vielleicht am Grund des Flusses trieb oder ob sie entkommen war. (Und wenn, wie? Und wohin?) Genau das war der Grund gewesen, warum er sie nicht hatte heiraten können, wurde ihm wieder mal klar. Das war der Grund, warum der Verlobungsring in dem See hinter seinem Haus gelandet war, denn mit Bobbie Faye würde es niemals anders werden. Irgendwann wäre zwingend der Tag gekommen, an dem man ihn angerufen hätte. Er wusste, dass viele Frauen und auch Männer seiner Kolleginnen und Kollegen bei der Polizei diesen Anruf fürchteten. Aber er hatte immer gewusst, dass es genau umgekehrt gewesen wäre, wenn er Bobbie Faye geheiratet hätte. Obwohl er der Cop war, hätte *er* eines Tages diesen Anruf bekommen. So oft hatte er sie gedrängt, besser auf sich aufzupassen. So oft hatte er versucht, ihr deutlich zu machen, dass sie gar nicht erst in derartige Gefahren geraten würde, wenn sie ihn nur mal um Hilfe bitten würde. So oft hatte er ihr gesagt, dass es in ihrer eigenen Hand läge, solche Katastrophen zu verhindern. Sie könnte ein viel leichteres Leben haben, ein richtiges Leben. Aber sie hörte nicht auf ihn. Verdammt, sie hörte einfach nie auf ihn!

Und jetzt musste er unbedingt etwas tun – irgendetwas –, denn diese Grübelei machte ihn einfach nur fertig.

Ce Ce ließ ihren Blick über das Schlachtfeld schweifen, das einst ihr Laden gewesen war. Ihre langen Dreadlocks peitschten die Luft, während sie ihren massigen Körper immer wieder im Kreis wuchtete, um das ganze Ausmaß der Zerstörung zu überblicken. Die Überreste von vier Vitrinen blockierten den Gang am Waffentresen, wo Bobbie Faye sich verkrochen hatte.

Sämtliche Waren darin waren in Fetzen geschossen. Immerhin war nirgends Blut zu sehen, sodass Ce Ce erleichtert aufatmete.

Wie hatte es nur dazu kommen können? Ce Ce machte sich in vollem Umfang dafür verantwortlich, und sie hatte ein fürchterlich schlechtes Gewissen. Die Leute wussten, dass sie eine gute Voodoopriesterin war. Sie hatte sich damit ein stabiles zweites Standbein aufbauen können, weil sie den Ruf besaß, auch wirklich Ergebnisse vorweisen zu können. Und gerade in letzter Zeit hatte sie eine Menge Schutzrituale für Bobbie Faye durchgeführt, und die hätten eigentlich wirken müssen. Diese Beschwörungen hatten einen solchen Wahnsinn von ihrem Laden und von Bobbie Faye fernhalten sollen. Eigentlich hatte sie alles bedacht und keine Möglichkeit ausgelassen.

Moment mal! Eine *Menge* Rituale. Konnte es sein, dass die Rituale sich zum Teil vielleicht gegenseitig aufgehoben hatten? Oh Gott! Sie ließ ihren Blick durch den alten, verwinkelten Laden wandern. Die Hälfte der Holzfußböden war so alt, dass sie durchhingen, und viele Dinge, die sich wider Erwarten doch nicht zu Verkaufsschlagern entwickelt hatten, waren mit einer Staubschicht bedeckt. Irgendwo im Laden gab es ein Schlupfloch für das Böse, und es hatte ihr kleines Mädchen geholt.

Die Zwillinge kamen zu ihr. Alicia hatte inzwischen Strähnchen im Haar, damit Ce Ce die beiden auseinanderhalten konnte. Zusammen beobachteten sie die Cops, die durch die Gänge streiften, Zeugen vernahmen, Fotos machten, Fingerabdrücke sicherten und Beweismittel eintüteten.

»Bobbie Faye hat einfach nur ihre Arbeit gemacht«, flüsterte Alicia voller Ehrfurcht.

»Sie wollte lediglich Maimee davon abhalten, dass sie eine Waffe kauft«, stimmte Allison ihrer Schwester zu. Mit ihren neunzehn Jahren hatten die Zwillinge schon eine Menge von Bobbie Fayes Katastrophen erlebt, aber noch nie so unmittelbar.

Ce Ce warf einen Blick hinüber zu Maimee, die gerade bei den Cops ihre Aussage machte und inzwischen ziemlich ungehalten darüber war, dass man sie immer noch festhielt. Viele der anderen Kunden hatten sich an dem abgewetzten roten Resopaltischchen in der kleinen Frühstücksecke versammelt, die Ce Ce in der Nähe des Tresens aufgebaut hatte. Dort verkaufte sie Gebäck, Sandwiches und frittiertes Hühnchen an die Angler, die tagsüber auf den See hinausfuhren.

All jene, die gerade nicht die Fragen der Polizisten beantworteten, widmeten ihre Aufmerksamkeit dem kleinen Fernseher, der über der Lebensmitteltheke montiert war. In diesem Moment strahlte ein örtlicher TV-Sender die Bilder eines tiefen Kraters in der Brücke von Highway 171 aus. Ce Ce packte Alicias Arm, um nicht das Gleichgewicht zu verlieren, als die Kamera näher an die Überreste eines Honda Civic heranfuhr, dessen hinterer Kotflügel – oder was noch davon übrig war – in äußerst vertrauter Weise von Klebeband zusammengehalten wurde.

»Das ist Bobbie Fayes Auto«, flüsterte Alicia, und Ce Ce schluckte.

Ce Ces beste Freundin Monique kam aus dem Hinterzimmer geeilt, das auch als Büro diente, und ihr blieb der Mund offen stehen. Monique war von eher quadratischer Statur und nicht gerade ein Leichtgewicht, mit roten Haaren und Sommersprossen, und sie sah aus wie der zuverlässigste, entzückendste und netteste Mensch auf der Welt, auch wenn ihre vier Kinder echte Teufelsbraten waren. Ihr stets sonniges Gemüt wurde wahrscheinlich nicht unwesentlich von dem Inhalt des Flachmanns beeinflusst, den sie rund um die Uhr bei sich trug – was Ce Ce ihr nicht wirklich verübeln konnte.

»Wie hast du es geschafft, dass sie dich an einen Tatort lassen?«, fragte Ce Ce ihre Freundin.

Da sie die Ladenbesitzerin war, hatte man Ce Ce natürlich

hereingelassen, aber niemandem sonst war es gestattet, sich hinter der Absperrung aufzuhalten, bis die Cops mit der Spurensicherung fertig waren.

»Ach, Schätzchen, ich habe immer auf Earl da drüben aufgepasst, als er noch ein Baby war.« Monique deutete auf einen der Polizisten. »Hey«, beschwerte sie sich, als ihr das ganze Ausmaß des Schadens bewusst wurde, »ich dachte, wir hätten das Geschäft mit so einem Voodoobann-Dingsbums belegt, damit Bobbie Faye hier drin nichts passieren kann.«

Monique hatte unbedingt lernen wollen, wie man die Rituale durchführte, aber da es ihr unglaublich schwerfiel, sich Details zu merken (besonders dann, wenn sie während des Unterrichts aus ihrem Flachmann trank), würde sie beide das noch mal Kopf und Kragen kosten, wenn Ce Ce nicht höllisch aufpasste.

»Schätzchen, was immer wir in dieser Richtung auch unternommen haben, es war einfach nicht stark genug.«

Sofort strahlten Moniques große blaue Augen vor Begeisterung. »Heißt das, wir fahren voodoomäßig noch mal richtig schwere Geschütze auf?«

Ce Ce ließ ihren Blick ein letztes Mal durch den Raum gleiten, dann wandte sie sich dem Lager zu, wo sie ihre Vorräte aufbewahrte. »Darauf kannst du deinen süßen sommersprossigen Arsch verwetten.«

Cam stand neben der Frau von der Spurensicherung, während sie die Überreste des Autos untersuchte. Es stank nach verbranntem Gummi und penetrant nach versengtem Metall. Maggie, die Kriminaltechnikerin, war bestimmt älter als Gott selbst, und sie trug immer einen hübschen Anzug mit einer roten Blume am Revers. Sie war klein, reichte Cam nicht einmal bis zur Brust und war genauso breit wie hoch. Trotzdem bewegte sich Maggie mit einer Eleganz und Grazie, die Cam eher an Ballettunterricht und Benimmkurse denken ließ als an die grausige Realität, die zu Maggies täglicher Arbeit gehörte. Der strenge Geruch nach totem Fisch, der über dem ganzen Szenario lag und vom Fluss unter ihnen heraufstieg, machte es an diesem Tag auch nicht gerade leichter.

»Ich kann keine menschlichen Überreste entdecken«, sagte Maggie so leise zu Cam, dass die Nachrichtenreporter es wahrscheinlich selbst mit ihren Mikrofonangeln, die sie so weit wie möglich über die Polizeiabsperrung reckten, nicht auffangen konnten. Wenn es um einen Bobbie-Faye-Fall ging, gerieten sämtliche Journalisten in einen regelrechten Informationsrausch. Die Quoten der Nachrichtensendungen schossen gewöhnlich steil in die Höhe, wenn Bobbie Faye wieder mal eine Schneise der Verwüstung hinter sich herzog, daher tauchten immer sofort alle Fernsehstationen, Radiosender, Zeitungen (selbst die der Highschools) und Vertreter der Nachrichtenseiten im Internet auf. Cam versuchte sich zwischen Maggie und den Kameras aufzubauen, während sie arbeitete, aber es waren auf beiden Seiten der Brücke Kameras installiert worden, direkt hinter den Polizeiabsperrungen, daher konnte man ihnen nicht wirklich entgehen.

»Ich werde dir endgültigere Aussagen liefern können, sobald wir uns die Trümmer genauer angesehen haben«, versprach Maggie. »Aber ich denke, dein Mädchen ist noch rausgekommen, bevor die Bombe hochgegangen ist.« Durch die fehlende Fahrertür beugte sie sich in das Innere des Wagens. »Sieht so aus, als hätten wir diesmal eine gute Löschmannschaft gehabt … Sie haben sich große Mühe gegeben, nicht sämtliche Beweise zu vernichten. Vielleicht habe ich ja Glück.«

Cam gestattete sich einen kleinen Seufzer der Erleichterung, obwohl ihn der Ausdruck *dein Mädchen* leicht zusammenzucken ließ. Wann zum Teufel würde diese verdammte Stadt ihm eine

Chance geben zu vergessen, dass er früher einmal mit ihr zusammen gewesen war?

»Was ist mit der Bombe?«

»Soweit ich es bisher beurteilen kann, war sie ziemlich simpel zusammengeschraubt, nichts Ausgefallenes, aber das ist erst mal eine reine Vermutung, denn wir werden noch Taucher in den Fluss schicken, damit sie nachsehen, ob sich darin weitere Beweisstücke befinden. Morgen kann ich dir dann mehr sagen.«

Er brauchte Maggie nicht zu erklären, dass sie es mit einem Fall von höchster Priorität zu tun hatten. Ereignisse, die in irgendeiner Weise mit Bobbie Faye zusammenhingen, zogen immer sofort die Aufmerksamkeit des Bürgermeisters sowie des Gouverneurs auf sich. Und die wollten die Sache dann selbstverständlich von heute auf morgen gelöst und vom Tisch haben.

Maggie machte sich daran, ihre Sammlung der Beweisstücke noch einmal durchzusehen, und Cam beobachtete die Menge. Irgendwo zwischen diesen Leuten befand sich jemand, der gesehen hatte, was passiert war. Eine Sache machte es immer wieder fürchterlich frustrierend, einen Fall zu untersuchen, in den die Piratenkönigin verwickelt war: Fast die ganze Stadt empfand ihr gegenüber eine große Loyalität, fast so, als gehörte sie tatsächlich irgendeinem Königshaus an. Niemand würde sie verpfeifen, wenn er glaubte, ihr dadurch zu helfen. Sobald natürlich feststehen würde, dass sie dem Inferno wieder mal entkommen war, würden sich mindestens fünfzig Leute bei ihm melden, die behaupteten, mit ihr aus dem Auto gesprungen zu sein, bevor es in die Luft geflogen war, nur um mal ins Fernsehen zu kommen.

Cam ließ die Menge nicht aus den Augen, immer auf der Suche nach einer irgendwie … zuversichtlichen Miene eines Menschen, der bereits wusste, dass Bobbie Faye nicht mehr in dem Wagen gesessen hatte. Aber die meisten zeigten nur Neugier und Sorge. Doch dann bemerkte er ein bekanntes Gesicht, und sofort verschlimmerten sich seine Kopfschmerzen um ungefähr das Zehnfache.

> Von: Cam
> An: Bobbie Faye
>
> Wo zum Teufel steckst du? Dies ist meine SIEBTE Nachricht. Ruf mich an.

Bobbie Faye presste ihr Gesicht gegen Trevors Rücken, während sie hinter ihm auf der Harley saß und der Wind ihr das Haar ins Gesicht peitschte, bis sie schließlich die Augen schließen musste. Nun konnte sie die Kurven nicht mehr sehen, die vor ihnen lagen und die Trevor in rasantem Tempo nahm. Er fuhr so schnell, dass die Landschaft rechts und links von ihnen verschwamm und es nicht völlig unwahrscheinlich war, dass man sie jeden Moment vom Asphalt kratzen musste.

Im Geist schrieb Bobbie Faye eine Liste all der Arschlöcher, denen sie denselben aufreißen wollte, und die wurde verdammt lang. Was bildeten sich diese Leute eigentlich ein? Wie kamen sie dazu, einfach in ihr Leben zu platzen und sie und ihre Familie zu bedrohen? Sie wusste, dass Francescas Dad ein gefährlicher Mann mit guten Verbindungen zum organisierten Verbrechen war, soweit man den Gerüchten Glauben schenken konnte. (Nichts davon war jemals bewiesen worden.) Jemand wie er würde wohl auch einen Berufskiller auf seine Exfrau ansetzen und alles unternehmen, was nötig war, um zurückzubekommen, was auch immer es war. Ihn verstand sie ja irgendwie. Aber diese anderen Leute … die versuchten, sie zu töten? Wer waren diese Menschen, die alles daransetzten, sie zu manipulieren? Waren die irre? Dachten die wirklich, sie würde sich voller Todesangst zurückziehen und alles tun, was man von ihr verlangte, als besäße sie keinen gesunden Menschenverstand …

Oh, Augenblick … Okay, vielleicht handelte sie nicht immer auf der Basis ihres gesunden Menschenverstands, und vielleicht sollte sie das besser mal tun. Aber im Moment war sie einfach nur verdammt angefressen. Und ihr tat alles weh. An ihrem linken Arm lief Blut aus lauter Kratzern und kleinen Schnitten, die sie sich zugezogen hatte, als die Explosion sie zu Boden geschleudert hatte. Sie konnte nur erahnen, wie die Platzwunde auf ihrer Stirn von der zweiten Entführung inzwischen aussah. Wahrscheinlich war ihr ganzer Körper durch die vielen Prellungen schon grün und blau.

Allmählich schien ihr Adrenalinspiegel wieder auf einen normalen Pegel abzusinken, denn ihre Arme fühlten sich schwach an, und sie zitterte am ganzen Körper. Sie drückte sich fester an Trevor, und er ließ einen der Lenkergriffe los und legte seine Hand auf ihre. Kurz darauf bog er vom Highway 171 auf den Sam Houston Jones Parkway ab und fuhr direkt in eine wunderschöne Wohngegend.

Marie war in diese exklusive Enklave gezogen, nachdem sie Emile verlassen hatte. Die Gärten standen voller alter Bäume, darunter mächtige Eichen mit dichtem grünem Blattwerk und dicken Ästen, die fast bis zum Boden reichten, und farbenfrohe Kreppmyrten mit einem Meer aus blassrosa Blüten sowie stattliche Pekannussbäume. Jede Villa hier besaß mindestens zwei Etagen, viele von ihnen sogar drei. Trevor fuhr bis in den hintersten Teil des Viertels, wo sich die letzte voll erschlossene Straße befand. Offensichtlich gab es in Lake Charles noch äußerst optimistische Stadtentwickler, denn direkt hinter Maries Straße befand sich ein weiteres riesiges Areal im Bau.

Bobbie Faye hätte gewettet, dass das Haus im viktorianischen Stil ihrer Tante gehörte, obwohl sie es noch nie zuvor gesehen hatte. Es passte einfach perfekt zu Marie: pinkfarbene Verkleidungen, dazu tiefrote Fuchsien, die fast jeden Zentimeter des Gartens und der Veranda überwucherten. Sobald sie in Sichtweite des Hauses kamen, versteifte Trevor sich leicht und ließ Bobbie Fayes Hand los. Sie parkten an einem Seiteneingang, und dann fesselte er ihre Hände mit einer dieser Plastikfesseln so schnell vor ihrem Körper, dass sie es erst wirklich realisierte, als er schon damit fertig war.

»Kaufen Leute wie du diese Dinger eigentlich containerweise?« Sie spürte schon den klaustrophobischen Ausraster in sich aufsteigen. »Nimm mir die Dinger sofort ab!«

Er deutete auf die Öse, mit der er die schmalen Plastikstreifen zusammengezogen hatte. Sie befand sich mitten auf der Fesselung, sodass Bobbie Faye sich mit einer kleinen Drehung ihrer Hand selbst befreien konnte.

»Komm bloß nicht auf die Idee, dass ich irgendwann mal darauf stehe«, murmelte sie.

Trevor packte ihre Handgelenke, um sie ins Haus zu führen. Dabei beugte er sich vor, um ihr etwas ins Ohr zu flüstern. In seiner Stimme schwang die Andeutung eines Lächelns mit. »Darauf würde ich lieber nicht wetten.«

Sie betraten die Villa, und da ging dieser wirklich beschissene Tag endgültig zum Teufel.

8

Reggie »die Kreissäge« O'Connor und ihr Kameramann marschierten auf die Polizeiabsperrung auf der Brücke zu, an der Cam stand, und mit jedem Schritt wurde seine Laune schlechter. Reggie war eine schöne Frau, wobei Cam sich vielleicht weigerte, das anzuerkennen, weil sie ein ähnlicher Typ war wie Bobbie Faye: groß, schlank und an den richtigen Stellen gerundet. Leider war Reggies Schönheit auf ihr Äußeres beschränkt. Um als Reporterin ihr Ziel zu erreichen, war sie wirklich zu allem imstande. Sie würde nicht nur jemandem eine Bananenschale in den Weg legen, sondern ihm auch auflauern, um seinen Sturz zu dokumentieren, und wahrscheinlich noch eine Nutte engagieren, um sie daneben zu postieren und besonders dick aufzutragen. Sie selbst bezeichnete sich als »investigative« Reporterin, und wenn es keine interessanten Nachrichten gab, dann – mein Gott – erfand sie eben welche, selbst wenn sie dafür einen Fall platzen ließ, an dem die Polizei seit mehr als einem Jahr mühevoll arbeitete, damit er vor Gericht Bestand hatte.

»Cam«, sagte sie, als sie vor ihm stand, »du siehst echt beschissen aus. Offenbar vermisst du Bobbie Faye immer noch.« Sie warf einen Blick hinüber zu dem ausgebrannten Wagen. »Im wahrsten Sinne des Wortes.«

»Wie geht es deinem Ex? Fällt er dir immer noch auf die Nerven, sobald er atmet?«

»Hey, zumindest weiß ich, wie ich seine Aufmerksamkeit bekomme. Hast du irgendetwas Offizielles auszuplaudern?«, erkundigte sie sich und hielt ihm das Mikro unter die Nase, während ihr Kollege seine Kamera auf Cam richtete.

Er sah sie an, als hätte sie den Verstand verloren. Wenn man mal darüber nachdachte, wie bitter ihre Scheidung und der äußerst öffentlich ausgetragene Sorgerechtsstreit um ihren Sohn gewesen waren, wäre es wohl kein Wunder, wenn sie *tatsächlich* den Verstand verloren hätte.

»Und was würdest du sagen«, fragte Reggie, während sie sich selbst das Mikro an die Lippen hielt, »wenn ich Informationen besäße, dass Bobbie Faye unter Umständen für das organisierte Verbrechen tätig ist und ein dickes Ding vorbereitet? Wie ich höre, steckt sie in großen Schwierigkeiten.«

»Du weißt genau, dass ich niemals etwas kommentiere, Reg. Welches Spiel auch immer du spielst, du verschwendest deine Zeit.«

Reggie lachte. »Ich spiele nicht, Cameron, aber schon okay, du wirst schon noch früh genug dahinterkommen.« Sie wandte sich ab und ging davon. Der Kameramann folgte ihr, bis sie stehen blieb und noch einen Blick über die Schulter warf. »Weißt du, einem Mädchen wie Bobbie Faye muss es schon ziemlich an die Substanz gehen, ständig vollkommen pleite zu sein. Sie muss ihre Nichte großziehen und hat nicht mal ein vernünftiges Haus … Was wäre nun, wenn sich für sie plötzlich eine Möglichkeit auftun würde, wohlhabend zu werden, auch wenn diese Möglichkeit moralisch gesehen nicht vollkommen einwandfrei wäre? Ich weiß …« Sie unterbrach Cam, noch bevor er etwas erwidern konnte. »Kein Kommentar. Aber ich persönlich glaube, dass die Versuchung für sie ziemlich groß ist. Weißt du, ich denke, du kennst sie gar nicht so gut, wie du meinst. Du ahnst ja nicht, wozu eine Frau fähig ist, wenn ihre Existenz auf dem Spiel steht. Ich hingegen mache mir da keine Illusionen, was deine Bobbie Faye angeht.«

Cam starrte sie mit unbewegter Miene an, bis sie sich abwandte und endlich ging.

Dieses Miststück! Was sollte das alles? Er wusste, dass Bobbie Faye Regeln auch mal zu ihren Gunsten interpretierte, wenn sie der Überzeugung war, dass sie ohnehin dämlich war oder ihr im Weg stand, aber Reggie hatte da etwas viel Größeres angedeutet. Und in diese Sache würde sich eine Reporterin mit dem Instinkt eines Jagdhundes sicherlich ernsthafter verbeißen.

Also was zum Teufel hatte Bobbie Faye vor?

Als Bobbie Faye Maries ganz in Pink gehaltenes Wohnzimmer betrat, fühlte sie sich beinahe geblendet. Jeder einzelne Gegenstand in diesem Raum war pinkfarben, pfirsichfarben, rosé oder zumindest in irgendeinem rötlichen Ton gehalten. Selbst das Gehäuse des großen Flachbildfernsehers hatte man tatsächlich pinkfarben angestrichen, was eine Beleidigung für sämtliche Fernsehgeräte dieser Welt darstellte. Bobbie Faye hatte kaum Zeit zu blinzeln, damit sich ihre Augen an die neue Umgebung gewöhnen konnten, als auch schon drei Männer von der Küche her den Raum betraten.

Emile. Na klasse! Offensichtlich war ihr entgangen, dass heute der Tag der Ratten und Bastarde war.

Bobbie Faye schluckte ihren Ekel hinunter, als sie ihrem Onkel entgegentrat, der von zwei Bodyguards begleitet wurde. Um von ihm als Schläger engagiert zu werden, durfte man ganz offensichtlich keinen Hals besitzen, dafür aber einen Kopf von der Größe eines Planeten. Zwischen den beiden Kleiderschränken schien Emile geradezu winzig, obwohl er fast so groß war wie Trevor. Sein dunkles, exotisches Äußeres wirkte immer noch anziehend. Nur die kleinen Fältchen um seine Augen deuteten darauf hin, dass er den Sechzigern näher war, als man auf den ersten Blick vermutet hätte.

Bobbie Faye konnte sich gut vorstellen, wie er ausgesehen hatte, als er noch aufs College gegangen war und Marie kennengelernt hatte: klug, witzig, schön und reich. Aber irgendwann zwischen damals und heute hatte er sich zu einem Mann entwickelt, der mit Perlen für Mardi Gras ein Multi-Millionen-Dollar-Business aufgebaut hatte. Wenn man den Anschuldigungen glaubte, die aber bisher nie hatten bewiesen werden können, hatte ihm seine Firma zusätzlich gute Kontakte zum organisierten Verbrechen verschafft. Mittlerweile leitete er das illegale Netzwerk, dem er damals beigetreten war.

»Was denn?«, sagte er grinsend, und seine Zähne hoben sich strahlend weiß von seinem dunklen Gesicht ab. Er breitete die Arme aus. »Keine Umarmung für deinen Onkel?«

Bobbie Faye kämpfte ihre Wut und auch ihre Angst nieder, während sie ihre gefesselten Hände vor ihm hochhob und damit seine Umarmung abblockte. Sie ließ sich nicht zum Narren halten. Eigentlich hatte man sie noch nie zum Narren halten können, nicht mal als Kind, wenn Emile ganze Säcke mit Süßigkeiten und pompösen Geschenken anschleppte. Er war nur selten ins Land der Cajun gekommen, um Francesca bei ihrer Großmutter abzuholen und sie für das nächste Schuljahr nach New Orleans zurückzubringen. Er war der Typ Mann, der sich einen Wachhund kaufte und ihn dann erschoss, weil das Tier gebellt und ihn geweckt hatte. So wurde es zumindest erzählt.

»Ich glaube nicht, dass ein Onkel hinterhältige Giftschlangen schicken sollte, um seine Nichte abzuholen, aber vielleicht habe ich dieses Familiending einfach nur nicht richtig verstanden.«

Emile lachte leise und warf Trevor einen Blick zu, der auf der anderen Seite des Raums gegenüber von den Bodyguards Stellung bezogen hatte. Trevor verschränkte die Arme vor der Brust. Der Bizeps an seinen muskulösen Oberarmen sprang hervor, und die Tattoos auf seinen Schultern zuckten fast unmerklich.

Sein Gesicht wirkte wie aus Stein gemeißelt, und Bobbie Faye verlor sich kurz in seinem Anblick, während sie sich fragte, seit wann er diese Tattoos hatte. Und wenn sie sogar die schon vergessen hatte, was wusste sie dann überhaupt von ihm?

Als Nächstes zuckte sein Unterarmmuskel, und Bobbie Faye spürte seine Anspannung, obwohl er die Ruhe selbst zu sein schien. In diesem Moment fiel ihr zudem auf, dass er irgendwann unterwegs ein Schulterholster angelegt haben musste – und seine rechte Hand, die er unter seinen linken Ellbogen geschoben hatte, lag wahrscheinlich auf dem Griff seiner Waffe. All das veranlasste sie nicht unbedingt dazu, sich zu entspannen.

»Oh, *chérie*«, sagte Emile und machte eine Kopfbewegung in Richtung Trevor, der wie ein eiskalter Killer wirkte. »Er ist nur eine kleine Versicherung, sonst nichts.«

»Irgendwie bin ich mir ziemlich sicher, dass er nicht für eine Versicherungsgesellschaft arbeitet.«

»Ich will meine Diamanten zurückhaben, Bobbie Faye.« Emiles Stimme war auf einmal ganz sanft – und tödlich. Bobbie Faye musste blinzeln, weil sie plötzlich giftige Schlangen über den Boden kriechen sah. Natürlich war das Einbildung, aber ihre Haut kribbelte trotzdem vor Angst. »Du kannst also mit deinem kleinen Spiel aufhören und mir einfach sagen, wo sie sind.«

Spiel? *Spiel?* Sie sah schon die Überschrift vor sich: *Explodierender Frauenkopf legt Stadt in Schutt und Asche.* Voller Unglauben und mit offenem Mund starrte sie ihren Onkel an und machte sich nicht einmal die Mühe, ihre Wut zu verbergen.

»Offenbar hast du heute, zusammen mit all diesen anderen Idioten, ebenfalls deinen Verstand verloren. Ich habe … *hatte* … ein Auto, dessen Sitze mit Klebeband geflickt waren, die jetzt übrigens vollkommen verschmort sind, und außerdem besitze ich einen *riesigen* Trailer, der kaum groß genug für zwei Glühbirnen ist … Was an meinem opulenten Lebensstil bringt dich also auf den wahnwitzigen Gedanken, ich könnte wissen, wo zum Teufel deine verfluchten Diamanten sind?«

Vielleicht hatte sie ein bisschen geschrien. Die beiden Kleiderschränke mit den großen Kanonen legten ihre fleischigen Pranken um die Griffe besagter Waffen. Vielleicht war es keine so besonders gute Idee, einen Paten des organisierten Verbrechens anzuschreien. Besonders dann nicht, wenn man gefesselt war.

»Eines Tages, Bobbie Faye, wirst du dir mit deiner großen Klappe noch mal derart selbst den Arsch aufreißen, dass dir niemand mehr helfen kann«, erklärte Emile.

»Oh, es haben schon ganz andere versucht, mir mal richtig den Arsch aufzureißen …« *Äh, Moment. Ach, verdammt!*

Die beiden Bodyguards lachten. Selbst Trevor musste den Blick abwenden, um das Zucken seiner Mundwinkel zu verbergen.

Emile schlenderte zum Kaffeetisch hinüber, klappte einen Tageskalender auf, blätterte ihn durch und deutete dann auf eine bestimmte Seite.

»Was ist das?«, fragte Bobbie Faye.

»Maries Terminkalender. Zu den wenigen Dingen, auf die ich mich bei meiner lieben Exfrau verlassen kann, gehört leider, dass sie auf allem herumkritzelt. Selbst auf einem Schreibtisch aus poliertem Wurzelholz, der mich zehn Riesen gekostet hat«, zischte er, immer noch wütend bei der Erinnerung daran. Dann hielt er kurz inne, atmete durch und fand seine Beherrschung wieder. »Sieh selbst.«

Bobbie Faye ging an den roséfarbenen Ledersesseln vorbei und beugte sich über den Kalender. Es handelte sich um einen großen Wochenkalender mit viel Platz und zahlreichen Notizen und Kritzeleien kreuz und quer um die Termine herum.

Da standen die Besuche beim Friseur, im Nagelstudio, bei der Schneiderin und wann Marie mit Freunden zum Essen verabredet war. Dazwischen waren auch geschäftliche Termine für den Textilhandel vermerkt, den sie eröffnet hatte – eine Weiterentwicklung ihrer seltsamen Skulpturen, mit denen sie berühmt geworden war. Inzwischen designte sie Handtaschen und Schuhe aus irgendwelchen seltsamen Stoffen und Materialien, die sie dann auch noch mit Perlen besetzte. Ihre Arbeiten verkauften sich gut in den Galerien, und auch ihr Textilhandel hatte einen echten Boom erlebt, als ein paar abgewrackte, aber berühmte junge Models mit Gürteln von ihr auf den Titelseiten von *People* und *InStyle* erschienen waren.

Bobbie Faye schob das Buch ein wenig herum, sodass sie besser erkennen konnte, wo Zeiten fürs Shopping geblockt, irgendwelche seltsamen Materialien notiert und sogar Rezepte aufgeschrieben waren. Ihr wurde ganz schwindlig, wenn sie darüber nachdachte, wie viel Zeit es gekostet haben musste, all das für einen einzigen Tag aufzuschreiben, geschweige denn, es dann auch zu tun. Und dann fielen ihr die Initialen ins Auge. *B. F.* Sie musste das Buch zur Seite drehen (Marie hatte jede freie Stelle vollgeschrieben), um den wilden Wortwirrwarr, der sich am äußersten Rand des Kalenders über die Seite zog, überhaupt entziffern zu können:

ds in safe check kopien check b.f. weiß wo

Das Kribbeln begann in ihrem Hinterkopf und breitete sich in rasendem Tempo bis in ihre Fingerspitzen aus, die sofort taub wurden. *»b.f. weiß wo«* schien immer größer und größer zu werden, während sie darauf starrte. Schließlich schloss sie die Augen, rieb sich die Lider und sah noch einmal hin.

Ja, da stand es immer noch. Was für eine Scheiße war das

denn nun wieder? Was zum Teufel hatte Marie sich dabei gedacht?

»Ist *b. f.* die Abkürzung von *boyfriend?*«

»Hör auf, dich dumm zu stellen!«

»Ich habe keine Ahnung, was das ist.« Doch dann dämmerte es ihr. »Ist das der Grund, warum Francesca meint, ich könnte euch dabei helfen, die verdammten Klunker zu finden?«

»Ich denke mal, dass meine Tochter schon das ganze Haus auf den Kopf gestellt hat, deswegen gehe ich davon aus. Viel wichtiger ist aber, ich bin mir *sicher*, dass du weißt, wo sie sind, und ich will sie zurückhaben.«

»Klar. Kein Problem. Wird gleich erledigt.«

Sie erwartete, dass er ihr drohen würde, wartete auf den obligatorischen Satz: *Ich werde deine Familie töten.* Das hatten bisher schließlich alle Beteiligten gesagt. Doch stattdessen lächelte Emile nur, und das ließ sie schaudern.

»Okay, hör zu. Falls Tante Marie völlig den Verstand verloren hat – und das wäre in dieser Familie ja nicht völlig an den Haaren herbeigezogen – und mir tatsächlich sagen wollte, wo die Glitzersteinchen sind, dann ist sie aber nicht mehr dazu gekommen, bevor sie verschwand. Wenn du willst, dass ich die blöden Dinger finde, muss ich erst mal dieses Haus nach irgendwelchen Hinweisen absuchen.«

Emile warf ihr einen hasserfüllten Blick zu.

»Oder wir können uns auch einfach nur anstarren, während sich jemand anders schon mal auf die Suche macht. Es liegt ganz an dir.« Sie warf einen Blick auf die pinkfarbene Einrichtung. »Allerdings kann ich dir nicht versprechen, dass ich mich nicht bald übergeben muss, wenn ich noch lange in diesem Haus bleibe.«

Die beiden Kleiderschränke nickten zustimmend, was die Farbgestaltung anging. Emile dachte einen Moment darüber nach, dann sagte er: »Gut. Ich gebe dir eine Stunde. Wenn du bis dahin nicht irgendwas gefunden hast, fange ich an, all deine Besitztümer und jeden, der dir am Herzen liegt, in Stücke zu reißen, bis ich die Diamanten finde oder du sie mir bringst.«

»Ach ja? Da kannst du dich schon mal hinten anstellen. Das scheint nämlich heute die Drohung des Tages zu sein.«

»Ich werde meine Männer an den Ausgängen postieren, also denk nicht mal daran abzuhauen!«

»Würde mir nicht mal im Traum einfallen. Ich nehme das Zuckerschnäuzchen da drüben mit«, sagte sie und deutete lächelnd auf den größeren der beiden Bodyguards.

Der Mann zuckte sichtbar zusammen, wirkte dann aber sofort beschämt, als Emile ihm einen vernichtenden Blick zuwarf. »Du bekommst *ihn*«, erklärte Emile mit einer Kopfbewegung in Richtung Trevor.

»Den Killer? Das kannst du vergessen. Wie soll ich mich denn darauf konzentrieren, hier irgendwelche Hinweise zu finden, wenn ich mir ständig Gedanken darüber machen muss, ob er mir gleich die Kehle durchschneidet?«

»Ich würde vorschlagen, dass du dich einfach beeilst. Ich muss noch ein paar Telefonate führen«, entgegnete Emile. Auf dem Weg zur Terrasse vor dem Haus fügte er noch hinzu: »Eine Stunde, Bobbie Faye, und nicht eine Minute länger.«

Von: Simone
An: JT

Trevor hat sie.

Von: JT
An: Simone

FBI will nicht bestätigen, dass er in ihrem Auftrag arbeitet. Vertrau ihm nicht.

Von: Simone
An: JT

Glaubst du, es war Zufall, dass er ihr mit dem Diadem geholfen hat, das ja eigentlich eine Schatzkarte war … und jetzt geht es um Diamanten, und er taucht schon wieder auf?

Von: JT
An: Simone

Ich glaube nicht an Zufälle.

Benoit bearbeitete zusammen mit Cam den Unfall auf der Brücke, und der Schweiß tropfte ihm in der zunehmenden Hitze nur so vom Körper. Cam schaffte es mal wieder, cool und überlegen zu wirken. Da er es als Star-Quarterback der LSU gewöhnt war, die Footballausrüstung auch unter hohem Druck und bei höllischen Temperaturen während der ersten Spiele der Saison zu tragen, machte ihm die Hitze inzwischen nichts mehr aus. Benoit dagegen hatte das Gefühl, als wäre er gerade schwimmen gewesen. Es war eigentlich sogar zu heiß, um miteinander zu reden, aber da sie beide schon so lange Freunde waren, brauchte es zwischen ihnen auch nicht mehr als ein kaum merkliches Kopfschütteln. Cam, der gut zwanzig Zentimeter größer war als Benoit, beobachtete immer noch die Menge, die sich am Fuß der Brücke versammelt hatte. Falls jemand von denen tatsächlich gesehen hatte, wie Bobbie Faye den Unfallort verlassen hatte, ließ sich das zumindest keiner von ihnen anmerken.

Schon wieder tauchte ein bildhübscher blonder Fan des LSU-Teams auf und bat Cam um ein Autogramm (was er niemals ablehnte). Benoit wartete, bis die Frau wieder davonging, bevor er stichelte: »Du solltest immer ein paar von diesen Hochglanzautogrammkarten bei dir haben.«

»Fahr doch zur Hölle!«

Sie arbeiteten sich durch die Menge und versuchten, Zeugen von Schaulustigen zu trennen, und Benoit war mal wieder vollkommen verblüfft, mit welcher Eleganz Cam seinen Job auch in den kritischsten Momenten erledigen konnte. Mit den Footballfans ging er völlig souverän um, obwohl er gleichzeitig auf seine eigentliche Aufgabe konzentriert war, nämlich Bobbie Faye zu finden.

Im Lauf der Jahre hatten schon viele Leute Benoit gefragt, warum Cam nicht irgendeinen Job bei einer großen Firma außerhalb von Lake Charles angenommen habe. Es gab ausreichend Firmen, die gern einen berühmten Exfootballstar auf ihre Gehaltsliste gesetzt hätten, ganz besonders als Firmensprecher. Aber diese Leute hatten Cam nie wirklich verstanden, und schon gar nicht, wie viel seine Heimat ihm bedeutete. Die Stadt war seine Familie. Und es gab noch einen anderen Grund, warum Cam geblieben war, obwohl er das Benoit gegenüber nie zugegeben hatte: Bobbie Faye würde Lake Charles niemals verlassen, und Cam würde niemals Bobbie Faye verlassen.

Zumindest nicht, bis dieser dämliche Idiot selbst die Trennung der beiden herbeigeführt hatte.

In dem Moment klingelte Benoits Handy. Es war Diane aus der Zentrale.

»Ich habe hier einen Anruf für dich«, sagte sie. »Jemand behauptet, er habe eine wichtige Information über den Mord an dem Juwelier, in dem du und Cam ermittelt.«

Benoit ließ sich den Anruf durchstellen und hörte im nächsten Moment die Stimme eines Mannes mit schwerem Cajun-Akzent – noch heftiger als sein eigener –, der für die Einheimischen in dieser Gegend so typisch war.

»Hör mal, mein Sohn«, sagte der Mann. »Ich habe mir schon viele Sorgen um sie gemacht, und sosehr ich sie auch mag, muss ich es doch melden.«

»Was melden?«, fragte Benoit, nachdem er sich den Namen und die Adresse des Mannes notiert hatte.

»Also da müssten Sie schon mal vorbeikommen. Ich will ihr wirklich keinen Ärger machen, und wenn nur mal wieder irgendwas in die Luft geflogen wäre, wäre es mir auch egal, ob sie die Piratenkönigin ist, aber hierbei geht es um Mord, und zwar auf Bestellung.«

Mehr konnte Benoit nicht aus dem Mann herausbekommen, nur noch, wo und wann er ihn treffen könne. Normalerweise bekam die Polizei in einem Bobbie-Faye-Fall keine derartigen Anrufe. In der Regel standen die Leute eher Schlange, um ihr ein Alibi zu verschaffen. Er klappte sein Handy zu und warf einen Blick hinüber zu Cam, der gerade mit gerunzelter Stirn einer weiteren Autogrammjägerin nachsah, wie sie davonstöckelte.

»Was war das denn?«, erkundigte sich Cam.

»Nichts, bis ich weiß, was dahintersteckt, und dann sage ich dir Bescheid.«

Im Fernseher an der Wand lief die Berichterstattung über den Unfall auf der Brücke, und der plärrende Ton wurde von den kahlen Wänden der Entzugsklinik zurückgeworfen. Jeder Quadratzentimeter des hässlichen aquamaringrünen Aufenthaltsraums war mit schrulligen, zickigen, gereizten und immer noch nicht ganz cleanen Süchtigen besetzt, und alle starrten auf das Chaos auf dem Bildschirm, als würde es sich dabei um irgendeinen Kassenknüller handeln, in dem ihre ausgeflippte Schwester die Hauptrolle spielte.

Lori Ann war in dem Moment ausgesprochen froh, dass sie Bobbie Faye nur um die Augenpartie ähnelte und vielleicht noch ein wenig am Kinn. Sie hatte ihren mageren Körper in eine Ecke des fürchterlich unbequemen Sofas gequetscht, das ihrer Meinung nach absichtlich so entworfen worden war. Jeder Tag ohne einen Drink würde die pure Hölle sein, und man wollte, dass die Insassen – okay, okay, die *Patienten* – so schnell wie möglich die Tore zur Hölle durchschritten, damit sie lernten mitzuarbeiten.

Der Bildausschnitt im Fernsehen vergrößerte sich und zeigte nun weitere Nachrichten-Helikopter, die neben dem Hubschrauber schwebten, der offensichtlich diese Bilder aufnahm. Am Boden waren mindestens ein Dutzend Polizeiwagen zu sehen, zwei Löschzüge, Krankenwagen und mindestens tausend Schaulustige. Es wimmelte von Reportern, und der Verkehr staute sich kilometerlang. Einer der anderen Patienten reichte eine große Tüte Popcorn herum – das hatte ihr jetzt gerade noch gefehlt. Lori Ann warf einen Blick hinüber zu ihrem Therapeuten, einem älteren, ziemlich konservativen Sozialarbeiter, der aussah, als hätte man ihm schon vor tausend Jahren jeden Funken Freude aus dem Leib geprügelt.

»Mal wieder ein Bobbie-Faye-Tag«, sagte er auf ihren Blick hin. »Sieht so aus, als würde sie wieder ein paar Sachen in die Luft jagen.«

»Ja«, erwiderte Lori Ann, »aber trotzdem bin immer irgendwie ich das Arschloch in dieser Familie.«

9

Michele nahm ihre Brille ab und legte ihr Ohr erneut gegen die mit Schnitzereien verzierte Tür zum Schlafzimmer des Gouverneurs. Sie klopfte ein paarmal, dann lauschte sie wieder. Seit einer Stunde tat sie nichts anderes.

»Sir? Sie haben Termine«, rief sie und bemühte sich, dass man ihr die allmählich aufsteigende Panik nicht anhörte. »Und die Benefizveranstaltung morgen Abend! Sie wird im Fernsehen übertragen! Man wird es als einen persönlichen Affront empfinden, wenn Sie dort nicht auftauchen! Ich kann nicht einfach absagen!«

Sie lauschte auf die gedämpfte Antwort und verdrehte die Augen in Richtung Kitty, der zweiten Sekretärin des Gouverneurs und Micheles rechter Hand, die gerade um die Ecke bog. Kitty kam zu ihr, legte ebenfalls ihr Ohr an die Tür und lauschte.

»Weint er?«, fragte Kitty.

»Er sagt, er werde den Raum nicht verlassen, bis ›diese Frau‹ gefasst und in Fesseln gelegt ist.«

»Er versteckt sich vor …«

»Sch!«, unterbrach Michele. »Seit sie aus Versehen seine Limousine in die Luft gejagt hat, wird er immer ziemlich nervös, sobald er ihren Namen hört.«

»Oh Gott, wenn das die Senatoren wüssten!«

Trevor schloss die Tür zum Schlafzimmer, das ebenfalls in Neonpink eingerichtet war – er musste ein Schaudern unterdrücken –, während Bobbie Faye auf und ab lief. Der Frust quoll ihr aus allen Poren, während sie mit großen Schritten und ruckartigen Drehungen neben dem Bett hin- und hermarschierte. Sobald die beiden Bodyguards auf ihre Posten verschwunden waren, hatte er Bobbie Faye die Plastikfesseln durchgeschnitten. Jetzt holte sie bei jedem Schritt mit den Armen aus, als wollte sie irgendjemanden schlagen. Teufel, was glaubte er denn? Sie wollte mit Sicherheit jemanden verprügeln, am liebsten wahrscheinlich ihn.

»Wenn dir bei einer deiner Drehungen gleich der Kopf von den Schultern fällt«, stichelte er, »fände ich das total eklig.«

Sie starrte auf die gegenüberliegende Wand, aber er merkte, dass sie ein Lächeln unterdrücken musste.

Ihr Handy klingelte. Sie zuckte zusammen und stieß dabei die Kristallnachttischlampe um, die auf dem Holzfußboden zersplitterte. Bobbie Faye warf einen kurzen Blick auf das Display, klappte ihr Handy auf und sagte nur: »Hallo, Frannie. Nein. *Nein!* Du kannst mich mal«, und legte auf. Wütend starrte sie erneut auf die Wand. »Ich habe heute einen Termin bei der Kosmetikerin und einen beim Friseur für neue Strähnchen, falls ich überlebe.« Sie hielt kurz inne und seufzte abgrundtief. »Warum um alles in der Welt hat Emile dich engagiert?«

»Gib dich damit zufrieden, dass er glaubt, er habe in mir den kaltblütigsten und erfolgreichsten Söldner gefunden, den es für diesen Job gibt.«

»Emile lässt sich nicht so leicht aufs Glatteis führen.« Sie musterte Trevor, und er spürte, dass sie herauszufinden versuchte, was an ihm jetzt echt war und was reine Show.

»Es gibt genug Dinge, die er überprüfen kann, damit er mir vertraut.« Er beobachtete sie. Es wäre leicht, sie anzulügen. Er könnte so tun, als hätte man ihm einfach nur eine Identität gestrickt, als wäre das alles nur eine Rolle. Aber das würde er nicht tun, denn sie war in ihrem Leben schon genug belogen worden.

»Das ist alles echt klasse. Zuerst gehe ich mit einem Kerl aus, der sich als Waffenschmuggler entpuppt, dann lasse ich mich auf einen Typen ein, der ein Cop ist und eigentlich gern meine Schwester verhaften und meine Familie zerstören möchte, und jetzt mag ich einen Mann, der wahrscheinlich Kurse geben könnte, wie man auf einhundert verschiedene Weisen lästige Leichen loswerden kann. Ich schwöre, über den nächsten Kerl, für den ich mich auch nur im Entferntesten interessieren werde, besorge ich mir als Allererstes einen Lebenslauf mit sämtlichen Referenzen.«

»Ich glaube, du unterschätzt mich gewaltig, wenn du glaubst, dass es einen *nächsten Kerl* geben wird.«

Sie starrte ihn skeptisch an, und ihre Energie schlug geradezu Funken im Raum, während er mit verschränkten Armen einfach abwartete. Sie hatte durchaus etwas Gefährliches an sich, wenn sie so außer sich war. Aber er mochte das, also passte es. Um ehrlich zu sein, es passte sogar sehr gut, genau wie ihre Kurven in dieses absolut heiße T-Shirt, das sie unter ihren Brüsten zusammengeknotet hatte. Dabei fiel ihm sofort wieder der Striemen ein, den dieses irische Arschloch ihr offensichtlich zugefügt hatte. Trevor beherrschte sich, um nicht die Stirn zu runzeln. Er brauchte sie nicht noch einmal daran zu erinnern. Sie war so schon aufgebracht genug.

»Also gehe ich mal davon aus«, sagte sie und starrte auf die Wand, als wäre die roséfarbene Tapete der interessanteste Anblick auf Erden, »es ist kein reiner Zufall, dass ausgerechnet du … der Mann, mit dem ich stundenlang telefoniert, mit dem ich all diese heißen Gespräche geführt habe und der mit keinem Wort erwähnt hat, dass er verdeckt ermittelt … in genau dem Moment auf den Fall angesetzt wirst, in dem ich in diese Katastrophe hineinschlittere.«

Sein erster Gedanke war, dass *heiß* nicht mal annähernd der richtige Ausdruck war, um ihre Gespräche zu beschreiben, aber sie hätte ihm wahrscheinlich einen Kinnhaken versetzt, wenn er sie in diesem Moment darauf hingewiesen hätte.

»Nein«, erwiderte er und sah, wie sie sich noch mehr anspannte. »Das war kein Zufall.«

Bobbie Faye hasste es, wie Trevor da vor ihr stand, sie beobachtete, äußerlich völlig emotionslos, die Arme verschränkt, gegen die Kommode gelehnt, als würden sie ein wenig über das Wetter plaudern. Er war so verdammt undurchschaubar, dass es sie ganz verrückt machte. Außerdem hasste sie die Tatsache, dass ihr ganzer Körper jedes Mal zu vibrieren schien, wann immer er in der Nähe war, und dass sich dieses süße Ziehen in ihrem ganzen Körper ausbreitete, allein weil er keine anderthalb Meter von ihr entfernt stand.

Irgendwann ging dann die Schublade der Kommode zu Bruch. Wahrscheinlich war es eine blöde Idee gewesen, sie mit voller Wucht zuzuschmettern. Obwohl sie sich nicht mal daran erinnern konnte, das Ding überhaupt geöffnet zu haben. Und dann tat Trevor genau das, wovon sie ehrlich nicht gewusst hatte, dass sie es sich eigentlich wünschte: Er trat vor sie und zog sie in seine Arme.

»Ich glaube nicht, dass die Kommode dir irgendetwas getan hat.«

»Idiot.« Das Wort kam nicht so scharf über ihre Lippen wie beabsichtigt, weil sie es in seine Brust murmelte. Gott, er fühlte sich so gut an.

»Ich musste schnell reagieren, als dein Name plötzlich auftauchte. Ich konnte mich nicht mehr mit dir in Verbindung setzen, Sundance. Dein Handy und dein Telefon bei der Arbeit werden abgehört, und du wirst observiert.«

»Wegen dieser bescheuerten Notiz in Maries Terminkalender.«

»Genau. Das FBI überwacht Emile jetzt seit über einem Jahr … Wir sind davon ausgegangen, dass er hinter dem ursprünglichen Diebstahl der Diamanten steckt, aber sie sind nie wieder aufgetaucht, bis Marie sie ihm weggenommen hat.«

»Warum zum Teufel macht ihr alle so ein Theater wegen ein paar Diamanten? Ich meine, sicher, eine Million ist eine Menge Kohle, aber mal im Ernst …«

»Es handelt sich nicht um normale Diamanten«, unterbrach er sie. »Und sie sind Millionen wert. Viele Millionen.«

Völlig betäubt stand sie da. »Ich glaube, mir platzt gleich das Hirn.«

Reggie saß im Auto und grübelte über ihren Plan nach, während ihr Kameramann DJ ein paar Minuten Material von den Schaulustigen und dem ausgebrannten Autowrack für die Zwischenschnitte drehte. Es war ihr bereits gelungen, zwei Leute ausfindig zu machen, die ihr bestätigen konnten, dass Bobbie Faye die Explosion überlebt hatte. Leider gab es nur zu viele verschiedene Versionen davon, wie sie den Ort des Geschehens verlassen hatte und mit wem, um entscheiden zu können, welche der Geschichten stimmte. Es war immer wieder verblüffend, wozu Menschen bereit waren, nur um einmal ins Fernsehen zu kommen. Diese Leute hatten ihr Dinge erzählt, die sie gegenüber der Polizei niemals erwähnt hätten. Reggie war froh, dass Bobbie Faye noch lebte – lebendig war diese Irre für sie nämlich im Moment weitaus wertvoller als tot.

Sie warf einen Blick auf das Foto ihres vier Jahre alten Sohnes Nathan, das sie auf die Rückseite ihrer Sonnenblende geklebt hatte. Er lachte, während er seinen allerersten Fisch an Land zog, eine Brasse, halb so groß wie ein Schokoriegel. Aber nach dem Strahlen in seinen Augen zu schließen, hätte der Fisch auch mindestens fünf Kilo wiegen können. Der Vater des Jungen stand irgendwo im Hintergrund und hatte das Handy am Ohr, ohne irgendetwas von der Euphorie seines Sohnes mitzubekommen.

Der Gedanke, dass ihr Arschloch von einem Ex nur um das Sorgerecht für Nathan gekämpft hatte, um sie zu verletzen, fraß sich wie Säure in ihr Herz. Er hatte seine kämpferische Frau und ihre regelmäßigen investigativen Erfolge – die in einem ständigen Konflikt mit seinem höchsten Ziel standen, die illegalen Aktivitäten seiner Klienten zu vertuschen – gegen Ehefrau Nummer drei eingetauscht, ein zurückhaltendes Model, dessen größte Sorge darin bestand, dass ihre Strähnen immer rechtzeitig nachgefärbt wurden. Harold benutzte das Sorgerecht für Nathan einzig und allein, um Reggie unter Kontrolle zu halten. Auf die Art konnte sie seine kriminellen Nebengeschäfte nicht aufdecken (wie zum Beispiel, dass er die Konten seiner Partner abräumte), weil sie fürchten musste, dass er sich mitsamt ihrem Sohn für immer auf irgendeine karibische Insel verabschieden würde. Er besaß das Geld dafür und auch das Arschloch-Gen, um so etwas durchzuziehen, und deswegen blieb ihr nichts anderes übrig, als sich ruhig zu verhalten.

Mit ihrer aktuellen Story würden sich die Voraussetzungen allerdings grundlegend ändern. Reggie hatte die Ziellinie bereits vor Augen. Normalerweise stand sie, wie alle anderen Journalisten auch, immer an der Seitenlinie und noch ein Stück hinter der Bobbie-Faye-Fankurve, und sie war einfach nicht schnell genug, um an exklusive Informationen zu kommen, die ihr in diesem Geschäft den Weg nach oben ebnen würden. Mit einem Exklusivbericht über Bobbie Faye oder Bildern von ihr, wie sie mal wieder eins ihrer Husarenstücke abzog, schaffte man es ins landesweite Fernsehen. Niemandem war es bisher gelungen, ein Interview mit Bobbie Faye zu bekommen, während sie gerade mal wieder mitten im Chaos steckte. Und wenn der Reporter, der Bobbie Faye vor die Kamera bekam, sie auch noch auf frischer Tat bei irgendetwas Illegalem ertappen würde? Das wäre die Eintrittskarte in die Nachrichtenredaktion eines großen Senders, und genau dort wollte Reggie hin.

Sie beobachtete, wie DJ zu ihrem Wagen zurückschlenderte. Wahrscheinlich hatte er ein paar nette Bilder von irgendwelchen knapp bekleideten Mäuschen Anfang zwanzig im Kasten, von denen er wusste, dass sie gesendet werden würden. Er zwinkerte ihr zu und verzog die Lippen zu einem anzüglichen Grinsen. Sie wünschte, sie hätte sein Angebot angenommen, ihren Ex aus dem Weg zu schaffen, als das noch etwas genützt hätte. Stattdessen hatte sie zu lange abgewartet und gedacht, sie würde ihn mit den Beweisen über seine Affäre bloßstellen und damit den Ehevertrag aushebeln können, aber sie hätte wissen müssen, dass ein Bastard wie Harold mit Sicherheit auch einen Richter auf seiner Gehaltsliste hatte und sie am Ende mit nichts dastehen würde.

DJ stieg zu ihr in den Wagen und gab ihr einen dicken, feuchten Kuss. Dann fuhren sie zurück in den Sender, damit er seine Bilder hochladen konnte, während sie noch ein paar Erkundigungen einzog, um ihren Plan wasserdicht zu machen.

Aiden beobachtete Sean, der einen Würfel durch seine Finger wandern ließ, ein sicheres Zeichen dafür, dass er innerlich aufgewühlt war. Robbies Gesicht war vor Konzentration gerötet, während er Befehle in seinen Computer tippte, in sein Headset lauschte und dann wieder wie wild auf die Tastatur einhämmerte.

»Kriegst du immer noch nichts rein?«, fragte er.

»Nicht das Geringste«, erwiderte Robbie. »Nicht mal Restschall, wie wenn es abgefallen wäre.«

»Wahrscheinlich während der Explosion«, meinte Mollie, und Robbie warf ihr einen dankbaren Blick zu.

Sean hatte eine ganze Menge Geld dafür ausgegeben, die Diamanten wieder aufzuspüren, nachdem Emile sie ihm vor ein paar Jahren geklaut hatte. Zumindest glaubte Sean, dass Emile es gewesen war, aber er hatte es nie mit Sicherheit gewusst. Bis jetzt. Sean würde darüber nicht besonders glücklich sein. Mit Fehlern anderer Leute konnte er nicht gut umgehen, was in der Regel bedeutete, dass der fragliche Mitarbeiter mit einer Kugel im Kopf endete. Er summte auch schon leise die Melodie vom »Loch im Eimer« vor sich hin, und Aiden musste an seine veränderte Version des Textes denken:

Ein Loch ist im Schädel, liebe Liese, liebe Liese.

Ja, dann scheiß drauf und begrab ihn, lieber Heinrich, lieber Heinrich …

»Da!«, rief Robbie und deutete auf den Bildschirm. »Das GPS-Signal ist wieder da. Sie bewegt sich, wir haben sie.« Sean hörte auf zu summen und lächelte.

Bobbie Faye stand ganz still, während Trevor sie in den Armen hielt. Sie konnte es einfach nicht fassen, wie viel diese dämlichen Diamanten wert waren. Sie seufzte.

»Also bist du nicht wirklich hier, um mich zu retten, oder?«

Er lehnte sich etwas zurück und sah ihr in die Augen. »Du willst mir also weismachen, dass du dich entschlossen hast, deiner Familie nicht zu helfen, nur weil ich aufgetaucht bin?«

»Vielleicht«, fiepte sie.

»Klar, Sundance, und stattdessen wirst du ein rosafarbenes Tutu und Ballettschuhe anziehen und zu einem Stück von Mozart tanzen.«

»Idiot«, erwiderte sie, aber sie musste lächeln. »Lass mich raten. Wegen dieser Notiz denkt das FBI – und alle anderen auch –, es wäre möglich, dass ich in die Sache verwickelt bin. Also meinen die Feds, ich solle mit dir zusammenarbeiten und gleichzeitig so tun, als hätte ich Angst vor dir, während ich für die Leute arbeite, die wollen, dass ich die Diamanten finde, *und* auch für die Leute, die *nicht* wollen, dass ich die Diamanten finde. Blöderweise fallen die aber allesamt in die Kategorie ›Zuerst schießen, dann fragen‹.«

Er lächelte und pflückte ein paar Überreste ihres Autos aus ihren Haaren, wobei er einen Moment lang auch die Platzwunde auf ihrer Stirn untersuchte. Sie musste aussehen wie das Opfer aus einem Horrorfilm, denn er wurde ein wenig blass. Er zog sie in das angrenzende Badezimmer, und als sie sich im Spiegel sah, zuckte sie zusammen. Wenn es einen Wettbewerb für die hässlichste Frau des Universums geben würde, sie hätte ihn mit Abstand verdient. Ihr Haar war von der Motorradfahrt völlig zerzaust, und getrocknetes Blut klebte auf ihrer Stirn und an ihrer Wange. Ihre Arme waren verschrammt und ihr Shirt voller Flecken.

Trevor durchwühlte die Badezimmerschränke, förderte einen Waschlappen zutage, machte ihn feucht und begann sie etwas zu säubern.

»Wenn ihr alle Emile seit einem Jahr überwacht, wie kommt es dann, dass ausgerechnet du hier bist? Du hast doch eigentlich für Vincent gearbeitet.« Dieses glücklicherweise inzwischen tote Arschloch, das ihren Bruder entführt hatte.

Er wischte ihr Gesicht ab. »Meine Tarnung als Auftragskiller ist nie aufgeflogen. Niemand außerhalb des FBI weiß, wer ich bin – abgesehen von dir und Cam.«

»Also warst du gerade zufällig frei, und konntest in diese Katastrophe einsteigen?« Als er sich wortlos ihrem Arm zuwandte, kapierte sie plötzlich. »*Du* hast ihnen gesagt, dass sie mich überwachen sollen!«

»Nein«, entgegnete er und fuhr mit dem Waschlappen auch über den anderen Arm. »Ich habe ihnen gesagt, dass sie mir Bescheid geben sollen, falls du in Gefahr gerätst. Ich habe befürchtet, dass jemand versuchen könnte, sich an deine Fersen zu heften, weil er der Meinung ist, dass du immer noch das Diadem besitzt.«

Das Diadem ihrer Mutter. Diese rostige Krone hatte ihr Ururgroßvater, der zufälligerweise Lafitte gewesen war, mal für seine Tochter gemacht, und sie war über Generationen in der Familie weitergereicht worden. Schlussendlich hatte sie sich als verdammt wertvoll herausgestellt.

»Und deswegen hat das FBI dich zu Hilfe gerufen?«

Es entstand eine Pause, und als er nicht antwortete, tippte sie ihm auf die Schulter und hob fragend eine Augenbraue.

»Als ich hörte, dass sie dich als Köder einsetzen wollen, habe ich ihnen nicht gerade eine Wahl gelassen.«

Sie betrachtete ihn und erinnerte sich an das eine Mal, als sie zusammen im Kino gewesen waren. Sie hatten einen Western gesehen, aber noch vor dem Ende des Films hatte er den Marschbefehl erhalten, sofort nach Quantico zu kommen. Abgesehen davon gab es noch all diese geilen Telefonate, doch sie hatte nie wirklich die Hoffnung zugelassen, dass es zwischen ihnen jemals mehr geben könnte als eine gewisse körperliche Anziehungskraft. Okay, vielleicht hatte sie ein *bisschen* auf mehr gehofft. Wenn sie nur irgendwie gespürt hätte, dass sie ihm wichtig war, hätte sie sich eine Fahrkarte nach Virginia erbettelt, erschnorrt oder einfach geklaut.

Pizza.

Plötzlich hatte sie dieses Bild im Kopf. Sie betrachtete seinen ernsten Gesichtsausdruck, während er mit dem Waschlappen immer noch ihre verschrammten Arme säuberte, und sie dachte, was für ein tolles zweites Date es hätte sein können, wenn sie zusammen Pizza essen gegangen wären. Sie kannte da ein hübsches kleines italienisches Restaurant. Es war gemütlich, und man konnte sich in entspannter Atmosphäre besser kennenlernen, ohne dass hinterher automatisch die Frage auftauchte: zu dir oder zu mir? Sie hätte sich sexy angezogen. Er hätte ohnehin großartig ausgesehen, egal, worin er erschienen wäre. Er hätte ihr die Tür aufgehalten und darauf bestanden, es zu tun, selbst wenn sie die Augen verdreht hätte. Es wäre einfach wundervoll gewesen, und das Ganze hätte wahrscheinlich mit einem atemberaubend heißen Gutenachtkuss geendet.

»Ich hoffe, das FBI hat irgend so eine Art universelle Platinkreditkarte«, bemerkte sie, wobei ihr fast die Stimme wegblieb, weil sie plötzlich von ihren Gefühlen überwältigt wurde. Schnell trat sie einen Schritt zurück. »Denn du wirst alles bezahlen müssen, was in die Luft fliegt.«

»Du findest die Diamanten, wir übernehmen die Kosten«, erwiderte er ebenso locker, während er sie mit gerunzelter Stirn betrachtete, weil sie sich so plötzlich zurückzog. »Trotzdem wäre es gut, wenn wir nicht unbedingt ganz Louisiana dem Erdboden gleichmachen würden.«

Sie ging zurück ins Schlafzimmer und durchsuchte die Schubladen der Kommode. »Ich mache das doch nicht mit Absicht.«

»Gnade uns Gott, wenn du das tätest.«

John stieg wieder in den Van, den er ein Stück vom Haus des Verkäufers entfernt geparkt hatte. Otto telefonierte gerade mit dem Käufer und sprach Italienisch, was John hasste, weil er dann kein einziges Wort verstand. Als Otto fragend eine Augenbraue hob, sagte John: »Sie ist immer noch drin.«

Otto sagte noch irgendetwas, hörte kurz zu und beendete dann das Gespräch. »Käufer sagen, er nicht wird geben weitere Versprechen an Verkäufer. Bobbie Faye besser nicht kommen raus.«

John griff nach seinem Scharfschützengewehr und drückte es Otto in die Hand. »Hier. Wenn sie schlau ist, hält sie sich von den Fenstern fern.« Er öffnete die Tür des Vans.

Mit gerunzelter Stirn betrachtete Otto das Gewehr. »Aber ich nicht so gut wie du. Du das besser machen.«

»Solange sie sich nicht an irgendeinem Fenster zeigt, haben wir sowieso keine Chance. Mir ist aber was eingefallen. Sorg du nur dafür, dass sie nicht das Haus verlässt.«

Und damit lief John in Richtung des neuen Baulands. Er hatte wirklich eine grandiose Idee.

10

Im ganzen Schlafzimmer war nicht der kleinste verdammte Hinweis zu finden – und erst recht kein großes Neonschild mit einem blinkenden Pfeil, auf dem stand: *Diamanten? Da entlang, Trottel!* Emiles Deadline rückte immer näher, als Bobbie Faye und Trevor in den zweiten Stock stiegen. Dort befand sich Maries weitläufiges Atelier, durch dessen Fensterfront das Sonnenlicht hereinströmte und man einen guten Überblick über das Neubaugebiet hatte.

Bobbie Faye hatte noch nie so viel Krempel auf einem Haufen gesehen. Nicht einmal Ce Ces Chaos konnte diesem Haufen Schrott auch nur im Entferntesten das Wasser reichen. Umgekippte Kartons mit den verschiedensten Materialien schienen durchwühlt worden zu sein. Ihr Inhalt lag überall zwischen den riesigen Arbeitstischen auf dem Boden. Darunter stapelten sich weitere Schachteln. Nach dem Inhalt der Glasbehälter und Schüsseln zu schließen, die auf den Tischen standen, stellte Marie ihre Produkte aus ziemlich seltsamen Dingen her – von Naturmaterialien (in Kunstharz gegossene Blätter) über Gebrauchsgegenstände (Gartenschläuche? Im Ernst?!) bis hin zu glitzernden Perlen und falschen Edelsteinen. Bobbie Faye griff nach einer schillernden roten Handtasche und zuckte zurück, als das Ding sie stach.

»Au!« Sie sah genauer hin. Die Tasche war aus Hunderten kleiner Stilettoabsätze gemacht, die offenbar alle rasiermesserscharf waren. »Wer zum Teufel will mit so was rumlaufen? Da muss man ja ständig seinen persönlichen Sanitäter zur Stelle haben.«

Trevor deutete auf die gerahmte achtseitige Fotostrecke aus der *InStyle*, wo eine äußerst beliebte junge Fernsehschauspielerin genau die gleiche Tasche in Blau präsentierte.

»Ich frage mich, wie viele Pflaster auf den Bildern wegretuschiert werden mussten.«

Es gab noch Dutzende weiterer gerahmter Fotos von Prominenten, Politikern und sogar Staatsmännern aus der ganzen Welt, die alle Maries Entwürfe trugen oder vor einer ihrer Skulpturen posierten. Für Bobbie Faye war diese Frau immer »die seltsame Tante Marie«, die ständig stehen blieb, um irgendetwas Komisches vom Boden aufzuheben, wenn sie bei ihr zu Besuch war. Marie liebte es, auf Flohmärkten herumzustöbern, obwohl sie mit einem der reichsten Männer des Landes verheiratet war. Bobbie Faye hatte in ihrer Tante niemals eine Berühmtheit gesehen oder jemanden mit einer besonderen künstlerischen Begabung.

»Ich wette, eine Menge davon ging den Bach runter, als Emile allmählich knapp bei Kasse wurde«, überlegte Bobbie Faye laut, und Trevor folgte ihrem Blick und betrachtete ebenfalls die Fotos an der Wand. »Es kostet eine Menge Geld, ein solches Geschäft zu betreiben. Man macht jahrelang keinen Gewinn, und um auf die richtigen Partys eingeladen zu werden, braucht man die richtigen Beziehungen. Irgendwann muss sie ziemlich verzweifelt gewesen sein.«

Unter den Fotos stand ein Schreibtisch, der ein purer Albtraum war. Haufen von Papier stapelten sich darauf und drohten jeden Moment herunterzurutschen: Kalender, Rechnungen, Visitenkarten, Rezepte, Postkarten, Flyer, Anzeigen für kommende Ausstellungen, Zeitungsausschnitte, Kritiken, abgerissene Eintrittskarten von alten Filmen, Zettel mit Telefonnummern, sinnlosen Notizen und unverständlichen Abkürzungen.

»Wieso zum Teufel seid ihr alle so sicher, dass die Diamanten nicht hier sind? Es würde eine Ewigkeit dauern, den ganzen Kram zu durchsuchen.«

»Es sind keine normalen Diamanten. Sie sind mit einem radioaktiven Isotop versehen. Wir haben das ganze Haus gescannt, und wir wissen, dass sie hier waren, es jetzt aber nicht mehr sind.« Er schaute sich im Raum um. »Bist du sicher, dass du hier anfangen willst?«

Sie nickte und schlängelte sich durch das Chaos, das den Boden bedeckte, auf den Schreibtisch zu. »Marie kann inzwischen sonst wo sein, besonders mit der Hilfe ihrer … meiner … Familie. Ich nehme mal an, dass ihr bereits ihre Bankkonten überwacht und darauf achtet, ob sie irgendwo ein- oder ausreist.« Bobbie Faye hob ihren Blick von dem Papierkram, und er nickte. »Ich kenne Marie. Das heißt, ich habe sie zumindest mal gekannt. Sie ist schlau. Als ich klein war und wir irgendwelche Spiele gespielt haben, wollte jeder Marie in seinem Team haben, weil sie immer gewonnen hat. Sie hat es geschafft, ihrem Mann die Diamanten abzuluchsen, und das kann nicht einfach gewesen sein. Aber sie ist auch ein bisschen schlampig.«

»Ist mir noch gar nicht aufgefallen. Und wonach suchst du jetzt genau?«

»Ich weiß es nicht. Nach irgendeinem Hinweis, wo sie gewesen ist oder wo sie vielleicht hinwill. Ich weiß, wir könnten losziehen und all ihre Freunde vernehmen …«

»Das FBI überwacht die Kreditkarten ihrer sämtlichen Freunde und Verwandten. Und wir observieren jeden Ort, den sie in ihren Terminkalender eingetragen hat.«

Bobbie Faye blätterte die Plakate für die geplanten Ausstellungen durch. Einige der Fotos zeigten Kunstwerke, bei denen Marie Skulpturen aus ihren textilen Arbeiten (Handtaschen, Schuhe) hergestellt hatte. *Tolle Methode, um einen Flop doch noch zu Geld zu machen, Tante Marie. Wenn sich irgendetwas nicht verkauft, bau einfach einen Turm daraus und behaupte, es sei Kunst.* Bobbie Faye nahm sich fest vor, diese Strategie einzusetzen, wenn sie das nächste Mal etwas auf dem Flohmarkt verkaufen wollte.

»Wir könnten auch alles auseinandernehmen, was sie jemals hergestellt oder verkauft hat …« Bobbie Faye hob die Hand, als er Luft holte, um etwas zu erwidern. »Ich weiß schon … Das tut ihr längst. Aber wenn ich Marie wäre, würde ich diese Diamanten unter absolut keinen Umständen irgendwo deponieren, wo ich nicht persönlich überprüfen könnte, ob sie noch dort sind. Emile hat Verbindungen zu den meisten Banken. Einem Schließfach würde sie die Dinger also nicht anvertrauen. Und unserer Familie schon gar nicht.«

Bobbie Faye ging die Papierstapel durch und stopfte so viel Material in ihre Handtasche, bis sie überquoll. Dann sortierte sie weiter aus und bildete einen Haufen, den sie sich später noch mal genauer vornehmen wollte. Es fiel ihr schwer, sich zu konzentrieren, da Trevor viel zu dicht neben ihr stand. Er versuchte, ihr zu helfen, stieß dabei aber ständig gegen sie, wenn sie dem Krempel auf dem Fußboden auswich. Marie hatte die Klimaanlage abgeschaltet, bevor sie verschwunden war, und die zunehmende Junihitze hatte das Atelier in einen Glutofen verwandelt. Bobbie Faye fühlte sich ein wenig benommen und fürchtete, jeden Moment zu zerfließen. Aber vielleicht lag das auch an Trevors Gegenwart. Sein plötzliches Auftauchen verwirrte sie einfach völlig.

Sie hatte ja kaum Gelegenheit gehabt, ihn überhaupt kennenzulernen, als er auch schon wieder aus ihrem Leben verschwunden war. Und sie hatte sich mit der Tatsache abgefunden, dass er nicht zurückkommen würde. Aber nun war er da, berührte sie, durchsuchte mit ihr zusammen Papierstapel. Doch wie sollten zwei Adrenalinsüchtige wie sie beide jemals eine Beziehung führen können? Okay, sie hatte durchaus darüber nachgedacht. Oft sogar. Vor allem über den verdammt heißen Sex, der damit einhergehen würde, denn – *Gott im Himmel* – man brauchte sich den Kerl doch nur mal anzusehen.

»Geht es dir gut?«, erkundigte er sich, und sie merkte, dass sie ihn wie hypnotisiert angestarrt hatte. Sie senkte ihren Blick auf das, was sie in der Hand hielt: Reishülsen. Noch nicht getrocknete, gerade geerntete Reishülsen. Ihr fiel dazu etwas Wichtiges ein, aber es verlor sich sofort wieder in den Windungen ihres Hirns. Ihre Gedanken schienen ebenso von der erdrückenden Hitze erstickt zu werden wie ihr gesamter Körper.

Bobbie Faye ging hinüber zum Fenster, weil sie unbedingt etwas frische Luft brauchte. Mühsam zerrte sie daran, bis es nach oben glitt, schreckte aber sofort vor dem Lärm der Baumaschinen auf der anderen Seite der Straße und dem Staub zurück, der hereinwirbelte. Eine Sekunde später trat Trevor hinter sie und schob, einen Arm auf jeder Seite von ihr, das Fenster wieder nach unten. Sie biss sich auf die Unterlippe, um zu verhindern, dass sie sich einfach gegen ihn lehnte.

Dann war plötzlich ein ganz leises *Pling!* zu hören, fast nicht wahrnehmbar wegen der dröhnenden Baumaschinen. Es klang, als hätte jemand einen Stein gegen das Fenster geworfen. Das Geräusch war so fein, dass sie es eigentlich gar nicht hätte hören können, aber direkt vor ihrer Stirn zogen sich plötzlich Risse durch die Scheibe. War das nicht seltsam? Jemand hatte einen Stein bis in den zweiten Stock geworfen und dann … oh, sieh an, noch einer! Einen Moment war Bobbie Faye völlig verblüfft, dass die Scheibe nicht in tausend Splitter zerbarst. Ein Teil von ihr wollte dem Bauherrn gratulieren, oder vielleicht dem Fensterhersteller, weil er so gutes und festes Glas verwendet hatte, das sogar einen Steinwurf aushielt. Doch stattdessen fand sie sich plötzlich unter Trevor am Boden liegend wieder, während er irgendetwas brüllte, was sie nicht verstehen konnte, wahrscheinlich, weil ihr das Blut in den Ohren rauschte. Oder weil sie schrie? (Beides war gleichermaßen im Bereich des Möglichen.)

»Kugelsicheres Glas«, sagte er gerade, als ihre Ohren wieder mitspielten. Trevor ließ seinen Blick durch den Raum schweifen und schien für einen Moment zu vergessen, dass er auf ihr lag, wobei er sein Gewicht jedoch mit den Armen abstützte.

Zur gleichen Zeit versuchten jene Teile ihres Gehirns, die für höllische Angst und panische Schreie zuständig waren, ihre späte Reaktion wettzumachen, indem sie riefen: *Wenn kugelsicheres Glas springt, bedeutet das, auf dich ist geschossen worden, du Idiotin, also pass gefälligst besser auf!* Doch ihre restlichen Gedanken waren nur noch mit dem Anblick dieses Bizeps beschäftigt, und dann mit den Bauchmuskeln. Und den Schultern. Und den wundervoll muskulösen Beinen, die sich gegen ihre Schenkel pressten.

Vielleicht war es der Schock. Oder reine Verleugnung. Oder beides – auf Anabolika. Jedenfalls wollte der verruchte Teil ihres Gehirns kein Gejammer wegen einer kleinen Kugel und eines erneuten Mordanschlags zulassen. Stattdessen strich Bobbie Faye über Trevors Bizeps, und – *wow!* – plötzlich hatte sie seine volle Aufmerksamkeit.

»*Herrgott*, Sundance!«

Sie grinste. »Wenn man beinahe den Löffel abgegeben hätte, überdenkt man einfach seine Prioritäten.« Ihr Verstand meinte: *Ich gebe auf*, und ihr Körper wand sich ein wenig unter ihm.

Er starrte sie an, und es schien eine Ewigkeit zu vergehen. Sie war sich nicht sicher, ob er überhaupt atmete, so intensiv war sein Blick.

»Was?«, fragte sie schließlich.

»Ich versuche gerade eine Erklärung dafür zu finden, wie

man jeden Tag irgendjemanden dazu bewegen kann, auf dich zu schießen.«

»Allmählich denke ich, das ist überhaupt kein Problem.«

Das erinnerte ihn wieder an die Schüsse. Verdammt! Er rollte sich von ihr herunter, kniete sich hin und spähte kurz über das Fenstersims, um herauszufinden, wo sich der Scharfschütze verbarg. Zwei weitere Kugeln schlugen über seinem Kopf in die Scheibe.

Benoit wich unwillkürlich zurück, als er das Video sah. Es war absolut das Letzte, womit er gerechnet hatte. Der kleine Laden in der hintersten Ecke des renovierten und jetzt wieder florierenden Einkaufszentrums in der Innenstadt war mit der allerneuesten Sicherheitstechnik ausgerüstet, was absolut nicht zu dem eleganten, altmodischen kleinen Mr Beauregard zu passen schien, dem das Geschäft gehörte. Mr Beau war seit vierzig Jahren im Handel tätig, und trotz der tief greifenden Veränderungen in der Mode und auch während der harten wirtschaftlichen Zeiten – besonders nach dem Wirbelsturm Rita – war es ihm gelungen, den Laden mit Erfolg zu betreiben. Sein guter Geschäftssinn und seine Weitsicht hatten ihn schließlich auf die Idee gebracht, edle Anzüge für den Abschlussball an die Kinder der wohlhabenden Manager der umliegenden Chemiefabriken zu verleihen. Der Nachteil dieses Geschäfts mit Highschool-Klientel lag darin, dass es hin und wieder Ärger gab wegen Graffitischmierereien oder Einbrüchen. Erst neulich wurde sogar in der Zeitung darüber berichtet. Der Junge war davongekommen, weil das Video zu unscharf gewesen war, um ihn eindeutig zu identifizieren. Nach diesem Zwischenfall hatte Mr Beau neue Überwachungskameras installieren lassen.

»Spulen Sie das zurück, und lassen Sie es mich noch einmal sehen«, sagte Benoit, und der alte Mann rückte die Gleitsichtbrille auf seiner großen Nase zurecht und starrte auf das Gewirr von Knöpfen. Schließlich entschied er sich für einen, die DVD lief wieder an, und der fragliche Abschnitt wurde erneut abgespielt. Benoit beugte sich vor, um alles genau sehen zu können.

»Es ist mein Ernst«, erklärte der alte Mann, und sein schwerer Cajundialekt war deutlich zu hören. »Ich sage wirklich nicht gern gegen sie aus, sie ist ein gutes Mädchen. Und Sal? Er ist ein wenig zwielichtig, deswegen denke ich … *mais no*, er wollte ihr irgendwie schaden. Also wenn sie einen guten Grund gehabt hat, möchte ich sie auf gar keinen Fall in Schwierigkeiten bringen.«

Schweigend betrachtete Benoit die Videobilder. Er würde Cam erst mit ein paar Drinks abfüllen müssen, bevor er ihm diese Aufnahmen zeigen konnte. Benoit drückte auf den Knopf, mit dem man die Zeitlupe einschaltete.

Sal – Salavadore Frenetti, der Juwelier, den man vor vier Tagen ermordet hatte – besaß ein Geschäft schräg gegenüber von Mr Beaus Laden. Der Juwelier richtete sich eher an wohlhabende Kundschaft, so wie Mr Beau sich um deren Kinder kümmerte. Die Polizei und dann das FBI hatten jeden einzelnen Ladenbesitzer überprüft, und nur zwei von ihnen besaßen eine Kamera, die zumindest ungefähr in die Richtung des Juweliergeschäfts oder des Wegs daneben gerichtet war. Seltsamerweise hatte eine der Kameras in der Mordnacht »nicht funktioniert«, und das andere Überwachungsband war »versehentlich« gelöscht worden. Benoit und Cam vermuteten, dass die Mafia hinter der ganzen Sache steckte – auch das Schussmuster wies darauf hin – und dass wahrscheinlich einer vom Syndikat unauffällig, aber ausreichend Druck auf die Ladenbesitzer ausgeübt hatte, damit sie alle unter spontaner Amnesie litten. Doch jetzt fragte sich Benoit, ob mit diesem Gedächtnisverlust vielleicht die Piratenkönigin gedeckt werden sollte. Als Cajun wusste Benoit, dass seine Leute dazu neigten, sich vor Angehörige ihrer ethnischen Gruppe zu stellen und sie zu schützen.

Jedenfalls hätte Benoit unter keinen Umständen erwartet, ausgerechnet sie auf dem Video zu sehen – schon gar nicht mit einer Glock in der Hand, mit der sie fünf Kugeln auf Sal abfeuert.

Die Kamera hatte Bobbie Faye nicht direkt im Visier, denn sie war auf die Seitengasse gerichtet – der bewährte Fluchtweg für die Graffitikünstler. Am Ende dieser Gasse ragte die Front des Antiquitätengeschäfts vor, dessen gesamtes Schaufenster voller alter Schränke stand. Der größte davon besaß eine verspiegelte Tür und stand in einem Winkel, dass er die Gasse in ganz ähnlicher Weise reflektierte wie ein Sicherheitsspiegel, der in Läden »um die Ecke« sehen kann.

Eine Frau mit der gleichen Statur wie Bobbie Faye traf in der Gasse auf Sal. Er schien überrascht, sie zu sehen. Sie diskutierten kurz, dabei trat sie einen Schritt vor, und eine Straßenlaterne beleuchtete ihr Gesicht. Sie sah Bobbie Faye so ähnlich, dass der Schock Benoit bis ins Mark traf. Die Frau zog die Glock. Zuerst machte Sal ein Gesicht, als wollte er lachen, dann warf er einen Blick ins Dunkle. Benoit glaubte, dort eine Bewegung zu erkennen, vielleicht eine dritte Person … vielleicht sogar zwei Leute? Als Sal sich wieder der Frau zuwandte, hatte sich seine Miene völlig verändert – von Ablehnung zu tiefer Furcht. Er schien sie anzuflehen, und dann schoss die Frau ihm fünfmal in die Brust. Sal sackte langsam in die Knie und kippte schließlich halb zur Seite auf den Rücken. Offenbar sagte er noch etwas. Die Frau beugte sich über ihn und hörte ihm zu, doch anscheinend machte sie das nur noch wütender. Schnell suchte Bobbie Faye – die Tatverdächtige, berichtigte Benoit sich – den Boden ab, sammelte alle Patronenhülsen ein, überprüfte, ob der Mann noch einen Puls hatte, und wischte sich die Hände an ihrem Shirt ab. Eine Sekunde stand sie noch da, warf irgendjemandem, der im Dunkeln stand, einen Blick zu und verließ dann in aller Ruhe den Tatort.

Benoit fror das Bild an der Stelle ein, als sie einen Blick über ihre Schulter warf, und im hellen Licht der Straßenlaterne war Bobbie Fayes kantiges Gesicht, die Augen, die Nase, einfach alles, gut zu erkennen. *Sacre merde!* Er war sich nicht hundert Prozent sicher, ob das wirklich Bobbie Faye war, aber die Tatsache, dass er es überhaupt in Erwägung zog, schockierte ihn und ließ ihn erneut zurückweichen.

Er zwang sich, seine Gedanken zu ordnen. Da war der schräg stehende Spiegel, der die ganze Sache ziemlich verzerrte, und die Tatsache, dass die Gesichter auf dem Video nicht klar zu erkennen waren. Ein paarmal zeigte sich ein seltsames Doppelbild, das wahrscheinlich durch die Form des Spiegels hervorgerufen wurde oder durch eine Reflexion im Schaufenster des Antiquitätengeschäfts. Die ganze Aufzeichnung war trotz der Straßenlaterne relativ düster, und Benoit war sich nicht sicher, ob noch ein Mann im Dunkeln gestanden hatte oder nicht. Trotzdem …

Er starrte auf das eingefrorene Bild, auf diese Andeutung eines Lächelns. Er kannte Bobbie Faye. Er war mit ihr aufgewachsen. Er kannte ihren Charakter in- und auswendig, und er wusste, dass sie niemals einen Menschen töten würde. Darauf hätte er sein Leben verwettet. Und doch war es ihr Gesicht, das ihn auf dem Standbild ansah. Ihr Lächeln. Benoit konnte es einfach nicht glauben – und wollte es auch nicht. Es war schlichtweg unmöglich, und wenn ihm irgendjemand anders als Mr Beau – ein Mann, der so ehrlich war, dass er den ganzen Weg nach Baton Rouge fuhr, nur um dem Finanzamt armselige fünf Dollar zurückzugeben, die man ihm zu viel überwiesen hatte – das Video gezeigt hätte, wäre Benoit zweifellos davon ausgegangen, dass es gefälscht war. Aber vor ihm stand Mr Beau und war ganz offensichtlich verzweifelt, jemanden melden zu müssen, der ihm am Herzen lag. Benoits Erfahrung als Detective sagte ihm einfach, dass Mr Beaus gequälter Blick aufrichtig war. Benoit musste von der Echtheit dieses Videos ausgehen.

Aber wie zum Teufel sollte er das Cam beibringen? Dass die Frau, die er liebte – und von der Benoit bis vor zehn Minuten noch geglaubt hatte, dass Cam sie hätte heiraten sollen –, vielleicht eine Mörderin war?

In Ce Ces Laden hatten die Aufräumarbeiten begonnen, nachdem die Polizei den Tatort freigegeben hatte und abgerückt war. Ce Ce arbeitete in ihrem Büro, während alles allmählich wieder an seinen Platz geräumt wurde und eine Firma das neue Fenster ausmaß. (Mittlerweile war Ähnliches oft genug vorgekommen, sodass sie einen tollen Anbieter gefunden hatte, der schnell reagierte, sich das aber auch entsprechend bezahlen ließ.) Sie brütete über Büchern mit Zaubersprüchen, Beschwörungsformeln und alten Übersetzungen, die sie in ihrer privaten Voodoobibliothek zusammengetragen hatte. Und sie ärgerte sich. Aus irgendeinem Grund hatten ihre Schutzzauber nicht funktioniert. Der Scharfschütze hätte eigentlich daran gehindert werden müssen, überhaupt abzudrücken. Und den Cousins hätte es auch niemals gelingen dürfen, Bobbie Faye zum Mitkommen zu überreden. Ce Ce hatte versagt, aber sie würde das wieder hinbiegen.

Ce Ces Versicherungsvertreter Neil, ein unglaublich großer, schlaksiger Mann, dessen fahle Haut perfekt mit seinem hellgrauen Anzug, dem grauen Schlips und den grauen Schuhen verschmolz, tauchte in der Tür auf. Das einzig Farbige an Neil war ein Fleck auf seinem Hemd. Offensichtlich hatte es bei ihm zum Mittagessen Pizza gegeben. Er kratzte sich am Kopf, und seine ohnehin schon tiefen Sorgenfalten zeichneten sich jetzt noch deutlicher ab.

»Die Versicherung wird eine Klausel in den Vertrag aufnehmen wollen, mit der sie alle Schadensfälle im Zusammenhang mit Bobbie Faye für die Zukunft ausschließt«, meinte er mit einem Seufzer und fuhr sich durch sein dünnes graues Haar.

»Dafür werden sie aber meine Unterschrift nicht bekommen, Schätzchen«, erwiderte Ce Ce und blätterte zu einer anderen Seite in dem Buch mit den Zaubersprüchen. »Bitte zwing mich nicht, wieder meinen Anwalt anzurufen!«

Der arme Vertreter tupfte sich die Stirn mit seinem Schlips ab. Bei Ce Ces letzter Schadensmeldung hatte seine Firma versucht, ihren Vertrag zu kündigen. Die Versicherung hatte jede Zahlungsverpflichtung infolge eines Vorfalls mit Bobbie Faye ausschließen wollen, und sie hatten den armen Neil zusammengestaucht, als er mit Ce Ce schließlich doch eine Verlängerungspolice ohne diesen Ausschluss unterschrieben hatte. Aber als die Firma dann versucht hatte, sich gegen eine Zahlung zu sperren, hatte Ce Ces Anwalt nur einmal kurz bei der Gesellschaft angerufen und sie schnell davon überzeugt, den Vertrag nicht anzufechten. (Ce Ce hatte dem Anwalt einen Liebestrank gegeben, den er bei seiner unglaublich hübschen Frau eingesetzt hatte. Nun wollte er lebenslangen Nachschub. Ce Ce hatte nicht vor, ihm zu erklären, dass dieser Trank immer nur einmal wirkte und dann nachlassen würde, wenn die beiden Menschen nicht wirklich füreinander bestimmt waren. Aber solange der Anwalt überzeugt war, dass er das Zeug brauchte, würde Ce Ce ihn nur allzu gern damit versorgen.)

»Man wird mich rausschmeißen, Ce Ce!«

Neils Gesicht rötete sich bei der Hitze allmählich, und in seinem Fall bedeutete eine so intensive Veränderung der Hautfarbe wahrscheinlich, dass er kurz vor einem Schlaganfall stand. Ce Ce erkannte, dass der arme Kerl ebenfalls ein Opfer der neuesten Bobbie-Faye-Katastrophe war, und sie tätschelte seine Hand, als sie an ihm vorbei in ihr Lager ging. »Warte einen Moment, Schätzchen. Ich habe genau das Richtige für dich.«

Ce Ce musste ihren pummeligen, für die Liebe wie geschaffenen Körper durch die engen Gänge ihres vollgestopften Lagers quetschen. Dann suchte sie zwischen Hunderten von Flakons herum, die sie dort stehen hatte und von denen einige so alt waren, dass sie mit einer dicken Staubschicht überzogen waren. Keiner davon war beschriftet. Schon vor langer Zeit hatte sie erkannt, dass unbeschriftete Zaubertränke nicht gestohlen wurden, denn niemand wollte aus Versehen einen Trank erwischen, der den Penis schrumpfen ließ oder jemanden glauben machte, er wäre ein Salamander, wenn er eigentlich einen Flakon wollte, dessen Inhalt einem Reichtum oder die Liebe des Angebeteten verschaffte.

»*Was tussu da?*«, lallte plötzlich Monique hinter ihr. Ce Ce erschrak sich fast zu Tode und hätte beinahe das gesamte Regal umgeworfen.

Sie wandte sich ihrer Freundin zu, die dieses dämliche Grinsen im Gesicht hatte, an dem abzulesen war, dass sie den ersten Flachmann des Tages bereits intus hatte.

»Ich suche nur etwas, womit ich Neil helfen kann.« Sie hielt einen der Flakons, dessen Inhalt nur matt bernsteinfarben schimmerte, gegen das Licht.

»Das sieht ja aus wie Wasser. Nur ein bisschen schmutzig. Ooooooh, wollen wir Neil zu einem alten Mann voller schmutziger Gedanken machen?«

»Nein«, erwiderte Ce Ce. Da ihre Freundin ein Problem damit hatte, Geheimnisse für sich zu behalten, würde sie Monique nicht erzählen, dass sie dem Versicherungsmenschen die Kraft des »Ja« einflößen würde. Es war ein schwacher Trank – mit etwas Stärkerem würde Neil wahrscheinlich im Moment nicht fertig werden. »Es ist nur ein Schutzzauber, Süße.« In diesem

Fall war es einfach besser, die Wahrheit zu umgehen. Ce Ce wollte nicht riskieren, dass Neil die Macht, die sie ihm vorübergehend verlieh, um die Rache seines Chefs zu überleben, am Ende noch missbrauchte.

»Vielleicht solltest du das Ganze mal ein bisschen überarbeiten«, meinte Monique unschuldig und mit großen Augen, während sie das überfüllte, verstaubte Regal musterte.

Ce Ce runzelte die Stirn und betrachtete ihren Vorrat. Vielleicht waren die Flakons ein wenig alt ... und ein wenig ... abgelaufen. Vielleicht war sogar das der Grund, weshalb die Schutzzauber bei Bobbie Faye nicht richtig gewirkt hatten. Sie tauschte den Flakon mit der bernsteinfarbenen Flüssigkeit gegen einen anderen aus, dessen Inhalt viel dunkler war.

»Siehst du!«, rief Monique, während sie Ce Ce aus dem Lager zurück ins Büro folgte. »Ich kann dir eine große Hilfe sein! Du musst mir nur beibringen, was das alles ist.« Dabei hielt sie getrocknete und in sich verdrehte Leguaninnereien hoch, die nur schwer zu bekommen waren, da die Tiere eines natürlichen Todes sterben mussten. Vorsichtig nahm Ce Ce sie Monique aus der Hand.

»Vielleicht später. Ich denke, du solltest mit etwas Einfacherem anfangen, was unsere Kunden nicht gleich umbringt, wenn du dich beim Zusammenmischen mal um einen Milliliter vertust.« Ce Ce drehte sich um und gab Neil den Flakon. Er war gerade dabei, ihr Buch mit den Zaubersprüchen durchzublättern. Sofort zuckte er zurück und machte ein schuldbewusstes Gesicht. »Hier, Schätzchen, das wird dir helfen.«

»Es ist ein Schutzzauber!«, plapperte Monique drauflos. »Er ist sehr stark. Doppelt stark.«

»Was ich so besonders an dir liebe, ist deine Diskretion«, bemerkte Ce Ce trocken. An Neil gewandt sagte sie: »Trink den Flakon nach dem Abendessen aus. Achte aber darauf, dass du nichts Gelbes isst, sonst könntest du Verdauungsprobleme bekommen.«

Neil dankte ihr, nahm den Flakon und verließ das Büro. Dabei wirkte er allerdings noch ängstlicher als zu dem Zeitpunkt seines Eintreffens, was Ce Ce sehr schade fand. Sie wollte ihm wirklich nur helfen.

Da fiel ihr wieder ein, dass sie unbedingt einen Zauber für Bobbie Faye finden musste. Ce Ce brauchte etwas, das universell funktionierte und eine äußerst starke Wirkung entfaltete. Sie wandte sich wieder ihrem Buch zu und wollte gerade zu den Beschwörungsformeln zurückblättern, in denen sie zuvor gelesen hatte, als ihr der Spruch ins Auge fiel, den Neil zufällig aufgeschlagen hatte.

Dieser Zauber war ja *wundervoll*. Abgesehen von dem Teil, den Bobbie Faye ihr wahrscheinlich richtig übel nehmen würde, aber ansonsten war er *perfekt*.

11

Als Bobbie Faye sich neben Trevor aufsetzte, der immer noch an Maries Atelierfenster kniete, begann plötzlich das ganze Haus zu vibrieren. Einige Gegenstände auf dem Schreibtisch gerieten ins Wanken, so sehr bebten Boden und Wände. Mehrere Bilder krachten zu Boden, und als Nächstes fiel eine der seltsamen Skulpturen um. Schachteln stürzten von anderen Schachteln herunter, und Plastikkügelchen, Perlen und Knöpfe kullerten über den Boden.

Trevor und Bobbie Faye krochen über den Holzboden zu dem Fenster in der Ecke des Raums und spähten dort über das Sims. Ein Bulldozer kam von der Baustelle direkt auf das Haus zu. Allerdings *ohne Fahrer.*

»Wie geht das denn?«, fragte Bobbie Faye entsetzt.

»Bulldozer können auch alleine immer weiterfahren, sobald ein Gang eingelegt ist.«

Einige Arbeiter am anderen Ende der Baustelle sahen, wie die Maschine die Straße überquerte, und rannten sofort los, aber sie mussten einige Hundert Meter überwinden, um Maries Haus zu erreichen.

Und es handelte sich nicht um einen gewöhnlichen Bulldozer, kein kleines Spielzeug für den Vorgarten. Es war ein gewaltiges Teil mit einem großen v-förmigen Scherblatt vorn an der Hydraulik, mit dem man normalerweise Bäume abholzte. Der Bulldozer fuhr auf den Bordstein und kappte dabei einen Hydranten, aus dem sofort in hohem Bogen Wasser gegen die Fensterscheiben prasselte. Und mangels eines vernunftbegabten

Fahrers pflügte das Ding einfach geradeaus weiter durch den Garten und dann direkt in Maries Haus hinein.

Das Scherblatt fraß sich durch die Holzterrasse, ließ den Boden zersplittern und bohrte sich dann durch die Wand. Das gesamte Haus bekam Schräglage, und die Untermauerung brach ein, während sich die Maschine unaufhaltsam ihren Weg bahnte. Im Atelier kamen Tische ins Rutschen und krachten gegeneinander, während alle möglichen Utensilien und Papiere auf Bobbie Faye und Trevor zuschlitterten. Hastig rappelten sich die beiden auf und krabbelten den inzwischen schon stark abfallenden Fußboden hinauf, um die Treppe zu erreichen. Perlen aus den umgestürzten Schachteln rollten ihnen entgegen und machten es umso schwerer, Halt zu finden.

Mühsam kämpften sie sich vorwärts über den Boden, der in immer stärkere Schräglage geriet, als ein weiterer tragender Balken unter ihnen sein Leben aushauchte. Aus dem gewachsten Holzboden sprangen einzelne Dielen hoch, weil das ganze Haus sich verdrehte und sie der Spannung nicht standhalten konnten. Ein Teil der Außenwand, wo sie gerade noch gekniet hatten, riss auf, Rigipsplatten brachen, und Befestigungsbolzen flogen durch die Gegend. Das Glas in den Fenstern sprang und fiel in großen Stücken aus den Rahmen. Der Unterboden brach weg, und durch die Löcher, die von Sekunde zu Sekunde größer wurden, konnte man die beiden Stockwerke darunter sehen.

Die riesige Maschine im Erdgeschoss war nicht aufzuhalten, das sterbende Haus bremste sie durch sein Gewicht nur etwas aus. Rohre zerbarsten scheppernd und durchstießen Zwischenwände, Wasser schoss aus den Löchern im Boden, während der ganze Raum immer weiter zur Seite kippte. Irgendetwas zischte, und Bobbie Faye und Trevor rochen den Zusatz, den der Energieversorger freundlicherweise seinem Gas beimischte, damit man ein Leck bemerkte und wusste, dass – *oh ja!* – ein Funken genügte und jeden Moment alles in die Luft flog.

Durch die Löcher im Boden konnten sie bis hinunter in die Küche sehen. Ein weißer Blitz zuckte auf, als das Gas Feuer fing. Blau-weiße und dann orangefarbene Flammen schossen aus dem Anschluss des wirklich wundervollen Edelstahlherds und begannen die mächtige Kochinsel aus Kirsche und Granit abzufackeln. Trotz des Getöses glaubte Bobbie Faye, irgendwo das schrille Piepsen eines Rauchmelders zu hören. Was für ein Glück, dass das Ding funktionierte!

Es war Bobbie Fayes letzter Gedanke, bevor sie fiel. Der Bulldozer hatte sich inzwischen durch das Esszimmer gearbeitet und eine weitere tragende Wand samt den Querbalken mitgerissen, auf denen Bobbie Faye gestanden hatte, während sie versuchte, eine Treppe zu erreichen, die gar nicht mehr existierte. Und schon ging es abwärts mit ihr, obwohl Trevor noch verzweifelt versuchte, sie zu packen. Sie landete auf einem Schrank … der schwankte und kippte und im nächsten Moment durch den Boden der ersten Etage ins Erdgeschoss stürzen würde. In ihrer Not sprang sie einfach und klammerte sich an ein Rohr, das aus der Decke ragte. Trevor schwang sich durch dasselbe Loch, durch das sie gestürzt war, und brüllte irgendwas, doch wegen des Lärms der Maschine und des Krachens des einstürzenden Hauses verstand sie ihn nicht. Aber dann zeigte er auf etwas, und sie sah, was er meinte: *Versuch, zum vorderen Fenster zu kommen!* Denn sie sollten um jeden Preis vermeiden, nach hinten zu fliehen und dann am Ende von dem umkippenden Haus erschlagen zu werden.

Mit Sicherheit würde es nicht mehr lange stehen bleiben. Es ächzte und stöhnte, erzitterte und krachte unter dem Ansturm des Bulldozers. Die Antriebsketten gruben sich in den Boden, der durch das viele Wasser immer sumpfiger wurde und kaum noch Halt bot, bis irgendein Trümmerteil unter die Ketten geriet, wodurch sie wieder fassen konnten. Die Maschine ruckte ein Stück vor, und die Wände trennten sich immer mehr vom Dach.

Bobbie Faye und Trevor kletterten über die Reste der Etagen, die an der hinteren Wand allmählich nach unten sackten, als die Stützen unter ihnen wegbrachen. Bobbie Faye erinnerte sich in diesem Moment daran, warum ihr der dämliche Hindernisparcours im Sportunterricht immer zuwider gewesen war. Sie hatte ihrem Lehrer damals ziemlich sturköpfig erklärt, dass sie diese ganze Leibesertüchtigung sowieso niemals brauchen würde. In ganz Louisiana gäbe es schließlich keine verdammten Berge, auf denen man herumklettern könne, und sie würde niemals in ihrem ganzen verdammten Leben etwas davon haben, wenn sie wüsste, wie man Hand über Hand an so einem blöden Seil hochkletterte. (Besagte Hand-über-Hand-Technik erwies sich jetzt allerdings als durchaus praktisch, um sich an dem Stromkabel hochzuhangeln, das zu einer Lampe führte, die sich in der Nähe des vorderen Fensters verkeilt hatte. Mit deren Hilfe hoffte Bobbie Faye, nicht in die brennende Küche unter ihr zu stürzen.)

Hinter ihr rutschte Trevor ab, bekam ein Stück von der Deckenverkleidung zu fassen und riss sich die Hand an hervorstehenden Nägeln auf, während er ebenfalls in Richtung Fenster kletterte. Bobbie Faye hing immer noch, ganz im Stil von *Du Tarzan, ich Jane* an dem Kabel, holte Schwung und stieß mit beiden Füßen die riesige Frontscheibe aus dem Rahmen, die ohnehin schon stark unter Spannung stand. Dann landete sie auf der Fensterbank. Trevor folgte ihr, und gemeinsam krochen sie durch die leere Fensteröffnung und rutschten zwei Stockwerke auf der schrägen Außenwand nach unten, während das Haus langsam, aber unaufhaltsam nach hinten kippte.

Gerettet. Sie hatten wieder festen Boden unter den Füßen.

Dann entdeckten sie Emile, der mit seinen beiden Begleitern davonrannte. Die Bodyguards verfrachteten ihren Boss ins Auto, um ihren Job zu erledigen und ihn zu beschützen. Bobbie Faye war allerdings sicher, dass er sie noch gesehen hatte.

Sie beugte sich vor, um einen Schnitt an Trevors Schulter zu untersuchen, als eine Kugel an ihr vorbeipfiff – aus einer anderen Richtung als der, in die Emile verschwunden war.

Na klasse. Einfach klasse.

```
Von: JT
An: Simone

Herr im Himmel, ich fasse es nicht. Ist wirklich das
ganze verdammte Haus zusammengestürzt?
```

John hatte fünf Minuten gebraucht, um herauszufinden, wo Otto den Van auf dem bewaldeten Grundstück gegenüber von Maries Haus abgestellt hatte. Offenbar hatte er sich eine andere Position gesucht, um die Vorderseite des Hauses beobachten zu können, falls das Miststück doch noch irgendwo herausgekrabbelt kam. John rechnete damit, einen sehr zufriedenen Otto anzutreffen, der ihm bestätigte, dass die Überweisung seines Honorars bereits veranlasst war. Der Bulldozer war das perfekte Instrument für den perfekten Unfall gewesen: keine Bobbie Faye, kein Haus, keine Spuren, keine Sorgen. Der Käufer würde begeistert sein.

Doch stattdessen fand John Otto auf dem Dach des Van – tot, das Scharfschützengewehr noch in der Hand. Sein Handy klingelte. John vermutete, dass der Vollidiot auf den Wagen geklettert war, um die Einfahrt zu Maries Haus über die davor parkenden Autos hinweg einsehen zu können. Ein Motorrad raste auf der Straße vorbei, und John hob gerade noch rechtzeitig den Blick, um den verfluchten Söldner zu erkennen, den Emile angeheuert hatte und der jetzt mit Bobbie Faye davonbrauste.

Auf dem Display des Handys stand »Unbekannter Teilnehmer«. John nahm das Gespräch an, denn der einzige Mensch, mit dem Otto über dieses Telefon gesprochen hatte, war der Käufer. Noch während John die Situation erklärte, überwies der Käufer weiteres Geld auf Johns Konto, damit er weitere Leute bezahlen konnte, um den Auftrag zu Ende zu bringen.

Sean und Aiden kletterten zurück in ihren Kastenwagen.

»Und? Erfolgreich gewesen?«, erkundigte sich Mollie.

Aiden nickte. Sie hatten gesehen, wie der Mann auf das Dach des Vans geklettert war und ein Scharfschützengewehr auf Maries Haus gerichtet hatte.

»Was denkt ihr, wer er war?«, fragte sie. »FBI?«

»Eher unwahrscheinlich. Der Penner war doch ein Amateur«, erwiderte Sean.

»Bist du immer noch an ihr dran?«, wollte Aiden von Robbie wissen, der nickte, ohne den Blick von seinem Computer und dem GPS-Signal abzuwenden, das er verfolgte.

Cam stand vor Maries zerlegtem Haus. Die Feuerwehr hatte die Hauptgasleitung abgestellt, war mit zwei Zügen vor Ort und löschte gerade das Feuer.

»Wir kommen nicht in die oberen Stockwerke«, erklärte ihm gerade Jordan. Er war der örtliche Brandmeister, ein Freund, und er hatte zufälligerweise auch Cams mittlere Schwester geheiratet. »Das Gebäude ist fast komplett eingestürzt«, fuhr Jordan fort. »Wir müssen zuerst das Feuer im Erdgeschoss unter Kontrolle bekommen, und dann brauchen wir einen Statiker, der einschätzt, wie stabil der Rest des Hauses noch ist, bevor wir reingehen und die Trümmer durchsuchen können. Ich habe gehört, du hättest ein paar Zeugen, die sagen, sie hätten sie da rausklettern sehen.«

Cam nickte. Er konnte es ohnehin nicht geheim halten, da die Medien längst dabei waren, wirklich jeden in der Nachbarschaft auszuquetschen.

Jordan grinste erleichtert. Er hatte Bobbie Faye immer gemocht – zum Teufel, alle Feuerwehrleute in der Stadt unterstützten sie, seit sie sich nach der letzten Katastrophe öffentlich und äußerst entschieden dafür eingesetzt hatte, dass die Männer eine Gehaltserhöhung *und* neue Ausrüstung bekamen. Cam beneidete seinen Schwager darum, dass er diese pure Erleichterung einfach genießen konnte. Bobbie Faye war am Leben, und sie hatte ihn nicht einmal angerufen. Auf sie war geschossen worden, man hatte ihr Auto mit einer Bombe in die Luft gejagt – ganz zu schweigen von der Brücke –, und sie hielt es nicht für nötig, ihn wissen zu lassen, dass es ihr gut ging. Er presste einen Handballen auf sein rechtes Auge, weil sich diese verdammten Kopfschmerzen wieder meldeten.

»Deine Schwester möchte übrigens gern wissen, ob du mit Winna am Samstag immer noch zum Grillen kommst«, meinte Jordan, und Cam warf ihm einen Blick zu, der unmissverständlich sagte: *Willst du mich verarschen?* Sie befanden sich mitten in einer neuen Bobbie-Faye-Katastrophe. Wie zum Teufel sollte er sich da Gedanken über eine Einladung zum Essen machen?

»Hey, nicht den Boten köpfen. Du kennst Gracie. Sie hat das Kontrollfreak-Gen der Moreaus geerbt«, erklärte sein Schwager, aber er lächelte dabei. Gracie und er waren inzwischen drei Jahre verheiratet und schienen ziemlich glücklich zu sein. Gracie wiederum hatte es sich zum Ziel gesetzt, auch den letzten ihrer Brüder in den Hafen der Ehe zu bugsieren. Sie empfand es fast als persönliche Beleidigung, dass es ihrem ältesten Bruder bisher irgendwie immer wieder gelungen war, ihren Kuppeleien zu entkommen. Sie war Lehrerin wie Winna, die sehr hübsch, süß, ausgeglichen und erfrischend interessant war, wie Cam zugeben musste. Sie trafen sich jetzt seit ungefähr zwei Monaten – und das war nach Meinung seiner Schwester lange genug, um auch offiziell als Paar zu gelten.

Cams Handy klingelte, und er erkannte die Nummer von der Spurensicherung auf dem Display. Er hatte bereits ein anderes Team der Spurensicherung zu Maries Haus gerufen, und es war eigentlich noch viel zu früh, als dass Maggie irgendwelche Ergebnisse in Bezug auf die Bombe oder die Spuren, die sie im Wagen gefunden hatten, haben konnte. Jordan wandte sich wieder seiner Arbeit zu, während Cam das Gespräch annahm.

»Deine Kleine hält mich ganz schön auf Trab«, kam Maggie ohne Umschweife zur Sache. »Ich denke, ich kann dir mit Sicherheit schon mal sagen, dass sich in dem Auto keine menschlichen Überreste befinden. Es sieht absolut danach aus, dass alle Insassen noch vor der Explosion rausgekommen sind, wer auch immer sie waren.«

Das war gut, aber er hatte ja schon die Aussagen der Zeugen, die Bobbie Faye dabei beobachtet hatten, wie sie Maries Haus verlassen hatte, und davon wusste Maggie ebenfalls. »Was ist los, Maggie?«

»Ich habe hier etwas, das ich noch überprüfen muss, also ist bisher alles Spekulation, aber wenn ich mir den Fall so ansehe, denke ich, du kannst eine kleine Aufmunterung gebrauchen. Du weißt, ich habe auf der Brücke Haare und Blut gefunden.« Cam verspannte sich schon wieder, aber er hatte die Stellen gesehen, von denen sie etwas abgekratzt hatte – allerdings war es nicht genug Blut gewesen, als dass es von einer schweren Verletzung herrühren könnte. »Es ist das Haar«, sagte sie, als er nichts erwiderte. »Bevor wir heute gerufen wurden, habe ich eine Haarprobe von unserem Mord an dem Juwelier analysiert.«

»Ich dachte, die Leute vom FBI hätten alle gerichtsmedizinisch verwertbaren Beweise mitgenommen.«

»Nicht alle«, erklärte sie, und er konnte ihr Lächeln buchstäblich hören. »Ein paar waren wohl irgendwie verlegt worden, und wir haben uns wirklich *sehr* bemüht, sie zu finden. Jedenfalls habe ich, während ich darauf gewartet habe, dass die noch mal nachfragen, einen DNS-Test gemacht – das Labor schuldete mir noch einen Gefallen –, aber es gab keine Übereinstimmungen. Es schien eine Sackgasse zu sein.«

»Wieso habe ich das Gefühl, dass jetzt noch ein Aber kommt?«

»Ich habe keine DNS-Probe von Bobbie Faye zur Verfügung.«

»Wozu brauchst du die?«

»Ich habe die Katalogisierung der Proben von der Brücke überwacht, und etwas an dem Haar, das wir neben ihrem Handabdruck gefunden haben, kam mir bekannt vor.« Cam wusste, dass Bobbie Fayes Fingerabdrücke in ihrer Akte vorhanden waren. Zum Teufel, die Polizeidirektion hatte sie praktisch zur Pflichtlektüre für alle Auszubildenden gemacht! »Und wenn der Handabdruck definitiv von Bobbie Faye war, ist die Wahrscheinlichkeit relativ hoch, dass die Haarprobe daneben es ebenfalls ist. Und dann ist mir klar geworden, warum sie mir bekannt vorkam. Ich hatte sie gerade gesehen, bei den Untersuchungen für den Juwelier-Mord. Ich habe ein paar vorläufige Tests gemacht und auch DNS isoliert, um zu sehen, ob es eine Übereinstimmung gibt. Aber ob es nun wirklich Bobbie Fayes Haar ist, werde ich erst mit Sicherheit sagen können, wenn ich eine DNS-Probe von ihr habe.«

Auf gar keinen Fall. Bobbie Faye konnte im Leben nichts mit einem Mord zu tun haben.

Ein großes Stück von Maries Dach gab nach und brach krachend unter dem Druck des Löschwassers zusammen.

Verdammt, er hatte keine Zeit für diesen Quatsch! Er wollte

nicht noch einmal das Martyrium auf sich nehmen, sie zu verfolgen und festzunehmen.

Er musste eine Probe von ihrer DNS auftreiben.

Bobbie Faye und Trevor prüften den gesamten Trailer, sahen in Schränken, unter dem Bett und auch im Badezimmer nach, um sicherzugehen, dass sich nirgendwo jemand versteckte, im Besonderen kein hartnäckiger Attentäter. Und dann kam endlich die Erleichterung, und Endorphine überfluteten sie, nachdem der Adrenalinrausch abgeklungen war. Wahrscheinlich konnte sie sich auch nur deshalb noch auf den Beinen halten, denn inzwischen hatten bereits ihre Prellungen Prellungen abbekommen.

Bobbie Faye ließ sich auf einen Stuhl an ihrem winzigen Küchentisch sinken und riss die Papiertüte mit dem Essen auf, das sie unterwegs mitgenommen hatten. Innerhalb von Sekunden schob sie sich den Hotdog mit Chili und Käse in den Mund und wurde vor lauter Glück fast ohnmächtig.

Als sie bemerkte, wie amüsiert Trevor sie beobachtete, sagte sie: »Wenn ich irgendwas in seine Einzelteile zerlege, kriege ich immer Hunger.«

»Oje, dann sollten wir aber dringend noch ein paar Vorräte anlegen.«

Gern hätte sie ihm eine Grimasse geschnitten, allerdings hätte sie das beim Essen ausgebremst. Außerdem besaß ein Chili-Käse-Hotdog magische Heilungskräfte. Besonders die Hotdogs von den Ardoin-Brüdern, die eine cajunische Version des amerikanischen Klassikers waren, mit geräucherter Wurst, cajunischen Gewürzen und drei verschiedenen Sorten Käse. Sie wusste nicht genau, was alles in dem Chili war, aber wenn man sich das Zeug spritzen könnte, würde sie keine Sekunde zögern, es zu tun. Sie versuchte sich daran zu erinnern, wann sie Trevor von ihrer sündhaften Sucht nach den Hotdogs der Ardoin-Brüder erzählt hatte und dass sie immer ihr Kleingeld sammelte für ihre Chili-Hotdog-Samstage mit Stacey.

Sie hörte ihn lachen, und als sie aufblickte, sah sie dieses schiefe Lächeln in seinem gebräunten Gesicht, und – *heilige Mutter Maria!* – das war noch besser als das Chili. Er beugte sich zu ihr herunter und küsste ihren Mundwinkel, wobei er ihr etwas von dem Chili klaute, das dort wahrscheinlich hängen geblieben war. In dem Moment explodierte fast ihr Gehirn, als diese beiden so unglaublich fantastischen Dinge aufeinanderprallten. Plötzlich gab es zwischen Chili-Käse-Hotdogs und Sex eine direkte Verbindung, und ihre sündhafte Sucht wurde von einer Sekunde zur anderen noch ein wenig sündiger.

Ihr Handy klingelte. Es war Nina, die zurückrief. Nach der Stimme ihrer Freundin zu urteilen und unter Berücksichtigung des Zeitunterschieds, hätte Bobbie Faye schwören können, dass Nina verschlafen klang, aber wahrscheinlich hatte sie sich nur gerade mit irgendeinem italienischen Grafen vergnügt. Oder auch mit zweien.

»Womit kann ich dir helfen?«, wollte Nina wissen.

»Mit deinem Apartment, wenn das okay ist. Ich brauche irgendeinen Platz, wo ich mich verkriechen und nachdenken kann.«

»Ja, klar.«

»Warte mal, nicht so hastig. Ich sollte dich wahrscheinlich erst mal darüber informieren, dass das Haus, in dem ich grade gewesen bin, jetzt kein richtiges Haus mehr ist.«

»Du hast einen Schlüssel und den Code. Also worauf wartest du? Ich wollte sowieso bald die Küche renovieren.«

Die beiden verabschiedeten sich, und in weniger als zehn Minuten hatte Bobbie Faye die Essensreste entsorgt, ein paar Kleidungsstücke und Toilettenartikel in einen Rucksack geworfen und kam wieder zu Trevor ins Wohnzimmer. Er stand neben dem Fenster und sah zur Vorderseite des Trailers hinaus.

»Wir müssen hinten raus«, sagte er.

Sie trat näher an ihn heran und spähte durch den Spalt im Vorhang, den er mit einer Hand vorsichtig offen hielt. Zwei verschiedene Fernsehsender hatten draußen ihre Kameras aufgebaut. Der Platzwart hatte sie zwar erfolgreich daran gehindert, das Gelände zu betreten, da es sich in Privatbesitz befand. Doch dafür hatten sie nun an allen Ausgängen Position bezogen.

Vorn und auch in der Mitte wartete Reggie O'Connor. Bobbie Faye biss die Zähne zusammen. Man hatte sie gewarnt, dass Reggie eine Frau war, die einem lächelnd in die Augen sah, während sie gleichzeitig mit dem Messer zustieß, aber Bobbie Faye hatte sich nicht weiter um die Warnungen gekümmert. Es war hart, eine starke Frau zu sein, was Bobbie Faye aus eigener Erfahrung wusste. Ständig wurde von einem erwartet, zurückhaltend, rücksichtsvoll, eben ein braves Mädchen aus den Südstaaten zu sein. Dieser ganze Scheiß ging Bobbie Faye am Arsch vorbei, und sie ahnte, wie sehr Reggie in der Kritik stand, weil sie versuchte, Karriere zu machen und ihre männlichen Kollegen aus dem Feld zu schlagen. Eigentlich hätte Bobbie Faye gedacht, dass diese Situation sie in irgendeiner Weise verbinden würde und sie sich vielleicht sogar gegenseitig unterstützen könnten. Doch dann war Reggie auf Bobbie Faye losgegangen. Es war wahrscheinlich ihr Bericht mit dem Titel *Bobbie Faye: Sollte sie sterilisiert werden?*, der ihr am meisten im Gedächtnis geblieben war, obwohl der Beitrag *Bobbie Faye: Die Macht des Bösen oder einfach nur dämlich?* gleich an zweiter Stelle kam.

Sie mochte Reggie nicht besonders.

Bobbie Faye warf Trevor einen Blick zu und wusste, was er dachte: das Zuckerrohrfeld. Der Trailerpark grenzte an einen riesigen Acker mit mannshohem grünem Zuckerrohr, und die

Reihen waren in einem Abstand gepflanzt, dass ein Motorrad knapp hindurchpasste. Es würde schwierig werden, sich hindurchzuzwängen, und jede Pflanze auf ihrem Weg würde ihnen ins Gesicht oder sonst wohin peitschen.

Als sie auf dem Platz angekommen waren, hatten sie drei Trailer entfernt geparkt, denn Trevor wollte nicht auffallen. Nun verschwanden sie auf demselben Weg, auf dem sie gekommen waren – durch die Hintertür. Sie hatten gerade die kleine Treppe zu dem winzigen eingezäunten »Garten« betreten, als die hölzerne Gartenpforte geöffnet wurde.

Von: Simone
An: JT

Achtung ... Handyaktivität. Anruf an BF. Signal kommt aus Italien.

Von: JT
An: Simone

Scheiße. Der Käufer stammt aus Italien. Glaubst du, BF will verkaufen?

Von: Simone
An: JT

Wir müssen davon ausgehen.

12

Mit gezogener Waffe schlüpfte Cam durch die Pforte von Bobbie Fayes kleinem Garten. Er lauschte. Aus dem Trailer war nichts zu hören. Er schlich zur Hintertür, aber alles schien ruhig. Wenn man jedoch die Ereignisse des Tages bedachte, war nicht unbedingt davon auszugehen, dass auch alles okay war.

Cam hatte die Fernsehkameras vor dem Trailerpark natürlich bemerkt und seinen Wagen einen knappen Kilometer entfernt geparkt, um durch das Zuckerrohrfeld zu gehen und so den Medien auszuweichen. Die Hintertür war verschlossen. Er hob den Blick – keine Nachrichtenhelikopter am Himmel. *Noch nicht.* Sie waren wahrscheinlich damit beschäftigt, von der Brücke zu berichten oder Maries eingestürztes Haus zu filmen. Er steckte seine Waffe lange genug weg, um das Haustürschloss zu knacken. Er hatte immer ein Dietrichset dabei, das wie ein ganz normales Taschenmesser aussah, vermied es allerdings, dies an die große Glocke zu hängen. Er hatte mal in ein Apartment eindringen müssen, das Bobbie Faye damals bewohnt hatte, bevor sie miteinander ausgegangen waren und bevor er Polizist geworden war. Irgend so ein Arschloch hatte sie dort gefangen gehalten. Zu der Zeit hatte er noch keinen Dietrich besessen, und es hatte eine Ewigkeit gedauert, diese verdammt massive Tür aufzubrechen. Als Cam dann endlich in der Wohnung stand, hatte Bobbie Faye den Kerl längst überwältigt, und der Typ heulte nur noch und flehte, sie möge ihn doch gehen lassen.

Dieses Mal wollte er keine Spuren eines gewaltsamen Eindringens hinterlassen.

Einen Moment später stand Cam in dem kombinierten Wohn- und Esszimmer, und dort roch es nach … Chili-Käse-Hotdogs. Der Geruch war noch recht intensiv, also musste sie vor nicht allzu langer Zeit hier gewesen sein. Er warf einen Blick in den Mülleimer in der Küche und tatsächlich – da lagen die zusammengeknüllten Papiertüten der Ardoin-Brüder. Verflucht noch mal, er hatte sie verpasst! Er zog sein Handy aus der Tasche, um sie anzurufen, und sah, dass er eine SMS von ihr bekommen hatte. Wahrscheinlich hatte sie ihn wegen schlechten Netzempfangs auf seinem Weg durch das Zuckerrohrfeld nicht erreichen können.

Von: Bobbie Faye
An: Cam

Ich atme. Noch.

Es war Bobbie Fayes Art zu sagen: *Bin so weit okay, hab aber keine Ahnung, wie es weitergeht.*

Cam ließ seinen geschulten Blick durch den Raum gleiten, und ihm fiel sofort jede Kleinigkeit auf, die in diesem Trailer im Vergleich zu dem alten Modell anders war. Er hatte den neuen bisher noch nicht von innen gesehen, aber ihm fiel auf, dass er nicht ganz so heruntergekommen wirkte. Er bemerkte, dass sie einige ihrer persönlichen Dinge hatte retten können – ein paar Familienfotos, diese dämliche Uhr, die Stacey so sehr liebte, einige Spielsachen und noch irgendwelchen Krimskrams, der nur für Bobbie Faye von Bedeutung war, aber wahrscheinlich für niemanden sonst. Außer ihm. Die alte Kaffeekanne aus Email hatten sie mal gemeinsam eines schönen Sommertags auf einem Flohmarkt gefunden. Bobbie Faye liebte ihre rote Farbe und hatte ihm mit dem Ding samstags morgens immer Kaffee gemacht, wenn er über Nacht geblieben war. Direkt daneben lag ein Stein von der Größe seiner Hand, wobei es sich nicht um einen normalen Stein handelte, sondern um einen Feuerstein, den er mal gefunden und gegen ihr Fenster geworfen hatte, als sie noch Kinder gewesen waren. Er hatte nicht damit gerechnet, dass die Scheibe in tausend Splitter gehen und Bobbie Faye eine Menge Ärger bekommen würde, aber sie hatte ihn aufgehoben. Er bemerkte auch noch andere Sachen, zwang sich jedoch, den Blick von den alten Erinnerungsstücken abzuwenden und sich darauf zu konzentrieren, was hier anders war: Es gab einen neuen Fernseher und einen Videorekorder. Nun ja, wahrscheinlich gebraucht, aber neu angeschafft, vermutlich aus Dustys Gebrauchtwarenladen.

Alles roch nach ihrem Parfüm – leicht, luftig. Es hieß *Angel* oder so ähnlich, erinnerte er sich, aber wenn die Marketingheinis einen Funken Verstand gehabt hätten, wäre ein Name wie *Temptation* sehr viel angemessener gewesen. Er schlich durch die einzelnen Räume und zwang sich, den Duft nicht mehr wahrzunehmen. Offensichtlich war Bobbie Faye nicht da, und er hätte diese Suche längst beenden und wieder verschwinden sollen. In Erinnerungen zu schwelgen, war das Letzte, was er wollte. Aber er brauchte diese DNS-Probe, mit der sich beweisen ließ, dass es sich nicht um ihr Haar handelte, das man am Tatort gefunden hatte. Vielmehr würde die Probe zeigen, dass der Mörder des Juweliers ebenfalls auf der Brücke gewesen war. Wie das Haar allerdings direkt neben Bobbie Fayes blutigen Handabdruck gelandet war, würde noch zu klären sein.

Im Schlafzimmer blieb er stehen. Ihm fiel die offene Schranktür auf, die leeren Bügel auf dem Bett und dass die Schubladen der Kommode zwar zugeschoben, aber nicht wirklich geschlossen waren, als ob Bobbie Faye in aller Eile aufgebrochen wäre. Ein kalter Schauer überlief ihn. Es sah aus, als hätte sie auf die

Schnelle ein paar Sachen mitgenommen. Auch ihre Kulturtasche war aus dem winzigen Badezimmer verschwunden, ebenso wie ihre Lieblingshaarbürste. Cam wühlte in dem Schränkchen herum, da er ihre Angewohnheiten genauso gut kannte wie sie die seinen, und auf dem oberen Bord in einem Korb fand er ein Dutzend oder mehr Haargummis. In zwei davon klemmten noch Haare. Die sollten reichen, damit Maggie bestimmen konnte, ob die Spuren an den verschiedenen Tatorten von Bobbie Faye stammten.

Bis zu diesem Augenblick hatte er noch nicht darüber nachgedacht, was er eigentlich tun würde, wenn es eine Übereinstimmung gäbe. Würde er es wirklich fertigbringen, dem Bezirksstaatsanwalt all die Informationen zu überlassen, um eine hieb- und stichfeste Anklage gegen Bobbie Faye zu erheben? Verdammt, es waren alles nur Indizien, aber auf der anderen Seite entwickelten sich viele Gerichtsverfahren am Ende zu reinen Indizienprozessen.

Cam stützte sich mit den Händen auf beiden Seiten des Waschbeckens ab und blickte in den Spiegel. Die beiden Haare, die er sichergestellt hatte, waren als Beweismittel nicht zulässig, denn er war nicht im Besitz eines Durchsuchungsbeschlusses. Er hatte keinerlei Erlaubnis, sich in Bobbie Fayes Trailer aufzuhalten, und sie hatte die Haare auch nicht in der Öffentlichkeit verloren, wo er sie einfach hätte aufheben können. Genauso wenig würde er behaupten können, dass sie die Haare bei ihm zu Hause in einer Bürste zurückgelassen habe, weil er ihr längst all ihre Dinge zurückgegeben hatte. Abgesehen davon dürfte Maggie das Haar vom Tatort des Mordes eigentlich gar nicht mehr besitzen, und ihre Mutmaßung, dass das Haar von der Brücke Bobbie Faye gehörte, war eben nichts anderes als das … eine Mutmaßung. Und trotzdem … wenn er damit nun dem Bezirksstaatsanwalt Beweise gegen sie in die Hand spielte?

Er brach in diesem Moment zehn verschiedene Gesetze gleichzeitig, ganz zu schweigen von dem moralischen Dilemma, in dem er sich befand, weil er überhaupt dort war. Sie war nicht mehr seine Freundin, hatte ihn nicht um Hilfe gebeten, und im vergangenen Jahr hatten sie extrem selten überhaupt ein halbwegs zivilisiertes Gespräch geführt. Selbst wenn sie tatsächlich seine Freundin gewesen *wäre*, hätte er sich nicht vor seinen dienstlichen Pflichten drücken können und eine Durchsuchung durchführen müssen. Selbst wenn sie bei ihm wohnen würde, hätte er alles, was er besaß, wie seine Haarbürste, ebenfalls der Spurensicherung übergeben, wenn sie angefordert worden wäre. Also warum war er hier und brach das Gesetz bei dem Versuch, ihr zu helfen?

Sein Handy klingelte. Es war Benoit. Er zögerte. Benoit würde ihm wahrscheinlich genau die Fragen stellen, die er im Moment lieber nicht beantworten wollte (wie zum Beispiel, ob er den Verstand verloren habe).

»Ja?«, meldete er sich.

»Können wir uns bei dir zu Hause treffen?«

»Ich muss ein paar Spuren verfolgen.«

»Sicher. Ich wette aber, dass du gern sehen möchtest, was ich für dich habe. In zwanzig Minuten.«

Benoit legte auf, und Cam machte sich plötzlich ernsthafte Sorgen. Es passte überhaupt nicht zu seinem besten Freund, dass er so angespannt klang.

Cam kniff sich in die Nasenwurzel und schloss die Augen, während er versuchte, diesen pochenden Kopfschmerz zu verdrängen. Als er die Augen öffnete, musste er blinzeln, um sich wieder an das helle Licht zu gewöhnen. In dem Moment blitzte dort etwas auf, wo der Waschtisch in dem schlecht verarbeiteten Trailer nicht ganz mit der Wand abschloss. Er beugte sich näher heran. Es sah aus wie ein Schmuckstück. Unwillkürlich zog er sein Taschenmesser hervor, weil er es für Bobbie Faye aus dem Spalt fischen wollte (wobei er die kleine Stimme in seinem Hinterkopf ignorierte, die ihn beharrlich darauf hinwies, dass es nicht mehr seine Aufgabe war, solche Dinge für Bobbie Faye zu tun). Doch da erkannte er, dass es sich nicht um einen Glitzerstein handelte, sondern größer war und aus Messing.

Messingpatronen? Im Badezimmer? *Komisch*, war sein erster Gedanke. Als er sich noch weiter vorbeugte, um die Sache genauer zu untersuchen, wurde ihm klar, dass das mehr als nur *komisch* war. Und absolut nicht in Ordnung. Dort klemmten mindestens vier Patronenhülsen. Normalerweise hob Bobbie Faye ihre Patronen nicht auf, nachdem sie auf Ce Ces Schießstand trainiert hatte, weil die Zwillinge immer vollkommen pleite waren und das Messing recycelten, um sich ein bisschen Geld nebenbei zu verdienen. Wenn es nur eine einzige Patrone gewesen wäre, hätte er angenommen, dass Stacey sie irgendwo gefunden und mit der typischen List einer Fünfjährigen hinter das Waschbecken geklemmt hatte, aber es kam ihm doch seltsam vor, dass sie offenbar nicht nur eine einzelne Patrone gefunden haben sollte, sondern gleich vier davon. Bobbie Faye hätte es nie zugelassen, dass Stacey Patronen als Spielzeug ansähe. Seine Ex war vielleicht verrückt, aber wenn es um die Kleine ging, war sie ausgesprochen aufmerksam.

Cam nahm sein Taschenmesser, drückte die oberste Patrone aus dem Spalt und legte sie auf den Waschtisch. Dann fummelte er noch die zweite und dritte heraus, und er konnte nicht anders, als sich einen Gedanken einzugestehen: Am Tatort des Juwelier-Mordes fehlten fünf Patronenhülsen. *Fünf!* Und als er die vierte Hülse hervorzog, sah er, dass eine fünfte ein Stück weiter nach unten gerutscht war. Er musste eine Schere und das Taschenmesser nehmen, um sie zu fassen zu bekommen, ohne sie zu berühren, aber dann lag sie neben den anderen vier.

Cam glaubte nicht wirklich an Zufälle. Fünf verschwundene Patronenhülsen. Der Mord an einem Juwelier. Gerüchte, dass Francesca irgendetwas über Diamanten erzählt habe, als sie bei Ce Ce gewesen war. (Jedenfalls wenn man Maimee glaubte, aber offen gesagt, hatte er noch nie eine Frau so schnell aus ihrem Schaukelstuhl aufspringen sehen wie Maimee, als Edgar ihre gesamte Altersversorgung und auch die Lebensversicherung am Spieltisch verloren hatte.) Und dann war da noch Maggies Anruf, weil das Haar von der Brücke zu dem am Tatort passte. Und all diesen Zufällen stand die Frau gegenüber, die er vorgehabt hatte zu heiraten.

Es hatte etwas sehr Surreales, dass sie und Trevor ein Motorrad durch ein Zuckerrohrfeld hinter ihrem Trailerpark schoben. Bobbie Faye war sich ziemlich sicher, dass sie zwei Explosionen zuvor in eine andere Realität gesprungen war. Nicht begreifen konnte sie allerdings, dass Cam in ihr Zuhause eingebrochen war. Von ihrem Versteck in dem kleinen Schuppen hatten sie beobachtet, wie er durch die Gartenpforte gekommen und zur Hintertür gegangen war und dann das verdammte Schloss geknackt hatte. Selbst wenn er sich nur davon hatte überzeugen wollen, ob bei ihr alles in Ordnung wäre, und wenn er vielleicht glaubte, dass irgendetwas nicht stimmte und sie Hilfe brauchte, hätte er normalerweise geklopft und gerufen, dass sie an die verdammte Tür kommen solle. Er hätte es sogar zuerst an der Vordertür versucht und wäre erst dann zur Rückseite des Trailers gestiefelt, falls sie ihren blutenden Körper aus Versehen zur Hintertür geschleppt hätte, aber auch dort hätte er zunächst geklopft.

Doch nichts davon hatte er getan. Er war einfach in ihren Trailer eingebrochen. Dabei war *er* derjenige, der sich immer so penibel an das Gesetz hielt, dass er sogar ihre Schwester wegen Alkohol am Steuer verhaftet hatte, anstatt Bobbie Faye anzurufen, damit sie Lori Ann ohne großes Aufsehen in eine Entzugsklinik schaffen konnte. Als sie sich darüber aufregte, hatte er ihr klargemacht, dass er ein guter Polizist sei, der die Vorschriften nicht zu seinen Gunsten auslegte. Er hatte ihr unmissverständlich deutlich gemacht, dass sie genau die Art von Freundin war, die ein guter Cop nicht gebrauchen konnte. Also warum war es verflucht noch mal dann okay für ihn, die Vorschriften zu missachten, wenn *er* etwas wollte? Allerdings hatte sie keine Ahnung, was das sein könnte.

Sie warf Trevor einen Blick zu. Er hatte beobachtet, wie es in ihr brodelte.

»Willst du hingehen und ihm eine Standpauke halten?«, erkundigte er sich mit einem vergnügten Funkeln in den Augen.

»Nein«, erwiderte sie. Das Letzte, was sie jetzt gebrauchen konnte, war ein lautstarker Streit mit Cam, und außerdem hatte sie nicht die geringste Lust, irgendwelche Fragen über Francesca oder Diamanten oder Explosionen oder irgendetwas Ähnliches zu beantworten, bevor sie nicht Zeit gehabt hatte, in Ruhe nachzudenken. Sie sah die Reihe aus Zuckerrohrstangen entlang, durch die sie sich gerade ihren Weg bahnten. So weit das Auge reichte, bildeten die Blätter ein dichtes Dach über dem Feld. Wie es aussah, würde sie noch eine ganze Menge Zeit zum Nachdenken haben, bevor sie weit genug weg waren, um gefahrlos das Motorrad anlassen zu können.

»Wenn du jemals nach Louisiana zurückkommst, verspreche ich dir, dass ich dir ein paar schönere Dinge zeigen werde als explodierende Häuser und erdrückend heiße Farmen.« Vielleicht war es ihr bis dahin ja auch schon gelungen, die Finanzierung für ihr Geschäft mit Touren durch Südlouisiana zu sichern, und sie würde es sich leisten können, ihm irgendetwas Schönes zu bieten, vielleicht ein schickes Abendessen.

»Ich werde nirgendwohin gehen.«

»Oh? Du glaubst, sie werden dich hier in meiner Nähe lassen und nicht befürchten, dass ich dich irgendwie umbringe?« Sie gab sich größte Mühe, nicht zu hoffnungsvoll zu klingen (was die Tatsache anbetraf, dass er vielleicht blieb, nicht was das Umbringen anging). Aber wahrscheinlich hatte es doch hoffnungsvoll geklungen. *Mist!*

»Das rate ich ihnen, denn ich bin hierher versetzt worden.« Er schob das Motorrad auf einen Weg, von dem sie gar nicht gewusst hatte, dass er existierte. Er führte mitten durch das Feld.

»Du … wie jetzt?« War ihr das geschmolzene Hirn gerade aus den Ohren gelaufen? »Wann war das?«

»Meine Versetzung?

Sie nickte.

»Letzten Monat.«

Letzten Monat. Das war ein paar Wochen nach der Katastrophe mit Roy … Oh, verflucht! Sie blieb stehen, während er weiterlief. »Du bist degradiert worden. Oh Gott, Trevor, das tut mir leid.«

Nun hielt auch er an und blickte sich mit gerunzelter Stirn zu ihr um. »Manchmal kann einem dein Gehirn ganz schön Angst machen.«

»Als wenn das neu wäre.«

»Ich bin *nicht* degradiert worden«, erklärte er in seiner amüsierten, selbstzufriedenen männlichen Art. »Komm jetzt«, sagte er dann und streckte ihr eine Hand entgegen. »Wir müssen hier verschwinden.«

»Du hast die Versetzung *beantragt*? Du bist also nicht sterbenskrank und gehst nicht davon aus, während einer der nächsten Bobbie-Faye-Katastrophen den Löffel abzugeben, was eine ganz nette und schnelle Art wäre zu sterben?«

Seine Antwort bestand in einem sehr langen, heißblütigen bösen Blick, mit dem er sie von Kopf bis Fuß musterte. *Wo zum Teufel bekommt man ein Bett her, wenn man dringend eins braucht?* Sie war sich ziemlich sicher, dass sie jeden Moment eine Herzmassage brauchen würde.

»Sagen wir einfach: Ich habe vor, noch ein zweites Mal mit dir auszugehen.«

Cam holte sich einen verschließbaren Plastikbeutel aus Bobbie Fayes Küche und ging zurück ins Badezimmer. Er schob die Patronenhülsen vorsichtig in den Beutel und versiegelte ihn. Einen Blick in den Spiegel zu werfen, verkniff er sich. Selbst wenn er die Patronen gut verpackte und der Spurensicherung übergab, würde sein Captain ihm trotzdem die Leviten lesen, weil er sich keinen rechtlich einwandfreien Durchsuchungsbeschluss besorgt hatte. So wie er mit den Patronenhülsen verfuhr, konnte er sie auch gleich die Toilette hinunterspülen, falls sich herausstellen sollte, dass es sich tatsächlich um die Hülsen handelte, die zu dem Mord an dem Juwelier gehörten. Ohne Durchsuchungsbeschluss würde jeder halbwegs gute Verteidiger mit Leichtigkeit dafür sorgen, dass sie im Verfahren nicht als Beweismittel zugelassen wurden.

Für Cam war das wahrscheinlichste Motiv, warum sich die Patronenhülsen in Bobbie Fayes Trailer befanden, dass irgendjemand ihr etwas anhängen wollte und die Hülsen dort platziert hatte. Vermutlich waren Bobbie Fayes Fingerabdrücke darauf. Sie hatte schon vielen Leuten das Schießen beigebracht. Bobbie Faye war eine Nervensäge, aber sie war eine kluge Nervensäge, und sie war einfach nicht blöd genug, um jemanden zu töten und die Patronenhülsen dann bei sich zu Hause zu verstecken … schon gar nicht, wo drei Bayous zwischen ihr und dem Tatort lagen, in denen sie die Dinger hätte versenken können. Und da die Hülsen in ihrem Trailer gewesen waren – und wahrlich nicht gut versteckt –, stank das einfach nach einer Falle. Konnte er sich darauf verlassen, dass ein guter Anwalt in der Lage sein würde, sie rauszupauken?

Bei ihrem Glück?

Er könnte jetzt auf der Stelle seinen Kopf aus der Schlinge ziehen, indem er die Patronenhülsen wieder an den Fundort zurücktat und die Ermittlungen ihren Lauf nehmen ließ. Denn es war illegal, die Hülsen einfach mitzunehmen. Man konnte ihn dafür feuern, weil er Beweise manipulierte und Ermittlungen behinderte. Seine Karriere würde ein jähes Ende finden. Vielleicht würde Bobbie Faye niemals als Tatverdächtige in dem Mordfall an dem Juwelier in Betracht gezogen werden, vielleicht war es überhaupt nicht ihr Haar am Tatort, und vielleicht würde sie sich in Mary Poppins verwandeln und anfangen, zu fliegen und zu singen – das eine war genauso wahrscheinlich wie das andere.

Zurück in der Küche, nahm er ein paar von den Kopfschmerztabletten, die sie immer für ihn im Haus hatte, dann ließ er das Pillenfläschchen und das Wasserglas auf der Arbeitsplatte stehen. Er wusste nicht, warum er das tat. Sie würde ausflippen, wenn sie merkte, dass er ohne ihre Zustimmung dort gewesen war. Es war leichter, sich darüber Gedanken zu machen, dass sie wütend sein würde, dass sie wahrscheinlich streiten würden. Fast alles war leichter, als an den Plastikbeutel in seiner Tasche zu denken.

Er schlüpfte zur Hintertür hinaus, und da fiel es ihm auf: die Tür zu ihrem kleinen Lagerschuppen. Als er kam, war sie mit absoluter Sicherheit geschlossen gewesen. Jetzt stand sie weit offen. Er zog seine Waffe. Im Innern war niemand, aber auf dem staubigen Boden überlappten sich die Fußabdrücke von einem Mann und einer Frau, die zur selben Zeit in dem Schuppen gewesen waren. Zeugen hatten Bobbie Faye auf dem Sozius einer Harley gesehen, wie sie mit einem Typen, auf den

Trevors Beschreibung passte, Maries Haus verlassen hatte. Das FBI hatte sich um diesen Fall gerissen. War Trevor womöglich auch darin verwickelt? Oder bestand die Möglichkeit, dass die Leute, die sie am Morgen in die verschiedenen Autos gezerrt hatten – wie die Zwillinge berichteten, die währenddessen bei Ce Ce gewesen waren –, sie erneut entführt hatten?

Verfluchter Mist!

Er folgte den Spuren bis ins Zuckerrohrfeld. Er war noch nicht weit gekommen, als er auf eine Furche im Boden stieß, die von einem einzelnen Paar Räder stammte – von einem Motorrad –, mit den Fußabdrücken eines Mannes auf der einen und denen einer Frau auf der anderen Seite. So tief, wie sich ihre Schuhe auf dem Erdboden abzeichneten, schien sie etwas geschoben zu haben – wahrscheinlich das Motorrad. Gemeinsam mit dem Mann. Vielleicht hatten sie kein Aufsehen erregen wollen, indem sie den Motor anwarfen. Die Tatsache, dass die Frau dabei half, die schwere Maschine zu schieben, deutete darauf hin, dass sie nicht dazu gezwungen wurde.

Cam hockte sich hin, um abzuschätzen, wie alt die Spuren waren, und er kam zu dem Schluss, dass es sich nur um ein paar Minuten handeln konnte. Sie war auf der Flucht, und ob ihr das nun gefiel oder nicht, sie würde ihm erklären müssen, warum.

Der gelbe Hummer war einfach nicht zu übersehen, als er auf das Gelände des Trailerparks fuhr, und Reggie bemerkte ihn natürlich sofort. Die meisten Bewohner dieser Gegend schienen ihre Autos bei Eds Gebrauchtwagenhandel gekauft zu haben, wo keine Schrottkiste zu heruntergekommen war, um nicht doch noch irgendwie unters Volk gebracht zu werden. Der Hummer war also nicht nur völlig fehl am Platz, er fuhr auch noch direkt zu Bobbie Fayes Trailer. Eine Frau sprang heraus und hämmerte mit der Faust gegen die Vordertür.

Reggie warf einen Blick durch DJs Kamera und erkannte in der Vergrößerung doch tatsächlich Donny, den dämlichen Einfaltspinsel. Wenn sie noch einmal seine Prahlereien hören musste, welche Filmrollen ihm schon fast sicher gewesen wären, bevor er L. A. verlassen hatte, und welche Pläne er umsetzen würde, sobald er einen neuen Agenten hatte, würde sie ihn kurzerhand mit dem Mikrofon erschlagen.

Sie schüttelte sich im Geiste und wiederholte ihr Mantra: *Was immer nötig ist*.

Donny setzte sein Kameralächeln auf, während er so unschuldig herübergeschlendert kam, als hätten die beiden sich noch nie zuvor gesehen, noch nie miteinander geredet. Für jeden Außenstehenden, der das Ganze beobachtete, wirkte es vollkommen glaubhaft. Vielleicht wurde aus ihm ja irgendwann doch noch mal ein ganz guter Schauspieler.

13

Cam kam erst spät nach Haus. Er war den Spuren der Motorradreifen gefolgt, bis sie auf einen Weg stießen, und ohne seinen Wagen konnte er Bobbie Faye und Trevor nicht einholen. Abgesehen davon wäre der Pfad auch viel zu schmal für seinen Truck gewesen, selbst wenn er die Zufahrt zurückverfolgt hätte.

Benoit wartete mit einem Sixpack eiskalten Biers auf ihn und reichte ihm eine Dose, als Cam ihn vor der Tür antraf.

»Danke«, sagte Cam und leerte das Bier in einem Zug, noch bevor er sein Wohnzimmer erreichte. »Was für ein beschissener Tag!«

»Er wird noch schlimmer werden.« Cam hielt es nicht für möglich, aber als er die Bilder von der Überwachungs-DVD sah, die über seinen HD-Fernseher liefen, hatte er das Gefühl, von dem härtesten und hinterhältigsten Linebacker dieser Erde getackelt zu werden. Er stand einfach nur da. Und irgendwann ließ er sich in einen Sessel sinken, den Benoit ihm hinschob.

Während sein Freund und Partner hinüber zum Sofa ging, saß Cam direkt vor dem Bildschirm und ließ die Bilder wieder und wieder und mit immer langsamerer Geschwindigkeit ablaufen. Mehrfach hielt er die Aufnahme an, wenn sie etwas verschwommen war oder er meinte, Schatten von Dritten zu erkennen, während sein Verstand zu begreifen versuchte, wie zum Teufel es sein konnte, dass er mit eigenen Augen sah, wie die Frau, die er seit seiner Kindheit kannte, völlig kaltblütig einen Menschen erschoss. Denn von Notwehr konnte hier beim besten Willen nicht die Rede sein.

Gemeinsam beobachteten sie, wie Bobbie Faye die fünf Patronenhülsen aufhob, und Cam spürte das Gewicht der Messinghülsen in seiner Tasche, ohne sich zu bewegen. Seinem Partner gegenüber erwähnte er den Fund mit keinem Wort. Benoit war sein bester Freund und würde, ohne zu zögern, eine Kugel für ihn abfangen, wenn es sein musste. Aber Cam würde es nicht zulassen, dass Benoit seine Karriere aufs Spiel setzte, nur weil er selbst schon wieder in eine Bobbie-Faye-Katastrophe gestolpert war. Und – *verdammte Scheiße!* – diesmal war es eine Katastrophe, die sie vielleicht nicht überleben würde. Mit zusammengekniffenen Augen betrachtete er das Bild, das er gerade mit einem Knopfdruck einfror – Bobbie Fayes Gestalt stand unter einer Straßenlaterne, und in dem harten Licht und dem unnatürlichen Winkel wirkte sie verzerrt. Die ganze Perspektive war seltsam.

Cam grübelte darüber nach.

»Das kann sie nicht sein«, sagte er zu Benoit, der eine ganze Weile nichts erwiderte. Und dann hielt sie plötzlich eine Glock in der Hand und feuerte fünf Kugeln in die Brust des Juweliers, und das in einem Muster, von dem er immer geahnt hatte, dass es ihm irgendwie vertraut war – und jetzt wusste er auch, warum. »Das kann nicht sein«, wiederholte er.

Oh Gott, er hatte die Patronenhülsen in seiner Tasche! Was hatte er nur getan? *Scheiße*, was hatte *sie* getan? Könnte irgendjemand sie dazu gezwungen haben?

»Es könnte jemand anders gewesen sein«, meinte Benoit, doch Cam spürte die Unsicherheit seines Freundes in der betont ruhigen Art, in der er den Gedanken aussprach. »Vielleicht hat sich jemand verkleidet, um so auszusehen wie sie. Wenn man versucht, ihr die Sache in die Schuhe zu schieben, müssen diese Leute auch von den anderen Überwachungskameras gewusst haben … Vielleicht sind sie davon ausgegangen, dass wir deren Aufzeichnungen auch bekommen.«

»Stimmt«, entgegnete Cam und erinnerte sich daran, dass die Bilder in dem einen Laden gelöscht worden waren und in dem anderen der Videorekorder einen Defekt gehabt hatte. »Ein schlechter Blickwinkel. Miese Beleuchtung. Es könnte jemand anders sein.«

Könnte sein? Er hatte *könnte* gesagt. Er sagte nicht: *Es ist jemand anders*.

»Ich fahre heute Abend nicht mehr aufs Revier«, erklärte Benoit. Cam verstand seine Andeutung, dass er die Beweise heute nicht mehr eintragen würde. Sobald sie aktenkundig waren, würden sie Bobbie Faye verhaften müssen.

»Das kann ich nicht von dir verlangen«, sagte Cam. »Sie ist nicht meine … sie ist ein Niemand für mich.« Sie war höchstens noch jemand, der ihn regelmäßig tierisch sauer machte.

»Sie ist immer noch eine Freundin von mir«, sagte Benoit. »Und von dir ebenfalls. Auch wenn du sie nie heiraten wirst.«

»Sie heiraten? Um Gottes willen, nein. Dann würde mein Leben jede Woche so aussehen. Nein, vielen Dank.«

»Also, ich muss mir zuerst einen weiteren Tag Zeit nehmen, um zu sehen, was ich noch herausfinden kann. Ich werde es morgen eintragen. Aber vielleicht stolpere ich vorher noch über irgendwas.«

Cam nickte und brannte eine Kopie der DVD auf seinem Computer. Er musste Bobbie Faye finden und ihr ein paar Fragen stellen, bevor Benoit die Aufnahmen in die Beweismittelliste eintrug.

Barfuß tappte Trevor durch Ninas teures, superschickes Loft. Er war frisch geduscht, das Haar immer noch feucht, und nur mit einer Jeans bekleidet (wofür Bobbie Fayes Hormone in einer Tour *Danke, danke, danke!* schrien). Offensichtlich überprüfte er zum vierten Mal die Alarmanlage.

Bobbie Faye stand an dem großen antiken Esstisch aus Mahagoni und war froh, dass sie sich den Dreck des Tages abgeduscht hatte, obwohl sie nicht wirklich darüber nachdenken wollte, was da eigentlich alles passiert war. Sie fragte sich, ob es nicht irgendeine Art Job als Spezialistin für Verleugnung und Verdrängung gab, denn darin war sie Vollprofi. Und wenn sie es recht überlegte, gab es ganze Abteilungen in der Regierung, bei denen sie sich bewerben konnte. Natürlich musste sie das Ausflippen dann entsprechend für komplette Abteilungen übernehmen, also war es vielleicht doch besser, ganz allein für sich durchzudrehen.

Sie betrachtete Trevors Reflexion in den großen Fenstern des Lofts. Da es draußen dunkel war, hatten sie sich in Spiegel verwandelt, und wenn sie glaubte, er würde nicht bemerken, wie sie ihn beobachtete, irrte sie. Sein Blick glitt ebenfalls an ihrem Körper entlang und blieb an ihrem Hintern hängen. Wie unglaublich blöd von ihr, dass sie aus reiner Bequemlichkeit ausgerechnet den kurzen Seidenpyjama eingepackt hatte! Er wirkte ein wenig verwegen. Vielleicht *zu* verwegen. (Gab es auch so was wie halb verwegen? In der Richtung: fast unschuldig und ein bisschen schwanger?)

Sie riss sich von ihren Gedanken los und konzentrierte sich erneut auf das ganze Zeug, das sie in Maries Haus in ihre Tasche gestopft hatte. Trevor ging schon wieder an den Wänden entlang, die voller wunderbarer Gemälde und afrikanischer Masken hingen. (Natürlich waren das alles Originalstücke und keine Kopien vom Flohmarkt, wie Bobbie Faye erfahren hatte, als sie einmal eine davon fallen ließ.) Es gab schicke polierte Metalllampen und weiche Teppiche, auf denen man gemütlicher lag als bei Bobbie Faye zu Hause auf dem Bett. Das Loft hatte zwei weitere Zimmer, und in einem davon lagerten Klamotten bis unter die Decke – laut Nina für die Models. Bobbie Faye hatte noch nie nach den S-&-M-Requisiten gefragt, die sie für ihre Fotoshootings ebenfalls benötigte, oder wie sie überhaupt in dieser Branche gelandet war. Sie hatte eigentlich überhaupt keine Fragen gestellt. Nina legte ironischerweise sehr viel Wert auf ihre Privatsphäre, und Bobbie Faye wusste, dass Nina ihr mehr erzählte als jedem anderen Menschen auf der Welt. Doch über die Jahre hatten sie sich mehr und mehr voneinander entfernt. Bobbie Faye hatte sich darüber gewundert, und wenn Nina unglücklich auf sie wirken würde, hätte Bobbie Faye ihr mit Sicherheit stärker auf den Zahn gefühlt, warum das so war. Doch Nina schien mit ihrem Leben absolut zufrieden zu sein. Wahrscheinlich war sie in Bobbie Fayes Bekanntenkreis der einzige vernunftbegabte Mensch, der mit beiden Beinen im Leben stand.

»Du läufst jetzt mindestens zum vierten Mal die Wohnung ab«, bemerkte sie, als Trevor an ihr vorbeikam.

»Zum zehnten Mal«, erwiderte Trevor. Sie blickte auf, denn er klang amüsiert. Er tippte gegen das große Fenster, das hinaus auf den Lake Charles führte. In der dunklen, fast unbewegten Oberfläche des Sees spiegelte sich der Mond, und die hellen Lichter des Casinoschiffs tanzten geradezu hypnotisch in der leichten Brise. »Lassen sich alle deine Freunde und deine Familie automatisch kugelsicheres Glas einbauen?«

»Ja. Sie fragen dann immer nach dem Bobbie-Faye-Rabatt.«

»Gut zu wissen.«

Trevor ging weiter und erinnerte sie an einen Panther – tödlich, elegant, kraftvoll. Außerdem verschickte er laufend SMS über sein extravagantes Handy an die Zentrale vor Ort – verschlüsselt, wie er erklärte –, um seine Leute auf dem Laufenden zu halten und selbst die neuesten Informationen zu bekommen. Ihr eigenes Handy benutzte Bobbie Faye nicht mehr, seit er ihr gesagt hatte, dass es überwacht würde.

»Können sie uns nicht über dein Telefon finden?« Daran hätte sie schon eher denken sollen, aber sie war so müde, so ausgelaugt und erschöpft und alles zur gleichen Zeit, dass sie nicht mehr klar denken konnte.

»Das glauben sie zumindest.«

»Du bist also kein guter Agent und gibst ihnen brav die exakte Position durch, oder?« Er zuckte die Schultern. »Also nur mal aus reiner Neugier: Wenn wir dort wären, wo das Signal behauptet, dass wir sind, wo wären wir dann?«

»Cut Off.«

Sie lachte. Cutt Off bedeutete *abgeschnitten*, aber so hieß auch eine kleine Stadt am südlichen Ende des noch bewohnten Louisiana. Seine Ironie gefiel ihr.

Sein Handy klingelte, während er sich zu ihr an den Tisch setzte. Als er sich meldete, wurde seine Miene schlagartig völlig ausdruckslos. »Ja.«

»Ich will sie hier haben«, brüllte Emile so laut, dass Bobbie Faye ihn noch zwei Meter vom Telefon entfernt mühelos verstehen konnte. »Sie hat Maries Haus zerstört. Es ist ja wohl eindeutig, dass du sie nicht unter Kontrolle hast. Ich will sie an einem Ort haben, wo ich sie selbst im Auge behalten kann.«

»Willst du sie lebendig, damit sie die Diamanten finden kann?«, erkundigte sich Trevor, und Bobbie Faye erstarrte. Emile fauchte irgendetwas Unverständliches, und Trevor wartete, bis er fertig war. »Sie hat das Haus nicht in die Luft gejagt … irgendjemand anders war hinter ihr her. Also wenn du den Vertrag auflösen möchtest, habe ich nichts dagegen. Sie ist schwerer zu hüten als ein verdammter Sack Flöhe.« Sie streckte ihm die Zunge heraus, und er grinste. »Und ich habe keine Ahnung, mit wem zum Teufel ich es sonst noch zu tun bekomme. Ich kann sie jederzeit von der Leine lassen. Aber fünf Minuten später wird sie tot sein, das verspreche ich dir.«

»Glaubst du, sie hat die Diamanten?«,

»Ich denke, sie ist dabei, sie aufzuspüren.«

Emile kochte, aber schließlich sagte er: »Ich will Berichte. Und wenn sie nur blinzelt, will ich das erfahren.«

Trevor beendete das Gespräch und sagte: »Versuch bitte, nicht zu blinzeln.«

»Ich werde sehen, was sich machen lässt.«

Von: Simone
An: JT

Was meinst du damit, dass wir nicht die geringste Ahnung haben, wo Nina wohnt? Wie kann es zu einer solchen Lücke in unseren Akten kommen?

Von: JT
An: Simone

Ich weiß es nicht, aber es ist ein ernsthaftes Problem. Erstens befindet sich ihre beste Freundin zufälligerweise in Italien … wo auch der Käufer lebt. Und jetzt können wir BF nicht finden, weil sie sich in der Wohnung von besagter Freundin aufhält, die in unseren Akten überhaupt nicht existiert.

Von: Simone
An: JT

Sie sind zusammen zur Highschool gegangen. Sie *hat* existiert.

Von: JT
An: Simone

Wir haben eine Akte über eine Nina McVey. Sie setzt im Alter von sieben Jahren ein. Der Name ihrer Großmutter lautet Rhoda McVey, und ihr Leben scheint erst in dem Moment zu beginnen, im selben Jahr. Wir arbeiten daran, Ninas Adresse herauszufinden. Höchste Priorität.

Aiden reichte Sean das Fernglas. Bäuchlings lagen sie auf einem Dach gegenüber dem Loft, in das sich Bobbie Faye mit irgendeinem Kerl verkrochen hatte, den niemand kannte. Aber offenbar schien er der Frau zu helfen, und wenn man danach ging, wie häufig er »zufällig« ihren Arm oder ihre Schulter berührte oder sie beobachtete, während sie den Kram betrachtete, den sie vor sich auf dem Tisch ausgebreitet hatte, dann war er verflucht heftig an ihr interessiert.

»Du übernimmst die erste Schicht«, befahl Sean und gab Aiden das Fernglas zurück. »In ein paar Stunden weckst du Mollie, damit sie dich ablöst.«

Aiden nickte, während Sean sich aufrappelte und die rückwärtige Feuerleiter hinabkletterte, wo der Kastenwagen stand und Robbie wahrscheinlich immer noch vor seinem Computer hing und das GPS-Signal verfolgte. Als Aiden das Fernglas auf die Frau richtete und es schärfer stellte, verspürte er für einen Moment Mitleid. Sie wirkte todmüde, und Sorgenfalten hatten sich in ihr hübsches Gesicht gegraben. Er wusste, dass Sean beabsichtigte, sie zusammen mit den Diamanten mitzunehmen. Wenn sie zur selben Zeit wie die Steine verschwand, würde alle Welt denken, sie wäre mit dem Schmuck durchgebrannt, und niemand würde darauf kommen, dass Sean die Diamanten in die eigene Tasche hatte wandern lassen. Dann würde er mit der Frau nach Irland reisen, um sie zu brechen – je widerspenstiger sie waren, desto mehr Spaß hatte Sean daran.

Schnell verdrängte Aiden sein schlechtes Gewissen. Das Team hatte unter Seans Führung eine Menge Geld verdient. Sie wurden überall gesucht, und dieses Ding mussten sie durchziehen, um auf freiem Fuß bleiben zu können. Es würde genug Geld einbringen, um ein paar Beamte zu bestechen oder sich vielleicht eine Privatinsel zu kaufen. Sean hatte sie von der Straße geholt, wo sie den Leuten ein paar Münzen abgeluchst hatten. Aiden würde ihn oder das, was er tat, jetzt ganz bestimmt nicht infrage stellen.

»Wie viele laufen da draußen rum?«, fragte Trevor seinen Mitarbeiter Dave, als er mit ihm per Handy telefonierte und aus dem Küchenfenster blickte. Bobbie Faye arbeitete im Esszimmer, doch in der Küche hatte er das Licht ausgeschaltet, sodass er das Gebäude auf der anderen Seite der Straße sehen konnte. Ninas Loft hatte sowohl nach vorn als auch nach hinten und nach Süden einen großartigen Ausblick. Nur die Nordseite wurde von der Außenmauer des angrenzenden Gebäudes blockiert, in dem sich ein Fitnessstudio und eine Parkgarage befanden.

»Zwei Gruppen, die wir sehen können«, antwortete Dave. Trevor hatte ihn auf Ninas Dach postiert und zwei weitere Agenten auf der anderen Seite der Straße – einen im zweiten Stock des gegenüberliegenden Gebäudes, einen unten am Boden. »Es scheint, dass Gruppe Nummer drei von heute Morgen gegenüber von dir auf dem Dach ist, wie du schon vermutet hattest.« Trevor hatte die Gruppen in der Reihenfolge, in der sie Bobbie Faye entführt hatten, durchnummeriert, um den Funkverkehr zu erleichtern. »Nummer zwei ist unten auf der Straße aufgetaucht, immer noch in ihrem Geländewagen. Du hattest übrigens recht, was ihre Identität angeht.«

Heimatschutz. Trevor wusste, dass sein Boss ihn angelogen hatte. Und er war sich auch ziemlich sicher, warum.

»Und Gruppe Nummer eins? Der Käufer?«

»Keine Ahnung. Ich sag Bescheid, sobald noch jemand auftaucht.«

Sie beendeten das Gespräch. Trevor stand regungslos in der Dunkelheit und starrte über die Straße. Er hatte kein Nachtsichtgerät dabei, sonst hätte er sich den Arsch mit Ohren mal genauer ansehen können. So konnte er nur einen Umriss erkennen, wo der Mann hinter der niedrigen Mauer, die um das gesamte Dach herumlief, in Deckung gegangen war und sein Fernglas auf das Esszimmerfenster gerichtet hatte. Links unter ihm erkannte Trevor den Geländewagen, der an der Straße parkte. Im Innern leuchtete kurz ein Handydisplay auf, als ein Anruf ankam.

Die Papierhaufen auf dem Tisch vor Bobbie Faye begannen allmählich zu verschwimmen. Vor ihr lagen ein paar Mailings für einige der Events, bei denen Maries brandneue Accessoires gezeigt werden sollten, ein Zeitungsausschnitt über die Versteigerung eines ihrer Kunstwerke für wohltätige Zwecke, Einladungen zu einer Preisverleihung und zu einigen Dinnerpartys und jede Menge Notizen wegen Pediküre, Maniküre, Friseurterminen und Anproben. Es war nicht zu übersehen, dass Marie sich auf eine wichtige Veranstaltung oder eine größere Reise vorbereitet hatte und in Topform sein wollte. Und dann gab es da noch dieses Indiz, von dem Bobbie Faye überzeugt war, dass es niemandem sonst aufgefallen war: die Reishülsen.

Plötzlich wurde ihr Blick geradezu magisch von der Küchentür angezogen. Sie hatte keine Ahnung, wie lange Trevor sie schon beobachtete. Er lehnte mit einer derart natürlichen Eleganz in dem Rundbogen, dass ihr auf einmal jeder Agentenfilm durch den Kopf schoss, den sie irgendwann gesehen hatte. Er hatte die Arme vor der Brust verschränkt, und sein Bizeps trat deutlich hervor. Als es ihr endlich gelang, ihre Augen von diesem umwerfenden Anblick loszureißen und den Kopf zu heben, bemerkte sie sein breites Lächeln. *Lächeln?* Wie jetzt?

»Hast du gemerkt«, erkundigte er sich, »dass du gerade das Werbelied von Oscar Mayers Wienerwürstchen gesungen hast?«

Oh Scheiße, das war laut gewesen? Schnell. Was tun Verrückte, wenn sie auf frischer Tat ertappt werden?

»Halt die Klappe«, meinte sie, und noch während sie eine Augenbraue hob, kapierte sie, dass sie das ebenfalls laut gesagt hatte. »Äh … nicht du. Also Klappe halten, meine ich. Ich meine mich, in meinem Kopf. Ist im Moment ziemlich laut da drin.«

»Hier draußen auch.«

»Gar nicht wahr.«

»Doch, die Nachbarn haben angerufen. Sie haben sich gefragt, welche Katze wir gerade umbringen und wie lange es noch dauert.«

»Mach nur weiter so, und ich singe dir meine Version des Sesamstraßenlieds als Arie vor.«

»Um Himmels willen! Ich kriege keine Gefahrenzulage.«

»Gibt es nicht irgendwelche Telefonate, die du noch führen musst, oder sonst irgendwas Produktives, das du zu erledigen hast, statt da im Türrahmen einfach nur sexy auszusehen?«

Er grinste.

Oh Mann, aber ihr Gehirn war so müde, verlor den Halt und rutschte quer durch ihren Sinn für Selbsterhaltung, ohne auch nur einen Gedanken daran zu verschwenden, wenigstens mal kurz anzuhalten, sondern rauschte gleich weiter bis in die Abteilung erbärmliche Selbsterniedrigung. Bei diesem Tempo konnte sie sich auch gleich ausziehen und nackt tanzen. (Und die Hormone sagten: *Amen*.)

»Hör auf damit!«, schnaubte sie. »Telefonate?«

»Ja, ein paar. Alle Mitspieler sind mittlerweile aufgetaucht, und das hat beim Einsatzleiter gerade zu einem Orgasmus geführt.«

»Wow, das ist ja verdammt großartig! Dann sag ihm …«

»Ihr.«

»Sag *ihr*, dass sie gern das nächste Mal selbst in diese komischen bernsteinfarbenen Augen gucken kann.«

Trevor erstarrte. »Du hast den Iren gesehen?«

»Ja.«

»Ich habe beobachtet, wie sie dich aus dem Laster gestoßen haben, dann bist du von mir weggerollt. Ich habe dich erst wieder richtig sehen können, als du aufgestanden warst. Du hast dir irgendwas aus dem Gesicht …«

»Den Knebel. Sie haben mir keine Kapuze über den Kopf gezogen wie die beiden anderen.«

Als er schwieg und sie nur mit eiserner Miene ansah, war sie froh, dass sie saß. Schützend zog sie die Knie an die Brust und umarmte sie. Trevor trat vor ihren Stuhl und hockte sich hin, sodass er ihr genau in die Augen sehen konnte. »Er ist mittelgroß, kleiner als ich, sieht erschreckend aus und hat trotz dieser Narbe ein charmantes Lächeln?«

Sie fröstelte. »Ja, das ist er. Er hat bis zum Schluss zwar kaum gelächelt, und er hat mich Ally oder so ähnlich genannt, aber stimmt alles.«

»*Álainn*. Das bedeutet *Schöne*.

»Na toll, da wird so eine Entführung doch gleich viel gemütlicher.«

»Und er hat dich sein Gesicht sehen lassen«, fuhr er fort, ohne auf ihre Bemerkung einzugehen. »Du hast dir keine Augenbinde heruntergezogen oder irgendwas Ähnliches?«

»Hey!« Sie winkte ihm zu. »Ich hab schon die Hosen voll, vielen Dank.« Ein Panikanfall blies gerade zum Angriff, und ihre Tapferkeit buchte bereits den nächsten Flug nach Tahiti.

Er bemerkte ihren Gesichtsausdruck, und seine Miene wurde umgehend weicher. »Das ist Sean MacGreggor. Und an seinem Akzent hast du zweifellos erkannt, dass er Ire ist.« Trevor erhob sich, und sie spürte eigentlich mehr, als dass sie es ihm ansah, wie er sich beherrschen musste. »Er ist im Wesentlichen ein Schlächter. Seine Laufbahn hat er irgendwann mit einfachen Diebstählen begonnen, als er noch in den Slums von Dublin lebte. Schließlich ist er bei Einbrüchen gelandet, hauptsächlich, weil er genug Geld haben wollte, um von der Straße wegzukommen. Das hat ihm irgendwie gefallen. Interpol und die britische Polizei würden ihn zu gern zu fassen kriegen. Unsere Akte über ihn ist bestimmt dreißig Zentimeter dick. Interpol hat das Doppelte, wie ich gehört habe.« Er strich über ihre Fäuste, die sie vor ihren Knien verkreuzt hatte. Wenn sie ihre Beine noch näher an sich hätte heranziehen können, hätte sie es getan, doch er ließ nicht von ihr ab. »Man nimmt an, dass er der Drahtzieher hinter einigen Raubüberfällen und Geldwäscheaktionen in Europa und Großbritannien ist, und er hinterlässt niemals Zeugen.«

»Äh … niemals?«

»Niemals.«

»Können wir nicht die Zeit ein bisschen zurückdrehen und so tun, als wäre ich irgend so ein zartes Blumenmädchen, das bei schlechten Nachrichten immer gleich in Ohnmacht fällt?«

»Du bist meine Partnerin, Sundance, und du musst diese Dinge wissen.«

»Lass uns abstimmen: Wer dafür ist, das alles zu verdrängen, hebt seine Hand.« Sie hob beide.

»Wenn er nichts dagegen hatte, dass du ihn siehst, läuft seine

Strategie darauf hinaus, dass es egal ist, ob du weißt, wie er aussieht oder nicht.«

»Na toll! Ich hatte auch irgendwie schon das Gefühl, unterfordert zu sein mit dem, was hier gerade abläuft.«

»Sean kennt sich mit unserer Arbeitsweise gut genug aus, um zu wissen, dass dir das FBI sofort an den Fersen hängt, sobald der Verdacht besteht, dass du vielleicht in der Lage bist, die Diamanten zu finden. Offenbar ist es ihm egal, ob du ihn siehst oder meldest, dass er hier ist«, fuhr er fort und tippte ihr dabei an die Stirn, damit sie ihm zuhörte. »Und *das* wiederum bedeutet: Er hat einen Fluchtplan.«

»Du scheinst nicht gerade überrascht zu sein, dass er hier ist.«

»Gerüchten zufolge hat er schon länger versucht, die Diamanten an sich zu bringen, aber dann hat Emile sie ihm vor der Nase weggeschnappt. Zwei aus MacGreggors Bande waren nach dieser Geschichte tot, und MacGreggor selbst ist untergetaucht. Seitdem ist er wie vom Erdboden verschluckt, und der Heimatschutz, der ihn überwachen sollte, sobald er die Vereinigten Staaten betritt, hat nicht Alarm geschlagen.«

»Aber du hattest da so ein Gefühl«, schloss sie aus seinem Gesichtsausdruck.

»Sagen wir mal, ich hatte so eine Ahnung, dass er wieder auftauchen würde. Die Diamanten sind Millionen wert. Und MacGreggor ist ein rachsüchtiger Mensch, deswegen wird er es Emile heimzahlen wollen. Lass dich von seinem Charme nicht in die Irre führen … MacGreggor ist lebensgefährlich. Er ist nicht hergekommen, um ein bisschen zu spielen.«

»Mensch, Trevor, vielleicht sollte ich ein paar Katzenbabys besorgen, die du als Nächstes zu Tode erschrecken kannst.«

»Falls dir das irgendwie hilft«, sagte er bedrohlich leise, während er sich auf den Armlehnen ihres Stuhls abstützte und weiter vorbeugte. »Ich bin auch nicht hergekommen, um zu spielen.«

Sabberte sie? Wahrscheinlich sabberte sie tatsächlich. Sie hatte gehört, sabbern sei unattraktiv, aber, verdammt noch mal, sie bekam einfach den Mund nicht zu. Diese gebräunte Haut und diese Oberarme und das lange Haar, das über diese unwiderstehlich blauen Augen fiel… Und dann noch dieses schiefe, anzügliche Lächeln direkt vor ihr … Sie fürchtete, dass ihr schon Rauch aus den Ohren stieg, weil gerade sämtliche Zahnräder in ihrem Hirn knirschend zum Stehen kamen.

»Du bist erschöpft«, stellte er fest. *Ja, genau das war es, was jedes Mädchen gern hören wollte.* »Du musst ins Bett.«

»Bett?« Hatte sie gequiekt? *Bett* klang *viel* besser als *erschöpft*.

»Um zu schlafen.«

Dass sie einschlafen konnte, war ungefähr genauso wahrscheinlich, wie dass man ihr den Pulitzerpreis für Astrophysik verlieh, aber Trevor schien entschlossen, sie ins Schlafzimmer zu befördern. Ihre Hormone waren dermaßen übereifrig, dass sie mit einem Hirnschlag drohten, wenn Bobbie Faye den Mund aufmachen und diesen Moment ruinieren würde. Und wenn es nur wäre, um zu gähnen.

Scheiße, sie gähnte. Da waren diese Bauchmuskeln direkt vor ihr, verflucht noch mal, und sie *gähnte*. »Es liegt nicht an dir«, sagte sie und gähnte erneut.

»Ich weiß.«

»An deinem schwachen Selbstwertgefühl müssen wir aber wirklich arbeiten, Trevor.«

»Oh, das werden wir. Später. Aber jetzt musst du erst mal schlafen.«

Er legte seine SIG in Reichweite auf den Nachttisch und schob eine kleine 38er mit kurzem Lauf, die sie bisher noch nicht gesehen hatte, unter sein Kopfkissen. Er ließ sich aufs Bett sinken und klopfte auffordernd mit der flachen Hand neben sich auf das andere Kissen. Aber sie wusste, dass es nicht funktionieren würde, neben ihm zu schlafen. Er zog sie an seine Brust, die rechte Hand in der Nähe der 38er, die linke nahe der SIG, und nachdem sie sich an ihn gekuschelt und noch einmal gegähnt hatte, sagte sie: »Gott, du riechst vielleicht gut.« Hastig fügte sie hinzu: »Verdammt, habe ich das laut gesagt?«

Er lachte und hielt sie umarmt. Nur entfernt hörte sie noch, dass er mit ihr sprach, ihr davon erzählte, wie er mit drei Schwestern aufgewachsen war, und auch noch irgendwas anderes über Baseball und schöne Autos, und allmählich dämmerte sie weg. Als sie sich ganz entspannt und träge und sicher fühlte, fiel ihr ein, dass sie vergessen hatte, ihm von den Reishülsen zu erzählen, aber es gelang ihr einfach nicht, noch ein Wort über die Lippen zu bringen. Deswegen dachte sie einfach nur: morgen!

BEHÖRDE FÜR HEIMATSCHUTZ

Von Jessica Tyler (JT) Ellis

Assistentin vom Untersekretär des Untersekretärs des
Verwaltungsassistenten des Verteidigungsministeriums
Heimatschutzbehörde
New Orleans, LA

Betreff: Arbeitsbericht
(abzulegen unter Einsatzkommentare, **nur persönlich**)

Textilien, die von Marie Despré stammen und sich zum Schmuggeln von Diamanten eignen, müssen konfisziert werden. Derartige Textilien schließen ein, sind aber nicht beschränkt auf: Handtaschen, Gürtel, Schuhe und Accessoires. Unbedingt daran denken, dass zu den Hobbys der Zielperson auch bildende Kunst gehört – alle bekannten Werke müssen durchsucht werden, in Galerien und privaten

Sammlungen. Alle Behörden im Land, einschließlich FBI, müssen zur Amtshilfe herangezogen werden.

Fall # 198733BFS / *Diamantensuche*
Einsatzbemerkungen: **persönlich**

* Sean MacGreggor
Verstärkung für Trevor schicken

35
~~27 16~~ Gegenstände durchsucht
11 ~~9 7~~ Filmstars drohten mit Anzeige
13 ~~7 5~~ Politiker wurden gestört (mit einer anderen als Ehefrau)
3 Paparazzi verhaftet, Kameras konfisziert (mit Rechtsabteilung sprechen)
6 ~~7~~ Ansprüche wegen Körperverletzung (Schnitte & Prellungen) (siehe oben)
1 Agent wegen Menschenbiss behandelt (Hundebesitzer) (s.o.)
8 ~~6~~ Anwälte reichen Klage wegen Belästigung ein
3 Frauen wurden verhaftet; Bestechungsversuche, um ihre Sachen behalten zu dürfen
5 Leute haben Oprah angerufen (muss PR sich kümmern)
17 Leute haben Fox News angerufen (muss PR sich kümmern)
- Jemand muss bei InStyle anrufen und unser Interesse an Maries Sachen begründen

1 Agent im Einsatz in Lake Charles
1 verrückte Frau cajunischer Abstammung ~~in den Fall verwickelt. Verschwunden? Kann man so viel Glück haben?~~ **
(siehe letzter Fall – völlig durchgeknallt)
3 »Warnungen« – Sean & wer noch?

** Zur Erinnerung: Es ist falsch, einen Zivilisten zu töten!

14

Bobbie Faye fühlte, wie sich neben ihr jemand regte, und sie schrak auf. Dann erkannte sie, dass sie immer noch in Trevors Armen lag, so wie die ganze Nacht. Sie entspannte sich, sank wieder zurück in seine Umarmung und spürte sein Grinsen an ihrer Schläfe. Die glühend roten Ziffern des Radioweckers zeigten halb sieben Uhr morgens an. Sie hatten ungefähr vier Stunden geschlafen – ein Gottesgeschenk. Sie streckte sich neben seinem Körper aus, wobei sie nicht darüber hinwegsehen konnte, dass er immer noch Jeans trug und sie ihren Pyjama. *Verdammt!*

Schweigend strich Trevor ihr das Haar aus dem Gesicht. Bobbie Faye wünschte sich bei allem, was ihr heilig war, dass dieser Tag einfach nicht beginnen würde und sie das Bett nicht verlassen musste. Er ließ seine Hand über ihre Schulter und hinunter zu ihrer Hüfte gleiten, und die Hitze seiner Berührung setzte sofort den Rest ihres Körpers mit einer derartigen Wucht unter Strom, dass ihr schlagartig klar war: Sie *musste* diesen Mann einfach haben. Es hatte nichts damit zu tun, dass sie sich einsam fühlte oder verrückt vor Lust war oder sich an jemandem rächen wollte, nein, sie *wollte* ihn einfach nur. Die Art, wie er sie hielt, wie er mit ihr sprach und sie völlig gleichberechtigt behandelte, sie ansah und sie neckte. Es war dumm und mindestens ebenso irre. Sie wusste ja kaum etwas über ihn. Jedenfalls nicht wirklich, nicht viel mehr als die paar Geschichten, die er ihr vor dem Einschlafen erzählt hatte.

Sie musste inzwischen absolut verrückt geworden sein, aber in diesem Moment war ihr das völlig egal.

Er bewegte sich ein bisschen, als spürte er, was sie dachte. Äh … klar, wenn sie ihm mit der Hand über die Brust strich, war das nicht unbedingt misszuverstehen.

»Wir haben keine Zeit«, murmelte er.

»Es ist noch nicht mal sieben.« Sie hatten *verdammt* viel Zeit.

»Wenn ich erst mal anfange, mich wirklich um deinen Körper zu kümmern, möchte ich, dass wir dafür ein paar Stunden haben. Und sehr viel weniger …« Er zögerte, als sie ihre Hand erneut über seine Brust gleiten ließ. »… Zuschauer.«

»Zuschauer?« Wieso das? Er schien sich über seine Wortwahl zu ärgern. Vielleicht hatte ihre Hand auf seinem Bauch ihn sehr viel effektiver abgelenkt, als ihr bewusst gewesen war, und nun war er einfach verwirrt.

»Ich bin mir ziemlich sicher, dass der Ire draußen irgendwo auf einem Dach liegt, und der Heimatschutz sitzt auf der anderen Straßenseite in seinem Geländewagen. Ganz zu schweigen von den Leuten des Käufers, falls sie dich aufgespürt haben, oder meinen eigenen Leute da draußen. Und um absolut ehrlich zu sein …« Er küsste ihr Kinn. »Es ist mir wichtig, dass wir bei unserem ersten Mal allein sind.«

Ihr vernebeltes Gehirn kam da nicht ganz mit. »He, ich weiß, dass du der Superagent bist und mich beschützen willst, aber all diese Leute befinden sich an einem Ort, den wir Zivilisten *draußen* nennen. Wir dagegen sind *drinnen*. Außerdem haben wir kugelsicheres Glas und eine Alarmanlage, die sogar den Allmächtigen daran hindern würde, dieses Haus zu betreten. Also ist doch alles okay. Es sei denn, du glaubst, dass Nina hier irgendwo Kameras installiert hat, aber dann würde ich sie umbringen, und sie hätte genug Feingefühl, um mich vorzuwarnen. Du siehst also …« Sie öffnete den obersten Knopf seiner Jeans. »Unsere Privatsphäre bleibt völlig gewahrt.«

»Nein«, erwiderte er, aber er hielt inne, um sie so heiß zu küssen, dass sie fast wahnsinnig wurde, während er sie gleichzeitig aufs Bett drückte. Ihr ganzer Körper schien plötzlich lodernd in Flammen zu stehen. Wenn sie nur irgendwie ein bisschen dichter an ihn herankommen würde und sie dann beide nackt wären …

Er unterbrach den Kuss, rollte sich neben ihr auf die Seite und betrachtete sie. »Himmel, Sundance, wenn du bei mir bist, vergesse ich die Welt da draußen. Aber wir müssen jetzt aufhören. Du möchtest es doch nicht vor laufenden Kameras tun.«

Kameras? Echt jetzt? Sie musterte sein Gesicht und … Scheiße, er meinte das ernst! Schlagartig setzte sie sich auf. »Wie zum Teufel haben die hier Kameras reingekriegt? An Ninas Alarmanlage vorbei? Und warum sind wir dann immer noch hier? Und …«

»Hey, hey! Immer langsam. Nicht unbedingt hier drin.« Er seufzte. Verdammt. Trevor seufzte normalerweise nicht. »Sie haben wahrscheinlich Wärmebildkameras.«

»Warte mal … Wärme… was?«

»Kameras. Damit kann man Hitzequellen auch durch Wände hindurch abbilden. Alles, was Hitze erzeugt, ist zu sehen. Es leuchtet rot, während alles andere schwarz bleibt.«

»Das klingt, als hätte es sich jemand für einen Film ausgedacht.«

»Es gibt sie aber wirklich, und einige der Geräte sind ziemlich ausgereift.«

»Wie ausgereift? Was kann man denn alles …?«

»Menschen, Tiere …« Er zögerte, dann glitt ein anzügliches Grinsen über sein Gesicht. »Gegenstände.« Sie folgte seinem Blick hinüber zu dem großen Schrank in der Ecke. Darin hatten sie alle möglichen Sexspielzeuge entdeckt, die Nina bei den Fotoshootings für ihr S-&-M-Magazin benutzte. Und dann kapierte sie auch, worauf er anspielte: ihr eigenes Spielzeug, das sich in der obersten Schublade der Kommode in ihrem Trailer befand und ebenfalls jede Menge Hitze entwickeln konnte. Seine sündhaft blauen Augen funkelten amüsiert.

»Ach so«, stammelte sie und griff nach einem Laken, um sich mehr zu bedecken. »Du willst mir also sagen, dass du mich mit diesem Wärmedings … in meinem Trailer … beobachtet hast und … und … du alles weißt … was …« Ihr blieb die Luft weg, und sie deutete hinüber zu dem Schrank mit dem Spielzeug, weil sie einfach nicht in der Lage war, das Wort *Vibrator* herauszubringen.

Ach, du *Scheiße!* Sie sprang aus dem Bett, als hätte sie ein Stromschlag getroffen und als wüsste sie nicht, was sie tun oder wohin sie fliehen sollte. Also starrte sie Trevor einfach nur mit offenem Mund an. Es war nicht besonders hilfreich, dass sie in einem knappen Pyjama vor ihm stand und Trevor sie angrinste, als fände er das alles unglaublich witzig und … Verdammt noch mal! Sie packte den nächsten Gegenstand, den sie in die Finger bekommen konnte – es war eine Kerze – und warf sie ihm an den Kopf. Er duckte sich natürlich, der Bastard, und lachte nur.

»Das Ding war nicht *immer* in der obersten Schublade deiner Kommode«, knurrte er. Sie kniff die Augen zusammen, und er legte die SIG auf die andere Seite, sodass sie nicht drankommen konnte. »Obwohl ich beim ersten Mal nicht begriffen habe, was du da eigentlich aus der Schublade geholt hast. Und ich habe auch nur dieses eine Mal gesehen, was du damit getan hast. Du hast mir das Leben zur Hölle gemacht. Ich musste die Wärmebildkamera immer ausschalten, wenn du auch nur in die Nähe dieser verfluchten Kommode kamst. So quält man einen Mann langsam zu Tode.«

War ihr der Kopf jetzt komplett von den Schultern gefallen? Schwebte sie, während ihr Kopf über den Boden rollte? Denn genauso fühlte es sich im Moment an. Daher kam es also, dass er immer ganz *intuitiv* wusste, was ihr guttat, und er zum Beispiel die verdammten Chili-Hotdogs gekauft hatte. Oder dass er Ninas Adresse schon kannte, ohne dass sie sie ihm sagen musste. Und da waren noch ein Dutzend anderer kleiner Dinge, durch die sie sich so wohl bei ihm gefühlt hatte. Die Viertklässlerin in ihr hätte ihm am liebsten einen Tritt versetzt.

»Du hast mich ausspioniert. *Daten* gesammelt. Und wahrscheinlich jede Menge Berichte geschrieben.«

»Nicht darüber«, sagte er und machte eine Kopfbewegung in Richtung des Schranks, womit er den Vibrator meinte. Bislang hatten sie es beide erfolgreich vermieden, das Wort auszusprechen. »Niemals *darüber*. Aber über so ziemlich alles andere, ja.«

Sie konnte einfach nicht glauben, wie locker er damit umging. Wer zum Teufel war dieser Kerl? Sie wurde rot bis über beide Ohren.

»Sundance«, sagte er und beugte sich zu ihr vor. Sie stand neben dem Bett. »Du warst im Visier eines berühmt-berüchtigten Geldwäschers. Er kannte deinen Namen und wusste schon lange, bevor er deinen Bruder entführt hat, dass sich das Diadem in deinem Besitz befand. Du warst eine große Unbekannte in der Rechnung, und mein Job ist es, alle Unbekannten zu kennen. Ich musste Informationen über dich zusammentragen, während ich für den Kerl gearbeitet habe, damit wir einschätzen konnten, wo du stehst, moralisch gesehen, was für ein Mensch du bist, und vor allen Dingen, ob man dich kaufen kann.«

»Als ob ich meinen eigenen Bruder verraten würde.«

»Du wärst überrascht, wenn du wüsstest, wie viele Leute dazu bereit sind. Sieh mal«, fuhr er fort und stand auf, »ich weiß, dass dir das alles unangenehm ist. Ich weiß, wie viel dir deine Privatsphäre bedeutet.«

»Ja, ich schätze, das weißt du jetzt, nicht wahr?«

»Ich wollte dir alles erzählen.«

»Und wann? Nachdem wir im Bett gelandet wären, und du all meine Geheimnisse kennen würdest, ohne mir auch nur ein einziges von deinen zu erzählen? Du hast die Informationen benutzt, damit ich mich bei dir wohlfühle. Um mich zu manipulieren. Woher soll ich denn wissen, ob all das« – sie deutete zwischen sich und ihm hin und her – »nicht nur dazu dient, um mich und die Diamanten im Auge zu behalten. Damit ich in Reichweite bleibe und du die Diamanten in die Finger bekommst.« Und dann dämmerte ihr plötzlich etwas. »Oder diesen MacGreggor? Du weißt, dass er hier war und nach den Diamanten gesucht hat! Und praktischerweise tauchst du dann wie aus dem Nichts auf, so sexy und heiß und wildromantisch und … Scheiße! Ich bin voll drauf reingefallen.«

»Du bist sauer.«

»Ist das nicht irgendwie naheliegend? Du solltest dir mal überlegen, ob du nicht Spion werden willst.«

»Das«, sagte er und deutete zwischen sich und ihr hin und her, wie sie es zuvor selbst gemacht hatte, »hat nichts mit diesem Fall zu tun. Oder irgendeinem anderen Fall. Ich will dich.« Sie blinzelte, völlig schockiert. »Ich will dich, weil du du bist. Aus keinem anderen Grund. Und ich glaube, das weißt du auch.«

»Woher um alles in der Welt soll ich das wissen? Ich kenne *dich* ja nicht mal.«

»Und ob du das tust!« Er trat näher und war nur noch Zentimeter von ihr entfernt. Hatte sie es wieder getan? Hatte sie sich verzaubern lassen und an irgendetwas geglaubt, das einfach nicht zutraf? Natürlich versuchte er, sich zu verteidigen, denn er brauchte sie immer noch für seine Ermittlungen. Wenn es eine Fernsehshow mit einem Preis für den schlechtesten Menschenkenner gäbe, würde sie haushoch gewinnen. »Wir«, fuhr er fort und beugte sich noch näher zu ihr vor, »sind noch lange nicht miteinander fertig. Du bist mir so viel wichtiger, als du auch nur ahnst.«

»Hübsche Worte, Trevor. Gut einstudiert. Klingt fast echt.«

Auf dem Nachttisch klingelte sein Handy. Es war ein schriller Ton, und sie zuckte zusammen. Er sah kurz auf das Display, dann zu ihr. Sie merkte, dass er etwas sagen wollte, aber stattdessen zog er sein T-Shirt über, griff nach seinem Telefon, und als sie dachte, er würde ohne ein weiteres Wort verschwinden, drehte er sich um, riss sie an sich und küsste sie.

Hart.

Sie versuchte sich loszureißen, aber er hielt sie nur noch fester, und – *heilige Muttergottes!* – dieser Mann wusste, wie er sie vor Lust wahnsinnig machen konnte. Auch wenn sie ihn hasste. (Im gleichen Moment zwitscherten ihre Hormone auch schon, dass es völlig okay sei, ihn zu hassen und derweil eine Schlampe zu sein.)

Sie schob ihn von sich. »Ich falle nicht auf dich herein.« Scheiße! *Darauf.* Sie hatte *darauf* sagen wollen.

»Er ließ seinen Blick über sie gleiten, von oben nach unten und wieder zurück, und dann sah er zu, wie sie erneut rot wurde. »Wollen wir wetten?«

Er verließ das Zimmer, und sie sank aufs Bett, während sich in ihrem Kopf alles drehte. Realität … Fantasie – alles verschwamm. Das war doch schon wieder ein ähnliches Lügenkonstrukt wie bei Alex, dem Waffenschmuggler. Oder etwa nicht? Mehrere Minuten saß sie da, während die Wut in ihr kochte. Dann hörte sie, wie jemand gegen die Eingangstür hämmerte. Trevor musste hinausgegangen sein und den Zugangscode vergessen haben. Sie musste sich eingestehen, dass sie tatsächlich wollte, dass er zurückkam, damit sie ihren Streit beenden konnten. Denn nach ein paar Minuten des Überlegens hatte sie sich an den Gedanken gewöhnt, dass ihre ganze Beziehung auf Lügen beruhte – oder eher auf Dingen, die nicht erwähnt worden waren –, und sie fühlte sich bereit, ihm seinen verdammten Arsch aufzureißen. Der Hurensohn hatte sie *ausspioniert*!

Sie sprang auf, ließ das Laken fallen, griff nach einem Bademantel und wollte zur Eingangstür laufen, die allerdings gerade von außen geöffnet wurde. Sofort verkroch sie sich wieder auf dem Sofa und drückte sich in die Kissen, während sie bemerkte, dass der Haarschopf des Mannes, der gerade hereinkam, viel dunkler war als der von Trevor. Scheiße, sie brauchte Maimees Glock aus ihrer Handtasche, und die lag drüben auf dem Tisch …

Schließlich erkannte sie Cam, der so außer sich vor Wut war, wie sie ihn ausgesprochen lange nicht mehr gesehen hatte. Das bedeutete wahrscheinlich, dass er einen Eintrag als »der wütendste Mensch« ins Guinnessbuch der Rekorde bekommen würde.

Das lief ja wieder mal perfekt. Offensichtlich hatte sie mitten in der Nacht den Expressfahrstuhl in die zweite Ebene der Hölle erwischt, direkt in die Abteilung für allwissende Arschlöcher.

Cam war sich nicht sicher, wie lange er in Ninas Eingangstür gestanden hatte, als jemand ihm mit der flachen Hand auf die Brust schlug und er begriff, dass Bobbie Faye so nah vor ihm stand, dass er ihr Shampoo riechen konnte, dieses blöde, fruchtige Zeug, das er immer so geliebt hatte. Sie hatte ihr Haar nach dem Duschen nicht geföhnt, denn es war ganz lockig und umrahmte ihr Gesicht, während sie erwartungsvoll zu ihm aufsah. *Verdammter Mist*, das war eine blöde Idee gewesen! Er hätte Benoit schicken sollen. Ach zum Teufel, selbst Jason aus der Zentrale wäre besser geeignet, sie zu vernehmen, weil ihn nichts ablenken würde. Diese verfluchten Kopfschmerzen machten eine normale Unterhaltung schon anstrengend genug, aber diesem ganzen Chaos setzten sie noch die Krone auf.

»Cam?« In ihrer Stimme lag Panik. »Ist mit Stacey alles in Ordnung?«

»Ja.« Er löste sich aus seiner Erstarrung. »Ja, sie ist okay. Ich habe nach ihr gesehen, bevor ich zur Arbeit gefahren bin. Mom meinte, sie sei gestern Abend ein bisschen aufgedreht gewesen. Nachdem du angerufen hast, hat sie sich etwas zu oft an der Keksdose bedient und wollte dann einfach nicht einschlafen, aber es geht ihr gut.«

Bobbie Faye zog ihre Hand zurück, und er konnte die Hitze ihres Abdrucks durch sein Baumwollhemd fühlen, als hätte sie ihm gerade ein Brandzeichen verpasst. Dann spürte er etwas im Nacken, nur einen Hauch, und als er zum Küchendurchgang herumfuhr, hielt er schon seine Waffe in der Hand. Trevor lehnte im Rundbogen, die Arme verschränkt, und betrachtete Cam aus schmalen Augen. Der Bastard hatte nicht einmal gezuckt, als er seine Waffe auf ihn gerichtet hatte, und Cam und der FBI-Agent starrten einander über die Mündung der Pistole hinweg an.

»Freut mich auch, Sie zu sehen, Detective«, meinte Trevor.

Cam ließ die Waffe sinken. »Was zum Teufel machen Sie hier?«

»An einen sicheren Ort zu gehen, erschien mir eine gute Idee zu sein«, erklärte Bobbie Faye. »Halt mich für verrückt, aber ich hatte diese beknackte Vorstellung, dass die Leute auch *draußen* bleiben und *anklopfen,* wenn eine Tür *abgeschlossen* ist.«

»Für jemanden, der in Sicherheit sein möchte«, sagte Cam und ignorierte den Vorwurf, »seid ihr erstaunlich nachlässig. Ich hätte doch *sonst wer* sein können, der hier einfach reinplatzt.«

»Wenn Sie jemand anders wären«, entgegnete Trevor, »wären sie bereits tot gewesen, bevor sie die Türschwelle hätten übertreten können.«

Bobbie Faye warf Trevor einen wütenden Blick zu. »Der Anruf. Du hast gewusst, dass er auf dem Weg hierher ist, und hast es mir nicht gesagt.«

»Wir waren ein bisschen abgelenkt«, meinte Trevor, und Cams Blick glitt zu dem Agenten und dann wieder zurück zu Bobbie Faye. Er war sich nicht sicher, was diese Bemerkung zu bedeuten hatte, da dem Pokerface des Agenten nicht das Geringste anzusehen war, doch Bobbie Faye stand die Wut ins Gesicht geschrieben. »Frühstück in zehn Minuten.«

»Zumindest ist er vernünftig genug, dich aus der Küche fernzuhalten«, murmelte Cam, und Bobbie Faye versetzte ihm einen Schlag auf den Arm.

»Der Toaster damals hatte es auf mich abgesehen. Es ist nicht meine Schuld, dass er deine Küche abgefackelt hat, also fang nicht immer wieder davon an. Und jetzt mal zurück zum Thema. Was zum Teufel machst du hier? Bist du neuerdings auf Einbrüche spezialisiert? Hast du jetzt völlig den Verstand verloren?«

»Ich muss mit Bobbie Faye sprechen«, sagte Cam zu Trevor, doch er ließ sie dabei nicht aus den Augen. In dem Moment erkannte Cam an der Art, wie sie seinen Blick erwiderte, dass sie nicht nur sein Eindringen bei Nina meinte, sondern sie schien auch gesehen zu haben, wie er in ihren Trailer eingedrungen war. Er wandte sich dem Agenten zu. »Unter vier Augen.«

»Also *das* wäre tatsächlich mal was Neues«, entgegnete Bobbie Faye und funkelte Trevor an.

Der nickte Cam zu und verließ so leise den Raum, wie er ihn betreten hatte.

Benoit hockte am Beginn der Seitengasse, wo Sal erschossen worden war. Die Überreste eines Absperrbands der Polizei flatterten in ein paar Metern Entfernung an einer Straßenlaterne. Er war sich nicht sicher, ob das, was er zu finden hoffte, Bobbie Faye helfen konnte. Die Spurensicherung und das FBI hatten die Gasse Zentimeter für Zentimeter abgesucht. Daher erwartete er kaum, noch irgendein Indiz zu entdecken, geschweige denn einen wichtigen Hinweis, der seiner Freundin helfen könnte. Doch obwohl er sich hin- und hergerissen fühlte zwischen Pflicht und Instinkt, war er zu dem Ergebnis gekommen, dass er Bobbie Faye schließlich seit der Highschool kannte und sie unter keinen Umständen eine Mörderin war.

Im Licht des frühen Morgen sah alles so anders aus als auf den Bildern der Überwachungskamera. Stück für Stück ließ er seinen Blick über die Gebäude gleiten, die noch aus der Jahrhundertwende stammten und erst vor ein paar Jahren renoviert worden waren. Die rustikalen Lagerhäuser aus rotem Backstein sahen dank der Patina von mehr als hundert Jahren warm und einladend aus, während die modernisierten und getönten Fenster, die frisch gestrichenen Absätze und extravaganten Profile ihnen gleichzeitig einen Hauch von Luxus verliehen.

Besondere Aufmerksamkeit schenkte Benoit den Positionen, an denen die beiden Überwachungskameras installiert waren, die alle Aktivitäten in der Seitengasse hätten aufzeichnen sollen.

Hochinteressant.

Er ging zu der Stelle, wo der Mörder gestanden hatte, und warf einen Blick zurück zu den Kameras, um seine Theorie zu überprüfen: Der Mord hatte sich mitten im Blickfeld beider Kameras ereignet. Drei Meter weiter die Gasse hinunter, und nur noch eine Kamera hätte das Geschehen aufzeichnen können. Weitere zwei Meter, und der Mord wäre von keiner der beiden Kameras erfasst worden.

Wenn die Frau eine Waffe mitgebracht und den Mann kaltblütig erschossen hatte – was eindeutig der Fall war –, wäre es dann nicht sinnvoll gewesen, sich den Ort vorher einmal genauer anzusehen? Das Ganze sah nicht nach einer Tat im Affekt aus und auch nicht nach einer spontanen Entscheidung, und Notwehr war es eindeutig auch nicht gewesen. Wenn die Mörderin die Begebenheiten in der Seitengasse also vorher einmal überprüft hätte, wäre ihr sofort aufgefallen, dass sie den Juwelier nur ein paar Meter weiter den Weg hinunter hätte locken müssen, und schon hätten die Kameras das Geschehen nicht mehr aufzeichnen können. Das Licht der Straßenlaternen, die sich am Beginn der Passage befanden, reichte nicht bis zu ihrem Ende, wenn Benoit sich recht erinnerte. Während er die Gasse weiter hinunterging, fiel ihm auch wieder ein, dass der Mörder jemandem zugenickt hatte, der im Dunkeln gestanden hatte ... War es also volle Absicht gewesen, Sal genau dort zu erschießen, wo sie es getan hatte?

Warum sollte die Mörderin den Aufwand betreiben, sich als Bobbie Faye zu verkleiden, wenn sie nicht sicher gewusst hatte, dass alles aufgezeichnet würde. Sie hätte einfach eine Mütze oder einen Hut aufsetzen oder sonst irgendwie ihren Kopf und ihr Gesicht verhüllen können, und schon wäre sie völlig anonym geblieben, besonders wenn sie zudem noch aus dem Dunkel herausgeschossen hätte.

Und wenn seine Theorie zutraf ... Wie wütend musste sie dann jetzt sein, dass zwei der Überwachungsbänder verschwunden waren und die Polizei Bobbie Faye nicht eindeutig als Mörderin identifizieren konnte? Wenn diejenige Bobbie Faye also eine Falle gestellt hatte, was würde diese Person als Nächstes tun?

Doch all diese Überlegungen halfen Bobbie Faye kein bisschen. Benoit betrachtete den Fall sowohl aus der Sicht eines Cops als auch aus der des Bezirksstaatsanwalts, der ebenfalls ein Freund von ihm war. Bobbie Faye hatte den Ruf, Leuten zu helfen, die in Schwierigkeiten gerieten, selbst wenn sie dafür das Gesetz ein bisschen verbiegen und ausbeulen musste. Die letzte Katastrophe hatte sie gerade so noch ohne Anklage überstanden (und es hätte eine Menge Ansatzpunkte gegeben, angefangen bei der Zerstörung öffentlichen Eigentums über grob fahrlässige Gefährdung der Allgemeinheit … Ach, Mist, die Liste war viel zu lang, um sich darüber ernsthaft Gedanken zu machen). Er nahm an, es war Cam gewesen, der ihr den Kopf gerettet hatte, und möglicherweise hatte dieser Kerl vom FBI, Trevor, ein paar Fäden gezogen. (Natürlich hatte Cam, der Idiot, ihr nicht erzählt, dass er wegen ihr zwei Senatoren angerufen hatte.) Selbst ohne ein eindeutiges Motiv könnte ein guter Bezirksstaatsanwalt – und sein Freund war verdammt gut – damit argumentieren, dass sie inzwischen *gewohnheitsmäßig* außerhalb des Gesetzes agierte und daher auch glaubte, Sal töten zu können, ohne dafür belangt zu werden.

Aber aus welchem Grund? Benoit wusste es nicht, aber in Anbetracht all der Katastrophen, in die Bobbie Faye schon allein gestern verwickelt worden war, hätte er seine Polizeimarke darauf verwettet, dass irgendetwas Großes im Gange war. Es würde dem Bezirksstaatsanwalt nicht besonders schwerfallen – und wahrscheinlich auch keiner Jury –, auf den Gedanken zu kommen, dass sie einen äußerst wichtigen Grund dafür haben musste, wenn sie dafür ein Haus dem Erdboden gleichmachte und eine Brücke in die Luft jagte. Was läge da näher zu vermuten als ein Mord?

Durch das Zielfernrohr beobachtete John, wie Bobbie Faye mit diesem Polizistenarschloch Cam sprach. Beide sahen hinüber zu jemand anderem, der sich ebenfalls im Raum befand, der aber nicht in Johns Blickfeld stand. Dann konzentrierten sie sich wieder aufeinander. Wie es aussah, stritten sie. Das taten sie ja meistens, es war also nicht überraschend.

Bisher hatte er noch keine Gelegenheit zum Schuss bekommen. Ebenso wenig die Männer, die er angeheuert hatte.

Von dem Zeitpunkt, als er sie angerufen hatte, bis zu ihrem

Eintreffen waren zwei Stunden vergangen. Sobald das Geld des Käufers für die Spesen auf seinem Konto eingegangen war, hatte John sich an die Arbeit gemacht und die besten Söldner engagiert, die auf dem Markt zu kriegen waren. Einen kurzen Moment hatte er darüber nachgedacht, selbst die Spur der Diamanten aufzunehmen, hatte dann aber beschlossen, lieber nicht ins Fadenkreuz seines Kunden zu geraten. Außerdem würde seine Entlohnung ausreichend sein: Es war genug Geld, um einige Jahre davon zu leben und sich währenddessen an Bobbie Faye zu rächen.

Die zwei Stunden, bis die Söldner eingetroffen waren, hatte er damit verbracht herauszufinden, wohin Bobbie Faye verschwunden war, nachdem sie Maries Haus verlassen hatte. Lake Charles war eine kleine Stadt, und es gab nicht besonders viele Hotels, in die man einchecken konnte. Diskret hatte er ein wenig Geld unter den Empfangschefs verteilt, aber sie hatten sich alle als Sackgassen erwiesen. Danach hatte er sich Bobbie Fayes Freunden zugewandt, und Nina war ihre engste Freundin. Zwar war ihre Adresse nirgends verzeichnet, aber John kannte ein paar der Models, die Nina in ihrer Agentur beschäftigte. Und wenn Bobbie Faye ihm jetzt noch vor sein Zielfernrohr spazieren würde, wäre alles perfekt.

Nina hatte nicht die Absicht, schlafen zu gehen. Sie würde ihren Job in Taormina erledigen und das Fotoshooting in der Villa zu Ende bringen, was beides noch ungefähr zwei Stunden in Anspruch nehmen würde. In Catania stand ein vollgetankter Firmenjet an der Startbahn. Dem Himmel sei Dank handelte es sich um eine Militärbasis, sodass sie ihre Starterlaubnis schnell bekommen würde. Die Flugzeit zurück nach Louisiana betrug ungefähr zwölf Stunden, wenn sie sich ranhielten, und sie hatte das Gefühl, dass sie unbedingt nach Haus musste. Sie wählte Bobbie Fayes Nummer und lächelte unwillkürlich, als ihre Freundin sich ausgesprochen mürrisch meldete.

»Sag mal«, fragte Bobbie Faye, »hast du irgendwelche Waffen im Haus? Ich habe heute Morgen nämlich irgendwie das dringende Bedürfnis, eine Waffe zur Hand zu haben.«

Nina war sich ziemlich sicher, Cam im Hintergrund zu hören. »Offensichtlich hast du noch nicht im Fitnessraum nachgesehen.«

»Im Fitnessraum? Warum solltest du da … Oh! Du brauchst gar nicht zu antworten. Hast du keine Italiener, denen du Handschellen anlegen kannst?«

»Schon geschehen. Und ich bin auf dem Weg nach Hause, deswegen werde ich eine Weile im Flugzeug sitzen. Ich ruf dich an, sobald ich New York erreiche. Versucht bitte, nicht das ganze Land in die Luft zu jagen, bevor ich zurück bin. Ich möchte erst ein paar meiner Kunstwerke in Sicherheit bringen.«

»Irgendwann wird der Tag kommen, an dem du mich anrufst und ich dir sage, dass absolut *nichts* passiert und alles ruhig ist und dass mich auch niemand anbrüllt.«

»Klar, B. Und wenn du das tust, werde ich wissen, dass sie sehr nett zu dir sind in deiner Gummizelle.«

Cam überschüttete sie mit so vielen Fragen über den vergangenen Tag, dass Bobbie Faye ihm am liebsten einen Fußtritt verpasst hätte, aber sie hatte inzwischen gelernt, niemals gegen etwas zu treten, wenn sie keine Stiefel trug. Da sie leider gerade barfuß war, wurden Cams Schienbeine verschont. Sie ließ sich aufs Sofa fallen und verstummte einfach – einerseits, um ihn zu ärgern, und andererseits, um sich wieder ins Gedächtnis zu rufen, dass es keine gute Idee war, große Cops zu schlagen. Selbst wenn es sich dabei um ihren Exfreund handelte. Er war nicht nur ein Cop, er war ein Vollidiot von einem Cop, der in einem Ton mit ihr sprach, als würde er sie verhören, und all ihre Fragen, was er in ihrem Trailer zu suchen gehabt hatte, abschmetterte. Mit jeder weiteren Frage regte er sich mehr auf, deswegen erzählte sie ihm nur das Nötigste darüber, was am vergangenen Tag geschehen war, und über ihre Suche nach den Diamanten. Von Maries Notiz in ihrem Terminkalender brauchte er überhaupt nichts zu wissen.

»Du hilfst also Francesca? Bist du bescheuert? Ach, was rede ich?« Er warf die Hände in die Luft und begann, im Kreis herumzulaufen. »Du hast dir doch *Verrückt* als Markenzeichen eintragen lassen.«

»Und ich lasse es mir auch noch auf den Hintern tätowieren.«

»Du *magst* die Frau doch noch nicht mal. Ihr einziges Ziel war immer, dich auszustechen. Schon in der Schule.«

Bobbie Faye hatte im Moment keine Lust, ihm lang und breit zu erzählen, dass Francescas Familie getötet werden könnte und diese Familie im weiteren Sinne auch ihre Familie sei, denn von dieser Beziehung hatte sie Cam bisher nie etwas erzählt.

»Francesca hat versucht, jeden auszustechen, Cam. Mein Gott, mit einem Vater wie Emile hat sie doch von klein auf gelernt, dass das ganze Leben ein einziger Wettkampf ist. Außerdem hat sie nie versucht, sich etwas unter den Nagel zu reißen, was mir wirklich wichtig war.«

»Ja. Schon kapiert. Danke!«

»Du weißt genau, was ich meine. Du hast sie gehasst. Du zählst nicht.«

»Du schaffst es immer wieder, mir ein gutes Gefühl zu geben.«

»Hör mal, Cam, wenn du das nächste Mal irgendwo hereinplatzt, um mir zu erklären, was für eine Idiotin ich bin, werde ich mich ganz fünfzigerjahremäßig verhalten. Zur Hölle … ich werde mir die Schürze umbinden und einen schönen Tee und Kekse vorbereiten. Und ich werde auf dich warten wie ein Fußabtreter, um den du dich nicht zu kümmern brauchst. Also, bist du jetzt fertig? Ich muss noch ein paar Diamanten finden.«

»Wo warst du Samstagabend?«

»Wieso?«

»Beantworte einfach meine Frage, Bobbie Faye«, schnauzte er sie an. Er wandte sich von ihr ab und versuchte, seine Wut unter Kontrolle zu bekommen, wobei er sich die Nasenwurzel rieb, wie er es immer tat, wenn er Kopfschmerzen hatte. »Kannst du nicht einmal eine einzige verdammte Frage beantworten?« Er sah wirklich beschissen aus, von seinen blutunterlaufenen Augen bis hin zu den Klamotten, in denen er offensichtlich geschlafen hatte.

Als er die Arme verschränkte, spannten sich seine Muskeln an, und ihr fiel auf, wie sexy Cam eigentlich war. Er war größer und schlaksiger als Trevor und schüchterte eine Menge Leute allein durch seine ein Meter neunzig ein. Und dann hatte er noch diesen Polizistenblick absolut perfektioniert. Er war der geborene Anführer, sowohl auf dem Footballfeld als auch im Leben. Sie hatte ihn immer sexy gefunden, selbst als er noch ein hoch aufgeschossener Vierzehnjähriger gewesen war und sie erst mickrige zwölf. Aber sie hatte in ihm auch immer den Jungen gesehen, mit dem sie aufgewachsen war. Der Typ, dessen erstes Auto sie gefahren (und, *ups!*, zerlegt) hatte und der nicht in einer Million Jahren zugeben würde, dass er *E. T.* mochte.

Als er so dastand, fiel ihr besonders sein Bizeps auf und wie das verschmitzte Hemd an seinen Bauchmuskeln klebte. *Oh Gott!* Sie war süchtig nach Bauch- und Oberarmmuskeln. Sie musste sich auf Entzug setzen, und zwar sofort, denn was hatte es ihr eingebracht? Einen Kerl, der sie belogen und gedemütigt hatte, und einen anderen Typen, der ihr ständig vorhielt, was sie alles in ihrem Leben falsch machte. Wahrscheinlich atmete sie noch nicht einmal richtig. Jetzt war Schluss. ABB. Anonyme Bizeps- und Bauchmuskelfetischisten, das war ihr letzter Ausweg.

»Ich war allein zu Haus«, antwortete sie schließlich, als er sich vorbeugte, um seine Frage zu wiederholen.

»Die ganze Nacht?«

»Ja.« Er hatte von Anfang an einen fordernden Ton an den Tag gelegt, aber jetzt klang er geradezu angriffslustig.

»Allein?«

»Cam!«

»Ja oder nein? Ich muss es wissen. Bist du allein gewesen?«

»Sag mal, was ist dir eigentlich ins Gehirn gekrochen und da krepiert?«

15

»Dies ist eine polizeiliche Angelegenheit, Bobbie Faye.« Cams Stimme hämmerte auf sie ein und schien von den Wänden widerzuhallen. »*Ja* oder *nein*? Bist du allein gewesen?« Er ließ sie nicht aus den Augen, als sie sich vorbeugte und seinen Blick verwirrt erwiderte. Ihr Bademantel fiel vorn auseinander und … Teufel noch eins, der knappe Pyjama betonte ihr volles Dekolleté, und er musste schnell wegsehen.

»Ja. Ich war allein. Was ist eigentlich los?«

»Gibt es irgendjemanden, der bezeugen kann, dass du zu Hause gewesen bist? War Stacey bei dir?«

»Nein, sie hat die Nacht bei Janie ein paar Häuser weiter verbracht. Ist Samstagabend irgendwas passiert?«

Eine Minute lang atmete er nur tief ein und aus und starrte quer durch den Raum auf eine Pflanze am Fenster, wobei er versuchte, das Bild von dem aufklaffenden Bademantel, das sich in sein Hirn gebrannt hatte, irgendwie zu verdrängen. Der Anblick erinnerte ihn einfach zu sehr an gemeinsame entspannte Wochenenden, an denen sie sich nicht einmal die Mühe gemacht hatten, etwas anzuziehen.

»Ja«, sagte er schließlich, »Es ist etwas passiert.«

Er konnte ihr nicht einfach sagen, dass sie die Hauptverdächtige in dem Mordfall des Juweliers war. Ebenso wenig durfte er ihr von den Patronenhülsen erzählen, die er gefunden hatte, und um Gottes willen schon gar nicht von den Aufnahmen der Überwachungskamera, die Benoit bisher noch nicht eingereicht hatte. Einen Fehltritt hatte er sich bereits geleistet, und er hatte schon einige Regeln zu seinen Gunsten ausgelegt. Es war vollkommen indiskutabel, Bobbie Faye über Einzelheiten einer Ermittlung zu informieren, in der sie die Verdächtige war. Das ging einfach nicht.

»Und dir fällt wirklich niemand ein, der bestätigen könnte, dass du die ganze Nacht im Haus warst?«

»Nein. Niemand. Schließlich gibt es bei mir keine männliche Winna, also was erwartest du?«

Sie sagte es so leise, so beherrscht, aber ganz bestimmt nicht ruhig, und er konnte den Blick nicht von ihr abwenden. Warum zum Teufel hatte er nicht daran gedacht, dass jeder, der ihm den neuesten Tratsch über sie zutrug, natürlich auch sie über alles informierte, was er tat? Wenn die Sache mit Winna so weiterging, hätte er sie Bobbie Faye gegenüber schon irgendwann erwähnt. Nicht, dass es sie überhaupt interessierte, das war ihm völlig klar. Wäre es anders, hätten sie sich schließlich nicht getrennt. Aber er hatte vorgehabt … zum Teufel, er hatte keine Ahnung, was er vorgehabt hatte! Auf jeden Fall wäre er nie im Leben auf die Idee gekommen, dass er ihr irgendwann mal in einer solchen Situation gegenübersitzen würde, in der sie nur einen Bademantel und einen knappen Pyjama trug und ein (wenn die Gerüchte zutrafen) abtrünniger Agent im Nebenraum Gott weiß was tat, während er sie als Tatverdächtige in einem Mordfall befragen musste.

»Ich erwarte überhaupt nichts von dir, Bobbie Faye.« Sein Ton war kalt.

»Offensichtlich.« Ihre Erwiderung war nicht minder eisig.

Er sollte jetzt einfach lieber die Klappe halten. Er sollte aufstehen und gehen, denn er hatte die Antwort auf seine Fragen bekommen. Er sollte jetzt sofort, in dieser verdammten Sekunde, aufstehen und das Haus verlassen.

»Weißt du«, bemerkte er mit schneidender Stimme, »das passiert eben, wenn man einen Menschen verlässt. Er lebt sein Leben weiter.«

Völlig schockiert blickte sie ihn aus ihren grünen Augen an. Sie beugte sich etwas vor, als hätte sie einen Schlag in den Magen erhalten, und er wusste nicht, was sie eigentlich von ihm wollte. Dass er mit niemandem mehr ausging, während sie fröhlich ihr Leben genoss? Dass er sich damit begnügte, immer der Mann zu bleiben, den sie zurückgewiesen hatte, der ihr jetzt nachschmachtete und den sie immer noch als Plan B in der Hinterhand behalten konnte? Einen Teufel würde er tun!

»Willst du damit sagen, dass *ich* diejenige war, die gegangen ist?«

»Natürlich bist *du* gegangen.«

Sie starrte ihn an, als würde sie ihn zum ersten Mal sehen, und in seinem Nacken prickelte irgendwas, das ihm sagte, dass das Bild ein Stück zurechtgerückt worden war, aber immer noch nicht an den richtigen Platz gefunden hatte. Sie schüttelte ungläubig den Kopf, dann lachte sie, allerdings absolut freudlos. Nein, es klang sogar völlig fassungslos.

»Das«, erklärte sie, sprang auf und riss die Eingangstür auf, »passt genau zu dir. Es ist mir unbegreiflich, wie jemand ein derart guter Polizist sein kann und trotzdem blind wie ein verdammter Maulwurf. Du hast die Antworten auf deine Fragen. Also kannst du jetzt gehen.«

Benoit näherte sich dem Antiquitätengeschäft und streckte gerade die Hand nach dem Türgriff aus, als er hörte, wie Reggie O'Connor hinter ihm sagte: »Oh, Benoit! Gut siehst du aus.«

Er wandte sich um und war überwältigt von der tief ausgeschnittenen knallroten Bluse, die genau die richtige Menge Dekolleté für eine Sensationsreporterin zeigte. Ihre langen, lockigen Haare flossen ihr in natürlicher Unordnung über die

Schultern. Sie schenkte ihm ein strahlendes, blendend weißes Lächeln, und wenn ihm ihr Ruf als hinterhältige Reporterin nicht bekannt gewesen wäre, hätte er sie auf der Stelle zum Essen eingeladen. Oder er hätte endlich mal ihren unermüdlichen Anmachversuchen nachgegeben. Aber er war ja nicht vollkommen bescheuert. Mit Reggie auszugehen, käme der Verabredung mit einem Piranha gleich. Die Frage lautete nicht, *ob* man gefressen wurde … sondern lediglich *wann*.

»Ach, *chère*, das sagst du doch zu jedem. Lass uns lieber gleich zur Sache kommen.«

»Benoit, Süßer, eines schönen Tages wirst du noch begreifen, dass ich das Beste bin, was dir jemals passiert ist. Aber im Moment …« Sie machte eine unauffällige Geste mit der Hand, und Benoit bemerkte im Augenwinkel, wie ihr Kameramann zu drehen begann. »… würde ich gern wissen, was an der Sache dran ist, dass es Videoaufnahmen davon gibt, wie Bobbie Faye den Juwelier erschießt.«

Dass Benoit schon fast sein ganzes Leben lang Poker spielte, war in diesem Moment hilfreich. Er zeigte sich völlig überrascht und beugte sich ein wenig vor. »Ich weiß überhaupt nicht, wovon du redest, *chère*, aber es klingt sehr interessant. Wo hast du das gehört?«

»Offenbar hat Mr Beauregard es seiner Frau erzählt, die es wiederum ihrer Schwester gesagt hat, und die hat ihren Kirchenkreis angerufen. Von da hat es sich dann ziemlich schnell verbreitet. Mr Beau hat gesagt, du seist im Besitz des einzigen Exemplars der Aufzeichnung. Möchtest du irgendetwas dazu sagen?«

»Aber *chère*, du weißt doch, dass ich nie etwas kommentiere.«

»Nicht einmal für deine Freundin, die offenbar kaltblütig einen Mann erschossen hat?«

»Noch einen schönen Tag, Reggie. Deine Bluse gefällt mir.«

Er betrat das Antiquitätengeschäft und ignorierte Reggies

leisen Fluch. Benoit wusste, dass ihr Boss unbedingt irgendetwas über diese Geschichte senden wollte – was immer es auch wäre, eine gute Quote wäre ihm sicher. Wenn Reggie irgendjemanden dazu bewegen konnte, ein paar Details preiszugeben, würde sie damit sofort live auf Sendung kommen. Es gab nichts, was er dagegen tun konnte. Und sobald die Sache bekannt wurde, müsste er das Material auf der DVD (und auch die Originalfestplatte) als Beweismittel einreichen. Er konnte sich jetzt schon die Freude des Bezirksstaatsanwalts vorstellen, wenn er endlich in der Lage war, Anklage gegen Bobbie Faye zu erheben.

Cam marschierte an Bobbie Faye vorbei und in die Garage, wo Ninas Autos standen. Noch einmal ließ er sich den Streit durch den Kopf gehen, besonders die Bemerkung, die Bobbie Faye zum Schluss gemacht hatte, und prallte unversehens gegen Francesca, die beinahe von ihren Stilettos gekippt und auf ihren pink bekleideten Hintern geplumpst wäre. Er fing sie auf und vermied es dabei, einen Blick auf ihren Minirock zu werfen, weil er dafür eigentlich eine Zulassung als Frauenarzt gebraucht hätte, denn er wollte Francesca in keinem Fall das Gefühl geben, sich für sie zu interessieren. Auf der Highschool – als jeder gewusst hatte, dass er total auf Bobbie Faye gestanden hatte, sie aber nur beste Freunde gewesen waren und er ständig darüber nachgegrübelt hatte, wie er diesen Status ändern könnte, ohne ihre Freundschaft aufs Spiel zu setzen – hatten Francescas dezente Flirtversuche darin bestanden, dass sie einen Sommer lang an jedem Wochenende in seinem Schlafzimmer aufgetaucht war. Nackt. In seinem Bett. Später hatte er herausgefunden, dass sie seinen jüngsten Bruder bestochen hatte, Cams Fenster offen zu lassen. Doch als er es dann versperrte, verstand sie die Botschaft immer noch nicht, sondern verlegte sich einfach darauf, nach dem Footballtraining auf ihn zu warten.

»Oooooh, Cam«, gurrte sie. Ihre Stimme rutschte eine Oktave tiefer und wurde zu einem sinnlichen Flüstern. »Du bist doch jetzt Single … und ich bin auch Single … wollen wir uns nicht später treffen? Vielleicht was zusammen trinken? Ich meine, nachdem ich der armen Bobbie Faye bei ihrem Umstyling und noch ein paar anderen Dingen geholfen habe.«

»Zum Teufel, *nein*«, ertönte Bobbie Fayes Stimme hinter Cam, dann wurde Ninas Tür zugeknallt und deutlich hörbar abgeschlossen.

»Nein, danke, Frannie.«

»Wir hätten bestimmt viel Spaß zusammen.« Sie drückte einen sorgfältig manikürten Fingernagel gegen seine Brust und strich damit aufreizend Richtung Süden. »Wir haben uns schon so lange nicht mehr gesehen.«

Er packte ihre Hand und schob sie weg. Er hatte Mühe, seine Wut und seinen Frust über Bobbie Faye unter Kontrolle zu behalten. »Nein, Frannie!«

Ihre Augen schimmerten ein wenig feucht, und er hatte plötzlich das Gefühl, einen Welpen getreten zu haben. »Also falls du deine Meinung noch änderst …« Sie lächelte.

Während sie zu Ninas Tür stolzierte, wandte er sich noch einmal zu ihr um und fragte: »Woher hast du eigentlich gewusst, wo Bobbie Faye ist?«

Er war sich ziemlich sicher, dass seine Ex Francesca nicht angerufen hatte, auch wenn Bobbie Faye versuchte, ihr zu helfen. Bobbie Fayes Geduld mit allem, was *unendlich nervtötend* war, war so kurzlebig wie eine Amöbe. Ninas Adresse – ihre neueste Adresse in der ständig wechselnden Liste – war nirgends aufgeführt. Cam besaß den Sicherheitscode nur, weil Nina wollte, dass wenigstens *ein* Polizist ihn kannte, wenn sie nicht in der Stadt war.

»Ich bin dir gefolgt, Dummerchen«, erwiderte Francesca,

winkte ihm ganz cheerleadermäßig zu und stolzierte weiter zur Tür.

```
Von: Simone
An: JT

Es ist noch ein Anruf aus Italien gekommen? Und wir
können ihn nicht zurückverfolgen?
```

```
                                                Von: JT
                                            An: Simone

   Italien ist nur eine Vermutung, da das Signal wie
  verrückt von einem Satelliten zum anderen springt.
  Irgendjemand hat da was ganz hitechmäßiges im Ein-
satz, das unsere Software blockiert. Die ist genauso
                                        gut wie unsere.
```

Sorgfältig rührte Ce Ce das Gebräu in der Glasschlüssel um und beobachtete, wie sich die klare Flüssigkeit allmählich verdickte und eine geleeartige Form annahm. Sie ließ den Blick noch einmal durch ihre Werkstatt schweifen und versicherte sich (wahrscheinlich zum hundertsten Mal), dass alle Talismane am richtigen Platz hingen: Rosmarin im Norden, Thymian im Osten, Salbei im Süden und Minze im Westen. Sie war ein bisschen übervorsichtig geworden, was die Platzierung der Talismane anging, seit Monique mal einen aus Scherz gegen ein Gummihuhn ausgewechselt hatte und die drei Liebestränke, die Ce Ce danach gemischt hatte, sich zu absoluten Katastrophen entwickelt hatten. (Obgleich der Banker, der die Hühnerfarm übernommen hatte, ziemlich zufrieden zu sein schien.)

Auf die abgenutzte Schlachtbank, an der Ce Ce arbeitete, hatte sie vorher ihre eigene Mixtur aus Primeln, Olivenpuder und zerstoßenem Bienenwachs gestreut. Die ersten Ingredienzien hatte sie in der Nacht zuvor angesetzt (Gott sei Dank hatten die Beeren gerade Saison) und die Schüssel dann hinaus in den Vollmond gestellt, damit die Mischung seine Kraft aufnehmen konnte. Zu dieser Mixtur fügte sie Magnetstein, Hämatit, Meerstein und schließlich Aloe hinzu, alles in Pulverform. Sie versuchte, das unaufhörliche Klopfen an der Tür und Moniques Flehen, sie doch endlich hereinzulassen, zu ignorieren.

»Diesmal vermassel ich es auch nicht, ich verspreche es«, bettelte Monique und hickste hörbar. Der Schluckauf verriet Ce Ce, dass ihre pummelige rothaarige Freundin schon einen tiefen Schluck aus ihrem Flachmann intus hatte.

»Auf keinen Fall, Schätzchen. Warte einfach draußen. Ich bin fast fertig.«

»Was soll ich denn mit diesem Gebetskreis machen?«

»Dem was?« Ce Ce konnte ihre Arbeit gerade in diesem Moment nicht unterbrechen, um Monique hereinzulassen, denn die letzten beiden Zutaten mussten zu einem ganz bestimmten Zeitpunkt in die Mischung gegeben werden.

»Miss Maimee ist wieder da, und jetzt hat sie ihren ganzen Gebetskreis mitgebracht. Sie sagt, Gott habe sie an den Waffentresen gerufen, und dort würde sie bleiben, bis du ihr eine Glock verkauft hast. Und ihre Betschwestern und -brüder lassen niemand anders in die Nähe der Waffen.«

Ce Ce betrachtete die Mixtur in ihrer Schüssel, um abzuschätzen, wann sie den Lavendel beimischen musste, und rief Monique zu: »Lass sie einfach, Schätzchen.« Sie konnte es jetzt überhaupt nicht gebrauchen, dass Maimee und ihre Gruppe sich noch mehr aufregten und jede Menge negativer Energie im Laden erzeugten. Auf der anderen Seite war ein wenig positive

Energie immer willkommen. »Sag ihr, dass ich in ein paar Minuten bei ihr bin.«

»Okay, aber sie meinen, dass sie so eine Art Reinigungsgebet sprechen würden.«

»Schon gut, Schätzchen«, rief Ce Ce, während sie das Eisenkraut in die Schüssel streute. Dann warf sie einen erneuten Blick auf das Glas mit dem Kraut und konnte sich nicht erinnern, ob sie es nicht bereits zuvor in die Mischung gerührt hatte. Es fehlte nämlich eindeutig mehr, als sie eigentlich hatte verwenden wollen. Ach, sicher nicht. Sie hatte bestimmt nicht zu viel genommen.

Während Bobbie Faye in die Küche ging und dabei Francescas Klopfen an Ninas Eingangstür ignorierte, kochte sie innerlich immer noch wegen ihres Gesprächs mit Cam und fühlte sich zusätzlich von ihrem vorangegangenen Streit mit Trevor gedemütigt.

Sie hatte vor, ihn deswegen zur Rede zu stellen, doch dann überwältigte sie dieser wundervolle Duft aus der Küche. Der Geruch von gebratenem Schinkenspeck und Pilzen, Schnittlauch und Eiern stieg ihr in die Nase und ließ ihr das Wasser im Mund zusammenlaufen. Wo zum Teufel hatte er das ganze Zeug bloß her? Sie war sich ziemlich sicher, dass in Ninas Version einer gut ausgestatteten Küche nur Fertigmenüs im Vorratsschrank waren. Als Bobbie Faye durch den Türbogen trat, stellte Trevor ein Glas Orangensaft vor sie auf die Granitplatte des Küchentresens. Er konzentrierte sich ganz auf seine Aufgabe und wandte sich wieder ab – in diesem verdammt engen T-Shirt. Er hantierte mit den Pfannen und bewegte sich leicht und selbstverständlich durch den Raum. Wie konnte es sein, dass ein Mann, der so gefährlich war, gleichzeitig so viel Behaglichkeit ausstrahlen konnte?

Die leckersten Düfte hingen in der Luft, und die Tatsache, dass er sie produzierte, überwältigte Bobbie Fayes Sinne. Ohne nachzudenken, trank sie den Orangensaft aus. Als der kühle Geschmack ihren Gaumen traf, regte sich etwas Entsetzliches irgendwo in ihrer Erinnerung, etwas Dunkles und zutiefst Erschreckendes. Sie fröstelte und wusste doch nicht genau, was es war, aber sie stellte den Orangensaft ab, während Trevor vom Herd aufsah. Er hielt inne und schenkte ihr seine volle Aufmerksamkeit.

»Hat er dich verärgert?«

»Wer?«, fragte sie und warf erneut einen Blick auf den Orangensaft, während ihr ein unheimliches Gefühl die Wirbelsäule hinaufkroch und sie an diesen seltsamen, leicht psychotischen Traum erinnerte. Schnell schüttelte sie den Gedanken ab und wandte sich wieder Trevor zu. »Cam?«

»Du bist blass.« Er beförderte das Omelett auf einen Teller und stellte es vor den Barhocker, neben dem sie stand, auf den Tresen.

»Cam schafft es immer, mich sauer zu machen.« Sie hatte keine Ahnung, warum der Orangensaft ihr Sorgen bereitete, denn er hatte gut geschmeckt. »Das war schon immer so.« Sie sah hinunter auf den Teller, und ihr Magen knurrte.

»Iss!« Er schob ihr das Besteck hin. Als sie nicht nach der Gabel griff, fügte er hinzu: »Wenn du das Omelett isst, bedeutet es noch lange nicht, dass du nicht mehr sauer auf mich bist.«

Sie setzte sich an den Küchentresen. »Netter Versuch, den psychologischen Trick umzudrehen. Du bist aber auf dem völlig falschen Dampfer, wenn du glaubst, dass ich so leicht zu beeinflussen bin.« Sie starrte auf das Omelett. Verdammt, da waren sogar zwei verschiedene Sorten Käse drin. Vielleicht sogar drei.

»Sundance, von allen Frauen in der Geschichte wirst du mit

Sicherheit die Letzte sein, die man jemals als leicht beeinflussbar bezeichnen würde.«

»Gut«, meinte sie. Dann fügte sie hinzu: »Warte mal!« Er lächelte. »Ich werde mich *nicht* manipulieren lassen.«

»Okay.« Er griff nach dem Teller, und sofort übernahm ihr Instinkt die Führung. Sie packte den Teller ebenfalls und hielt schützend die Hand darüber. Er wartete, ohne loszulassen.

»Ich habe nie behauptet, dass ich es nicht will.«

»*Willst* du es denn?«

Sie musterte ihn misstrauisch, weil sie sich nicht sicher war, ob sie überhaupt noch über das Omelett sprachen. Er schnappte sich mit der anderen Hand die Gabel, schob einen Bissen von dem Omelett darauf und fütterte sie damit. Eigentlich hätte sie über diese Unverfrorenheit wütend sein und einfach die Lippen zusammenpressen müssen, aber der Hunger legte sein Veto ein und riss kurzerhand die Kontrolle über ihren Mund an sich. Sie schloss die Augen, sobald der Bissen über ihre Lippen geglitten war, denn … *oh … mein … Gott!* Sie hatte keine Ahnung gehabt, dass jemand aus einem gewöhnlichen Omelett etwas so Grandioses zaubern konnte. Sie wusste nicht, wie er das gemacht hatte, aber der Bissen war in ihrem Mund regelrecht geschmolzen, und sie hatte fast einen Orgasmus bekommen. Als sie die Augen wieder öffnete, erkannte sie, dass ihm ihre Reaktion offensichtlich gefiel.

»Idiot«, sagte sie, aber es war schwierig, wirklich wütend zu klingen, da sie bereits nach der Gabel gegriffen hatte und sich den nächsten Bissen in den Mund schob. Als er fragend eine Augenbraue hob, deutete sie mit der Gabel auf das Omelett. »Du spielst nicht fair.«

»Das war auch nie meine Absicht.«

Sie hätte diese knappe Bemerkung und die Welle erotischer Energie, die von ihm ausging, gern als schlichten Flirtversuch abgetan, aber Trevor war der Typ Mann, dem es immer gelang, die Leute irgendwie auszutricksen, wenn er verdeckt ermittelte – selbst wenn sie so paranoid waren wie die Mafiosi, mit denen er in der Vergangenheit angeblich zusammenarbeiten musste. Warum um alles in der Welt sollte sie ein weniger großes Hindernis für ihn darstellen, falls er der Meinung war, dass sie etwas besaß, was er brauchte. Warum sollte er sie nicht genauso ausnutzen?

Sein Ziel bestand darin, die Diamanten zu finden und diesen MacGreggor zu fassen. Ganz sicher war er nicht darauf aus, eine echte Beziehung mit ihr einzugehen. Es war an der Zeit, dass sie lernte, ein bisschen besser auf sich aufzupassen. Sie hatte sich in der Vergangenheit ernsthaft in Schwierigkeiten gebracht, indem sie zwei verschiedenen Männern vertraut hatte – ein drittes Mal sollte ihr das nun wirklich nicht passieren. Sie war sich nicht sicher, ob sie damit fertig werden würde, und sie verdrängte diesen Gedanken einfach, denn sonst hätte sie sich mit dem Warum des Ganzen herumschlagen müssen, und das wollte sie auf keinen Fall – nicht während er wie der personifizierte Sex vor ihr stand und sie auch noch *fütterte*, Himmel, Arsch und Zwirn! Mein Gott, er war wirklich *clever*.

»Na, dann ist es ja gut, dass du gar nicht mehr zu spielen brauchst«, erklärte sie. Er runzelte die Stirn, und die blauen Augen in seinem tief gebräunten Gesicht wirkten plötzlich *verwirrt*. »Ich weiß jetzt, wo ich mit der Suche nach den Diamanten anfange.« Bevor er etwas erwidern konnte, glitt sie von dem Barhocker, ging ins Esszimmer und nahm sich vom Tisch, was sie brauchte. Als sie sich umdrehte, um zurückzugehen, prallte sie gegen ihn.

»Herrgott, wir müssen dir echt mal eine Glocke umhängen!« Aus schmalen Augen sah er sie an, als sie ihre Faust hob und mit der Handfläche nach oben öffnete, um ihm zu zeigen, was sie darin hatte. *Mal sehen, wie ausführlich er über sie recherchiert hatte.*

In ihrer Hand lagen die leeren Reishülsen, die sie in Maries Haus gefunden hatte. Einen Moment lang starrte er darauf, dann dämmerte die Erkenntnis, und sie fühlte schon wieder den schmerzhaften Stich tiefer Demütigung: Ihre Privatsphäre war tatsächlich massiv verletzt worden, denn er wusste eindeutig, dass sie Familie besaß – eine bekloppte und völlig durchgeknallte Familie –, denn daher stammten die Reishülsen. Und wie sollte er sich da zu ihr hingezogen fühlen? Jeder Mann, der wusste, auf welchem Level des Wahnsinns sie sich bewegte, würde sich ihr nur mit einer drei Meter langen Stange nähern, um sie auf Abstand halten zu können.

Sie hatte niemals darüber gesprochen, mit wem sie verwandt war. Nur Nina gegenüber hatte sie es in einem oberflächlichen Gespräch erwähnt. Ninas Eltern waren gestorben, als sie noch sehr jung gewesen war, und sie war nach Lake Charles zu ihrer Großmutter gezogen. Bobbie Fayes Dad hatte sie nie wirklich anerkannt, und ihre Mom hatte sich allmählich in eine Idiotin verwandelt, über die jeder tratschte, bis Mom Krebs bekommen hatte. Dann hatte sie lange geglaubt, der Name ihrer Mutter hätte sich geändert und sie hieße jetzt *»Arme Necia, der Herr möge sie segnen«*, denn alle begannen plötzlich ihre Sätze damit, wenn sie sich gegenseitig erzählten, was ihre Mom wieder Verrücktes angestellt hatte. Bobbie Faye hatte auch Cam nie etwas davon erzählt. Sie hatten sich kennengelernt, als sie zwölf war und ihre Familie in seinen Schuldistrikt gezogen war, und er hatte die Tatsache, dass sie keinen Dad hatte, einfach so akzeptiert.

»Wir fahren zum Haus deines Vaters?«

»Ja, wenn du mich also bitte entschuldigen würdest. Ich muss mir noch überlegen, was ich am besten anziehe für die Demenzzentrale.«

16

Benoit traf sich mit der Besitzerin des Antiquitätengeschäfts. Sie war fast fünfundsiebzig, und ihre wettergegerbte Haut war mit so vielen Fältchen durchzogen, dass es aussah, als hätte jemand unzählige Male Tic Tac Toe darauf gespielt. Ihr Raucherhusten hallte in dem großen Verkaufsraum wider, während sie ihre Sauerstoffflasche hinter sich herschleppte. Dass sich darin eine leicht entflammbare Flüssigkeit befand, hielt sie nicht davon ab, sich eine weitere Zigarette anzuzünden, während sie ihm von ihren entzündeten Fußballen erzählte.

Als sie schließlich in einem weiten Bogen auf seine ursprüngliche Frage zurückkam, sagte sie: »Ach, Schätzchen, die einzigen jungen Frauen, die ich mit Sicherheit gesehen habe, sind meine Kundinnen, und die kommen und gehen. Sie haben alle möglichen Größen und Formen, und einige kommen nur einmal im Jahr, andere wiederum jede Woche.«

Sie log. Die alte Frau nahm einen tiefen Zug von ihrer Zigarette, trat von einem Fuß auf den anderen und warf einen Blick nach hinten ins Geschäft, als hätte sie dort einen Kunden, um den sie sich kümmern wollte. Es war aber niemand im Laden.

»Es wäre ihr eine große Hilfe, Mrs Oubillard, wenn Sie mir sagen könnten, ob Sie in jener Nacht hier jemanden beobachtet haben, der Bobbie Faye ähnlich gesehen hat, oder nicht.«

»Das würde ihr helfen, ja?«, erkundigte sie sich und zog erneut an ihrer Zigarette. »Nun ja, wenn das so ist …?«

Er nickte

»Also, sie ist hier gewesen. Es war allerdings alles ein bisschen seltsam, und ich habe nicht die Hälfte von dem verstanden, was sie geredet hat, aber mein Hörgerät spielt manchmal ein bisschen verrückt.«

»Sie ist hier gewesen? Und sie hat mit Ihnen geredet?« Das konnte doch nicht sein!

»Oh, nicht direkt mit mir. Sie war da drüben.« Die Ladenbesitzerin deutete in die Gasse, wo Sal erschossen worden war. »Ich konnte aber nicht sehen, mit wem sie gesprochen hat.«

»Und Sie sind sicher, dass es Bobbie Faye gewesen ist? Und nicht irgendjemand, der nur so ausgesehen hat wie sie? Sie hat ganz schön weit weg gestanden.«

»Schätzchen, ich *bin* mir sicher. Sehen Sie die Vitrine dort hinten?« Sie deutete auf einen Schaukasten in der hintersten Ecke des großen Ladens. »Ich kann alle Titelbilder der Magazine dort drin von hier aus lesen.«

Benoit kniff die Augen zusammen. Er konnte kaum die Farben erkennen, geschweige denn die Überschriften. Misstrauisch sah er die alte Frau an.

»Ich bin letztes Jahr am Grauen Star operiert worden«, erklärte sie. »Jetzt habe ich multifokale Linsen. Ich musste auch die Kunden am anderen Ende des Ladens erkennen können und die Ware im Auge behalten, die einfach so das Geschäft verlassen will. Ich weiß, wen ich in der Seitengasse gesehen hab. Ich war oben in meinem Zimmer.« Sie deutete zur Decke. »Und Bobbie Faye hat mir zugewinkt. Wegen des Rauchs hatte ich das Fenster offen stehen.« Sie rückte den Sauerstoffschlauch zurecht, der zu ihrer Nase führte, und zog dann erneut an ihrer Zigarette. »Natürlich bin ich dann ins Bett gegangen. Ich wusste ja nicht, dass der alte Sal noch ins Gras beißen würde. Dafür wäre ich glatt aufgeblieben.«

Benoit folgte ihr hinauf in ihr Zimmer, das mit antiquarischen Einzelstücken eingerichtet war, die sie wohl niemals mehr würde verkaufen können. Er zog eine kleine Digitalkamera, die er immer dabeihatte, aus der Tasche und machte ein paar Fotos aus ihrem Fenster, aus dem man in die Gasse blicken konnte – allerdings war von dort oben nur ein Teil einsehbar. Trotzdem war sich die alte Lady absolut sicher, und es würde ihr bestimmt gelingen, jede Jury von ihrer Meinung zu überzeugen. Die Geschworenen würden glauben, dass Bobbie Faye in der Gasse gewesen war.

»Erinnern Sie sich noch an die Zeit, zu der Sie sie gesehen haben?«

»Ich denke, es war vielleicht, kurz nachdem die *Tonight Show* zu Ende war. Ich bin mir nicht sicher, vielleicht habe ich noch ein bisschen bei Licht gedöst. Aber danach habe ich sie dann gesehen. Glasklar.«

Benoit stellte ihr noch ein paar allgemeine Fragen, aber sonst hatte sie niemanden bemerkt. Weder hatte sie Sal gesehen, noch, ob bei ihm Licht gebrannt hatte. Ihr war auch nichts verdächtig vorgekommen, denn Bobbie Faye machte ja ständig irgendwelche verrückten Dinge, deswegen konnte sie auch um Mitternacht in irgendeiner Seitengasse rumstehen.

Er verließ das Geschäft, als mehrere Kunden hereinkamen. Gegenüber hatte inzwischen die Reinigung geöffnet, und er ging darauf zu. Doch dann fiel ihm etwas Orangefarbenes unter den Sträuchern in der Mitte des Platzes auf. Seine Neugier war geweckt, und als er sich hinunterbeugte, um zu sehen, was es war, schrillten bei ihm sofort sämtliche Alarmglocken. Es war ein Hemd. Und was noch viel wichtiger war: Es hatte die gleichen Streifen wie das Hemd, das die Mörderin auf dem Überwachungsvideo getragen hatte.

Benoit sah sich um, ob irgendjemand beobachtete, was er da tat. Ihm war klar, dass es der Polizei, dem FBI oder der Spurensicherung nicht entgangen wäre, wenn sich das Hemd bereits gleich nach dem Mord dort befunden hätte. Diese kleine Gruppe von Sträuchern befand sich weniger als zehn Meter vom Eingang der Gasse entfernt. Also wie war die Bluse dorthin gekommen? Und das jetzt erst?

Er konnte niemanden entdecken, der ihn beobachtete. An diesem Morgen waren noch nicht viele Leute einkaufen. Nach ein paar Minuten zog er wieder seine Kamera hervor und fotografierte die Lage des Hemds aus allen Richtungen. Sobald er seinen Fund dokumentiert hatte, benutzte er einen Stift, um eine Ecke des Hemds anzuheben. Er entdeckte Blutspritzer, die mit dem übereinstimmten, was er auf dem Video von dem Mord gesehen hatte. Besorgniserregend war allerdings die Tatsache, dass mit einem nicht auswaschbaren Filzstift die Initialen BF auf den Waschzettel im Kragen geschrieben worden waren.

Benoit hätte die Initialen überhaupt nicht zu sehen brauchen, um Rückschlüsse darauf zu ziehen, woher das Hemd stammte: Das Shirt war der Preis für die Gewinner eines Wettbewerbs an der Highschool, der Ideen-Woche, gewesen. Er erinnerte sich noch daran, wie die Kids Witze darüber gerissen hatten, wie hässlich die Shirts in diesem Jahr gewesen waren – sie galten mehr als Bestrafung denn als Belohnung –, trotzdem hatte sich niemand davon abhalten lassen, an dem Wettbewerb teilzunehmen. Die Aufgabe hatte darin bestanden, eine Idee für eine große Veranstaltung zu entwickeln, um für das Footballteam zu werben, und Bobbie Faye hatte ein Feuer in der Nähe des Wasserturms entzündet. Sie hatte zwei dumme Jungs (ihn und Cam) überredet, auf den Turm zu klettern und elektrische Weihnachtskerzen so daran zu befestigen, das sie den Namen der Schule bildeten. Niemand hatte damit gerechnet, dass irgendjemand ein glühendes Stück Holz von dem Feuer in die nahen Büsche werfen würde. Die Flammen hatten sich schnell bis zu den Bäumen am Fuß des Turms ausgebreitet und die Stützen der alten Konstruktion zum

Schmelzen gebracht. Noch bevor irgendjemand richtig begriff, was eigentlich geschah, war der Wasserturm ins Schwanken gekommen und dann umgekippt, was wiederum eine kleine Überflutung ausgelöst hatte (die zumindest das Feuer gelöscht hatte). Bobbie Faye war die einzige Zehnklässlerin gewesen, deren Idee es bis in die landesweiten Nachrichten geschafft hatte, deswegen hatte sie den Ideenwettbewerb gewonnen. Allerdings hatten die Nonnen sie umgehend von zukünftigen Aktivitäten in dieser Richtung ausgeschlossen. Wahrscheinlich wäre sie auch von der Schule verwiesen worden, aber als einer der Reporter ihr ein Mikrofon unter die Nase gehalten und sie gefragt hatte, was sie denke, hatte sie nur gerufen: »Die *Tigers* sind die Besten!« Und da war alles vergeben und vergessen gewesen.

Benoit zog sich ein paar Latexhandschuhe über, nahm einen Beweissicherungsbeutel aus der Tasche und schob das Shirt vorsichtig hinein.

»Weil die Reishüllen frisch sind«, fragte Trevor, als sie zurück in Ninas Küche gingen, »glaubst du, dass Marie kürzlich bei deinem Dad gewesen ist?« Er fuhr mit einem kleinen Gerät an ihr entlang, während sie nickte. Sofort schrillte ein markerschütternder Alarm los und erschreckte sie fast zu Tode.

»Verdammte Scheiße, *so* hässlich ist das Shirt auch nicht.« Er hatte sie bereits gebeten, das rote Hemd, das sie zuerst übergezogen hatte, auszutauschen, da es sie zu einem wunderbar leuchtenden Ziel gemacht hätte. Jetzt trug sie ein knappes grünes T-Shirt, das sie ebenfalls mitgebracht hatte, und sie sah an sich hinunter, um herauszufinden, weswegen er die Stirn runzelte.

»Es ist nicht wegen des Shirts«, sagte er und deutete auf den kleinen Apparat. »Obwohl es durchaus einen Herzinfarkt auslösen kann. Du trägst irgendwo an dir einen GPS-Sender.«

»Wo hast du das Ding her?«, wollte sie wissen, als er den

Zauberstab langsam bis hinunter zu ihren Sneakers gleiten ließ und dann über ihre Handtasche, wo sich das Teil schlagartig die Seele aus dem Hals heulte.

»Als ich einen meiner Männer losgeschickt habe, damit er was zu essen holt, habe ich es mitbestellt.«

»Du bist also davon ausgegangen, dass ich einen Peilsender an mir habe? Die ganze Nacht?«

»Ich wusste, dass sie uns ja irgendwie gefunden hatten. Jedenfalls sind sie fünf Minuten nach uns vor Ninas Haus aufgetaucht.«

»Und warum sind wir nicht einfach abgehauen?«

»Du warst müde und musstest dich mal ausruhen.« Er kippte den Inhalt ihrer Handtasche auf den Tisch, und sie begann sofort die peinlicheren Dinge wieder einzusammeln. (Tampons, ein Nachtlicht – sie hasste die Dunkelheit – und Binky, einen kleinen Stofflöwen, den sie besaß, seit sie ein Kind war. Heute tat sie immer so, als würde er Stacey gehören, obwohl das eigentlich völlig egal war, Himmel noch mal, schließlich hatte der Mann sie schon mit einem *Vibrator* gesehen. Er hatte sogar mitbekommen, wann sie aufs Klo gegangen war … Konnte sich jetzt bitte der Boden unter ihr auftun und …? Oh, Moment mal! Das hatte sie ja bereits hinter sich.) Sie hob den Blick gen Himmel und dachte: *Das alles ist die Strafe dafür, dass ich in der fünften Klasse immer das Glas mit den Käfern in Schwester Elisabeths Schreibtisch versteckt habe, oder?*

Trevor hatte weitergesprochen, ohne sich darum zu kümmern, wie sie rot anlief: »Sie wären ja nicht ins Haus gekommen oder auch nur in dessen Nähe, ohne dass ich davon erfahren hätte. Außerdem … wird uns das Ding noch gute Dienste leisten.« Er griff nach einem kleinen schwarzen Quader und hielt ihn hoch, damit sie ihn sich ansehen konnte.

Von: Simone
An: JT

Sie fahren weiter. Und wir haben Besuch.

Cam hörte Benoit zu, als der das Shirt beschrieb, das er gefunden hatte, und was die Antiquitätenhändlerin beobachtet hatte. Sie sprachen über eine sichere Verbindung, aber für Cam wäre es besser gewesen, wenn Benoit ihn gebeten hätte, erst das Büro zu verlassen, bevor er ihm die Neuigkeiten erzählte. Er knallte den Hörer so fest auf den Apparat, dass er brach. Na toll! Jetzt musste er ein neues Telefon beantragen – und sich auch noch dafür rechtfertigen. Was für ein Spaß. Er versuchte, das Plastikgehäuse wieder zusammenzuschieben, und als es wieder einigermaßen hielt, durchwühlte er seinen Schreibtisch nach Klebeband. Als er die mittlere Schublade aufriss, brachte das wiederum den sorgsam aufgeschichteten Aktenhaufen ins Rutschen, sodass sich der gesamte Inhalt der Mordakte des Juweliers über den Boden verteilte.

Außer sich vor Wut sprang Cam auf und rammte seine Faust mit voller Wucht gegen die Wand. Der Schmerz in seinen Knöcheln war höllisch, aber das war eine Kleinigkeit im Vergleich zu diesen verfluchten Kopfschmerzen, gegen die auch die Pillen wirkungslos geblieben waren, die er am Morgen bei Bobbie Faye genommen hatte. So viel zu dem Thema, dass er angeblich auch noch unter höchstem Druck völlig kontrolliert handeln konnte. Er war als Quarterback bei Footballspielen im Einsatz gewesen, bei denen der Meistertitel nur noch von einem einzigen letzten Pass von ihm zum Touchdown abhing. Und er hatte es geschafft, trotz eines gebrochenen Handgelenks und neunzigtausend Fans, die im *Death Valley*, dem Stadion der *Tigers* an der LSU, völlig aus dem Häuschen gewesen waren. Er hatte sich hinter seiner eigenen Angriffslinie Zentimeter um Zentimeter vorgekämpft, war immer, *immer* cool geblieben und hatte alles unter Kontrolle gehabt.

»Kleines Problem heute Morgen?«, ertönte die Stimme seines Captains vom Gang her.

»Nein, Sir. Nichts. Einfach nur … Frust, Sir.«

»Frust, aha«, erwiderte der Captain, dem der Bauch noch tiefer als gewöhnlich über den Gürtel hing, und seine ohnehin schon rötliche Gesichtsfarbe intensivierte sich vor Ärger noch ein wenig. »Hören Sie, mein Sohn, ich denke, das gehört nicht hierher, oder sind Sie da anderer Meinung?«

»Nein, Sir, gehört es nicht.«

»Dann sorgen Sie dafür, dass so was nicht noch mal passiert. Und rufen Sie den Hausmeister an, damit er die Sache wieder in Ordnung bringt. Die Kosten werden Ihnen vom Gehalt abgezogen.«

Der Captain ging weiter, und Cam fuhr sich mit den Fingern durch sein kurz geschnittenes Haar und rieb sich den Nacken. Er wusste überhaupt nicht, was zum Teufel mit ihm los war. Ihm war völlig schleierhaft, was er bereits alles getan hatte. Noch niemals in seiner beruflichen Laufbahn hatte er Beweise zurückgehalten. Nicht mal die Möglichkeit hatte er je in Betracht gezogen, aus welchem Grund auch immer. Er hatte bei keiner Prüfung betrogen, selbst wenn die anderen ihm die Antworten hatten zuschieben wollen. Er war ein erfolgreicher Quarterback, und es gab eine Menge Leute in Louisiana, die der Meinung waren, er hätte etwas von einem König und verdiene eine besondere Behandlung. Viele Menschen wollten ihm irgendwelche Dinge schenken oder ihm gestatten, kleine Abkürzungen zu nehmen, statt sich an die Regeln zu halten, doch er hatte sich nie in Versuchung führen lassen. Und doch befand sich in seiner Tasche jetzt ein verschlossener Beutel mit Patronenhülsen, von denen er annehmen musste, dass sie zu einem Mordfall gehörten, und die ohne Durchsuchungsbeschluss von ihrem Fundort entfernt worden waren.

Warum zum Teufel hatte ihn sein gesunder Menschenverstand verlassen? Wie hatte er sich nur dazu hinreißen lassen können? Das sah ihm so überhaupt nicht ähnlich.

Er hockte sich hin und begann die verstreuten Blätter aus der Mordakte des Juweliers einzusammeln, wobei er auch die Fotos vom Tatort auf einen Haufen packte. Das oberste Bild zeigte die gesamte Szene einschließlich der Leiche. Verschiedene nummerierte Schilder standen neben einzelnen Gegenständen, die man am Tatort und nahe genug an der Leiche gefunden hatte, um sie als mögliche Indizien anzusehen. Bei einem handelte es sich um ein Stück einer alten Perlenkette. Vielleicht war es mal eine Halskette gewesen, aber jetzt fehlte mindestens die Hälfte davon, einschließlich des Verschlusses. Es war nicht festzustellen, ob sie zum Zeitpunkt des Mordes dort gelandet war oder schon Wochen zuvor. Jedes Mal, wenn er das Foto gesehen hatte, war ihm das Wort »Halskette« durch den Kopf gegangen, denn so waren die Perlen in die Liste eingetragen worden.

Aber jetzt, da er mit seinen Gedanken ganz bei Bobbie Faye war, fiel es ihm plötzlich auf: Das war keine Halskette. Es war ein Armband. Ihm wurde ganz kalt ums Herz.

Er erinnerte sich daran, als Bobbie Faye noch Studienanfängerin an der LSU gewesen war und er im ersten Jahr. Er wünschte sich damals, dass aus ihrer Beziehung mehr werden würde als reine Freundschaft, hatte aber einfach keine Idee, wie er das anstellen könnte, ohne das, was sie hatten, aufs Spiel zu setzen. Zum Geburtstag kaufte er ihr ein Perlenarmband. Sie hatten sich zuvor noch nie etwas Besonderes zum Geburtstag geschenkt, und er hoffte, sie würde verstehen, was er damit meinte.

Er nahm das Foto hoch und warf einen genaueren Blick darauf. Sofort musste er noch an ein anderes vergangenes Erlebnis denken. An einem Tag kurz nach ihrem Geburtstag hatten sie einen Streit, und er griff dabei nach ihrem Arm, um sie davon abzuhalten, dass sie einfach davonstürmte. Seine Finger glitten bis zu ihrem Handgelenk hinunter, und er riss ihr aus Versehen das Armband ab. Sie schnappte nach Luft und hob es dann auf. Bei dem Streit ging es um das Arschloch, mit dem sie sich damals traf und dem sie gerade »eine zweite Chance« geben wollte. Alex. Ein Kerl, von dem er inzwischen wusste, dass er ein Waffenschmuggler war und der sie schon damals mit seinen Lügen und Betrügereien in den Wahnsinn getrieben hatte. Cam wollte, dass sie Alex den Laufpass gab. In Wirklichkeit wäre er gern selbst mit ihr ausgegangen, doch er biss sich in der Situation noch rechtzeitig auf die Lippe. Sie stand einfach nur da, mit dem gerissenen Armband in der Hand und einem grimmigen Gesicht.

»Wie zum Teufel kannst du etwas so Bescheuertes tun und mit diesem Kerl ausgehen?«, fragte er sie. Dämlich war das gewesen, wie er jetzt wusste. Dämlich, dämlich, dämlich.

»Und du kannst einfach nicht aufhören, mir ständig irgendwelche Vorschriften zu machen«, antwortete sie.

Wenn er jetzt im Nachhinein noch hingehen und sich selbst einmal kräftig durchschütteln könnte, hätte er es getan und dann gesagt: »Ich bin einfach tierisch eifersüchtig.« Kitschig? Zum Teufel, ja! Die Wahrheit? Absolut. Stattdessen sagte er damals: »Wenn du dich nicht ständig wie eine Idiotin aufführen würdest, müsste ich das ja auch nicht.«

Cam starrte auf das Foto, seufzte und ließ sich schwer in seinen Schreibtischstuhl fallen. Erstens war ihr Haar am Tatort des Mordes gefunden worden. Dann hatte er die Patronenhülsen in ihrem Trailer entdeckt. Nicht, dass die Hülsen einen klaren Beweis gegen sie darstellten, denn sie konnten auch vom

Schießstand stammen, da sie fast nie ihre Hülsen aufhob. Aber abgesehen davon gab es dieses Überwachungsmaterial, das für sich selbst sprach, und dann tauchten nun dieses Hemd und der Augenzeugenbericht auf, von denen Benoit ihm gerade erzählt hatte.

Und jetzt ihr Armband.

Er wollte einfach nicht wahrhaben, dass es im Bereich des Möglichen lag, dass sie tatsächlich selbst abgedrückt hatte. Er hatte es einfach nicht geglaubt. Bis jetzt. Aber was war, wenn sie so tief in Schwierigkeiten steckte, dass sie der Meinung war, ein Mord wäre ihr einziger Ausweg? Hätte sie es für sich selbst getan? Nein. Aber um jemand anders zu retten? Oder weil ein Dritter sie dazu gezwungen hatte? Cam erinnerte sich nur zu gut daran, wie sie bei der Entführung ihres Bruders ausgeflippt war. Er war sich ziemlich sicher, dass sie absolut *alles* getan hätte, um Roy das Leben zu retten.

Wie konnte er so etwas nur denken? Er wusste es nicht. Ob man sie in eine Falle gelockt oder dazu gezwungen hatte, wusste er auch nicht. Er wusste nur, dass sie diesmal in Schwierigkeiten steckte, aus denen er ihr vielleicht nicht mehr heraushelfen könnte.

John hatte Bobbie Faye in Iowa verloren, der kleinen Stadt östlich von Lake Charles, wo der Highway 165 die Interstate 10 kreuzte. Die Harley hatte gehalten, um zu tanken, und als er dem Motorrad dann in einiger Entfernung weitergefolgt war, hatte er geglaubt, dass es sich immer noch um Bobbie Faye und Emiles Lakai handle, aber nach ein paar Kilometern auf der 165, in der Nähe von Kinder, war er ein wenig näher herangekommen und hatte bemerkt, dass er hereingelegt worden war. Auf der Harley hatte ein anderes Paar gesessen – Emiles Söldner und Bobbie Faye mussten das Fahrzeug gewechselt haben.

Lief denn überhaupt nichts nach Plan? In der Nacht zuvor war alles ganz einfach gewesen, aber jetzt verwandelte sich die Sache in einen verdammten Albtraum. Weder er noch seine Männer waren in der Lage gewesen, auch nur einen Schuss auf sie abzugeben, und rings um das Gelände waren mehrere Typen vom FBI postiert gewesen, sodass er nicht einmal nahe genug herankommen konnte, um eine Bombe zu legen, ohne selbst geschnappt zu werden.

Er funkte die Männer an, die er engagiert hatte, und alle kehrten nach Lake Charles zurück. Er wusste, dass Bobbie Faye Richtung Osten gefahren war, als sie die Stadt verlassen hatte, aber ihr endgültiges Ziel kannte er nicht. Doch es gab da jemanden, der vielleicht bessere Informationen besaß. Es war alles nur eine Frage des Timings.

17

Der Vorteil, Mollie dabeizuhaben, lag vor allem darin, dass sie einfach eine Perücke aufsetzen und überall hingehen konnte, ohne dass sie irgendjemandem auffiel. Es hatte nichts damit zu tun, dass sie nicht gut aussah, denn in Aidens Augen war sie wunderschön. Aber sie hatte etwas von einem Chamäleon, und das wusste Sean zu schätzen.

»Du hast sie also gesehen?«, fragte Sean, als Mollie von der Toilette der Tankstelle zurückkam und sich wieder in den Subaru setzte, in den sie inzwischen umgestiegen waren.

»Sie fahren mit dem roten Pontiac GTO weiter.« Mollie deutete auf den Sportwagen, und Aiden sah, dass Sean lächelte. Es war schon der zweite Autowechsel an diesem Morgen, und Mollie hatte beide bemerkt, weil sie Bobbie Faye einfach gefolgt war, zuerst in einen Laden und dieses Mal in eine Tankstelle. »Auf jeden Fall hat sie jetzt eine andere Handtasche.« Molly grinste verschmitzt. »Ich hab sie um Feuer gebeten.«

»Du sollst dich doch im Hintergrund halten«, schimpfte Sean.

Mollie zog sich die blonde Perücke vom Kopf. »Sie ist mit mir zusammengeprallt. Was zum Teufel hätte ich denn machen sollen? Ich musste irgendwas sagen.«

»Du sprichst aber mit einem ziemlich heftigen Akzent, du Idiotin.« Sean sah aus, als wäre er kurz davor, Molly eine Kopfnuss zu verpassen. Bei anderen Frauen tat er das regelmäßig, aber niemals bei seiner Cousine. Mollie hatte er praktisch großgezogen.

Sie lächelte und sagte dann in einem breiten Südstaatenslang:

»Tut mir echt leid, aber hast du mal Feuer?« Es klang wirklich sehr amerikanisch. Vielleicht nicht unbedingt nach Südlouisiana, aber an einer Raststätte gab es immer auch Touristen und Durchreisende. Aiden strahlte vor Stolz, auch wenn Sean weiter ein mürrisches Gesicht zog.

»Okay, aber das nächste Mal tust du verdammt noch mal nur das, was ich dir sage, und leistest dir keine Extratouren.«

»Ja klar, Sean. Aber dann hab ich leider auch keine Gelegenheit, den neuen kleinen Peilsender in ihrer Handtasche zu verstecken.«

»Verdammt, Mädchen, sag das doch gleich«, fuhr Sean sie an, und Robbie hämmerte sofort eifrig auf die Tastatur seines Laptops ein.

»Ich kann einfach nicht glauben, dass dir der Typ an der Tankstelle diesen Wagen geliehen hat«, sagte Bobbie Faye, während sie mit der Hand über den makellosen schwarzen Ledersitz des vollständig restaurierten Pontiac GTO von 1966 gleiten ließ.

»Ich habe ihm den dreifachen Kaufpreis dafür gegeben«, meinte Trevor. »Aber du hast recht, wenn dieses Baby einen Kratzer abbekommt, wird mich der Gott des Automobils bei lebendigem Leib rösten.«

»Ich höre schon die Bestellung an den kosmischen Koch: *Einmal FBI-Agent, besonders knusprig bitte!*«

Er lachte, und Bobbie Faye starrte wieder aus dem Fenster. Sie durfte die Gefühle, die er in ihr entfachte, einfach nicht zulassen. *Reine Manipulation*, rief sie sich wieder ins Gedächtnis. Das war seine Masche. Dass er sie glauben ließ, sie könnte mehr haben – könnte *ihn* bekommen –, hieß noch lange nicht, dass es auch so war. Je eher sie das kapierte, desto besser für sie. Selbst *ihr* sollte es möglich sein, ihren gesunden Menschenverstand einzuschalten, wenn es um einen Mann ging. Verflucht noch mal!

Bobbie Faye konnte die Silos der Getreidemühle schon sehen, lange bevor sie westlich von Crowley die Interstate verließen. Wenn sie die Augen schloss, hatte sie immer noch das Bild vor Augen, wie sie es als Kind gekannt hatte. Sieben mächtige Türme, einige von ihnen zehn oder zwölf Stockwerke hoch, daneben ein oder zwei, die nur halb so groß waren, standen in einem Winkel von fünfundvierzig Grad neben der zweispurigen Zufahrtsstraße (eine Spur für Sattelschlepper, eine für normale Autos). Als sie die Augen wieder öffnete, bemerkte sie eine kleine Veränderung, die der Zahn der Zeit hinterlassen hatte: Das einst glänzende Metall der Türme war stumpf geworden, wirkte abgewetzt, als würden die Bauten allmählich mit der Landschaft verschmelzen. Gleich daneben befand sich ein flaches Bürogebäude.

An diesem Sommertag lag feiner Staub in der Luft, der entstand, wenn die Reishülsen von den Förderbändern in die Silos rauschten. Und er bedeckte ausnahmslos alles im näheren Umkreis. Selbst die Bäume und das Haus, das ein ganzes Stück weiter weg auf der anderen Seite der Straße stand, wirkten farblos und stumpf.

Trevor hielt direkt vor dem Haus, das Bobbie Faye in ihrem ganzen Leben eigentlich nie wieder hatte betreten wollen. Es war aus braunen Ziegeln im Ranchstil gebaut, und sein tief herabgezogenes Dach wurde von den umstehenden Eichen beschattet. Im Garten hinter dem Haus stand – zumindest war es früher so gewesen – eine Schaukel. Und eine Rutsche, die schon damals Rost angesetzt hatte, obwohl der alte Landry mit seiner erfolgreichen Farm und der Mühle eine Menge Geld verdiente. Zumindest hatte Bobbie Faye das gehört, als sie noch ein Teenager gewesen war.

Allmählich kamen die Erinnerungen zurück. Sie war noch ziemlich klein gewesen und hatte zwischen den Sofakissen immer alle möglichen Schätze gefunden (eine Taschenuhr, das Rad eines Spielzeugtrucks von einem ihrer Cousins, eine Nagelfeile und mehr Kleingeld, als sie sonst in einem ganzen Monat zu Gesicht bekam). Sie roch wieder den Duft von starkem Kaffee, hörte das Surren der Ventilatoren an der Decke, die unermüdlich gegen die Hitze des Sommers ankämpften, und sah die stets mit Süßigkeiten gefüllte Schale auf dem Küchentresen vor sich, die sie nur erreichen konnte, wenn sie sich auf die Zehenspitzen stellte.

Sie erinnerte sich nur allzu genau an die Streitereien zwischen ihrer Mutter und dem Mann, der wohl ihr Vater gewesen sein musste, der sich aber nie zu ihr bekannt hatte und den ihre Anwesenheit beim Sonntagsessen jedes Mal aufs Neue zu verärgern schien. Ihre Mutter hatte damals gesagt, dass die Familie um jeden Preis zusammenhalten müsse, dass die Familie einfach alles sei, auch wenn es zwischen ihr und Bobbie Fayes Vater nicht richtig funktionierte. Warum die beiden sich anschrien, hatte ihre Mutter ihr nie erklärt, sondern nur gesagt, dass sie sich deswegen keine Gedanken machen solle. Doch es fiel ihr schwer, diese Dinge zu übergehen, als sie hörte, wie ihr eigener Vater sagte, dass er nie so eine Göre hatte haben wollen. Nach diesem *wundervollen* Tag hatte sie sich einfach geweigert, mit ihrer Mutter wieder nach Hause zurückzugehen.

Sie tauchte wieder aus ihren Erinnerungen auf und bemerkte, dass Trevor neben dem Wagen stand, ihr die Tür aufhielt und ihr eine Hand entgegenstreckte. Sie war sich nicht sicher, wie lange er dort schon so wartete oder woher plötzlich seine Schulterholster und die beiden SIGs kamen. Aber warum nicht? Es behauptete ja niemand, dass man nicht bis an die Zähne bewaffnet zu einem Familientreffen erscheinen konnte. Er wartete immer noch, die Hand ausgestreckt, und versuchte, ein amüsiertes Grinsen zu unterdrücken, was ihm allerdings nicht vollständig gelang. Sie ergriff seine Hand, und als er ihr aus dem Wagen half, hätte sie schwören können, dass er spürte, wie sie zitterte. Daraufhin wurde sein Grinsen noch breiter.

»Wir gehen nicht zu deiner Hinrichtung«, beruhigte er sie.

»Das würde mir im Moment mehr Spaß machen.«

Da hörten sie beide, wie ein Gewehr durchgeladen wurde. Es war dieser unverkennbare Laut, wenn Metall über Metall kratzt. Und dann ertönte das Geräusch noch zweimal. Als sie sich zum Haus umdrehten, sahen sie zwei Gewehrläufe, die aus den beiden vorderen Fenstern ragten, und einen dritten Lauf im Spalt der nur leicht geöffneten Eingangstür. »Es ist einfach nirgends so schön wie zu Hause.«

Die Tür wurde etwas weiter aufgezogen.

»Hi, Tante V'rai. Ich bin es, Bobbie Faye. Ich muss mit dir reden.«

Nun wurde die Tür ganz geöffnet, und eine Frau Mitte sechzig erschien.

Überrascht schnappte Bobbie Faye nach Luft. Sie hatte V'rai zuletzt gesehen, als sie acht Jahre alt gewesen war, und nun kam es ihr vor, als würde sie ihrem eigenen älteren Spiegelbild gegenüberstehen. Selbst Trevor schien von diesem Anblick verblüfft zu sein. V'rais einst brünettes Haar war von grauen Strähnen durchzogen, und kleine Lachfältchen umrahmten ihre Augen – Augen, die ins Leere blickten. V'rai konnte zwar Hell und Dunkel unterscheiden, war aber so gut wie blind – eine Tatsache, die nicht unbedingt beruhigend wirkte, wenn man das durchgeladene Gewehr in ihren Händen bedachte. Sie war ungefähr drei Zentimeter kleiner als Bobbie Faye und ging leicht gebeugt. Sie senkte den Lauf des Gewehrs.

»Ich habe mir schon gedacht, dass du auftauchen würdest, *bebe*«, sagte V'rai mit ihrem leichten Cajun-Akzent. Sie hatte früher lange in Baton Rouge gelebt. »Aber dein ganzes Gefolge kommt nicht mit rein.«

»Welches Gefolge?«, fragte Bobbie Faye und hörte im nächsten Moment, wie ein Wagen mit röhrendem Motor vom Highway auf die Zufahrt einbog. Als sie sich umdrehte, erkannte sie den Hummer. »Oh Scheiße!«

»Ganz meine Meinung«, erklärte V'rai, als der Hummer anhielt. All ihre Cousins und Cousinen sprangen gleichzeitig heraus und liefen (Francesca in violetten Stilettos) zum Haus. »Mal ganz langsam, Missy«, rief V'rai und richtete das Gewehr auf Francesca, die ihre geradezu lächerlich pinkfarbene Handtasche vor die Brust presste. Federn klebten überall auf ihrem Dekolleté. Die Handtasche schien in der Mauser zu sein.

»Oh Gott, Franny. Irgendwo steht jetzt ein nackter Flamingo herum und schämt sich«, meinte Bobbie Faye. »Wie hast du mich gefunden?«

»Oh! Das war leicht. Tante V'rai hat Tante Aimee erzählt, sie glaube, dass du heute vorbeikommen würdest, und Tante Aimee hat ihrer Friseuse gesagt, dass sie heute nicht kommen könne, weil sie hier sein müsse, und ihre Friseuse hat es ihrer Schwester erzählt, die es ihrer Mom gesagt hat, die gleich neben Kits Mom wohnt. Sie hat Kit angerufen, und die hat es mir gesagt.«

Bobbie Faye warf Trevor einen Blick zu. »Ein GPS-System ist nichts im Vergleich zu unserem Dorftratsch hier im Süden.«

»Und woher hat deine Tante V'rai es gewusst?«, wollte Trevor wissen, und Bobbie Faye musste lächeln. Also hatte er bei seinen Nachforschungen nicht alles in Erfahrung bringen können. Der arme Mann hatte ja keine Ahnung, worauf er sich gerade einließ.

»Das wirst du schon sehen.«

»Hi, Tante V'rai«, rief Francesca über Bobbie Fayes Schulter. »Ich bin auch hier, um zu helfen.«

»*Mais non*«, erwiderte V'rai. »Du und deine Verwandtschaft werden wieder in dieses verrückte Gefährt steigen und zurück auf den Highway fahren. Du hast deiner Mamma schon genug Scherereien gemacht.«

»Aber ich versuche doch nur zu helfen«, jammerte Francesca.

Trevor trat zwischen die beiden, wieder ganz der harte Söldner, packte Bobbie Faye am Ellbogen und führte sie zur Eingangstür.

»Geh jetzt rein«, sagte er. Und an Francesca gewandt befahl er mit drohendem Unterton: »Du fährst nach Hause! Dein Dad hat dich gewarnt. Er setzt einen Auftragskiller auf dich an, wenn du dich einmischst, und ich mache ihm gern einen Sonderpreis, falls du mir in die Quere kommst.«

»Ich soll auch jemanden erschießen«, erklärte Mitch hilfsbereit. Ich glaube, es ist sie«, fügte er hinzu und deutete auf Bobbie Faye.

»Nicht Bobbie Faye«, entgegnete Donny. »Jedenfalls jetzt noch nicht.«

»Donny, deine Mamma wird sehr böse auf dich sein.«

»Sie wird stolz auf mich sein, Tante V'rai. Warte nur ab. Es haben sich schon Agenten gemeldet, die mich gern vertreten möchten.«

»Beweg deinen Hintern hier rein, *chère!*«, sagte V'rai zu Bobbie Faye. Und als sie ins Haus trat, deutete ihre Tante auf Trevor. »Und bring ihn mit!«

»Aber Tante V'rai«, murrte Francesca. »Mamma ist deine kleine Schwester! Du kannst ihn nicht zu dir ins Haus lassen. Er ist einer von Daddys Killern!«

»Pah!«, erwiderte V'rai. »Ich kann tun und lassen, was ich will. Und du fährst jetzt nach Hause.«

```
Von: Simone
An: JT

Verdammt! Wir haben sie verloren. Irgendeine Spur
von der Cousine Francesca?
```

```
                                          Von: JT
                                       An: Simone

              Ich schicke dir gerade die Koordinaten.
```

Lori Ann stand am Münztelefon im Gemeinschaftsraum der staatlichen Suchtklinik und strich sich immer wieder das kurze blonde Haar hinters Ohr. Dreimal hintereinander hatte sie jetzt nur Roys Anrufbeantworter erreicht, und sie hätte ihrem Bruder am liebsten eine gescheuert. Es war ja klar, dass er wieder bei irgendeinem Flittchen schlief. Als er sich schließlich doch mit einem genuschelten »Hallo« meldete, wusste sie nicht, ob sie erleichtert oder sauer sein sollte, weil er immer noch nicht wach war. Sie selbst musste jeden Morgen um sieben Uhr aufstehen, damit sie auch möglichst jede nüchterne Sekunde ihres Aufenthalts in dieser Folteranstalt bei vollem Bewusstsein durchleiden konnte.

»Hast du mit Bobbie Faye gesprochen?«, fragte sie, sobald sie sicher war, dass er klar genug denken konnte, um einzelne Worte zu verstehen.

»Warum zum Teufel sollte ich das um diese Uhrzeit tun?«, erwiderte er. »Ich bin doch nicht lebensmüde.«

»Ich meine, seit gestern.«

»Ich sag's noch mal: Ich bin nicht lebensmüde! Sie ist wegen der Sache letzten Monat immer noch sauer auf mich.«

»Sie ist immer noch sauer auf dich, weil du versucht hast, was mit der Frau des Bürgermeisters anzufangen, als sie an dem Tag, als du dich im Krankenhaus erholt hast, für eine ambulante Operation dort aufgetaucht ist, du Idiot. Bobbie Faye hat auch so schon genug Ärger mit der Stadt und dem ganzen Land am Hals.«

»Seit wann interessiert dich das denn? Ihr zwei habt doch nicht mehr miteinander geredet, seit du verhaftet worden bist.«

»Nur weil wir nicht miteinander reden, heißt das ja noch lange nicht, dass sie mir egal ist. Und übrigens hat sie weder gestern Abend noch heute Morgen hier angerufen. Und sie ruft sonst immer an.«

»Jetzt verstehe ich überhaupt nichts mehr«, meinte er, und Lori Ann merkte, dass er allmählich wacher wurde. »Ihr redet nicht miteinander, aber sie ruft immer an?«

»Sie ruft an, und ich sage Hallo und Wiedersehen und lege auf. Es ist ein Ritual. Und so machen wir es jeden Tag. Außer gestern, als sie eben nicht angerufen hat.«

»Und was soll *ich* da jetzt machen?«

Lori Ann wusste, dass Roy von dem Gedanken, Bobbie Faye zu suchen, genauso begeistert sein würde, wie eine Maus Spaß daran hatte, mit einer Katze zu spielen. »Ich möchte, dass du dich umhörst und in Erfahrung bringst, ob sie okay ist.«

»Auf keinen Fall. Nachher finde ich sie noch. Ich schulde nämlich ein paar Leuten ein bisschen Geld, und ich glaube, die haben es sich von ihr zurückgeholt. Aber ich hab die Kohle einfach noch nicht zusammen, um sie ihr zurückzuzahlen.«

»Roy«, seufzte Lori Ann und starrte auf das Graffiti an der Wand über dem Münztelefon, »lass es mich mal so ausdrücken: Von unserer großen Schwester habe ich gelernt, wie man jemanden in den absoluten Wahnsinn treibt, und ich bin gerade absolut nüchtern und kann mich voll auf *dich* konzentrieren.«

Er fluchte, zögerte einen Moment und meinte schließlich. »Ich suche sie. Aber wenn sie mich umbringt, ist das deine Schuld.«

»Damit kann ich leben.«

Der alte Parkettboden knarrte, als sie ins Wohnzimmer gingen, das sich seit den frühen Siebzigern nicht mehr verändert hatte. Bobbie Faye erinnerte sich noch gut an das grüne Kunstledersofa und die goldene sonnenförmige Uhr darüber, obwohl die Hälfte des Goldes seit ihrem letzten Besuch abgeblättert war. Woran sie sich nicht erinnern konnte, waren die kitschigen Bilder, die jede Wand und jede Nische schmückten. Einige von Maries Werken hatte Bobbie Faye natürlich in deren nun zerstörtem Atelier gesehen, und es gab ein paar Stücke von ihr, die in Bürogebäuden und Galerien in der Stadt hingen. Einige der Werke, die V'rai besaß, waren retromodern, und Bobbie musste sich eingestehen, dass sie ihr gefielen.

»Du erinnerst dich an deine Tante Aimee?«, erkundigte sich V'rai und deutete auf ihre ältere Schwester, die mit ihrem Gewehr aus dem Fenster des Esszimmers zielte. Aimee winkte Bobbie Faye zu und nahm dann wieder den Hummer draußen vor dem Haus ins Visier.

»Wir reden später, Süße«, zwitscherte Aimee. »In der Küche stehen Brownies, wenn du welche magst.«

Bobbie Faye fühlte sich, als wäre sie wieder fünf. Aimee hatte nie geheiratet und lebte schon immer in der umgebauten Getreidemühle. V'rai war ebenfalls dorthin zurückgekehrt, als vor Jahren ihr Mann starb.

»Du musst noch Lizzie im Schlafzimmer Hallo sagen, und Antoine bewacht die Terrasse hinter dem Haus.«

V'rai ertastete sich ihren Weg durch das Wohnzimmer. Auf dem Esstisch, dessen Platte aus Metall und Resopal bestand, lagen jede Menge Gewehrpatronen, Pistolen, Kugeln, Magazine und eine Maschine, mit der man Patronenhülsen wieder selbst laden konnte.

Trevors Blick wanderte von dem Tisch zu Bobbie Faye. »Irgendwie beunruhigt mich der Gedanke, dass du vielleicht die Ruhige in dieser Familie bist.«

»Leck mich!«

Er grinste, und sie ignorierte ihn einfach. Diesmal würde sie sich nicht von seinem Charme einwickeln lassen.

V'rai wandte ihre blicklosen Augen in Trevors Richtung. »Machen Sie nur, mein Junge. Ich weiß, dass es Ihnen auf den Nägeln brennt.«

Aus schmalen Augen warf er Bobbie Faye einen fragenden Blick zu. Er hatte bis jetzt sein Bestes gegeben, weiterhin den düsteren, furchteinflößenden, gefährlichen Söldner zu spielen.

»Sie meint, es sei okay, wenn du dich im Haus umsiehst.«

»Woher …?« Er unterbrach sich, dann sagte er zu V'rai: »Ich arbeite für Emile.«

»Er ist einer von Emiles Auftragskillern«, fügte Bobbie Faye fröhlich hinzu, und er verdrehte die Augen.

»Klar. Dass ich nicht lache.« Sie nickte Trevor zu. »Jetzt machen Sie schon.«

»Ja, Ma'am.« Er war eben ein sehr höflicher Auftragskiller.

V'rai entließ ihn mit einer Handbewegung, und Trevor musterte sie, als wäre sie eine extrem fremdartige Außerirdische, die möglicherweise sein Hirn zum Lunch verspeisen würde. Trotzdem nutzte er die Gelegenheit und sah sich im Wohnzimmer um, wobei er einen Blick aus jedem Fenster warf.

»Dein Daddy möchte gern mit dir sprechen«, sagte V'rai, und Bobbie versteifte sich. »Er ist bereits auf dem Weg hierher.«

»Ich habe keinen Vater, V'rai.«

Die alte Frau schnaubte. »Kind, in dieser Sache hast du

kein Mitspracherecht. Ich glaube, da kommt gerade Besuch für dich.«

An der Tür klopfte es, und Bobbie Faye zuckte zusammen. Trevor zog sofort seine Waffe, aber da kam Ce Ce schon hereingeplatzt. Ihre dunkle Haut glänzte vor Schweiß. Sie watschelte hinüber zu Bobbie Faye, einen Rucksack auf dem Rücken, der fast so viel zu wiegen schien wie sie selbst. Trevors Blick glitt zwischen V'rai und der Tür hin und her und dann hinüber zu Bobbie Faye. Er schien verwirrt. Aber bevor Bobbie Faye erklären konnte, woher V'rai gewusst hatte, dass Ce Ce da war, stapfte Francesca auch schon auf die offene Tür zu, um Ce Ce ins Haus zu folgen. Sie blieb abrupt stehen, als Aimee ihr Gewehr hob.

»Zurück, *chère*«, befahl Aimee. »Ich denke, schlimmer kann das Zeug, das du anhast, nicht mehr aussehen. Aber ich möchte es auch nicht ausprobieren.«

»Das ist echt so *unfair*«, beschwerte sich Francesca. »Ihr alle habt Bobbie Faye schon immer lieber gemocht. Aber ich bin genauso deine Nichte wie sie, und es ist *meine* Mutter, der wir helfen wollen. Ihr solltet mich wirklich reinlassen.«

»Wenn du helfen willst, dann fahr nach Hause«, erwiderte V'rai und schlug Francesca die Tür vor der Nase zu.

Von: JT
An: Simone

Es gibt Gerüchte über Bilder aus einer Überwachungskamera – wie BF den Juwelier tötet. Die örtliche Polizei hat das Material, es wurde aber noch nicht als Beweismittel registriert.

Von: Simone
An: JT

Nehmen wir sie hoch?

Von: JT
An: Simone

Ja, sobald sie die Steine gefunden hat.

Bobbie Faye wandte sich zu Ce Ce um, die immer noch nach Atem rang und stark schwitzte. Ihre Rastalocken hatten sich ineinander verknotet, als wäre sie gerade sehr schnell gelaufen.

»Entschuldige, Kleines.« Ce Ce legte ihre große Hand auf Bobbie Fayes Arm, um sich einen Moment abzustützen, während sie wieder zu Atem kam. »Aber ich muss diesen Zauber sofort anwenden, bevor das Timing nicht mehr stimmt. Und diesmal wird es funktionieren.« Dann blickte sie sich um, als hätte sie erst in diesem Augenblick bemerkt, welche Anspannung im Raum herrschte. Dabei entdeckte sie Trevor. Bobbie Faye wusste, dass Ce Ce ihm das erste Mal von Angesicht zu Angesicht gegenüberstand, und obwohl Bobbie Faye ihn so genau wie möglich beschrieben hatte, spürte sie, wie Ce Ces Griff um ihren Arm fester wurde, als hätte sie Mühe, nicht auf der Stelle zu zerfließen. »Oh *mein Gott!*« Sie beugte sich vor und flüsterte etwas zu laut in Bobbie Fayes Ohr: »Schätzchen, *verdammt sexy* wird ihm ja nicht mal *annähernd* gerecht.«

Trevor wandte sich vom Fenster ab. Er wirkte ziemlich amüsiert und auch ein wenig geschmeichelt.

»Oh Mann, Ce Ce! Vielen Dank, ich bin heute wahrlich noch nicht oft genug gedemütigt worden.«

»Junger Mann«, sagte V'rai, »kommen Sie mit in die Küche, und helfen Sie mir, eine Kanne Kaffee zu machen. Und dabei werden wir uns auch gleich mal unterhalten.«

Bobbie Faye erblasste, als Trevor erwiderte: »›Sich unterhalten‹ ist hier im Süden hoffentlich kein anderer Ausdruck für: Wir gehen mal eben hinters Haus, und ich erschieß dich. Oder?«

»Heute nicht«, erklärte V'rai. »Kommen Sie?« Sie streckte eine Hand aus, damit er sie führen konnte. Aber Bobbie Faye wusste, das war nur ein Trick, denn V'rai besaß das Sonar einer Fledermaus und fand sich seit mehr als dreißig Jahren ohne jede Hilfe in diesem Haus zurecht. Wahrscheinlich hatte sie nur nach einem Vorwand gesucht, um selbst einmal ihre Hand auf Trevors Bizeps legen zu können. Er legte ihre Hand in seine Ellbeuge, und die alte Frau warf Bobbie Faye ein Lächeln zu. Bobbie Faye wusste nicht, was ihr an der Situation besser gefiel: dass ihre Tante ein bisschen harmlosen Spaß hatte oder dass Trevor mit ihrer verrückten Familie konfrontiert wurde und der selbstsichere und ach so starke Agent auf einmal irgendwie ein bisschen … hilflos wirkte.

Okay, es war eindeutig Letzteres, was ihr am besten gefiel.

»Und? Wie läuft's?«, fragte Ce Ce mit einer Kopfbewegung in Richtung Trevor, während sie mehrere Plastikbehälter mit einem klaren Gel aus ihrem großen Rucksack holte.

»Wie? Nein. *Nein.* Da ist absolut gar nichts. Ich bin zur Vernunft gekommen.«

»Ist das die Art von Vernunft, die eigentlich ziemlich dämlich ist? Denn dann, meine Liebe, müsstest du dringend eine Hundertachtzig-Grad-Wendung vollführen.«

»Kann ich nur unterstreichen«, bemerkte Aimee, die immer noch unbeirrt die Mündung ihres Gewehrs aus dem Fenster im

Esszimmer hielt. »Übrigens hat V'rai mir gestern erzählt, dass er geiler ist als …«

»Aimee!«, ließ sich da plötzlich V'rai aus der Küche vernehmen. »Du sollst doch nicht tratschen.«

»Sie hat verdammte Fledermausohren«, murrte Aimee, aber sie verkniff sich den Rest ihrer Bemerkung und wandte ihre Aufmerksamkeit wieder den Aktivitäten vor dem Haus zu.

»Wie konnte V'rai dir das sagen, noch bevor wir überhaupt hier … Oh!« Sie bemerkte Aimees scharfen Blick. »Stimmt.«

V'rais »Hellsichtigkeit« war für die ganze Familie eine absolut nervtötende Angelegenheit. Über jeden Einzelnen wusste sie alle möglichen Dinge. Sie konnte Dinge »sehen«, die niemand anders bemerkte, und sogar Ereignisse voraussagen, sprach aber nie darüber, es sei denn, sie verfolgte damit einen bestimmten Zweck, was für Bobbie Faye als kleines Mädchen verdammt unpraktisch gewesen war. Selbst ihre eigene Mutter hatte V'rais Begabung ziemlich eingeschüchtert. Emile hatte es stets vermieden, etwas mit seiner Schwägerin zu tun zu haben. (Bobbie Faye ging davon aus, dass er einfach nicht wissen wollte, was V'rai in seiner Zukunft sah, falls ihm ein grausiger und schmerzhafter Tod bevorstände … das wäre nämlich so ein typischer Fall gewesen, in dem V'rai nur zu gern erzählt hätte, was sie wusste.)

»Dann sind wir uns also alle einig«, erklärte Ce Ce, während sie das Gel auf Bobbie Fayes linker Schulter verteilte. »Wenn V'rai sagt, dass er heiß ist, dann musst du nur noch …«

»Moment mal! Woher kennst du eigentlich V'rai? Ich arbeite bei dir, seit ich sechzehn bin, aber bisher hast du nie erwähnt, dass du meine Tante kennst. Und bei uns im Laden ist sie auch nie gewesen.«

»Ich kenne viele Leute, über die wir nicht reden.« Sie tupfte gerade etwas von dem Gel auf Bobbie Fayes linke Wange, als sie Trevor in der Küche lachen hörten. Nicht leise, sondern aus vollem Hals, und es klang toll. Bobbie Faye fragte sich, worüber er wohl mit V'rai sprach, dass es ihn derart zum Lachen brachte.

»Ich mache die Spezziallieferungen für alle Landrys. V'rai fährt nicht mehr und …«

»Sie ist mal Auto gefahren? Ich dachte, sie wäre seit ihrer Geburt blind.«

»Nicht seit ihrer Geburt, aber sie hatte mit Aimee ein System entwickelt.« Aimee war die Älteste von mehreren Geschwistern. »Aimee hat ja das Problem mit ihrem Fuß.«

»Die Prothese?« Bobbie Faye wusste nur, dass Aimee als Kind in einen Autounfall verwickelt worden war und dabei einen Fuß verloren hatte.

»Genau«, meldete sich Aimee zu Wort. »Ich kann die Pedale nicht spüren, und V'rai kann nicht sehen. Also haben wir uns zusammengetan. Sie fährt, und ich sage ihr, wo es langgeht.«

»Die Hoffnung, dass Wahnsinn nicht erblich ist, hat sich damit wohl erledigt.«

»… bis V'rai eines Tages geradewegs in das Gerichtsgebäude gerast ist«, ergänzte Aimee. »Danach hat der Sheriff ihr verboten zu fahren.«

»Das war mal eine gute Idee.«

Ce Ce verteilte das Gel inzwischen auch auf Bobbie Fayes linkem Arm. »Ist Marie in letzter Zeit mal hier gewesen?«

»Weiß nicht.« Aimee warf einen Blick in Richtung Küche, dann beugte sie sich wieder über ihr Gewehr.

»Wer versteckt sie?«

»Ich könnte jetzt wirklich einen Kaffee gebrauchen«, sagte Aimee. »Hier.« Sie stellte das Gewehr ab. »Ich bin in einer Minute zurück.«

Bobbie Faye verkniff es sich, ihr »Feigling!« nachzurufen.

Während Aimee in die Küche marschierte, sah Bobbie Faye an ihrem Arm hinunter und rechnete damit, überall dieses klare Gel zu sehen, mit dem Ce Ce sie als Vorbereitung auf ihren Zauber eingeschmiert hatte. Doch als sie erkannte, was Ce Ce getan hatte, blieb ihr fast das Herz stehen.

18

»Ce Ce! Was zum Teufel machst du da?« Bobbie Faye starrte auf ihren linken Arm – er war nun königsblau, bis zu ihren Fingerspitzen.

»Es ist ein Zauber. Ein wirklich starker Schutzzauber. Ich glaube, ich weiß jetzt, was bei den anderen nicht funktioniert hat.«

»War ich irgendwie nicht furchteinflößend genug?«

»Oh doch, du warst sehr furchteinflößend.«

»Wer möchte das nicht von seinem Arbeitgeber hören? Ich würde diese Katastrophe gern durchstehen, ohne wie eine Blaubeere auf einem Werbeposter für die Frucht des Monats auszusehen.«

»Es ist wirklich nicht schlimm. Es ist nur ganz leicht blau«, meinte Ce Ce, ohne Bobbie Faye direkt in die Augen zu sehen. Dann packte sie die Plastikbehälter zusammen und verschloss einen wieder sorgfältig, in dem sich noch etwas Gel befand. »Vielleicht liegt es an dem Gebet, dass alles ein bisschen dunkler geworden ist.«

»Gebet?«

»Maimee und ihre Leute. Sie waren im Laden. Durch das viele Beten ist das Blau vielleicht ein bisschen dunkler geworden, als ich es in Erinnerung hatte.«

»Vielleicht? Wenn Maimee mir ihre Gebete geschickt hat, kann ich wahrscheinlich froh sein, dass ich nicht gleich in Flammen aufgegangen bin. Und welchen Spruch müssen wir jetzt sagen?«

Die Zauberformel. Ce Ce sah ihr immer noch nicht in die Augen. »In diesem Fall brauchen wir keinen Spruch … Der Zauber steckt schon in dem Gel.«

»Also bin ich fertig? Ich kann das Zeug jetzt abwaschen?«

»Nein«, sagte Ce Ce und ging zur Tür.

»Ich möchte aber nicht so herumlaufen, als wäre ein Schlumpf in meiner Hand explodiert.«

»Schätzchen, bei Mel Gibson hat es in *Braveheart* auch funktioniert.«

»Ce Ce … seine Seite *verliert*! Der Held wird am Ende des Films gefoltert und enthauptet.«

»Wahrscheinlich hat er das Gel abgewaschen. Also tu das bloß nicht! Schon gar nicht in den nächsten zwei Stunden, ich habe nämlich keine Ahnung, ob das Zeug womöglich explodiert.«

»Explodiert?« Bobbie Faye spürte, wie ihr die Knie weich wurden.

»Du wirst nicht in die Luft fliegen, Liebes. Jedenfalls glaube ich das nicht. Aber der Schutzzauber muss ja mit irgendwas arbeiten, sonst läuft er unter Umständen ein wenig aus dem Ruder. Und deswegen muss ich den Rest von dem Zeug jetzt auch an einen sicheren Platz bringen«, erklärte sie und klopfte mit der Hand auf ihren großen Rucksack, in dem sich die anderen Behälter befanden. »Oh, und ich denke, ich habe vielleicht ganz zufällig dein Problem mit der Versicherung gelöst. Also achte darauf, dass du am Leben bleibst, damit ich es dir noch erzählen kann, okay? Bis bald!«

Ce Ce verließ V'rais Haus, während Bobbie Faye einen Blick in den großen Spiegel im Wohnzimmer warf. Entsetzt schlug sie die Hand vor den Mund und unterdrückte einen Aufschrei.

John und die Männer, die er angeheuert hatte, gingen an der Mühle in Position. Durch sein Fernglas beobachtete John, wie die durchgeknallte Voodoopriesterin aus dem Haus stürmte und fast die Idioten, die dort im Vorgarten herumlungerten, über den Haufen rannte. Ihm war völlig klar gewesen, dass er nur Ce Ce zu folgen brauchte, um die Spur wieder aufnehmen zu können. Denn bei jeder Bobbie-Faye-Katastrophe tauchte irgendwann ihre Chefin auf und versuchte, diesem durchgeknallten Wirrkopf irgendwie zu helfen. Und es war nur ausgleichende Gerechtigkeit, dass dieselbe Frau, die ihn vor Jahren verhext hatte (und es hatte zwei verdammte Jahre gedauert, bis auch die letzte Warze wieder verschwunden war), ihm nun half – wenn auch unfreiwillig –, Bobbie Faye wieder aufzuspüren und in die ewigen Jagdgründe zu befördern.

Drei Männer hatte er um das Haus verteilt, und sobald Bobbie Faye mit den Diamanten irgendwo herauskam, würden die Steine ihm gehören. Bobbie Faye würde dann tot sein, endgültig vom Angesicht der Erde getilgt, und trotzdem würde er sein Honorar einstreichen. Wunderbar!

Trevor hörte V'rai zu, während er ihr aus der Küche folgte, und Bobbie Faye konnte seine Miene nur als … höchst besorgt bezeichnen. Trotzdem nahm sie einen Ausdruck absoluter Ungläubigkeit an, als er aufsah und sein Blick auf sie fiel. Er blieb so abrupt stehen, als wäre er gegen eine Wand gelaufen.

»Halt bloß den Mund!«, fuhr sie ihn an, bevor er irgendetwas sagen konnte.

»Was ist passiert?«, fragte er dennoch verblüfft und kam zu ihr ins Wohnzimmer. »Ich habe dich nur fünf Minuten allein gelassen. Mir wird ganz schwindelig, wenn ich überlege, was du in einer halben Stunde alles anstellen könntest.«

»Okay, jetzt mal im Ernst. Ich hasse dich. Also halt die Klappe!«

Er stand viel zu dicht vor ihr. »Ich dachte, wir hätten bereits klargestellt, dass du mich *nicht* hasst.«

»Und ich dachte, wir hätten klargestellt«, erwiderte sie so

selbstbewusst und kess, wie sie nur konnte, »dass du ein manipulativer Bastard bist.« Sie schenkte ihm ein strahlendes Lächeln, um ihre Aussage noch einmal zu unterstreichen. »Was ist denn los?« Sie machte eine Kopfbewegung in Richtung Tante V'rai, denn ihm war inzwischen schon wieder anzusehen, wie unbehaglich er sich fühlte – was V'rai in Bobbie Fayes Augen ein paar Bonuspunkte einbrachte.

»Deine Tante hat offensichtlich hellseherische Fähigkeiten … was du vielleicht auch schon mal erwähnt hast.« Dann fuhr er leise fort: »Deine Familie ist noch durchgeknallter als du, obwohl ich geschworen hätte, dass das unmöglich ist.«

»Mein Junge«, meldete sich V'rai zu Wort, »ich bin blind, aber nicht taub.«

Trevor nickte in V'rais Richtung. »Sie sagt, dein Dad besitze eine andere Art hellseherischer Gabe. Er kann absolut alles wiederfinden, was verschwunden ist.«

»Ja, klar … alles, was er finden *will*. Und genau darum bin ich hier.«

»Nicht nur, weil Marie hier war?«

Bobbie Faye war ungefähr so scharf darauf, sich in diesem Haus aufzuhalten wie auf eine OP am offenen Herzen. Obwohl, wenn sie es recht bedachte, würde ihr die OP entscheidend mehr Spaß machen. Allein bei dem Gedanken, ihren Vater um etwas bitten zu müssen, verspürte sie den dringenden Wunsch, irgendwas zusammenzuschießen – und dann vielleicht noch mal reinzutreten. »Nein«, erwiderte sie schließlich. »Nicht nur deswegen. Die Reishülsen sagen mir, dass sie hier war, aber warum ist mir ein völliges Rätsel. Wir können noch Tage damit zubringen, sie zu suchen, aber die Zeit haben wir nicht.«

»Also willst du ihn bitten, dass er dir hilft, die Diamanten aufzuspüren?«

Bobbie Faye bemerkte, dass Trevor den Versuch aufgegeben

hatte, irgendetwas vor V'rai zu verheimlichen, was bedeutete, dass V'rai ihn mit ihrer verrückten »Hellseherei« ziemlich beeindruckt haben musste. Am liebsten hätte Bobbie Faye ihre Tante gefragt, was sie bei Trevor gesehen hatte und warum sie ihm vertraute, denn V'rai schien sich in seiner Gegenwart absolut wohlzufühlen. Aber was solche Dinge anging, gab sich ihre Tante immer ausgesprochen wortkarg. Von all den Menschen in den verdammten Südstaaten, die in der Regel so ziemlich jedem einfach alles erzählten, einschließlich jeder erdenklichen Peinlichkeit aus der eigenen Familie, musste ausgerechnet Bobbie Fayes Tante zu den wenigen Leuten gehören, die zwar eine Menge wussten, aber *nichts* davon verrieten.

Bobbie Faye beantwortete Trevors Frage. »Der alte Landry …«

»Bobbie Faye«, schimpfte V'rai sofort, »er ist dein Dad. Also sprich auch in angemessener Form über ihn.«

»Der launische alte Bastard?«, erwiderte Bobbie Faye spitz, und V'rai schüttelte verärgert den Kopf. »Er braucht die Steine nicht *aufzuspüren*. Er sieht sie einfach, wo immer sie auch sind. Selbst wenn ein paar Tausend Kilometer dazwischenliegen, kann er alles genau beschreiben.« Trevor hob ungläubig eine Augenbraue. »Ich weiß, ich hab's zuerst auch nicht geglaubt, aber manchmal rufen ihn Leute aus dem ganzen Land an, und er sagt ihnen dann, wo ihre Sachen sind. Es sei denn, es handelt sich um ein Diadem, das die Karte zu einem großen Piratenschatz sein könnte.«

Das Diadem, das ihre Mutter immer als Piratenkönigin getragen hatte. Es war eigentlich ein Lageplan, den der alte Lafitte für seinen Schatz angefertigt hatte, und das Diadem war dann von Generation zu Generation weitergereicht worden. Inzwischen lag es irgendwo im Schlick des Mississippi. Genau in diesem Moment fiel Bobbie Faye auf, dass Trevors Haltung sich versteifte und er über ihre Schulter zur Küchentür blickte.

»Der Schatz würde nichts als Ärger bringen«, bellte ein Mann in einem cajunischen Akzent, der noch heftiger als V'rais war. Bobbie Faye drehte sich um und stand dem alten Landry – Etienne – gegenüber, der sie anfunkelte. »Und davon hast du schon genug.«

»Klar, er würde ein paar Millionen bringen. Lieber Gott, was für einen Leidensweg hätte ich damit vor mir.«

»Und jede Menge Leute würden versuchen, dir alles wieder wegzunehmen.«

»Ich kann mich nicht erinnern, dass du jemals Interesse gezeigt hättest, also kannst du dir deine Anteilnahme jetzt auch sparen.«

»Du hast ja keine Ahnung. Du bist eine verdammt verrückte *coo-yôn*, weil du dich in diese Sache hast mit hineinziehen lassen. Du besitzt nicht einen Funken gesunden Menschenverstand, Mädchen.«

Bobbie fuhr die Stacheln aus, und Trevor legte ihr einen Arm um die Schultern.

»Zumindest habe ich Mumm in den Knochen«, erklärte sie dem Alten, während er ins Wohnzimmer schlenderte und seinen Cowboyhut auf die Waffen legte, die sich auf dem Esstisch häuften. Sein wettergegerbtes, gebräuntes Gesicht und sein weißes Haar verrieten sein Alter, obwohl seine Stimme immer noch kräftig war. Aber hauptsächlich waren es seine vom grauen Star milchig weiß getrübten Augen, die die Blicke der Leute anzogen.

»Dein Mut wird dich noch das Leben kosten«, fuhr er Bobbie Faye an. V'rai trat zwischen die beiden und legte beschwichtigend eine Hand auf seinen Arm.

»Sie braucht Hilfe, Etienne.«

»Marie steckt in Schwierigkeiten«, sagte der alte Mann, und dann sah er Bobbie Faye an. »Sie ist das Nesthäkchen der Familie, und außer uns steht niemand zwischen ihr und einer Kugel von Emile. Ich trage dir nichts nach, Mädchen, ich sage dir nur die Wahrheit.«

»Nachtragen?«, fragte Trevor.

»Sie hat ihn vor einer Weile mal angeschossen«, bemerkte V'rai so beiläufig, als würde sie sagen: *Und dann haben wir alle noch ein Eis gegessen*.

Trevor sah Bobbie Faye erstaunt an.

»Es war nur eine kleine Meinungsverschiedenheit«, erklärte sie. »Ich hätte besser zielen sollen.«

»Bitte erinnere mich daran, dass ich dich niemals verärgere.«

»Zu spät«, erwiderte sie, dann wandte sie sich wieder an den alten Landry: »Du willst mir also wirklich nicht helfen?«

»*Mais non*, ich helfe doch, du bist einfach nur zu stur, um zuzuhören. Fahr nach Haus, ich kümmere mich schon um die Sache.«

»Und wenn ich zu Hause bin, sollte ich vielleicht ein paar Kekse für die Leute backen, die versuchen, mich zu erschießen … Vielleicht kann ich sie auf die Weise in ein diabetisches Koma schicken und sie vergessen mich einfach.«

Trevor lachte, und als sie ihm einen Blick zuwarf, begriff sie, dass er bei seinen Recherchen mehr über sie herausgefunden hatte, als ihr lieb war. »Ach, leck mich! Es ist nicht meine Schuld, dass die Leute damals von den Keksen krank geworden sind.«

»Wahrscheinlich war es für das hiesige Krankenhaus ein neuer Rekord, dass vierzehn Leuten in einer Nacht der Magen ausgepumpt werden musste.«

»Ich hasse dich jetzt schon abgrundtief.«

»Du wirst drüber wegkommen.«

Bis zu diesem Augenblick war ihr überhaupt noch nicht aufgefallen, dass er einen Arm um sie gelegt hatte, und am liebsten hätte sie ihm eine gescheuert, dass er Sterne sah, aber sie war sich einfach zu sehr der Anwesenheit ihres Vaters und V'rais bewusst, die sie beide mit einem ziemlich selbstzufriedenen Lächeln beobachteten.

Der alte Landry deutete mit dem Daumen auf Trevor und fragte V'rai: »Ist er das?«

»Ja, ist er.«

»Wer soll er sein?«, wollte Bobbie Faye wissen, aber sie bekam keine Antwort. Stattdessen musterten die beiden Trevor – so sah es jedenfalls aus, als sie sich ihm mit schief gelegtem Kopf und erhobenem Kinn zuwandten. Aber da V'rai blind war und Etiennes Linsen getrübt, hätten sie genauso gut einem kosmischen Radiosender lauschen können, den nur sie hörten.

»Du«, sagte der alte Landry und zeigte mit einem Finger auf Trevor, »passt gefälligst auf sie auf! Sie ist zwar anstrengend, aber wenn ihr auch nur ein Haar gekrümmt wird, werde ich dich zur Strecke bringen, das schwöre ich.«

»Wie kommst du dazu, so zu reden, als ob ich dir irgendwas bedeute?« Bobbie Fayes Stimme wurde schrill und überschlug sich fast, während ihr das Herz in der Brust hämmerte. Denn in all den verdammten vergangenen Jahren hatte er ihr nicht einmal eine Geburtstagskarte geschickt, und jetzt stand er da und tat so, als wäre sie ihm wichtig. Sie bohrte sich ihre Nägel in die Handflächen, und es nervte sie ganz gewaltig, dass es dem alten Mann tatsächlich gelang, ihr Herz zu berühren.

Trevor unterbrach sie, indem er kurz ihre Schulter drückte. Das verwirrte sie, und ihre Verwirrung verwandelte sich in Verblüffung, als sie sah, wie wütend und angewidert er ihren Vater anstarrte. »Sie kann gut auf sich selbst aufpassen«, entgegnete er, und es war unüberhörbar als Drohung gemeint. »Und falls sie mich braucht, werde ich da sein.«

Bobbie versuchte, leise auszuatmen, aber irgendwie lehnte sie sich dabei etwas dichter an Trevor und schob einen Daumen in seine hintere Gürtelschlaufe. Alles natürlich rein unbewusst.

V'rai lächelte strahlend und stieß ein leises Lachen aus. »Er wird das schon machen«, sagte sie zu ihrem Bruder.

»Ich hoffe für ihn, dass du recht hast.

»Womit soll sie recht haben?«, fragte Bobbie Faye, und plötzlich waren alle intensiv mit der Decke oder dem Boden beschäftigt. Sogar Trevor.

Toll! Genau das brauchte sie jetzt – dass V'rai anfing, irgendwelche mysteriösen Andeutungen zu machen. Bobby Faye hasste mysteriöse Andeutungen. So was tötete ihr immer den letzten Nerv. Sie wollte gerade etwas erwidern, aber da wandte V'rai sich schon dem Beistelltisch zu, auf dem jede Menge Fotoalben lagen.

»*Mais non*, still jetzt, *bebe*, du wirst schon noch sehen. Jetzt möchte ich dir erst mal eine Kleinigkeit geben.«

Der alte Landry bellte irgendetwas auf Cajun, das Bobbie Faye nicht ganz verstand, und V'rai brachte ihn mit einer Geste zum Schweigen. »Sei still, Etienne! Nur ein paar Familienfotos.«

»Ich will keine Familienfotos«, sagte Bobbie Faye, als V'rai begann, eins der Alben durchzublättern. Woher wollte sie überhaupt wissen, welche Bilder sie aus den Seiten löste? Es gab keine abgeknickten Ecken, Risse oder anderen fühlbaren Unterschiede an den beiden Fotos, die V'rai ihr schließlich in die Hand drückte. Bobbie Faye warf demonstrativ nur einen flüchtigen Blick auf die Bilder.

»Blödsinn, *bebe*, natürlich willst du sie haben. Eines Tages wirst du auch etwas über diesen Zweig deiner Familie wissen wollen, und dann wirst du froh sein, dass du die Fotos hast. Du hast einen großen Anteil daran, was hier fehlt …« V'rai berührte ihr eigenes Herz. »… und eines Tages wirst du es verstehen.«

Bobbie Faye nahm die Fotos und schob sie kurzerhand in die hintere Tasche ihrer Jeans. »Du wirst mir also nicht helfen, Marie zu finden?«

Traurigkeit breitete sich auf V'rais Gesicht aus, während sie ihre Augen auf die abweisende Miene ihres sturen Bruders richtete. »Du musst deinen Weg gehen, *bebe*«, sagte sie, »und wir unseren. Ich kann dir deinen nicht zeigen, du musst ihn selbst finden, sonst wirst du mit Sicherheit sterben.«

»Du brauchst uns nicht«, erklärte der alte Landry, und damit verließ er den Raum.

»Sei vorsichtig, *bebe*.« V'rai wandte sich ab, um ihrem Bruder zu folgen. Doch dann, als hätte sie es sich noch einmal anders überlegt, sagte sie zögernd: »Du bewegst dich ganz dicht am Abgrund, also pass auf, dass du nicht abrutschst.«

»Vielleicht ist sie hier gewesen, vielleicht aber auch nicht. Ich kann es Ihnen nicht sagen«, erklärte die hagere alte Frau Benoit. Sie saß in einem Schaukelstuhl auf der Veranda der Verwalterhütte von Bobbie Fayes Trailerpark, hatte einen Korb auf ihren Knien und pulte Erbsen aus den Schoten. Die leeren Schoten warf sie über die Schulter in einen größeren Eimer. »Ich hatte den Fernseher laufen, deswegen habe ich nichts gehört.«

Ja klar! Benoit hätte seinen nächsten Gehaltsscheck darauf verwettet, dass die Frau absolut alles wusste, was sich in dem Trailerpark abspielte. Er warf einen Blick auf seine Notizen. Walter Coullion, der in dem Trailer vor Bobbie Fayes wohnte, hatte geschworen, dass er in eine einfach atemberaubende Partie Domino mit seinen Trinkkumpanen vertieft gewesen war, bei der natürlich niemand Geld gesetzt hatte, weil das ja gegen das Gesetz gewesen wäre. Ihnen war absolut nichts Besonderes aufgefallen, außer vielleicht zwei Frauen, die sich sogar ausgezogen hatten … oder auch nicht. Benoit hatte allein durch den Kontakt mit Walters Atem schon einen in der Krone, deswegen war es völlig sinnlos, den Mann zur Vernehmung mit aufs Revier zu nehmen. Benoit konnte nur hoffen, dass er irgendwann wieder nüchtern genug war, um sich überhaupt an irgendwas zu erinnern.

Bethany Myers wohnte in dem Trailer gegenüber von Walters, und sie war wahrscheinlich auch eine der Frauen gewesen, die sich bei dem »Dominoturnier« ausgezogen hatten, denn es war ihr ziemlich schwergefallen, ihre Bluse wieder zuzuknöpfen, während Benoit sie befragte.

Seine letzte Hoffnung war Aubrey Ardoin, der allerdings nicht mit den Ardoins vom Chili-Käse-Hotdog-Stand verwandt war. Der Junge hatte sich über die einstweilige Verfügung hinweggesetzt, die Bobbie Faye gegen ihn erwirkt hatte, damit er keine Fotos mehr von ihr machte und sie (für ein Vermögen) im Internet verkaufte. Aubrey fuhr einen gebrauchten Porsche, während seine Eltern sich nur den Doppeltrailer leisten konnten, der gleich in der Nähe des Parkeingangs stand, und er hatte sich das Geld dafür ganz sicher nicht mit irgendeinem Teilzeitjob nach der Schule verdient. Benoit war sich ziemlich sicher, dass Aubrey, sobald er sich eines Tages mit einer echten Arbeit konfrontiert sah, in Ohnmacht fallen würde. So gierig der Junge auch war, er hatte eine Heidenangst vor Bobbie Faye, seit sie ihn mit sorgfältig platzierten Messern kopfüber an eine Wand genagelt hatte. Zuvor hatte sie ein Kabel entdeckt, das in ihrem Trailer verschwand und an dessen Ende sich eine Minikamera befand, die in ihrer Dusche versteckt war. Wenn Aubrey also ein Bild von Bobbie Faye besaß, würde er wahrscheinlich lieber sterben, als es zuzugeben.

»Sie steckt in Schwierigkeiten, Mrs Abilene«, sagte Benoit zu der Verwalterin des Trailerparks. »In großen Schwierigkeiten. Wenn wir wüssten, wo sie ist, könnte ihr das sehr helfen.«

Die alte Frau knackte eine weitere Schote und holte die Erbsen heraus. Der Pflanzensaft färbte ihre Fingerspitzen mit jeder Schote grüner. Mit ihrer knochigen Hand fuhr sie in den Korb, ließ die Erbsen durch ihre Finger rieseln und machte dabei ein Gesicht, als würde sie die Runen befragen. Benoit konnte gerade noch verhindern, dass er sich unwillkürlich näher über die Erbsen beugte. Dann sah die Frau misstrauisch zu ihm auf.

»Wenn es Ihnen hilft zu wissen, ob sie hier war, sollten Sie mal mit diesen Leuten sprechen.

»Mit welchen Leuten?« Mrs Abilenes Lippen wurden zu einem schmalen Strich, aber Benoit ließ nicht locker. »Ehrlich, ich bin ein Freund von ihr. Ich versuche wirklich nur, ihr zu helfen.«

Erneut wog Mrs Abilene eine Handvoll Erbsen in der Hand. »Da ich ja gesehen habe, wie Sie zusammen mit Bobbie Fayes Freund hier nach ihr gesucht haben, sagen Sie wahrscheinlich die Wahrheit. Aber wenn Bobbie Faye mir etwas anderes erzählt, haben Sie richtig Ärger am Hals.«

»Ja, Ma'am«, erschien Benoit im Moment die klügste Antwort zu sein. Er würde sich hüten und die alte Frau darüber aufklären, dass Cam nicht mehr Bobbie Fayes Freund war.

»Ich weiß nicht, was das für Leute waren. Sie sind hier spät am Abend aufgetaucht und so selbstverständlich zu ihrem Trailer gegangen, als würde er ihnen gehören. Sie haben sich nicht angeschlichen oder irgendwas in der Art, sondern einfach das Licht im Trailer angemacht. Ich wollte euch schon anrufen, weil es so spät war und es Leute gibt, die Bobbie Faye das Leben ganz schön schwer machen, aber dann ist sie mit denen zusammen herausgekommen, und ich hatte den Eindruck, dass sie die Leute freiwillig begleitet hat.«

»Wie viele waren es?«

»Zwei … ein Mann und eine Frau.«

»Konnten Sie die beiden erkennen?«

»Nein, als ich gesehen habe, dass Bobbie Faye bei ihnen war, habe ich mich wieder vor den Fernseher gesetzt. Mehr kann ich Ihnen nicht sagen, dazu waren sie zu weit weg.«

»Und um wie viel Uhr war das?«

»Oh, ungefähr halb zwölf. Das weiß ich so genau, weil meine Sendung gerade zur Hälfte vorbei war.«

Der Gerichtsmediziner hatte den Todeszeitpunkt ursprünglich auf die Zeit zwischen zwölf und ein Uhr morgens eingegrenzt, und da Benoit die DVD zusammen mit Cam Bild für Bild angesehen hatte, wusste er, dass der exakte Zeitstempel für den Mord 12:23 Uhr war. Benoit befragte Mrs Abilene noch ein paar Minuten, aber auch wenn sie mehr wusste, ließ sie es sich zumindest nicht aus der Nase ziehen. Schließlich bedankte er sich und ging. Er zog kurz in Erwägung, eine Straßensperre zu errichten und jeden ihrer Nachbarn zu befragen, sobald die Leute am Abend nach Hause kamen, aber besser war es, Bobbie Faye zu finden und sie selbst zu vernehmen.

Aus irgendeinem Grund hatte sie Cam erzählt, sie sei allein gewesen – die ganze Nacht. Jetzt aber hatte die Verwalterin des Trailerparks ausgesagt, dass Bobbie Faye nicht die ganze Zeit allein gewesen sei, sondern auch noch mit zwei Fremden ihren Trailer verlassen habe. Zudem hatte Mrs Oubillard sie am Tatort erkannt. Völlig unbestreitbar war, dass Bobbie Faye niemals log – was sie im Laufe der Jahre in einige schwierige Situationen gebracht hatte. Also wie konnte es sein, dass sie allein zu Hause gewesen war und gleichzeitig doch nicht?

Bisher war er in der Lage zu beweisen, dass sie sich am Tatort aufgehalten hatte und den Mord verübt haben konnte. Er hatte keine Zeugen gefunden, die bestätigten, dass sie zum Zeitpunkt des Mordes zu Hause gewesen war. Ganz zu schweigen davon, dass er Aufnahmen von einer Frau besaß, die vielleicht Bobbie Faye zeigten, wie sie gerade abdrückte.

Er war wirklich ein toller Freund.

19

»Denken Sie daran, was ich Ihnen gesagt habe, mein Junge«, sagte V'rai zu Trevor, während er Bobbie Faye zur Haustür folgte und ihre Tante sich zurück in die Küche tastete. Als sie allein waren, wandte sich Bobbie Faye zu ihm um, weil sie eine Erklärung erwartete, doch seine Miene war völlig ausdruckslos.

»Was hat sie zu dir gesagt?«

»Weißt du«, lenkte er ab, »ich finde, Blau steht dir.«

»Du bist echt lebensmüde, Trevor. Und du weichst meiner Frage aus.«

»Stimmt.« Er strich eine widerspenstige Haarsträhne hinter ihr Ohr und fuhr mit dem Finger über das blaue Gel in ihrem Gesicht. »Frag mich das später noch mal!«

»Okay, gut, aber nur weil ich ein unendliches Maß an Geduld besitze.« Zum Teufel, sie war ähnlich geduldig wie einst Hiob, und sie konnte *problemlos* warten, ohne auch nur *im Geringsten* neugierig zu werden, ohne sich auch nur einmal zu fragen, welches fürchterliche Geheimnis ihre Tante wohl »gesehen« und ihm erzählt hatte. Sie brauchte es überhaupt nicht zu wissen. Und deswegen musste sie auch nicht danach fragen. Neugier war ein Fremdwort für sie. »War es was Gutes oder was Schlechtes?«

»Weder noch, Obi-Wan. Frag mich später noch mal!«

»Okay. Alles ist Zen. Ist dir schon mal aufgefallen, dass alle diese Mönche eine Glatze haben?«

»Netter Versuch, Sundance.«

»Behaupte nur später nicht, dass ich dich nicht gewarnt hätte.« Sie trat zur Seite und warf einen Blick durch das kleine Fenster neben der Tür. »Ich möchte mit zwei Freundinnen von Marie sprechen. Die Frauen sind beide cajunischer Abstammung und sehr auf ihre Privatsphäre bedacht. Francesca hat gehört, dass sie mir vielleicht etwas erzählen würden, aber sie werden niemals vor so vielen Leuten darüber reden. Ich habe das Gefühl, dass mir ein ganzer Tsunami von Idioten an den Hacken klebt.«

»Ich kümmere mich darum. Meine Männer bremsen sie aus, und wir hängen sie dann ab. Wohin also?«

Im Geist ging sie all die Namen durch, die sie gestern in Maries Terminkalender gelesen hatte. Einige davon hatte sie mit Maries Papieren verglichen, die sie aus ihrem Haus mitgenommen und an Ninas Esstisch geprüft hatte.

»Ds in Sicherheit«, sagte sie, und Trevor brauchte einen Moment, um zu begreifen, was sie meinte.

»Die Notiz im Terminkalender«, sagte er schließlich, und sie nickte.

»Vielleicht hat sie damit gemeint, dass die Diamanten in Sicherheit sind. Und sie hat einen Haken daneben gemacht, weil sie gerade überprüft hatte, dass sie sich immer noch an Ort und Stelle befinden. Zwei ihrer Freundinnen hat sie in ihrem letzten Eintrag erwähnt. Beide waren innerhalb weniger Minuten von ihrem Haus zu erreichen. Und nach dem Zustand der Reishülsen zu urteilen, ist Marie vor Kurzem hier gewesen. Es wäre sinnvoll, zunächst bei den beiden Frauen vorbeizuschauen und herauszufinden, ob sie einen Safe besitzen.«

»Weißt du, wer von den beiden da am ehesten infrage kommt?«

»Marie ist mit beiden gut befreundet. Als ich noch klein war, sind sie immer sonntags zum Essen hierhergekommen. Aber das Haus von Mrs Pooks liegt näher. Vielleicht sollten wir zuerst bei ihr vorbeisehen.«

»Pooks?«

»Das ist der Spitzname der Familie. Mrs Patricia Borroughs.«

»Klingt gut.« Er nickte und begann jemandem eine SMS zu schreiben.

»Du lässt also mich die ganze Sache leiten? Dir steht das gesamte FBI zur Verfügung, und was Besseres als ich fällt dir nicht ein?«

»So könnte man es sagen, ja.«

»Mann, wir sitzen echt in der Scheiße.«

Er trat vor sie, damit er als Erster das Haus verlassen konnte. Er legte die Hand auf den Türknauf, dann hielt er inne. »Was deine Cousins und Cousinen angeht ... Bis wir sie los sind, zwinge ich dich offiziell immer noch dazu, für Emile zu arbeiten.«

»Klar. Die harte Nummer. Schon kapiert.«

»Was auch bedeutet, dass ich vor den anderen grob mit dir umgehen muss.«

»Keine Sorge«, erwiderte sie leicht abwesend, »ich hab schon Schlimmeres erlebt.« Als er nicht antwortete, warf sie ihm einen kurzen Blick zu. Er schien echt sauer zu sein. Als knallharter Typ war er ganz schön furchteinflößend.

»Wenn das hier vorbei ist«, sagte er, »treffen wir uns im Ring wieder.«

»Sparring?«

Er nickte.

»Hast du eine gute Lebensversicherung? Im *Großen Buch all der dämlichen Dinge, die man tun kann* steht nämlich als zweiter Eintrag: *Ein Kampf gegen Bobbie Faye*.«

»Sundance, der Tag, an dem du mich ausknockst, ist der Tag, an dem ich es auch verdient habe.«

»Herrgott, du bist ganz schön eingebildet!«

»Du wirst dich dran gewöhnen.«

»Darauf würde ich mich nicht verlassen.«

Er legte einen Arm um sie und zog sie an sich, um sie auf die Schläfe zu küssen. »Tu ich aber. Was steht denn an erster Stelle?«

Zuerst wollte sie sagen: *Mit mir ausgehen*, aber irgendwas draußen vor dem Fenster lenkte sie ab, und dann erkannte sie, dass da ziemlich viele Leute waren. Im Vorgarten.

»Verdammter Mist! Die Presse ist da.«

Die drückende Hitze traf sie wie ein Schlag, als Trevor die Tür öffnete. Der Staub von den Silos vermischt mit der feuchten, schweren Luft gab ihnen das Gefühl, durch nasse Watte zu waten, als sie sich ihren Weg zu dem leuchtend roten Wagen bahnten.

Verdammt, die Journalisten würden ihnen mit Leichtigkeit folgen können! Bobbie Faye hatte kaum Zeit, ihren Verwandten einen Blick zuzuwerfen oder sich nach den Männern auf den Motorrädern umzusehen, die Trevor am Vortag auf der Brücke geholfen hatten, als plötzlich irgendetwas über ihre Köpfe hinwegpfiff und scheppernd in eine alte Metallwanne voller welker Rosen schlug. Noch zweimal knallte es, und auf der Fahrerseite des Pontiac waren plötzlich beide Reifen platt. Trevor stieß Bobbie Faye hinter einen Mauervorsprung, was sie leider auch daran hinderte, wieder durch die Tür im Haus zu verschwinden.

Alle anderen im Vorgarten – Bobby Fayes Verwandte, die beiden »Motorradagenten«, die zu Trevor gehörten, und die Presseleute – warfen sich zu Boden und versuchten hastig, in Deckung zu kriechen.

Cam blätterte noch einmal die Ermittlungsakte über den ermordeten Juwelier durch. Irgendwo musste einfach etwas zu finden sein, irgendeine Spur, die er verfolgen konnte, die ihn zu dem tatsächlichen Mörder führen würde. Dann würde er auch erkennen, warum Bobbie Faye die ganze Sache in die Schuhe geschoben werden sollte. Cam wusste, dass Salvadore ein Geschäft für die gehobene Kundschaft geführt hatte, was eigentlich paradox war, da es sich bei Lake Charles nicht unbedingt um eine

Stadt mit entsprechender Klientel handelte. Dort wurde eher hart gearbeitet, in Handwerk und Industrie. Trotzdem gehörte der Laden zu einer Kette, die im Süden mehrere Filialen betrieb. Und Salvadores Geschäft passte perfekt dazu und lief wie geschmiert. Nie hatte es auch nur den kleinsten Hinweis auf einen Skandal gegeben. Jede Steuerprüfung war ohne Beanstandung verlaufen, und seine Kunden hatten alle zu den höflichsten und gesetzestreuesten Bürgern des Landes gehört.

Er musste es faustdick hinter den Ohren gehabt haben.

Cam blätterte die Akte durch, bis er auf den Ausdruck der langen Liste von Sals Kunden aus den letzten zehn Jahren stieß. Die Namen stammten aus Sals Buchführung, seiner Mailingliste, den Einzelnachweisen der Telefonrechnung und anderen Unterlagen. Es waren Hunderte. Das Ganze erinnerte an die Suche nach der Nadel in einem verdammten Heuhaufen.

War es nur Zufall, dass ein Juwelier ermordet wurde und schon vier Tage später mehrere Leute auftauchten und versuchten, Bobbie Faye zu zwingen, irgendwelche Diamanten aufzutreiben? Klar. Gab es irgendjemanden, den sie verärgert hatte (nun ja, da kam die halbe Stadt infrage, was nicht wirklich weiterhalf) ... irgendjemanden, dem sie ernsthaften Schaden zugefügt hatte und der sich rächen wollte? *Ernsthaften Schaden* ... Er musste an Maries zerstörtes Haus denken und die Gerüchte, nach denen Bobbie Faye gesehen worden war, wie sie sich vom Ort der Katastrophe entfernte.

Aus einem Impuls heraus blätterte er zum Buchstaben D der Kundenliste und fand ... *Despré, Marie*. Na toll! Der Juwelier war tot und Bobbie Faye auf der Suche nach obskuren Diamanten, und dann legte sie das Haus einer wichtigen Kundin des Mannes in Schutt und Asche. Wenn man dann noch das am Tatort gefundene Haar in Betracht zog, die Aufnahmen der Überwachungskamera, das Armband ... *Herr im Himmel*, sie würde den Rest ihres Lebens im Gefängnis schmoren. Und das auch schon ohne die Patronenhülsen (die er immer noch in der Tasche hatte). Der bloße Gedanke stieß ihm sauer auf, und er wog nachdenklich den Kopf. Sie hatte es ihm noch nie leicht gemacht. Warum konnte diese Frau sich nicht wenigstens ein einziges Mal wie jeder Durchschnittsbürger verhalten?

»Cam«, rief Jason von der Tür her, und er blickte verblüfft auf. Er hatte seinen Kollegen nicht hereinkommen hören. »Ich habe gerade gesagt, dass an der Mühle des alten Landry Schüsse gefallen sind.«

»Endlich schießt mal jemand auf den alten Spinner. Warum überrascht mich das nicht?«

»Bobbie Faye ist dort gesehen worden.«

»Ach du Scheiße!« Cam sprang auf und hätte beinah die Akte zu Boden gefegt. »Fordere den …«

»Schon passiert. Der Heli steht bereit.«

Cam stürmte aus dem Raum und stieß mit Winna zusammen, die ein hübsches pinkfarbenes Sommerkleid trug. Er fing sie auf, bevor sie zu Boden gehen konnte.

»Winna? Tut mir leid. Ich habe es eilig. Alles in Ordnung?«

»Oh! Äh … kein Problem. Wir wollten nur eigentlich zusammen essen gehen.«

Mist! Er kam sich vor wie ein Idiot. An ihre Verabredung für die Mittagspause hatte er überhaupt nicht mehr gedacht. »Ich ruf dich nachher an«, sagte er schnell. Sie lächelte und winkte ihm nach, als er nach draußen rannte.

»Ist irgendjemand verletzt?«, fragte er Jason, der neben ihm herlief. Einmal mehr war er dem Gouverneur äußerst dankbar, dass der Mann wegen seiner tiefen Abneigung gegenüber Bobbie Faye persönlich die Finanzierung einer brandneuen Bell 207 für den State Police Troop D durchgedrückt hatte.

»Keine Ahnung. Jemand von einer benachbarten Farm hat

angerufen. Die Presse soll sich schon vorher bei Landrys Mühle versammelt haben. Dann sind Schüsse gefallen, und alle sind in Deckung gehechtet.«

Trevor hatte seine SIG gezogen. Er schob Bobbie Faye hinter sich, um ihr Deckung vor dem Heckenschützen zu geben, während sie ihre Tasche nach Maimees Glock durchwühlte, die sie schon fast vergessen hatte. Gerade als sie ihr Handy zur Seite schob, klingelte es, und ihr stach sofort die Nummer des Anrufers auf dem Display ins Auge.

»Wow! Eine Versicherung«, murmelte sie und ignorierte das Klingeln, während mehrere Schüsse über ihnen ins Dach einschlugen.

»Wie viele sind es dann jetzt?«, erkundigte sich Trevor, während er herauszufinden versuchte, wo sich der Scharfschütze verbarg.

Sie wusste, dass er sie ablenken wollte, damit sie nicht in Panik geriet. *Verflucht noch mal!* Sie funkelte ihn wütend an. Das war wieder so ein ärgerliches Beispiel dafür, dass er durch das Abhören ihres Telefons so einiges wusste. Sie hatte ihm mit Sicherheit nichts von ihrem Antrag auf den Gründungskredit erzählt. Oder von der ablehnenden Haltung der Versicherungsgesellschaften. Er suchte immer noch nach dem Schützen, aber er bemerkte trotzdem, wie sie ihn anstarrte. Und es schien ihn zu amüsieren.

»Okay«, gestand sie schließlich. »Es ist nicht leicht, eine Gesellschaft zu finden, die mich versichern will. Aber bisher haben nur fünfundzwanzig abgelehnt.«

»Das kleine Wörtchen ›nur‹ passt wirklich perfekt in den Satz. Ich bin überrascht, dass sie *überhaupt* anrufen.«

»Es ist mir egal, wenn sie hysterisch werden, sobald sie merken, wer ich bin. Ich hasse es nur, wenn sie anfangen, herumzujammern und irgendetwas von einer Hotline für Selbstmordgefährdete zu plappern.« Weitere Schüsse sprengten den Rost von dem Briefkasten in der Nähe, und Trevor deutete mit einer Kopfbewegung in Richtung der Silos.

Immer noch im Plauderton, als würde sie nicht gerade ein irrer Heckenschütze in Deckung zwingen, erkundigte er sich: »Und wie viele Versicherungsgesellschaften sind dann jetzt noch übrig?«

»Zwei. Irgendjemand in diesem Land muss doch einfach noch verrückter sein als ich.«

»Ich denke, wir sollten an der Präsentation deiner Anfrage arbeiten.«

Kugeln trafen Bäume im Garten, pfiffen als Querschläger herum und prallten scheppernd gegen einen staubigen Fahnenmast aus Aluminium in der Nähe der Eingangstür, von dem die amerikanische Flagge an diesem windstillen Morgen schlaff herunterhing. Bobbie Faye warf einen Blick zu ihren Cousins und Cousinen hinüber. Donny schien hin- und hergerissen zu sein zwischen seinem Bedürfnis, sich hinter einigen verrosteten Gartenmöbeln zu verkriechen, und seinem Wunsch, für die Kameras der Presseleute einen heroischen Auftritt hinzulegen. Er richtete sich auf, warf sich aber in der nächsten Sekunde wieder in Deckung, als eine Kugel das Vogelhaus neben seinem Kopf durchschlug. Mitch hatte sich hinter einen großen Gastank geflüchtet, den V'rai vor vielen Jahren wegen der vielen Wirbelstürme gekauft hatte.

»Mitch«, rief Bobbie Faye, »könntest du bitte von dem Propangas weggehen?«

»Soll ich jemanden erschießen?«

»Nein«, erwiderte sie so sachlich wie möglich. »Ich dachte nur, es wäre besser für dich, wenn du heute nicht in die Luft fliegen würdest.«

»Okay.«

Kit hastete zu ihm hinüber und brachte ihn dann schnell zurück in Deckung hinter einer dicken Eiche. Nur Francesca rührte sich nicht von der Stelle, betrachtete ihre Nägel und sah schließlich hinüber zu Bobbie Faye, die halb von Trevor verdeckt wurde.

»Bobbie Faye, irgendwie siehst du anders aus.« Francesca runzelte verwirrt die Stirn. Dann zuckte sie zusammen, als eine Kugel das Dach über Bobbie Fayes Kopf traf. »Siehst du«, rief sie und zog einen kleinen Spiegel aus der Tasche, um ihr Make-up zu überprüfen, »du musst mit *uns* mitkommen. Wenn du bei uns geblieben wärst, würde niemand auf dich schießen. Wir beschützen dich, und du kannst in Ruhe die Diamanten suchen.«

Wie meinte sie das jetzt, dass niemand auf sie schießen würde? Ständig schoss irgendwer auf sie.

Kannte Francesca vielleicht den Schützen?

Ein gezielter Schuss ließ den kleinen Spiegel zersplittern. Die Kugel war von einem anderen Silo aus direkt über Francescas Schulter herangezischt. Sie warf sich zu Boden. »Scheiße!«

Bobbie Faye wirbelten zwei Gedanken gleichzeitig durch den Kopf: *Francesca hat tatsächlich geflucht!* Und: *Noch ein Heckenschütze?*

Trevor drängte sie zurück, und ihr wurde klar, dass er versuchte, den Carport an der Seite des Hauses zu erreichen, um aus dem Sichtfeld des Schützen zu verschwinden.

»Ist das noch jemand von Etiennes Familie?«, rief Francesca Bobbie Faye zu, als eine weitere Kugel durch einen Busch zischte, auf den sie gerade zukrabbelte.

»Franny, wir müssen wirklich mal genauer definieren, wie in deinen Augen eine Familie eigentlich funktionieren sollte.«

Von: Simone
An: JT

Sie sitzen fest. Heckenschütze. Vielleicht zwei. Ich versuche, näher ranzukommen, ohne aufzufliegen.

Von: JT
An: Simone

Ich hasse meinen Job.

Trevor und Bobbie Faye bewegten sich in Richtung ihrer einzigen Fluchtmöglichkeit, dem Carport. Sie gingen schnell hintereinander her, bis Bobbie Faye plötzlich die Mündung einer Waffe an ihrem Hinterkopf spürte.

»Noch eine Bewegung, und ich töte sie«, sagte ein Mann und riss Bobbie Faye Maimees Glock aus der Hand.

Trevor warf einen Blick über seine Schulter zu dem Kerl hinter Bobbie Faye. Da der Angreifer seine rechte Hand nicht sehen konnte, hakte er zwei Finger in den Bund von Bobbie Fayes Jeans, als wollte er sie jeden Moment aus der Schusslinie reißen. Aber er würde sich nicht so schnell umdrehen und feuern können, ohne dass der Mann nicht zuerst abdrückte. Und sobald Bobbie Faye aus dem Weg war, hatte der Angreifer freies Schussfeld auf ihn. Weil ihre linke Hand auf Trevors Hüfte lag, war ihr nur allzu klar, dass er keine kugelsichere Weste trug. Sie bemerkte, wie er einem seiner FBI-Kollegen, der hinter einem Baum hervorspähte, einen Blick zuwarf, aber der Agent hatte keine Chance für einen sicheren Schuss, solange Bobbie Faye noch an Ort und Stelle war. Wenn er dies änderte, würde genau diese Sekunde Trevor das Leben kosten. Und all das für einen dämlichen Haufen Diamanten? Egal, wie wertvoll sie waren …

Bobbie Faye spürte, wie seine Finger fester zupackten. Schnell griff sie nach seiner Hand, um ihn aufzuhalten. »Das sind die Dinger nicht wert.«

Er murmelte etwas, das für sie irgendwie nach »Diese Frau macht alles immer nur noch schlimmer« klang, während er seinen Griff verstärkte. Und dann vermischten sich ihre Hormone mit dem Adrenalin, das durch ihre Adern rauschte, zu einem Cocktail, der sie dazu veranlasste, sich einfach zu dem Mann hinter ihr herumzudrehen.

»Was wollen Sie?«

Das große schwarze Loch der Pistolenmündung näherte sich ihrer Nase, und sie bemerkte Schweißperlen auf der Hand des Kerls. Irgendwo hinter dem bedrohlich großen schwarzen Loch erkannte Bobbie Faye verschwommen ein verwirrtes Gesicht.

»Wussten Sie schon, dass Sie … blau sind?«, fragte der Kerl. Er war ein junger Typ, vielleicht zwanzig, voller Pickel und mit Grübchen und einer roten Haartolle, die ihn wie einen hoch aufgeschossenen Hahn aussehen ließ.

»Haben Sie schon mal gehört, dass manche Frauen einmal im Monat aufgehen wie ein Hefekuchen und Pickel kriegen und vor lauter Hormonen fürchterlich launisch werden und sich wegen jeder Kleinigkeit in mörderische Bestien verwandeln, die einem leicht mal nebenbei den Kopf abreißen können?«

»Äh … ja.«

»Gut, und Frauen, die *blau* werden, verhalten sich meistens noch viel schlimmer. Nehmen Sie sofort die verdammte Kanone aus meinem Gesicht!«

Er machte tatsächlich Anstalten, die Waffe zu senken, doch dann schien ihm aufzufallen, was er da tat. Sofort hob er sie wieder auf Brusthöhe und zielte auf Bobbie Faye, sodass er, wenn Trevor ihn niederschießen würde, wahrscheinlich noch reflexartig abdrücken und sie trotzdem töten würde. »Sie können mich nicht zum Narren halten. Nur weil ich Praktikant bin, heißt das noch lange nicht, dass Sie nicht auf mich zu hören brauchen.« Er tippte auf die Waffe. »Dafür habe ich nämlich die hier.«

»Jayden«, rief Kit hinter einem Baum hervor. »Bist du das, Schätzchen? Wie läuft es bei deiner neuen Arbeitsstelle?«

»Du willst mich wohl verarschen«, sagte Bobbie Faye. Dann wandte sie sich an Kit. »Ist er einer von deinen Leuten?«

»Sie hat mich letzte Woche vermittelt«, erklärte Jayden ziemlich stolz. »Unsere Firma hat gestern den Auftrag bekommen. Und das hier ist mein erster Einsatz.«

»Er hat echt großes Potenzial«, rief Kit. »Jede Menge kleiner Einbrüche, und jetzt ist er bereit aufzusteigen.«

»Das hat mein Boss auch gesagt. Deswegen hat er mich hergeschickt, um Ihnen das Zeug abzunehmen.«

»Er hat dich hergeschickt«, mischte sich Trevor ein, »weil du entbehrlich bist. Und wenn ich dich erschieße, wäre ihm das völlig egal.«

»Aber Sie werden jetzt Ihre Waffe runternehmen, weil ich Bobbie Faye nämlich töten könnte. Und ich bin ziemlich nervös, deswegen sollten Sie sich ein bisschen beeilen.«

Schweiß tropfte vom Kinn des Jungen, fiel an seiner schmalen Brust vorbei und landete auf dem Boden. Da sein Finger schon am Abzug lag, würde sie nicht die geringste Chance haben, wenn er auch nur zuckte.

»Falls Sie eine falsche Bewegung machen, sollen die anderen Männer sie erschießen. Aber das möchte ich eigentlich nicht, denn meine Mom ist ein großer Fan von ihr. Sie wäre ziemlich sauer auf mich, wenn ich die Piratenkönigin auf dem Gewissen hätte. Aber sie wird noch wütender sein, wenn ich wieder gefeuert werde, also zwingen Sie mich bitte nicht, sie zu erschießen.«

Trevor ließ langsam seine Pistole sinken, aber Bobbie Faye wusste, dass er noch eine zweite SIG in einem anderen Holster hatte, die dem Jungen völlig entgangen war. Doch als er sich bückte und noch bevor er die andere Waffe zu fassen bekam, feuerte Jayden auf seinen Arm. Die Kugel schrammte an Trevors Schulter entlang, und er zuckte zurück, während Bobbie Faye aufschrie und Jaydens Augen sich weiteten. »Ups! Ich wollte wirklich nicht schießen … noch nicht.« Dann drückte er den Lauf seiner Waffe tief in ihre Seite.

»Das ist nicht gerade sehr beruhigend«, meinte Trevor, während er scheinbar die Fleischwunde an seinem Arm untersuchte, sich aber eigentlich in eine Position brachte, aus der er den Jungen überwältigen konnte.

»Geben Sie mir jetzt das Zeug«, sagte Jayden zu Bobbie Faye, als sie sich abwandte, um Trevor zu helfen. Jayden drückte ihr die Waffe noch fester in die Seite und fügte hinzu: »Wirklich. Die haben so eine Abhöranlage und wissen, dass Ihre Tante Ihnen was gegeben hat. Ich muss das jetzt haben.« Dann begann er sie abzutasten.

Reggie hatte das Gefühl, jeden Moment einen Orgasmus zu bekommen. »Bitte, oh mein Gott, sag mir, dass du das im Kasten hast.«

DJ grinste, während er durch die Linse seiner Kamera blickte. »Jedes einzelne Bild.«

Reggie beobachtete die Ereignisse mit einem kleinen Fernglas. Der Tipp, wo Bobbie Faye an diesem Morgen wahrscheinlich hinfahren würde, war richtig gewesen, und allmählich fügte sich auch alles zusammen. Sie und DJ waren nicht die einzigen Reporter vor Ort, aber sie waren als Erste dort gewesen und hatten sich den besten Beobachtungsposten sichern können, um alles, was sich vor dem Haus abspielte, auf Video bannen zu können. Bobbie Faye Sumrall in Aktion, während sie mit einer Waffe bedroht wurde. Das war einfach nicht zu übertreffen. Plötzlich kniff Reggie die Augen zusammen und sah noch genauer hin, während der Junge mit der Waffe Bobbie Faye abtastete.

»Ist sie … blau?«

»Äh … ja«, bestätigte DJ. »Sie ist blau.«

»Das wird ja immer besser.«

Aiden lag bäuchlings am Fenster auf dem Heuboden der Scheune, die gegenüber von Landrys Mühle auf der anderen Seite des Wegs stand, und spähte durch sein Zielfernrohr. Als ihm klar wurde, was er da sah, hob er einen Moment den Kopf, rieb sich die Augen und wagte einen erneuten Blick.

»Was ist los?«, fragte Sean neben seinem Ohr, während er ebenfalls aus dem Scheunenfenster starrte.

»Sie ist … Ich schwöre dir, ich habe keinen verdammten Tropfen getrunken, Sean. Sie ist tatsächlich blau. Sieh selbst!«

Er reichte seinem Boss das Gewehr, und Sean spähte mit zusammengekniffenem Auge durch das Zielfernrohr. »Sie trägt die *woad*«, sagte er und meinte damit die blaue Farbe in Bobbie Fayes Gesicht und auf ihren Armen.

»Glaubst du, sie weiß, wer du bist?«, wollte Aiden wissen. »Vielleicht erklärt sie dir damit den Krieg.«

»Das würde ihr auch nichts nützen«, erwiderte Sean. »Kannst du dem Kerl, der sie abtastet, eine verpassen?«

Aiden warf wieder einen Blick durch das Zielfernrohr, dann schüttelte er den Kopf. »Nicht, ohne womöglich sie zu treffen. Oder den Typ umzunieten, den Emile angeheuert hat.«

»Der ist mir sowieso egal.«

»Okay. Also Plan B?«

»Genau.«

»Und du meinst nicht, dass die Frau dir zu viel Ärger machen wird?«

Jenes kranke Lächeln, das Aiden zu fürchten gelernt hatte, glitt über Seans Gesicht. Es war das Lächeln eines Mannes, der vorhatte, jemandem aus purer Freude Schmerz zuzufügen. »Das will ich doch hoffen, mein Junge.«

20

Roy starrte auf den kleinen Fernsehbildschirm im Fond der Stretchlimo. Dort lief der Bericht von Reggie O'Connor. Sie flüsterte in ihr Mikrofon, während die Kamera zuerst sie zeigte und dann auf das Geschehen vor dem Haus von Bobbie Fayes Vater umschwenkte. (Hatte sie bei ihrem letzten Treffen nicht auf ihn geschossen?) Roys Jeans waren halb heruntergestreift, und neben ihm auf den Lederpolstern lag die splitternackte und ziemlich ungeduldige Frau des Gouverneurs. Leider hatte der Anblick, wie seine Schwester von einem Mann mit einer Waffe in der Hand abgetastet wurde, ihm schlagartig Saft und Kraft genommen – was er niemals für möglich gehalten hätte, aber es gab wohl für alles ein erstes Mal.

Natürlich war auch sein schlechtes Gewissen daran schuld, weil er Lori Ann versprochen hatte, auf ihre gemeinsame Schwester aufzupassen. Er hätte nie gedacht, dass er sich wegen einer solchen Kleinigkeit derart schuldig fühlen würde, und auf diese Erfahrung auch lieber verzichtet. Sein Leben war eigentlich immer super gelaufen – nun ja, mit der kleinen Einschränkung, dass er ständig von Ehemännern oder Freunden der Frauen, mit denen er schlief, verfolgt wurde, weil sie ihn gern einen Kopf kürzer machen wollten. Ganz zu schweigen von den Leuten, denen er Geld schuldete. (Und die konnten einem wirklich ganz schön Angst einjagen.) Er wusste nicht genau, warum er ein so schlechtes Gewissen hatte, schließlich war es diesmal ja nicht seine Schuld, dass Bobbie Faye gerade in den Lauf einer Waffe blickte. Außer vielleicht, dass sie es immer wieder mit einigen von den erwähnten Ehemännern und Geldeintreibern zu tun bekam, und unter Umständen hatte sie ja vielleicht auch noch was anderes zu tun. Zum Beispiel musste sie ständig dafür sorgen, von niemandem erschossen zu werden.

Und heute musste sie sich wohl blau anmalen.

»Oh, Gott sei Dank«, sagte die für ihr Alter noch sehr attraktive Frau des Gouverneurs, während sie sich aufsetzte und ebenfalls auf den Bildschirm starrte. »Wir haben einen Bobbie-Faye-Tag. Weißt du, was das bedeutet?«, fragte sie und wandte sich Roy zu, wobei ihre vollen Brüste ihn derart ablenkten, dass er nicht mehr sicher war, was sie gerade gefragt hatte. »Es bedeutet«, fuhr sie fort, als er keinen Ton herausbrachte, »dass Delano, mein dämlicher Ehemann, der jedem Verbrechen ›ohne die geringste Toleranz‹ begegnet, sich bis zu der blöden Wohltätigkeitsveranstaltung heulend irgendwo verkriechen wird. Wir haben also den ganzen Tag für uns.« Sie grinste und ließ eine Hand über seine Brust bis hinunter zu seinen Boxershorts gleiten, während sie mit der anderen Hand den Fernseher ausschaltete.

Da sagte Roy zum ersten Mal in seinem Leben: »Nicht, Baby.« Und dann: »Ich muss erst sicher sein, dass mit meiner Schwester alles okay ist.«

Hey! Hatte das jetzt nicht echt erwachsen geklungen? Bobbie Faye wäre ja so stolz auf ihn. Es sei denn, sie hatte sich inzwischen in Xena, die verrückte Kriegerprinzessin, verwandelt.

Als Jayden begonnen hatte, Bobbie Faye abzutasten, war es Trevor kaum mehr möglich gewesen, sich noch zu beherrschen. Er wartete ganz eindeutig nur auf die erstbeste Gelegenheit, sich auf den Jungen stürzen zu können. Bobbie Faye war ziemlich sicher, dass er sich lediglich zurückhielt, weil Jayden ihr seine Waffe fest in die Seite presste. Er brauchte nur einmal zu zucken und würde ihr ein Loch in den Körper stanzen. Auch wenn sie grundsätzlich viel davon hielt, sich zu verkleinern, galt das nicht unbedingt für ihre Organe, die sie außerdem gern alle behalten wollte. Jayden zog die Fotos aus ihrer hinteren Jeanstasche und grinste. Dann prüfte er noch ihre Schuhe, und nur Trevors drohender Gesichtsausdruck hielt ihn wahrscheinlich davon ab, auch noch einen Blick in ihren BH zu werfen, als er sie ihre Bluse hochheben ließ. Außerdem verbarg ihr BH ohnehin fast nichts, eine Tatsache, die den beiden Männern nicht entging, und wahrscheinlich auch sämtlichen Zuschauern am Fernsehbildschirm nicht, die jetzt dank der anwesenden Presse ebenfalls Zeugen der Ereignisse wurden.

»Könnten Sie den vielleicht signieren?«, fragte Jayden und zog einen Bierdeckel vom Piratenfestival aus der Tasche. »Meine Mutter würde echt verrückt werden vor Freude, wenn Sie ›Alles Liebe, Bobbie Faye‹ draufschreiben.«

»Ja, klar. Und dann zeichne ich noch ein kleines Strichmännchen daneben, das mir eine Waffe in die Seite drückt, mit einem Herzchen darüber, wenn ich schon dabei bin.«

»Würden Sie das tun?«

Sie nahm ihm den Bierdeckel und einen Stift aus der Hand, während Trevor knurrte: »Das soll wohl ein Scherz sein.« Doch Bobbie Faye tat dem Jungen den Gefallen, und er strahlte, doch dann machte er auf einmal ein ziemlich trauriges Gesicht.

»Die haben mir gesagt, sie werden Sie in jedem Fall erschießen«, sagte Jayden, während er langsam einen Schritt zurücktrat und Bobbie Faye wieder in ihre Sneakers schlüpfte. »Ich sollte das eigentlich für mich behalten, aber meine Mutter wäre voll wütend auf mich, wenn ich nichts sage. Obwohl … wenn Sie tot sind, ist der Bierdeckel wahrscheinlich noch mehr wert.«

»Na toll, vielen Dank!«

Jayden zog sich weiter zurück, hielt aber immer noch die Waffe auf Trevor und Bobbie Faye gerichtet, sodass Trevor wartete, bis der Junge ausreichend weit entfernt war, bevor er nach seiner SIG griff.

Erst in dem Moment realisierte Bobbie Faye, dass der Kerl tatsächlich ihre Fotos mitgenommen hatte. Aber funktionierte ihr Hirn eigentlich noch normal und dachte vielleicht *Puh!* oder *Das war knapp!* oder *Komm, jetzt besaufen wir uns erst mal!?* Nein! Nein, das tat es nicht. (Offensichtlich brauchte es dringend eine gründliche Generalüberholung.) Stattdessen empörte es sich: *Moment mal, das sind* meine *Fotos!* Und trotz der Tatsache, dass ihr gesunder Menschenverstand vor ihr auf den Knien lag und sie anflehte, auf ihn zu hören, griff Bobbie Faye nach Trevors SIG, sobald Jayden um die Hausecke verschwunden war. Sie rief: »Gib mir Deckung!«, und lief hinter ihren Erbstücken her.

Cam hätte alles gegeben, damit der Hubschrauber schneller flog, aber der Pilot hielt das Ruder fest in der Hand und war unter keinen Umständen bereit, es jemandem zu überlassen, dem schon der Schaum vor dem Mund stand. So ein kleinlicher Idiot! Jason (der wieder in der Zentrale saß) meldete sich in Cams Kopfhörer. »Wir haben jetzt die Bestätigung, dass sich mindestens ein bewaffneter Mann vor Ort befindet. Er scheint Bobbie Faye zu bedrohen. Streifenwagen sind unterwegs und treffen in ungefähr sechs Minuten ein.«

Verdammte Scheiße! Das war viel zu lange, aber die Mühle lag auf dem Land, und dort gab es nur wenige Sheriffs.

Cams übersäuerter Magen meldete sich wieder schmerzhaft. Heute durfte einfach nicht der Tag sein, an dem Bobbie Faye starb, verflucht! Denn er wollte ihr selbst den verdammten Hals umdrehen, und jeder, der sich ihm in den Weg stellte, würde zuerst sterben.

Bobbie Faye hatte kaum die Hausecke umrundet, als sie auch

schon Trevor hinter sich hörte, der irgendetwas von »blau« und »verrückt« murmelte, was nach einem Plan klang, in dem sie und ein Seil vorkamen. Sie beschloss, sich auf Jayden zu konzentrieren, der gerade zu einem schicken grünen Pick-up rannte. Der Wagen stand vor dem mächtigen Komplex für die Getreidetrocknung.

»Was ist mit den anderen Agenten?«, fragte Bobbie Faye.

»Immer noch unter Beschuss und zu weit weg, um es wie wir um die Hausecke zu schaffen.

Wenigstens konnte der Heckenschütze sie an der Stelle, wo sich Bobbie Faye im Moment befand, nicht erwischen. Zumindest dann nicht, wenn er seine Position in dem Silo, das direkt an der Straße stand, nicht veränderte. Von dort hatte er ein freies Schussfeld auf den Garten vor dem Haus, aber die Getreidetrockner blockierten seine Sicht auf die Rückseite des Hauses, und je näher sie an die Trockner herankam, desto mehr Schutz konnten sie ihr bieten. Sie hörte, wie Kugeln in den Vorgarten einschlugen, wie das Feuer erwidert wurde, wie Mitch Fragen stellte und Kit sie anfeuerte.

Jayden fuhr herum und feuerte mehrfach in Bobbie Fayes Richtung. Die ersten beiden Schüsse verfehlten sie um mehrere Meter, aber der dritte ließ den Sand zu ihren Füßen aufspritzen. Sie ging hinter einem dicken Abflussrohr in Deckung, als auch schon der nächste Schuss nur knapp ihren Arm verfehlte und von dem Metall abprallte, während sie gegen das Rohr knallte. Mittlerweile hatte sie den Überblick verloren über ihre unzähligen blauen Flecken, die sie sich seit dem Vortag zugezogen hatte. (Vielleicht hatte die blaue Farbe ja doch einen kleinen Vorteil. Immerhin sah man all die Prellungen nicht mehr so deutlich. Yeah!)

Trevor zielte rechts um sie herum und feuerte auf Jayden, während der weiter in Richtung des Pick-ups flüchtete. Der Junge hatte rund fünfzig Meter Vorsprung, und wenn er den Wagen erreichte, würde er entkommen. Bobbie Faye rannte los und zielte auf den hinteren Reifen. Der Rückstoß des Schusses riss ihr den Arm hoch, und sie hatte ganz vergessen, dass sich ausgerechnet bei diesem Modell der Benzintank direkt am Hinterrad befand. Okay, vielleicht hatte sie es nicht völlig vergessen, und vielleicht war sie es auch einfach nur leid, dass alle möglichen Leute glaubten, ihr sagen zu können, was sie zu tun und zu lassen hatte, und ihr einfach ihre Fotos wegnahmen. Und vielleicht, nur ganz vielleicht, schoss sie absichtlich auf den Hinterreifen. Die Kugel durchschlug das Gummi und drang in den Tank ein. Einen Lidschlag später explodierte der Pick-up.

Der Feuerball, der zum Himmel stieg, war ein äußerst befriedigender Anblick.

Jayden blieb stehen und starrte einen Moment mit offenem Mund auf das brennende Wrack, dann ging er schleunigst hinter einem Trecker in Deckung.

Trevor holte Bobbie Faye ein. »Es ist wirklich nur schwer vorstellbar, warum jeder Schadenssachbearbeiter in diesem Land dein Foto als Dartscheibe benutzt.«

»Ich bin eben beliebt«, erwiderte sie knapp.

Er musterte sie, doch seine Miene war undurchdringlich. Dann schlängelten sie sich zwischen abgestellten Landmaschinen hindurch, um sich von hinten an den Jungen heranzuschleichen, aber Jayden rannte schon hinüber zu den Silos. Er blieb kurz stehen, um die Fotos einem kleinen, muskulösen Mann zu übergeben, der ganz in Schwarz gekleidet war. Und genau in diesem Moment fiel ein Schuss – den aber weder Trevor noch Bobbie Faye abgefeuert hatten –, und zu seinen Füßen spritzten kleine Steine hoch. Jayden schrie auf, schützte seinen Kopf mit den Armen und rannte davon.

Der kleine, muskulöse Mann dagegen fuhr herum und suchte Deckung zwischen den beiden Silos, die ihm am nächsten standen.

Trevor fiel sofort auf, dass das Gebäude leer war. Wenn mitten in der Woche nicht ein einziger Angestellter dort war, bedeutete das wahrscheinlich, dass Bobbie Fayes Tante V'rai irgendetwas vorausgesehen und ihren Mitarbeitern einen Tag freigegeben hatte. Allerdings beunruhigte ihn dieser Gedanke mehr, als ihm lieb war, da V'rai ihn gewarnt hatte, dass Bobbie Faye heute sterben könnte. Er war eher daran gewöhnt, jeden Tag damit zu rechnen, dass *er* starb. Man robbte nicht hinter feindlichen Linien durch die Wüste oder drang mitten in der Nacht in ein Lagerhaus ein, um eine ganze Armee von Terroristen hochzunehmen, ohne sich des Risikos bewusst zu sein. Als er noch bei der Spezialeinheit Delta Force gewesen war, hatte er sich immer darauf verlassen können, dass seine Männer erstklassig ausgebildet waren.

Sie könnte heute ums Leben kommen, hatte ihre Tante gesagt, wenn sie nicht ihrem Instinkt folgt. Und selbst dann stünden die Chancen nicht gut, dass sie überleben würde, aber immer noch besser, als wenn er sie zwingen würde, sich zurückzuhalten.

Und Bobbie Faye wollte eindeutig das Arschloch verfolgen, das ihre Fotos geklaut hatte.

Für ihn war es verdammt noch mal das Allerletzte, was er in diesem Moment tun wollte. Er war gut ausgebildet, hatte Jahre damit verbracht, Menschen zu jagen, die Werte seines Landes zu verteidigen und auch zu töten, doch *sie* war nicht im Geringsten angemessen darauf vorbereitet, mit irgendeinem bewaffneten Typen Katz und Maus zu spielen. Sosehr er Bobbie Faye auch als gleichberechtigt behandeln wollte – und das hatte sie sich wirklich verdient –, war einfach nicht an der Tatsache zu rütteln, dass er keine Zeit hatte, sie auszubilden. Es kam überhaupt nicht infrage, dass er sie in diese Silos marschieren ließ. Zu leicht konnte sie verletzt werden. Und wieder hatte er die Warnung ihrer Tante im Ohr. War er ein völliger Idiot, weil er es überhaupt in Erwägung zog, dass diese Frau tatsächlich die Fähigkeit besaß, ein Ereignis vorherzusehen? Wenn die verrückte alte Frau ihm nicht unfassbar genaue Details über seine zurückliegenden Missionen erzählt hätte, die eigentlich niemand wissen konnte, hätte er sie einfach ignoriert. Aber so? Durfte er das Risiko eingehen?

Er ließ seinen Blick schweifen, während sie weitergingen. Logistisch war es ihm nicht möglich, den Kerl mit den Fotos allein zu stellen. Offensichtlich waren die Bilder wichtig, und während Trevor zögerte, würde der Mann wahrscheinlich entkommen. Seine Männer konnten sich noch nicht von der Stelle rühren, und Hilfe war auch nicht in Sicht. Falls infolge all dessen die Diamanten ihren Weg auf den Schwarzmarkt fanden, würde sich das Geld, das sie einem Terroristen einbringen würden, in einen gottverdammten Albtraum verwandeln.

»Du denkst gerade: Was für ein verdammtes Chaos von unfassbarem Ausmaß. Stimmt's?«, fragte Bobbie Faye, und er warf ihr einen kurzen Blick zu. »Wenn deine Muskeln sich noch ein bisschen mehr anspannen, verwandeln sie sich in Stahlstränge. Nicht, dass ich etwas dagegen hätte, ich sehe das total gern, aber ehrlich, ich werde schon mit der Situation fertig. Es sei denn, du kehrst den FBI-Beamten heraus und versuchst, mich aufzuhalten.«

»Ich schwöre bei Gott, wenn du verletzt wirst, lege ich dich persönlich übers Knie.«

»Hey, es wäre doch durchaus möglich, dass ich einen Plan habe.«

Er konnte nicht anders. »*Du*? Hast einen *Plan*?«

»Er besteht aus ›Hol die Fotos!‹ und ›Beiß dabei nicht ins Gras!‹.«

»Ein klares Ziel. Das gefällt mir«, meinte er. »Besonders der zweite Teil.« Er gab ihr einen schnellen Kuss. »Versuch bitte, nicht den Weltuntergang auszulösen! Ich hasse es einfach, Berichte zu schreiben.«

Lori Ann saß im Aufenthaltsraum der Suchtklinik und wippte ungeduldig mit dem Fuß. Alle anderen Patienten hockten vorgebeugt auf ihren Stühlen, während Reggies armselige Reportage über Bobbie Faye live über den Bildschirm lief.

»Wieso ist sie blau?«, fragte die Frau mit dem Einhorntattoo auf der Wange, denn ein Einhorn im Gesicht zu tragen, war natürlich völlig normal. »Will sie damit ihre psychische Verfassung ausdrücken? Ich denke, man muss sie einfach mal in den Arm nehmen.«

»Ich wette, sie hat sich dieser Gruppe angeschlossen«, erklärte ein großer farbiger Mann, der mit seinen Triefaugen einem Basset ähnelte.

»Wem? Der Blue Man Group?«, fragte das Einhorn.

»Sie kann sich der Gruppe nicht anschließen, sie ist eine Frau«, bemerkte ein spießiger, korrekt gekleideter kleiner Mann. (Lori Ann hatte gehört, dass er Buchhalter war. Gerüchten zufolge arbeitete er eigentlich beim Finanzamt. Er hatte die Angewohnheit, ständig in Tränen auszubrechen, und sie hoffte, dass er endlich mal damit aufhören würde.)

»Vielleicht arbeitet sie ja nur Teilzeit«, sagte der Mann mit den Triefaugen, »denn sie ist auch … na ja, nur zur Hälfte blau.«

Lori Ann sprang auf und baute sich vor den anderen auf, die unwillkürlich in sich zusammenschrumpften. »Es wird gerade auf meine Schwester *geschossen*, und euch fällt dazu nichts anderes ein, als euch zu fragen, warum sie wohl blau ist?«, schnauzte sie.

»Aber auf deine Schwester wird doch ständig geschossen«, meinte das Einhorn. »Blau dagegen ist sie noch nie gewesen.«

Lori warf dem Therapeuten einen wütenden Blick zu, doch der zuckte nur die Schultern und meinte: »Da hat sie nicht unrecht.«

Bobbie Faye beobachtete, wie Trevor einen Bogen schlug, um von der anderen Seite an die Silos heranzukommen, während sie, dankbar für etwas Schutz vor der brütenden Hitze des Morgens, in den Schatten der gigantischen Türme trat. Wie die Wächter am Tor zu einer verbotenen Welt ragten sie über ihr auf.

Sie hasste diese Türme. Sie glänzten in der Sonne und funkelten sie feindselig an. Bobbie Faye verdrängte ihre Erinnerungen und konzentrierte sich stattdessen darauf, einen Weg zwischen Metalltreppen hindurch zu finden, über die man Eisenstege erreichte, die wiederum zu mächtigen Stahlsockeln führten, auf denen Generatoren und Heizelemente für die Getreidetrockner montiert waren.

Vor jedem Vorsprung und jeder Nische blieb sie stehen und lauschte, ob sie jemanden atmen hörte, während ihr der Geruch der schweren, feuchten Luft in die Nase stieg. Sie wusste, wie das geerntete Korn riechen musste: Das deutlich erkennbare Aroma von Reis mischte sich mit dem Geruch von Diesel und Öl der Vierzigtonner, die von den verschiedenen Farmen zur Mühle kamen. Der Gestank von heißem Asphalt und Erde und der bittere Geruch von vertrocknendem Gras lagen ebenfalls in der Luft. Und auch die Menschen – Gott segne sie! – *rochen*. Und da sich keine Angestellten auf dem Gelände befanden und Bobbie Faye sich Trevors ganz eigenen Duft sehr genau eingeprägt hatte, musste jede andere Duftnote von dem Idioten stammen, der zurzeit im Besitz ihrer Fotos war.

Ein leises Knirschen durchbrach die Stille, und sie musste das Geräusch erst einmal einordnen. Hauchdünne Reishülsen knackten bei jedem Schritt unter ihren Sohlen. Sie schlich hinter ein Stahlgerüst, auf dem ein Generator von der Größe ihres Trailers stand. (Glücklicherweise lief er nicht, der Lärm wäre sonst ohrenbetäubend gewesen). Bobbie Faye hockte sich hin, beugte sich nach rechts und spähte unter den kreuz und quer verlaufenden Stahlstützen durch einen Kriechgang, in dem sie sich als Kind immer versteckt hatte. Auf der anderen Seite des Gerüsts entdeckte sie schwarze Kampfstiefel mit Gummisohlen, und sie wusste, dass Trevor abgewetzte Cowboystiefel trug, die zu seiner Rolle als Biker und Söldner passten.

Bobbie Faye nahm einen Kieselstein und warf ihn in eine andere Richtung, um den Fotodieb zu veranlassen, sich von der Stelle zu bewegen. Er ging in die Richtung, wo das Steinchen aufgeschlagen war. Während sie ihn beobachtete, kroch sie leise durch den Gang und achtete sorgfältig darauf, dass sie kein Geräusch machte, das sie verriet. Als sie sich hinter dem jungen Kerl aufrichtete, immer noch in Deckung, passierten zwei Dinge auf einmal. Trevor tauchte wie aus dem Nichts auf, wodurch sie den Dieb in der Zange hatten, und hinter Trevor erschien auf einem der Laufstege, der um eins der Silos herumführte, ein Mann mit einem Scharfschützengewehr.

Verdammte Scheiße! Der Mann ging in Position und legte auf Trevor an. Bobbie Faye wurde auf einmal völlig ruhig. Zwei Gedanken schossen ihr in diesen Sekunden durch den Kopf: *Trevor könnte sterben* und *Zum Teufel, nein, das wird er nicht*.

Und dann handelte sie. Der Dieb hielt eine Walther PPK in der Hand, aber das war jetzt auch egal, darüber konnte sie sich später Gedanken machen, wenn es denn ein Später geben würde. Als Trevor sah, was sie vorhatte, wechselte sein Gesichtsausdruck innerhalb einer Nanosekunde von Überraschung zu Wut und dann zu Verwirrung, während sie schon ihre Waffe hob und zielte – allerdings nicht auf den Dieb, sondern nach rechts oben hinter Trevor. Der Scharfschütze sah sie, und sein Zögern – der

Bruchteil einer Sekunde, den er brauchte, um zu bemerken, dass sich außerhalb seines Fadenkreuzes noch jemand befand – reichte Bobbie völlig, um ihm eine Kugel in die linke Schulter zu verpassen. Der Einschlag riss ihn aus dem Gleichgewicht, und der Schuss, den er noch abfeuerte, ging weit daneben und prallte irgendwo gegen die Wände und pfiff als Querschläger davon.

Dann ertönte ein zweiter Knall. Die Brust des Scharfschützen färbte sich rot. Trevor fuhr wieder zu Bobbie Faye herum, die kein zweites Mal abgedrückt hatte, und der Dieb, der zwischen ihnen stand, war offenbar genauso geschockt wie sie. Trevor schoss frontal auf den Kerl, doch der duckte sich, taumelte kurz, richtete sich dann wieder auf und rannte davon. Ganz offensichtlich trug er eine kugelsichere Weste.

Aiden nickte Sean zu. Der Heckenschütze, der auf Bobbie Faye gefeuert hatte, war ausgeschaltet. Den Jungen zu erwischen, der ihr die Fotos abgenommen hatte, war ihm leider nicht gelungen. Sie hatten sich schnell umorganisieren müssen und den Mann, der jetzt die Fotos besaß, nicht ins Visier bekommen, aber nun war wenigstens ein Heckenschütze weniger im Spiel. Das Wohlergehen der Frau interessierte Sean wenig, allerdings war sie seine heißeste Spur zu den Diamanten, jedoch nur, solange sie noch lebte.

»Gut«, meinte Sean, »und es gibt noch mehr zu tun.«

»Du denkst, wir sollten es beenden?«

»Ja.«

Aiden und Sean waren bessere Schützen als Mollie und Robbie und hatten deswegen die beiden damit beauftragt, im Wagen zu warten, bis sie ihnen ein Zeichen gaben.

John kochte. Den Grünschnabel Jayden loszuschicken, war ein Fehler gewesen – das hatte er sofort gemerkt, als der Junge angefangen hatte, mit dieser lebensgefährlichen Frau zu plaudern, und deswegen hatte er Alonso damit beauftragt, die Fotos von Jayden zu übernehmen. John hatte sich an einer Stelle positioniert, von der aus er mit einem Mikrofon die Gespräche im Haus abhören konnte. Er hatte fast alles mitbekommen – jedenfalls genug, um zu wissen, dass dieses Arschloch, das Emile angeheuert hatte, in Wirklichkeit ein verdeckter Ermittler vom FBI war. Das war wirklich interessant, tat aber eigentlich nicht viel zur Sache. John hatte den besten Auftragskiller engagiert, den man für Geld bekommen konnte. Sein Auftrag war es, Bobbie Faye umzunieten, und damit hätte die ganze Sache ein Ende gefunden. Nur leider war Bobbie Faye ihm zuvorgekommen und hatte ihn zuerst erwischt.

Aber sie hatte ihn nicht getötet. Das hatte irgendjemand anders getan, und es schien sie völlig überrascht zu haben. Wenn John sich in Schussweite befunden hätte, wäre es ihm eine Freude gewesen, ihr eine Kugel mitten in diese erstaunte Visage zu verpassen. Das wäre ein echter Knaller gewesen, und für diese Möglichkeit hätte er sogar etwas springen lassen, aber er befand sich einfach zu weit entfernt. Also gab er seinem letzten Mann ein Zeichen, der Sache ein Ende zu machen. Er konnte es im Moment absolut nicht gebrauchen, dass Bobbie Faye oder Trevor überlebten. Besonders jetzt, da er kurz davorstand herauszufinden, wo die Diamanten waren. Inzwischen hatte er erkannt, dass er sowohl die Beute abräumen als auch Bobbie Faye töten konnte. Alles in allem ein wirklich wunderbarer Tag.

Bobbie Faye und Trevor wechselten einen Blick, und er funkelte sie weitaus wütender an, als sie erwartet hatte.

»Er hätte dich erschießen können«, schimpfte Trevor, und sie spürte, wie es in ihm brodelte. »Verdammt, konzentrier dich gefälligst in erster Linie darauf, dass du nicht ums Leben kommst!«

»Er hat dich direkt im Visier gehabt, du Idiot.« Was gab ihm eigentlich das Recht, so sauer auf sie zu sein?

»Nicht der Heckenschütze … der Kerl hier unten.« Er deutete auf die Stelle zwischen ihnen, wo der Mann eben gestanden hatte. »Zum Teufel noch mal, du kannst mich ja warnen, aber wage es nicht, dich noch mal derart in Gefahr zu bringen!«

In dem Moment stürzte sich von hinten ein Mann auf Trevor. Sie hatten ihn beide nicht kommen sehen, und Bobbie Faye stürmte sofort los, um Trevor zu helfen.

»Nein!«, schnauzte Trevor. »Hol die Fotos!« Aber sie war nicht aufzuhalten, denn ihr Gefühl ließ es einfach nicht zu, ihn seinem Schicksal zu überlassen, wenn er in der Klemme … *Oh!* Okay. Vielleicht steckte er gar nicht so sehr … in der Klemme.

Trevor fuhr herum, und mit ein paar routinierten Hieben und Tritten, die zeigten, dass er weit mehr konnte, als nur mit den bloßen Händen zu töten – darüber hatte sie schon häufiger nachgedacht –, erledigte er den Möchtegernschläger. *Heilige Scheiße!* Trevor atmete noch nicht einmal schneller. Sie sah lediglich für den Bruchteil einer Sekunde einen geradezu mörderischen Blick in seinen Augen aufflackern, finster und tödlich. Doch im nächsten Moment war seine Miene wieder völlig ausdruckslos.

»Die Fotos«, sagte er, und sie drehte sich um und lief dem Dieb hinterher.

21

Von: Simone
An: JT
Ich habe sie verloren. Aber wir hören Schüsse. Ich versuche, was rauszufinden.

Von: JT
An: Simone
Ich frage mich, ob unsere Krankenversicherung für die Kosten einer Psychotherapie aufkommt. Ich werde eine brauchen. Und zwar ziemlich lange.

Der verfluchte Dieb rannte die Treppe zu dem Steg im dritten Stock des größten Silos hinauf. Drei verdammte Stockwerke hoch. Bobbie Faye hatte Höhenangst. Sie war gerade mal sieben Jahre alt gewesen, als sie in einem Silo herumgeklettert und dabei ausgerutscht war. Um ein Haar hätte sie sich den Hals gebrochen, wenn sie nicht auf der Ladefläche eines kleinen Kipplasters in einem Haufen Körnern gelandet wäre. Darin war sie allerdings sofort wie im Treibsand versunken, doch zum Glück hatte der Fahrer des Lasters das Unglück beobachtet. Er hatte sofort reagiert und sie aus den staubigen Tiefen gezogen, in denen sie beinah erstickt wäre.

Bobbie Faye hielt es für ziemlich sinnlos, den Fotodieb einfach anzusprechen: »Verzeihen Sie, Sir, würde es Ihnen sehr viel ausmachen, wenn Sie nur über ebenen Boden fliehen würden? Vielen Dank, sehr freundlich von Ihnen!«

Stattdessen hastete sie, mit Trevors SIG in ihrer hinteren Hosentasche (autsch, verflucht!) mit brennenden Oberschenkeln ebenfalls die Eisenstufen hinauf. Der Dieb stürmte den Laufsteg entlang bis zu einer Leiter und kletterte die Sprossen empor. Folglich nahm auch sie die Leiter, Hand über Hand. Sicher würde er nicht durch die oberste Tür des Silos zu entkommen versuchen, sicher war er nicht so blöd, sicher wusste er, wie gefähr…

Offenbar nicht, denn der Kerl kletterte von der Leiter auf den obersten Laufsteg und rannte zu der Luke, von wo die Laufbänder das Korn ins Silo kippten. Die Luke diente für den Notfall oder um das Silo zu lüften, damit sich in seinem Innern kein leicht entzündlicher Getreidestaub sammelte. Als Bobbie Faye die dunkle Öffnung erreichte, war der Kerl, der ihre Fotos hatte, schon hindurchgestiegen. Sie wartete davor und versuchte, wieder zu Atem zu kommen und möglichst nicht hinunterzu… *Heilige Scheiße!* Sie befand sich mindestens sieben Stockwerke hoch. Sofort begann ihr Herz, einen Abschiedsbrief zu schreiben, und war dabei so in Eile, dass es nicht mal auf Rechtschreibung und Zeichensetzung achtete. Ihr Mut stand mit Ersatzstiften bereit, sodass auch er keine große Hilfe war.

Aus einiger Entfernung näherten sich Hubschrauber, und das laute Geräusch der Rotorblätter wurde rasch lauter. Bobbie Faye hob den Blick und entdeckte mehrere Punkte am Himmel, doch auf die Entfernung war nicht zu erkennen, ob es sich um Helikopter der Presse oder der Polizei handelte. Unten am Boden rief jemand etwas. Wenigstens machte hier oben eine kleine Brise die Hitze einigermaßen erträglich. Doch vor ihr gähnte das Schwarz der offenen Luke, und im Innern des Silos herrschte absolute Stille. Dann quietschte Metall, und als sie durch die Öffnung spähte, sah sie, dass auf der gegenüberliegenden Seite Licht ins Silo fiel. Sie hatte keine Ahnung, ob dieser Idiot vielleicht auf einem Steg im Innern des Silos zur anderen Seite gelaufen war und einen zweiten Ausgang gefunden hatte. Die Leiter, auf der sie stand, endete hier, es blieb ihr nichts anderes übrig, als ebenfalls in das Silo hineinzusteigen, wenn sie dem Dieb auf den Fersen bleiben wollte.

Sie musste sich im Dunkeln über einen schmalen Metallsteg mit Gitterboden tasten, die Massen an halb getrocknetem Getreide unter sich. Warum hatte sie sich am Vortag bloß nicht krankgemeldet? Sie hätte sich besser gleich ins Krankenhaus einweisen lassen – für eine Operation am offenen Herzen oder etwas ähnlich Angenehmes. Alles … einfach *alles* war besser als diese Verfolgungsjagd. Bobbie Faye zog die SIG aus ihrer Hosentasche und stieg durch die Luke. Sofort setzte der aufwirbelnde Staub ihren Lungen zu, aber zumindest spürte sie den festen Gitterboden eines weiteren Laufstegs unter ihren Schuhen. Sie seufzte erleichtert. Es gab sogar einen Handlauf. Sie würde also nicht kopfüber in die Tiefe stürzen und verschluckt werden.

In dem Moment wurde die Mündung einer Waffe an ihren Hinterkopf gedrückt – zum zweiten Mal innerhalb einer Stunde.

V'rais Worte schossen ihr durch den Kopf: *Du bewegst dich ganz dicht am Abgrund, also pass auf, dass du nicht abrutschst!* Verfluchter Mist noch mal, hätte sich ihre Tante nicht etwas deutlicher ausdrücken können?

»Ich hab sie«, sagte der Kerl hinter ihr offenbar in ein Handy, das sie nicht sehen konnte. Dann gab er auch ihre Position durch und klappte das Handy zu. »John ist unterwegs … er will dich persönlich erschießen.«

»Bitte sagen Sie mir, dass er gerade erst in Helsinki oder irgendwo da in der Nähe losfährt.«

»Mann, das war kein Scherz! Sie hören wohl niemals auf, Sie selbst zu sein.«

»Ich ziehe im Moment gerade ernsthaft in Erwägung, mir verschiedene Persönlichkeiten zuzulegen. Eine eher passive Version wäre zum Beispiel durchaus machbar«, bot sie an. »Wie wäre es, wenn ich gleich mal anfange zu üben. Ich könnte zu Hause sitzen und kleine Tiere aus Stoff nähen und sie mit Getreidestaub ausstopfen.«

Sie versuchte, einen Schritt von dem Mann wegzutreten, doch er presste ihr seine Waffe sofort fester gegen den Hinterkopf. Offensichtlich war er darin geschult, sich nicht von dem Geplapper seiner Opfer ablenken zu lassen.

»Waffe runter!«, ertönte plötzlich Trevors Stimme von irgendwo hinter dem Mann. »Aber schön langsam.«

Bobbie Faye hätte einen Freudentanz aufgeführt, wenn sie sich nicht in fast völliger Dunkelheit auf einem schmalen Steg sieben Stockwerke über dem Boden befunden und ihr von allen Seiten der sichere Tod gedroht hätte. Der sichere Tod und Freudentänze harmonierten nicht gut miteinander.

Der Mann senkte langsam seine Waffe, doch in der nächsten Sekunde duckte er sich und fuhr herum. Trevor sprang über das vorschnellende Bein des Mannes hinweg, drückte dessen Arm gegen das Geländer des Stegs und schlug ihm die Pistole aus der Hand. Sie fiel hinunter in die Tiefe. Der Kerl ging zu Boden, bekam aber Bobbie Fayes Knöchel zu fassen und riss so hart daran, dass sie das Gleichgewicht verlor, auf den Gitterboden des Stegs stürzte und unter dem hüfthohen Handlauf hindurchrollte. Trevor rief etwas, das sie nicht verstehen konnte, während sie mit den Armen ruderte, um irgendwo Halt zu finden, doch der staubige Steg glitt ihr durch die Finger.

Die Zeit verging wie in Zeitlupe. Im Sonnenlicht, das durch die offene Luke fiel, sah sie das Entsetzen in Trevors Gesicht.

Aber da war noch etwas anderes … Es kam aus tiefstem Herzen, rein und klar. Sie streckte den Arm aus, denn sie wusste, dass sie dieses Gefühl festhalten musste, denn eine solche Verbindung, wie sie sie in diesem Moment zu ihm verspürte, hatte sie noch nie zuvor erlebt.

Als sie plötzlich mit ihrer Hand, die von dem blauen Gel noch klebrig war, eine der Metallstützen des Laufstegs zu fassen bekam und Trevor gleichzeitig unter dem Geländer hindurchgriff und ihr T-Shirt packte, drehte sich die Welt schlagartig wieder schneller.

»Pass auf!«, rief sie, als der Fotodieb versuchte, Trevor mit einem brutalen Stoß seines Ellbogens niederzustrecken. Doch Trevor trat dem Mann hart gegen das Knie. Er stürzte und rollte ebenfalls auf den Rand des Gitterbodens zu. Bobbie Faye, die mit der Hand nach etwas tastete, wo sie sich festhalten konnte, bekam das Hemd des Angreifers zu fassen. Trevor zog sie nach oben, während der andere Mann wegzukriechen versuchte …

Da spürte sie plötzlich die Fotos in ihrer Hand. Technisch gesehen befanden sie sich noch in der Brusttasche des Diebs, aber sie würde sie nicht mehr loslassen. Er griff nach einer zweiten Waffe in einem Holster an seiner Wade, und Trevor hatte alle Hände voll damit zu tun, Bobbie Faye festzuhalten. Eine falsche Bewegung und sie würden gemeinsam in die Tiefe stürzen. Trevor brüllte ihr zu, dass sie das Hemd loslassen solle, dass es das nicht wert sei und er sie deswegen nicht verlieren wolle, aber ihre Finger schienen ihren eigenen Kopf zu besitzen: Dieser Typ durfte die Fotos auf keinen Fall behalten. Trevor setzte sein ganzes Gewicht ein, um Bobbie Faye nach oben zu ziehen. Die Brusttasche des Diebs riss und *Bingo!*, sie hielt die Fotos in der Hand, während der Mann unter dem Geländer hindurch mit einem Überschlag in die Tiefe stürzte.

In dieser Sekunde sah Bobbie Faye im Licht, das durch die

Luke fiel, wie er mit seiner zweiten Waffe auf sie zielte, aus Wut oder im Reflex, das wusste sie nicht. Aber in diesem winzigen Augenblick – der eine Ewigkeit zu dauern schien – wurde ihr klar, das nun unweigerlich ihr Ende gekommen war.

Ein Schuss löste sich in einem Feuerblitz, und obwohl die Kugel sie weit verfehlte, reichte der Funke aus, um den Staub in der Luft zu entzünden. Die Druckwelle breitete sich gleichzeitig in alle Richtungen aus, gefolgt von einem Feuerball, der alles verschlang, was ihm in den Weg kam. Trevor riss Bobbie Faye aus dem Silo. (Dabei kam ihr der Gedanke, dass er echt gut aussah, aber vielleicht nicht so besonders helle war, denn schließlich konnten sie nicht fliegen und – *Hallo?* – aus dem siebten Stock zu springen, war genauso tödlich wie das Feuer.) Er zerrte sie mit sich hinaus an die frische Luft, und dann fielen sie hinunter, während über ihnen und um sie herum das Silo explodierte und die Druckwelle sie noch weiter hinauskatapultierte.

Trevor fing die meiste Wucht des Aufpralls ab, als sie auf dem Dach des kleinen Silos darunter landeten. Er presste sie schützend an seine Brust, während sie das schräge Dach hinunterrutschten und neben ihnen durch die Explosion des großen Silos immer neue Feuerbälle in den Himmel stiegen. Funken und brennende Trümmer regneten auf das Metalldach herab. Sie rutschten weiter und versuchten, irgendwo Halt zu finden. Bobbie Faye schlitterte über den Rand hinweg, doch Trevor packte ihre Hand und hielt sich mit der anderen an der Dachkante fest, sodass sie beide mit ihrem ganzen Gewicht nur noch an seinen Fingerspitzen hingen.

Eigentlich hätte sie tot sein müssen, stattdessen baumelte sie fünfzehn Meter über hartem Asphalt, und Trevor war der seidene Faden, an dem ihr Leben hing. Das Silo erbebte unter dem Druck einer weiteren Explosion, und Trevors Muskeln zeichneten sich durch die Anstrengung wie Stahlstränge unter seiner Haut ab. Sie suchte seinen Blick. Noch nie in ihrem ganzen Leben hatte sie jemanden gesehen, der so wütend und zugleich so entschlossen gewirkt hatte.

Sie stopfte die Fotos, die sie noch immer in der Hand hielt, in ihre hintere Hosentasche. Weitere brennende Trümmerteile regneten vom Himmel, und eines verbrannte ihren Arm, als Trevor mit einer Kopfbewegung auf einen Steg ein Stück rechts unter ihr deutete. Ihr wurde übel, aber sie nickte, denn sie wusste, dass ihnen keine andere Wahl blieb. Trevor begann sie an seinem ausgestreckten Arm vor- und zurückzuschwingen und ließ sie schließlich los. Sie flog, fiel, betete, versprach Gott alle möglichen Dinge, die er ihr mit Sicherheit nicht abkaufen würde – nicht mal als Sonderangebot, nicht mal in einer wirklich außergewöhnlichen Rabattaktion –, aber sie versprach sie ihm trotzdem. Und dann kam der Handlauf des Eisenstegs näher und näher … Sie griff danach und spürte das von der Sonne erhitzte Metall in ihrer Handfläche. Ihr Sturz wurde so abrupt abgebremst, dass es ihr fast den Arm ausriss. Mühsam kletterte sie auf den Steg hinauf. Und als sie zu Trevor hinaufsah, durchschlug gerade ein brennendes Trümmerstück das Dach des kleineren Silos. Er stieß sich ab und sprang in ihre Richtung, während ein wütender Feuerball hinter ihm herjagte.

Er würde es nicht schaffen. Er hatte nicht genug Schwung und würde in die Tiefe stürzen.

Bobbie Faye riss sich die Handtasche über den Kopf, die sie um Hals und Schulter geschlungen hatte – ihre blöde, billige Heilige-Scheiße-hoffentlich-hältst-du-Handtasche –, und warf sie in seine Richtung, ohne sie loszulassen. Er packte sie. Sie ließ sich nach hinten auf den Gitterboden des Laufstegs fallen. Sein Schwung zog sie nach vorn, doch sie stemmte ihre Füße gegen eine Querverstrebung, um sein Gewicht aufzufangen. Es gab einen scharfen Ruck, dann baumelte er zwischen Himmel und

Erde, direkt unter ihr. *Vielen Dank, dass du an dem Geburtstag dieser Tasche kein Crack geraucht hast, liebe unbekannte Näherin, und dass du wie vorgeschrieben eine Doppelnaht gesetzt hast.*

Bobbie Faye war überzeugt, noch nie so glücklich über den Anblick der Finger eines Mannes gewesen zu sein wie in diesem Moment. Sie waren blutig und verschrammt, aber sie umklammerten den Gitterboden. Trevor holte Schwung und zog sich auf den Steg. Eine weitere Explosion schoss aus den Trümmern des mächtigen Silos neben ihnen empor, und die ganze Welt schien in Flammen aufzugehen. Auch die anderen Silos warteten nur darauf, ebenfalls Feuer zu fangen.

Der Steg, auf dem sie sich befanden, kippte plötzlich nach links. Die letzte Detonation hatte die Konstruktion beschädigt, und eine der Stützen war gebrochen, obwohl sie noch tief im Boden verankert war.

»Wir müssen an der Stütze runterrutschen«, rief Trevor gegen das Prasseln des Feuers an.

Rutschen? *Nach unten?* Warum stürzte sie eigentlich ständig ihrem Ende entgegen? Sie wäre doch besser Buchhalterin geworden. Buchhalter stürzten eigentlich niemals in den Tod. Das war ein echter Vorteil, der in den Schnupperkursen für Buchhaltung am College mal erwähnt werden sollte.

Trevor ließ ihr keine Chance zu antworten (wahrscheinlich eine kluge Entscheidung). Er machte sich als Erster auf den Weg nach unten, dann griff auch sie um den Metallpfeiler, trat hinaus ins Nichts und rutschte hinunter. Als Trevor sie am Boden auffing, hatte sie nicht einmal Zeit, sich darüber zu freuen, dass sie noch am Leben war, da nun bereits das nächste Silo in Flammen aufging.

Ce Ce und Monique saßen in einem der wenigen Hochhäuser

von Lake Charles (mit immerhin vier Stockwerken) vor einem opulent ausgestatteten Büro und warteten auf Neil, den Versicherungsvertreter, der Ce Ce versprochen hatte, dass seine Firma ihr noch am selben Tag einen Scheck ausstellen würde. Zwischen den Frauen stand der Behälter mit den Resten des blauen Gels auf einem kleinen Beistelltisch. Ce Ce hatte sich vorgebeugt und beobachtete nervös, wie das Gel in seinem Plastikgefängnis blubberte, kleine Fontänen in die Höhe schossen und sich gurgelnde Trichter bildeten. Das Zeug war in gewisser Weise mit Bobbie Faye verbunden, solange sie einen Teil davon auf ihrer Haut trug, und im Moment spielte es verrückt wie ein ausgeflippter Hurrikan im Wasserglas.

»Das ist aber echt ein bisschen unheimlich«, flüsterte Monique, während sie der Sekretärin, die nur wenige Meter entfernt saß und voller Entsetzen den blauen Schleim betrachtete, einen schnellen Blick zuwarf. »Ist das Zeug immer so?«

»Nicht, dass ich wüsste, Schätzchen, aber ich habe das Gel auch noch nie bei Bobbie Faye eingesetzt. Solange eine gewisse Distanz herrscht, dürfte eigentlich nichts passieren … Nur wenn ich damit zu nah an sie herankomme, will das Zeug sie irgendwie erreichen, da es eine Verbindung mit ihr eingegangen ist. Dabei wird es gasförmig und könnte explodieren.«

Monique runzelte die Stirn, als der Plastikbehälter plötzlich über den Tisch hüpfte und die Sekretärin fluchtartig den Raum verließ. »Ich glaube, jetzt versucht das Zeug abzuhauen.«

»Es nimmt gerade all das schlechte Karma auf, das es auf Bobbie Faye abgesehen hat, und absorbiert es für sie.«

Der Behälter fiel auf die Seite und rutschte über den Tisch.

»Mann, das Mädchen scheint ja ein echter Pechvogel zu sein.«

»Das macht mir ernsthaft Sorgen. Das Gel hat nur eine begrenzte Wirkdauer, wenn es solch großen Belastungen ausgesetzt ist. Und bei dem hohen Schutzfaktor, den Bobbie Faye im

Moment braucht, weiß ich nicht, ob es lange genug durchhält. Ich muss zur Sicherheit noch einen Ersatzzauber für sie finden.«

»Ce Ce«, sagte da eine Stimme direkt neben ihnen, und sie sahen beide zu dem gut gekleideten Mann auf, der lächelnd vor ihnen stand. Ce Ce musste zweimal blinzeln, um in ihm den völlig demoralisierten, blassen Versicherungsvertreter wiederzuerkennen, der am Tag zuvor in ihrem Laden gewesen war.

»Neil?«, fragte Ce Ce erstaunt. Und dann fiel es ihr plötzlich wieder ein. Sie hatte ihm bei seinem Besuch die »Kraft des Ja« in Form eines Zaubertranks gegeben. Sie hatte die »Kraft des Ja« einem *Versicherungsvertreter* verliehen. Oh, Herr im Himmel, welche böse Macht hatte sie da erschaffen?

Cam sah, wie das Silo explodierte, während er sich noch mit dem Hubschrauber der Unglücksstelle näherte. Ein stechender Schmerz durchfuhr seine Brust und strahlte bis in seinen linken Arm aus. Bobbie Faye war bei der Mühle. Befand sie sich vielleicht auch in der Nähe der Explosion? Gütiger Himmel! *Nein.*

Alle Nachrichtenhelikopter drehten ab, als weitere Detonationen sie durchrüttelten. Sie wollten nicht aus Versehen ein Teil dieser Story werden. Der Polizeihubschrauber landete auf dem lang gezogenen Feld auf der anderen Seite des Wegs, gegenüber dem Haus der Landrys. Cam sprang heraus, noch bevor das dritte Silo in die Luft flog. Am Boden war die Hölle los. Sofort sah er Reggie und ihren Kameramann, die viel zu dicht am Geschehen waren. Alles stand in Flammen. Wieder und wieder drehte sich Cam im Kreis und suchte mit zusammengekniffenen Augen das ganze Gelände ab, aber er konnte Bobbie Faye nirgends entdecken. Mit heulenden Sirenen näherten sich die ersten Löschzüge, und Cam erkannte sofort den entschlossenen Gesichtsausdruck seines Schwagers, als er aus einem der roten Trucks sprang. Weitere Polizeiwagen kamen herangerast und hielten neben der Streife, die sich schon vor Ort befand. Cam lief hinüber zu dem Auto und den beiden Kollegen, die schon mehrere Leute befragten.

»Wir wissen nicht, wo sie ist«, erwiderte der eine Polizist, nachdem Cam erklärt hatte, wer er war und nach wem er suchte. »Wir waren gerade dabei, eine Alkoholfahrt aufzunehmen, als wir die erste Explosion hörten, deswegen waren wir so schnell vor Ort. Einige von diesen Herrschaften ...« Er deutete auf die missmutig dreinschauende Gruppe, die um ihn herumstand und zu der auch Bobbie Fayes Cousins und Cousinen gehörten. »... wollten sich aus dem Staub machen. Wir haben sie gebeten zu bleiben, damit wir sie vernehmen können. Bisher ist allerdings nur klar, dass Bobbie Faye zuletzt dabei gesehen wurde, wie sie rüber zu den Silos lief, weil sie hinter irgendwas her war. Aber niemand von den Anwesenden scheint zu wissen, was das sein könnte.«

Cam wandte sich den brennenden Ruinen der Silos zu. Das größte schien am schwersten beschädigt zu sein, obwohl auch noch drei weitere inzwischen Feuer gefangen hatten. War heute also tatsächlich *der Tag*? Morgen wäre Bobbie Fayes neunundzwanzigster Geburtstag. Er fragte sich, ob sie wohl ahnte, dass er es nicht vergessen hatte. Zu jedem Geburtstag hatte er ihr eine Kleinigkeit geschenkt, selbst in der Zeit, als sie nicht miteinander geredet hatten. Und auch sie hatte immer etwas für ihn gehabt. Er versuchte, nicht daran zu denken, wie oft sie Witze darüber gemacht hatte, dass sie bestimmt keine dreißig werden würde. Nicht einmal das bekam sie hin – weil sie nun offenbar schon mit neunundzwanzig von dieser Welt abgetreten war.

In seiner Nähe war nichts, worauf er einschlagen oder worauf er schießen konnte. Ihm blieb nichts anderes übrig, als einfach dazustehen und zuzusehen, wie die ganze Welt um ihn herum in Schutt und Asche fiel.

Von: JT
An: Simone

Sie hat *was* in die Luft gejagt? Wie zum Teufel soll ich das auf der Spesenabrechnung erklären?

Bobbie Faye und Trevor liefen geduckt zwischen nun ebenfalls brennenden Landmaschinen hindurch, während immer noch glühende Trümmerteile vom Himmel regneten. Als sie um die Ecke des letzten Gebäudes bogen, sahen sie das Haus. Bobbie Faye war nicht imstande zu begreifen, was ihre Augen da wahrnahmen, und als ihr Gehirn dem Bild vor ihr endlich einen Sinn verlieh – dem lodernden Scheiterhaufen, der einmal das Zuhause ihrer Familie gewesen war –, konnte sie erst recht nicht mehr klar denken. Sie rannte zur Rückseite des Hauses, um ihre Tanten und ihren Vater zu retten, bis Trevor sie überholte, sie abfing und eisern festhielt, wie sehr sie sich auch gegen ihn wehrte. Er zerrte sie mit sich, durch die Felder hinter dem Anwesen hindurch, bis zum Rand des Geländes, wo sie in einer Baumgruppe Deckung fanden. Auch als sie sich nun weit weg vom Haus und dem schwarzen Qualm befanden, trat und schlug sie immer noch um sich und versuchte, sich aus seinen Armen zu winden. Erst dann begriff sie, was er gerade gesagt hatte: *Sie sind nicht mehr da.*

»Tot?« Alle Kraft schien aus ihrem Körper zu weichen, und stattdessen wurde sie von tiefer Verzweiflung überflutet.

»Nicht tot. *Weg.* Ich habe gesehen, wie sie das Haus verlassen haben, als ich dir zu den Silos gefolgt bin.

Sie schluckte den Kloß in ihrer Kehle hinunter, aber ihr Herz schmerzte noch immer. »Das ist nur meine Schuld. Ich habe alles kaputt gemacht. Ich zerstöre einfach alles, was ich in die Finger bekomme.«

»*Nein.*« Trevor riss einen Streifen von seinem Hemd ab und verband damit ihre Hand. »Du hast diese ganze Sache nicht angefangen, du wolltest überhaupt nicht hierherkommen, und du hast verdammt noch mal auch niemanden dazu angestiftet, dir die Fotos zu klauen oder dir in dem Silo eine Pistole an den Kopf zu halten. Für mich klang es so, als hätte deine Tante eine Vorahnung gehabt, was passieren könnte, obwohl sie mir keine Details verraten hat. Und wenn *sie* es schon nicht verhindern konnte, warum solltest *du* dann ein schlechtes Gewissen haben?«

Sie erschrak sich fast zu Tode, als plötzlich einer von Trevors Kollegen neben ihnen auftauchte, doch Trevor schien nicht überrascht zu sein.

»Das ist Yazzy«, stellte er den Mann vor, der gut einen Kopf größer war. »Er ist zu unserer Unterstützung hier.« Dann wandte er sich an den anderen Agenten und fragte: »Hast du Bihari angerufen?«

»Ja«, erwiderte der Mann und bemühte sich, Bobbie Faye nicht anzustarren. »Sie ist ziemlich sauer. Sie glaubt, dass wir alles nur noch schlimmer machen, und meint, dass wir die Diamanten nach ihrer Methode suchen sollten. Sie will, dass du Bobbie Faye ablieferst, damit sie vernommen werden kann.«

»Sag ihr, dass ich das nicht tun werde. Du kannst ihr auch sagen, du hättest mich gewarnt. Bring dich in Sicherheit! Es gibt viel zu viele Figuren in diesem Spiel, und es ist keine Zeit, um eine Besprechung einzuberufen. Wir haben eine Spur, und der werden wir folgen.«

Bobbie Faye wusste, dass er die Fotos meinte. Sie war sich zwar nicht sicher, ob sie ihnen wirklich weiterhelfen würden, aber sie hielt den Mund. Sie jagte lieber einer falschen Spur nach, als sich in die Hände des FBI zu begeben.

»Es geht jetzt nicht mehr nur um Bihari«, entgegnete Yazzy.

»Sie hat angedeutet, dass inzwischen auch HS mit dem Fall befasst ist.«

»Ich weiß.« Als Trevor ihren verwirrten Blick bemerkte, erklärte er: »Heimatschutz.«

»Scheiße! Die Leute hast du schon mal erwähnt, aber irgendwie bin ich wieder abgelenkt worden. Warum zum Teufel ist mir die Heimatschutzbehörde auf den Fersen?«

»Sie glauben wahrscheinlich, dass du mit MacGreggor unter einer Decke steckst«, sagte Trevor, und Yazzy wurde blass.

»Du hast es ihr gesagt?«

»Sie hat ihn gesehen. Es ist jetzt keine Zeit, das alles zu erklären. Wo sind die Schlüssel?«

»Du steckst echt bis zum Hals in der Scheiße, Mann«, stellte Yazzy fest, während Bobbie Faye sich umsah, um herauszufinden, wozu *die Schlüssel* vielleicht passen könnten. In einiger Entfernung stand ein Motorrad.

»Wie …?«

»Plan B«, unterbrach Trevor sie. Darum war es also in der SMS gegangen, die er am Morgen auf dem Weg zur Mühle abgeschickt hatte. »Bei mir ist alles okay«, beruhigte er Yazzy. Aber die Art und Weise, wie die beiden Männer sich anfunkelten, deutete eher darauf hin, dass überhaupt nichts »okay« war, und Bobbie Faye blickte von einem zum anderen.

»Es ist ihm nicht erlaubt, sich emotional auf eine Informantin einzulassen«, erklärte Yazzy, ohne Trevor aus den Augen zu lassen. »Er setzt damit die Aufklärung des gesamten Falls aufs Spiel, abgesehen davon, dass es nicht legal ist.«

»Es sei denn, dass unsere Beziehung offengelegt wurde, bevor sie zur Informantin wurde«, entgegnete Trevor mühsam beherrscht. »Und genau das habe ich getan.«

»Wann?«, wollte Bobbie Faye wissen.

»An dem Abend, nachdem dein Bruder entführt worden war.«

In ihrem Kopf drehte sich alles. Sie war völlig erschöpft, sie blutete, sie hatte Schmerzen an Stellen, von denen sie bisher nicht mal gewusst hatte, dass es sie gab, und eigentlich musste sie über mindestens eine Million andere Dinge nachdenken als über Trevors Timing. Vielleicht war sie einfach nur viel zu betäubt von all den Ereignissen, um irgendwas wirklich verarbeiten zu können, denn sie konnte nichts anderes tun, als Trevor anzustarren und über sein Timing nachzugrübeln.

Das musste nach ihrem ersten Kuss gewesen sein, der auch ihr fast die Schuhe ausgezogen hatte, aber lange vor all ihren Gesprächen und bevor sie überhaupt auf die Idee gekommen war, dass er vielleicht an ihr interessiert sein könnte. Nur wie kam ein Mann dazu, seiner Vorgesetzten eine Beziehung zu beichten, die überhaupt nicht existierte? So was konnte er doch nur tun, wenn er vorhatte, sich auf sie einzulassen. Aber … wieso? Schließlich hatten sie bisher nur gemeinsam das halbe Land in die Luft gejagt und sich dabei beinah auch gleich selbst umgebracht. Daraus ergab sich sofort die nächste Frage: Hatte er vor, eine Beziehung mit ihr einzugehen, weil er das gern wollte oder weil es für die Fortführung seiner verdeckten Ermittlungen notwendig war? Wie lange wusste er schon von den Diamanten und der Notiz in Maries Terminkalender?

Allmählich schien sie auch noch die letzten Reste ihres Verstandes zu verlieren … Wenn sie schon nicht mehr beurteilen konnte, was der Wahrheit entsprach und was eine Lüge war, wie sollte sie dann noch ihrem Instinkt vertrauen?

»Die Hubschrauber landen schon«, fuhr er fort. »Wir müssen verschwinden. Vor eine Kamera gezerrt oder verhaftet zu werden, ist im Moment wirklich das Letzte, was sie gebrauchen kann. Die Schlüssel!«

Mit einer auffordernden Geste streckte Trevor die Hand aus, und für einen Augenblick dachte Bobbie Faye, dass sein Kollege ihm die Schlüssel verweigern würde. Doch schließlich gab Yazzy sie ihm, bevor er sich umdrehte und in Richtung des brennenden Hauses und der heulenden Sirenen davonlief.

Sie verschränkte die Arme, um das Zittern ihrer Hände zu verbergen. Das alles war einfach zu viel für sie, besonders der Brand, der hinter ihr loderte. Sie konzentrierte sich auf Trevor, der mit sicheren Schritten zum Motorrad ging, während eine Hand schützend auf ihrem Rücken lag.

»Hast du immer einen Plan B?« *Und inwieweit gehört es dazu, mich zu verführen?*, hätte sie am liebsten hinzugefügt. Es lag ihr auf der Zunge, aber sie wagte trotzdem nicht, es auszusprechen.

»Nicht, wenn es um dich geht.«

Trevor zog sie an sich, und sie spürte seinen harten Körper, an den sie im Moment nun wirklich nicht denken sollte, der sich aber trotz allem, was um sie herum vorging, so verdammt *gut* anfühlte.

Sie waren ein Paar. Sie hatten sich beide Schnittwunden und Prellungen zugezogen, waren blutbesudelt und standen ziemlich allein in dieser Welt, die plötzlich zu verstummen schien. Bobbie Faye konnte mit ihrer blauen Haut auftrumpfen, aber Trevor hatte Verbrennungen und Schrammen davongetragen, gegen die sie einfach nur lächerlich wirkte. Doch er schien all das überhaupt nicht zu bemerken. Stattdessen küsste er sie und fuhr ihr mit einer Hand durchs Haar. Der Kuss war sanft und überraschte sie. Sie legte den Kopf etwas zurück und sah in seinem Gesicht den gleichen Ausdruck von Furcht, Verlangen und Einsamkeit – und da war noch etwas anderes, das sie auch schon bemerkt hatte, als sie von dem Steg gefallen war. Er küsste sie erneut. Geradezu genießerisch, dachte sie und gab sich ihm hin. Er küsste sie wie ein Mann, der einen Entschluss gefasst hatte, der wusste, was er wollte. Noch nie zuvor in ihrem Leben war sie so geküsst worden. So innig. So voller Gefühl, sodass sie total vergaß, wo sie sich befanden oder was geschehen war. Sie vergaß, dass sie völlig blutbesudelt war, von Schmerzen geplagt, voller Sorge um ihre Familie. Sie vergaß alles bis auf seinen Mund, der den ihren eroberte, und Tränen vermischten sich mit dem Kuss. Sie vergaß alles außer seinen Händen, die ihr zärtlich durchs Haar fuhren, seinem Körper, den sie in seiner ganzen Länge spürte. Doch dann hörten sie beide, wie schon wieder so eine verfluchte Pistole durchgeladen wurde.

Die Stimme des eiskalten irischen Hurensohns sagte: »Was mal wieder beweist, dass Frauen einen immer in die Scheiße reiten. Ich denke, wir übernehmen sie jetzt.«

BEHÖRDE FÜR HEIMATSCHUTZ

Von Jessica Tyler (JT) Ellis

Assistentin vom Untersekretär des Untersekretärs des
Verwaltungsassistenten des Verteidigungsministeriums
Heimatschutzbehörde
New Orleans, LA

Betreff: Arbeitsbericht
(abzulegen unter Einsatzkommentare, **nur persönlich**)

Textilien, die von Marie Despré stammen und sich zum Schmuggeln von Diamanten eignen, müssen konfisziert werden. Derartige Textilien schließen ein, sind aber nicht beschränkt auf: Handtaschen, Gürtel, Schuhe und Accessoires. Unbedingt daran denken, dass zu den Hobbys der Zielperson auch bildende Kunst gehört – alle bekannten Werke müssen durchsucht werden, in Galerien und privaten Sammlungen. Alle Behörden im Land, einschließlich FBI, müssen zur Amtshilfe herangezogen werden.

Fall # 198733BFS / *Diamantensuche*
Einsatzbemerkungen: ***persönlich***

* Sean <u>MacGreggor</u>
Verstärkung für Trevor schicken

~~35~~ 41
~~27~~ ~~16~~ Gegenstände durchsucht
11 ~~9~~ ~~2~~ Filmstars drohten mit Anzeige
23! ~~13~~ ~~7~~ ~~5~~ Politiker wurden gestört (mit einer anderen als Ehefrau)
3 Paparazzi verhaftet, Kameras konfisziert (mit Rechtsabteilung sprechen)
6 ~~2~~ Ansprüche wegen Körperverletzung (Schnitte & Prellungen) (siehe oben)
1 Agent wegen Menschenbiss behandelt (Hundebesitzer) (s.o.)
8 ~~6~~ Anwälte reichen Klage wegen Belästigung ein
7 ~~3~~ Frauen wurden verhaftet, Bestechungsversuche, um ihre Sachen behalten zu dürfen
5 Leute haben Oprah angerufen (muss PR sich kümmern)
19 ~~17~~ Leute haben Fox News angerufen (muss PR sich kümmern)
- Jemand muss bei InStyle anrufen und unser Interesse an Maries Sachen begründen
- PR braucht zusätzliche Leute

Silos!! Feuer!! Gibt es denn nichts, was diese Frau nicht zerstören kann?
9 Sichtungen von Marie – alle falsch

Wo ist Trevor? Er muss Bobbie Faye festnehmen!
1 Agent im Einsatz in Lake Charles
1 verrückte Frau cajunischer Abstammung ~~in den Fall verwickelt. Verschwunden? Kann man so viel Glück haben?~~ **
(siehe letzter Fall – völlig durchgeknallt)
3 »Warnungen« – Sean & wer noch?

** Zur Erinnerung: Es ist ^meistens falsch, einen Zivilisten zu töten.

22

Aiden warf seinem Boss, der rechts von ihm stand, einen Blick zu, während sie alle – er selbst, Sean, Mollie und Robbie – ihre Waffen auf das Paar richteten. Genauer gesagt zielten sie auf Bobbie Faye, die ihnen den Rücken zudrehte.

»Der Elitebulle muss sterben«, hatte Sean gesagt, als sie beobachteten, wie der Kerl aus dem Silo gestürmt war und Bobbie Faye vor einem Sturz in den sicheren Tod bewahrt hatte. Für den Elitepolizisten war das nun ziemlich blöd, denn wenn Sean wollte, dass jemand starb, dann kam es auch so.

Der Agent blickte sie über Bobbie Fayes Schulter hinweg an, und seine Miene war regungslos, obwohl Aiden vermutete, dass er ziemlich sauer war, weil sie sich so mühelos angeschlichen hatten. Wäre er nicht stehen geblieben, um die Frau zu küssen, wären sie vielleicht nicht mehr rechtzeitig gekommen.

»Du willst vermutlich nicht, dass die Kleine stirbt«, meinte Sean mit einem Lächeln. »Dann lass sie zu uns rüberkommen, und ich schicke sie zu dir zurück, wenn ich mit ihr fertig bin.« Der Kerl konnte seine Waffe nicht ziehen, ohne Bobbie Faye in Lebensgefahr zu bringen. Aiden und Robbie traten jeweils ein Stück zur Seite, weg von Sean. Der Elitebulle war so gut wie tot, sobald die Frau das Schussfeld freimachte. »Oder«, fuhr Sean fort, »ich kann ihr Schmerzen zufügen und sie lange leiden lassen. Es ist allein deine Entscheidung.« Sean ließ seinen Blick über ihren Rücken gleiten, und er grinste, als sie sich etwas herumdrehte und ihn über ihre linke Schulter hinweg ansah, während ihre Hand immer noch auf der Hüfte des Agenten lag.

»Ich dachte, Sie wollten, dass ich die Diamanten für Sie finde und sie Ihnen bringe. Woher der plötzliche Sinneswandel?«

»Sagen wir einfach, es gefällt mir nicht, wie alle dir Steine in den Weg legen, *álainn*.«

»Ich glaube«, meldete sich der Agent zu Wort, »dass du dir nicht im Klaren darüber bist, worauf du dich gerade einlässt. Sie ist ziemlich anstrengend.«

»Jetzt geht das schon wieder los«, schimpfte Bobbie Faye sofort, und Aiden sah den Ärger in ihren Augen aufblitzen, bevor sie sich dem Mann wieder zuwandte. »Immer beleidigst du mich, kurz bevor es …« Sie wirbelte herum, und aus ihrer Hand kam ein Messer geflogen. »… hässlich wird.«

Scheiße! Die Frau konnte mit Messern umgehen, und der Elitebulle hatte auch immer eins dabei … Das hatten sie in ihrer Freude darüber, die beiden stellen zu können und ihnen zahlenmäßig überlegen zu sein, ganz vergessen. Aiden hörte Robbie unterdrückt stöhnen und sah, dass die Frau seine rechte Schulter mit dem Messer an einen Baum genagelt hatte. In der Sekunde, als alle die Flugbahn des Messers verfolgten, hatte der Agent schon seine Waffe gezogen, feuerte links und rechts an Mollie vorbei, und alle warfen sich zu Boden. Aiden gab ein paar Schüsse in Richtung des Pärchens ab, aber er konnte nicht vernünftig auf den Elitebullen zielen, wenn er die Frau nicht erwischen wollte, und Sean wollte auf keinen Fall, dass sie starb.

Noch nicht.

Die Frau hatte eine Glock aus ihrer Tasche gezogen – *Mist, verfluchter!* – und feuerte ebenfalls zurück. Der Agent verpasste Aiden eine Kugel in die Seite und eine ins Bein. Die Treffer taten verflucht weh, aber sie waren beide nicht lebensbedrohlich, und er konnte damit zum Glück auch noch laufen. Auf keinen Fall wollte er nämlich zu einer Belastung für das Team werden und

Sean irgendwann vor sich hin summen hören: *Ein Loch ist im Eimer.*

Durch die Schießerei wurde die Besatzung eines Nachrichtenhelikopters auf die Gruppe aufmerksam und kam herübergeflogen. Jetzt blieb ihnen keine Zeit mehr, um sich die Frau gleich zu schnappen.

»Rückzug!«, befahl Sean. Er kochte vor Wut.

Cam ließ seinen Blick prüfend über das Chaos an der Mühle schweifen. Er war dort nicht wirklich von Nutzen. Einer der Officer, die als Erste vor Ort gewesen waren, kam auf ihn zugelaufen – Luke James, ein guter Junge, frisch von der Polizeischule.

»Sir, niemand scheint zu wissen, wo sich Miss Bobbie Faye befindet. Aber die Leute wirken auch alle irgendwie … seltsam.«

»Inwiefern seltsam?«

»Ich kann es nicht genau beschreiben, aber als ich fragte, ob sie glauben, dass Bobbie Faye in diesem Inferno ums Leben gekommen ist, haben die meisten es vermieden, mich direkt anzusehen, und waren sehr ungenau in ihren Antworten. Kennen Sie diesen ganz schlechten Schauspieler … der Typ aus den Werbespots?« Cam nickte. Donny. »Er hat den Trauernden gespielt, als wäre sie tatsächlich umgekommen, aber er hat total übertrieben.«

»Das klingt, als ob …« Er konnte es einfach nicht über die Lippen bringen. Er holte tief Luft und kniff sich in die Nasenwurzel, um den bohrenden Kopfschmerz zu vertreiben. »Gute Arbeit, Luke. Hast du aus den anderen Typen irgendwas rausbekommen können?«

»Nein. Die haben absolut dichtgemacht. Angeblich sind sie Biker, aber irgendwie sind die auch komisch.«

»Verfrachte sie alle in einen Streifenwagen und bring sie aufs

Revier! Funk den Captain an und sag ihm, dass wir mehrere Räume für die Vernehmungen brauchen!«

Während Luke zurück zu Bobbie Fayes Verwandten und den Bikern lief, die bei einem der Streifenwagen in der brütenden Hitze warteten, entdeckte Cam Reggie in der Nähe eines Feuerwehrtrucks. Sie ging Jordan gerade gehörig auf die Nerven, wie deutlich an seiner Miene zu sehen war. Sie lächelte – was immer ein schlechtes Zeichen war –, und Cam ging zu ihr hinüber. Es bestand die Chance – wenn auch nur eine geringe –, dass Reggie vielleicht Bilder davon hatte, wie Bobbie Faye in den Silos verschwunden war, und vielleicht auch, wie sie wieder herausgekommen ist …

»Sir«, rief ein anderer Polizist und kam zu Cam. »Ich habe gerade gehört, wie einer der Reporter über Funk gemeldet hat, dass es im hinteren Teil des Geländes bei dem Waldstück vor einer Minute eine Schießerei gegeben habe. Einer der Sender hat versucht, ein paar Bilder davon zu bekommen, aber wegen der ganzen Bäume war nicht wirklich was zu erkennen. Und dann ist angeblich ein Motorrad davongerast, auf dem vermutlich ein Paar saß.«

Sofort flog Cams Blick zu dem Motorrad, das noch in der Nähe des Hauses stand. Es war eine Harley. Dann sah er hinüber zu der Stelle, wo Luke Bobbie Fayes Cousins und Cousinen und die beiden Biker zusammengetrieben hatte. *Zwei* Biker, aber nur *ein* Motorrad. Die Männer sahen wie typische Biker aus, und er bezweifelte, dass einer der beiden auf dem Sozius mitfahren würde. Dann stand da noch ein Pontiac mit zerschossenen Reifen, und Trevor war am Morgen mit Bobbie Faye zusammen gesehen worden.

Wieder wandte Cam sich dem einsamen Motorrad zu. Zwei Minuten später hatte er die Schlüssel beschlagnahmt.

Von: JT
An: Simone

Wie meinst du das: sie *verloren*? Wie in *aus den Augen verloren*? Oder wie in *tot*? Oder hast du sie nur verlegt? Bitte, lieber Gott, sag mir, dass du sie nur verlegt hast. Sieh in den Silos nach. Vielleicht ist sie ja nur ein bisschen angesengt.

Bobbie Faye und Trevor rasten auf der Harley davon und ließen die Mühle immer weiter hinter sich. Schwarzer Rauch stieg von den Silos und dem Haus in den blauen Himmel auf. Sie fuhren einen alten Feldweg entlang, dessen Untergrund im Laufe der Jahre immer trockener und härter geworden war. An den Seiten war Schotter, der schließlich in den Böschungsgraben überging. Der Weg lag im Schatten mächtiger Eichen und Pekannussbäume, die ihn säumten und das Motorrad vor den Hubschraubern verbarg, während Bobbie Faye und Trevor an Farmen und vereinzelten Firmengebäuden vorbeikamen: einem Treckervertrieb, einem winzigen Supermarkt und einem Lagerhaus für landwirtschaftlichen Bedarf.

Bobbie Faye saß hinter Trevor, und ausnahmsweise war es ihr egal, wohin sie fuhren. Die Hauptsache war, sie ließen den Schauplatz der jüngsten Katastrophe samt der Auftragskiller, Entführer und ihrer geistesgestörten Cousins und Cousinen hinter sich. Sie drängte sich dichter an Trevor, um dem Fahrtwind zu entgehen, der an ihr zerrte (zumindest nahm sie das als Vorwand), und schmiegte ihr Gesicht an seinen Rücken. Dabei achtete sie auf seine Schrammen und Verbrennungen, die er sich bei dem Sturz zugezogen hatte, und schlang ihre Arme um seine Taille, um sich festzuhalten. Er legte eine Hand auf die ihre, hob sie an, küsste ihre Handfläche, legte sie wieder zurück und hielt sie dort fest. Ihr Herz raste.

Sein Verhalten jagte ihr riesige Angst ein. Nicht unbedingt der Kuss, und auch nicht die Art, wie er sie angesehen hatte. Es war die Verbindung, die sie zu ihm gespürt hatte, als sie in dem Silo beinah in die Tiefe gestürzt wäre. Wie sollte sie auf ihren Bauch hören, wenn sie in der Vergangenheit immer so schiefgelegen hatte? Er hatte vor ihren Augen Menschen getötet, weswegen sie sich eigentlich vor ihm fürchten sollte, aber das tat sie nicht. Er hatte einen Kugelhagel abgefangen, was sie noch ziemlich locker genommen hatte. Gemeinsam hatten sie über einem tödlichen Abgrund gehangen, und beinahe hätte er sich für sie geopfert – und sie sich für ihn. Und wieder hatte sie nicht nach dem Warum gefragt. Irgendwie erschien es ihr völlig normal, gemeinsam derartige Gefahren zu bestehen. Aber konnte sie sich wirklich darauf verlassen?

In dem Moment fielen Schüsse. Nicht weit hinter ihnen. Bobbie Faye wagte einen Blick über die Schulter, und sie wollte verflucht sein, wenn das nicht wieder diese Durchgeknallten waren, die zu dem irischen Kerl gehörten. Zwei von ihnen feuerten aus den hinteren Seitenfenstern eines aufgemotzten Subarus heraus, ohne jedoch genau zu zielen. Sie wollten offenbar nur auf sich aufmerksam machen.

Dann setzte der Subaru zum Überholen an. (Und der Wagen konnte auf dem unebenen Untergrund besser beschleunigen als das Motorrad.) Wieder wurde geschossen, und sie versuchten, Trevor nach rechts abzudrängen. Trevor schob Bobbie Fayes Hand zu seiner Pistole. Während sie die Waffe packte und sich so weit wie möglich umdrehte, damit sie ein paar gezielte Schüsse abfeuern konnte, griff er nach hinten und hielt sie fest, damit sie nicht vom Motorrad kippte. Der Subaru fiel zurück, als sie ein paar Treffer landete, aber es reichte nicht, um den Wagen endgültig aufzuhalten. Sie konnte sich einfach nicht dazu durchringen, den Fahrer oder einen der anderen Insassen zu erschießen. Offenbar hatten die Verfolger ihr Zögern bemerkt, denn sie kamen allmählich wieder näher. Nah genug, dass Bobbie Faye die tödliche Entschlossenheit in Sean MacGreggors Gesicht erkennen konnte.

Sie zielte auf einen der Reifen, doch da gab die Waffe nur noch ein Klicken von sich. Sie war leer.

»Hast du noch ein Magazin?«, rief sie Trevor gegen den Lärm des Motorrads zu.

Er schüttelte den Kopf. Stattdessen griff er unter sein linkes Bein zu einer Art Satteltasche und holte eine Handgranate heraus – mit der gleichen Selbstverständlichkeit, mit der Lori Ann sich ein weiteres Bier nehmen würde. Bobbie Faye wusste nicht, ob sie erleichtert oder entsetzt sein sollte, dass sie sich nach einem Kerl verzehrt *hatte* (Vergangenheit! Diesmal ganz bestimmt, das schwor sie sich!), der auf einen Ausflug mit ihr tatsächlich *Handgranaten* mitnahm. Sie sah die passende Kontaktanzeige bereits vor sich:

> Weiblicher Single sucht sexy Typen, der gern vor sich hin murmelt und auf brennende Gebäude steht. Wenn du auch Menschen umbringen kannst und immer ein paar Handgranaten dabeihast, wäre das perfekt.

»Halt dich gut fest«, rief Trevor, zog mit den Zähnen den Sicherungsstift aus der Granate und ließ sie auf den Weg fallen. Zwei Sekunden später explodierte sie direkt vor Sean MacGreggors Auto und zerfetzte dabei einen Reifen. Der Subaru schleuderte von dem Feldweg und rutschte mit der Nase voran in den Graben.

Trevor schoss mit dem Motorrad um die nächste Kurve, und als sie an eine Kreuzung kamen, bog er rechts ab, noch bevor Bobbie Faye ihm den gleichen Vorschlag machen konnte. Sie fragte sich, wo er wohl hinfuhr, denn dass Roy in dieser Richtung eine Fischerhütte besaß – eine Hütte, von der niemand etwas wusste –, war sicher nur ein Zufall.

Als Cam die Schüsse auf der alten Mühlenstraße hörte und dann – Gott steh ihm bei – einen Knall, der sich wie die Explosion einer Handgranate anhörte, war ihm sofort klar, dass er den falschen Weg genommen hatte. Es gab zwei Straßen, die im rechten Winkel zueinander zu Landrys Anwesen führten. Nun befand er sich auf der einen, doch die Granate war auf der anderen hochgegangen. Er wendete sein Motorrad und raste zurück zur Mühlenstraße, wobei »Straße« eine leichte Übertreibung für diesen holprigen Feldweg war, dessen ausgewaschene Schlaglöcher man mit Kies aufgefüllt hatte und der sich kilometerlang hinzog, bis er irgendwann in eine asphaltierte Landstraße überging. Mit der Harvey war die Strecke nicht so einfach zu bewältigen. Er hatte nicht die geringste Ahnung, warum Trevor ausgerechnet diesen Weg gewählt hatte, denn er führte nach Südosten und …

Doch plötzlich wusste er, wo die beiden hinwollten. Vorausgesetzt, sie hatten die Explosion der Handgranate überlebt.

Vor ihm tauchte mitten auf dem Feldweg ein Krater auf, daneben lag ein Subaru im Graben – und mehrere Schlipsträger liefen um den Wagen herum. Ein schwarzer SUV blockierte den Weg, und eine große rothaarige Frau hob die Hand, um ihn aufzuhalten. Ihr hässlicher Haarschnitt zeugte von dem verzweifelten Versuch, an ihrem Arbeitsplatz bloß nicht weiblich zu wirken.

Sie wies sich als Mitarbeiterin der Heimatschutzbehörde aus. Ihr Name war Simone … irgendwie. Er hielt ihr seine eigene Marke und seinen Ausweis unter die Nase, und sie prüfte beides genau.

»Wir sichern hier einen Tatort, Detective«, erklärte die Frau mit einer Stimme wie Samt und Seide, die jedenfalls sehr viel anziehender war, als er es bei ihrem eher abschreckenden Äußeren für möglich gehalten hätte.

Er machte eine Kopfbewegung in Richtung des verunglückten Subarus, unter dem aber kein Motorrad zu liegen schien. »Hat es Opfer gegeben?«

»Nein«, erwiderte sie, »aber Sie müssen mir ein paar Fragen beantworten. Wir versuchen herauszufinden, wo sich eine gewisse Bobbie Faye Sumrall zurzeit aufhält.

Er ließ den Motor aufheulen. »Da geht es Ihnen wie dem halben Land. Viel Glück dabei.«

»Sie können nicht einfach so weiterfahren«, brüllte die Frau, und zwei ihrer Männer stürzten auf Cam zu, während der mit schlingerndem Hinterrad Gas gab. Der Krater in der Straße hatte den Geländewagen aufgehalten, und die Typen konnten ihr Auto nicht schnell genug erreichen, um ihm zu folgen. Er hatte nur diese eine Chance, Bobbie Faye und Trevor aufzuspüren und herauszufinden, was zum Teufel eigentlich los war.

Aiden hatte auf dem Gelände einer Firma für Landwirtschaftsbedarf ein Auto geklaut und folgte darin weiter dem Feldweg. Es war ein alter Crown Victoria, den ein Erntehelfer irgendwo abgestellt hatte, ohne die Schlüssel mitzunehmen. Es fühlte sich an, als würde er ein Boot durch aufgewühltes Wasser steuern, denn der Wagen hüpfte und sprang über jede noch so kleine Fahrrille und Unebenheit. Er hatte das Steuer von Sean übernommen, während Mollie sein T-Shirt in Streifen riss, um damit die Schnittwunden zu verbinden, die er sich zugezogen hatte, als die Splitter der Handgranate die Frontscheibe des Subarus durchschlagen hatten. Die Wut stand ihr gut, wie Aiden fand, aber er hütete sich, das laut auszusprechen, schon gar nicht jetzt, wo Sean neben ihm saß und kurz davor war, aus der Haut zu fahren. Robbies Stichwunde blutete und durchweichte den behelfsmäßigen Verband, den Mollie ihm bereits angelegt hatte. Aiden wusste nicht, ob er vor Schmerz oder vor Verlegenheit so heftig die Stirn runzelte.

Sie passierten eine Reihe kleiner Dörfer, die auch auf einer sehr genauen Karte nichts weiter als Punkte gewesen wären, und dann folgten sie einem Fluss, bis sie um eine Kurve kamen. Aiden bremste scharf, während ihnen allen vor Verblüffung der Mund offen stehen blieb. Vor ihnen befand sich eine Hubbrücke. Doch das Stück der Fahrbahn, das über den Fluss führte, teilte sich nicht in der Mitte und klappte auf beiden Seiten nach oben, sondern wurde von zwei mächtigen Hydraulikarmen komplett einfach in die Höhe gehoben und schwebte nun rund sieben Meter über ihnen, was allerdings nicht das Überraschende an der Sache war. Nein, das Überraschende war die Frau, die gerade aus dem Kontrollturm auf die Fahrbahn darunter sprang, über die Brücke lief und sich dann auf der anderen Seite in den morastigen Boden neben der Fahrbahn fallen ließ. Dann schwang sie sich hinter dem Elitebullen, der dort mit seiner Harley wartete, auf den Sozius, und die beiden rasten davon. Noch einmal drehte sie sich um … und winkte ihnen zu.

Aiden wappnete sich für eine zornige Tirade von Sean, doch sein Boss lächelte.

»Sind deine Beine gebrochen?«, wandte sich Sean an Robbie, der sofort, ohne zu murren – obwohl er ein Loch in der Schulter hatte –, aus dem Wagen stürzte und die Leiter zum Kontrollturm der Brücke hinaufkletterte.

»Nun ja«, meinte Aiden, um das Schweigen zu brechen, »sie

macht sich jedenfalls keinerlei Sorgen darüber, ob sie dich zu sehr verärgert.«

»Sie ist zwar eine Nervensäge, aber sie wird sehr nützlich sein, wenn ich sie erst habe.«

»Du findest sie nützlich, um die Diamanten zu finden, oder?«, fragte Mollie in jenem Ton, den Frauen so an sich haben, wenn sie schon ziemlich genervt sind, aber noch nicht offen aussprechen wollen, dass sie dich für verrückt halten.

»Nein, ich habe genau das gemeint, was ich gesagt habe. Die Diamanten werde ich natürlich auch bekommen.«

Mollie verdrehte ihre hübschen blauen Augen, während Robbie von dem Kontrollturm zurückgehastet kam.

»Das Ding fährt einfach nicht runter«, stieß er keuchend hervor, als er wieder im Auto saß und nach Atem rang. Seine Schulterwunde blutete jetzt noch mehr. Mollie schnaubte missbilligend und machte sich daran, seine Verletzung neu zu verbinden, während Robbie erklärte: »Sie hat irgendwas beschädigt oder ein wichtiges Teil mitgenommen. Ich weiß es nicht.«

Sie konnten das Signal des kleinen Peilsenders beobachten, der sich immer noch tapfer aus Bobbie Fayes Handtasche meldete, wo Mollie ihn platziert hatte. Aber Sean wollte Bobbie Faye zu fassen bekommen, wollte sie einholen und dabei sein, wenn die Diamanten gefunden wurden. Aiden vermutete, dass sein Boss sich selbst dafür verfluchte, dass er die ganze Sache mit so wenigen Leuten angegangen war. »Wie viel Ärger kann eine einzelne Frau einem schon machen?«, hatte Sean damals gesagt.

»Wie wollen wir ihr denn jetzt folgen?«, fragte Aiden.

»Es ist an der Zeit«, erklärte Sean, »dass Mollie herausfindet, was ihre ›lange verschollene Cousine‹ wohl dort vorhat, wo sie jetzt hinfährt. Irgendjemand muss das doch wissen. Kommt, hören wir uns mal um.«

John versteckte sich im Feld hinter dem brennenden Haus. Das Dach des Silos war gerade in die Luft geflogen, als er das Feld erreicht hatte, und er war in Deckung gegangen. Drei Männer hatte er inzwischen verloren, einschließlich seines besten Scharfschützen. Ein anderer seiner Männer war als Späher im Einsatz und hatte diese verfluchte Frau dabei beobachtet, wie sie aus den Silos geflohen und dann zusammen mit dem Arschloch vom FBI auf einem Motorrad entkommen war. Und sie befand sich immer noch auf der Flucht. Für ihn würde es keinen Zahltag geben, solange sie noch lebte, und nach dem, was ihn dieses Fiasko bisher gekostet hatte, würde er Bobbie Faye ganz bestimmt nicht aufgeben – und die Diamanten auch nicht. Diese Frau schuldete ihm was.

Er humpelte zurück zu seinem Wagen. Er besaß nun zwei Möglichkeiten, sie zu finden. Wahrscheinlich würde sie sich nicht bei vielen Leuten melden, aber zu ihrem Bruder und ihrer Schwester hielt sie immer Kontakt. Und nach einer derartigen Katastrophe würde sie die beiden garantiert anrufen. Er musste nur einen von ihnen zum Reden bringen. In Lori Anns Fall dürfte dafür eine kleine Flasche *Jack Daniel's* völlig ausreichen.

Bobbie Faye und Trevor hielten ein Stück vor Roys Fischerhütte bei einem anderen kleinen Häuschen am See. Okay, die Hütte gehörte Roy nur technisch gesehen. Eingetragen war sie unter dem Namen eines Freundes, und Roy erzählte nicht vielen Leuten, dass eigentlich er der Besitzer war. Bei seiner früheren Hütte waren einfach zu viele wütende Ehemänner aufgetaucht, um ihm mindestens den Kopf abzureißen. Trotz seines nicht vorhandenen Überlebensinstinkts hatte er nach einigen gescheiterten Anschlägen auf sein Leben doch noch begriffen, dass ständige Todesdrohungen vielleicht auch mal fatal enden konnten.

Die heruntergekommene Fischerhütte wirkte verlassen, ganz

im Gegensatz zu den anderen Häuschen in der Nachbarschaft. Von dort wehte der Duft von gebratenem Fisch und gekochten Flusskrebsen herüber.

Die Hütte stand auf Stelzen, die sieben Meter aus dem Wasser ragten, damit die Hütte auch dann nicht überflutet wurde, wenn der Pegel des Sees nach heftigen Regenfällen stieg. Sich unbemerkt an die Hütte anzuschleichen, war praktisch unmöglich. Die umlaufende Veranda war durch einen Steg mit dem Ufer verbunden, der breit genug für ein Motorrad war, aber nicht für ein Auto.

»Dein Bruder ist da draußen, stimmt's?«, fragte Trevor, während er den Motor der Harley abstellte. Es war erneut ein Hinweis darauf, dass er sie überwacht hatte, um jedes auch noch so kleine Detail über ihr Leben herauszufinden. Gott im Himmel, wahrscheinlich wusste er sogar von der Schokolade, die sie in ihrer Gefriertruhe versteckt hatte. War sie für ihn nur ein Job?

Waren seine Küsse reine Berechnung?

Woher zum Teufel sollte sie das wissen? Woher sollte sie es *sicher* wissen? Schließlich hatte ihr Instinkt im Hinblick auf Männer noch nie wirklich funktioniert, und schon gar nicht bei Männern, die wie Trevor küssten.

Ach, verdammt, keiner hatte je wie Trevor geküsst!

Starrte sie gerade auf seinen Mund? Verflucht, ja! Und dieser Mund verzog sich gerade zu einem sehr, *sehr* anzüglichen Grinsen.

Heilige Mutter Gottes!

Wo zum Teufel war ihr Selbsterhaltungstrieb geblieben? Wahrscheinlich war er von ihren Hormonen totgeprügelt worden – und *die* hatten noch nie recht gehabt. Nicht bei einem einzigen Kerl.

»Roy?«, sagte er und lenkte ihre Aufmerksamkeit damit wieder auf die Tatsache, dass er ihr vor urlanger Zeit eine Frage gestellt hatte.

»Eigentlich müsste er da sein, aber bei Roy weiß man nie«, fuhr sie ihn heftiger an, als sie beabsichtigt hatte. Nach Trevors amüsiertem Gesichtsausdruck zu schließen, musste sie ihr Pokerface offenbar dringend zur Kur schicken. »Soviel ich weiß, könnte er sich hier gerade mit der Frau des Gouverneurs vergnügen.«

»Ich sehe mal nach.« Sie stiegen von der Harley, und Trevor klappte den Ständer aus. »Allein. Es sei denn, du möchtest deinen Bruder gern beim Sex erwischen.«

»Bäh! Den Anblick werde ich ja im Leben nicht mehr los. Vielen Dank!«

»War mir ein Vergnügen. Ich bin gleich wieder da.«

Er ging los, und sie senkte einen Moment erschöpft den Blick. Als sie wieder aufsah, war er schon in der Sumpflandschaft, die Roys Hütte umgab, untergetaucht. Einfach … weg. Er war wirklich gut. In seinem Job. Darin, mit seiner Umgebung zu verschmelzen, zu verschwinden. Abzutauchen. Er hatte eine Menge Leute getäuscht, als er ihr während Roys Entführung geholfen hatte. Jeder hatte ihm abgenommen, dass er ein korrupter ehemaliger FBI-Agent ohne jede Moral war. Jemand, der für Geld tötete. Und es war ihm gelungen, Emile davon zu überzeugen, dass er immer noch so war, denn Emile hatte ihn angeheuert – und *der* traute nicht einmal seiner eigenen Mutter, dass sie ihm Plätzchen backte, in denen sich *kein* Gift befand.

Also wie konnte sie sicher sein, dass er nicht auch in ihrem Fall nur seine Rolle spielte?

Sie schüttelte den bedrückenden Gedanken ab und zog die beiden Fotos, die praktisch schon ein Loch in ihre Hose brannten, aus der Tasche. Als sie sie nebeneinanderhielt, erkannte sie, dass sich die Aufnahmen ziemlich ähnelten. Sie waren alle in V'rais Wohnzimmer aufgenommen worden, wo sich die Familie auf dem Sofa versammelt hatte. Auf dem einen Foto schienen alle etwas älter zu sein, und nur darauf waren auch Bobbie Faye und Francesca als Kleinkinder zu sehen – sie mussten ungefähr drei Jahre alt gewesen sein. Bobbie Faye trug abgewetzte Shorts, ein Shirt mit einem Saftfleck drauf, und im Haar hatte sie Erdnussbutter. Francesca trug ein pinkfarbenes Kleid, pinkfarbene Schuhe, ein pinkfarbenes Hütchen auf ihren Locken, und ihre Handtasche war ebenfalls pink.

Arme Francesca. Sie hatte nie die Chance gehabt, irgendetwas anderes zu sein als eine Prinzessin.

»Gehen wir rein«, ertönte plötzlich Trevors Stimme neben ihr, und sie zuckte so heftig zusammen, dass er sie festhalten musste, damit sie nicht der Länge nach hinfiel.

»Herr im Himmel, mach dich nächstes Mal gefälligst irgendwie vorher bemerkbar!«

»Warum sollte ich?« Er grinste, ließ sie los und stieg auf die Harley, um das letzte Stück zu Roys Hütte zu fahren.

Reggie und DJ warteten ein Stück von der Polizeistation entfernt, ohne die Eingangstür aus den Augen zu lassen. Schließlich kam Donny heraus. Er hatte jenen halb hoffnungsvollen Ausdruck im Gesicht, wie ihn einige Schauspieler an den Tag legten, wenn sie mit riesiger Sonnenbrille, großem Schlapphut und fürchterlich hässlichen »modischen« Sachen eigentlich inkognito unterwegs sind und gleichzeitig geradezu darum betteln, erkannt zu werden. Seine Miene zeigte sofort herbe Enttäuschung, als sich niemand auch nur im Geringsten für ihn interessierte. Er blickte sich um, sah Reggie winken, kam herübergeeilt und stieg zu ihr ins Auto.

»Sie werden es nicht bedauern«, versprach sie ihm, als er sich ängstlich umsah. Sie hatte viel zu hart gearbeitet – und setzte noch dazu ihre berufliche Zukunft aufs Spiel –, um zu riskieren, dass er jetzt noch einen Rückzieher machte.

»Fahren Sie einfach! Ich weiß nicht, wo Francesca ist, und wenn sie sieht, dass wir uns hinter ihrem Rücken verbünden, wird sie echt wütend auf mich sein.«

»Klar«, schnaubte Reggie. »Schließlich will ich nicht, dass sie mir am Ende noch diese Abdeckcreme aufschwatzt, von der sie mir jedes Mal erzählt, wenn ich sie treffe. Das wäre unerträglich.«

Benoit hatte sich über die Explosion der Silos auf dem Laufenden gehalten, während er Bobbie Fayes Nachbarn abklapperte, und eine Begegnung mit dem Captain hatte er tunlichst vermieden. Die Gerüchteküche brodelte und stürzte sich sofort auf jeden neuen Tratsch über Bobbie Faye, erst recht an Tagen wie diesem. Inzwischen wussten so viele Leute, dass er eine Kopie der Bilder aus der Überwachungskamera besaß, dass es ein Wunder war, dass ihm noch niemand Geld dafür angeboten hatte. Reggie würde bei dem Versuch, die DVD in die Finger zu bekommen, glatt einen Herzinfarkt erleiden. Und der Captain hatte Benoit nur deshalb noch nicht ausfindig machen und ihm wegen des noch nicht eingereichten Überwachungsvideos die Leviten lesen können, weil er den Polizeieinsatz bei den Silos und die Vernehmungen koordinieren musste, die Cam angeordnet hatte. Cam war ein Genie.

Benoits privates Handy summte, weil jemand auf seine Mailbox gesprochen hatte. Es wunderte ihn, dass es gar nicht geklingelt hatte, aber in der Gegend, wo Bobbie Faye lebte, war der Empfang im Allgemeinen schlecht. Er hörte die Nachricht ab und erkannte die Stimme einer Frau. Sie kam ihm bekannt vor und klang atemlos, als würde ihre Besitzerin gerade rennen.

»Benoit, hier ist Bobbie Faye. Ich habe etwas für dich. Es ist sehr wichtig. Cam kann ich nicht anrufen, und ich weiß nicht, wem ich sonst vertrauen darf. Weißt du noch, wo wir das Maskottchen der Abschlussklasse versteckt haben? Triff mich da! Jetzt gleich, okay?«

Damit endete die Nachricht, und die Rufnummer hatte Bobbie Faye unterdrückt.

Das war seltsam. Andererseits war sie beinahe auf der Brücke getötet worden, dann in einem Haus und, wenn die Meldungen stimmten, schließlich auch um ein Haar in den Silos. Da wunderte es nicht, wenn sie allmählich ein bisschen nervös wurde. Benoit war schon zu lange mit Bobbie Faye befreundet, als dass er sie nicht zumindest anhören wollte. Bis zu dem von ihr genannten Treffpunkt war es ein langer Weg für ihn, und er hatte keine Ahnung, warum sie bis nach Baton Rouge fuhr. Aber er war es ihr einfach schuldig, sich mit ihr zu treffen. Vielleicht konnte er sie ja überreden, sich zu stellen. Es war ihre einzige Chance, mit einem blauen Auge aus der ganzen Sache herauszukommen und nicht den Rest ihres Lebens hinter Gittern zu verbringen.

Von: JT
An: Simone

Auf ihrem Telefon gehen ständig Anrufe ein, einer davon kommt aus Italien. Ist wahrscheinlich der Käufer. Gerade kommt ihre Position rein. Ich schicke die Koordinaten. Finde sie! So schnell wie möglich. Oder du wirst dich vor Brownie rechtfertigen müssen.

Von: Simone
An: JT

Heilige Scheiße, bloß das nicht. Ich werde sie finden.

Bobbie Faye ignorierte die unzähligen Nachrichten und Anrufe, die ununterbrochen auf ihrem Handy eingingen – sie mussten warten. Mit Sicherheit war auch Lori Ann darunter, die sich wahrscheinlich nur darüber auslassen wollte, dass sie an diesem Morgen keine Gelegenheit gehabt hatte, den Hörer aufzuknallen, wenn ihre Schwester dran war. Bestimmt rief auch Nina an. Bobbie Faye hatte ihr von Trevors Telefon aus eine SMS geschickt, um sie auf dem Laufenden zu halten.

Trevor hatte die Harley abgestellt und sich kurz in der Hütte umgesehen, doch Bobbie Faye wusste, wie gerissen ihr Bruder sein konnte, wenn er sich verstecken musste. Während Trevor sich aus dem großen Munitionsvorrat bediente, der auf dem mannshohen Kühlschrank lag (in Roys Universum gab es offenbar nur kleine Diebe), und die Waffen nachlud, durchsuchte Bobbie Faye noch einmal alle Räume. In der maroden, vollgestopften Hütte sah immer noch alles so aus, wie sie es in Erinnerung hatte. Von dem größten Raum, der mit dunklem Holz verkleidet war und zu dem auch ein Küchenbereich gehörte, gingen Badezimmer und mehrere Schlafzimmer ab. Roy besaß den typischen Geschmack eines Junggesellen. Er arbeitete meistens in irgendwelchen Offshore-Paradiesen (wenn er denn mal arbeitete), wo er wahrscheinlich immer noch irgendwelche dubiosen Aufträge für Alex erledigte, und dann schmiss er sein Geld für Müll raus: riesige Fernseher, teure Angelausrüstungen, Jagdgewehre, Sportsachen, DVDs, Games. Sie hoffte, dass es zumindest sein eigenes Geld war, das er verprasste, denn wenn er in illegale Geschäfte verwickelt wäre, würde sie ihm zu einem langen Krankenhausaufenthalt wegen zwei gebrochener Beine verhelfen. Bobbie Faye ging alle Räume ab, und als sie sich davon überzeugt hatte, dass Roy nicht in irgendeinem Schrank saß, sich unter keiner Bodenluke versteckte und auch nicht auf dem Heißwasserboiler hockte, kehrte sie in den Küchenbereich zurück.

Wo … *hoppla!*

Trevor hatte das zerrissene und blutgetränkte Hemd ausgezogen, und als er seine nachgeladene Waffe auf die Kochinsel legte und auf Bobbie Faye zukam, wurde sie von einer Welle purer Lust überschwemmt.

Sie musste sich jetzt unbedingt konzentrieren. Allerdings nicht auf ihn. »Wir sollten weiterfahren. Diamanten suchen, noch ein paar Sachen in die Luft jagen …«

»Ich habe nachgefragt. Die Brücke bewegt sich keinen Zentimeter mehr, und es wird Stunden dauern, bis das repariert ist. Die nächste Brücke liegt zwei Stunden entfernt, und dort habe ich schon Straßensperren organisiert, an denen nach Seans Leuten gefahndet wird. Sie befragen jeden, der irgendwie verdächtig wirkt.« Er tippte auf sein schickes Handy. »Und Emile denkt, wir wären mit entsprechenden Informationen in der Tasche auf dem Weg nach New Orleans, deswegen wird er dort auf uns warten. Das bedeutet, wir haben etwas Zeit. Du musst dich ein bisschen erholen.«

Er war halb nackt, und mehrere Bereiche ihres Körpers plädierten eindeutig dafür, dass er ganz nackt sein sollte. Was zum Teufel *war eigentlich los mit ihr*? Noch vor drei Sekunden hatte sie über seine eigentlichen Motive nachgegrübelt, und dann brauchte sie nur seine Bauchmuskeln und seine Brust und seine Schultern und – verflucht noch mal – dieses Lächeln zu sehen, und sie verwandelte sich in eine Idiotin. Er drückte sie gegen die zerkratzte gelbe Küchenarbeitsplatte, die nur an einigen Stellen unter einem Haufen Töpfe, Pfannen, Geschirr und Besteck, das Roy offenbar auf irgendwelchen Flohmärkten besorgt hatte, hervorblitzte. Bei dem Versuch, ihm mit einem Schritt zur Seite zu entkommen, stieß Bobbie Faye gleich drei Töpfe zu Boden. Doch er fing sie schnell wieder ein, indem er seine Arme auf beiden Seiten ihres Körpers auf die Arbeitsplatte stützte.

»Bist du okay?«, wollte er wissen.

»Mir geht's fabelhaft. Jetzt lass mich vorbei!«

»Nein.« Er schob ein Messerset aus ihrer Reichweite. »Ich bin ein Idiot.« Seine Kiefer mahlten, die Schultern waren angespannt. »Dich so zu küssen.«

Mit quietschenden Bremsen kamen ihre aufgewühlten Hormone zum Stehen, stolperten übereinander und fingen dann an zu schmollen, was nun wirklich dämlich war. Er war nicht der Typ Mann, der an einer ernsthaften Beziehung interessiert war, und sie hatte das längst geahnt, also brauchte sie auch nicht so verdammt überrascht zu sein.

»Lass es mich anders formulieren«, sagte er, und sie wusste, dass er ihre Reaktion genau beobachtet hatte. »Es war ein übler Anfängerfehler und völlig egoistisch von mir. Es tut mir wirklich leid, dass ich dich mit meinem Kuss hinter den Silos in noch größere Gefahr gebracht habe.«

Die sanften Vibrationen, die ihren Körper seit ihrem Wiedersehen am Vortag erbeben ließen, waren nicht abgeklungen, doch der Blick, mit dem er sie jetzt ansah, löste in ihr ein Gefühl aus, als hätte er sie gerade an einen Verstärker angeschlossen, der ihr gesamtes System vollkommen überlud. An welchem Ort er sie küsste, war völlig egal, es brachte sie *immer* in Gefahr. Sie verschränkte die Arme fest vor der Brust. Doch dann glitt ihr Blick – ohne dass ihre Augen vorher eine schriftliche Erlaubnis eingeholt hätten – zu seinen Bauchmuskeln, die nur Zentimeter entfernt waren … und dann zu seinem Bizeps (Herr im Himmel, das hast du wirklich gut hingekriegt, *danke*!) und dann zu der Linie seines Kinns. Schließlich riss sie sich von dem Anblick los und versuchte, eine gewisse Gleichgültigkeit an den Tag zu legen, doch unaufhaltsam wanderte ihr Blick wieder zu seinen Bauchmuskeln. Vielleicht hatte sie sogar leise gewimmert, denn er grinste.

»In deinem Kopf findet gerade eine heftige Diskussion statt, stimmt's?«

»Ich bewundere einfach, wie gut du bist …« – sie schluckte, als seine Armmuskeln sich anspannten – »… in deinem Job. Du weißt schon, wie glaubhaft du vortäuschen kannst, dass du an mir interessiert bist – Hut ab! Das macht dir so schnell keiner nach.«

»Job?« Er runzelte die Stirn. »Ich dachte, ich hätte heute Morgen alle Zweifel beseitigt, was diesen Punkt angeht.«

»Wie zum Teufel soll ich denn sicher sein, dass die ganze Sache nicht doch nur ein Job für dich ist? Du weißt schon, was ich meine. Verführ die verrückte Lady einfach, dann hast du sie auf deiner Seite.«

»Bist du jetzt völlig übergeschnappt?«

»Wenn man den Buchmachern glaubt, wäre die Antwort ein eindeutiges Ja.«

Plötzlich strahlte er einen unbändigen Zorn aus, den er zwar sofort wieder unter Kontrolle bekam, doch der Blick, mit dem er sie musterte, war so voller Ärger, dass sie buchstäblich hörte, wie Trevor bis zehn zählte und dann noch einmal von vorn begann, nur um ruhig zu bleiben.

»Ich verstehe. Ich habe verdeckt ermittelt, und du kennst mich noch nicht gut genug und weißt noch nicht, wie ich außerhalb meines Jobs bin, um darauf vertrauen zu können, was zwischen uns ist. Ich verbocke vielleicht ständig irgendwelche Sachen, aber dass ich meine Gefühle dir gegenüber nicht deutlich äußere, gehört nicht dazu. Denk doch mal nach! Würde das FBI so viel Geld ausgeben und all die Leute abstellen, damit ich eine Frau verführe, die auch so bereit wäre, uns zu helfen, wenn wir sie darum bitten? Oder wenn wir, im schlimmsten Fall, ihre Familie unter Druck setzen würden?« Seine Miene entspannte sich etwas, während er darauf wartete, dass seine Worte sie erreichten. Ein Schauder purer Freude überlief sie, als er hinzufügte: »Ich sage dir jetzt noch einmal ausdrücklich: Ich will dich. Also bin ich entweder ein verlogener Bastard, dem du nicht vertrauen kannst und dem du nicht den Rücken zukehren solltest – erst recht nicht, wenn er eine Waffe hat –, oder du hast einfach Angst.«

»Es besteht aber schon ein Riesenunterschied zwischen dem Wissen, dass du mir bei einer Schießerei Rückendeckung gibst und …« – sie deutete auf ihn und dann auf sich – »… dem hier.«

Das anzügliche Grinsen kehrte so schnell zurück, dass ihre Knie schlagartig den Dienst zu verweigern drohten. »Du bist außer dir vor Angst.«

»Verlogene Bastarde können auch immer sehr gut begründen, warum sie die Wahrheit sagen.«

»Du kannst ja kaum noch atmen, Sundance.«

Er umfasste ihren Nacken, drückte sich an sie und berührte mit seinen Lippen nur leicht ihren Mund. Sie presste ihre Hände gegen seine Brust und versuchte, ihre Selbstbeherrschung nicht zu verlieren, während ihre Hormone Mambo tanzten. Er bewegte sich ein wenig, aber nur gerade so viel, dass sie seinen ganzen Körper spürte, und sämtliche Nervenenden aufschrien. Vielleicht rieb sich Bobbie Faye auch ein kleines bisschen an ihm. Oder sogar ein bisschen mehr.

Und dann küsste er sie. Es war kein sanfter, zärtlicher Kuss, nach dem Motto *Himmel, da sind wir dem Tod aber gerade noch mal von der Schippe gesprungen*. Oh nein, er war fordernd und besitzergreifend und sagte deutlich hörbar: *Ich will dich, nackt, unter mir, und dir wird es verdammt gut gefallen*.

Sie hatte nicht geahnt, dass ein *Kuss* dazu in der Lage war.

Er lächelte. »Du wirst dich für eine Seite entscheiden müssen. Entweder willst du mich oder nicht, aber ich bin nicht hier, um herumzuspielen.«

Er musterte sie mit seinen dunklen Augen, zeichnete mit dem

Daumen ihr Kinn nach und fuhr dann sanft über ihre Unterlippe. Sie spürte, wie sich jede Faser ihres Körpers zusammenzog, wie ihr heiß wurde, wie ihr Verlangen explodierte. Aber sie konnte ihm nicht antworten, der Kloß in ihrem Hals verhinderte, dass sie die Worte über die Lippen brachte.

»Sch!«, sagte er mit leiser, rauer Stimme, und ihre Nerven vibrierten. »Ich will dich, Sundance. Ich will *uns*.«

Sie wollte, dass er sie wieder küsste. Sie wollte seine Hände spüren, seinen Körper, wie er sich an sie presste. Sie wollte nicht denken, denn denken bedeutete, dass sie eine Entscheidung treffen musste. Sie hatte längst erkannt, dass Trevor nicht der Typ Mann war, der ihr diese Entscheidung abnehmen würde.

Er beugte sich noch näher an sie heran, fuhr ihr durchs Haar, strich über ihre Haut, sein Körper quälend nah vor ihrem – aber er küsste sie nicht. Er wartete, beobachtete, wie die Tränen, die sie bisher zurückgehalten hatte, über ihre Wangen rannen, und wischte sie mit dem Daumen weg. Er wartete darauf, dass sie ihre Angst überwand. Den nächsten Schritt würde sie machen müssen. Er wartete. Stunden schienen zu vergehen, aber er wartete.

»Ich …«, begann sie, und dann hörte sie, wie die Tür der Hütte geöffnet wurde. Trevor griff bereits nach seiner Waffe, als sie für den Bruchteil einer Sekunde aufsah und im nächsten Moment schon brüllte: »Runter!«

Sie warfen sich gleichzeitig zu Boden. Trevor landete auf Bobbie Faye, die Waffe in der Hand, und über ihnen fuhr ein Fleischermesser in die Wand – genau an der Stelle, wo sie eben noch gestanden hatten.

23

»Du bist nicht Roy«, sagte eine weibliche Stimme. Bobbie Faye wandte den Kopf und erkannte Carmen, die verrückte Tochter des Fleischers, die vor gar nicht langer Zeit versucht hatte, Roy in mindestens zwei Teile zu säbeln. Sie war barfuß, was erklärte, warum sie nicht zu hören gewesen war.

»Carmen«, stellte Bobbie Faye so emotionslos fest, wie es beim Anblick einer Vollidiotin möglich war. »Du siehst gut aus. Bist du schon lange wieder aus dem Gefängnis raus?«

»Wo ist Roy? Ich beobachte diese Hütte jetzt seit Wochen, aber irgendwie schafft er es immer, sich an mir vorbeizuschleichen.«

Die verrückte Carmen – sie besaß einen sinnlichen Körper mit Kurven, die Marilyn Monroe vor Neid die Tränen in die Augen getrieben hätten – beachtete die Waffe in Trevors Hand überhaupt nicht. Stattdessen zupfte sie ihr viel zu enges rotes Häkelkleid zurecht und schob dann – um Trevor zu beeindrucken – ihren üppigen Busen vor, während er Bobbie Faye aufhalf. Der Verlust seiner Wärme und seines Gewichts auf ihrem Körper kam so plötzlich und war so irritierend, dass sie sich schlagartig verlassen fühlte.

»Roy ist umgezogen«, stammelte sie schließlich, während ihr Hirn sich erst langsam wieder in Gang setzte. »Er arbeitet jetzt in …« Sie grübelte fieberhaft, welcher Ort auf der Welt möglichst weit weg lag.

»Guam«, meinte Trevor.

»Er kommt erst in ein paar Jahren zurück«, fügte Bobbie Faye hinzu.

Carmen musterte Trevor von Kopf bis Fuß, und Bobbie Faye merkte, dass sie Carmen plötzlich geradezu verabscheute.

»Zu wem gehört der schöne Mann?«, fragte die Verrückte mit einem Lächeln, das durch ihren dunklen Hautton noch strahlender wirkte.

»Das haben wir gerade zu klären versucht«, erwiderte Trevor, der schräg hinter Bobbie Faye stand.

»Verschwinde, Carmen.«

»Er gehört also dir.«

Ja, sagte irgendetwas in Bobbie Faye, und dieses Etwas steuerte plötzlich auch ihre Muskeln – und dabei handelte es sich ganz bestimmt nicht um ihren Überlebenswillen –, sodass sie mit dem Kopf nickte.

»Dann kannst du dich ja glücklich schätzen«, bemerkte Carmen und zog sich widerwillig zurück. »Ich respektiere die Beziehungen anderer Leute. Was dein Bruder übrigens noch lernen muss.« Sie warf Trevor einen letzten schmachtenden Blick zu, bevor sie aus der Tür stolzierte.

Bobbie Faye hörte buchstäblich, wie Trevor hinter ihr lächelte. »Halt den Mund.«

Es hatte Cam an der sabotierten Brücke viel zu viel Zeit gekostet, bis er Brian Thibodeaux nach etlichen Telefonaten in einer Bar ausfindig gemacht hatte. Der Mann ließ sich gerade volllaufen, anstatt seinem eigentlichen Job als Fährmann auf genau dem Fluss nachzukommen, der Cam jetzt daran hinderte, Roys Fischerhütte zu erreichen, wo er Bobbie Faye vermutete. Sie ging natürlich nicht an ihr Handy, und Brian hatte so heftig gelallt, dass Cam sich nicht sicher war, ob der Mann seine Anweisungen überhaupt verstanden hatte. Selbst wenn Brian vollkommen nüchtern gewesen wäre, hätte er immer noch eine halbe Stunde gebraucht, um den Fluss zu überqueren, und dann eine weitere halbe Stunde, um Cam überzusetzen. Die Warterei zerrte an Cams Nerven, aber entweder nahm er die Fähre, oder er musste einen Umweg von zwei Stunden in Kauf nehmen – und vielleicht war Bobbie Faye dann längst weitergefahren oder hatte wieder irgendwas in die Luft gejagt.

Bobbie Faye wandte sich Trevor zu, der ziemlich selbstzufrieden wirkte. Seine dunkelblauen Augen funkelten verdammt amüsiert. *Blöder Hund.*

»Was ist denn aus dem Kerl geworden, der so ziemlich alle Frauen hasst? Und der mir gesagt hat, dass seine Meinung über das weibliche Geschlecht sogar noch schlechter geworden sei, nachdem er mich kennengelernt habe?«

»Ich glaube, *irgendjemand* …« – seine Stimme glitt warm und samtig wie ein guter Whiskey über ihre Nervenenden – »… hat mich darauf hingewiesen, dass ich mich bisher lediglich mit den falschen Frauen abgegeben habe.« Er nahm ihre Hand und verschränkte seine starken, zerkratzten Finger mit ihren, griff nach einer seiner SIGs und zog Bobbie Faye mit sich ins Badezimmer.

»Du behauptest also …« – sie zuckte zusammen, als sie bei einem kurzen Blick in den Spiegel bemerkte, wie ramponiert sie aussah –, »… dass sich deine Ansichten an dem Tag, als wir uns kennengelernt haben, in das komplette Gegenteil verwandelt haben? Ich weiß, dass ein paar der Explosionen dir ganz schön zugesetzt haben, aber mir war nicht klar, dass dein Hirn dabei so viel abgekriegt hat.«

Er antwortete nicht. Stattdessen sah er sich ihre Schrammen und Schnittwunden an, befeuchtete einen Waschlappen und wusch ihr das Blut und den Dreck ab, wie er es schon am Vortag in Maries Haus getan hatte. Die meisten Leute können sich noch an ein bestimmtes Lied erinnern, das sie bei ihrem ersten Date gehört haben, oder an den ersten Tanz. Bei ihnen beiden waren es eher die Minuten, als Trevor zum ersten Mal ihre Wunden gereinigt hatte. Sie fing an, Witze darüber zu machen, doch sein Blick war alles andere als amüsiert. Beim Anblick von einigen sehr hässlichen Hautabschürfungen verzog er das Gesicht, und die ganze Zeit spürte sie, dass er über irgendetwas nachdachte. Sie erkannte, dass er Zeit brauchte, um zu entscheiden, was er ihr sagen wollte. Was er ihr anvertrauen konnte.

Sie warf einen Blick auf die Schrammen an seinem Kinn und seine entschlossen zusammengepressten Lippen, während er sie nach weiteren Verletzungen absuchte. Doch er hörte nicht auf zu grübeln. Sie legte eine Hand an seine Wange, damit er innehielt, sich beruhigte. Er musterte sie. Sie wollte, dass er mit ihr sprach. Ihr vertraute.

Sie beugte sich vor, hob ihm ihr Gesicht entgegen und gab ihm einen Kuss. Dann wandte sie sich ab und fischte einen Kamm aus einer der Schubladen. Er nahm ihn ihr aus der Hand und machte sich daran, ihre zerzausten Haare zu kämmen, bis sie allmählich wieder wie ein menschliches Wesen aussah und nicht so, als wäre sie gerade von einem Truck überfahren worden.

»Das machst du wirklich gut.«

»Du weißt doch, dass ich drei Schwestern hatte.« Er schwieg einen Moment, während er weiterhin ihr Haar kämmte. Dann fügte er hinzu: »Und meine Ansichten haben sich nicht an einem Tag in das komplette Gegenteil verkehrt.«

Sie dachte über seine Worte nach und betrachtete seine entschlossene Miene. Ihr kam der Streit vom Morgen in den Sinn, und sie erinnerte sich auch daran, was er zu dem anderen Agenten gesagt hatte, über die Offenlegung seines Verhältnisses zu ihr. Und dann begriff sie plötzlich.

»Durch die Überwachung?« Als sie sich kennengelernt hatten, war Bobbie Faye gerade von einer Pechsträhne verfolgt worden.

»Währenddessen hast du mich so gut kennengelernt, dass du was mit mir anfangen wolltest?«

»Oh, ich möchte sehr viel mehr von dir, als nur *was mit dir anfangen*.«

Oh … mein … Gott! Dieses Grinsen. Immer wenn er sie so ansah, war sie drauf und dran, jeden Sinn für Raum und Zeit zu verlieren. Sie versuchte verzweifelt, nicht rot zu werden. »Du bist ja verrückt.«

»Offensichtlich.« Er lachte, als sie ihm im Spiegel eine Grimasse schnitt.

Sie beobachtete ihn dabei, wie er den Kamm noch ein letztes Mal durch ihre Haare zog. Irgendetwas klingelte, und es dauerte einen Moment, bis sie kapierte, dass es ihr Handy war, das sich noch in ihrer Handtasche auf dem Küchentisch befand. Es war der Klingelton, den sie Cam zugeordnet hatte. Sie verzog das Gesicht und ignorierte ihn. Wenn etwas mit Stacey war, würden Cams Mutter oder seine Schwester anrufen. Statt ans Telefon zu gehen, ließ sie Trevor nicht aus den Augen. Er war tief in Gedanken versunken, verbarg seinen inneren Kampf aber nicht vor ihr, obwohl er das ohne Weiteres tun könnte. So weit kannte sie ihn inzwischen.

Schließlich sagte er: »Ich dachte, in meinem Leben würde es nie diesen einen besonderen Menschen geben. Ich hatte mich damit abgefunden, weil es so auch das Beste war. Gerade für jemanden mit meinem Job.«

»Aber es hat diesen Menschen doch schon mal gegeben«, sagte sie und meinte damit seine Scheidung, die er vor Monaten nur ein einziges Mal erwähnt hatte.

»Nein.« Sein grimmiger Gesichtsausdruck unterstrich seine Aussage. »Nicht im Entferntesten. Und ich hatte meine Lehre daraus gezogen. So etwas wollte ich nie wieder erleben. Und dann bist du in meinem Leben aufgetaucht. Du hast mich sofort fasziniert, aber ich habe keinerlei Erwartungen daran geknüpft. Du solltest nur das Diadem aus der Bank holen, es mir auf dem Parkplatz übergeben, und ich wäre gegangen. Etwas anderes war kaum möglich. Zumindest bis der Fall abgeschlossen war und ich bessere Voraussetzungen für ein Wiedersehen schaffen konnte.«

»Ich habe dich mit einer Waffe bedroht und auf deinen Pick-up geschossen, und dabei ist dir klar geworden, dass ich genau die richtige Frau für dich bin? Ehrlich gesagt mache ich mir ein bisschen Sorgen darüber, was du anziehend findest, Trevor.«

Er grinste, und in seinem Blick zeigte sich … Freude? »Na ja, eigentlich lag es an deinem Shirt. Das hat mir wirklich gut gefallen.«

Er meinte ihr T-Shirt, auf dem stand: *Knack mich, lutsch mich, iss mich roh.* Sie wurde knallrot.

Trevor drehte sie zu sich herum und hob sie auf die Marmorimitatplatte des Waschtischs. Er trat zwischen ihre Beine, und sie war verdammt froh, dass sie im Moment nicht auf ihnen stehen musste, denn sie hatten ihrem Gehirn gerade die Zusammenarbeit aufgekündigt. Als er sie um die Hüften fasste, nach vorn zog und gegen seinen muskulösen und *halb nackten* Körper presste, war es ganz vorbei. (*Ja!*, schrie die Lust. *Konzentrieren wir uns doch endlich mal auf die wichtigen Dinge.*) Mit den Händen strich er sanft über ihre Arme und massierte ihre Schultern, während sie zuerst seine Taille umfasste, dann jedoch unwillkürlich mit den Fingerspitzen über seine – *mmmmmmhhh!* – Bauchmuskeln glitt. Er fühlte sich so gut an, so stark und heiß. Schließlich schob er seine Hände unter ihr Shirt, und sofort hängte ihr Hirn ein Schild vor die Tür: *Außer Betrieb*.

Weit, ganz weit entfernt, wahrscheinlich auf einem anderen Planeten, hörte sie das Klingeln ihres Handys, das erneut einen Anruf von Cam meldete. Trevor gab der Badezimmertür einen Stoß, sie fiel ins Schloss und dämpfte das Klingeln. »Ich werde es nur einmal sagen«, erklärte Trevor ohne jeden Ärger in der Stimme. Er machte eine Kopfbewegung in Richtung des Handys. »Cam ist ein guter Kerl.«

Sie brauchte einen Moment, um ihr Verlangen beiseitezudrängen und einen klaren Gedanken zu fassen. »Wie bitte?« Erst dann begriff sie, was er gerade gesagt hatte und dass es in direktem Gegensatz zu diesem intimen Moment stand. »Also, das ist die blödeste Anmache, die ich jemals gehört habe.«

»Ich meine es ernst. Er liebt dich«, sagte Trevor sanft, »und du bist verrückt, wenn du das nicht erkennst.«

Sie hielten beide inne, während Bobbie Faye ihn anstarrte und einen vernünftigen Satz über die Lippen zu bekommen versuchte. Sie musste zweimal ansetzen, bevor es ihr gelang. Was Cam anging, irrte sich Trevor, aber es hatte keinen Zweck, mit ihm darüber zu streiten. »Langsam fange ich an zu verstehen, wieso du geschieden bist. Wenn es darum geht, eine Frau zu umwerben, bist du nicht gerade ein Könner.«

»Oh, ich werde dich schon umwerben.« (Ihre Hormone machten eine La-Ola-Welle.) »Aber über diese Sache werde ich nur ein einziges Mal mit dir sprechen: Du kennst ihn, euch verbindet eine gemeinsame Vergangenheit, und er könnte dir eine sichere Zukunft bieten, sobald er von seinem hohen Ross runterkommt. Und das wird er.«

»Wir müssen dir unbedingt einen Ratgeber kaufen, wie man eine Frau umwirbt.«

Er fuhr mit seinen Fingern durch ihr Haar, und jede Faser ihres Körpers schien zu vibrieren.

»Ich lebe schon länger mit mir zusammen, und ich kann dir sagen, es ist die Hölle.« Sie schob ihn von sich und sprang von dem Waschtisch, während er weiterredete. »Mein Job bestand immer darin, andere zu manipulieren, mich irgendwo einzuschleichen und gelegentlich auch zu töten. Ich kann das gut,

Sundance. Alles. Sogar sehr gut. Und das wird sich auch nie ändern.«

»Glaubst du, das ist mir nicht bewusst?« Sie drehte die Dusche auf, und das Wasser prasselte gegen die angeschlagenen Kacheln. Dann drehte sie sich wieder zu ihm um.

»Ich wollte dich nur warnen«, sagte er. »Mir ist es egal, ob er mir im Weg steht. Emotional oder physisch. Es sei denn, du sagst mir hier und jetzt …« – sie hob die Arme –, »… dass du ihn liebst. Was tust du da?«

»Ich frage mich, ob im Internet irgendwo steht, wie man eine Frau umwirbt.« Er runzelte die Stirn. Sie mochte es, wenn er so völlig verwirrt aussah. Leider erlebte sie es viel zu selten. Sie beugte sich etwas vor und erklärte ihm, was sie vorhatte. »Wir ziehen uns jetzt nackt aus.«

Er betrachtete sie, wie sie so mit erhobenen Armen vor ihm stand und darauf wartete, dass er reagierte. Sein Grinsen ließ sie dahinschmelzen. »*Nackt* hört sich gut an.« Er fasste nach dem Saum ihres Shirts. Einen Moment hielt er inne. »Aber ich will mehr.«

»Dann solltest du endlich loslegen.«

»Bist du immer so herrisch?«, fragte er, zog ihr das Shirt über den Kopf und warf es zu Boden.

»Ja.« Sie machte sich an dem Knopf seiner Jeans zu schaffen.

»Gut zu wissen.«

In dem Moment stockte ihr der Atem, und sie erstarrte, denn sie wusste nun: Er *hatte* sie. Mit beiden Händen umfasste er ihr Gesicht und küsste sie. Noch nie zuvor hatte sie ein derartiges Verlangen gespürt und zugleich so viel Zärtlichkeit. Eine Hitzewelle überflutete ihren Körper. Sie schob ihre Hände in seine nun offenen Jeans (*Bingo!*, quiekten ihre Hormone) und umfasste seinen Po, während er ihre Hose öffnete und ungeduldig daran zerrte. Genauso entschlossen schob sie unterdessen seine Jeans nach unten.

Sekunden später hatte er ihr den BH sowie ihre restlichen Sachen abgestreift. Dann betrachtete er sie eine Minute von Kopf bis Fuß und sagte: »Lieber Gott, *ich danke dir*.« Sie nickte nur, ebenfalls völlig überwältigt. Sie hätte gern *Heilige Scheiße!* ausgerufen, hatte aber Sorge, dass es ihr als Gotteslästerung ausgelegt werden könnte, und gerade jetzt vom Blitz getroffen zu werden, wäre echt blöd.

Er zog sie an sich und küsste sie, Haut an Haut, Körper an Körper. Sie spürte seine harte Männlichkeit und … *Wow!* Sie ließ ihre Hände über seine Muskeln gleiten, während er jeden Quadratzentimeter ihres Körpers küsste und viel Zeit an der Innenseite ihres linken Oberschenkels und dann bei ihrer weiblichen Mitte verbrachte. Seine Lippen waren heiß und verdammt geschickt. In diesem Moment verlor Bobbie Faye endgültig den Verstand. Und zum allerersten Mal ließ sie jegliche Selbstbeherrschung fahren, sie vergaß, den Panzer um ihr Herz aufrechtzuerhalten und ihr Innerstes zumindest ein wenig zu schützen. Sie vergaß sogar, Angst zu haben, vergaß, wo ihr Körper endete und seiner begann. Sie hatte sich noch nie so frei gefühlt.

Irgendwie schaffte sie es, die Dusche auszustellen und »Auf den Fußboden« zu krächzen. Sie war sich nicht sicher, wer von ihnen beiden die Badezimmertür geöffnet hatte (In dem kleinen Raum hätten sie zu wenig Platz gehabt) und wie sie es auf den flauschigen Wohnzimmerteppich geschafft hatten (Wann hatten sie den Couchtisch umgeworfen?) oder wann die Angelruten zu Boden gegangen waren (alle dreißig) und wann sie den präparierten Fisch von der Wand gerissen hatten, der bei seinem Absturz gleich noch eine Lampe zerschlug – all diese Dinge nahm sie nur am Rande wahr. Trevor brachte sie jedes Mal rechtzeitig in Sicherheit, während sie sich die ganze Zeit ununterbrochen und voller Leidenschaft küssten.

Schließlich rollten sie ineinander verschlungen über den Teppich und stießen überall an, ohne es zu merken. (*Ups*, das war das DVD-Regal!) Heilige Scheiße, all der Nippes auf den Bücherregalen ging zu Bruch – und jeder, der behauptete, es sei doch ein Leichtes, ein Kondom überzustreifen, hatte sich dabei nie aus einem ganzen Haufen von Elvis-Andenken befreien müssen. Aber es gab im Moment nichts auf der Welt, was Bobbie Faye lieber getan hätte. Das unbändige Verlangen nach Trevor kam aus den Tiefen ihrer Seele, sie konnte sich ihm nicht mehr widersetzen. Sie wollte ihn mit Haut und Haaren. Er bedeckte ihren ganzen Körper mit Küssen, doch als sie sich unter ihm bewegte, um ihn in sich aufzunehmen, hielt er inne. Sie warf ihm einen Blick zu, als sie merkte, dass er sie musterte, und sah das Begehren in seinen Augen. Nicht nur das körperliche. Er wollte *sie*. Er *brauchte* sie. Und Bobbie Faye erkannte diesen Ausdruck wieder, denn sie hatte ihn schon einmal gesehen in dem Moment, als sie im Silo von dem Steg gefallen war. Sie wusste, dass er das gleiche Gefühl auch an ihren Augen ablesen konnte. Mit einem Finger strich er sanft über ihre Lippen, bis sie glaubte, jeden Moment vor Verlangen platzen zu müssen.

»Ich schlage dich besinnungslos, wenn du mich noch länger warten lässt«, keuchte sie und wand sich unter ihm.

»Ich glaube, das hast du auch gesagt, als wir auf die Chili-Hotdogs gewartet haben«, neckte er sie, lächelte und bewegte sich gerade so viel, dass er sie weiter in den Wahnsinn trieb. Sie zuckte, und er stützte sich auf einen Ellbogen und griff mit der anderen Hand zwischen ihre beiden Körper. Sie war heiß und feucht, als er seine Finger in sie hineingleiten ließ, mit ihr spielte und sie völlig verrückt machte. Er spürte, wie ihr Verlangen unbekannte Höhen erklomm, bis sie vor Lust erbebte und nach Atem rang.

»Trevor?«

»Hmm?«, knurrte er.

»Jetzt!« Sie stöhnte auf, als er seine Finger fester in ihr Fleisch drückte.

»Das hier?«

»Ich will dich.« Sie fuhr ihm mit den Fingern durchs Haar. »Nur dich.«

»Das wurde aber auch Zeit«, meinte er und küsste sie, rau und fordernd, während er gleichzeitig in sie eindrang. Sie bäumte sich auf, überwältigt, erfüllt von ihm. Dann begann er, sich zu bewegen, und zog sie mit auf die höchste Klippe. Sie sah nur noch ihn, fühlte nur noch ihn und spürte den Blick seiner dunkelblauen Augen, während die Welt um sie herum aufhörte zu existieren.

Aiden beobachtete, wie Mollie zurück zum Wagen geschlendert kam, ein undurchdringliches Lächeln im Gesicht, und er wusste, dass sie Erfolg gehabt hatte.

»Und?«, fragte Sean, als sie sich auf den Rücksitz fallen ließ. »Willst du dir alles aus der Nase ziehen lassen?«

»Die Leute sind ziemlich nett hier«, erwiderte Mollie. »Anscheinend hat der Bruder in der Nähe eine Hütte, auf der anderen Seite vom Fluss.«

»Das hilft uns auch nicht weiter, solange die Brücke kaputt ist.«

»Aber es gibt eine Fähre, die uns gegen das nötige Kleingeld übersetzen wird«, erklärte sie, und es klang sehr zufrieden.

Trevor trug Bobbie Faye in die Dusche, was insofern auch nötig war, da sie sich nicht in der Lage fühlte, auch nur einen Schritt zu tun. Am liebsten hätte sie ihm eine geklebt, weil er richtig stolz darauf zu sein schien, was er mit ihr angestellt hatte. Allerdings wäre das ziemlich dämlich, denn dann würde er sie das nächste Mal vielleicht nicht mehr so … heftig nehmen. Aber sie hatte schon herausgefunden, dass er viele unterschiedliche Versionen von *heftig* im Repertoire hatte, einschließlich der Variante, bei der er sie gegen die Wand der Duschkabine drückte und im Stehen in sie eindrang. Es war wunderbar gewesen und hatte sie völlig verrückt gemacht. *Heftig* war ihr neues Lieblingswort. Erst Minuten später war sie wieder völlig zu sich gekommen, als sie mit dem Rücken an seiner Brust lehnte und er ihr Shampoo ins Haar massierte.

»Oh … äh … hallo«, sagte sie verlegen.

»Willkommen zurück!«

»Wie lange war ich … weg?«

»Ach, nicht lange. Ein paar Sterne sind inzwischen implodiert, man hat allen Kontinenten neue Namen gegeben, aber sonst ist eigentlich nicht viel passiert.«

Sie wandte sich ihm zu, während er half, ihr Haar auszuspülen. »Du bist wohl ziemlich stolz auf dich, was?«

»Hey«, erwiderte er und hob die Hände, was eindeutig heißen sollte: *Du hast es nicht anders gewollt*. Dann sagte er: »Wenn du dich darüber lustig machst, wie ich Frauen umwerbe …«

»Bist du immer so selbstgefällig?«

»Bei jeder Gelegenheit.«

»Eigentlich müsste ich ja meckern, aber ich glaube, ich komme dabei gar nicht so schlecht weg.«

»Kluge Frau.«

Sie lehnte sich wieder an ihn. Das warme Wasser hüllte sie beide ein, und es überraschte sie irgendwie, dass sie so glücklich war, weil er sie wirklich verstand, obwohl ihr genau das am selben Morgen noch Angst gemacht hatte. Er kannte sie gut – und das konnte nicht nur daher kommen, weil er sie überwacht hatte. Schließlich gab es genügend andere Leute, die seit Jahren in ihrem Leben eine Rolle spielten und trotzdem nicht begriffen, wie sie tickte. Sie wünschte bloß, sie wäre bezüglich seiner Vergangenheit auf dem Laufenden. Zumindest im Groben … Moment mal.

Sie erstarrte. Die Fotos. Plötzlich wusste sie, was V'rai ihr zeigen wollte.

24

Roy hatte Erfahrung darin, Krankenschwestern um den Finger zu wickeln, deswegen war er ausgesprochen zuversichtlich, dass es ihm gelingen würde, Lori Ann aus der Suchtklinik herauszuholen. Er brauchte nur eine Schwester im richtigen Alter zu finden. Sie durfte nicht zu jung sein, dann wäre sie zu nervös, wenn sie später vernommen wurde. Und war sie zu alt, würde sie ihm nicht abkaufen, dass ihn ein Richter schickte, um Lori Ann in Schutzhaft zu nehmen, bis die Sache mit Bobbie Faye ausgestanden war. Er hatte sich genau überlegt, was er sagen wollte, wie er es sagen wollte und wie er dabei lächeln musste. Grübchen waren in dem Zusammenhang immer sehr wirkungsvoll, und obwohl er keine Ahnung hatte, warum das so war, besaß er gleich zwei davon und wusste sie auch effektvoll einzusetzen. Sollte das wider Erwarten nicht funktionieren, würde er eben ein wenig seine Muskeln spielen lassen. Das brach in der Regel jeden eventuell noch vorhandenen Widerstand.

Er warf einen Blick auf den Sitz neben sich, wo die Marke mit der Aufschrift »Security« lag, die er sich unterwegs in einem Laden für Polizeibedarf besorgt hatte. Das hatte ihn ein paar Minuten Zeit gekostet, aber er würde sie nur kurz vorzeigen, und die Krankenschwester (die denken würde, dass er sich für sein Alter gut gehalten hatte) würde ohnehin nur ganz kurz draufschauen. Viel wahrscheinlicher war, dass sie einen prüfenden Blick auf seinen Ringfinger werfen (er würde die Marke in die linke Hand nehmen) und erkennen würde, dass da kein Ring war und auch keine Spur davon, dass er in letzter Zeit einen getragen hatte. Aus irgendeinem Grund dachten dann die meisten Frauen, er wäre Freiwild, und überlegten nur noch, wie sie ihn am schnellsten ins Bett bekommen konnten, aber nicht, ob er wirklich bei Gericht arbeitete.

Als er auf das Gelände der Suchtklinik fuhr und Lori Ann gelangweilt auf einer kleinen Mauer sitzen sah, wo sie (genervt wie immer) auf ihn wartete, war er ehrlich enttäuscht. Jetzt hatte er keinen Grund, sich an die Betreuerinnen ranzumachen. Verdammt, seine Schwester tat wirklich alles in ihrer Macht Stehende, um ihm den Spaß am Leben zu verderben.

Lori Ann war ein zartes, elfengleiches Wesen und reichte ihm kaum bis zur Schulter. Ihr blondes Haar saß perfekt. Sie sah genau wie eine ehemalige Cheerleaderin aus – das war sie ja auch –, abgesehen von ihrem mürrischen Gesichtsausdruck. Der wirkte eher so, als würde sie jeden Moment am liebsten jemandem einen schnellen Kick gegen den Schädel verpassen. Wenn sie was getrunken hatte, gefiel sie ihrem Bruder besser. Lori Ann stieg zu ihm in den Wagen und knallte die Tür etwas zu heftig zu.

»Wie bist da du rausgekommen?«

Sie wandte sich ihm zu und setzte dieses Lächeln auf, das alle drei Geschwister so perfekt beherrschten: *Du willst doch etwas für mich tun, oder?* »Das war leicht. Ich habe meinem Betreuer gesagt, wenn ich keinen Ausgang bekomme, müsse ich Bobbie Faye erklären, warum ich ihr nicht helfen könne, und dann würde ich ihr auch seine Privatadresse geben, damit sie mal bei ihm vorbeischauen kann. Ich habe noch nie erlebt, dass jemand so schnell die nötigen Papiere ausstellt.«

»Wow! Den Trick muss ich auch mal ausprobieren.«

»Denk dir selbst einen aus, das ist meiner.«

»Warum willst du Bobbie Faye denn auf einmal unbedingt helfen? Du redest doch noch nicht mal mit ihr.«

»Ich habe versucht, sie zurückzurufen, aber sie ist nicht rangegangen. Und das passiert nur, wenn sie so gut wie tot ist. Und niemand außer mir tötet meine Schwester.«

Bobbie Faye wickelte sich ein Handtuch um den Körper und lief zu ihren Jeans, die auf dem Boden lagen. Trevor kam aus der Dusche, während sie die Fotos herausnahm. Sie warf ihm einen Blick zu, und ihr Hirn schaltete sofort auf *Leerlauf*.

Nach einer Minute tippte er ihr gegen die Stirn, und sie sah ihm in die Augen.

»Ja?«

»Fotos?«

»Oh. Oh ja, richtig! Ich kann einfach nicht klar denken, wenn du nackt bist.«

»Gut zu wissen«, meinte er lächelnd. »Sollte ich mich gekränkt fühlen, dass die Wirkung schon nachlässt?«

»Ich glaube, es gefällt mir, dass du so ein Streber bist«, entgegnete sie abwesend und konzentrierte sich wieder darauf, was sie sah. »Ich kann besser denken, wenn ich …« Plötzlich fiel ihr auf, was sie da eigentlich redete, und sie hielt inne.

»Zufrieden?«, erkundigte er sich. Da war dieser Hauch von etwas hinter seinem Pokerface, das sie nicht benennen konnte, das sie aber unweigerlich anzog, und sie legte die Arme um ihn.

»Glücklich«, sagte sie, und dann küsste sie ihn. Er hielt sie fest, erwiderte den Kuss, und dann wanderten seine Lippen zu ihrer Schulter. Sie wedelte mit den Bildern. »Merk dir, was du gerade tun wolltest!«

Er starrte die Fotos an, als wären sie sein Feind. Als sie eine Augenbraue hob, glitt sein Blick wieder zu ihr. »Verdammt! Du hast es tatsächlich geschafft, dass ich nicht mehr an meinen Job gedacht habe. So was passiert mir sonst nie.«

Sie strahlte. »Vielleicht sind das meine Superkräfte.«

»Ich dachte, mit deinen Superkräften kannst du alles Mögliche in die Luft jagen.«

»Hey! Ein Mädchen kann doch auch zwei Superkräfte haben.« Sie versetzte ihm einen Klaps auf seinen nackten und ach so tollen Hintern.

»Ich bin nur froh, dass ich die nackte Version bekommen habe.«

Er küsste sie erneut, und im selben Moment flammte zwischen ihnen wieder das Verlangen auf. Sie waren einfach unersättlich. Hätte Bobbie Faye die verdammten Fotos nicht in der Hand gehabt, hätte sie die Dinger wahrscheinlich für eine weitere Stunde vergessen. Oder für zehn.

Aber sie hatte sie nun einmal in der Hand. Sie seufzte und wedelte damit vor seiner Nase herum. »Wir müssen uns konzentrieren.«

Und wenn sie das ernsthaft vorhatten, durften sie nicht länger nackt sein.

Bobbie Faye hatte von ihren früheren Besuchen in der Hütte noch ein paar Sachen dort. Allerdings war es eine echte Herausforderung, Roys Kleiderschrank nach ein paar passenden Jeans für Trevor zu durchsuchen. Trevor war zwar so groß wie Roy, aber sehr viel muskulöser. Trotzdem fand sie schließlich eine Jeans. Sie musste lächeln, als ihr aufging, wie vertraut er ihr schon war. In dem Moment hörten sie, wie jemand gegen die Eingangstür hämmerte … und dann ging sie mit einem Quietschen auf.

Benoit parkte den Wagen in der Nähe der Villa des Gouverneurs. Die Hitze hatte die meisten Touristen in ihre Hotels getrieben, nur ein paar ganz Zähe trieben sich vereinzelt an den Ufern des Sees herum und picknickten im Schatten der Pinien und Eichen. Das weiße Anwesen des Gouverneurs im griechischen Stil auf der anderen Uferseite strahlte in der Sonne und blendete ihn fast.

Warum um alles in der Welt hatte Bobbie Faye ausgerechnet diesen Ort ausgesucht? Sicher, bei den Schülern ihrer Abschlussklasse war der Platz sehr beliebt gewesen. Einige von ihnen hatten vor einem Spiel gegen die Mannschaft der Catholic High deren Maskottchen, einen Bären, geklaut, ihn hier an eine Skulptur gebunden und deswegen eine Menge Ärger bekommen – er erinnerte sich nur zu gut. Cam und er hatten nur auf Bewährung im Footballteam bleiben dürfen (und sie hatten das Spiel verloren). Francesca war zurück zu ihrem Vater geschickt worden. Jordan und Jeremiah hatten so lange Hausarrest bekommen, dass sie praktisch erst wieder lernen mussten, wie man sich in der Welt verhält, als sie endlich rausdurften, und Bobbie Faye, deren Idee die ganze Sache gewesen war, hatte man eine Woche lang vom Unterricht ausgeschlossen, und ihr Trailer war einen Monat lang jede Nacht mit Klopapier umwickelt worden. Im Laufe der Jahre hatte sich die Geschichte natürlich verselbstständigt: Irgendwann hieß es, sie hätten einen lebendigen Bären gestohlen, Bobbie Faye hätte mit ihm gekämpft, dabei einen Arm verloren (der ihr aber wieder angenäht worden sei), dem Tier aber schließlich so viel Angst eingejagt, dass es sich nur noch auf dem Boden zusammengerollt und gewinselt hätte.

Plötzlich bemerkte Benoit eine Bewegung und erkannte Bobbie Faye. Sie hatte sich auf der anderen Seite der Lichtung versteckt, wo sie besser geschützt war. Drohte denn irgendeine Gefahr? Wovor hatte sie Angst? Sicherlich nicht vor ihm. Es sei denn, sie hatte ebenfalls von den Gerüchten über die Bilder aus der Überwachungskamera gehört, aber sie musste doch wissen, dass er immer erst mit ihr sprechen würde, bevor er sie festnahm. Vorsichtig sah er sich um, dann gab er seinen Standort an die Zentrale durch und kletterte aus dem klimatisierten Streifenwagen. Irgendetwas ... stimmte nicht ... dieses Prickeln im Nacken. Er zog seine Waffe, den Lauf zu Boden gerichtet, aber jederzeit bereit, sie einzusetzen.

Er konnte einfach nicht glauben, dass er Bobbie Faye mit der Waffe bedrohen musste. Wie sollte er jemals wieder in den Spiegel sehen können, falls er sie tötete? Oder schlimmer noch: Wie sollte er Cam gegenübertreten?

»Bobbie Faye!«, rief er, während er sich langsam auf die Skulptur zubewegte und ihm einfiel, dass dies ja eins von Maries Kunstwerken war. Es hatte damals viele Diskussionen gegeben, als sie aufgestellt worden war. Der Gouverneur war noch Senator gewesen und hatte die Aktion im Kongress als »Unterstützung eines lokalen Künstlers« durchgedrückt, ohne allerdings zu erwähnen, dass die Skulptur ein Paar beim Sex darstellte. Die gesamte Highschool war sofort begeistert gewesen von der Plastik und war es noch, während die Kirchengemeinde alle vier Jahre einen neuen Anlauf unternahm, um sie entfernen zu lassen.

»Bobbie Faye«, rief er erneut. »Ich bin hier, um mit dir zu reden – wie du es wolltest. Du brauchst dich nicht zu verstecken, *chère*.«

»Du hast doch niemanden bei dir, oder?«

»Nein, *chère*, ich bin allein. Ich muss mit dir sprechen. Ich glaube, jemand versucht, dir was in die Schuhe zu schieben.«

»Das stimmt«, erklang ihre Stimme fast direkt hinter ihm, und in dem Moment, als ihn die Kugel traf, begriff er, dass man ihn hereingelegt hatte. Er warf sich zu Boden und verfluchte sich, dass er so dämlich gewesen war. Er hätte es wissen müssen. Jetzt war er gezwungen zu schießen, er musste sie aufhalten, und er versuchte, seine Waffe zu heben, aber sein Arm gehorchte ihm nicht, und dann traf ihn die zweite Kugel. Bobbie Faye beugte sich über ihn und sah ihm in die Augen, während die Welt um ihn herum in Dunkelheit versank.

Bobbie Faye und Trevor rannten in die Küche und schnappten sich jeder eine Waffe von der Arbeitsplatte. Dann sahen sie, wie die Tür weiter geöffnet wurde, und in ihrem Rahmen erschien Cam. Ein Meter neunzig pure Wut. Er warf Bobbie Faye seinen Ersatzschlüssel zu, als sie ihn fragend ansah.

»Zweimal an einem Tag, Detective«, sagte Trevor, und seine Stimme klang scharf wie geschliffener Stahl. Und während Cam ihn (der nur Jeans trug) anfunkelte und dann sie (immerhin hatte sie außer der Jeans auch noch einen reich mit Spitze besetzten BH an – sie hatte es noch nicht geschafft, ihr Shirt wieder überzuziehen), fügte Trevor hinzu: »Das nächste Mal sollten wir vielleicht einen kleinen Snack für Sie bereithalten. Ist Ihnen jemand gefolgt?« Er ging zum Fenster, schob leicht den Vorhang zur Seite und spähte hinaus.

»Nein. Aber wenn ich in der Lage bin, euch aufzuspüren, kann jemand anders das auch«, erwiderte Cam, ohne Trevor eines Blickes zu würdigen.

Bobbie Faye bemerkte deutlich, wie er sie musterte – die Prellungen, die Schnittwunden, und auch die Küsse hatten bestimmt Spuren hinterlassen … lieber Gott, *Knutschflecken*. Auf der anderen Seite fühlte sie sich wie eine einzige große Prellung, also würde es ihm kaum möglich sein, das eine vom anderen zu unterscheiden. Es war sowieso egal. Wenn sie es nicht besser gewusst hätte, wenn ihr nicht klar gewesen wäre, dass er überhaupt nicht mit ihr zusammen sein wollte, hätte sie gesagt, er sähe aus, als hätte er gerade einen Tritt in die Magengrube bekommen. Aber dann rieb er sich den Nacken und massierte seine Nasenwurzel, und sie erkannte, dass er nur wieder unter Kopfschmerzen litt.

»Zieh dich an!«, bellte er unwirsch. Dann wurde ihm sein Ton bewusst, und er fügte hinzu: »Bitte.«

Sie hielt immer noch ihr Shirt in der linken Hand. Sie musste es aufgehoben haben, bevor sie in die Küche gelaufen waren.

Um es überzustreifen, legte sie die Waffe weg. Dann ging sie zu Roys Küchenschränken und suchte die Kopfschmerztabletten heraus, die sie dort immer aufbewahrte.

»Was tun Sie hier?«, fragte Trevor. Sie drehte sich nach ihm um und sah, dass er wütend war, obwohl nur ein kleiner zuckender Muskel an seiner Wange das verriet. Jedem anderen wäre lediglich seine scheinbar entspannte Körperhaltung aufgefallen. Er lehnte lässig an der Wand neben dem Fenster, die Arme vor der Brust verschränkt. Sie jedoch bemerkte, dass er immer noch seine Waffe in der Hand hielt.

»Ich bin hergekommen, um dich genau dasselbe zu fragen«, entgegnete Cam, allerdings ignorierte er Trevor, und wandte sich an Bobbie Faye. »Die Silos. Die Schießerei. Und jetzt die Hubbrücke, wodurch es zu einem stundenlangen Verkehrsstau gekommen ist. War das wirklich nötig?«

»Es war nötig, um zu überleben«, erwiderte Trevor.

Sie griff nach einem Glas und füllte es mit Wasser.

»Ich hätte dich einfach schon viel früher einsperren sollen«, murmelte Cam. »Zu deinem eigenen verdammten Besten. Du weißt einfach nicht, wann du aufhören musst, und eines Tages wird dich das den Kopf kosten.«

Sie hielt ihm die Tabletten und das Glas hin. »Willst du die schlucken, oder soll ich dir gleich die ganze verdammte Packung in den Arsch schieben. Ich weiß genau, wann ich aufhören muss, du Vollidiot. Ich hatte nur leider keine andere Wahl.«

Er spülte die Tabletten hinunter und gab ihr das Glas zurück. »Du hast sehr wohl eine Wahl. Du hättest mir das alles überlassen können. Oder dem FBI …« Er sprach das Wort so angeekelt aus, als würde er von Maden sprechen. »Dann hätten wir die Ermittlungen übernommen. Stattdessen hast du dich gleich bei *drei* Gelegenheiten in Lebensgefahr gebracht. Es ist nur eine Frage der Zeit, bis du in der Leichenhalle endest.«

»Hey, Mann, vielen Dank für dein Vertrauen.«

Er überging sie und wandte sich an Trevor. »Das ist Ihr verdammter Job, nicht Bobbie Fayes.«

Sie stieß Cam ihren Zeigefinger in die Brust. »Wenn du nicht damit aufhörst, über mich zu reden, als wäre ich nicht im Raum, werde ich dir so den Arsch aufreißen, dass du nicht mehr weißt, wie du heißt … mit oder ohne Polizeimarke. Und ob du Kopfschmerzen hast, ist mir dann auch egal. Es geht bei dieser Sache nicht nur um einen Job, sondern meine Familie ist in Gefahr. Also muss ich diese Diamanten finden.«

»Ach ja? Aber du bist dafür nicht ausgebildet«, erwiderte er kochend vor Wut.

»Und wessen Schuld ist das?«, mischte sich Trevor mit völlig ruhiger Stimme ein. Viel *zu* ruhig. Sie warf ihm mit gerunzelter Stirn einen Blick zu. Er hielt ihm stand, schaltete aber einen Gang zurück. »Sie hätten doch dafür sorgen können, dass sie das notwendige Training erhält.«

»Und ich vermute, genau das übernehmen Sie jetzt gerade«, meinte Cam, und Bobbie Faye war klar, dass es hier gerade um weit mehr ging, als ihr zu zeigen, wie man sich selbst verteidigt.

»Ja.«

Obwohl … Wenn sie wüsste, wie man kräftig austeilt, käme ihr das gerade im Moment verdammt gelegen.

»Es geht doch nur um ein paar verdammte Diamanten«, sagte Cam zu ihr, »und wenn du ihm …« – mit ausgestrecktem Finger zeigte er auf Trevor – »… auch nur das Geringste bedeuten würdest, hätte er längst dafür gesorgt, dass du für ein paar dämliche Steine nicht dein Leben aufs Spiel setzt. Mir ist es nämlich völlig egal, wie wertvoll die Dinger angeblich sind.«

Bobbie Faye wollte gerade eine lange Tirade darüber loslassen, dass sie kein Haustier sei, dem man vorschreiben könne, was es zu tun und zu lassen habe, als sie Trevors Hand unter ihrem

Haar im Nacken spürte, wo er sie mit dem Daumen streichelte. Sie war sich nicht sicher, ob er es tat, um sie oder um sich selbst zu beruhigen, und er war so schnell gewesen, dass sie seine Bewegung nicht einmal bemerkt hatte, bis er sie anfasste.

»Sie haben absolut keine Ahnung, wie wichtig mir Bobbie Faye ist«, warnte Trevor, und Cam starrte ihn hasserfüllt an.

»Warum erzählst du mir nicht einfach, worum es hier überhaupt geht, Cam?«, fragte Bobbie Faye. »Du bist doch bestimmt nicht den ganzen Weg hier rausgekommen, nur um mich anzubrüllen.«

Als er sie ansah, erkannte sie so viel Schmerz in seinen Augen. Was konnte so schlimm sein? Dieser Schmerz … diese Qual, das war mehr als nur ein paar Kopfschmerzen.

»Als Erstes werden Sie mir jetzt mal verraten, warum das FBI eigentlich so scharf auf ein paar Steine ist«, wandte sich Cam an Trevor, »oder ich nehme Bobbie Faye sofort fest.«

»Nein«, entgegnete Trevor ganz ruhig, »das werden Sie nicht tun.«

Die beiden Männer funkelten einander an, und Bobbie Faye war überzeugt, wenn Testosteronvergiftungen von der Weltgesundheitsorganisation überwacht würden, hätte die auf der Stelle einen Krisenstab eingerichtet, weil eine Pandemie drohte. Bobbie Faye ließ sich auf einen Stuhl am Esstisch fallen, und noch bevor sie ausatmen konnte, setzte Trevor sich auf den Stuhl neben ihr, wodurch er Cam zwang, auf der gegenüberliegenden Seite des Tisches Platz zu nehmen.

»Fangen Sie mit den Diamanten an«, sagte Cam, und auch Bobbie Faye blickte Trevor gespannt an.

»Es sind Fälschungen«, erklärte Trevor, und ihr wurde wieder ein bisschen schwindelig. Sie setzte ihr Leben also tatsächlich für ein paar Glassteine aufs Spiel? Waren jetzt eigentlich alle verrückt geworden? »Sie sind aber so gut gemacht, dass es nur zwei Möglichkeiten gibt, sie als falsch zu entlarven: entweder mit einem umgebauten Geigerzähler oder einem Elektronenmikroskop. Mindestens in einen der Steine wurde die Herstellungsformel mikroskopisch klein eingraviert, und da man sie damit nachbauen kann, sind sie Millionen wert. Und noch viel mehr, wenn man sie in Masse produziert.«

Okay, okay, jeder Terrorist wäre scharf darauf. Das wurde ja immer besser.

»Ach du meine Scheiße!«, fluchte sie und presste ihre Stirn auf die kühle Tischplatte.

»Jetzt sind Sie dran«, wandte sich Trevor an Cam, während er beruhigend eine Hand auf ihre Schulter legte, die sie so hoch gezogen hatte, dass sie wahrscheinlich wie eine Schildkröte aussah.«

»Wir sind im Besitz eines Überwachungsvideos, auf dem zu sehen ist, wie Bobbie Faye den Juwelier erschießt.«

Sie fuhr so ruckartig hoch, dass sie fast nach hinten übergekippt wäre.

Cam beobachtete Bobbie Fayes Reaktion genau und erkannte, dass sie völlig verblüfft war. Es gelang ihr selten, ein Pokerface aufzusetzen, und sie log auch niemals, selbst dann nicht, wenn sie jemandem einen Streich spielte. Nicht mal, als sie jede zweite Woche die Möbel im Büro des Schuldirektors tiefergelegt hatte – um sie dann in der nächsten Woche wieder anzuheben –, was das Arschloch von einem neuen Rektor fast in den Wahnsinn getrieben hätte. (Daraufhin hatte sie eine Woche lang Stühle polieren müssen, bis sie so glatt waren, dass sich keiner mehr darauf halten konnte, und dem Rektor fiel auf, dass er es versäumt hatte, ihr vorzuschreiben, was sie zum Polieren nehmen sollte, deswegen konnte er sie im Nachhinein nicht dafür bestrafen, dass sie sehr effektives Multifunktionsöl benutzt hatte.) Im nächsten

Moment wurde Bobbie Faye so blass, dass Cam es bereute, das Video überhaupt erwähnt und ihr die Sache nicht schonender beigebracht zu haben. Aber es war einfach wichtig, ihre spontane Reaktion zu sehen.

»Ich … *wie jetzt*?«

Er zählte sämtliche Beweise auf, die sich inzwischen angesammelt hatten, und Bobbie Faye schien immer verwirrter und fassungsloser. Als er zu den Patronenhülsen in ihrem Trailer kam, wusste er, dass sie ziemlich sauer sein würde. Er zog die durchsichtige Plastiktüte, die er immer noch mit sich herumtrug, aus der Tasche und legte sie auf den Tisch. Sie wich auf ihrem Stuhl davor zurück, als hätte er ihr einen Sack mit lebenden Wasserschlangen vor die Nase gestellt.

»Die hast du also in meinem Trailer gesucht.«

»Nein, ich wollte mir eine DNA-Probe holen, um zu beweisen, dass das Haar am Tatort nicht deins ist. Die Patronen habe ich dabei zufällig entdeckt. Jemand hatte sie hinter das Waschbecken geschoben. Zuerst habe ich gedacht, es wäre Schmuck. Ich wollte ihn herausfischen und ihn dir in die Küche legen.«

Bobbie Faye blinzelte. Solche Kleinigkeiten hatte er früher immer für sie getan: Dinge repariert, Regale gebaut (zumindest im alten Trailer), darauf geachtet, dass sie die Taschen ihrer Jeans leerte, bevor sie sie in die Waschmaschine tat.

»Warum sind die noch nicht als Beweisstücke registriert?«, fragte sie.

»Ich habe sie nicht abgegeben.« Sie sah ihm in die Augen und begriff, was er für sie getan hatte. Fast ein Jahr hatten sie zusammengelebt – und man wohnte nicht mit einem Cop unter einem Dach, ohne die dienstlichen Abläufe mitzubekommen.

»Er hat keinen Durchsuchungsbeschluss gehabt«, fügte Trevor hinzu, und Cam hasste den Mann dafür nur noch mehr. »Vor Gericht wären sie nicht als Beweise anerkannt worden.«

»Stacey ist bei meiner Mutter«, sagte Cam ausdruckslos, »und sie hätte alles Mögliche aus deinem Trailer brauchen können. Das wäre ein ausreichender Grund hineinzugehen, wenn ich einen gebraucht hätte, um die Patronenhülsen registrieren zu lassen.« Er sah Bobbie Faye an. »Ich frage dich das nur ungern, aber wen hast du in letzter Zeit dermaßen verärgert, dass er sich so viel Mühe machen würde, um sich an dir zu rächen?«

»Zu viele, um sie aufzählen zu können.«

»Das ist nicht die Frage, die wir uns im Moment stellen sollten«, meinte Trevor, und Cam sah ihn an. Er wusste nicht, ob der Agent eigentlich merkte, dass er Bobbie Fayes Hand hielt, aber die Wahrscheinlichkeit war hoch, dass er es mit voller Absicht tat. »Wir sollten uns vielmehr fragen, was derjenige, der die Diamanten sucht, davon hat, wenn er Bobbie Faye den Mord anhängt.«

»Was hat Sal mit der ganzen Sache zu tun?«, wollte Cam wissen.

»Wir wussten, dass Marie im Besitz der Diamanten ist, denn sie hat Sal nur ein paar Tage, bevor er ermordet wurde, mit einem der Steine bezahlt. Nachdem er ihn auf dem Schwarzmarkt verkauft hatte, konnten wir den Diamanten zu dem Juwelier zurückverfolgen und erfuhren dabei, dass er von Marie stammte. Ich denke, sie hat erkannt, dass das FBI ihr immer dichter auf den Pelz rückte, und ist verschwunden. Vorher leitete sie aber noch den Verkauf der restlichen Diamanten an einen unbekannten Interessenten aus Italien in die Wege.«

»Er hat Fälschungen für Marie hergestellt«, murmelte Bobbie Faye. Als beide Männer sie ansahen, zuckte sie mit den Schultern. »Ich hätte an ihrer Stelle auch nichts anderes getan: Sal produziert ein paar Fälschungen, und niemand kann die echten erkennen, es sei denn, mit der entsprechenden Ausrüstung.«

»Wir glauben eher, dass Sal nicht gewusst hat, was er da in

Händen hielt«, erklärte Trevor. »Dann hätte er auf dem Schwarzmarkt nämlich einen viel höheren Preis verlangt.«

»Trotzdem haben die Fälschungen für Marie funktioniert. Sie musste sie nur überall verteilen, zum Beispiel in ihrer Mode, die sie nach Übersee verschickt hat, und schon sucht jeder in einer anderen Richtung, entdeckt irgendwas, aber keiner findet die echten Diamanten. Also wollte offensichtlich jemand Sal zwingen, damit herauszurücken, wie viele falsche Steine er hergestellt hat. Nach dem Ausschlussverfahren kann derjenige dann wenigstens irgendwann sicher sein, alle zu besitzen.«

»Und genau deswegen musst du aufhören, die Diamanten zu suchen«, sagte Cam und hieb mit der Faust auf den Tisch. Als sie ihn verwirrt ansah, erklärte er: »Denn mit jedem Schritt, den du dich ihnen näherst, verstärkt sich dein Motiv für den Mord an Sal.«

»Wenn ich jetzt aufhöre«, erwiderte sie außer sich vor Wut, »wird jemand mit dieser ganzen Sache unbeschadet davonkommen. Und das werde ich zum Teufel noch mal verhindern.«

Reggie, DJ und Donny hatten sich schon im Park positioniert, als Benoit eintraf. Seit es Donny herausgerutscht war, dass sie alle hinter Diamanten her waren, hatte Reggie nur noch ein Ziel: Bobbie Faye auf frischer Tat zu ertappen. Die Story würde ihr wenigstens ein paar Minuten beim landesweiten Frühstücksfernsehen verschaffen – und das war die erste wichtige Stufe auf der Karriereleiter im Nachrichtenbusiness, die dann ganz nach oben führte.

Für Donny bot es die Möglichkeit, endlos vor einer Kamera darüber zu plaudern, dass er ein aufrechter Bürger und es seine Pflicht gewesen sei zu helfen. Und für den Fall, dass gerade irgendwelche Schauspieleragenturen zusahen, gab er auch gleich seine Handynummer bekannt.

»Bist du dir sicher, dass die Diamanten hier sind?«, wollte Reggie wissen.

Er stellte sich vor der Kamera in Positur, senkte seine Stimme und sagte: »Aber ja, Reggie. Ich weiß aus zuverlässiger Quelle, dass die Diamanten … und Bobbie Faye … hierherkommen werden.«

»Idiot, die Kamera läuft doch gar nicht, wenn das Licht aus ist.«

»Erst recht nicht, wenn ich sie auf den Boden richte«, fügte DJ hinzu.

Donny sackte wieder ein wenig in sich zusammen, und als Benoit auf der Bildfläche erschien und nach Bobbie Faye rief, brachte Reggie die beiden Männer mit einer Handbewegung zum Schweigen. DJ hielt die Kamera auf die Szene, wobei er ein Zoomobjektiv benutzte, weil sie sich ein paar Meter entfernt in dichtem Buschwerk versteckt hatten. Bobbie Faye tauchte auf, und den Bruchteil einer Sekunde später hörte Reggie ein *Plopp*, und der Polizist ging zu Boden. Dann ertönte ein weiteres *Plopp*, und Reggie begriff, dass *Bobbie Faye ihren Freund gerade getötet hatte.* Unwillkürlich gab Reggie irgendeinen Laut von sich, vielleicht schnappte sie nach Luft, weil sie diese unglaubliche Szene tatsächlich im Kasten hatte. Doch als sie aufblickte und der Frau in die Augen sah, erkannte sie zwei Dinge: Erstens hatte man sie entdeckt, und zweitens war das der größte Fehler ihres Lebens gewesen.

Eine Kugel durchschlug DJs Oberkörper, bevor er überhaupt wusste, was eigentlich los war. Er brach zusammen, und die Kamera prallte auf den Boden.

»Donny, du bist ein Vollidiot«, sagte die Frau, und dann war da wieder so ein *Plopp*. Donny griff sich an den Bauch und fiel auf die Knie.

»Mach's gut, Reg«, war das Letzte, was Reggie hörte, und dann wurde ihr zuerst brennend heiß und danach fürchterlich kalt. Schließlich fand sie sich verblutend auf dem Boden wieder und war ernsthaft sauer, dass sie jetzt endlich die Bilder im Kasten hatte, die es in jede Morgensendung in ganz Amerika schaffen und ihr das Tor zum Nachrichtenolymp aufstoßen würden, sie es nur leider nicht mehr erleben würde. Dann dachte sie an ihren Sohn Nathan, wie er ausgesehen hatte mit dem winzigen Fisch in der Hand und einem strahlenden Lächeln im Gesicht, und er winkte ihr zu.

25

Bobbie Faye legte die beiden Fotos nebeneinander auf den Tisch und sagte zu Trevor: »Das wollte ich dir vorhin schon zeigen.« Mit dem Finger tippte sie jeweils auf die rechte Seite der beiden Fotos. Zwischen den Aufnahmen lagen ungefähr zehn Jahre, soweit sie es nach dem Erscheinungsbild ihrer Tante und der Kleidung, die sie trug, beurteilen konnte. Auf beiden Bildern saß Marie in der Mitte des Sofas und links von ihr ein Mann ungefähr in ihrem Alter, aber es war nicht derselbe.

»An das Bild erinnere ich mich«, meinte Bobbie Faye und deutete auf das jüngere Foto, auf dem Francesca und sie vor dem Sofa auf dem Boden hockten. »Und das ist Emile.« Sie deutete auf das später aufgenommene Bild. »Der aber nicht.« Sie zeigte auf das andere Foto. »Kennt ihr den?«, fragte sie die Männer. Ob Trevor was dazu sagen konnte, wusste sie nicht, Cam aber ganz bestimmt.

»Heilige Scheiße!«, stieß Cam hervor, als er einen genaueren Blick auf das Bild warf. »Ich hatte ja keine Ahnung, dass Marie mal mit dem Gouverneur zusammen war.«

»Ich weiß auch keine Einzelheiten, aber sie haben sich im College getrennt, und zu der Zeit hat sie auch Emile kennengelernt.«

»Sie ist dir nicht so ähnlich wie V'rai«, meinte Trevor, während er mit gerunzelter Stirn eins der beiden Fotos betrachtete. Er hatte recht – es war schon fast unheimlich, wie ähnlich sie V'rai sah. Bobbie Faye war das nie aufgefallen, denn ihre Familie hatte sich nie besonders um sie gekümmert, seit sie ein Kind war.

Selbst bei einem ersten flüchtigen Blick auf das Bild waren ihr eher die Frisuren und die Mode aus einer anderen Zeit aufgefallen als irgendwelche Ähnlichkeiten.

»Was ich wirklich nicht verstehe …«, sagte sie. »Und zwar noch weniger, als dass man mir diesen Mord in die Schuhe schieben will …«

»Da solltest du dir aber wirklich mal Gedanken machen«, murmelte Cam, und als sie ihn anfunkelte, fügte er hinzu: »Wenn du ein Leben führst, in dem es Dinge gibt, die dich noch mehr aus der Bahn werfen als eine Mordanklage.«

»Ach, leck mich doch!«, entgegnete sie. »Ich wollte eigentlich darauf hinaus, warum Marie diese Notiz in ihren Terminkalender geschrieben hat, die auf mich hinweist.« Sie musste Cam kurz erklären, was sie meinte.

»Großartig. Das hast du heute Morgen gar nicht erwähnt.«

»Heute Morgen hast du geschäumt vor Wut. Und ich habe mit Marie nicht mehr gesprochen, seit … Also ich glaube, seit Francesca in der Abschlussklasse war.«

Cams Handy klingelte, und er trat ein paar Schritte zur Seite, um den Anruf entgegenzunehmen. Bobbie Faye grübelte unterdessen darüber nach, wie das alles zusammenpassen konnte, und da kam ihr eine Idee … In dem Moment stützte Cam sich plötzlich schwer auf die Kücheninsel und sah aus, als hätte er gerade einen weiteren Tritt in den Magen bekommen. »Lieber Gott, nein! Ist er …?« Cam wurde leichenblass und zitterte am ganzen Körper, während der Anrufer weitersprach. »Auf gar keinen Fall. Nein, ich sage es ihnen später. Ich komme sofort.«

»Was ist?«, fragte Bobbie Faye, als er sich zu ihr umdrehte, und der Schreck fuhr ihr in alle Glieder. »Stacey?«

»Nein. Benoit.« Sie erstarrte, denn Cam würde sich nur so verhalten, wenn etwas wirklich Schlimmes passiert war. »Er wurde angeschossen.« Die nächste Frage wollte ihr einfach nicht über die Lippen kommen, aber Cam schüttelte den Kopf. »Er lebt, hat aber viel Blut verloren. Sie bringen ihn gerade in den OP.«

Bobbie Faye reagierte, bevor ihr überhaupt bewusst war, was sie da tat. Sie ging zu Cam und nahm ihn tröstend in die Arme. »Sie hat ihn in den Rücken geschossen«, fuhr er fort, während ihm fast die Stimme versagte und er die Umarmung erwiderte. »Hat ihn verflucht noch mal einfach in den Rücken geschossen. Sie wissen nicht, ob er es schaffen wird. Und das ist noch nicht alles«, fügte er hinzu und drückte Bobbie Faye etwas von sich, sodass sie zu ihm aufsehen musste. »Reggie und ihr Kameramann sind tot. Dein Cousin Donny hat einen Bauchschuss abbekommen. Donny wird es wohl überleben, aber er muss auch operiert werden.«

»Wer?«, keuchte Bobbie Faye und merkte, dass Trevor hinter ihr telefonierte. Sie wandte sich zu ihm um, als sie hörte, wie er fluchte und auflegte.

»Nach einer ersten Sichtung der Aufnahmen des Kameramanns«, erklärte Trevor mit grimmiger Miene, »handelt es sich bei dem Killer … um dich.«

Irgendwie schien plötzlich die ganze Welt um sie herum aus den Fugen zu geraten, und der Boden wankte unter Bobbie Fayes Füßen. Doch es war nicht Cam, der sie auffing – wie sie bemerkte, als sie die Augen wieder öffnete –, sondern Trevor, und nun saß er mit ihr im Arm auf dem Sofa.

»Ich muss unbedingt …«, sagte sie und versuchte aufzustehen. Aber Trevor hielt sie fest.

»Nur eine Minute«, beruhigte Trevor sie. »Du bist okay. Alles ist gut.«

Aber das war es nicht. Die Polizei glaubte, dass *sie* die Mörderin war. Während sie krampfhaft versuchte, diese Neuigkeit überhaupt zu begreifen (ihr Hirn stempelte auf jede sich anbahnende Erkenntnis »Zurück an den Absender«), reichte Cam ihr ein Glas Orangensaft. *Orangensaft.*

Benoit war angeschossen worden.

Orangensaft. Schießerei. Orangensaft. *Schießerei.*

Sie starrte auf das Glas, fasziniert von der Farbe, verloren in ihrer Erinnerung daran, wie sie am Samstagabend Saft getrunken hatte, an jenem Abend, an dem der Juwelier ermordet worden war. Sie hatte den Saft getrunken, sich irgendwie seltsam gefühlt und danach diesen Albtraum von einer Schießerei gehabt ... Sal. Seltsame Stimmen meldeten sich in ihrem Hinterkopf, Stimmen, die sie kannte, von denen sie aber glaubte, dass sie ihrer Fantasie entsprangen – bis jetzt. Als sie aufsah, hörte sie Cam sagen: »Sie muss etwas essen, verdammt. Unter keinen Umständen ist sie das gewesen.«

»Sie *hat* gegessen«, erwiderte Trevor in einem Ton, der mehr als deutlich implizierte: VERPISS DICH!

Bobbie Faye starrte auf das Orange des Safts, und langsam begannen ihre Erinnerungen sich in einer zeitlichen Reihenfolge anzuordnen. Es war kein Traum gewesen. Eigentlich hätte sie schon draufkommen können, als sie am nächsten Morgen mit einer Waffe in der Hand aufgewacht war, und auch das taube Gefühl im Mund hätte sie in Alarmbereitschaft versetzen müssen. Man hatte ihr etwas ins Glas getan: K.-o.-Tropfen, eine Vergewaltigungsdroge. Nur gerade so viel, um sie gefügig zu machen und ihre Erinnerung zu manipulieren, damit sie glaubte, alles wäre nur ein Traum gewesen. Auf die Art manipuliert hatte sie lediglich geglaubt, den Mord vorausgesehen zu haben und dass sie allmählich ein bisschen meschugge wurde, wie ihre Tante V'rai, die ebenfalls Dinge vorhersah.

»Ich bin okay, Cam. Benoit ist in Baton Rouge?« Er nickte. »Fahr zu ihm. Sieh nach, wie es ihm geht. Wir kommen auch, sobald ich alles erledigt habe.«

»Was meinst du damit?«, fragte Cam.

»Du weißt, wo die Diamanten sind!«, stellte Trevor fest, als er ihren entschlossenen Gesichtsausdruck bemerkte.

»Wer zum Teufel hat sie?«, wollte Cam wissen.

»Du kannst dich jetzt nicht darum kümmern«, entgegnete sie. »Du bist viel zu aufgebracht. Du würdest den Überblick verlieren, den ganzen Fall vermasseln, deinen Job aufs Spiel setzen und am Ende noch erschossen werden.« Sie hob die Hand, als er den Mund öffnete, um etwas zu erwidern. »Auf gar keinen Fall. Ich werde es dir unter keinen Umständen sagen. Ich will nicht schuld sein, dass du auf der Liste der Opfer landest. Sieh nach Benoit. Er braucht dich jetzt.«

»Du kannst die Diamanten aber verflucht noch mal auch nicht selber suchen«, entgegnete Cam, und es klang nicht nur nach der Anweisung eines Polizisten. Da war noch mehr. Angst. »Benoit ist *angeschossen* worden. Sie glauben, dass du auf einen *Polizisten* geschossen hast. Du wirst tot sein, bevor du auch nur die geringste Chance bekommst, irgendwas zu erklären.«

»Aber … du und Trevor, ihr wisst doch beide, dass ich nicht auf ihn geschossen haben kann! Immerhin bin ich hier gewesen.«

»Mir wird niemand glauben«, entgegnete Cam ziemlich genervt und fuhr sich mit den Händen durchs Haar. »Sie werden davon ausgehen, dass ich dir lediglich ein Alibi verschaffen will.«

»Sie wissen doch nichts von den Patronenhülsen. Und in der Vergangenheit hast du dich noch nie vor mich gestellt. Warum sollten sie das jetzt vermuten?«

Er warf ihr einen Blick zu, der so viel hieß wie: *Das glaubst auch nur du.* Bobbie Faye war erstaunt. *Oh!* Na gut, vielleicht hatte er in der Vergangenheit doch mehr für sie getan, als sie überhaupt ahnte.

»Mir werden sie übrigens auch nicht glauben«, meldete sich Trevor zu Wort, und sie sah, dass er entschuldigend grinste.

»Sie werden davon ausgehen, dass ich befangen bin, da wir eine Beziehung haben.«

Cam schien regelrecht zusammenzuzucken, aber Bobbie Faye blickte ihn nicht direkt an, deswegen war sie sich nicht völlig sicher. »Siehst du?«, meinte Cam. »Man wird dich töten. Triff also keine dumme Entscheidung!«

»Ich könnte dir sagen, dass ich Trevor die ganze Sache übergebe, damit sich das FBI um alles kümmert«, sagte Bobbie Faye.

»Du hast noch nie gelogen, also fang jetzt nicht damit an. Sag mir, wen du verdächtigst.« Es schnürte ihm die Kehle zu. Er schien am Boden zerstört.

»Kümmer dich um Benoit, Cam.«

»*Sag* es mir!«

»Ich muss erst noch ein paar Dinge herausfinden. Du hast schon genug um die Ohren.«

Cam funkelte Trevor an. »Wenn ihr was passiert, sind Sie fällig.«

Lieber Gott, nur dieses eine Mal – *bitte, bitte, bitte* – lass meinen Plan funktionieren.

Cam trat mit Bobbie Faye hinaus auf die umlaufende Veranda der Hütte, und er wusste, dass er jetzt einfach auf sein Motorrad steigen und verschwinden sollte, um nach seinem Partner zu sehen. Im Licht des frühen Abends entdeckte er etwas Blaues in ihrem Gesicht, und ohne groß darüber nachzudenken, ergriff er ihr Kinn mit einer Hand und rieb mit dem Daumen über den Fleck. Was immer das auch gewesen war, es war nun verschwunden, und trotzdem ließ er seine Hand noch für einen Moment dort. Bobbie Faye starrte ihn mit ihren großen grünen Augen an, und Cam wusste, was sie dachte: Dass er in diesem Moment so verändert war, lag allein an Benoit und daran, dass Cam sich sorgte, dass Benoit sterben könnte. Seine Enttäuschung überwältigte ihn, und doch war ihm etwas aufgefallen: In dem Moment, als sie zu ihm gekommen war, um ihn zu trösten, in dieser Sekunde war sie ihrem Instinkt gefolgt, und seine Kopfschmerzen waren schlagartig wie weggeblasen gewesen. Er hatte wieder atmen können, ohne dass sich der Schmerz bis in seine Schultern hinabzog, und er wusste einfach nicht genau, was das zu bedeuten hatte.

Ihm war gar nicht aufgefallen, dass er immer noch ihr Kinn berührte. Langsam fühlte sie sich unwohl, und sie trat einen Schritt zurück.

»Du passt auf dich auf!«, befahl er und wünschte sich im selben Moment, er hätte es nicht in einem derart feindseligen Ton gesagt. Warum konnte er nicht einfach ganz normal mit ihr reden? Früher hatte das doch auch immer gut geklappt.

»Ich verspreche es. Ich passe auf.«

Er musterte sie, während sie sich bemühte, so unschuldig wie möglich zu wirken. Jedenfalls machte es Cam erneut klar, warum sie normalerweise gar nicht erst versuchte zu lügen.

»Tu mir einen Gefallen, Baby. Spiele nie Poker.«

Lori Ann hätte Roy am liebsten links und rechts eine gescheuert. Sie hatten angehalten, um zu tanken, und er flirtete mit der Frau des Tankstellenbesitzers, worüber der alles andere als glücklich war. (Der arme Mann würde noch einen Herzinfarkt bekommen, so wie er die ganze Zeit den Bauch einzog, während Roy am Tresen stand.) Es verblüffte sie immer wieder, wie wenig Überlebensinstinkt ihr Bruder besaß.

»Oh, die Brücke ist außer Betrieb, schöner Mann«, sagte die Frau von der Tankstelle gerade. »Deine Schwester hatte mal wieder ihre Finger im Spiel. Angeblich dauert es noch mindestens eine Stunde, bevor sie repariert ist. Die Polizei überprüft jeden, der versucht, mit einem Boot überzusetzen. Wenn du also nicht fliegen kannst, wirst du noch eine Weile warten müssen.«

Lori Ann hielt einen großen Softdrink in der Hand. (Roy hatte sie mit Argusaugen beobachtet, als sie durch den Gang mit den Spirituosen geschlendert war. »Ich werde nicht Bobbie Fayes Arsch retten, damit sie mich hinterher umbringt, weil ich dich nicht von irgendwelchem Fusel ferngehalten habe«, jammerte er. Schlappschwanz.) Sie legte einen ganzen Haufen Schokoriegel auf den Tresen.

»Was haben wir denn da für ein hübsches Mädchen?«, erkundigte sich der Besitzer der Tankstelle strahlend.

»Die? Das ist meine kleine Schwester.«

»Bobbie Faye hat eine kleine Schwester!«, stellte der Mann fest. »Wow, das ist ja toll!« Er beugte sich zu ihr hinüber. »Kannst du mir ein Autogramm von ihr besorgen?«

»Ach, herrje«, seufzte Roy, und der Mann wirkte plötzlich sehr alarmiert, weil der Tresen und seine Frau ihm jede Fluchtmöglichkeit vor einer rechten Graden von Lori Ann versperrten. Während die Frau ihrem Mann einen Blick zuwarf, der deutlich sagte: *Wenn du doch bloß ein Hirn im Kopf hättest*, packte Roy seine Schwester bei den Schultern und schob sie zum Ausgang. »Was das angeht, ist sie ein bisschen empfindlich«, erklärte Roy auf dem Weg nach draußen.

Das hatte ihr gerade noch zu ihrem Glück gefehlt. Sie war nicht nur Bobbie Fayes kleine Schwester, sie war auch noch unsichtbar.

Als Bobbie Faye wieder in die Hütte kam, blickte Trevor zum hinteren Fenster hinaus, das auf den See führte. Erst in diesem Moment erfasste sie überhaupt in vollem Umfang, was sich ereignet hatte: *Mehrere Menschen waren tot*. Ihr Freund kämpfte im OP um sein Leben.

Trevor wandte sich um und kam auf sie zu. Sie stand da wie zur Salzsäule erstarrt. Eigentlich hatte sie gedacht, sie hätte schon einige wirklich schlimme Dinge erlebt, aber offensichtlich war das alles noch gar nichts gewesen. Und dann begriff sie, dass sie den Killer die ganze Zeit genau vor der Nase gehabt hatte.

Plötzlich zitterte sie am ganzen Körper, geradezu erdbebenmäßig. Trevor legte seine Arme um sie, hielt sie fest und wiegte sie ein wenig hin und her. Alles, was in den vergangenen beiden Tagen passiert war, stürzte in diesem Moment auf sie ein. Es fühlte sich an wie ein Frontalzusammenstoß, dem sie nicht ausweichen konnte.

Kein Entkommen.

Ihre Kehle war wie zugeschnürt, ihre Augen brannten, und das Gewicht, das ihr die Brust zusammenpresste, wog Millionen Tonnen und brannte wie glühendes Metall.

Sie lehnte sich gegen Trevor, während er ihr über den Rücken strich und ihre Schläfe küsste. Die Ironie der Situation entging ihr nicht: Dieser Mann, dieser frühere Elitesoldat, der sogar töten konnte, wenn es notwendig war, bot ihr nun Zuflucht. Sie barg das Gesicht an seiner Schulter, denn wenn er sie nicht weinen sah, musste sie – technisch gesehen zumindest – auch nicht zugeben, dass sie es tat. Sie wusste nicht, wie lange sie dort so gestanden hatten, aber nach einer Weile fühlte sie sich ein wenig ruhiger.

»Ruhig« stand in diesem Fall allerdings nur für verdammt »sauer«.

»Cam hat recht«, sagte Trevor, und sie merkte ihm an, dass er es nicht gern zugab. »Wenn es ihm gelungen ist, über den Fluss zu kommen und uns aufzuspüren, müssen wir davon ausgehen, dass auch andere dazu in der Lage sind. Wir hätten weiterfahren sollen.«

»Nicht.« Sie legte eine Hand auf seine Brust. An diesem Tag hatte sie einfach schon zu viel verloren. Auf keinen Fall würde sie es zulassen, dass sie ein so wundervolles Erlebnis bedauern würde, wie sie es mit ihm eben geteilt hatte. »Wir sind keine Superhelden.«

»Muss ich dich jetzt schon an die Dusche erinnern?«

»Verdammt, das Zusammenleben mit dir wird echt hart werden.« Ach, Mist. Sie wurde rot. »Halt den Mund«, sagte sie, mit den Fingerspitzen auf seinen Lippen, um ihn daran zu hindern, auf der Doppeldeutigkeit ihrer Worte herumzureiten. »Wer weiß, ob man uns nicht auch zu jedem anderen Hotel oder Ort gefolgt wäre.«

Er zögerte, es zuzugeben, aber schließlich nickte er. »Okay, wollen wir dann jetzt mal jemandem den Arsch aufreißen?«

»Oh ja! Gern!«

»Und könnte es sich dabei um Francescas Arsch handeln?«

»Ich bin gerade erst draufgekommen. Woher weißt du …?«

»Die Doppelgängerin, die Cam beschrieben hat. Wer immer Sal auch erschossen hat, muss dir ähnlich genug sehen, um die Überwachungskameras zu täuschen, und wenn man bedenkt, an welchen Ort Sal gelockt wurde, sollte das Ganze zweifellos auch gefilmt werden.«

»Aber warum haben sie mich da hingeschleppt, warum haben sie nicht einfach ein paar DNA-Spuren von mir hinterlassen?« Sie fuhr fort, bevor er antworten konnte. »Oh! Die Augenzeugen. Sie kennt die Verwalterin meines Trailerparks, und Mrs Oubillard würde eine Täuschung auch sofort bemerken. Sie brauchte mindestens zwei Leute, die bestätigten, dass ich nicht zu Hause war oder in der Nähe des Tatorts.«

»Aber die Doppelgängerin auf der Aufnahme, die Benoit hat, würde das ganze Spiel auffliegen lassen.«

»Also hat sie Benoit verfolgt, um sich die Bänder zu holen. Allerdings *reagiert* sie in diesem Fall nur. Die Sache mit Sal war geplant. Wieso?«

Sie suchten beide ihre Schuhe, um endlich aufzubrechen.

»Klassische Irreführung. Wenn zu viele Leute hinter den Diamanten her sind, heißt das …«

»Sie muss alle glauben machen, dass jemand anders die Steine hat, während sie verschwindet. Also erklärt sie mich zum Sündenbock.« Je mehr der Schock nachließ, desto ärgerlicher wurde sie. Wobei *ärgerlich* eigentlich nicht im Entferntesten der richtige Ausdruck für die unglaubliche Wut war, die gerade in ihr hochkochte. »Ich wette, sie hat einen zweiten Satz der Diamanten gefunden und musste nun herausbekommen, welches die echten waren. Nur so ergibt es einen Sinn, warum sie zuerst in Sals Laden gegangen ist. Sie wusste, sobald sie ihm irgendwelche Fragen über die Diamanten stellt, würde er es ihrer Mutter erzählen. Deswegen plante sie, ihn zu töten, sobald sie die Informationen hatte, damit er nicht mehr in der Lage wäre, Marie etwas davon zu erzählen. Und falls sie zu plötzlich verschwand, würde jeder …«

»Einschließlich MacGreggor …«

»… versuchen, sie aufzuspüren. Wenn *ich* aber die Verdächtige bin, erkauft sie sich dadurch Zeit. Deswegen auch das Geplapper.«

»Das was?«

Ach Scheiße! Das hatte sie ihm noch gar nicht erzählt. Sie berichtete ihm von dem Orangensaft mit den K.-o.-Tropfen und dem Traum, der eigentlich kein Traum gewesen war. »Und als er starb, hat Sal die ganze Zeit irgendwas gemurmelt: ›Sie sind nicht echt‹, oder so. Ich habe überhaupt nichts kapiert und gedacht, er meinte meinen Busen. Ich meine, *ihren* Busen.« Trevor schien ziemlich amüsiert. »Hey, ihrer ist kleiner, und sie stopft ihn immer aus. Komm schon, ich war mit Drogen vollgepumpt, da machte das Sinn. Aber er hat eigentlich sagen wollen, dass es noch mehr falsche Diamanten gibt.«

»Jetzt wissen wir also, warum sie nicht gleich die Stadt verlassen hat, nachdem sie dich in die Falle gelockt hatte.«

»Weißt du, sie spielt jetzt seit so vielen Jahren das Dummchen, dass jeder es ihr abkauft.«

»Ich weiß. Und wir haben absolut nichts in der Hand, um zu beweisen, dass du Sal nicht umgebracht hast, aber wir können dich wahrscheinlich von dem Verdacht reinwaschen, auf Benoit geschossen oder einen der beiden anderen Morde begangen zu haben.«

»Wie denn? Mit der verrückten Carmen als Entlastungszeugin? Du und Cam geltet als befangen, und sonst hat mich niemand hier gesehen.«

»Ich bringe dich aus dem Land.«

Sie blinzelte. Er meinte das ernst.

»Ich werde es nicht zulassen, dass du ins Gefängnis kommst.«

Sie grinste ihn an, und er musterte sie misstrauisch. »Du hast diesen Ausdruck im Gesicht, mit dem du immer sagst: Ich habe einen Plan«, sagte er.

»Ich *habe* auch einen Plan.«

»Okay, jetzt machst du mir *wirklich* Angst.«

Ce Ce und Monique saßen wieder in Ce Ces Büro, während im Laden die Handwerker hämmerten, und betrachteten mit gerunzelter Stirn den Plastikbehälter mit dem blauen Gel. Monique steckte einen Finger hinein, aber das Gel zuckte nicht einmal. Die Oberfläche lag so ruhig da wie ein Teich im Abendrot.

»Ich glaube, es ist kaputt.«

Ce Ce vergrub ihr Gesicht in den Händen. »Offenbar hat Bobbie Faye nicht mitbekommen, dass sie es vierundzwanzig Stunden lang auf keinen Fall abwaschen darf. Nur wenn sie es mindestens so lange auf der Haut trägt, wirkt der Zauber.«

»Ce Ce!«, rief eine der Zwillingsschwestern von vorn aus dem Laden. »Komm mal schnell her!«

Monique schaffte es nur knapp als Erste durch die Bürotür,

weil sie schlanker war und Ce Ce einfach aus dem Weg drängte. Gemeinsam stürzten sie in den Laden, wo die Zwillinge und ein paar der Handwerker mit offenem Mund auf den Fernseher starrten. Die aalglatte, durchgestylte junge Nachrichtensprecherin hatte eine gut geübte Trauermiene aufgesetzt.

»Wie wir bereits berichteten, liegen uns zwar die genauen Einzelheiten noch nicht vor, jedoch wurde inzwischen bestätigt, dass unsere Mitarbeiterin Reggie O'Connor und ihr Kameramann DJ Millerville bei einem Außendreh erschossen worden sind. Soweit wir wissen, wurden noch zwei weitere Personen durch Schüsse verletzt, die beide in Lebensgefahr schweben. Die State Police hat unsere Piratenkönigin zur Fahndung ausgerufen, wobei sie in diesem Fall als Tatverdächtige bezeichnet wurde und nicht nur als Zeugin. Sollten Sie Miss Sumrall sehen, nehmen Sie auf keinen Fall selbst Kontakt zu ihr auf, sondern informieren Sie unverzüglich die Polizei, da sie bewaffnet und gefährlich sein könnte. Am unteren Bildschirmrand ist die Hotline der State Police eingeblendet.«

Die Nachrichtensprecherin wechselte zur nächsten Meldung, und Ce Ce griff nach der Fernbedienung und schaltete den Fernseher aus.

»Oh Mann, das Mädchen hat aber echt eine Pechsträhne erwischt«, meinte Monique, während sie alle – einschließlich der Handwerker – einander fassungslos anstarrten.

»Ist wohl so ähnlich wie die globale Erwärmung«, sagte einer der Handwerker. Als ihn alle anschauten, als ob er nicht mehr alle Tassen im Schrank hätte, erklärte er: »Man wird davor gewarnt, und man bemüht sich, was dagegen zu unternehmen, aber egal, was man tut, das Universum haut einen trotzdem in die Pfanne.«

»Pah!«, murmelte Ce Ce. »Das wollen wir erst noch mal sehen.«

Bobbie Faye wühlte in ihrer Handtasche, während sie alle notwendigen Anrufe erledigte. Dann holte sie die Karten heraus und all das andere Zeug aus Maries Haus, das sie mit sich herumschleppte. Als sie schließlich alles auf Roys kleinen Küchentisch kippte, fiel auch eine kleine runde Scheibe heraus und rollte wie ein Penny über die lackierte Oberfläche, nur dass sie schwarz war und ein wenig dicker.

»Ach du Scheiße!«, murmelte Trevor, griff nach dem Ding und drehte es um. Es sah aus wie ein sehr teures Hightech-Dings, und nach Trevors Gesichtsausdruck zu urteilen, würde sie mal vermuten, dass es sich bei dem schwarzen Penny um einen Peilsender handelte. »Wir haben doch gleich am Anfang all deine Taschen ausgeleert.« Sie nickte. »Wie zum Teufel ist das Ding dann da reingekommen?«

Bobbie Faye ließ noch einmal den vergangenen Morgen vor ihrem geistigen Auge Revue passieren. »Scheiße! Die Blonde in der Tankstelle. Sie hat mich um Feuer gebeten. Ich glaube, das könnte dieselbe Frau gewesen sein wie die Rothaarige, die später mit MacGreggor am Silo gewesen ist.«

Plötzlich erklangen draußen auf dem Steg Schritte. Trevor presste sich mit der SIG in der Hand neben der Tür gegen die Wand und spähte durch das Fenster hinaus. »Verdammte Scheiße!«

»MacGreggor?«

»Schlimmer.« Er öffnete die Tür, als Roy gerade nach dem Knauf griff. Hinter ihm stand eine ausgesprochen wütende Lori Ann, der buchstäblich der Dampf aus den Ohren stieg.

»Wie seid ihr über den Fluss gekommen?«, wollte Trevor wissen, während er weiter aus dem Fenster spähte, ob sich draußen noch irgendetwas regte.

»Ich habe jede Menge Fluchtwege und Notfallpläne«, erklärte Roy. »Versteckte Autos, ein paar Boote, Stellen, an denen ich an Land gehen kann, von denen niemand anders etwas weiß.«

»Dein Liebesleben ist einfach viel zu gefährlich«, meinte Bobbie Faye.

»Ja klar, da bist du ja auch die große Expertin.«

Trevor wirkte von Sekunde zu Sekunde nervöser. »Wir müssen hier verschwinden. Auf der Stelle.«

»Was zum Teufel macht ihr eigentlich hier?«, fragte Bobbie Faye ihre Geschwister, dann wandte sie sich direkt an Lori Ann. »Bitte sag mir, dass du nicht einfach ohne Erlaubnis aus der Klinik rausmarschiert bist.«

Lori Ann presste ihre sonst immer kessen und sinnlich geschwungenen Lippen zu einem so schmalen Strich zusammen, dass sie fast nicht mehr zu sehen waren.

»Ich glaube nicht, dass sie schon wieder mit dir spricht«, meinte Roy. »Aber sie hat mich überredet zu kommen, damit wir … Uff!« Er krümmte sich, als Lori Ann ihm ihren Ellbogen in den Magen rammte.

»Wir sind hier, um zu helfen.«

»Ihr kehrt jetzt auf der Stelle um, und du bringst sie zurück. Schafft sie den Entzug nicht, wird man sie am Ende des Monats nicht entlassen.«

»Du bist meine Schwester«, erklärte Lori Ann ruhig. »Nicht meine Chefin, nicht meine Aufseherin und auch nicht mein Gewissen.« Sie stapfte zu Bobbie Faye hinüber und blieb so dicht vor ihr stehen, dass sie fast ihr Kinn berührte. »Also halt die Schnauze und hör zu!«

»Wir haben nicht viel Zeit«, unterbrach Trevor und präsentierte den GPS-Empfänger, der in seiner Hand lag.

»Ist er dieser Agent?«, wandte sich Lori Ann an Roy, und Roy nickte. »Du«, sagte sie zu Trevor und zeigte mit dem Finger auf ihn, »hältst dich da raus.«

»Mir«, erwiderte Trevor zu Bobbie Fayes Überraschung äußerst sanft, »ist deine Schwester verdammt noch mal viel zu wichtig. Ich versuche zu verhindern, dass sie getötet wird.«

»Okay, das ist ein guter Plan. Ich werde die ganze Sache etwas beschleunigen.« Sie wandte sich an Bobbie Faye. »Du kommandierst mich herum und erzählst mir, dass ich dir nicht helfen soll, nichts trinken darf und wie ich mich Stacey gegenüber zu verhalten habe, und dann gehst du selbst los und sprengst das halbe Land in die Luft!« Als Bobbie Faye sie unterbrechen wollte, hob Lori Ann eine Hand. »Und dann warst du plötzlich auch noch *blau*! Und es wurde auf dich *geschossen*! Ganz zu schweigen von dem Silo! Und dem Feuer! Weißt du, ich bin nicht vollkommen unfähig. Ich könnte dir durchaus helfen.«

»Ich möchte einfach nicht, dass dir was passiert!«

»Aber dass dir was passiert, ist völlig okay, oder wie? Die große, allmächtige Bobbie Faye, die es nicht nötig hat, irgendjemanden um irgendetwas zu bitten.«

»Ich …« *Scheiße.* Sie wollte eigentlich sauer sein. Zum Teufel, niemand konnte das besser als sie, aber sie sah, wie Lori Anns Unterlippe ganz leicht zitterte, und begriff, dass sie ihrer Schwester etwas bedeutete. *Wirklich* bedeutete. Lori Ann hatte Angst, sie zu verlieren. Bobbie Faye zog ihre Schwester in die Arme, und die kleine Lori Ann umarmte sie ebenfalls … sehr fest.

»Ich möchte wirklich nicht stören«, meldete sich Trevor, ging zur Hintertür und wollte den GPS-Empfänger gerade in den See werfen, aber Bobbie Faye hielt ihn mit einem Grinsen zurück. Sie hatte eine Idee, und er warf ihr einen dieser typisch sorgenvollen Blicke zu – ganz FBI.

»Vertrau mir«, meinte sie und streckte ihre flache Hand aus.

»Auch wenn ich dir vertraue, bedeutet das noch lange nicht, dass ich glaube, du wärst absolut bei gesundem Verstand«, knurrte er, aber er legte das Gerät in ihre Handfläche. »Wir müssen jetzt weiter. Bist du so weit?«

Sie wandte sich an Lori Ann, um ihr den Sender zu geben und ihr zu erklären, wohin sie fahren und was sie tun sollte, als ihr plötzlich etwas einfiel: »Warte mal … Woher wusstest du überhaupt, dass ich hier bin?«

Roy wurde knallrot und deutete auf den präparierten Fisch, der zuvor von der Wand gefallen war, und sagte: »Äh … ich überprüfe gern, ob in meiner Abwesenheit jemand hier ist, denn … na ja, du weißt schon … manche Kerle reagieren etwas komisch auf mich … und deswegen habe ich Henry mit einer kleinen Kamera ausstatten lassen. Das Bild wird direkt auf mein Handy übertragen.«

»Oh mein Gott!«, stöhnte Bobbie Faye, als ihr klar wurde, dass er sie und Trevor vorhin beobachtet hatte.

»Jetzt muss ich mir wohl die Augen mit einem Löffel herausschälen.«

»Ja! Und ich helfe dir dabei!«

Cam stürmte ins Krankenhaus, rannte an schimpfenden Schwestern vorbei, sprang über Tragen und wich Patienten in Rollstühlen aus, bis er um eine Ecke kam und auf einen ganzen Haufen anderer Cops stieß, die dort auf und ab liefen und mit bedrückten, aber stoischen Mienen schlechten Kaffee in sich hineinkippten.

»Irgendwelche Neuigkeiten?«

»Nein, nicht wirklich«, erwiderte einer der Officer, ein alter, müder Cop namens Amon. »Im Moment sind sie noch dabei, ihn zu stabilisieren, und vor ein paar Minuten ist ein Neurochirurg herausgekommen, um uns zu sagen, dass sie ihn bald operieren werden. Eine Kugel sitzt sehr dicht an der Wirbelsäule und eine in der Schulter.«

Cam hätte nicht geglaubt, dass es ihm noch kälter werden könnte, aber seine Hände fühlten sich plötzlich wie Eisklumpen an. »An der Wirbelsäule?«

»Bobbie Faye, diese Schlampe, hat ihn in den Rücken geschossen«, erwiderte der Mann. Erst dann bemerkte er, mit wem er redete. »Sir. Es tut mir leid.«

»Sie hat das nicht getan.« Doch fast alle der anwesenden Polizisten schüttelten nur angewidert den Kopf.

»Das soll wohl ein Scherz sein?«, entgegnete Amon und verlor noch seinen letzten aufgesetzten Funken Respekt vor Cams Dienstgrad.

»Nein.« Sie mussten es einfach erfahren und ihm glauben, damit sie sich nicht auf die Jagd nach ihr machten. »Sie ist nicht dort gewesen. Es handelt sich um eine Verwechslung … Sie …«

»Ach, tatsächlich?«, fuhr Eric dazwischen. Er war ein großer Kerl und ein Polizist, der sich schon für feinfühlig hielt, wenn er nicht jemanden zuerst niederschoss und dann erst befragte. Er trat vor Amon und starrte Cam von oben herab an, denn er war noch ein paar Zentimeter größer und mindestens dreißig Kilo schwerer als Cam. »Ich denke, dass du ihr einfach zu nahestehst.«

»Jetzt beruhige dich mal wieder«, wies Cam ihn zurecht, aber der Mann – der Benoit als seinen Mentor betrachtete – schien ihn überhaupt nicht zu hören.

»Es ist dein Freund, der da drin liegt …« – der große Mann deutete auf den sterilen OP-Bereich –, »… und du verteidigst sie immer noch! Du bist doch blind, Mann. Du hast ihr immer geholfen, wenn sie in Schwierigkeiten war, und jetzt willst du einfach nicht begreifen, dass sie dich bloß ausgenutzt hat.«

»Du weißt überhaupt nicht, wovon du da redest. Sie war gar nicht dort. Sie war …«

»Ich denke, sie hat dich um den kleinen Finger gewickelt. Wir haben sie *auf dem Band des Kameramanns*. Was brauchen wir denn noch? Und du lässt zu, dass sie frei herumläuft, alles Mögliche in die Luft jagt und jetzt auch noch Menschen *ermordet* und auf *Polizisten schießt*. Irgendjemand muss sie endlich ausschalten. Und wenn du zu sehr unter ihrem Pantoffel stehst …«

Cam war überhaupt nicht bewusst, dass er offenbar die Faust geballt und zugeschlagen hatte, bis Eric bewusstlos vor ihm auf dem Boden landete. Mit hochrotem Kopf stand Cam über seinem Kollegen, einerseits irgendwie zufrieden, andererseits vollkommen entsetzt. Einige der anderen Officer knieten sich neben Eric, um ihm aufzuhelfen, während der Captain schnaubend vor Wut aus der Notaufnahme herüberkam. Sein schon von Natur aus rotes Gesicht leuchtete heute noch mehr, und entlang seinem schwindenden Haaransatz standen Schweißperlen auf seiner Stirn. Mit einem Blick erfasste er die Situation.

»Moreau, bewegen Sie Ihren Arsch da rein!«, befahl er und deutete auf eine Art Wartezimmer.

Cam folgte ihm in den etwas abgelegenen Wartebereich, wobei ihm bewusst war, dass seine Kollegen keinen Laut von sich gaben, um zu hören, was der Captain sagen würde.

»Ich habe keine Ahnung, was zum Teufel noch mal in letzter Zeit in Sie gefahren ist, aber Sie sind einfach nicht Sie selbst. Normalerweise sind Sie der sachlichste Cop, den ich habe, und jetzt sehen Sie sich doch mal an. Sie schlagen ein Loch in die Wand, Sie verschwinden für einen halben Tag einfach von der Bildfläche, Sie melden sich nicht, und jetzt schlagen Sie auch noch einen Kollegen nieder. Ich glaube, Sie brauchen dringend mal eine Auszeit.«

»Nein, Sir«, entgegnete Cam vehement. »Ich habe eine Spur. Bobbie Faye ist nicht dort gewesen. Ich kann es beweisen.«

»Übergeben Sie Fordoche sämtliche Unterlagen und Ihre Notizen.«

»Sir, mir geht es gut. Sie hat nur nicht …«

»Geben Sie den Fall ab, Detective. Keine weitere Diskussion. Wenn Bobbie Faye Benoit tatsächlich nicht niedergeschossen hat, gut, aber sollte sie doch auf einen Polizisten gefeuert haben, möchte ich nicht, dass sie die Gelegenheit bekommt, sich wieder aus der ganzen Sache herauszuquatschen. Sie wird es mit mir zu tun bekommen, nicht mit Ihnen. Sie sind ab sofort beurlaubt, bis dieser Fall gelöst ist.« Cam wollte gerade etwas erwidern, doch der Captain hob die Hand. »Nein. Fahren Sie irgendwohin, regen Sie sich ab. Wir rufen Sie an, sobald Benoit aus dem OP kommt, und ich werde Sie als seinen Freund zu ihm lassen, aber nicht als Polizist. Gehen Sie jetzt.«

Cam wusste nicht, was er noch sagen sollte. Er hatte die Frau verloren, die er liebte, und er lief gerade Gefahr, seinen besten Freund zu verlieren, und nun auch noch seinen Job, denn es war mehr als deutlich, dass der Captain ihm kein Wort glaubte. Vielleicht hatte irgendjemand anders Bobbie Faye in die Hütte gehen sehen und konnte ihr ein Alibi geben.

»Sie werden Ihren Dienst erst wieder antreten, wenn diese ganze Sache vorbei ist, und Sie werden mir noch dankbar dafür sein«, erklärte der Captain und entließ ihn damit.

Cam nickte, und er wusste, dass er mit Worten nichts mehr ausrichten konnte.

Der Captain ging davon, doch dann drehte er sich noch einmal um. »Wissen Sie irgendetwas über das Band aus der Überwachungskamera, das Benoit in seinem Wagen gehabt haben soll?«

»Ich habe nur davon gehört. Wieso?«

»Es ist verschwunden. Dieses dumme Mädchen hat sich den ganzen Ärger eingebrockt, um die Aufnahmen in die Finger zu bekommen, und dann vergisst sie die Kamera von dem Reporterteam. Sie dreht langsam durch, Cam. Halten Sie sich fern von ihr. Wenn sie auf Benoit schießen kann, wird sie auch Sie nicht verschonen.«

Der Captain marschierte zurück in den Bereich, wo die anderen Polizisten standen, und Cam wusste, dass sie alle längst ihr Urteil gefällt hatten. Im Wartebereich entdeckte er einen Fernseher an der Wand – ohne Ton zwar, aber die Bilder liefen. Gerade wurde ein altes Foto von Bobbie Faye gezeigt, über dessen unteren Rand der Schriftzug »bewaffnet und gefährlich« lief. Darüber stand: zur Fahndung ausgeschrieben. Sie würde im Fadenkreuz eines jeden Waffenliebhabers im ganzen Land stehen.

Als er das Krankenhaus verließ, klingelte sein Handy. Er war sich nicht einmal sicher gewesen, wohin er überhaupt gehen sollte und was er hätte tun können – bis zu diesem Anruf.

26

Als sie über die Mississippi-Brücke rasten – und das auch noch auf der Harley –, tauchten Bobbie Fayes alte Bekannte *Höhenangst* und deren beste Freundin *Panikattacke* wieder aus den Tiefen ihres Unterbewusstseins auf. Dass Roy hinter ihnen viel zu dicht auffuhr, machte die Sache auch nicht gerade besser. Wahrscheinlich würde er sie jeden Moment rammen, weil er sich mit Lori Ann stritt.

Der mächtige dunkle Strom floss behäbig unter ihnen dahin, und als sie den höchsten Punkt der Brücke erreichten, konnte Bobbie Faye links das Old Louisiana State Capitol in Baton Rouge sehen, direkt hinter einem Casino-Raddampfer und der ausgedienten USS Kidd, die inzwischen als Museum diente. Das Old Louisiana State Capitol hob sich mit seiner burgähnlichen Architektur von der sonst üblichen französischen und spanischen Bauweise ab: Es war drei Stockwerke hoch, und über dem vorderen und dem hinteren Eingang erhob sich jeweils ein Turm. Das Capitol war am Anfang des neunzehnten Jahrhunderts auf einer natürlichen Erhebung errichtet worden, von der aus man über die leicht abfallenden Wiesen bis hinunter zum Mississippi sehen konnte. Über die Jahre wurde es immer wieder neu aufgebaut und instand gesetzt, unter anderem wegen mehreren Bränden.

Eine der Postkarten in Maries Haus hatte für eine Ausstellung ihrer Kunstwerke auf der Wohltätigkeitsveranstaltung geworben, die der Gouverneur am Abend in dem alten Gebäude ausrichten würde. Das FBI hatte Trevor versichert, alle Stücke seien eingehend untersucht worden, ohne dass man auch nur einen einzigen Diamanten gefunden habe. Doch Bobbie Faye wusste, dass Marie sehr viel trickreicher war.

Schlimmer noch: Sie wusste jetzt, dass auch Francesca es faustdick hinter den Ohren hatte.

Langsam erfasste Bobbie Faye die Tragweite des Ganzen …

Menschen wurden getötet.

Menschen wurden *getötet*!

Benoit wurde *angeschossen*.

Denk nicht drüber nach! Wie schafft man es, so was einfach zu verdrängen, um sich erst dann damit auseinanderzusetzen, wenn die Katastrophe vorbei ist? *Denk nicht drüber nach.* Wie sollte es ihr nur gelingen, einen Fuß vor den anderen zu setzen, immer weiter zu gehen und einen Ausweg aus diesem Albtraum zu finden? *Denk nicht drüber nach.*

Der Fluss drängte das dunkle Ufer weit zurück, und sie hatte das Gefühl, als würde sie mit Trevor mitten in der gigantischen Leere zwischen Himmel und Wasser festhängen, als flögen sie durch die Luft, und nur das Brummen des Motorrads und die Reifen, die mit einem rhythmischen Trommeln über die Nahtstellen der Fahrbahn rumpelten, verbanden sie noch mit dieser Welt. Es war einer der wenigen Orte in Louisiana, wo der tiefschwarze Horizont weit und offen war, und nicht voller Bäume stand. Und obwohl man die Lichter der Stadt sehen konnte und es auch Licht auf der Brücke gab und Scheinwerfer und Rücklichter von den Wagen um sie herum, hatte Bobbie Faye das Gefühl, jeden Moment von der tiefen Schwärze der Nacht verschluckt zu werden.

Sie hasste diese verfluchte Dunkelheit.

In dieser Dunkelheit *nicht* zu denken, war verdammt schwer.

Während Bobbie Faye mit Trevor über die Brücke raste, verbündete sich ihr Adrenalin mit ihrer Angst und ihren Fluchtgedanken, denn sie alle fühlten sich völlig überarbeitet und absolut unterbezahlt. Aber sie durfte diesen Gefühlen nicht nachgeben. Sie *würde* ihnen nicht nachgeben.

Trevor nahm die erste Abfahrt nach der Brücke, fuhr am River Center, einer Vergnügungsmeile, vorbei und ein Stück die Küste hinauf und parkte in der Nähe des Old Louisiana State Capitol. Das Manship Theater mit seinen minimalistischen Linien und fast vollständig aus Glas erbaut, war beeindruckend und stand so dicht neben der Burg, dass es schien, als wollten seine Konstrukteure damit die Entwicklung der Architektur im Laufe der letzten Jahrhunderte dokumentieren … und Bobbie Faye hoffte inständig, dass es die nächsten zehn Jahre überstehen würde, denn als sie all das Glas sah, war ihr erster Gedanke: *Scheiße. Das kann nur schiefgehen.*

Für die Wohltätigkeitsveranstaltung am Abend, die auch im Fernsehen übertragen werden sollte, war im Inneren des Capitol schon alles aufgebaut. Von außen wurde der Bau von Flutlicht angestrahlt, während Kellner und die Pagen, die sich um die Autos der Gäste kümmern sollten, rein- und rausliefen. Der Cateringservice schleppte Tabletts, Stühle und stapelweise Tischdecken aus den Lieferwagen in die Räumlichkeiten. Trevor stieg nach Bobbie Faye von der Harley, und zusammen beobachteten sie, wie Roy parkte, lässig ausstieg und zu einem der Lieferwagen hinüberschlenderte. Bobbie Faye glaubte, dass mindestens vier der Kellnerinnen ihm am liebsten eins mit dem Tablett über den Schädel gegeben hätten – offenbar hatte sich sein Ruf als Frauenverführer schon über Lake Charles hinaus verbreitet –, aber sie schickten ihn zu einer anderen Frau, die offenbar das Sagen hatte. Als ihn diese Frau mit den ausladenden Brüsten so fest umarmte, dass sie ihm dabei fast das Kreuz brach, war Bobbie Faye zuversichtlich, dass Roy und Lori Ann die Aufgaben, die ihnen in dem kleinen Plan zukamen, locker erledigen würden. In dem Moment bemerkte Bobbie Faye jedoch, wie

Lori Ann ein Auge auf die Spirituosen warf, die für den Abend aufgefahren wurden – wie Stacey, wenn sie im Supermarkt einen Blick in den Gang mit den Süßigkeiten riskierte. Die nächste Katastrophe klopfte bereits an die Tür. Kein Zweifel. Der Pfeil wurde angelegt, der Bogen gespannt, und Bobbie Faye trug eine riesige Zielscheibe auf dem Rücken.

»Bist du sicher, dass du die Sache hier durchziehen willst?«, fragte Trevor. »Ich könnte auch einfach den ganzen Laden abriegeln lassen, dann finden wir die Diamanten garantiert.«

»Aber ohne jeden Beweis, wer hinter den Morden steckt.« Nein, das würde sie auf keinen Fall zulassen. »Zeig mir einfach das dämliche Kleid, das ich tragen muss. Ich kann immer noch nicht glauben, dass du mich dazu überreden konntest.«

Er grinste, und sie wusste, dass er es noch bereuen würde, große Pläne geschmiedet zu haben. »Hey« – er zuckte etwas *zu* unschuldig mit den Schultern –, »das liegt nur an dem Kontakt, den ich nun mal zufällig hatte, und es ist der schnellste Weg, dich in die Wohltätigkeitsveranstaltung einzuschleusen.«

Sie folgte ihm durch die Doppelglastür des Theaters in eine hohe, gläserne Lobby. Völlig vertraut begrüßte er die fünf gut gekleideten Männer, die trotz ihrer schicken geliehenen Smokings so aussahen, als lebten sie schon seit tausend Jahren und könnten jede einzelne Textzeile jedes Bluessongs, der jemals geschrieben wurde, auswendig. Trevor gab dem Ältesten die Hand – einem Mann in den Sechzigern, der sein Saxofon wie ein kleines Kind im Arm hielt. Er wandte sich um und reichte den Stapel Geldscheine, den Trevor ihm gerade gegeben hatte, an den nächsten in der Runde weiter, der einige Hunderter abzählte und sie verteilte. Jeder der Männer bekam mindestens drei.

»Du meine Güte«, murmelte Bobbie Faye und merkte, wie ihre Stimme in dem riesigen Raum widerhallte. »Wann bist du denn zu einem Geldautomaten mutiert?«

»Als ich angefangen habe, mit einer Frau zu reisen, die das halbe Land in Schutt und Asche legt und wo in der anderen Hälfte die Universal Platinum Card nicht akzeptiert wird.«

Einer der Musiker griff nach einer Tasche, die auf einem Instrumentenkasten lag, und zog ein winziges rotes Kleid von der Größe eines Taschentuchs heraus. »Das gehört Della. Aber Trev hat sie dafür bezahlt, dass sie nach Hause geht. Ich denke, sie hat Ihre Größe.« Er gab Bobbie Faye das »Kleid« und die dazugehörigen Schuhe.

»Und wo ist der Rest?« Als alle grinsten, sagte sie: »Oh, auf gar keinen Fall. Nur über meine Leiche.«

»Hey, du wolltest doch auf die Wohltätigkeitsveranstaltung, ohne dass jemand merkt, wer du bist. Und da ist es das Beste, wenn sie alle glauben, dass du zur Band gehörst.«

»Oder dass ich die ortsansässige Nutte bin«, nörgelte Bobbie Faye, aber das schienen die Männer nicht besonders schlimm zu finden.

Gerade als Bobbie Faye sich einen Weg durch die Menge bahnte, um auf der Toilette in das Kleid zu schlüpfen, hörte sie plötzlich Francescas Gekeife, während sie die Lobby stürmte. Ihre High Heels klackerten laut über den Fliesenboden, und Mitch und Kit waren dicht hinter ihr. Aus den Gesprächsfetzen, die Bobbie Faye mitbekam, schloss sie, dass Francesca in keinerlei Planungen mit einbezogen worden war, außer wo sie auftauchen würde. Bobbie Faye biss die Zähne zusammen und gab sich alle Mühe, ihre Cousine zu ignorieren, während sie sich in das Kleid zu zwängen versuchte.

Diesen Fetzen Stoff konnte man nicht wirklich als Kleidungsstück bezeichnen, und sie betrachtete ihn aus verschiedenen Blickwinkeln, bis sie herausgefunden hatte, wo überhaupt oben war – ihr schwante nichts Gutes. Nach sechs Versuchen, während derer sie bemerkte, dass es sich bei dem Teil, den sie für oben gehalten hatte, eigentlich um den Ärmel handelte, war sie einigermaßen sicher, das Ding schließlich so zu tragen, wie es gedacht war. Ein Blick in den Toilettenspiegel genügte: Mit einem Bodypainting hätte sie weitaus angezogener gewirkt. Sie zupfte an dem Stoff herum und versuchte, ihre Brüste besser in dem Witz von einem Oberteil zu verstauen, aber es war hoffnungslos. Sie würde Trevor später für diese Nummer noch eigenhändig den Kopf abreißen.

»Das ist ein guter Raum. Platz genug, um jemanden zu erschießen«, hörte sie Mitchs Stimme, während sie ihre eigenen Sachen zusammenpackte, gefolgt von einem wilden Durcheinander von Kommentaren der Band.

»Was zur Hölle hat er gesagt?«

»Beruhige dich, Kumpel!«

»Keine Sorge«, beruhigte Kit die Einwände der anderen, »er ist nicht geladen.« Als Nächstes befragte sie die Mitglieder der Band, ob sie vielleicht schon ein kleines Vorstrafenregister vorweisen könnten und auf welche illegalen Aktivitäten sie sich in Zukunft spezialisieren wollten. Dann schien Kit ihre Visitenkarte herumzureichen. Na klasse!

Als Bobbie Faye all ihren Mut zusammennahm, um die Toilette zu verlassen, hörte sie, wie Francesca Trevor fragte: »Warum helfen Sie Bobbie Faye? Ich dachte nicht, dass Daddy irgendjemandem genug bezahlt, dass er bereit ist, sich andauernd fast in die Luft jagen zu lassen.«

Bobbie Faye betrat gerade rechtzeitig wieder die Lobby, um zu hören, wie er antwortete: »Ich arbeite nicht mehr für Ihren Vater.« Seine Stimme klang tief und warm und jagte Bobbie Faye einen Schauer über den Rücken. Verblüfft bemerkte sie, wer inzwischen noch alles eingetroffen war: ihr Dad, V'rai und ihr Onkel Antoine. Ihre Anwesenheit schien Trevor nicht im Geringsten zu beunruhigen. »Bobbie Faye ist meine …« Er sah in dem Moment auf, als sie aus der Toilette kam, und sie wusste auf der Stelle, dass dieses *Kleid* sie nicht ausreichend *be*kleidete, denn seine Augen wurden ganz dunkel und sein Lächeln erinnerte sie an ein Raubtier. »Verlobte«, beendete er seinen Satz nach einer kurzen Pause, kam mit schnellen Schritten zu ihr herüber und legte seinen Arm um sie.

»Ach ja?«, fragte sie und lachte, denn sie wusste natürlich, dass er nur einen Scherz machte, um Francesca zu ärgern

»Ja«, erwiderte er und ließ seinen Blick anerkennend über das Kleid wandern. »Ich kenne jetzt alle *101 Methoden, eine Frau zu betören*. Ich habe mir das Buch gekauft.«

Francesca wirkte gehetzt und fast ungeschminkt. Sie sah aus, als hätte sie sich im Dunkeln angezogen. Nichts passte zusammen. Besonders grauenhaft war die mit pinkfarbenen Flamingofedern besetzte Handtasche, die sich so schrecklich mit dem gelben Oberteil biss, dass Bobbie Faye befürchtete, sie könnte vorübergehend erblinden. Wenn Francesca sich so in der Öffentlichkeit zeigte, musste sie kurz vor einem kompletten Nervenzusammenbruch stehen – wenn sie ihn nicht schon hinter sich hatte.

Sie stotterte fast, als sie hervorstieß: »Verlobte? Sie trägt doch gar keinen Ring!«

»Das wird sie«, versicherte Trevor.

»Weiß Cam davon, Bobbie Faye? Es sind nämlich alle der Meinung, dass er dein Freund ist, und es ist einfach nicht fair von dir, mit beiden gleichzeitig was zu haben. Ich glaube nicht, dass Cam besonders glücklich darüber sein wird.«

Trevor ergriff Bobbie Fayes Hand und sah ihr in die Augen – sehr ernst und entschlossen, ohne sich um Francesca zu kümmern.

»Daddy wird ausrasten«, prophezeite Francesca, als Trevor sie einfach ignorierte. Dann wandte sie sich an Bobbie Faye und tippte ungeduldig mit dem Fuß auf den Boden. »Und du! Du hast mich einfach bei Tante V'rai zurückgelassen! Du solltest bei mir bleiben und mir helfen zu verhindern, dass Mama umgebracht wird. Und es hilft uns wohl kaum weiter, wenn du den Typen da heiratest.«

»Aber ich helfe dir doch, Frannie. Deswegen habe ich dich angerufen und dir gesagt, dass wir uns hier treffen müssen. Ich habe eine Idee, wie wir die Diamanten finden. Und ich weiß außerdem, wie wir sichergehen, dass es auch die richtigen sind.«

»Wovon redest du?«

»Wo ist der Rest von deinem Kleid?«, unterbrach ihr Vater.

»Fang bloß nicht an, auf mir herumzuhacken«, warnte ihn Bobbie Faye. »Du warst nämlich gar nicht eingeladen. Nur Onkel Antoine.«

»Das war ich wohl«, entgegnete ihr Dad.

»Und wer hat dich eingeladen?« Sie warf Trevor einen Blick zu, doch der schüttelte den Kopf, wodurch nur noch ein Verdächtiger übrig blieb, der aber noch nicht eingetroffen war. »Ich werde heute noch jemanden umbringen«, murmelte sie.

»In dem Kleid würde ich das nicht versuchen«, meinte ihr Dad. »Es sei denn, er soll einen Herzinfarkt bekommen.«

»Etienne, benimm dich!«, mahnte V'rai. »Ich finde, sie ist *une belle fille*?«

»Und du, Tante V'rai, versuch jetzt bloß nicht mehr alles wiedergutzumachen. Du hättest mich ein wenig deutlicher davor warnen können, dass wahrscheinlich das ganze Silo in die Luft fliegt.«

»Nein, das konnte sie nicht, *cherè*«, meldete sich Antoine zu Wort, und es war das erste Mal seit Jahren, dass sie ihn reden hörte. Es verblüffte sie, wie sehr er sich nach ihrem Vater anhörte. Die beiden sahen sich so ähnlich, dass es sie eigentlich nicht hätte überraschen dürfen, aber das tat es jedes Mal wieder. »Immer wenn sie versucht hat zu helfen, ist alles nur noch schlimmer gekommen.«

»Und wir haben einfach nicht geglaubt, dass du etwas noch Schlimmeres wirklich überleben würdest«, fügte V'rai hinzu.

»Wo dir sogar das Gespür dafür fehlt, dass man wenigstens Schuhe trägt«, warf Etienne ein.

Sofort starten alle auf Bobbie Fayes nackte Füße, und sie funkelte ihren Vater an.

»Langsam beginne ich zu begreifen, warum du bei eurem letzten Zusammentreffen auf ihn geschossen hast«, meinte Trevor.

»Ach, du hast ja keine Ahnung.« Bobbie Faye hielt ihm die Schuhe mit den Stilettos unter die Nase und sagte: »Diese Riemchen tun weh. Könntest du ...?« Trevor zückte sein Taschenmesser und schnitt die hinteren Riemen ab, sodass man einfach in die Schule hineinschlüpfen konnte.

Francesca fiel fast in Ohnmacht. »Oh mein Gott!«, keuchte sie. »Sie haben gerade die Kunst des modischen Schuhs entehrt!«

»Und sie stehen ihr toll«, meinte Cam, der in diesem Moment in der Tür der Lobby auftauchte. Sein Blick glitt über Bobbie Fayes Körper nach oben, über das viel zu eng sitzende Kleid, und er bekam ganz große Augen vor Bewunderung, während Bobbie Faye sich noch unsicherer fühlte. Sie sah hinunter auf ihr Dekolleté und bemerkte, dass ihr Busen fast schon wieder herausquoll.

»Verdammt, dieses Kleid ist einfach zu klein«, murmelte sie, und Cam bekam einen Hustenanfall.

»Nein, Baby. Ich würde sagen ...« – er fing sich einen scharfen Blick von Trevor ein –, »... du siehst toll aus.«

»Bobbie Faye«, fauchte Francesca, »wir sind hier nicht auf einer Modenschau, obwohl ich dringend noch mal dein Make-up richten müsste. Du sollst mir helfen ...«

»Und Benoit?«, unterbrach Bobbie Faye ihre Cousine.

»Ist immer noch im OP«, erwiderte Cam, und Bobbie Faye spürte, wie sich ihr Herz zusammenzog. *Lieber Gott, bitte lass ihn überleben!*

»Sie sind nicht hier, um sie zu verhaften«, stellte Trevor fest und machte kein Geheimnis daraus, dass er sich vor Bobbie Faye stellte. Wie war sie bloß auf die Idee gekommen, tatsächlich einen Plan schmieden zu können, der dann *nicht* völlig aus dem Ruder lief.

»Nein«, entgegnete Cam und fügte hinzu, während er Bobbie Faye direkt in die Augen sah: »Sie brauchen sie nicht vor mir zu beschützen.«

»Warte mal … Woher hast du überhaupt gewusst, dass ich hier bin?« Die ganze Sache lief so völlig anders, als sie es erwartet hatte, und wenn jetzt auch noch die Cops auftauchten, war ihr Schicksal besiegelt. Sie wollte wirklich nicht in einem Kleid sterben, dass aus einem Katalog mit Arbeitskleidung für Huren stammen könnte.

Cam machte mit einer Hand eine Telefongeste. Bobbie Faye würde diesem kleinen Vogel, der da gesungen hatte, persönlich den Hals umdrehen, sobald sich die Gelegenheit dazu ergab.

»Übrigens«, fragte er, »wie zum Teufel hast du es geschafft, die Zentrale davon zu überzeugen, dass du durch die Sümpfe Richtung Texas laufen würdest?«

»Nina. Sie ist in New York gelandet, und seitdem steht sie mit mir in Kontakt.« Bobbie Faye musste lächeln, als sie daran dachte, wie frustriert Nina war, weil sie zurück nach Baton Rouge wollte und stattdessen in New York bleiben musste, um die Cops in die Irre zu führen. »Erinnerst du dich an den alten Trapper Crowe?« Cam grinste, und Bobbie Faye wusste, dass er sich genau an den Indianer vom Volk der Chickasaw erinnerte, der älter war als Gott persönlich und der immer noch durch die Sümpfe streifte und mit Fellen handelte und allem, was sich sonst noch anbot. Niemand wusste, wo er eigentlich wohnte, aber er hegte eine tiefe Zuneigung für Bobbie Faye und brachte ihr in jedem Frühjahr zur Tagundnachtgleiche Süßigkeiten vorbei. »Er hat mir einen Gefallen getan und ist mit seinem Hund und meinem Handy mit seinem Boot losgefahren. Inzwischen müsste er die halbe Strecke nach Galveston geschafft haben.«

»Du hättest dich von dem alten *coo-yôn* fernhalten sollen«, fuhr ihr Vater dazwischen. »Der ist doch völlig verrückt.«

»Nicht halb so verrückt wie ihre Familie«, erklärte Cam mit vor der Brust verschränkten Armen und dem harten Blick des Cops, jeden Muskel angespannt.

»Du hast es … *gewusst*?« Sie hatte immer geglaubt, er würde davon ausgehen, dass ihr Vater nicht mehr lebte. Wie konnte es nur sein, dass sie über so viele Dinge nie gesprochen hatten?

Er zuckte die Schultern. »Ich hab's mir gedacht, und du siehst genau aus wie V'rai. Aber du wolltest nie darüber sprechen«, fügte er hinzu, weil sie so offensichtlich überrascht war. »Deswegen ist es nie Thema gewesen. Einer der vielen Fehler, die ich nicht wiederholen werde.« Er warf Trevor einen Blick zu – einen dieser typisch männlichen Blicke, die so viel hießen wie: *Ich habe dich gewarnt.*

Trevor erwiderte den Blick. Die Spannung in der Lobby schien mit Händen greifbar zu sein. Bobbie Faye wäre am liebsten ins nächste Mauseloch gekrochen. *Verdammt, wo blieb nur die gute, alte spontane Selbstentzündung, wenn man sie mal wirklich brauchte?*

»Bobbie Faye …«, versuchte Francesca es noch einmal und wurde immer wütender, aber da flog die gläserne Flügeltür auf, und alle fuhren herum – Trevor und Cam und ihr Dad und ihr Onkel, und jedes einzelne Mitglied der Band hatte plötzlich eine Waffe in der Hand und zielte auf den Eingang.

Monique stieß einen spitzen Schrei aus und riss die Hände über den Kopf, während sie mit Ce Ce in die Lobby stolperte.

»Sorry, tut mir echt leid«, plapperte Monique, »aber wir hatten es eilig.« Sie wandte sich Ce Ce zu, die zu Tode erschrocken wirkte. »Siehst du? Ich habe dir doch gesagt, wir schaffen es, wenn wir schneller als hundertachtzig fahren.«

»Du hast sie fahren lassen?«, fragte Bobbie Faye ungläubig. Ce Ce nickte völlig außer Atem. »Und sie ist hundertachtzig gefahren?« Ce Ce hob zwei Finger. »Zweihundert? Du meine Güte, Ce Ce, wie viel hatte sie denn getrunken?«

»Schätzchen, ab hundertsechzig habe ich danach nicht mehr gefragt. Ich wollte sie nicht ablenken.«

»Bobbie Faye!« Wütend stampfte Francesca mit dem Fuß auf. »Was ist hier los? Ich dachte, du wolltest die Diamanten suchen!«

»Ich bin dabei«, erwiderte sie lächelnd. »Und Ce Ce wird mir mit einem speziellen Suchzauber helfen.«

John war diesem dämlichen Bruder von Bobbie Faye und ihrer saufenden Schwester den ganzen Weg von Lake Charles bis zu der Fischerhütte gefolgt, und kurz bevor er sein Scharfschützengewehr fertig aufgebaut und ausgerichtet hatte, waren alle schon wieder aus der Hütte gekommen und weggefahren. Er konnte es verflucht noch mal einfach nicht glauben. Noch bevor er wieder in seinem Auto saß, waren sie verschwunden, und er musste ihnen erneut folgen – mit dem notwendigen Sicherheitsabstand. Er hatte gehofft, Bobbie Faye nur verwunden und alle anderen töten zu können, um die Schlampe dann zu zwingen, ihm zu verraten, wo die Diamanten waren. Jetzt aber wusste er nicht, was sie vorhatten, und es war gar nicht so einfach, den Wagen des Bruders im Auge zu behalten, schon weil der FBI-Typ auf dem Motorrad sich wie Gott persönlich aufführte und sich an keine einzige Geschwindigkeitsbegrenzung hielt.

Er war zu Tode genervt, dass sie nach Baton Rouge fuhren, aber er rief sich immer wieder ins Gedächtnis, worum es schließlich ging: *Diamanten!* Er würde Bobbie Faye umbringen, sobald sie ihm die Steine gegeben hatte. Einfach aus purem Vergnügen. Er hatte versucht, mit ihr auszugehen, eine Beziehung anzufangen. Und was hatte sie getan? Eine einstweilige Verfügung gegen ihn erwirkt, dass er sich ihr nicht mehr nähern durfte. Er hatte versucht, sie zur Vernunft zu bringen, aber dafür war er im Knast gelandet, in diesem verfluchten Bau. Sie hatte ja keine Ahnung, was man ihm da angetan hatte, aber das würde sie noch am eigenen Leib zu spüren bekommen. Seit Jahren wartete er jetzt schon auf diese Gelegenheit. Als er hörte, dass jemand gesucht wurde, der sie ausschaltete, hatte er sich sofort um den Job beworben. Himmel, er hätte es auch umsonst gemacht.

Als sie dann zum Old Louisiana State Capitol fuhren, fürchtete er schon, seine Beute könnte ihm entwischen – dort wimmelte es nur so von Menschen, und er konnte nicht erkennen, wo genau sie hingegangen war. Offensichtlich wurde gerade irgendeine Gala vorbereitet, und es war jede Menge Presse vor Ort. Er würde also dieses FBI-Arschloch nicht einfach irgendwo auf der Straße umnieten und Bobbie Faye dann zwingen können, ihm die Diamanten zu geben.

Er musste nachdenken. Es musste doch eine Möglichkeit geben … ah Er hatte sie schon entdeckt. Jetzt wusste er, wo er sich postieren konnte, ohne dass sie die geringste Chance hatte, aus seinem Blickfeld zu verschwinden.

»Das ist doch verrückt«, maulte Lori Ann, während sie eine der Uniformen überstreifte, die alle Kellnerinnen trugen. Roy hatte sich bereits als Kellner verkleidet und stand mit dem Rücken zu ihr. Er spähte durch einen Türspalt hinaus, damit niemand sie überraschte.

»Ja«, stimmte er ihr zu. »Und jetzt beeil dich.«

»Warum zum Teufel haben wir uns auf diesen Blödsinn eingelassen?«

»Du warst doch diejenige, die unbedingt helfen wollte.«

»Ich bin die Säuferin in der Familie. Seit wann hörst du ausgerechnet auf mich?«

»Seit du gedroht hast, jeder Frau, mit der ich mal was hatte, eine E-Mail mit meiner neuen Adresse zu schicken.«

»Ach, ja. Stimmt. Du Weichei.«

»Mach jetzt. Wir müssen das Ding anbringen.« Er machte eine Kopfbewegung in Richtung des kleinen GPS-Senders, den Bobbie Faye ihnen gegeben hatte. »Bist du bereit, was richtig Bescheuertes zu tun?«

»Ist das nicht ohnehin unser Familienmotto?«

Von: Simone
An: JT

Bin den Koordinaten des Handys gefolgt. Falls sie sich nicht einen Bart hat wachsen lassen und zu einem neunzigjährigen Indianer mutiert ist, würde ich sagen, dass wir sie verloren haben.

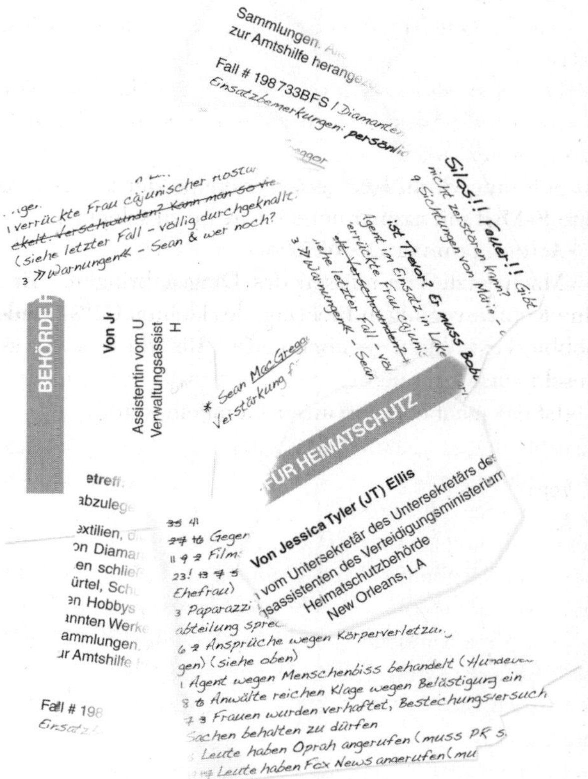
Sammlungen.
zur Amtshilfe herange
Fall # 198733BFS / Diamanten
Einsatzbemerkungen: persönlic
verrückte Frau cajunischer Kostü
ekelt. Verschwunden? Kann man so vie
(siehe letzter Fall - völlig durchgeknallt.
3 ⇒ Warnungen‹‹ - Sean & wer noch?
Silos!! Feuer!! Gibt
nicht zerstören kann? -
9 Sichtungen von Mario -
ist Trevor? Er muss Bobb
Agent im Einsatz in Lake
verrückte Frau cajunis
ekelt. Verschwunden?
siehe letzter Fall - völ
3 ⇒ Warnungen‹‹ - Sean
BEHÖRDE F
Von J
Assistentin vom U
Verwaltungsassist
H
* Sean MacGregor
Verstärkung f
FÜR HEIMATSCHUTZ
Von Jessica Tyler (JT) Ellis
vom Untersekretär des Untersekretärs des
assistenten des Verteidigungsministerium
Heimatschutzbehörde
New Orleans, LA
etreff
abzuleg
extilien,
on Diama
en schlie
ürtel, Sch
en Hobbys
nnten Werk
ammlungen.
ur Amtshilfe
Fall # 198
Einsatz
~~35~~ 41
~~27~~ ~~16~~ Gegen
11 ~~9~~ ~~2~~ Films
23! ~~13~~ ~~7~~ ~~5~~
Ehefrau)
3 Paparazzi
abteilung sprec
6 ~~2~~ Ansprüche wegen Körperverletzun
gen) (siehe oben)
1 Agent wegen Menschenbiss behandelt (Hundever
8 ~~6~~ Anwälte reichen Klage wegen Belästigung ein
7 ~~3~~ Frauen wurden verhaftet, Bestechungsversuch
Sachen behalten zu dürfen
Leute haben Oprah angerufen (muss PR s
Leute haben Fox News angerufen (mu

27

Atemlos tupfte sich Ce Ce den Schweiß von der Stirn. »Oh, wie gut, es sind alle da.«

»Ja, apropos«, erwiderte Bobbie Faye und zerrte ihre Freundin ein paar Meter von den anderen weg. »Was zum Teufel hast du dir dabei gedacht, meinen Dad, V'rai und Cam einzuladen? Das gehört keineswegs zu meinem Plan.«

»Ist schon okay, Schätzchen, wir werden sie brauchen.«

»Aber du hältst dich doch an den Plan, oder?«

»Oh, sicher, vollkommen. Ohne Ausnahme.« Ce Ce wandte sich den Umstehenden zu. »Wir müssen anfangen.«

Francesca lief wütend auf und ab. »Ihr wollt mich doch verarschen! So blöd kannst du doch nicht sein, dass du an diesen albernen Quatsch glaubst! Dieses blaue Zeug hat doch nichts anderes bewirkt, als dass du ziemlich dämlich ausgesehen hast.«

»Da bin ich mir nicht so sicher«, meinte Trevor. »Das komplette Silo ist in die Luft geflogen, und Bobbie Faye steht immer noch hier bei uns. Ich glaube, dass Ce Ce große Macht besitzt.«

Francesca wollte gerade etwas erwidern, doch Ce Ce unterbrach sie: »Mach nur weiter so, Herzchen, und ich sorge dafür, dass dir sämtliche Haare ausfallen.«

Francesca presste die Lippen zusammen, aber man sah ihr deutlich an, wie unzufrieden sie mit der Situation war.

»Und jetzt komm zu mir, Bobbie Faye!« Ce Ce führte ihre Freundin zu drei konzentrischen Kreisen, die Monique gerade aufgebaut hatte. Ein Dutzend Kerzen bildeten einen äußeren

Ring, zwölf kleine Gläser mit irgendeiner Flüssigkeit darin, nach deren Zusammensetzung Bobbie Faye lieber gar nicht erst fragte, einen inneren. Dazwischen hatte Monique noch einen aus Sand gezogen. »Sei vorsichtig, wenn du darüber trittst«, wies Ce Ce sie an. »Unterbrich den Kreis nicht.«

»Was ist das?«, fragte Bobbie Faye. Sie hatte Ce Ce schon dabei zugesehen, wie sie Suchzauber für Leute durchgeführt hatte, die ihre Handys oder Schlüssel oder Laptops verlegt hatten oder in einem Falle sogar einen kompletten Konzertflügel. Die Besitzerin des Flügels hatte zwar nie erklärt, wie man etwas verlieren konnte, das die Größe einer Kuh hatte, aber Ce Ce half ihr trotzdem, das Instrument wiederzufinden. Normalerweise funktionierten diese Suchzauber so, dass ein paar Gewürze über die Schulter des Klienten geworfen wurden, während er sich ein paarmal im Kreis drehte und irgendetwas Lächerliches in einer fremden Sprache sagen musste, was ohne Weiteres so viel bedeuten konnte wie: Ich mache mich gerade selbst zum Affen. Bobbie Faye hatte zwar erwartet, dass Ce Ce etwas mehr Brimborium veranstalten würde, weil ihr Ziel ja darin bestand, Francesca völlig aus der Fassung zu bringen, trotzdem hatte sie damit gerechnet, dass es sich um einen echten Suchzauber handeln würde. Aber das hier? Sie konnte sich nicht vorstellen, was dabei herauskommen sollte.

»Du musst wissen«, erklärte Ce Ce und hielt Bobbie Fayes Hand, während sie über die Kerzen stieg, »dass dies der mächtigste Zauber ist, den ich jemals durchgeführt habe. Aber wir haben nur eine einzige Chance … ein zweites Mal wird es nicht funktionieren.«

»Ich bin nicht hier, um mir die *Bobbie Faye Show* anzusehen«, schnaubte Francesca.

»Du wirst mich doch nicht in ein Huhn verwandeln oder so was Ähnliches?«

»Das wäre wenigstens witzig«, meinte Francesca und bekam gleich etwas bessere Laune.

»Nein«, erwiderte Ce Ce, aber sie sah Bobbie Faye dabei nicht in die Augen.

»Zumindest glauben wir das nicht«, fügte Monique hinzu. Ce Ce warf ihr einen scharfen Blick zu. »Was denn? Ich sage doch nur, dass du dir Sorgen gemacht hast.«

»Wenn du weiterhin mein Lehrling bleiben willst, musst du lernen, solche Dinge für dich zu behalten.« Ce Ce wandte sich an Bobbie Faye und sagte: »Dir wird nichts passieren. Ich brauche nur ziemlich viele Zutaten, und alle müssen von der Menge her genau stimmen, damit es klappt.«

Bobbie Faye beugte sich zu ihrer Freundin und flüsterte: »Und was ist aus dem einfachen Suchzauber geworden, über den wir gesprochen hatten?«

»Dafür musst du das, was du suchst, zumindest einmal berührt haben. Du hast die Diamanten aber noch nie in der Hand gehabt, also müssen wir es mit etwas Stärkerem versuchen.«

»Und wie stark?« Genau das war es, was ihr langsam Sorgen bereitete. Als Ce Ce das letzte Mal einen wirklich starken Zauber angewandt hatte, hätte man Bobbie Faye glatt mit einer riesigen blauen Qualle verwechseln können.

»Es ist ein Liebesschutzzauber«, plapperte Monique dazwischen und schlug sich im nächsten Moment auch schon die Hand vor den Mund, als Ce Ce ihr einen vernichtenden Blick zuwarf.

»Ein Liebesschutzzauber? Um mich vor irgendeinem verliebten Gockel zu schützen? Den hätte ich vor ein paar Jahren gut brauchen können.«

»Hey, ich bin immer noch anwesend«, meinte Cam, und Bobbie Faye wurde rot.

»Sorry.«

»Schon gut, ich hab's verdient.«

Sie musterte ihn mit gerunzelter Stirn – er benahm sich so völlig anders. So zuvorkommend. Cam war eigentlich *nie* zuvorkommend. Dass Benoit niedergeschossen worden war und jetzt im OP lag, hatte ihn eindeutig aus der Bahn geworfen, denn er war einfach nicht mehr er selbst.

»Und inwiefern soll mir das helfen?«

»Es ist ein Kombinationszauber. Er schenkt dir Schutz durch die Kraft der Menschen, die dich lieben, und dadurch wird dein Blick klarer werden. Wenn es so weit ist, wirst du schon sehen, was ich meine.«

»Und was ist mit den Diamanten?«

»Mhm«, murmelte Ce Ce und wandte den Blick ab. »Die findest du auch. Und jetzt musst du bitte ganz still stehen, während ich arbeite.«

»Warte mal … Menschen, die mich lieben?« Es war so überhaupt nicht das, was Bobbie Faye sich eigentlich vorgestellt hatte. Sie wollte Francesca ärgern und nach Möglichkeit richtig in Rage bringen, indem sie den Anschein erweckte, als wäre sie mit Superkräften ausgestattet. Aber das würde garantiert nicht funktionieren, indem sie den peinlichsten Moment ihres Lebens durchstand. Und das auch noch ausgerechnet in der Anwesenheit von Trevor, Cam, ihrer Familie – und den Jungs dieser Band, die seit Ce Ces Auftauchen nur noch mit offenen Mündern dastanden. (Und wenn der eine von denen sich noch länger so heftig bekreuzigte, würde er bald einen blauen Fleck auf der Stirn haben.)

»Genau«, antwortete Ce Ce. »Fünf Menschen, die dich lieben. So sehr, dass sie für dich sterben würden. Und der Zauber wird wissen, ob sie lügen.« Sie versprühte irgendetwas Lilafarbenes um Bobbie Fayes Füße. »Das ist nämlich genau der Grund, warum der Zauber manchmal nicht funktioniert …«

Es gefiel Bobbie Faye überhaupt nicht, wie Ce Ces Stimme

am Ende des Satzes immer leiser wurde. »Und was passiert, wenn es nicht klappt?«, flüsterte sie, als könnte der Zauber sie irgendwie hören.

Monique hielt sich zwar immer noch mit einer Hand den Mund zu, aber mit der anderen meldete sie sich schnipsend, um deutlich zu machen, dass sie es wusste und man sie nur zu fragen bräuchte.

»Darüber wollen wir gar nicht erst nachdenken«, erklärte Ce Ce entschieden, doch Bobbie Faye hielt sie am Arm zurück, als sie sich der nächsten Zutat zuwenden wollte. Kleinlaut gestand sie: »Na ja, meistens stirbt die Person im Kreis dann.«

Mit einem Satz sprang Bobbie Faye aus dem Kreis. »Ich bin doch nicht bescheuert. Hast du denn keinen Zauber für den Notfall parat?« Ce Ce warf ihr einen ausdruckslosen Blick zu. »Bitte sag mir jetzt nicht, dass du alles in diesen einen Zauber gesteckt hast.« Bobbie Faye wusste nicht, was sie jetzt tun sollte. Alles, was sie mit dieser kleinen Verrücktheit erreichen wollte, hatte sich zum Bumerang für sie entwickelt. Vielleicht könnte sie Lori Ann finden, dann hätte sie zumindest einen passenden Menschen für den Zauber. Und an einem seiner völlig verzweifelten Tage würde sich wohl auch Roy eignen. »Ich werde ganz bestimmt nicht in diesen Kreis treten, Ce Ce. Dir fehlen genau fünf Leute, deswegen werden wir jetzt einfach …« Doch weiter kam sie nicht, denn plötzlich umfasste Trevor ihre Taille, hob sie hoch, stieg mit ihr über die Kerzen und stellte sie in der Mitte des Kreises wieder auf den Boden. Durch den dünnen Stoff des Kleides spürte sie die Wärme seiner Hände an ihrem Körper.

»Ihr fehlen nur vier Leute.«

Und während Bobbie Faye ihn noch mit offenem Mund anstarrte, bemerkte sie, wie Cam ebenfalls an den Kreis trat.

»Ihr fehlen nur drei Leute«, erklärte Cam. Der Schock, der sie traf, schaltete fast den kompletten Bereich ihres Gehirns aus, der dafür verantwortlich war, dass ihre Beine sie trugen.

»Was tust du da?«, fragte sie ihn fassungslos.

»Was ich schon vor langer Zeit hätte tun sollen.«

»Siehst du, ich habe es dir doch gesagt«, meldete sich Francesca zu Wort. »Es wird Cam überhaupt nicht gefallen, wenn du dich mit jemand anders verlobst.«

Am Nordpol kalbten und schmolzen die Gletscher, Jahrtausende vergingen, Raumschiffe landeten auf der Erde, die Welt ging unter und erhob sich wieder aus ihrer Asche, bevor auch nur ein Laut in der gewaltigen Lobby zu hören war. Bobbie Faye war sich absolut sicher, dass ihr gerade der Kopf explodiert war und sich nur niemand die Mühe gemacht hatte, sie darauf hinzuweisen.

Cam starrte auf ihre linke Hand, dann blickte er an ihr vorbei zu Trevor und sagte ein wenig zu lässig: »Sie trägt keinen Ring.«

»Das wird sie«, entgegnete Trevor zum zweiten Mal an diesem Tag, und Bobbie Faye fragte sich, ob er eigentlich den Verstand verloren hatte. Es war ja nichts dagegen zu sagen, Francesca ein bisschen damit zu ärgern, dass Bobbie Faye so viel Aufmerksamkeit zuteilwurde. Cam allerdings würde das nicht so einfach schlucken.

Francesca beugte sich zu Cam hinüber, der nach wie vor in dem Ring stand, und sagte mit einem kleinen bösen Lächeln zu ihm: »Ich wette, jetzt wünschst du dir, du hättest Bobbie Fayes Verlobungsring nicht in den See geworfen, oder?«

»Einen *Ring*?«, fragte Bobbie Faye, und das Wort kratzte geradezu schmerzhaft über ihre Stimmbänder. *Er hat einen Ring gehabt?*

Cam funkelte Francesca an, und als Bobbie Faye das zufriedene Gesicht ihrer Cousine sah, fiel auch das letzte Puzzleteil an seinen Platz. Francescas doppeltes Spiel hatte nicht nur dazu gedient, jemanden wegen der Diamanten zum Sündenbock zu machen. Bobbie Faye besaß genau das, was Francesca immer hatte haben wollen: Aufmerksamkeit. Und nach der Miene ihrer Cousine zu urteilen, kam ihr einfach die Galle hoch, dass Bobbie Faye sie ausgerechnet von *Cam* bekam. Nein, es hatte ihr nicht ausgereicht, Bobbie Faye etwas anzuhängen. Sie wollte auch ihr Leben zerstören, indem sie es so aussehen ließ, als hätte die Frau, die Cam ihr vorgezogen hatte, auf seinen besten Freund geschossen und ihn vielleicht sogar getötet. Verdammt. Wahrscheinlich hoffte Francesca sogar, dass Cam es sein würde, der Bobbie Faye verhaften musste.

»Ich wollte nicht, dass du es auf diese Weise erfährst«, erklärte Cam kurz, womit er die Sache mit dem Ring meinte, und Bobbie Faye fand langsam wieder in die Gegenwart zurück. Trevor musterte sie mit gerunzelter Stirn, weil sie überhaupt nichts sagte, nicht mal einen lockeren Spruch vom Stapel ließ.

»Es fehlen nur noch zwei«, sagte Ce Ce, während sie ebenfalls in den Kreis trat und alle daran erinnerte, worum es im Moment eigentlich ging.

»Jetzt fehlt nur noch einer«, sagte Bobbie Fayes Onkel und gesellte sich ebenfalls zu ihnen. Sie warf ihm einen Blick zu, und Tränen schossen ihr in die Augen. Sie wusste, dass er sie mochte – ihre Mutter hatte sie immer mitgenommen, wenn sie ihn besuchte –, aber in diesem Ausmaß? Das war eigentlich vollkommen unmög…

»Jetzt fehlt keiner mehr«, sagte ihr Dad.

Von allen Menschen, von denen Bobbie Faye geglaubt hätte, dass sie diesen letzten Platz einnehmen würden, war ihr Vater mit Sicherheit der letzte gewesen. Wut kochte in ihr hoch, und sie wusste nicht, ob sie so sauer war, weil er ihr niemals gesagt hatte, dass sie ihm wichtig war, oder weil er jetzt wahrscheinlich log.

»Dir ist aber schon klar, dass ich zurückkomme und dich bis an dein Lebensende heimsuchen werde, wenn ich jetzt sterbe.«

Ihr Vater lachte. »Mädchen, es gibt so vieles, was du nicht weißt. Jetzt halt den Mund, und lass Ce Ce ihre Arbeit machen.«

Bobbie Faye wünschte, sie würde das alles verstehen. Sie wünschte es sich wirklich. Wie konnte es sein, dass er sie liebte? Wie konnte er sich einfach mit in den Kreis stellen, obwohl er in ihrem Leben nie eine Rolle gespielt hatte? Wo war er gewesen, als sie nach dem Tod ihrer Mutter so gehungert hatten, dass sie umsonst in zwei Restaurants geputzt hatte, nur um die Reste vom Tag für Roy und Lori Ann mit nach Hause nehmen zu können?

»Lass gut sein«, befahl ihr Ce Ce, »und versuch jetzt, Frieden zu finden. Wende dich genau nach Norden ... das wäre in diesem Fall in Trevors Richtung.«

Bobbie Faye wandte sich ihm zu und wischte sich die verräterischen Tränen aus dem Gesicht.

»Wenn ich ins Gras beiße, legst du den Schuldigen in meinem Namen um«, wies sie ihn an.

»Wird gemacht.«

»Still jetzt«, mahnte Ce Ce. »Leg deine Hand auf Trevors Herz, und du, Trevor, legst deine auf Bobbie Fayes. Alle anderen legen ihre rechte Hand auf Bobbie Faye. Keine Handys und absolute Stille während des Zaubers. Keiner tritt aus dem Kreis, egal, was passiert. Wer es doch tut, für dessen Sicherheit kann ich nicht garantieren.«

Bobbie Faye legte ihre Hand auf Trevors Brust, und sie hätte schwören können, dass irgendeine Energie von seinem Herz auf ihres übersprang, als sich ihr Puls beschleunigte. Noch einmal ging ihr durch den Kopf, was Ce Ce vor ein paar Minuten gesagt hatte: *Menschen, die dich lieben. Genug, um für dich zu sterben.* Trevor war vorgetreten, sofort, ohne zu zögern. Sie sah zu ihm auf und gab ihm zu erkennen, dass sie endlich verstanden hatte.

Im gleichen Moment spürte sie Cams Hand am Ansatz ihres Halses. Er stand direkt hinter ihr und fuhr ihr mit den Fingern durchs Haar. Dabei hatte er sie doch eigentlich aus seinem Leben verbannen wollen. Er war froh gewesen, als sie verschwunden war, und er hatte ihr auch mehr als deutlich gemacht, dass es dabei bleiben sollte. Nie im Leben wäre sie auf den Gedanken gekommen, dass er es tatsächlich in Erwägung gezogen hatte, sie zu heiraten. Oder dass sogar ein Verlobungsring existierte.

In einem See zwar … aber trotzdem – und jetzt stand Cam in diesem Kreis. Zusammen mit ihrem Onkel und ihrem Vater, und die ganze Welt um sie herum ergab einfach keinen Sinn mehr.

Ce Ce begann mit dem Zauber. Auf einmal stieg Rauch auf (Bobbie Faye hatte keine Ahnung, wieso oder woher er kam, aber er erfüllte die Lobby), und um den Kreis wirbelte plötzlich ein kleiner Sturm, der aber keins der Kunstwerke von seinem Podest fegte. Die Kerzen flackerten, und ein Rauschen hallte von den gläsernen Wänden wider. Die Instrumente der Musiker begannen zu spielen … Bobbie Faye war sich nicht sicher, wer am meisten geschockt war: sie selbst, Francesca oder die Musiker, die nicht einen Finger gerührt hatten. Und dann war da plötzlich das hellste, strahlendste Licht, das sie jemals gesehen hatte, und es hatte seinen Ursprung …

In ihr!

Oh, wow.

Bobbie Faye konnte ihren Blick nicht von Trevors Augen lösen, und seine Hand auf ihrem Herzen fühlte sich warm und mächtig und irgendwie geschmolzen an. Bobbie Faye hatte das Gefühl, dass irgendwie eine Verbindung zwischen ihnen entstanden war. Dann floss aus den Händen aller Anwesenden Energie, als würde … Liebe in sie hineinströmen … von ihrem Onkel und ihrem Dad … und eine ungeheure Flut an Gefühlen von Cam. Sie verstand es einfach nicht, daher ließ sie Trevor nicht aus den

Augen, doch Ce Ces Worte lenkten ihre Aufmerksamkeit in eine andere Richtung … Ihre Worte sagten ihr, sie solle auf ihr Herz hören, auf ihren Instinkt, sie solle ihre Sinne schärfen, um sich selbst zu schützen. Der Sturm um sie herum wurde heulend stärker, die Lichter verloschen. Außerhalb des Kreises krachte es laut, aber in seinem Innern fühlte sich Bobbie Faye sicher. Falls es sich so anfühlte zu sterben, war das völlig okay.

Über sich erkannte Bobbie Faye den Nachthimmel, was schon ziemlich seltsam war, denn schließlich befand sie sich in einem Gebäude, und sie konnte sich nicht daran erinnern, dass es eine gläserne Decke hatte. Doch trotzdem war da der Himmel, voller Sterne, und sie selbst schwebte irgendwo über der Stadt. Vielleicht war sie tatsächlich dort unten irgendwo gestorben, aber noch hatte sie nicht das geringste Bedürfnis, irgendjemanden dafür zur Rechenschaft zu ziehen. Sie schwebte einfach und beobachtete die Sterne, bis sie in weiter Ferne Ce Ces Stimme sagen hörte: »Und jetzt ruf sie zurück, Trevor.«

Als sie die Augen öffnete, holte Trevor erleichtert Luft. Sein Gesicht war voller Sorge. Er hockte in der Mitte des Kreises und hielt sie in seinen Armen. Cam kniete nur ein paar Zentimeter entfernt, einen gequälten Ausdruck in den Augen. Bobbie Faye sah von einem zum anderen, und dann sagte Trevor: »Ich rufe dich jetzt schon seit fünf Minuten.«

Sie blickte sich um und entdeckte Ce Ce, die gerade den Musikern ihre Visitenkarte überreichte. »Ce Ce, hat es funktioniert?«

»Schätzchen, es hat funktioniert, sonst wärst du nicht mehr unter uns.«

»Alles okay?«, erkundigte sich Cam, während Trevor ihr aufhalf.

Sie wusste nicht, was sie darauf antworten sollte. Einerseits war alles okay. Sie verspürte einen gewissen Frieden, mit dem sie nicht gerechnet hatte, und das war vielleicht ein Ergebnis des Zaubers – zum Teufel, wenigstens war sie immer noch am Leben, das war schon mal ein Pluspunkt. Aber wie passte all diese Liebe in ihr ansonsten so einsames Leben? Es ergab einfach keinen Sinn.

»Irgendwie«, begann Cam und betrachtete sie von Kopf bis Fuß, »leuchtest du von innen heraus.«

Sie sah an sich herab, und tatsächlich schien sie ein Lichtschein zu umgeben. Sie hob ihre Arme und betrachtete sie. »Jedenfalls ist das entschieden besser als dieses blöde Blau.«

»Nachdem wir nun alle wissen«, bemerkte Francesca bissig, »dass einfach jeder in diesem Universum die wundervolle Bobbie Faye über alles liebt, stellt sich immer noch die Frage: Was ist mit den Diamanten? Weißt du nun, wo sie sind, oder nicht?«

Bobbie Faye strahlte ihre Cousine an. »Oh, Frannie, das möchtest du sicher zu gern erfahren. Ich werde jetzt meine neuen Superkräfte benutzen und mir ein paar Diamanten holen.«

»Aber … das kannst du nicht machen!«, stammelte ihre Cousine. »Die gehören doch m… Mama.«

»Aber sicher kann ich das. Ich werde ein paar davon der Polizei übergeben.« Sie wandte sich Cam zu. »Und du kannst dann die Lorbeeren dafür einheimsen, sie gefunden zu haben. Ich brauche lediglich einen, damit ich es mir leisten kann, das Land zu verlassen, bis ich einen guten Anwalt gefunden habe.«

»Sie … du … sie kann das nicht einfach machen!«, fauchte Francesca. »Du bist ein Cop«, fuhr sie Cam an. »Du darfst das nicht zulassen.«

Cam lächelte Bobbie Faye zu. »Oh doch, das kann ich.«

Blinzelnd öffnete Benoit die Augen und sah eine Zimmerdecke über sich. Aber es war nicht die Decke in seinem Haus. Links vom Fußende des Bettes stand ein dunkler Schrank mit einem

Fernseher darauf, der aber nicht lief, und alles um ihn herum klang gedämpft, als hätte er Watte in den Ohren. Rechts von ihm piepte regelmäßig ein Monitor, und als es ihm schließlich gelang, den Kopf zu drehen, erkannte er einen Infusionsständer, durch dessen Schlauch eine durchsichtige Flüssigkeit ran.

Eine hübsche blonde Krankenschwester beugte sich über ihn, und er blinzelte erneut, weil er nicht wusste, ob sie wirklich existierte oder nur ein schöner Traum war. In jedem Fall gefiel ihm außerordentlich, was da aus der Infusionsflasche in seine Adern tropfte, wenn seine Vision das Ergebnis dessen war. Die Schwester lächelte ganz besonders entzückend und schien für einen Moment hocherfreut, doch dann verschwand sie. An ihre Stelle schob sich das gerötete und von Erschöpfung gezeichnete Gesicht seines Captains, das ihm viel zu nah kam. Benoit glaubte schon, der Mann würde ihn küssen, und das änderte schlagartig seine Meinung über das Zeug, das ihm da in die Vene gepumpt wurde.

»Benoit«, sagte der Captain in seinem Traum, »Sie sind im Krankenhaus. Wissen Sie, wer Sie angeschossen hat?«

Ach ja, richtig. Auf ihn war geschossen worden. Manche Leute behaupteten, das tue nicht weh. Die Leute hatten ja keine Ahnung.

»War es Bobbie Faye?«, wollte der Captain wissen, und die unterschiedlichsten Bilder blitzten in seinem Kopf auf. Irgendjemand schoss auf ihn, und er sah ein Gesicht. Es schwebte einen Moment vor ihm, dann erkannte er Reggie, die blutend am Boden lag. Er wusste, dass er sich an irgendetwas im Zusammenhang mit Bobbie Faye erinnern sollte, irgendetwas Wichtiges, aber es entglitt ihm.

»Haben Sie Bobbie Faye am Tatort gesehen?«, fragte der Captain erneut, um ihm die Antwort zu erleichtern, und er nickte. Dann schüttelte er den Kopf, denn nein, irgendetwas stimmte mit diesem Bild nicht, aber er konnte nicht sprechen, und der Captain sah ihn nicht mehr an, sagte aber: »Das reicht. Er hat bestätigt, dass sie die Schützin war. Ich will sie auf der Stelle haben.«

»Was machen Sie hier?«, ertönte plötzlich eine tiefe männliche Stimme von der Tür her. Benoit wandte den Kopf und sah blaue OP-Kleidung. »Ich habe Ihnen doch gesagt, dass er noch für Stunden nicht wieder bei klarem Bewusstsein sein wird. Sein Zustand ist immer noch kritisch.«

»Schon okay, Doc, wir haben die Bestätigung, die wir brauchten. Die Schützin ist identifiziert.«

Schützin, dachte Benoit und grübelte über das Wort nach. Ihn ließ der Eindruck nicht los, dass irgendetwas nicht stimmte, dass gerade etwas schiefgelaufen war, aber er konnte sich einfach nicht daran erinnern, was es war. Plötzlich breitete sich eine wohlige Wärme in ihm aus, und dann versank er in einer wohltuenden Dunkelheit.

Lori Ann mischte sich unter die Gäste und bot diesen arroganten Leuten in ihren geschniegelten Klamotten, die sie alle überragten, auf einem saumäßig schweren Tablett Horsd'œuvres an. Mit aller Macht versuchte sie immer wieder, die gefüllten Champagnerkelche zu ignorieren, die auf anderen Tabletts an ihr vorbeigetragen wurden, und hätte sie nicht gewusst, dass sich irgendwo in diesem Gebäude eine ohnehin schon ziemlich genervte Bobbie Faye befand, wäre sie sehr – wirklich *sehr* – in Versuchung geraten.

Roy kam mit einem leeren Tablett auf sie zu. »Hast du schon irgendjemanden entdeckt, auf den die Beschreibung der Leute passt, nach denen wir Ausschau halten sollen?«

»Ich sehe eigentlich nicht viel mehr als Dekolletés und Smokingfliegen.«

»Also, ich hab das Ding so angebracht, wie Bobbie Faye gesagt hat, und ich glaube, die Typen, die da drüben stehen, sind Trevors Leute.« Roy machte eine unauffällige Kopfbewegung in Richtung von einem von Maries bizarren Kunstwerken. »Aber bisher ist mir niemand über den Weg gelaufen, der ihrer Beschreibung entspricht.«

»Denkst du, das GPS-Dingsbums ist kaputt?«

»Woher soll ich das wissen? Bobbie Faye hat es vorhin in der Hand gehabt. Es grenzt schon an ein Wunder, wenn es dabei nicht vor Angst geschmolzen ist.«

Trevor trug das kleine Gerät bei sich, um das Bobbie Faye ihren Onkel gebeten hatte, als sie das alte Old Louisiana State Capitol durch den Personaleingang betraten. Bobbie Faye wusste, dass es ziemlich an Trevors Nerven zerrte, der ganzen Sache nicht einfach ein Ende bereiten zu können, indem er ein Netz über Francesca warf und dann Bobbie Faye in Sicherheit brachte. Sie konnte seine wachsende Anspannung spüren, weil sie sich in Gefahr begab, trotzdem hatte er sich bereit erklärt, ihr dabei zu helfen, das Problem auf ihre Weise zu lösen. Jede einzelne seiner Berührungen fuhr wie ein Blitz durch ihren Körper: eine stützende Hand an ihrem Rücken, während sie auf den hohen Absätzen die Treppe hinunterstakste, seine Finger um ihre Hüfte, während sie in einen dunklen Gang einbogen, die Sanftheit, mit der er ihr eine verirrte Haarsträhne hinters Ohr strich. Statt sie abzulenken, wie sie es erwartet hatte, halfen ihr seine kleinen Gesten, ganz besonders wachsam zu sein, als ihr kleiner Trupp durch die Kellergänge des Gebäudes marschierte.

Trevor hatte mal wieder seine Fähigkeit unter Beweis gestellt, dass er einfach jeden manipulieren konnte, als er Michele, die Büroleiterin des Gouverneurs, davon überzeugte, dass ihr Chef unbedingt die Sängerin der Band kennenlernen wollte. Nun ging Michele voran. Cam – der oft während der Highschoolferien auf Baustellen gearbeitet und in dieser Zeit auch an der Renovierung des alten Gebäudes beteiligt gewesen war – folgte ihr, und dann kam Francesca. (Kit und Mitch mussten genauso wie Bobbie Fayes Onkel und ihr Dad draußen warten.) Bobbie Faye ging hinter Francesca, und Trevor bildete das Schlusslicht.

Vor einer dunkelbraunen Holztür blieben sie stehen. Michele drehte sich zu Bobbie Faye um und sagte zum dritten Mal innerhalb der letzten zehn Minuten: »Wissen Sie, Sie kommen mir so unglaublich bekannt vor. Sind Sie ganz sicher, dass wir uns noch nie zuvor begegnet sind?« Cam hatte Mühe, sich ein Grinsen zu verkneifen.

»Ich bin mir sicher, dass ich mich daran erinnern würde«, erwiderte Bobbie Faye, und sie war überzeugt, der einzige Grund, warum Francesca sie nicht verpfiff (und sie einfach aus Spaß an der Freude verhaften ließ), lag darin begründet, dass ihre Cousine unbedingt wissen wollte, wo die Diamanten waren.

Michele zuckte die Achseln und schloss die Tür auf. Nacheinander schlängelten sie sich durch einen Lagerraum voller Schreibtische und leerer Regale. Dann klopfte Michele an eine weitere Tür. Dahinter waren Gelächter und laute Stimmen zu hören, und als niemand reagierte, öffnete sie die Tür und führte die anderen hindurch. An der Seite saßen zwei Polizisten auf bequemen Stühlen, während sich der Gouverneur und mehrere Männer um einen runden Tisch aus Walnussholz versammelt hatten, an dem sie Karten spielten. Cam nickte seinen Kollegen zu, als er den Raum betrat – und versperrte ihnen erst mal die Sicht.

»Die Sängerin ist hier, Herr Gouverneur«, verkündete Michele.

»Sie sollte sich mal rasieren«, witzelte der Gouverneur, während er aufsah und als Erstes Cam entdeckte. Seine Freunde lachten etwas zu laut. »Aber ich habe nicht …«

Cam drehte sich um und ließ Bobbie Faye den Vortritt.

Trevor fand es unglaublich, wie Bobbie Faye in dem Kleid wirkte. Er musste unbedingt einen Weg finden, sie zu überzeugen, öfter Kleider zu tragen. Wenn sie allein waren natürlich. Denn *verflucht noch mal …*

Eigentlich hätte es ihn nicht überraschen dürfen. Schließlich zog sich Bobbie Faye nie aus der Affäre oder gab auf, selbst wenn sie zu irgendetwas überhaupt keine Lust hatte. Aber in der ganzen Zeit, in der er sie jetzt beobachtete, hatte er sie noch nie so herausgeputzt gesehen, also hatte er auch nicht wissen können, wie das Ergebnis aussehen würde. Trotzdem hatte er sie überzeugt, dass sie unbedingt ein Kleid tragen müsse, um die Aufmerksamkeit auf sich zu lenken. Und, bei Gott, es funktionierte. Und wie es funktionierte.

Die beiden Polizisten neben der Tür bekamen den Mund überhaupt nicht wieder zu. Cams Reaktion hatte er (vorläufig) ignoriert, aber als Bobbie Faye mit einem langen gebräunten Bein auf High Heels an Cam vorbeitrat und durch die Tür kam, erstarrten sämtliche anwesenden Männer mitten in der Bewegung. Trevor hatte beide Cops schnell entwaffnet und auch ziemlich verärgert, obwohl sie wahrscheinlich noch mehr Schwierigkeiten gemacht hätten, wenn er ihnen nicht seinen Ausweis unter die Nase gehalten hätte. Außerdem waren sie von Bobbie Fayes Anblick noch immer völlig gefesselt. Während Trevor dafür sorgte, dass die beiden auf ihren Stühlen sitzen blieben, beobachtete er das Gesicht des Gouverneurs, in dem sich zunächst absolute Bewunderung für diese umwerfende Frau zeigte, dann aber auch schnell eine leichte Verwirrung, warum sie ihm so bekannt vorkam. Und die nahm immer mehr zu, bis Bobbie Faye direkt vor ihm stand und sagte: »Hi, Delano. Wie geht's denn?«

Der Gouverneur schrie auf, warf seine Karten in die Luft und hechtete unter den Tisch.

»Oh, das soll jetzt wohl ein Scherz sein«, sagte Michele verärgert. »Sie ist die Piratenkönigin. Darum ist sie mir so bekannt vorgekommen. So aufgedonnert hab ich sie nur nicht gleich erkannt.« Wütend drehte sie sich zu Cam um. »Es hat mich den ganzen Tag gekostet, ihn aus seinem Schlafzimmer zu locken, und das nur, weil ich ihm versichert habe, dass *sie* sich am anderen Ende von Louisiana aufhält.«

»Ups!«, erwiderte Cam, und Trevor musste lachen.

»Delano, kommen Sie unter dem Tisch raus, und kämpfen Sie wie ein Mann«, sagte Bobbie Faye und bedeutete den Freunden des Gouverneurs, sich zurückzuziehen. Die Männer sahen ihr nur einmal in die Augen und gehorchten.

»Es ist wirklich nicht so schlimm wie das eine Mal, als sie aus Versehen Ihre Limousine in die Luft gesprengt hat«, bemerkte Cam tröstend, und unter dem Tisch war ein leises Schluchzen zu hören.

»Oder als sie aus Versehen ihr Ferienhaus angezündet hat«, fügte Trevor hinzu. Bobbie Faye sah ihn verärgert an, und Cam hob überrascht eine Augenbraue – nicht viele Leute wussten davon, aber offenbar hatte er seine Hausaufgaben gemacht.

»Oder als Sie sich damals versteckt haben und …«

»Würdet ihr beide euch jetzt mal zurückhalten?«, fuhr Bobbie Faye dazwischen. »Vielen Dank.« Sie drehte sich um und klopfte so fest auf den Pokertisch, dass er bebte. »Falls Sie da nicht rauskommen, Delano, sage ich nur ein Wort: *Fotos*.«

»Das würden Sie nicht tun«, schluchzte er.

»Meinen Sie?«

»Wenn ich Ihnen helfe, will ich sie zurückhaben.«

»Da müssen Sie sich mit Nina auseinandersetzen. Aber wenn Sie mir nicht helfen, können Sie sich die Bilder morgen in den Nachrichten ansehen.«

»Ich werde keine Gesetze brechen – nicht vor all diesen Zeugen!«

»Freut mich zu hören, dass ihre Doppelmoral immer noch funktioniert.«

28

Bobbie Faye setzte sich auf die Tischkante, von wo sie zwei Dinge gleichzeitig erledigen konnte: Delano einen tiefen Einblick in ihr Dekolleté gewähren und Francesca im Auge behalten, die vor Wut kochte. Der Gouverneur war zögernd unter dem Tisch hervorgekrochen, hatte allerdings darauf bestanden, sich auf die andere Seite des Schreibtischs zu stellen, um wenigstens irgendeine Art schützender Barriere zwischen sich und Bobbie Faye zu haben. Er war fast sechzig. Sein silbergraues Haar und sein weltmännisches Auftreten hatten ohne Zweifel zu seinem Wahlsieg geführt – jedenfalls ganz sicher nicht seine Politik, die zu gravierenden Irritationen geführt hätte, wenn seine Mitarbeiter ihm nicht jedes Detail vorschreiben würden.

»Was wollen Sie?«, fragte er, wobei es ihm allerdings nicht gelang, seinen Blick von Bobbie Fayes Brüsten zu lösen und ihr ins Gesicht zu schauen.

»Ich will Maries Kunstwerke sehen.«

Er blickte sie ausdruckslos an, dann schien ein Hauch von schlechtem Gewissen über sein Gesicht zu huschen, der aber sofort wieder verschwand. Bobbie Faye fiel auf, dass an dem Platz, wo er gesessen hatte, die wenigsten Pokerchips lagen.

»Sie befinden sich alle oben in der Ausstellung«, sagte er und machte eine Handbewegung, als wollte er eine Fliege verscheuchen. »Gehen Sie nach oben, und sehen Sie selbst.«

»Nein, Delano. Ich will die Teile sehen, die Sie in Ihrem Safe aufbewahren.«

»Ich habe nichts in meinem *Safe*.«

Bobbie Faye streckte ihre Hand in Trevors Richtung aus, und der zog sein Handy aus der Tasche. »Ich denke nicht, dass Nina lange brauchen wird, um an ihre Dateien heranzukommen und …«

»Gut!«, erklärte der Gouverneur schnell. »Hier.« Er ging zu einer Tür, die in die Wand eingelassen war und zwei Zahlenschlösser besaß, und stellte die Kombination ein. »Aber ich weiß nicht, was Sie sich davon versprechen.«

»Delano, dass Sie derart problemlos lügen können, wird Sie eines Tages den Kopf kosten, denn Francesca da drüben … Sie erinnern sich doch an Maries Tochter, oder? Marie wurde von Emile schwanger, während sie eigentlich mit Ihnen verlobt war. Ja, ich habe ein paar Leute angerufen und mir die Details dieser kleinen Geschichte erzählen lassen. Aber … können wir eigentlich absolut sicher sein, dass sie überhaupt Emiles Tochter ist?«, fügte Bobbie Faye hinzu, als Delano plötzlich voller Unbehagen das Gesicht verzog. »Hmmm … das würde natürlich auch einiges erklären. Jedenfalls hat Francesca jedem erzählt, *ich* könne die Diamanten finden.«

»Das hat absolut nichts mit mir zu tun«, bemerkte der Gouverneur verärgert, dann setzte er sich.

»Es ist schon interessant, wie wenig das Wort Diamanten sie überrascht. Ich meine: *Diamanten*! Im Wert von mehreren Millionen Dollar. Marie besaß sie und musste sie außer Landes schaffen. Und *wow*, zufälligerweise ist ihr Exfreund inzwischen Gouverneur, und raten Sie mal, was der tun wird?«

»Er schickt die gesamte Volkskunstausstellung von Louisiana nach Frankreich … und dann nach Italien«, erklärte Trevor. »Alles, was das Siegel des Gouverneurs trägt, wird nicht geöffnet, wenn es durch die Sicherheitschecks vom Heimatschutz läuft.«

»Und was hat eine von mir geförderte Wanderausstellung von

ein paar Kunstwerken mit einer Exfreundin von mir und ein paar Diamanten zu tun?«

»Na ja, wissen Sie, Marie hat die Angewohnheit, sich ständig kleine Notizen zu machen. Überall. Und eine davon hat unsere liebe Francesca gefunden und entziffert: *ds safe check kopien check b.f. weiß wo*.

Zuerst habe ich gedacht, sie meinte damit, die Diamanten wären in Sicherheit, und das Wort *check* würde bedeuten, dass sie eine Art Liste abhakt. Und *kopien check* hieße dann, dass die Aufgabe, Duplikate herstellen zu lassen, erledigt wäre. Aber der Teil mit *b.f. weiß wo* hat mich dann doch ins Grübeln gebracht. Das FBI und eine ganze Menge anderer Leute hat deswegen nämlich geglaubt, ich wüsste, wo die Steine sind.«

»Ich habe keine Notiz gefunden«, rief Francesca dazwischen.

»Aber natürlich hast du das, Frannie. Dein Dad hat es mir erzählt, und du hast selbst gesagt, dass du mit deiner Cousine und deinen Cousins das ganze Haus deiner Mutter nach den Diamanten durchkämmt habest. Die Notiz im Terminkalender kannst du nicht übersehen haben. Es war eine wirklich hübsche Idee von dir, dem ursprünglichen Satz noch *weiß wo* hinzuzufügen.« Bobbie Faye wandte sich wieder dem Gouverneur zu. »Wissen Sie, eigentlich bedeutet *ds safe* nämlich *Delanos Safe* … An den Worten *check kopien* hat Francesca erkannt, dass es mehrere Fälschungen der Diamanten gab. Und *check b.f.* bedeutete eigentlich: *bis Freitag überprüfen*. Marie hat die Wochentage im ganzen Terminkalender grundsätzlich abgekürzt, aber Sie wissen ja, wie so was ist. Manchmal sieht man einfach den Wald vor lauter Bäumen nicht. Wir alle haben meine Initialen, also *Bobbie Faye weiß wo* gelesen und sind davon ausgegangen, dass die Notiz schon immer so gelautet hat. Aber Frannie war klar, dass es ihr niemals gelingen würde, an irgendetwas heranzukommen, das sich in Ihrem Safe befindet, Delano, bei all dem bösen Blut, das zwischen Ihnen und ihrem Vater herrscht. Deswegen denke ich, es ist nicht unbedingt an den Haaren herbeigezogen, dass Frannie geradezu verzweifelt auf der Suche nach einer Möglichkeit war, hier hereinzukommen und die Diamanten an sich zu bringen. Oder sollte ich lieber sagen … die *echten* Diamanten? Wie bist du denn mit deiner Handtasche zufrieden, Frannie?«

Francesca schnappte nach Luft, starrte Bobbie Faye an und sah dann hinunter auf ihre mit pinkfarbenen Federn besetzte Tasche.

»Du hast noch nie zweimal das gleiche Accessoire getragen, Frannie. Und doch habe ich dich jetzt zwei Tage hintereinander mit dieser potthässlichen Handtasche gesehen. Und dann sind da noch all diese Poster von den Kunstwerken deiner Mutter, auf denen ausgerechnet eine ziemlich seltsame Skulptur aus einem Dutzend genau solcher Taschen abgebildet ist.«

»Ich mag diese Tasche. Sie ist für mich entworfen worden«, sagte Francesca und zog einen Schmollmund. »Und sie war in der *InStyle*.«

Bobbie Faye griff nach dem Geigerzähler, den Trevor mitgebracht hatte, zog die schwere Safetür auf und betrat den kleinen Raum. Alle konnten sie dabei beobachten, denn der Tresor war nicht viel größer als ein begehbarer Kleiderschrank. »Ach Frannie, möchtest du gern wissen, wann du den entscheidenden Fehler gemacht hast?«

»Ich habe keinen Fehler gemacht.«

Bobbie Faye warf ihr ein strahlendes Lächeln zu. Francesca funkelte ihre Cousine an, als würde sie ihr am liebsten auf der Stelle an die Gurgel springen. »Tja, erwischt! Man nennt es auch *Gier*, Frannie. Schlag das Wort doch mal nach! Du hast zwei Sätze Diamanten gefunden und wahrscheinlich versucht, sie auf dem Schwarzmarkt zu verkaufen. Vielleicht hast du sogar geglaubt, dass beide echt und nur an zwei verschiedenen Stellen versteckt seien. Aber womöglich dachtest du auch, dass nur ein Satz echt wäre. Bloß welcher? Deswegen hast du dich an Sal gewandt. Er arbeitete schon immer mit deiner Mutter zusammen, vielleicht hat er sogar früher schon Schmuckstücke für sie unter der Hand verkauft. Nur wollte Sal dir leider nicht sagen, wie viele Fälschungen es gab, und weil du in den Geschäftsunterlagen deiner Mutter als ihre Assistentin geführt wirst – du siehst, es ist schon ganz praktisch, gute Beziehungen zum FBI zu haben –, gibt es lediglich einen einzigen Ort, auf den nur deine Mutter Zugriff hat, du aber nicht. Und das ist dieser Tresor.«

»Woher willst du wissen, dass sie die Steine nicht längst irgendwo anders hingeschickt hat?«, wollte Francesca wissen.

»Du bist ihr viel zu ähnlich, Frannie. Marie denkt strategisch. Deswegen war sie auch immer gut, wenn wir Spiele gespielt haben. Außerdem war sie eine Weile gleichzeitig mit einem Politiker und einem Berufsverbrecher zusammen. Unter keinen Umständen hätte sie die Diamanten, die so viele Millionen wert sind, aus den Augen gelassen. Du wusstest das. Nur hier, an diesem Ort waren die Diamanten vor der größten Bedrohung sicher, die deine Mutter fürchtete … vor *dir*. Irgendwie musstest du dir also Zugang zu diesem Safe verschaffen, aber es gab keinen einzigen Menschen, den du benutzen konntest, um an Delano vorbeizukommen. Außer mir. Und da hast du es dann übertrieben, Frannie, als du meine Cousins und meine Cousine in die Sache mit hineingezogen hast. Obwohl du den Scharfschützen engagiert hast, um mich in Ce Ces Laden davon zu überzeugen, dass du dich in ernsthafter Gefahr befindest. Grundsätzlich keine schlechte Idee. Denn ohne den Scharfschützen hätte ich dir vielleicht nicht geglaubt und die Sache einfach der Polizei überlassen. Aber darauf konntest du dich nicht verlassen. Du warst nicht hundertprozentig sicher, dass ich zu dir halte, obwohl du zu meiner Familie gehörst. Aber du wusstest eins: Wenn du den

Eintrag im Terminkalender so änderst, dass es aussieht, als wäre ich ein Teil von Maries Plan, die Diamanten zu verstecken, dann würde mich das FBI wahrscheinlich dazu zwingen, ihnen zu helfen. Oder du hättest mich selbst erpressen können, wenn das FBI sich der Sache nicht angenommen hätte. Allerdings hättest du dich für die eine *oder* die andere Strategie entscheiden sollen. Beide zu verfolgen, war einfach ein bisschen zu viel.«

Bobbie Faye schaltete den handgroßen Geigerzähler ein und untersuchte damit die Kunstwerke, die in dem Safe lagerten.

»Was tut sie da?«, fragte Francesca.

»Herausfinden, welche der Diamanten echt sind. Die Originale haben eine leicht erhöhte radioaktive Strahlung, die der Geigerzähler registrieren wird.«

»Deine Mutter hat eine ganze Menge Kopien herstellen lassen. Ich denke, sie hat gewusst, dass sie dir nicht vertrauen kann.«

Der Zeiger des Geigerzählers schlug nach rechts aus, als Bobbie Faye das kleine Gerät an einem Stapel wunderschöner schokoladenbrauner Handtaschen aus Alligatorleder entlangführte.

Die Griffe waren aus Kunststoff mit eingelassenen Schmucksteinen, die wundervoll glitzerten – selbst in dem verhältnismäßig schlechten Licht des Safes –, und Bobby Faye wusste, dass alle Augen auf sie gerichtet waren. Sie drückte den Knopf des Messinstruments, und ein statisches Knistern erfüllte den Raum, als sie die richtige Tasche heraussuchte.

»Bingo!« Sie lächelte Francesca zu.

»Also ist klar«, stellte Cam mit gefährlich ruhiger Stimme fest, »dass Francesca Sal umgebracht hat.« Und damit stand ebenfalls außer Frage, dass Francesca auch Benoit niedergeschossen hatte.

»Das habe ich nicht! Bobbie Faye ist es gewesen!« Als sich alle zu Francesca umdrehten und ihr ironische Blicke zuwarfen, stampfte sie wütend mit dem Fuß auf. »Jeder weiß doch inzwischen von den Bildern aus der Überwachungskamera. Ich bin nicht die Einzige, die davon überzeugt ist, dass sie es war.«

»Wahrscheinlich hättest du mir eine stärkere Dosis der K.-o.-Tropfen verabreichen sollen, Frannie.« Bobbie Faye bemerkte eine kaum wahrnehmbare Veränderung in Francescas Gesichtsausdruck. Teufel noch mal, die Frau hatte sich wirklich verdammt gut unter Kontrolle! All die Jahre mit Emile unter einem Dach waren offenbar ein exzellentes Training gewesen. »Ja, ich *erinnere* mich. Du warst wirklich gut, Frannie. Aber trotzdem nicht gut genug. Und schon bald wird jeder wissen, dass *du* hinter der ganzen Sache steckst.«

»Du reimst dir da einfach völligen Blödsinn zusammen, Bobbie Faye, und das ist ziemlich gemein, denn ich wollte dir doch bei deinem Make-up und deinen Haaren helfen – was wirklich dringend nötig wäre.«

Gerade als Cam sich zu Francesca umdrehte – und Bobbie Faye war sich nicht völlig sicher, ob er sie nicht auf der Stelle erschießen würde –, knackte es in den Funkgeräten der Polizisten. Die Zentrale gab durch, dass Bobbie Faye in der Nähe des Old Louisiana State Capitol gesehen worden sei, wahrscheinlich bewaffnet.

Bobbie Faye ließ die wunderschöne Alligatorhandtasche an ihrem ausgestreckten Zeigefinger baumeln. »Du hast verloren.«

»Du wirst auf dem elektrischen Stuhl landen, Bobbie Faye«, erwiderte Francesca und hielt ihr Handy hoch. Offenbar hatte sie der Polizei einen Tipp gegeben.

»Sie werden mich nicht finden, denn die Cops durchsuchen ganz sicher nicht das Auto des Gouverneurs, wenn er mich aus der Stadt fährt, und von da an übernimmt Trevor.«

»Was? Ich?«, fragte der Gouverneur, und er sprang so heftig auf, dass sein Stuhl umkippte. »Ich werde ganz bestimmt nicht mit Ihnen zusammen in ein Auto steigen.«

»Gut. Dann können Sie dem Senat ja mal erklären, wie all die gestohlenen Diamanten in Ihren Safe kommen«, meinte Bobbie Faye mit einem süßlichen Lächeln und hielt die Handtasche hoch.

»Ich hasse Sie«, sagte der Gouverneur.

»Das ist in den sechs Pressemitteilungen, die Sie letztes Jahr an alle Zeitungen geschickt haben, mehr als deutlich geworden.«

Cam war sich ziemlich sicher, dass Bobbie Faye nun endgültig den Verstand verloren hatte, aber auf der anderen Seite war er selbst vielleicht auch nicht mehr in der Lage, völlig klar zu denken. Die Nachricht von Benoits Schussverletzung, gefolgt von den Neuigkeiten über Francesca, hatte ihm wirklich zugesetzt – zumal er nun direkt neben der Person stand, die hinter all den Morden steckte, und er konnte ihr keine Handschellen anlegen. Da half es auch nicht, dass der Gouverneur sie jetzt alle über eine enge Geheimtreppe zu seinem Wagen führte.

Es gab keinerlei Beweise für Francescas Tatbeteiligung. Die verräterischen kleinen Bemerkungen, die ihr gerade entschlüpft waren, würden vor Gericht nicht ausreichen, und leider war es Bobbie Faye nicht gelungen, sie so nachhaltig aus der Fassung zu bringen, wie sie es gehofft hatte.

»Glaubst du, dass sie im Verhör einbrechen wird?«, fragte Bobbie Faye, und Cam war sich nicht sicher, ob sie ihn oder Trevor fragte

Sie hatten Francesca in der Obhut der beiden Polizisten zurückgelassen. Es war verflucht schwer gewesen, die beiden Männer davon zu überzeugen, Francesca anstelle von Bobbie Faye festzunehmen, und Cam musste sich widerwillig eingestehen, dass Trevor dabei eine ziemliche Hilfe gewesen war. Er wusste nicht genau, was der Agent zu den beiden Cops gesagt hatte, aber es hatte gewirkt. Er musste sich vorläufig damit trösten, dass Francesca auf dem Weg ins Untersuchungsgefängnis war. Jetzt aber galt es, Bobbie Faye in Sicherheit zu bringen, bevor am Ende noch irgendein schießwütiger Kollege versuchte, Benoit zu rächen.

»Wenn sie erst erfährt, dass du mit den Diamanten entkommen bist, denke ich, wird sie das so zur Weißglut bringen, dass sie sich selbst irgendwie reinreitet«, erwiderte Trevor.

Cam wusste, dass Trevor Verstärkung rufen würde, sobald sie das Treppenhaus verlassen und er wieder Handyempfang hatte. Am oberen Ende der Treppe gingen sie durch eine Tür, die in die große Halle zwischen dem Versammlungsraum der Senatoren und dem Ballsaal führte, in dem die Gala inzwischen in vollem Gang war.

Aiden und Sean betraten die runde Halle. Der schwarz-weiß geflieste Boden war auf Hochglanz poliert. Sie sahen, wie Bobbie Faye mit den anderen Männern aus dem Treppenhaus trat – und sie mussten zweimal hinsehen. Die Frau, das Kleid … für einen Moment waren sie geradezu geblendet.

»Wir haben sie«, flüsterte Aiden in sein Bluetoothmikro.

»Ich hab ja immer gesagt, dass es Sinn macht, auch die Cousins zu verfolgen«, erwiderte Robbie.

Ohne jeden Respekt vor den Waffen, die der Elitebulle und der andere Cop bei sich hatten, reagierten Aiden und Sean sofort. Der Elitebulle hatte zwar im gleichen Moment seine Pistole in der Hand, doch der Gouverneur stand ihm im Weg, und Sean drückte der Frau sein Messer an die Kehle. Auch der Cop hatte keine Chance, da er als Letzter aus dem Treppenhaus kam. Er wollte reagieren, aber Sean drückte das Messer noch ein wenig fester gegen Bobbie Fayes Hals, und an der Schneide zeigte sich ein feiner Streifen Blut.

Alle erstarrten.

»Ich nehme die Diamanten, Schätzchen«, sagte Sean, und als der Elitebulle sich einen halben Zentimeter nach links schob, um Sean in den Kopf schießen zu können, meinte der grinsend: »Das würde ich lieber nicht tun, wenn du nicht willst, dass meine Leute den Ballsaal in die Luft jagen.« Er machte eine Kopfbewegung in Richtung der Gala, die direkt hinter der großen Flügeltür stattfand. »Wenn ich die Diamanten nicht bekomme, werden eine Menge Leute sterben und diese Frau auch.«

»Er blufft nur«, sagte der Cop zu dem Elitebullen.

»Er hat letztes Jahr in Lissabon ein ganzes Restaurant in die Luft gejagt«, erwiderte der Elitebulle.

»Ich wäre dafür, dass wir ihm glauben«, meinte Bobbie Faye leicht heiser, und Sean lachte leise.

Ein schlaksiger Typ kam um eine Ecke und erstarrte mitten in der Bewegung. »Ach du Scheiße, ich wollte Ihnen bloß sagen, dass wir die Kerle nicht gesehen haben, die Sie suchen.«

»Danke. Wir haben sie schon gefunden«, erwiderte Bobbie Faye trocken. »Sean, ich muss mich jetzt bewegen, um Ihnen die Steine geben zu können.«

Sean hob die Klinge leicht von ihrem Hals, damit sie sich zu ihm umdrehen konnte, doch anstatt ängstlich zu wirken, wie es jede vernünftige Frau getan hätte, *lächelte* sie. Und sie lächelte nicht nur, sie strahlte ihn derart an, dass es selbst Sean die Sprache verschlug. Sie war einfach umwerfend – anders konnte Aiden nicht beschreiben, was er sah. Es gelang ihr tatsächlich, sogar den abgebrühten und mit allen Wassern gewaschenen Sean umzuhauen, denn er lächelte zurück.

Bobbie Faye legte ihre linke Hand, mit der sie die Handtasche hielt, auf Seans Schulter und ließ die rechte auf ihren Oberschenkel sinken. Sie hatte keine Ahnung, woher sie den Mut nahm, aber ihr Instinkt sagte ihr, dass es richtig war, was sie tat. Zentimeter für Zentimeter zog sie das ohnehin schon kurze Kleid nach oben, als würden sich die Diamanten darunter befinden.

Und dann passierten zwei Dinge gleichzeitig. Lori Ann kam durch die große Flügeltür aus dem Ballsaal gestürmt und sah voller Bestürzung all die Menschen, die sich gegenseitig mit Waffen bedrohten. Und im selben Moment trat Francesca, der es irgendwie gelungen war, den beiden Polizisten zu entkommen, aus dem Treppenhaus.

Für einen Moment schien die Welt stillzustehen, und selbst die Gäste der Gala auf der anderen Seite der großen Flügeltür hielten inne. Sie konnten zwar das Messer nicht sehen, mit dem Sean Bobbie Faye bedrohte, aber die Pistolen in den Händen der anderen Männer waren deutlich zu erkennen. Sofort schwenkten die Kameras der verschiedenen anwesenden TV-Sender zu ihnen herum, die Band hörte auf zu spielen, Francesca fluchte, und der Gouverneur fiel in Ohnmacht, während Bobbie Faye sich etwas vorbeugte und sagte: »Willkommen in meiner Welt, Sean!« Gleichzeitig zog sie ein kleines Messer, das sie sich an den Oberschenkel geschnallt hatte, und schleuderte es treffsicher auf den Knopf für den Feueralarm, der sich ein paar Meter von ihr entfernt an der Wand befand.

Die Sirene heulte los, und die Gäste der Gala flohen schreiend in Richtung der Ausgänge. Francesca rannte auf Bobbie Faye zu (wenn sie meinte, dass das in High Heels eine gute Idee war). In der gleichen Sekunde zerschmetterte die Kugel eines Heckenschützen eins der hohen gotischen Fenster und zischte haarscharf an Bobbie Faye vorbei. Sie wäre tot gewesen, wenn Sean sie nicht blitzartig an sich gerissen hätte.

Der Schuss versetzte die Leute in nur noch größere Panik, und Sean tauchte mit seiner Geisel in der flüchtenden Menge unter, dicht gefolgt von Aiden. Noch bevor Trevor und Cam sich an ihre Fersen heften konnten, erschienen plötzlich Mitch und Kit auf der Bildfläche.

»Jetzt?«, fragte Mitch, und Francesca nickte.

Mitch feuerte auf Trevor und Cam. Er deckte die beiden Männer mit einem regelrechten Kugelhagel ein, woraufhin die panischen Gäste der Gala blitzartig die Richtung wechselten, um dem schießwütigen Neuankömmling auf schnellstem Weg zu entkommen. Sean hatte Bobbie Faye inzwischen mit sich durch den Vordereingang hinaus auf die sanft abfallende Rasenfläche gezerrt. Ein Helikopter schwebte in der Nähe über dem Boden.

Aiden, Sean und Bobbie Faye rannten darauf zu, bis mehrere Schüsse des Heckenschützen direkt neben ihnen die Grasnarbe aufrissen. Alle drei retteten sich hinter den nächsten Baum.

»Sind Sie bescheuert?«, fragte Bobbie Faye, als sie erkannte, dass Sean gerade abzuschätzen versuchte, wie er auf dem schnellsten Weg vom Baum zum Helikopter kommen konnte, ohne unnötig lange ins Schussfeld des Scharfschützen zu geraten. »Ich gehe hier keinen Schritt weg. Der Kerl schießt auf mich!«

»Süße, ist dir schon mal aufgefallen, dass jeder Idiot auf dich schießt?«

»Das ist eben mein Talent«, erwiderte sie. Eine Kugel des Heckenschützen schlug dicht neben dem Baum ein, und Bobbie Faye und die beiden Männer drängten sich hinter dem Stamm zusammen. Gleichzeitig versuchten sie herauszufinden, von wo die Schüsse kamen. Dann sahen sie in einer der Schießscharten im vorderen Turm des State Capitol einen Gewehrlauf aufblitzen.

»Hören Sie, wenn Sie mir eine Waffe geben, kann ich ihn erwischen.«

»Ich weiß«, meinte Sean grinsend, »Und genau deswegen bekommst du auch keine verdammte Kanone in die Finger. Denn du würdest sie mir wohl kaum zurückgeben, oder, Schätzchen?«

Sein Grinsen war, wie Trevor schon bemerkt hatte, außergewöhnlich charmant. Es ließ seine sonst eher bedrohlich wirkenden Augen geradezu aufleuchten, und Bobbie Faye spürte, wie sie unwillkürlich zurücklächelte.

»Wahrscheinlich nicht.«

Dann hörte sie, wie er lachte und etwas auf Gälisch sagte. Sein gut aussehender Komplize schnappte nach Luft und betrachtete Bobbie Faye plötzlich, als hätte sie ein Wunder vollbracht. Er warf Sean kurz einen fragenden Blick zu, dann übersetzte er für sie: »Er hat gesagt, Sie wären genau die Art von Frau, die er mag, und er will sie behalten.« Als ihr sämtliche Farbe aus dem Gesicht wich, während Sean jemandem auf seinem Handy anrief, fügte er hinzu: »Das ist schließlich immer noch besser als ein Loch im Kopf.«

Doch da war sich Bobbie Faye nicht so sicher.

Trevor und Cam hielten einen Moment inne, um sich einen Überblick zu verschaffen. Die ganze Situation war total außer Kontrolle. Nirgends eine Spur von Agenten der Heimatschutzbehörde, und die Polizei hatte alle Hände voll mit der Panik in diesem Irrenhaus zu tun, in dem sich die Gäste der Gala gegenseitig (und teilweise auch die Polizisten) niedertrampelten. Die beiden anderen Komplizen von Sean versuchten, sich am Rand der Rasenfläche vorzuarbeiten, um freies Schussfeld auf den Heckenschützen zu bekommen, doch der zwang sie mit gezieltem Feuer immer wieder in Deckung. Da trat am Rande der Rasenfläche eine alte Frau hinter einem Springbrunnen hervor. Direkt vor ihr kauerte Seans Helfer mit dem Rattengesicht. Trevor war sich so gut wie sicher, dass es dieselbe alte Frau war, die am Vortag versucht hatte, bei Bobbie Faye eine Waffe zu kaufen. Sie zog eine mächtige Bibel aus ihrer großen Tasche und drosch dem völlig überraschten Mann vor ihr das schwere Buch mehrfach auf den Schädel. Dann ging sie einfach davon.

Das Rattengesicht lag am Boden und schüttelte benommen den Kopf.

Sean dagegen schien fest entschlossen zu sein, mit Bobbie Faye den Helikopter zu erreichen, während seine Komplizen ihm Deckung gaben. Doch für einen gezielten Schuss waren seine Männer zu weit entfernt.

»Ich kann den Heckenschützen ausschalten«, rief Cam gegen das Heulen der Feuersirene an, »aber dann schaffen sie es zum Hubschrauber.«

»Von hier treffen Sie den niemals«, rief Trevor zurück, während sein Blick hinauf zum Turm glitt.

»Ich werde nicht auf ihn schießen. Sorgen Sie nur dafür, dass dieses Arschloch den Hubschrauber nicht erreicht.«

Beide Männer warfen einen Blick hinüber zu Bobbie Faye – und erstarrten. Sean lachte gerade lauthals über irgendetwas, das sie gesagt hatte … und dann zog er sie an sich und küsste sie. Ausgiebig. Sie versuchte ihn wegzudrücken, aber er ließ sie nicht los, und nun stand sie direkt vor ihm und versperrte Cam und Trevor das Schussfeld.

»Er ist ein toter Mann!«, knurrte Cam.

»Oh ja, das ist er«, stimmte Trevor zu, und dann trennten sich die beiden Männer.

29

Fast hätte John sie erwischt. Er konnte ein winziges Stück ihres roten Kleids sehen, aber der Stamm dieser verdammten Eiche war einfach so verflucht dick, dass er keinen guten Schusswinkel mehr bekam.

Aber schließlich konnten sie da nicht ewig bleiben. Die Polizei hatte die panische Menschenmenge inzwischen schon besser unter Kontrolle, von allen Seiten näherten sich Streifenwagen mit heulenden Sirenen. Von seiner Position aus konnte er alles gut beobachten. In einer Minute würde es dort unten von Cops nur so wimmeln, und Bobbie Faye müsste zusehen, dass sie verschwand – im gleichen Moment wäre sie tot. Und während die Leute austickten und loskreischten, würde er sich aus dem Staub machen und sich sein Honorar abholen. Auf die Diamanten musste er nun zwar leider verzichten, aber wenn er es sich recht überlegte, war es eigentlich viel, viel besser, sie auf diese Weise töten zu können.

Cam schaffte es in rekordverdächtiger Zeit über die hintere Treppe bis hinauf in den dritten Stock. Er musste das Schloss der schweren Holztür aufschießen, um in den Bürotrakt dahinter zu gelangen. Bis Cam im richtigen Büro stand, musste noch ein weiteres Schloss durch einen gezielten Schuss dran glauben. Die Fenster des Raums zeigten auf die beiden vorderen Türme des State Capitol. Er blickte hinaus. Den Scharfschützen konnte er im Dunkeln nicht erkennen, aber er entdeckte den Gewehrlauf, der zwischen den Zinnen des einen Turms hervorlugte. Die

Türme hätten bewacht sein sollen. Eigentlich hätte es unmöglich sein müssen, dass ein Heckenschütze dort hinaufkäme, und doch war es passiert.

Cam hatte höchstens eine Minute Zeit. Eher weniger. Sean würde nicht mehr lange warten, bis er einen Versuch wagte, den Hubschrauber zu erreichen. Cam schlug das Herz bis zum Hals. Er trennte das Verlängerungskabel vom Drucker und riss es auch aus der Steckdose. Mit dem Taschenmesser spaltete er das eine Kabelende und entfernte die Isolierung.

Zwei Schüsse zischten aus dem Gewehr des Scharfschützen, und Cam fluchte. Leise trat er durch eine Außentür hinaus auf einen eisernen Laufsteg, der sich um den gesamten Bürotrakt erstreckte. Schnell fand er das Kabel, das um die kompletten Türme herum zum Hauptgebäude führte und für die Erdung des Blitzableiters sorgte. Er durchtrennte es mit einem gezielten Schuss, schnitt es auf und wickelte die Enden seines Verlängerungskabels darum. Dann rannte er los. Wieder im Büro, rammte er den Stecker des anderen Kabels in die Steckdose. Im gleichen Moment floss die Elektrizität durch das außen umlaufende Kabel, und als der Heckenschütze sich vorbeugte, um zu zielen, lehnte er sich unwillkürlich darauf. Er schrie, als er einen mörderischen Schlag bekam, der die Zinnen in blaues Licht tauchte und ihn zu Boden schleuderte. Dieser Scharfschütze hatte sich nun endgültig die Finger verbrannt und würde niemals wieder auf die Frau schießen, die Cam liebte.

Für einen kurzen Moment glaubte Cam, den Schützen erkannt zu haben. Der Kerl erinnerte ihn an diesen schleimigen Bastard, gegen den Bobbie Faye vor Jahren eine einstweilige Verfügung erwirkt hatte. Aber ihm blieb keine Zeit, das zu überprüfen, denn der Hubschrauber unter ihm war noch tiefer gegangen und schwebte genau auf die Stelle zu, an der er Bobbie Faye zuletzt gesehen hatte.

Als der elektrische Blitz die Spitze des Old Louisiana State Capitol in blaues Licht tauchte, dachte Bobbie Faye für den Bruchteil einer Sekunde, sie hätte Cam an einem der Fenster gesehen, und sie betete zu Gott, dass er und Trevor in Sicherheit waren. Der Kurzschluss ließ die Scheinwerfer, die die Fassade des schlossartigen Baus beleuchteten, kurz flackern, doch im nächsten Moment war auch schon wieder alles vorbei. Was zum Teufel war passiert?

Sie hatte keine Zeit, es herauszufinden, denn Mitch nutzte den Augenblick, um hinter einem Baum hervorzuspringen und das Feuer auf sie zu eröffnen. Er wirkte nicht im Geringsten verwirrt. Und der kleine Teil ihres Gehirns, der noch einigermaßen arbeitete, begriff, dass sie aufs Kreuz gelegt worden war. *Schon wieder!* Dass Mitch Probleme mit seinem Kurzzeitgedächtnis hatte, war ja wohl ein Witz. Jedenfalls schien es ihm auf einmal wieder fabelhaft zu gehen. Er war hochkonzentriert und entschlossen. Alles war nur eine verdammte Show gewesen. Sie versuchte, sich an die Ermordung von Sal zu erinnern, und endlich fiel ihr ein, wer Francesca geholfen hatte: Dieser Mann, der sie zu kennen schien, aber sie war einfach nicht darauf gekommen, woher.

Heilige Scheiße!

Mitch feuerte auf Seans Leute, als die Bobbie Faye über das feuchte Gras in Richtung Helikopter zerrten.

Aus allen Richtungen näherten sich Streifenwagen. Die Kamerateams, die eigentlich von der Gala berichten sollten, standen jetzt am Rande der Rasenfläche und versuchten so viele gute Bilder in den Kasten zu bekommen, wie es nur irgend ging.

Mist, verfluchter. So viel zu dem Thema, dass sie *einmal* einen Plan schmiedete. Alles hatte sich derart schnell zu einer völligen Katastrophe entwickelt, dass sie wahrscheinlich mal wieder irgendeinen Rekord gebrochen hatte.

Sie tat ihr Bestes, um *aus Versehen* hinzufallen und dadurch Sean und seine Leute auszubremsen. Auf keinen Fall würde sie jemals wieder so ein dämliches Kleid anziehen, völlig egal, wie verlangend Trevor sie auch anstarrte. Sean drückte ihr weiterhin seine Waffe in die Seite, deswegen war das mit dem Sturz gar nicht so einfach, aber trotzdem gelang es ihr »auszurutschen«. Doch er reagierte geschickt, ohne das Gleichgewicht zu verlieren und sie versehentlich zu erschießen. Schneller, als sie es vermutet hatte, riss er sie wieder auf die Füße (der Bastard).

»Lebend gefällst du mir durchaus besser, Schätzchen, aber ein paar Löcher im Leib werden daran nichts ändern. Hauptsache, du bleibst auf den Beinen.«

Irgendwo wurde wieder wie wild geschossen, und Bobbie Faye konnte sehen, wie Francescas Leute auf Lori Ann feuerten, die sich hinter eine dicke Säule duckte. Seans rothaarige Komplizin zielte auf Roy, der ohnehin ein miserabler Schütze war. Er würde nicht mal treffen, wenn sich sein Ziel einen halben Meter vor ihm befand und nicht von der Stelle rührte. Zum Glück hatte er schon im Kindergarten gelernt, Hechtsprünge zu machen und sich abzurollen. Jetzt kugelte er gerade auf einen mächtigen steinernen Übertopf zu. Die Rothaarige marschierte, ohne zu zögern, weiter und war offenbar fest entschlossen, Roy in die Ecke zu drängen. Allerdings nicht auf die Weise, die ihm sonst so gut gefiel …

Plötzlich war es Bobbie Faye einfach alles verdammt noch mal zu viel. Zum Teufel mit Sean und dessen Waffe in ihrer Seite! Sie hatte einfach keine Lust mehr, wie eine Schaufensterpuppe herumgeschoben zu werden.

Sie streifte ihre hohen Absätze ab, indem sie vorgab, dann besser laufen zu können. Im nächsten Moment aber fuhr sie herum, in jeder Hand einen Schuh, die Stilettoabsätze wie Waffen vorgestreckt, und drosch sie Sean und seinem Komplizen über den Schädel.

Beide Männer taumelten rückwärts, während die Rothaarige plötzlich in spastische Zuckungen verfiel und sich wachsende Blutflecken auf ihrem Rücken und ihrem Bein ausbreiteten. Sie stürzte auf den Rasen, während Sean und seinem Komplizen der Mund offen stehen blieb.

»Mollie!«, rief der gut aussehende Typ gepeinigt aus, aber die Frau rührte sich nicht mehr.

Kit hatte von der gegenüberliegenden Seite des Gebäudes geschossen, wo Mitch stand und ihr zunickte. Sie hatten einen Plan. Beide zielten auf Bobbie Faye und Sean, und im selben Moment hörte Bobbie Faye, wie jemand rief: »Sundance!«

Sie sah Metall in der Luft aufblitzen, als Trevor ihr eine seiner SIGs zuwarf und schon derart schnell weiterrannte, dass er nur noch als Schemen zu erkennen war. Und *zack* – Kit lag am Boden. Er hatte sie voll getroffen, aber auf Mitch bekam er einfach keine freie Schussbahn. Die SIG flog durch die Luft, und Bobbie Faye hatte keine Ahnung, wie sie die Waffe zu fassen bekam, aber schließlich spürte sie das Gewicht in ihrer Handfläche, und *zack* – legte sie Mitch einfach um.

»Mitch!«, schrie Francesca, kam hinter einem Baum hervor und rannte hinüber zu ihrem niedergestreckten Verwandten. »Du *Schlampe*!«, brüllte sie, während Sean seine eigene Waffe Bobbie Faye über den Hinterkopf zog.

»Autsch!« Sie stolperte vorwärts und fiel auf die Knie.

»Wirf deine verfluchte Waffe weg, oder ich mache der Sache hier auf der Stelle ein Ende!«

»Also … werden wir nicht mehr Händchen haltend durchbrennen?«

Seans Komplize griff nach ihrer Waffe und warf sie zur Seite, noch bevor sie reagieren konnte. Dann zerrte er sie in Richtung des Helikopters, der sich nur fünfzehn Meter entfernt befand.

»Robbie, *jetzt!*«, rief Sean, und der Mann mit dem Rattengesicht sprang hinter einem Busch hervor und rannte in ihre Richtung. Dann blieb er plötzlich abrupt stehen und streckte seine Brust vor, seine Miene ein einziges Fragezeichen. In dem Moment sah Bobbie Faye Cam mit grimmiger Miene und gezogener Waffe an der Eingangstür des Old Louisiana State Capitol stehen und auf die Stelle zielen, wo der kleine Kerl gerade zusammengebrochen war.

»Du verfluchte dämliche *Schlampe*!«, schrie Francesca erneut, trat langsam von Mitch weg und konzentrierte sich auf Bobbie Faye.

Seans Rothaarige richtete sich benommen und mit ziemlich ausdruckslosem Blick wieder auf, in der blutigen Hand eine Waffe, mit der sie auf Bobbie Faye zielte.

»Du hast alles ruiniert«, murmelte sie undeutlich. Ihre Waffe schwankte, und sie konnte genauso gut Seans Arm erwischen. Er schrie: »Mollie, *nein!*«, aber die Entschlossenheit in ihrem Gesicht zeigte, dass sie sich von ihrem Vorhaben nicht abbringen lassen würde. Ihre Hand zitterte, und ein gezielter Schuss von Trevor schaltete sie aus, während ein zweiter von Sean sie herumwarf, als sie zu Boden stürzte.

»*Nein!*«, schrie Seans Komplize völlig verzweifelt, blickte sich wild nach dem Schützen um und sah, wie Sean seine Waffe senkte. »Verflucht noch mal, Sean!«

»Sie ist tot, Aiden. Weiter jetzt! Wir rächen uns später.«

Cam duckte sich hinter den Baum, von wo aus Bobbie Faye die ganze Katastrophe ins Rollen gebracht hatte. Zwischen ihnen näherte sich Francesca dem Hubschrauber. Sie wirkte völlig aufgelöst, nutzte aber dennoch die Bäume als Deckung. Nach dem Schlag, den Sean ihr verpasst hatte, war Bobbie Fayes Sicht noch immer ein wenig verschleiert, und vor ihren Augen tanzten drei Cams und drei Bäume Ringelreihen. Sie blinzelte und betastete ihren schmerzenden Hinterkopf, wo Blut ihr Haar tränkte.

Abgesehen davon, dass sie niemals in ihrem Leben wieder ein Kleid tragen würde, wollte sie auch das Wort *Plan* nicht mehr in den Mund nehmen. Offensichtlich war dies nämlich für das Universum das Stichwort, sich in Sportklamotten zu werfen und mit ihr als Sparringspartner in den Ring zu steigen.

Sean nickte in Richtung ihrer Cousine. »Halt sie auf«, sagte er zu Aiden. Aber Aiden schien wegen Mollie immer noch völlig erschüttert zu sein, und Bobbie Faye war überzeugt, dass er nicht in der Lage sein würde zu gehorchen. Sean hingegen machte sich offenbar keine Sorgen. Er wandte sich zu Bobbie Faye um.

»Wenn du das hier überleben willst, dann hast du hoffentlich diese verdammten Diamanten bei dir, sonst werfe ich dich aus dem Boot, sobald wir den Golf hinter uns haben.«

»Sei verflucht, Bobbie Faye«, rief Francesca, die jetzt näher herangekommen war, und Bobbie Faye vernahm ein ekelhaftes Geräusch, als Seans Komplize neben ihnen einen Treffer in die Brust bekam. Er sackte zu Boden, und Bobbie Faye hätte schwören können, dass er leise summte: *Ein Loch ist im Eimer …*

»Du wirst nicht abhauen! Immer machen sich alle aus dem Staub: Mama und ihre dämliche Kunst, Daddy und seine blöde Schlampe … *Ich* habe die tolle Bobbie Faye ausgetrickst, und ich hab mir nicht die ganze Mühe gemacht, damit du mit all dem durchkommst und dann auch noch die Diamanten mitnimmst«, zischte Francesca.

»Sie werden wissen, dass du es gewesen bist, Frannie, erst recht wenn du mich jetzt erschießt.«

»Nein, sie werden glauben, dass ich versucht habe, eine Serienmörderin davon abzuhalten, den Rest meiner Familie auszulöschen. Pure Notwehr.«

Bobbie Faye war sich nicht sicher, wohin Cam oder Trevor verschwunden waren, aber offenbar hatte keiner die Möglichkeit, der Dauerwelle auf zwei Beinen eine zu verpassen. Na toll!

Sean versuchte, Bobbie Faye in den Helikopter zu bugsieren, während Francesca näher kam und ihre Waffe auf Bobbie Fayes Dekolleté richtete.

Bobbie Faye zog gerade ernsthaft den Hubschrauber als den besseren Ausweg in Erwägung, als Lori Ann sich plötzlich losriss und herübergelaufen kam, um ein freies Schussfeld zu haben. (Dass dieser verdammte Roy auch immer ein ganzes Waffenarsenal mit sich herumschleppte. Lori Ann war eine noch schlechtere Schützin als Roy, wenn das statistisch überhaupt möglich war.) Francesca bemerkte im Augenwinkel die Bewegung, fuhr herum und schoss, und falls man drei Milliarden Mal pro Sekunde sterben konnte, dann tat Bobbie Faye das gerade.

Cam warf sich von hinten auf Lori Ann und riss sie mit sich hinter einen weiteren Baum, doch Bobbie Faye sah noch, wie ihn eine Kugel ins Bein traf. Bobbie Faye wollte zu den beiden hinlaufen, um sicherzugehen, dass es ihrer Schwester gut ging, als Sean die Mündung seiner Waffe gegen ihre Schläfe presste und brüllte: »Steig ein, Schätzchen.« Liebevoll klang das allerdings nicht, fand Bobbie Faye.

»Ich denke, das wird sie nicht tun«, ertönte da ungefähr zehn Meter hinter ihnen Trevors Stimme, und es war nicht zu überhören, wie sauer er war. Sean drehte sich um, und für Bobbie Faye verlief plötzlich alles in Zeitlupe, während sie beobachtete, wie Sean den Lauf seiner Waffe in Trevors Richtung herumschwenkte …

… der jedoch wie der Teufel persönlich auf sie zuraste, mit erhobener Waffe, aus der Feuersalven herausschossen, während leere Patronenhülsen auf den Boden fielen und er blitzartig das Magazin wechselte. Sean wurde rückwärts in die offene Tür des Helikopters geschleudert, während mehrere Kugeln sein T-Shirt zerfetzten. Im Fallen versuchte er Bobbie Faye mit sich zu ziehen, doch Trevor kam schießend immer näher, nagelte Seans

Arm an den Hubschrauber und zwang ihn loszulassen. Dennoch griff Sean mit der einen Hand nach der Alligatortasche und mit der anderen nach Bobbie Faye … Trevor stürmte immer weiter, Rache brannte in seinen Augen, und er schoss und schoss …

Plötzlich stand Francesca wieder auf. *Oh Scheiße, nein!* Bobbie Faye griff nach Aidens Waffe, wirbelte herum und versenkte eine Kugel in Francescas Schulter. Trevor rannte weiter.

Sean rollte sich zur Seite und nutzte die Tür des Hubschraubers als Deckung, während er auf Trevor zielte. In derselben Sekunde wechselte Francesca ihre Waffe von der rechten in die linke Hand.

Aidens Pistole gab nur noch ein Klicken von sich. Leer.

Francesca zielte nicht auf Bobbie Faye. Sie lächelte und legte auf Trevors Rücken an, der weiter vorwärtsstürmte und nicht ahnte, was Francesca hinter ihm tat.

Als Bobbie Faye sah, dass Francesca einen Volltreffer landen würde, den Trevor nicht überleben konnte, warf sie sich mit einem gewaltigen Sprung vor ihn. Sie wusste nur: *Nein, nein, nicht jetzt, wo ich ihn gerade gefunden habe*. Drei Kugeln schlugen in ihrem Körper ein, als Trevor begriff, was sie getan hatte, und laut und verzweifelt *»Nein!«* brüllte. Dann schlug eine Kugel aus dem Helikopter genau dort in den Boden, wo sie gerade gestanden hatte.

Bobbie Faye schlug auf dem Rasen auf, und die Zeitlupe um sie herum geriet ins Stottern. Blitze lösten immer wieder tiefe Dunkelheit ab, und Explosionen waren zu hören, als ob Ton und Bild nicht mehr synchron liefen. Sie sah, wie Cam Francesca hart zu Boden riss, sie entwaffnete und ihr Handschellen anlegte. Sie hatte noch nie gesehen, dass er sich derart schnell bewegen konnte, obwohl ihm Blut am Bein herabströmte. Irgendwelche Leute riefen Bobbie Fayes Namen, und der Helikopter hob ab. Sie hätte schwören können, dass sie im Innern der Kabine den blutverschmierten Sean gesehen hatte, wie er die blöde Alligatorhandtasche anstarrte, die er im letzten Moment noch an sich reißen konnte, aber vielleicht träumte sie das alles auch nur. Sie hatte das Gefühl, leicht benebelt in einem goldenen Licht zu schweben. Sie glaubte, Cam zu hören, wie er »Baby« rief, und Trevor, viel näher neben ihr, knurrte: »Sundance, bleib bei mir!« Es wurde ruhiger, als sich der Helikopter entfernte, obwohl die Sirenen der Streifenwagen immer noch heulten. Aber alles schien plötzlich so weit weg zu sein.

Cam nahm ihren Kopf in die Hände, während Trevor auf ihre Wunden presste, und für einen Moment glaubte sie, wieder diese seidenweiche Stimme der Frau zu hören, die sie im Geländewagen bedroht hatte. Bobbie Faye fasste an die untere rechte Seite ihres Bauches und berührte Trevors Hand. Dort war alles so feucht und glitschig, klebrig und warm, während ihr immer kälter und kälter wurde, und ihr war klar, dass das kein gutes Zeichen war. Sie sah das Entsetzen, aber auch die Liebe in Trevors Augen. Sie hatte gar nicht gewusst, dass er so ängstlich aussehen konnte.

Als letzter, blöder Gedanke schoss ihr noch durch den Kopf, dass ihr wenigstens vor den Kameras nicht die Brüste aus dem Kleid gerutscht waren. Und dann wurde es dunkel um sie herum.

BEHÖRDE FÜR HEIMATSCHUTZ

Von Jessica Tyler (JT) Ellis

Assistentin vom Untersekretär des Untersekretärs des
Verwaltungsassistenten des Verteidigungsministeriums
Heimatschutzbehörde New Orleans, LA

Betreff: Arbeitsbericht
(abzulegen unter Einsatzkommentare, **nur persönlich**)

Fall # 198733BFS / *Diamantensuche*

Notizen:
Ein paar unbedeutende Pannen – einige Zivilisten durchsucht, nichts gefunden.
Kleinere Verletzungen (der Rechtsabteilung gemeldet) und PR-Patzer (ebenfalls bei der Rechtsabteilung), aber sonst hat alles gut geklappt.
Einige Spesen wurden von Sumrall verursacht.
Müssen bezahlt werden.
Vorgesetzten gegenüber betonen, dass die Summe erstattet wird.
Festnahme von Sumrall nicht möglich, sonst Medienaufruhr Sicherheitsbedenken verhindern es (leider).

Diamanten sichergestellt

Sean MacGreggor in Haft, hohes Sicherheitsrisiko
Fall abgeschlossen

30

»Herzlichen Glückwunsch zum Geburtstag, Schlafmütze! Es wird dich freuen zu hören«, erklärte Nina ihrer Freundin, während sie sich in Bobbie Fayes Krankenzimmer niederließ, »dass du mal wieder sehr berühmt bist.«

»Hey, Verwundete darf man nicht verspotten.«

»Weichei.«

»Du hast den Nagel auf den Kopf getroffen. Habe ich richtig gehört, dass sich zwei Frauen darüber gestritten haben, ob man mir den Prozess machen sollte?«

Nina nickte, schüttelte Bobbie Fayes Kissen auf und reichte ihr einen Schluck Wasser. »Ja, offensichtlich war eine von den drei Gruppen, die dich mitten auf der Straße entführt haben, die Heimatschutzbehörde, die sich nicht die Mühe gemacht hat, als Erstes beim FBI nachzufragen, wer du eigentlich bist. Sie sind davon ausgegangen, dass du die Diamanten tatsächlich Sean geben würdest. Trevor hat das erst mal klargestellt, und sein Boss und die Frau mit dem Geländewagen waren nicht besonders gut aufeinander zu sprechen. Ich glaube, es ist das erste Mal, dass beide Seiten dich für sich in Anspruch nehmen wollen, B.«

»Ach du lieber Gott.« Bobbie Faye versuchte, sich nicht zu viel zu bewegen. Das kraterartige Loch und die beiden Fleischwunden an der Seite, wo sich mal ihr Blinddarm befunden hatte, taten höllisch weh, und sie hasste Morphin, deswegen versuchte sie es zu umgehen. Sie war ziemlich stolz auf sich, dass sie das Zeug in den sage und schreibe fünfundvierzig Minuten, die sie jetzt wach war, noch nicht gebraucht hatte. In Anbetracht ihrer ansonsten so schwachen Willenskraft war das durchaus schon vielversprechend.

»Obgleich sie ein bisschen von dir abgelenkt werden, weil sie sich auch um Emile und Sean streiten. Ja, die Polizeihubschrauber haben Sean daran gehindert abzuhauen, und sie suchen immer noch nach Marie. Oh, und das wird dir ganz besonders gefallen: Der Gouverneur behauptet, er habe dir bei deinem verdeckten Einsatz geholfen, und er versichert der Öffentlichkeit, dass dir keinerlei Fehlverhalten nachzuweisen ist.«

»Wirst du ihm die Fotos zurückgeben?«

»Ha! Auf keinen Fall. Die kleinen Schätzchen gehören mir.« Nina lächelte und fuhr Bobbie Faye durchs Haar, während sie sich auf die Bettkante setzte. »Du hast viel um die Ohren gehabt«, sagte sie, und Bobbie Faye versuchte, nicht zu lachen, denn auch das tat weh. Zum Teufel, alles tat weh, sogar das Denken.

»Benoit?«

»Der wacht gerade auf«, berichtete Nina. »Er schwebt so ein bisschen zwischen hier und irgendwo, aber offenbar stabilisiert sich sein Zustand, und die Ärzte glauben, dass er es schaffen wird.«

Erleichtert ließ sich Bobbie Faye zurück in ihr Kissen sinken. Sie war so glücklich, dass sie sich nicht einmal die Mühe machte, ihre Tränen zu verbergen. Nina saß eine Weile einfach neben ihr, dann reichte sie ihr wortlos ein Taschentuch.

»Draußen stehen zwei Kerle, die nur mühsam einen Waffenstillstand einhalten«, erklärte Nina. »Ich weiß ja nicht, was sie durchgemacht haben, aber sie sehen beide unglaublich fertig aus, und Cam benimmt sich, als wäre er … irgendwie wieder zur Besinnung gekommen.«

»Ich habe nicht die geringste Ahnung. Gestern hat Cam sich wirklich ziemlich … verwirrend benommen, ist von einem Extrem ins andere verfallen.«

»Du musstest dir ja auch unbedingt die beiden männlichsten Alphamännchen auf dem ganzen Planeten aussuchen, nicht wahr?«

»Offensichtlich habe ich ein großes Talent dafür, Blödsinn anzustellen. Und hey … du hättest nicht sofort nach Hause kommen müssen. Du hast auch noch ein eigenes Leben und kannst nicht immer alles stehen und liegen lassen, nur weil ich mal wieder was in die Luft jage.«

»Von mir aus, dann komme ich eben immer nur dann, wenn du mal kurz die gesamte Landesregierung aus den Angeln hebst und ein paar Wahrzeichen dem Erdboden gleichmachst. Gewöhn dich einfach an mich. Ich werde hierbleiben, bis es dir wieder besser geht.« Als Bobbie Faye etwas dagegen sagen wollte, brachte Nina sie mit einer Handbewegung zum Schweigen. »Nein, tut mir leid, aber da hast du nicht mitzureden, B. Sean ist offensichtlich ziemlich unzufrieden.«

»Ich dachte, Trevor hätte ihn angeschossen. Ein paarmal sogar.« Da ihr nur leicht übel vor Angst war und sie nicht komplett ausflippte, mussten die Medikamente ihr doch ziemlich zusetzen.

»Das stimmt. Aber der Bastard hat es überlebt, obwohl die Treffer eigentlich tödlich gesetzt waren. Er hat eine schusssichere Weste getragen, aber zusätzlich wurde auch sein Schädel angekratzt, einmal davon ziemlich böse. Als ihn die Brusttreffer nicht erledigten, war Trevor natürlich sofort klar, was los war. Daraufhin hat er auf seine Gliedmaßen gefeuert, und zumindest in naher Zukunft wird Sean nicht viel mit ihnen anfangen können.«

»Wow.«

»Genau. Und das hier ist heute für dich von Sean gekommen.« Sie zeigte Bobbie Faye eine Notiz, die in einer durchsichtigen Plastiktüte steckte. »Sie wollten es gleich zu den Beweisen nehmen, aber ich habe sie davon überzeugt, dass du zumindest das Recht hast, sie zu lesen.«

Bobbie Faye warf einen Blick darauf, aber es war Gälisch, und sie sah Nina verwirrt an.

»Offensichtlich bedeutet es, dass du ›ihm gehörst‹, und zwar in sehr nachdrücklichen Worten. Als würde er dich besitzen. Daher sind wir besonders vorsichtig, bis er in ein Hochsicherheitsgefängnis gebracht wird.«

»Wunderbar.«

»Da draußen stehen aber immer noch zwei Männer, und ich weiß nicht, wie lange dieser Waffenstillstand hält. Meine Frage an dich ist: Wen soll ich zuerst reinschicken?«

Cam tauchte in der Tür auf und entlastete sein verletztes Bein. Gott sei Dank war er wieder einigermaßen fit. Noch nie zuvor hatte Bobbie Faye ihn so fertig gesehen. Dass sie ihm wichtig war, hatte sie nicht vollkommen überrascht. Selbst wenn sie sich regelmäßig heftig bekämpft hatten, war ihr doch klar gewesen, dass sie ihm etwas bedeutete – zumindest als Freundin. Aber heute sah sie zum ersten Mal seit einem Jahr, dass da noch mehr war … Es lag in seinem Blick. Verdammt, sie bedauerte es plötzlich, sich gegen das Morphin entschieden zu haben.

Statt sich auf den Stuhl neben dem Bett zu setzen, ließ Cam sich auf der Bettkante nieder, wie er es getan hätte, wenn sie noch zusammen wären. Der elektrische Schlag, der ihr ins Herz fuhr, ließ sie erröten, und sie wusste, dass er es bemerkte. Er strich ihr das Haar ein wenig aus den Augen, und sie wartete und fragte sich, was zum Teufel er wohl dachte.

Einen sehr, sehr langen Moment starrte er sie einfach nur an.

»Wenn du mich anbrüllen willst, könntest du es dann bitte sofort hinter dich bringen? Diese Anspannung bringt mich um.«

»Ich werde dich nicht anschreien. Ich will dir nur sagen, dass ich wirklich stolz auf dich bin, wie du dich bei diesem Kerl unter Kontrolle hattest und keinerlei Furcht gezeigt hast. Denn ich kenne dich, ich weiß, was du gefühlt hast. Aber du hast auch so schnell reagiert unter diesem ungeheuren Druck. Ich hatte eine Höllenangst, aber ich bin sehr stolz auf dich.«

Sie blinzelte. *Heilige Scheiße.* Ihr fiel nicht das Geringste ein, was sie hätte erwidern können. Er war tatsächlich *stolz* auf sie?

»Anscheinend hat mein Plan, dich zu verwirren, funktioniert«, meinte er grinsend.

»Ich habe nicht mehr viele Gehirnzellen, die noch einigermaßen zusammenarbeiten, also bleib fair.«

»Hör mal, wir müssen reden. Ich weiß, dass du was mit diesem Typen hast, und soweit ich das sehe, ist das vollkommen meine Schuld. Ich dachte, ich hätte gute Gründe dafür, wie ich mich verhalten habe, aber es war eigentlich alles vollkommen falsch. Völlig dämlich und falsch.«

Sie war so erschöpft und müde, und offensichtlich funktionierte ihr Hirn nicht mehr richtig, denn … *Was zum Teufel?* »Also wenn du dich unbedingt von mir trennen wolltest, hättest du doch nur …«

»Wie jetzt? Wovon redest du?«

Und schon wieder benahm er sich völlig bescheuert. Sie seufzte. »Bevor du Lori Ann verhaftet hast. Ich meine, ich habe dir doch angesehen, dass du unglücklich warst, und ein paar Monate lang hast du dich sehr reserviert und seltsam benommen und mich immer weggestoßen. Ich wusste, dass irgendetwas nicht in Ordnung war. Wenn du nur einfach gesagt hättest …«

»Stopp. Hör mal … *heilige* … Baby, hast du das wirklich geglaubt?«

Sie starrte ihn an, und ihr Kopf schmerzte, so heftig flitzten ihre Gedanken darin herum. Denn *natürlich* hatte sie das gedacht. Aber ihr Streit über die Sternzeichen, nachdem er ihre Schwester verhaftet hatte, und wie er sie anbrüllte, dass sie *mit diesem ganzen Scheiß aus seinem Leben verschwinden solle*, hatte die Sache praktisch besiegelt.

»Ich war nervös, weil ich einen Ring für dich gekauft hatte und dir einen Antrag machen wollte, aber dann passierte so vieles so schnell. Nie gab es mal einen ruhigen Moment, in dem wir glücklich waren und es irgendwie richtig gewesen wäre. Ich war damals nervöser als vor einem Spiel. Mir ist einfach nichts wirklich Romantisches eingefallen, wie ich es machen könnte.«

»Du nimmst mich doch auf den Arm.« Offenbar gab sie gerade den Löffel ab. Sie musste eine tödliche Krankheit haben, die man zufällig bei der Versorgung ihrer Schusswunden entdeckt hatte. Sonst gab es einfach keinen vernünftigen Grund dafür, dass er so nett war.

»Nein. Du weißt doch besser als jeder andere, wie dämlich ich mich benehmen kann. Ich bitte dich darum, mir zu vergeben. Bitte. Du hast dir solche Sorgen um deine Schwester gemacht und warst so verärgert. Es hat mich fast umgebracht, dich so zu sehen. Ich dachte mir, wenn ich einfach das Problem mit Lori Ann löse, könntest du eine Weile zur Ruhe kommen, und als du dann ausgeflippt bist … war ich der Sündenbock für alles. Und diese Streitereien, die waren echt schlimm. Wir haben beide Dinge gesagt, die wir nie so gemeint haben.«

Er hatte recht. Sie waren brutal und gnadenlos gewesen, und irgendwie hatte sie aus den Augen verloren, dass sie die besten Freunde waren und immer füreinander da sein würden, egal, was auch geschah. Selbst nach einem Streit. Und doch hatten sie alles weggeworfen. Er verschränkte seine Finger mit ihren und wischte ihr Tränen aus dem Gesicht, die sie selbst noch nicht einmal gespürt hatte.

»Ich will keine Entscheidung von dir erzwingen. Ich weiß, dass ich dich von mir gestoßen habe. Ich weiß, dass da nun dieser Kerl ist, aber zwischen uns gibt es eine ganz besondere Verbindung, und das weißt du. Das hat es immer gegeben, selbst wenn ich zu dämlich war, um es zu sehen. So was verschwindet niemals. Nicht, wenn es echt ist, und das war es bei uns. Das ist es immer noch. Wenn ich dich nur halb so schlimm verletzt habe, wie ich jetzt leide, weiß ich nicht, wie du mir jemals vergeben sollst, aber ich bitte dich, es zu versuchen. Ich werde mich in Zukunft nicht mehr so bescheuert aufführen, Baby. Ich möchte, dass du darüber nachdenkst, bevor du dich für diesen Kerl entscheidest.«

Sie wusste einfach nicht, was sie sagen sollte, und er sah es ihr an. Ihr war klar, dass es ihm das Herz brach, weil sie nicht einfach in seine Arme stürzte und dort mit ihm weitermachte, wo sie aufgehört hatten …

Aber sie hatte ganz ehrlich keinen blassen Schimmer, was sie fühlte.

Und das machte sie fast wahnsinnig.

Nina stand vor Bobbie Fayes Zimmer, wo Trevor nicht gerade unauffällig Position bezogen hatte, damit er durch das kleine Fenster in der Tür des Krankenzimmers sehen konnte. Eins musste sie ihrer besten Freundin lassen: Sie pickte sich nur die gut aussehenden Typen heraus, totale Alphatiere, die auf dem allgemeingültigen Sexometer ganz weit oben rangierten.

Ganz ruhig stand der Mann da, die Arme verschränkt. Sie beschloss schließlich, ein wenig nachsichtig mit ihm zu sein.

»Sie hat mich gebeten, Sie daran zu erinnern, dass Sie eine gewisse Gebrauchsanweisung besäßen, mit der Sie sich beschäftigen könnten.« Fragend sah sie ihn an, und der Hauch eines Lächelns glitt über sein Gesicht, während er weiterhin durch das Fenster starrte.

Wieder schwiegen sie eine Minute, bis er schließlich sagte: »Er wird ein echtes Problem für mich werden, nicht wahr?«

Sie warf ebenfalls einen Blick durchs Fenster und sah, dass Bobbie Faye Tränen über die Wangen liefen, obwohl sie Cams Gesicht nicht sehen konnte.

»Wahrscheinlich.« Nach einem Moment fügte sie hinzu: »Ich bin mir nicht vollkommen sicher, dass er nicht die beste Wahl für sie wäre, wissen Sie.« Sie warf Trevor einen Blick zu. »Die sicherste.« Als er nichts erwiderte, sagte sie: »Aber Sie werden nicht so leicht aufgeben, oder?«

Er schüttelte langsam den Kopf. »Dann müsste ich zuerst aufhören zu atmen.«

»Hm«, meinte sie, dann starrten sie wieder gemeinsam durch das kleine Fenster in der Tür. Schließlich sagte sie: »Ich hätte das nie geglaubt … bei jemandem mit Ihrem Ruf.« Damit handelte sie sich eine erhobene Augenbraue ein, aber sie wich seinem Blick nicht aus. »Haben Sie ihr alles über Ihre Vergangenheit erzählt?«

Ihre Blicke trafen sich. »Und Sie über Ihre?«

Sie dachte darüber nach, dann schüttelte sie den Kopf. Ein Punkt für ihn. »Ich glaube nicht, dass sie alles wissen muss.«

»Irgendwann wird sie es aber erfahren, das ist Ihnen doch klar. Und ich verberge meine Vergangenheit nicht vor ihr.«

»Das ist ein großes Risiko.«

»Sie ist es wert.« Er hielt einen Moment inne. »Und wie ist Italien gelaufen?«

Nun war es an ihr, ihn mit erhobener Augenbraue anzusehen. Wenn er davon wusste, bedeutete es, dass er eine höhere Sicherheitsfreigabe besaß als sie.

»Es war traurig, wirklich. Leider hat ein wohlhabender Geschäftsmann dort ein tragisches Ende gefunden.« Sie lächelte. Er lächelte zurück. Einen Moment lang genoss sie den Augenblick, dann wurden beide wieder ernst. »Vergessen Sie eines nicht«, erklärte sie leise. »Wenn Sie Ihr wehtun, bringe ich Sie um.« Und das war keine leere Drohung.

Er blickte wieder durch das Fenster in der Tür. »Falls ich ihr wehtue, werde ich mich nicht wehren.«

Cam trat aus Bobbie Fayes Krankenzimmer, schloss sanft die Tür hinter sich und gab Trevor mit jenem Ich-mache-keine-Gefangenen-Blick, den alle Cops nach ein paar Tagen im Job draufhaben, die Hand. Ungefähr vierzehntausend unausgesprochene Drohungen flogen zwischen den beiden Männern hin und her. Nina fragte sich schon, ob sie dazwischengehen sollte, als Cam sagte: »Ich sehe in zwei Stunden wieder nach ihr. Genießen Sie die kurze Zeit, die Ihnen bleibt.«

»Das werde ich«, entgegnete Trevor, und Cam verließ das Krankenhaus.

Als Trevor das Zimmer betrat, schoss Bobbie Fayes Puls in die Höhe, wie er es immer tat, wenn sie diesen Mann sah. Sie fühlte sich zugleich glücklich und schuldig. Schuldig, weil Cam so viele alte Gefühle in ihr aufgewühlt hatte. Oder waren es nur die Erinnerungen an Gefühle gewesen?

Ihr Hirn schwenkte die weiße Flagge und flehte um Gnade.

Trevor trat an ihr Bett und fragte ganz sachlich und ohne dieses sexy Knurren in der Stimme: »Hat Nina dir erzählt, dass der Richter Lori Ann in einem sehr schönen Arbeitsprogramm mit Tagesbetreuung untergebracht hat?«

»Sie hat gesagt, du würdest dafür sorgen, dass er das tut. Innerhalb eines Tages. Und eine Wohnung hast du ihr auch verschafft.«

»Macht es dir etwas aus?«

Bobbie Faye schüttelte den Kopf. Sie war im Gegenteil sehr erleichtert. »Weiß Lori Ann, dass du deine Hände im Spiel hattest?« Ihre Schwester liebte es genauso wie Bobbie Faye, wenn sich andere Leute in ihr Leben einmischten.

»Nein, sie glaubt, der Richter habe gesehen, was mit dir passiert ist, und entschieden, dass eine Strafe für sie zu viel des

Guten sei. Sie glaubt, dass alles vom Gericht verfügt worden ist. Und Roy hat natürlich schon mit vier Krankenschwestern ein Date. Nach meiner letzten Zählung zumindest.«

Sie lächelte. »Danke.«

Er nickte. Zumindest bedeutete es, dass Lori Ann von nun an wieder etwas zu den Kosten beisteuern konnte, die entstanden, um Stacey aufzuziehen. Technisch gesehen lag dies ohnehin in Lori Anns Verantwortung, aber Bobbie Faye würde ihr die Last nie allein aufbürden. Sie hatten sich immer alles geteilt, auch die Kosten. Aber zumindest brauchte Bobbie Faye sich keine Gedanken mehr darüber zu machen, wie sie an einen zweiten Job kam – zum Beispiel hätte sie Führungen durch die Sümpfe anbieten können.

Gott im Himmel, *Führungen durch die Sümpfe!* Besucher durch das Wasser mit all den Alligatoren und Spinnen und Moskitos zu führen, wäre genau das Richtige für sie gewesen. Oh Gott, sie wäre schier verrückt geworden. Wie hatte sie nur jemals auf eine so dämliche Idee kommen können? Das grenzte ja schon an eine Psychose.

Apropos psychotisch: Ihr fiel Francesca wieder ein und dass sie eine entscheidende Frage vergessen hatte. »Hast du die Diamanten gefunden?«

»In dem Safe, wie du gesagt hast. Das mit dem falschen Geigerzähler hast du wirklich toll hingekriegt. Sogar ich habe dir einen Moment lang geglaubt, als er an dieser einen Tasche ausgeschlagen hat. Hast du schon gehört, dass Francesca überleben wird?« Bobbie Faye nickte. »Aber sie wird niemals wieder auf freien Fuß kommen. Wenn sie emotional nicht zusammengebrochen wäre, hätten wir sie wahrscheinlich nicht festnageln können. Die Spurenlage gegen dich war so eindeutig, dass jede Jury ins Zweifeln gekommen wäre. Dieser Zauberspruch war ein wirklich kluger Einfall.«

Sie hatte Francescas Zusammenbruch provoziert. Sie hatte sie so eifersüchtig gemacht, dass ihre ganze Fassade in sich zusammengefallen war. Doch Bobbie Faye verspürte keinen Triumph deswegen. Sie hatte unterschätzt, wie einsam Francesca sich gefühlt hatte – verlassen von ihrer Mutter, mit einem Vater, der sich nie wirklich um sie gekümmert hatte. So unterschiedlich waren ihre beiden Leben gar nicht gewesen. Bobbie Faye lehnte sich zurück ins Kissen. Trauer überwältigte sie. Was für ein Verlust, und eigentlich für nichts. Es war ihr noch unmöglich, all die Toten zu begreifen, die niedergebrannte Mühle, dieses ganze Chaos, das eigentlich ihre Familie sein sollte. Und sie hatte Mitch töten müssen. Sie verdrängte den Gedanken daran, denn sie hatte keine Ahnung, wie sie ihn jemals bewältigen sollte.

Trevor stand vor ihr, sehr geschäftsmäßig, und zwischen ihnen beiden befand sich ein Abgrund von einem halben Meter Breite. Sie fand es unerträglich. Sie brauchte ihn so sehr, und das schockierte sie. Sie wollte ihn berühren, aber vielleicht war er ja inzwischen zur Vernunft gekommen und hatte beschlossen, dass es doch keine so gute Idee war, mit einer Frau zusammen zu sein, die ohne Probleme jeder Abrissfirma Konkurrenz machen konnte – besonders als FBI-Agent. Vielleicht war das jetzt nur seine höfliche Art, sich zu verabschieden. *Du brauchst dich nicht zu bedanken. Man sieht sich.* Vielleicht sollte sie ihm sagen, dass er sich nicht wegen irgendeines schlechten Gewissens zurückziehen müsse.

»Ich habe übrigens nicht gewusst, dass Ce Ce eine solche Art von Zauber einsetzen würde. Ich dachte, sie nimmt irgendwas Einfaches, das Francesca trotzdem eifersüchtig machen würde. Ich wollte dich nicht in den Mittelpunkt rücken oder dich dazu zwingen, irgendetwas vorzutäuschen …« Sie verstummte und betrachtete ihre Hände.

»Das hast du nicht«, sagte er, und da war es wieder, dieses

Knurren in seiner Stimme. Und dann küsste er sie, fordernd, und sie schlang ihre Arme um ihn und gab sich erleichtert diesem Kuss hin. Ihr wurde klar, dass sie nicht bloß erleichtert war. Seine Nähe machte sie schwindlig. Er blickte auf ihre Verbände, die unter dem Krankenhaushemd hervorschauten, und fuhr die Linie des Pflasters an ihrer Haut nach. Sein Atem wurde schneller, und sie sah, dass er um seine Selbstbeherrschung kämpfte. Er war völlig aus der Fassung, weil sie Verletzungen davongetragen hatte. Sie legte beruhigend eine Hand auf seine, bis er den Kopf hob und sie den Schmerz in seinen Augen erkannte.

»Mein Gott, Sundance, bring dich nie wieder so in Gefahr.«

»Lass dich nie wieder anschießen, dann sind wir im Geschäft.«

Sie ließen einander nicht aus den Augen, und Bobbie Faye war sich nicht sicher, ob Minuten vergingen oder Stunden. Dann vergrub sie ihr Gesicht an seiner Schulter. Sie glaubte nicht, dass sie sich noch länger zusammenreißen konnte. Ihr Herz blutete, und sie wollte sich nur noch in ihm verlieren. Es war ein Gefühl, als würde sie sich endlich selbst finden. Sie verstand es nicht, und der Schmerz, den Cam in ihr heraufbeschworen hatte, kratzte an den Rändern ihres Herzens. Trevor hielt sie im Arm, und ihr ganzer Körper vibrierte, ihre Seele sang, und sie weinte.

Nina saß im Wartebereich, von wo aus sie Bobbie Fayes Tür gut im Auge behalten konnte. Es überraschte sie nicht, dass der alte Landry dort stand und durchs Fenster blickte. Es überraschte sie ebenfalls nicht, als er sich abwandte, ohne geklopft zu haben.

»Soll ich ihr sagen, dass Sie da waren?«, fragte sie.

»Nein«, erwiderte er und ging davon.

Trevor löste sich ein wenig aus ihrer Umarmung, und sie wusste, dass er jetzt sehr direkt sein würde. Irgendwie war es eine Erleichterung für sie, dass er so war.

»Was ich gestern gesagt habe, das habe ich auch so gemeint. Ich will dich heiraten. Ich weiß, dass Cam dich zurückhaben möchte, aber ich werde dich nicht gehen lassen. Es wird die Hölle für dich werden, weil du so bist, wie du bist. Er wird dir Schuldgefühle einreden, und ich verstehe das. Aber ich lasse dich trotzdem nicht gehen.«

Sie wurde derart von Gefühlen überflutet, dass es ihr Angst einjagte. Sie wollte so viel, dass sie fast nicht mehr atmen konnte. Als würden all diese Gefühle sie in Stücke reißen. Sie wusste nicht, was sie sagen sollte … Alle klaren Gedanken schienen zu streiken, und deswegen tat sie das Einzige, was ihr noch blieb, um auszudrücken, was sie wollte: Sie rückte im Bett ein Stück zur Seite, um ihm Platz zu machen. Vorsichtig legte er sich neben sie und zog die Decke zurecht, während sie sich in seine Arme schmiegte, den Kopf an seiner Schulter.

»Kannst du ein bisschen hierbleiben?«

»Ich gehe nirgendwohin. Außerdem habe ich diese Gebrauchsanweisung gefunden, wie man Frauen betört.«

Sie legte den Kopf in den Nacken, sodass sie sein schiefes Grinsen sehen konnte. »Ach ja?«

»Ja«, erwiderte er mit leiser Stimme und einem zweideutigen Knurren. »Und es sind Fotos drin.«

»Oh mein Gott.«

»Und mit Bildern komme ich echt gut klar.«

Danksagung

Mittlerweile habe ich erkannt, dass ich mich als Autorin nicht bei jedem, der mir beim Schreiben dieser Bücher geholfen hat, angemessen bedanken kann. Wenn ich nur annähernd versuche darzulegen, was ich fühle und wie dankbar ich bin, würde ich Seite um Seite um Seite füllen, und jemand müsste mir irgendwann auf die Finger klopfen. Jetzt mal im Ernst: Wie drückt man das Gefühl aus, das einen überkommt, wenn man von einer Leserin einen Brief erhält, der das Buch so gut gefallen hat, dass sie es mit unter die Dusche genommen, es aber immer weit genug vom Wasserstrahl weggehalten hat, damit es nicht nass wird? Eine andere Leserin schrieb mir, dass mein Buch sie durch seinen ganzen Wahnsinn in einer sehr schweren Zeit, als ihre Mutter eine Krebstherapie durchstehen musste, trotzdem zum Lachen gebracht hat. Wie bedanke ich mich bei all den Bibliotheksmitarbeitern und Buchhändlern, die meine Welt durch ihre Empfehlungen und ihren engagierten Verkauf buchstäblich auf den Kopf gestellt haben? Ich bin mir da ehrlich nicht sicher.

Trotzdem möchte ich zumindest die folgenden Leute erwähnen, obwohl ich genau weiß, dass ich später noch entsetzt darüber sein werde, wen ich alles vergessen habe.

Ich habe zahlreiche Berater und möchte mich ganz herzlich bedanken bei: Luke Causey, einem Police Officer, der seine Mom trotz all der vielen E-Mails nicht verhaftet hat, in denen es hieß: Also, diese Waffe, wie funktioniert die noch mal? Bei Jake Causey für all die Informationen über Autos und Motorräder. Falls es irgendwelche sachlichen Fehler gibt, sind sie ganz allein meine Schuld, denn glauben Sie mir, die beiden haben wirklich versucht, mir das alles genau zu erklären.

Ich danke A.S. King und Yvonne Hewitt für ihre Hilfe mit dem Gälischen. Ich weiß es wirklich sehr zu schätzen, dass ihr euch die Zeit genommen habt, um mir all diese Details beizubringen. Danke an Rae Monet, der mir geholfen hat, das FBI plausibel zu beschreiben. In der Welt von Bobbie Faye wärst du wirklich der Hammer. Außerdem danke ich Sergeant Smith von der Louisiana State Police, der sich die Zeit genommen hat, mir auch die absonderlichsten Fragen zu beantworten, ohne mir irgendwann eine Streife zu schicken, die mich einkassiert. Nancy Chesson – vielen Dank für die unvergessliche Führung durch das Old Louisiana State Capitol, vor allem auch durch jene Bereiche, die in diesem Buch eine Rolle spielen. Das Personal dort und die Schönheit dieses alten Bauwerks, für deren Erhaltung ihr alle kämpft, sind einfach unglaublich. Ich danke den fabelhaften Menschen, die die Websites über Waffen und für Krimiautoren pflegen und uns einen so dringend benötigten und ungeheuer nützlichen Service (samt Archiven) zur Verfügung stellen.

Vielen herzlichen Dank an die Stadt Lake Charles, LA, für ihre Unterstützung und dafür, dass ihr meine kleinen »Umbauten« im letzten Buch nichts ausmachen. In diesem Buch habe ich es nämlich wieder getan.

Allen Lesern: Tausend Dank! Falls es mir gelungen ist, Sie in unserer hektischen Welt ein wenig zum Lachen zu bringen, würde mich das ungeheuer glücklich machen, und ich bin sehr dankbar, dass Sie Bobbie Faye in Ihre Welt eingeladen haben.

Danke an alle Buchhändler und Bibliothekare: Ich bin immer noch begeistert von der Großzügigkeit, mit der Sie einer neuen Autorin eine Chance gegeben haben, und der wundervollen Unterstützung.

Ich danke Allison Brennan für ihren Glauben an mich und ihre stete Ermutigung – du bist mein Fels in der Brandung und eine unglaubliche Freundin.

Vielen Dank an Kim Whalen, meine Agentin – dein Sinn für Humor und deine Unterstützung haben verhindert, dass ich völlig durchdrehe (und zwar mehr, als es sich irgendjemand vorstellen kann; wobei ich aber eigentlich auch nicht garantieren kann, dass ich jemals völlig bei Sinnen bin).

Nichole Argyres, meine außergewöhnliche Lektorin – vielen Dank für all deine harte Arbeit und dass du immer noch das Potenzial gesehen hast, als ich mir gar nicht mehr so sicher war. Und danke an Kylah McNeill, die mir all meine nervtötenden Fragen beantwortet hat.

Ich danke Matthew Shear, Anne Marie Tallberg, John Karle, Michael Storrings, Joe Goldschein, Kathryn Parise, Gretchen Achilles, David Cain, Elisabeth Curione und allen anderen bei St. Martin's Press: Ihr seid wunderbar. All diese begabten Menschen haben so viel dafür getan, dass das erste Buch ein Erfolg wurde, und ich würde noch weitere zehn Seiten brauchen, um alle zu erwähnen. Vielen Dank für eure Unterstützung und Begeisterung!

Danke schön, Pamela Dumond, Christina Donatelli, Julie Burton und Michelle Montgomery – ihr wart wunderbar in eurem Glauben an dieses Buch, und mal im Ernst, ich glaube, ihr habt die Hälfte der Auflage selbst gekauft. Und noch ein Dankeschön an Emilie Staat, die mir geholfen hat, die erste Signierstunde durchzustehen, ohne dass ich mich spontan selbst entzündet habe. Ich danke dir (und bin verblüfft, dass du tatsächlich überlebt hast).

Vielen herzlichen Dank an meinen Freund und Mentor an der LSU und einen außergewöhnlichen Autor: David Madden. Du hast mir den Weg geebnet.

Ich danke meinen Testlesern (in der Reihenfolge, in der sie

meinen Verschrobenheiten ausgesetzt wurden): CJ Lyons, Lori Armstrong, Patricia Burroughs, Emilie Staat, Tamar Bihari, Diane Patterson – vielen Dank, dass ihr das Manuskript gelesen und euch mit all meinen Was-wäre-wenn-Fragen auseinandergesetzt habt. Egal, wie oft ich euch auf die Nerven gefallen bin, keiner hat je versucht, mich umzubringen. Und das ist wahrhaft erstaunlich.

Meine Familie war einfach ganz wundervoll, einschließlich meiner eher entfernten Verwandten. Ich bin, ehrlich gesagt, sehr erleichtert, und das nicht nur weil mehrere meiner Tanten (mütter- und väterlicherseits) mir versichert haben, dass sie die viele Flucherei gar nicht so schlimm fänden. Aber wenn man aus dem Süden stammt und eine ziemlich chaotische Familie hat und wenn dann ein paar Figuren im Buch nicht so wahnsinnig schlaue Dinge machen, hofft man einfach, dass die Familie nicht böse wird und schon heimlich dein Ableben plant oder eine hübsche weiße Jacke in Auftrag gibt, deren Ärmel man auf dem Rücken zusammenbinden kann.

Ein herzliches Dankeschön an Amanda Eschete, meine Schwiegertochter, und an Nicole, die Verlobte meines jüngsten Sohnes – es ist so eine Freude, euch in meinem Leben zu haben. Ich hätte mir keine wundervollere Ergänzung unserer Familie wünschen können. Und an unser neuestes Mitglied Angela Grace, die mich immer zum Lächeln bringt. Ich kann es kaum erwarten, dass wir zusammen Bücher lesen können. Ich danke meinen Söhnen, ihren angeheirateten Verwandten (Patsy und Marion) und natürlich meinen Eltern Al und Jerry McGee. Worte würden hier nicht reichen. Ihr seid mir immer ein Vorbild gewesen für Beharrlichkeit, Liebe und Hoffnung.

Und nicht zuletzt danke ich von Herzen meinem Ehemann Carl: Du bist mein Leben – das weißt du – und mein bester Freund, und du bringst mich immer zum Lachen. Danke!

Leseprobe

Gemma Halliday

Hollywood Gossip – Mörderische Schlagzeilen

TEENIE-STAR AUF ABWEGEN
Vergangene Nacht ertappte der *Informer* Hollywoods angesagteste Jungschauspielerin Jennifer Wood im Martini Club, Wie Sie hemmungslos mit einem Boy-Band-Sänger schäkerte und dabei einen Joint rauchte …

»Verdammter Mist!«

»Tina!«

Ich schwenkte den Drehstuhl zu meinem Chef herum. Felix Dunn stand auf der Türschwelle seines Büros, die Hände in die Hüften gestemmt.

»Was denn?«

»Ferkel!«

Ich zog eine Schnute. »Das zählt nicht.«

»Ich habe genau gehört, wie Sie ›Verdammter Mist‹ gesagt haben.«

»Das hatte mit meinem Rechner zu tun. Jeder weiß, dass über Computer schimpfen nicht zählt.«

Seine Augen verengten sich zu schmalen Schlitzen. Mein Argument zog offenbar nicht. Ich beschloss, die Taktik zu ändern.

»Sie sind selbst schuld, wissen Sie«, protestierte ich. Ich hatte gerade einen pikanten Leckerbissen über *das* It-Girl in meine Tastatur gehämmert: Die beliebte Teenie-Darstellerin hatte sich letzte Nacht auf einer After-Show-Party mit einem Joint in der Hand erwischen lassen. Beim Schreiben hatte ganz plötzlich die Rücktaste geklemmt und den letzten Satz gelöscht – meiner Meinung nach ein Meisterwerk an Wortwitz und Esprit.

»Ich meine – wie viele Jahrhunderte haben diese Dinger jetzt auf dem Buckel?«, fuhr ich fort. »Würde es Sie umbringen, hin und wieder mal ein bisschen Geld für Computer auszugeben?«

Er schüttelte den Kopf. »Bender, Sie sind ein Ferkel«, wiederholte er – und verschwand in seinem Büro.

»Verdammter Mist!«

»Das hab ich gehört!«

Ich streckte seiner Bürotür die Zunge heraus und warf zwei Vierteldollar in das lila Sparschwein auf meinem Schreibtisch. Irgendetwas schien unserem neuen Chefredakteur den Eindruck vermittelt zu haben, dass seine Angestellten zu viel fluchten. Ich hatte verdammt noch mal keinen Schimmer, wie er darauf kam. Aus diesem Grund hatte er das gefräßige Schweinchen aufgestellt – um mir das Fluchen abzugewöhnen. Dabei habe ich überhaupt kein Problem mit meinen schlechten Angewohnheiten. Schließlich spritze ich ja kein Heroin oder etwas ähnlich Gruseliges.

Womit ich wieder bei meiner Topmeldung war.

Ich schwenkte den Stuhl zurück in Richtung Schreibtisch, schob die Brille auf der Nase nach oben, legte die Finger auf die Tastatur und machte mich daran, meinen perfekten Satz zu rekonstruieren.

`Heute raucht unser goldgelockter Lieblingsteenie vielleicht nur einen Joint, aber angesichts des Tempos, mit dem ihr`

Leben außer Kontrolle gerät - ist es da nicht unvermeidlich, Dass Kokain, Meth oder sogar Heroin bald folgen? Wie viele Blondinen braucht es, um das Wort »Entziehungsklinik« zu buchstabieren?

Ich lehnte mich im Stuhl zurück und begutachtete mein Werk. Okay, es war ein bisschen gemein. Tatsächlich hatte Wood behauptet, dass ihr jemand die ›stinkige Zigarette‹ untergejubelt hätte – kurz bevor die Blitzlichter der Paparazzi loslegten und sie sich des Joints blitzschnell entledigte. Aber im Ernst, sie spielte in einer Teenieserie die Rolle des kessen Cheerleaders. Für die Boulevardpresse war diese Nachricht pures Gold!

Ich klickte auf den *Senden*-Button und beförderte damit meine tägliche Klatschkolumne durch das Netzwerk des *L. A. Informer* in Felix' Posteingang. Zufrieden ließ ich die Knöchel knacken.

Dann warf ich einen Blick auf meine Uhr. Feierabend. Irgendwo da draußen wartete ein großer, saftiger Burrito auf mich. Ich griff nach meiner Hello-Kitty-Brotdose, die mir unter anderem als Geldbeutel diente, um mich aus dem Staub zu machen.

Unglücklicherweise schaffte ich den Abgang nicht, ohne von Adlerauge Dunn erwischt zu werden.

»Bender?«

Ich fluchte innerlich und drehte mich um – Dunn lehnte im Türrahmen seines Büros. »Ist noch was, Chef?«

»Haben Sie den Text über Wood schon fertig geschrieben?«

»Den habe ich Ihnen gerade geschickt.« Ich liebe es, wenn ich dem Boss einen Schritt voraus bin.

»Was ist mit Pines?«

»Pines?«

Edward Pines war der Regisseur, den sie kürzlich eingebuchtet hatten, nachdem die Polizei während einer Routinekontrolle einen Stapel Pornos unter seinem Autositz gefunden hatte. Nackte Körper waren in Hollywood zwar keine Sensation, aber diese speziellen Magazine hatten Bilder von Dreizehnjährigen im Adamskostüm enthalten. Da war es völlig egal, wie viel sein letzter Actionfilm eingespielt hatte – der Kerl konnte in Hollywood einpacken.

»Was ist mit ihm?«, fragte ich.

»Heute findet die Anklageverlesung statt. Das ist Ihre Story, oder?«

Und ob das meine Story war! Meine Schlagzeile am Morgen nach Pines Verhaftung hatte gelautet: KINO-KÖNIG PINES KNUSPERT GERN AN KNACKIGEN KNABEN. Was soll ich sagen? Ich stehe auf Alliterationen!

Aber sosehr mich die Story selbst auch reizte, das Timing passte mir ganz und gar nicht.

»*Heute* wird Anklage gegen ihn erhoben?« Mein Magen knurrte. »Es ist Abendessenszeit.«

»Die Topnachrichten warten auf niemanden, Süße. Cam trifft Sie dann vor dem Gerichtsgebäude«, – sprach's und verschwand im Büro.

Adieu Burrito. »Verdammter Mist.«

»Bender …«

»Ich weiß, ich weiß.« Ich langte in meine Hello-Kitty-Dose, holte einen weiteren Vierteldollar heraus und ließ ihn auf dem Weg nach draußen in das Keramikschwein fallen.

Wenn das so weiterging, dann war ich Weihnachten pleite.

Das Gerichtsgebäude von Beverly Hills befindet sich in Burton, nur einen Häuserblock südlich von Santa Monica.

Das Gebäude ist trist und langweilig, und seine Glas-Beton-

Ästhetik, die stracks aus den Sechzigerjahren stammt, erinnert mich immer an einen Film mit Doris Day: total altmodisch, total zweckmäßig und total im Widerspruch zu den Reihen von Jaguaren und BMWs, die davor parken.

Ich quetschte meine Honda Rebel in eine winzige Lücke direkt am Eingang. Yep, richtig – ich fahre ein Motorrad. Ein verdammt heißes, pinkfarbenes Gerät. Mit gelben Flammen. Ich gebe zu, dass es keine Harley ist, aber für ein Mädel von meiner Statur – eins einundsechzig an einem guten Tag – ist die Maschine genau richtig. Und da die Benzinpreise in L. A. ständig steigen, ist das die einzige Möglichkeit, meine Miete zu bezahlen und dem Schweinchen meinen regelmäßigen Tribut zu entrichten.

Ich setzte den Helm ab, schloss ihn mit einer Stahlkette an die Lenkstange und schüttelte mein Haar aus. Wenn man so superglattes Haar hat wie ich, dann hat man zum Glück keine Probleme mit vom Helm zerzausten Frisuren. Ich strubbelte es einmal kräftig durch – und spürte, wie mein Fransenschnitt sich perfekt anordnete. Damals war mein Haar gerade kastanienbraun – mit auberginefarbenen Strähnchen. Im Laufe meines Lebens habe ich schon so viele Haarfarben ausprobiert, dass selbst ich nicht einmal mehr weiß, wie meine Naturhaarfarbe eigentlich aussieht.

Ich schnappte mir Hello-Kitty und marschierte in das Gebäude. Drinnen war es voll klimatisiert – ein heftiger Kontrast zu der Hitze, die draußen herrschte. Selbst im Herbst fällt die Temperatur in Südkalifornien nicht weit unter zwanzig Grad, und in dieser Woche hatte der Indian Summer mit voller Wucht zugeschlagen. Nachdem mein Geldbeutel durchleuchtet worden war und ich die Metalldetektoren passiert hatte, kämpfte ich mich bis zum zweiten Stock durch. Dort war der Saal, in dem Anklage gegen Pines erhoben werden sollte.

Eine große Blondine in Jeans und Turnschuhen und einer großen, schwarzen Nikon um den Hals lehnte am Trinkwasserbrunnen vor dem Gerichtssaal.

»Hallo, Tina«, sagte sie und hob die Hand zum Gruß.

»Felix hat dir wohl auch eine Spätschicht reingedrückt, wie?«, sagte ich und zeigte auf die Kamera.

Sie nickte. »Er hat mich mitten im Abendessen bei Mr Chow erwischt. Und Britney hatte schon einen anderen Termin.«

Cameron Dakota war die einzige festangestellte Fotografin des *Informer*. Die meiste Zeit buchte Felix lieber Selbstständige, für einzelne Bilder – das war billiger. Allerdings besaß Cameron nicht nur das besondere Talent, Stars mit runtergelassenen Hosen (buchstäblich, wenn sie Glück hatte) vor die Linse zu kriegen, sondern sie machte auch noch scharfe, qualitativ hochwertige Aufnahmen, die die Leser des *Informer* bei der Stange hielten.

Und, was noch seltsamer war, sie schien es regelrecht zu genießen, den Promis aufzulauern. Wenn man mich zwingen würde, jeden Tag irgendwelchen Trotteln nachzulaufen, die mal eben ins Starbucks gingen, dann würde ich mir die Kugel geben.

Zum Glück musste ich die Jungs und Mädels nur im Gericht belagern. »Ist Pines schon drin?«, fragte ich und deutete auf die große Eichentür.

Cam schüttelte den Kopf, wobei die langen blonden Haare ihr über die Wangen strichen. »Er ist als Nächster dran. Im Moment ist er noch mit seinen Anwälten im Nebenzimmer. Da drin sind keine Kameras erlaubt, deswegen muss ich bis zur reuevollen Stellungnahme bei der Pressekonferenz warten.« Sie zwinkerte mir zu.

»Auf sie mit Gebrüll, Süße!«

Ich öffnete die Tür und glitt in den hinteren Bereich des Gerichtssaals. Entgegen der Darstellung in *L. A. Law* ist es weder besonders glamourös, noch besonders sexy, ja, nicht mal besonders spannend, sich im Kreisgericht von L. A. aufzuhalten. Die Räume gleichen niedrigen, viereckigen Boxen, und sie zeichnen sich durch Tische mit Metallrahmen, harte Holzstühle und deprimierende beigefarbene Wände aus. Denken Sie der Einfachheit halber an die Innenausstattung einer Kraftfahrzeugbehörde. Nur schlimmer. Da es heute ausschließlich um Anklageverlesungen ging, war keine Jury anwesend. Auf der Besuchergalerie saß nur ein kleines Häufchen Leute, vermutlich die zahlungsfähigen Familienangehörigen der Männer in orangefarbenen Overalls, die dem Richter vorgeführt wurden, um die Kaution festzusetzen. Gerade stand ein Typ mit Ohrringen so groß wie Fünfcentmünzen vor dem Richter – offenbar bestritt er, jemals Drogen bei sich geführt zu haben.

Gähn.

Ich rutschte auf meinem Stuhl hin und her. Als ich mein Aufnahmegerät aus der Tasche holte, gab Mr Meth gerade einer hageren Brünetten zu verstehen, sie möge doch die 50 000 Dollar Kaution, die für ihn fällig waren, ein Stockwerk tiefer hinterlegen. Dann führten sie ihn hinaus.

Ich wurde erst wieder wach, als sich die Seitentür öffnete und der nächste Beschuldigte hereingeschlurft kam.

Edward Pines war Mitte fünfzig, sah heute allerdings eher aus wie 75. Das Gefängnis schien ihm nicht zu bekommen. Er hatte dunkle Ringe unter den Augen, und seine Hamsterbacken waren noch weicher und schlaffer als auf dem letzten Foto, das Cam für die Titelseite geschossen hatte. Den Kopf hielt er beim Gehen gesenkt, als wollte er schon jetzt – ehe die Jury überhaupt anwesend war – den Reumütigen spielen. Neben ihm stand sein Anwalt – groß gewachsen, knitterfreier Anzug, käsige Gesichtsfarbe. Ich kannte ihn nicht, doch das war keine Überraschung. Einen stadtbekannten Pädophilen zu vertreten war der Karriere eines Anwalts nur bedingt förderlich.

»Mr Pines, Sie werden angeklagt, sich im Besitz von Kinderpornographie befunden zu haben«, donnerte der Richter von seinem Pult herunter. »Bekennen Sie sich schuldig?«

Der käsige Anwalt schaltete sich ein: »Der Angeklagte plädiert auf nicht schuldig, Euer Ehren.«

Ich hob eine Augenbraue. Pines war in flagranti, sozusagen mit Blut an den Händen, von der Polizei erwischt worden. Ich war gespannt, wie sich sein Anwalt da aus der Geschichte rauswinden wollte.

»Also gut. Freilassung gegen Kaution?« Der Richter wandte sich an den bleistiftdünnen Bezirksstaatsanwalt, der, von seiner geringen Größe abgesehen, eine direkte Kopie des käsigen Verteidigers hätte sein können. Sahen diese Typen niemals auch nur ein kleines bisschen Sonnenlicht?

»Euer Ehren, das Volk verlangt eine Kautionssumme von zehn Millionen Dollar.«

»Heilige Sch…!« Ich schnappte nach Luft und hörte die Leute im Saal angesichts der ungeheuren Summe um Atem ringen. Pines mochte eine weithin bekannte Persönlichkeit sein und ein Fiesling, aber er hatte niemanden umgebracht. Selbst bei Mordanklagen ging die Kautionssumme selten über eine Million hinaus. Ich beugte mich aufmerksam vor. Das versprach interessant zu werden – das konnte ich geradezu spüren.

»Euer Ehren, das ist unerhört«, entrüstete sich der Verteidiger. Seine Wangen hatten inzwischen sogar einen Hauch Farbe angenommen. »Mein Klient ist ein aufrechtes Mitglied der Gesellschaft, von seinen Kollegen hochgeachtet. Er ist tief verwurzelt in seiner Gemeinde und, um ganz offen zu sprechen: Ich bin der Meinung, dass die Kautionsforderung des Staatsanwalts, gemessen an dem Vorwurf, um den es hier geht, vollkommen übertrieben ist.«

Der Richter hob die buschigen Augenbrauen: »Sie denken,

dass Kinderpornographie keine große Sache ist, Herr Rechtsanwalt?«

»Selbstverständlich ist sie das, Euer Ehren«, trat der Anwalt eilig den Rückzug an, »Aber die Forderung des Staatsanwalts ist … äußerst streng«, beendete er den Satz, wobei er seine Worte dieses Mal mit etwas mehr Bedacht wählte.

Streng. So konnte man es auch ausdrücken. Ich machte mir im Geiste eine Notiz, dieses Wort in meinem Bericht zu verwenden.

»Mr Atwood?«, sagte der Richter und wandte sich an den Bezirksstaatsanwalt.

»Euer Ehren, der Angeklagte besitzt ein beträchtliches Privatvermögen und die doppelte Staatsbürgerschaft der USA und Kanadas. Es besteht Fluchtgefahr. Außerdem«, fuhr er fort und warf Pines einen vernichtenden Blick zu, »wenn man bedenkt, dass der Angeklagte Regisseur ist und somit Zugang zu aller Art von fotografischer Ausrüstung hat, befinden wir es als unsere Pflicht, die Kinder unserer Gemeinschaft zu schützen. Deshalb fordern wir eine Kautionssumme von zehn Millionen Dollar.«

»Das ist Wahnsinn, Euer Ehren«, wandte der Verteidiger ein. »Mein Klient wird von der Staatsanwaltschaft aufgrund seines Bekanntheitsgrads diskriminiert.«

»Ich habe genug gehört«, sagte der Richter und hob beide Hände.

Der gesamte Gerichtssaal, inklusive meiner Wenigkeit, war mucksmäuschenstill; alle schienen die Luft anzuhalten, während der Richter auf der Innenseite seiner Wange herumkaute. Sein Blick wanderte zwischen Ankläger und Verteidiger hin und her. Zweifellos fragte er sich, was die Presse aus dem Vorfall machen würde.

Schließlich schien er eine Lösung gefunden zu haben.

»Mr Pines, falls Sie glauben, Ihre Berühmtheit ist eine Rechtfertigung für unmoralisches Verhalten, dann werden Sie in meinem Gerichtssaal eine bittere Enttäuschung erleben. Die Kaution beträgt zehn Millionen Dollar!«

Ich pfiff leise, als der Richter mit seinem Hämmerchen auf das Pult schlug.

Der Staatsanwalt hob triumphierend das Kinn, fast genau proportional zu dem Maß, in dem Pines' Schultern nach unten sackten, als ihn der Gerichtsdiener aus dem Saal führte.

Ich schob das Aufnahmegerät zurück in die Tasche. In der Tat, eine interessante Entwicklung. Ob Pines tatsächlich zehn Millionen Dollar besaß, wusste ich nicht. Aber ein Hollywood-Regisseur, der tagelang im Gefängnis schmorte? Das war fast so gut wie Paris Watch'08. Um wie viel wetten wir, dass er in weniger als einer Woche versuchen würde, unzumutbare psychische Belastung geltend zu machen?

Während ich aus der Saaltür glitt, rieb ich mir voller Schadenfreude die Hände. Cam wartete auf mich.

Schließlich waren die Seelenqualen eines pädophilen Filmemachers garantiert mehrere Titelseiten wert.

Herr im Himmel, wie ich Hollywood liebe!